2002, Australien: Eine geheimnisvolle Postkarte führt die junge Melissa auf eine Spurensuche über drei Generationen und zwei Kontinente …

1930er Jahre: Die Schauspielerin Phoebe ist froh, dass ihre Tochter Caroline auf einem Landsitz in Schottland unbeschwert aufwachsen kann. Auch wenn sie Caroline verschweigen muss, wer sie ist. Als Caroline sich in eine tragische Liebe und einen gefahrvollen Kriegsauftrag in Frankreich stürzt, muss sie ebenfalls schicksalhafte Geheimnisse bewahren. Nur eine Postkarte, in die Weiten Australiens geschickt, birgt den Schlüssel zur Wahrheit.

2002: Wird es Melissa gelingen, den Fluch des Schweigens zu durchbrechen?

Leah Fleming stammt aus dem englischen Lancashire. Sie ist verheiratet und hat vier Kinder. Als Autorin von historischen Romanzen bereits sehr erfolgreich, hat sie nun ihren zweiten großen Roman geschrieben. Sie lebt und arbeitet in den Yorkshire Dales und auf einem alten Olivengut auf Kreta.

Außerdem im FISCHER Taschenbuch erschienen:
›Schiff der tausend Träume‹

Weitere Informationen, auch zu E-Book-Ausgaben, finden Sie bei www.fischerverlage.de

LEAH FLEMING

Die Karte der Sehnsucht

ROMAN

Aus dem Englischen
von Christiane Winkler

FISCHER Taschenbuch

MIX
Papier aus verantwortungsvollen Quellen
FSC® C083411

Erschienen bei FISCHER Taschenbuch
Frankfurt am Main, April 2015

Die Originalausgabe erschien 2014 unter dem Titel
›The Postcard‹ bei Simon & Schuster

Für die deutschsprachige Ausgabe:

Satz: Fotosatz Amann, Memmingen
Druck und Bindung: CPI books GmbH, Leck
Printed in Germany
ISBN 978-3-596-03164-1

Gedenket vor Gott
jener Männer und Frauen der
europäischen Widerstandsbewegung, die im
Verborgenen in Beaulieu für ihren einsamen Kampf gegen
Hitlerdeutschland ausgebildet wurden. Vor ihrem Einsatz in
besetzten Gebieten fanden sie hier ein wenig von jenem
Frieden, für den sie kämpften.

Gedenktafel in Beaulieu Abbey, enthüllt 27. April 1969

Prolog

Adelaide, Australien 2002

Der Anruf vom Krankenhaus kam mitten in der Nacht. Obwohl sie ihn erwartet hatte, war er dennoch ein Schock.

»Melissa, dein Vater verlangt nach dir. Ich glaube, er will sich mit dir aussprechen«, sagte die Krankenschwester. Ihre Stimme klang besorgt.

Warum soll ich hingehen? In Mels Kopf drehte sich alles. Warum soll ich mir die Mühe machen? Er war kein guter Vater. Wo war er nach Mutters Tod, als ich ihn brauchte? Was habe ich je von ihm bekommen außer Schecks und leeren Versprechungen?

Und doch gab es da etwas, das stärker war als ihr Ärger, so dass sie aus dem Bett sprang, schnell nach Jeans und T-Shirt griff, ihr Gesicht in kaltes Wasser tauchte und ein Taxi rief.

Lew Boyd war der einzige Angehörige, den sie auf dieser Welt noch hatte. Seine Leber war vom jahrelangen Trinken zerstört, alle seine Erfolge konnten ihn nun nicht mehr retten. Aber, dachte Mel, sie war es ihrer Mutter schuldig, ihn noch ein letztes Mal anzuhören.

Auf den leeren Krankenhausfluren waren nur ihre hastigen Schritte zu hören, und bei dem Gedanken, was sie auf der Station für Privatpatienten erwartete, sank Mel das Herz. Sie hatte ihn nur einmal besucht, war mit ein paar Weintrauben und einem breiten Lächeln zu ihm hineingestürmt, um ihm zu verkünden, dass sie das begehrte Musikstipendium an der Royal Academy in London ergattert hatte. Doch als sie den einst stattlichen Mann bis auf die Knochen abgemagert vor sich sah, war ihre Euphorie schnell erloschen. Sie hatten ein wenig geplaudert, aber sein Verfall hatte sie erschüttert, und sie war froh gewesen, dass sie nicht lange bleiben konnte.

Diesmal war es anders. Es war der Abschied. Das Herz wurde ihr schwer, als sie überlegte, was er ihr wohl jetzt noch sagen wollte, das er nicht früher hätte sagen können.

Lew saß aufrecht da, neben ihm lag eine Sauerstoffmaske. Seine einst sonnengebräunte Haut wirkte jetzt wie vergilbtes Pergamentpapier, seine Wangen waren eingefallen, und aufgrund der Chemotherapie hatte er nur noch vereinzelte Haarbüschel auf dem Kopf. Er war der Schatten seines einst so gutaussehenden Selbst. Als er seine Tochter sah, streckte er eine knochige Hand nach ihr aus.

»Du bist gekommen«, krächzte er. »Ich hätte es dir nicht übelgenommen, wenn du es gelassen hättest.«

»Man hat mich angerufen und mir gesagt, dass du mich sehen wollest.« Mels Stimme zitterte, die Krankenschwester zog sich diskret aus dem Zimmer zurück. Mel setzte sich, starrte auf seinen zerbrechlichen Körper und rang nach Luft, fassungslos über den Anblick. Wie hätte sie daran denken können, nicht zu kommen?

Er fixierte sie mit diesen blauen Augen. »Ich war kein besonders toller Vater, nicht wahr?«

»Du bist der einzige, den ich habe«, antwortete sie und versuchte, all die Jahre der Verbitterung zu verdrängen. Er war stets ein getriebener Mann gewesen, hatte seine Baufirma zu einem Imperium ausgebaut, sich ein Vermögen erwirtschaftet, und wofür?

»Es ist an der Zeit, dir etwas zu gestehen. Tut mir leid, dass ich dich so oft enttäuscht habe. Ich habe dich und deine Mom wirklich geliebt, aber als sie bei dem Autounfall ums Leben kam, wusste ich nicht, wie ich damit umgehen sollte. Ich bin buchstäblich durchgedreht, wie man heute sagen würde. Kind, es tut mir leid, und ich bitte dich um Verzeihung. Ich war immer so stolz auf dich und deinen Gesang.« Er zögerte, jedes Wort schien ihn zu quälen. »Ich habe mich oft gefragt, von wem du diese wunderschöne Stimme hast. Bestimmt nicht von mir oder deiner Mutter. Sie war völlig unmusikalisch, Gott segne sie. Ich glaube, es hat eine Generation übersprungen.«

»Du hast mich bestimmt nicht rufen lassen, um mit mir über meine Stimme zu sprechen«, brach es aus ihr heraus. »Tut mir leid, ich verstehe nicht, worauf du hinauswillst.«

»Natürlich nicht. Ich verstehe mich ja selbst nicht, aber ich muss dir eine Geschichte erzählen und hoffe, dass du sie zu Ende führen wirst.« Er nahm einen tiefen Atemzug durch die Sauerstoffmaske.

»Vor langer Zeit bin ich mit Ma, deiner Großmutter Boyd, auf einem Schiff aus England hergekommen. Das war nach dem Krieg. Ich weiß nicht, warum wir herkamen und wohin wir gingen. Genauer gesagt, ich weiß nicht, wer ich bin, Mel. Von mir existiert keine Geburtsurkunde. Großmutter Boyd war nicht meine leibliche Mutter. Das solltest du wissen, für den Fall …« Lew sackte in sich zusammen, und Mel sah die Tränen in seinen Augen. Spontan griff sie nach seiner Hand.

»Dad, das spielt jetzt keine Rolle mehr. Das ist doch alles lange vorbei.«

»Nein, das ist es nicht. Ich musste mein ganzes Leben mit dieser Lücke leben. Einmal war ich während einer Entziehungskur bei einem Psychiater, der wollte mich einer Hypnosetherapie unterziehen, ich bin aber nicht hingegangen. Jetzt wünschte ich, ich hätte es getan. Ich hätte mich vielleicht damit auseinandergesetzt, statt meinen Kummer herunterzuspülen. Mit meiner Sauferei und meinen Launen war ich dir wohl stets ein Rätsel. Ich habe die Liebe deiner Mutter nie verdient.« Lew starrte seine Tochter an, als sähe er sie zum ersten Mal. »Liebes, ich spüre, dass ich so viele Möglichkeiten nicht genutzt habe. Ich habe so hart dafür gearbeitet, gewisse Teile meiner Kindheit auszulöschen. Meine Eltern waren die liebenswürdigsten Menschen, aber sie haben mit mir nie über meine Vergangenheit gesprochen, und ich habe sie erst danach gefragt, als es zu spät war. Als ich deine Großmutter nach Einzelheiten fragte, wollte sie nicht mehr darüber sprechen.« Er lächelte und schüttelte den Kopf. »Erst deine Mom hat mein Herz berührt, aber ich habe euch beide enttäuscht. Ich schäme mich, dass ich dich oft vernachlässigt habe. Ich habe so viel falsch gemacht mit dir und deiner Mom. Mir schien, wenn ich erfolgreich wäre, wäre das der Beweis, dass ich ein echter Ehemann und Vater bin, aber ich habe es zu weit getrieben. Ich wollte, dass du stolz auf mich wärest, aber niemand ist stolz auf einen Trinker.«

»Hör auf! Das spielt jetzt keine Rolle mehr.« Mel spürte, wie Tränen in ihre Augen stiegen.

»Wenn ich nur wüsste … meine Erinnerungen sind sehr lückenhaft, doch es gibt eine Sache aus meiner Kindheit, an die ich mich erinnere … Eines Tages wirst du selbst Kinder bekommen, und sie sollten eine richtige Vorgeschichte haben, wissen, woher sie kommen. Ich habe ein paar Sachen bei meinem Anwalt Harry Webster für dich hinterlegt. Versprichst du mir, dass du ihn aufsuchen wirst, wenn ich nicht mehr bin?«

»Was willst du damit sagen?« Mel beugte sich zu ihm vor, um seine Worte besser zu verstehen.

»Wenn du nach England fährst, findest du vielleicht den Ort oder Menschen, die meine Sachen wiedererkennen. Ich wollte das eigentlich selbst klären, aber ich hatte immer zu viel zu tun, und jetzt bleibt mir keine Zeit mehr. Ich weiß nur, dass deine Großmutter nicht meine richtige Mutter war. Es gab eine Dame, die aus England zu Besuch kam, als ich noch klein war ...« Er schwieg und starrte an die Wand. »Würdest du herausfinden, wer sie war und warum sie nie wieder zurückgekehrt ist? Vielleicht lebt sie noch. Bitte, Mel, bevor es zu spät ist. Tust du das für mich?«

Panik ergriff Mel, als ihr dämmerte, worum er sie bat. »Warum hast du vorher nie mit mir darüber gesprochen? Wir hätten uns zusammen auf die Suche machen können.«

»Ich habe einfach nie ernsthaft darüber nachgedacht, erst als ich krank wurde, aber während der Chemotherapie habe ich es dann wieder vergessen.« Lew sank zurück, es schien, als könne er kaum noch atmen. »Geh zu Harry – er wird dir helfen – und vergib mir, dass ich dich enttäuscht habe ...« Das waren die letzten Worte, die sie unter Tränen von ihm hörte.

Die Krankenschwester schlüpfte wieder ins Zimmer. Der Morgen dämmerte bereits. »Miss Boyd, gönnen Sie sich eine Pause. Es dauert nicht mehr lange.«

»Ich bleibe«, flüsterte sie. »Ich lasse ihn nicht alleine.«

An einem Nachmittag zwei Wochen später ging Mel in ihrem schwarzen Hosenanzug, den sie immer zum Vorsingen trug, die belebte King William Street entlang und stieg die Treppe zur Anwaltskanzlei Harry Webster Associates hinauf, wo sie mit dem Seniorpartner einen Termin hatte. Sie hatte das Treffen so lange hinausgeschoben, bis sie sich stark genug fühlte, vor diese Fremden zu treten, dennoch war sie nervös. Unzählige Gedanken schossen ihr durch den Kopf, und hier würde sie jemandem begegnen, der vielleicht ein paar Antworten auf ihre Fragen hatte.

Webster war klein und gedrungen und ungefähr so alt wie ihr Vater. Er sah aus wie ein Rugbyspieler – plattgedrückte Nase und pralle Arme, über denen sein Sakko spannte. Er hatte gerötete Wangen und lächelte sie an, während er sie in sein mit Aktenordnern, Büchern und Papieren überfülltes Büro führte. An den Wänden hingen unzählige Urkunden, die über seine juristischen Qualifikationen Auskunft gaben, Sporttrophäen dienten als Briefbeschwerer.

»Mein Beileid, Melissa. Lew war so stolz auf Sie – die Gesangspreise, das Stipendium in London. Ich kenne Ihren Dad schon ziemlich lange ... noch aus der Schule sozusagen. Er war immer sehr ordentlich«, sagte er lächelnd, »im Gegensatz zu mir. Mein Vater kannte die Familie Boyd und kümmerte sich um ihre Geschäfte ...« Er musterte sie kurz, ging dann zu einem Schrank, holte einen Schuhkarton von einem durchhängenden Regal und stützte dabei die Ordner, damit sie nicht auf den Boden krachten. Er trug die Schachtel zu seinem Schreibtisch und schob ein paar Unterlagen beiseite, um Platz zu schaffen. Mel setzte sich erwartungsvoll hin. Ihr wurde klar, dass sie den Atem angehalten hatte, also stieß sie ihn langsam wieder aus. Wenigstens bekäme sie jetzt ein paar Auskünfte.

Harry trommelte mit den Fingern auf den Karton. »Lew kam vor sechs Monaten bei mir vorbei, gleich nachdem er es erfahren hatte … Er sagte, ich solle die Schachtel erst nach seinem Tod öffnen, und das habe ich getan. Sie enthält einen Brief an Sie und ein paar private Dinge. Er hat gut für Sie vorgesorgt. Es ist alles ganz unkompliziert: die Wohnung; Bargeld, falls Sie reisen möchten. Sein Testament ist völlig in Ordnung.« Er schob ihr den Karton zu. »Ich glaube, sein gesamtes Leben befindet sich in dieser Schachtel … das bisschen, das er darüber wusste. Die Boyds waren nicht seine leiblichen Eltern. Ich nehme an, dass er seiner wahren Geschichte auf den Grund gehen wollte, aber Sie wissen ja, wie er war.« Er zögerte. »Er ließ sich leicht ablenken.«

O ja, Lew Boyd hatte viel versprochen, aber wenig gehalten: Geburtstage wurden vergessen, Ausflüge gestrichen. Mel hatte früh gelernt, nicht zu enttäuscht zu sein. Jetzt, da er gegangen war, fühlte sie sich wie beraubt.

»Die Zeitungen haben viel über minderjährige Flüchtlinge geschrieben«, fuhr Harry fort. »Aber ich glaube nicht, dass er eines dieser armen Schweine war, die nach dem Krieg hierherverschifft wurden. Er hat nie viel erzählt, nur so viel, dass die Boyds ihm das Leben gerettet haben.«

»Wussten Sie, dass ich erst an seinem Totenbett erfuhr, dass sie gar nicht meine richtigen Großeltern waren?«, seufzte Mel. »Warum hat er mir das nicht früher gesagt, statt so ein Geheimnis daraus zu machen?«

Harry setzte sich und seufzte. »Mir sind ein paar Kerle wie Lew, Kerle ohne Geschichte, über den Weg gelaufen. Sie erinnern sich an nichts, und niemand kann ihren Erinnerungen auf die Sprünge helfen. Er sprach einfach mit niemandem über seine Vergangenheit. Vielleicht hatte er einen schlechten Start. Die Menschen versuchen, so gut wie möglich mit so etwas zurechtzukommen, mehr werden wir vermutlich nie erfahren, außer die Schachtel enthält irgendwelche Hinweise. Ich habe nichts geöffnet, was an Sie adressiert ist, ich hoffe, hier drin ist alles, was Sie wissen wollten, Melissa. Ich weiß, dass er nicht unbedingt ein toller Vater war, aber er war stolz auf Sie.«

Mel nahm ihm den Karton ab und schüttelte den Kopf. »Danke. Ich möchte ihn gerne alleine öffnen.«

»Wenn ich Ihnen bei irgendwas behilflich sein kann, fragen Sie mich jederzeit«, sagte Harry und führte sie zur Eingangstür.

Sie eilte die Treppe hinunter auf die belebte Straße in den hellen Nachmittag hinaus und lief direkt zur Music School zurück, um die Schachtel in ihren Spind zu verstauen. Dort lag sie eine Woche lang, bis die Formalitäten für ihr bevorstehendes Studium in England erledigt waren und sie sie mit nach Hause nahm.

Dort stand die Schachtel noch eine weitere Woche ungeöffnet herum, denn sie fürchtete sich vor dem Inhalt. Eines Abends übermannte sie schließlich doch die Neugier, und so nahm sie sie, bewaffnet mit einer Flasche Shiraz und einer dicken Tafel Milchschokolade, mit zur Wohnung ihres Vaters. Das Apartment war mit schwarzen Ledersofas und viel Glas eingerichtet und wirkte verlassen – noch leerer als sonst.

Es war wie eine Totenwache, an der nur sie beide teilnahmen. Melissa schenkte sich ein großes Glas Wein ein, betrachtète den Brief und öffnete ihn. Es schnürte ihr das Herz zusammen, als sie das vertraute Gekritzel sah. Aus dem Briefumschlag fiel eine Postkarte herab. Sie hob sie auf. Darauf klebte eine alte Briefmarke mit den Köpfen des Königspaares, sie war an »Master Desmond Lloyd-Jones c/o Mrs Kane, Ruby Creek, South Australia« adressiert.

Daneben stand: »Meinem Liebling Desmond ... in Liebe von Mommy«.

Sie drehte die Karte um und sah sich das sepiafarbene Foto irgendeines Dorfes an einem See an.

Mit zitternden Fingern entfaltete sie seinen Brief.

Liebe Mel,
es tut mir leid, dass ich dich so überrumple, aber ich habe mich gefragt, ob du an meiner Stelle das Geheimnis lüften könntest, zu dessen Aufklärung ich mein ganzes Leben lang nicht gekommen bin. Ich glaube, ich schulde dir eine Erklärung ...

Ich besitze diese Postkarte seit Jahren. Ich fand sie, als ich den Nachlass von Großmutter Boyd durchging. Sie steckte zwischen Vaters Liebesbriefen. Sie hat sie aus irgendeinem Grund aufbewahrt. Als ich das Bild und den Namen sah, wusste ich instinktiv, dass es etwas mit mir zu tun hatte. Frag mich nicht, warum, irgendwas hat gekribbelt, eine verschwommene Erinnerung, die einfach nicht an die Oberfläche kommen wollte. Als ich Vater danach fragte, lachte er nur und schlug vor, die Karte wegzuwerfen. Großmutter habe das Foto gemocht, weil es sie an ihre Heimat Schottland vor dem Krieg erinnerte. Ich spürte, dass er flunkerte, darum behielt ich die Postkarte und die anderen Sachen auch.

Ich kann mich kaum daran erinnern, wie ich damals nach Australien kam. Meine Erinnerungen gleichen Glasscherben: Sie sind wie Fragmente, Farbblitze in einem Kaleidoskop. Ich erinnere mich an den metallenen Geschmack einer Schiffsreling, graue, abblätternde Farbe, Salzwassertropfen auf meinen Wangen; diese Bilder kommen mir im Traum. Manche wiegen schwer wie Blei, es sind dunkle Erinnerungen. Es ist, als würde ich durch ein Loch in einer großen Wand auf einen Garten voller Blumen spähen. Wie du weißt, kenne ich mich mit Blumen nicht aus – nur Rosenduft erkenne ich sofort.

Ich will mich nicht rausreden, aber ich habe wirklich sehr hart daran gearbeitet, gewisse Erinnerungen und Teile meines Lebens auszulöschen. Hätte ich mich alldem stellen können, wärest du heute vielleicht stolz auf mich und müsstest dich nicht für mich schämen. Die Boyds waren nette Leute, doch mit Lob und Zuneigung, wonach ich mich so sehr sehnte, gingen sie nicht sehr großzügig um. Erst deine Mutter hat mir das Herz geöffnet. Ich wünschte, die Dinge wären für uns alle anders gekommen ... Jetzt liegt es bei dir. Du hast ein Recht zu wissen, warum ich zu dem geworden bin, der ich bin, mit all meinen Fehlern, Nachteilen und Mängeln. Zwischen mir und meiner Vergangenheit steht eine Berliner Mauer.

Ich weiß, dass du eine Aufgabe zu Ende führst, wenn du sie mal in Angriff genommen hast, aber lasse niemals zu, dass das deine Zukunft beeinträchtigt. Ich wünsche dir ein wunderschönes Leben. Solltest du herausfinden, wer ich wirklich bin, wirst auch du wissen, zu wem du gehörst. Die Antworten finden sich irgendwo da draußen, aber die Zeit wird immer knapper.

Ich habe euch beide immer innig geliebt, also vergib deinem reuigen Vater Lew.

Das Zimmer verschwamm vor Mels Augen, als ihr die Tränen wegen all der Missverständnisse und Auseinandersetzungen der Vergangenheit kamen. Jetzt war sie ganz allein.

Schließlich fing sie sich wieder und sah nach, was die

Mein Liebling. Mami ist in Sicherheit und kommt bald nach Hause.

Schachtel noch enthielt. Ganz unten lagen Schwimmabzeichen, ein paar Schnappschüsse, eine Postkarte mit irgendeiner altmodisch gekleideten, lächelnden Dame mit einem großkrempigen Hut, eine Medaille mit verblichenem Band, auf der irgendetwas in einer fremden Sprache stand.

Einen Augenblick lang hätte sie den ganzen Zauberkasten samt Inhalt am liebsten in den Mülleimer gekippt. Was hatte der ganze Schrott mit ihr zu tun? Warum sollte sie ihr neues Leben in London durch die Suche nach geheimnisvollen Vorfahren belasten? Doch in ihrem Innersten wusste sie, dass sie ihren Vater nicht enttäuschen konnte.

Vielleicht führte sie das Schicksal aus einem bestimmten Grund nach England.

ERSTER TEIL

Callie

1923–45

When they begin the beguine
It brings back the sound of music so tender
It brings back the night of tropical splendour
It brings back a memory evergreen

Begin the Beguine, Text von Cole Porter, 1935

I

Caroline lief weinend durch den Wald den Pfad hinunter zum ummauerten Garten von Dalradnor Lodge und hielt sich das blutende Knie, weil sie den Hexenbesenstiel hinaufgeklettert war, von dem Niven Laird behauptet hatte, er sei verhext. Sie wusste, dass es nur ein knorriger alter Ast war, trotzdem hatte er ihr eine verpasst, und das tat weh. Sie wollte nicht, dass die Zwillinge sie in Tränen sahen, also rannte sie nach Hause, damit Marthe ihr helfe. Außerdem war sie am Verhungern.

Es war Mitte September, die Brombeerbüsche trugen dicke, saftige Früchte, in der Küche duftete es nach Marmelade, wenn Mrs Ibell die alten Dundeegläser mit rubinrotem Gelee füllte. Mit einem aufgeschürften Knie konnte man außerdem nicht gut Eicheln und Bucheckern oder Haselnüsse sammeln und Pilze suchen.

Sie stürmte in den Flur und stieß beinahe mit einem Mann in Tweedjacke und Knickerbockers zusammen, der die Bilder an der Wand im Treppenaufgang bewunderte. Als er sie in ihrem Kilt, den dreckigen Socken und dem dicken, mit Kletten übersäten Fair-Isle-Pullover sah, der noch dazu ein Loch im Ärmel hatte, wandte er sich an sie.

»Na, wer trägt denn hier unseren Clan-Tartan?«, sagte er und musterte sie interessiert.

In dem Augenblick eilte Mrs Ibell herein und begrüßte ihn. »Du meine Güte, sehen Sie sich das Kind an. Was wird Sir

Lionel nur dazu sagen? Miss Phoebes Nichte ist ein richtiger Wildfang.«

»Das sehe ich«, sagte er lächelnd. »Wie alt mag sie sein ... wenn ich mich nicht irre, wird sie morgen sechs?«

»Sieben«, zischte Caroline. »Sir.« Ihr fielen gerade noch rechtzeitig ihre Manieren ein. Na, so was, dieser alte Mann wusste, wann sie Geburtstag hatte. Vielleicht war er gekommen, weil er ihr ein Geschenk überreichen wollte, auch wenn sie ihm noch nie zuvor begegnet war. Sie riss sich zusammen und hielt den Mund, als sie bemerkte, dass er sie näher begutachtete.

»Sie ist groß für ihr Alter, finden Sie nicht? Für mich sieht sie wirklich aus wie ein Wildfang«, sagte er lachend.

»Das können Sie laut sagen. Sie steckt ständig draußen in den Wäldern – oder im Schlamm. Ihre Tante bringt immer Kleider aus London mit, aber sie da hineinzubekommen ... nun ja, das wollen Sie aber bestimmt nicht alles hören. Schön, dass Sie zur Jagdsaison wieder hier sind. Wie geht es Ihrer Familie?«

Er wandte sich der Haushälterin zu. »Wie immer. Meine Frau hat den Verlust von Arthur nie verwunden, und für seine Schwester Verity ist es auch nicht leicht. Nur wenige ihrer Freunde sind zurückgekommen, doch es freut mich zu sehen, dass Dalradnor wie früher aussieht. Kinder hauchen einem Haus Leben ein. Dieses Kind scheint sich hier zu Hause zu fühlen. Sie sagten, sie sei Phoebes Nichte ... Caroline?« Er starrte sie wieder an.

»Callie. Ich heiße Callie, außerdem tut mein Knie weh«, antwortete sie und zeigte auf ihr blutendes Bein.

»Ich frage mich, ob es auf diesen Knien noch irgendwo ein Stückchen Haut gibt«, sagte Mrs Ibell. »Geh nach oben,

Marthe wird dich saubermachen und dir die schmutzigen Sachen ausziehen.« Callie tat widerwillig, wie ihr geheißen wurde, während Mrs Ibell sich wieder ihrem Besucher zuwandte. »Schön, Sie wiederzusehen, Sir Lionel. Sie waren furchtbar lange fort. Wäre es für Arthur und seine Braut nur anders gekommen ... Sie sind herzlich zum Abendessen eingeladen. Ich habe keine Ahnung, wann Miss Phoebe aus Glasgow ankommt.«

»Danke, ich muss leider weiter. Ich wollte nur kurz einen Blick auf den Ort werfen, um der alten Zeiten willen. Wie ich sehe, haben Sie noch immer das Ruder in der Hand, Nan.«

»Ich muss gestehen, ich habe gerne Kinder im Haus. Caroline ist ein aufgewecktes Mädchen, und Marthe, das Kindermädchen, geht gut mit ihr um, dafür, dass sie Ausländerin ist. Miss Phoebe hat immer viel unten in London zu tun.«

»Ich dachte, das hätte sie aufgegeben«, sagte er.

Callie stand noch immer oben an der Treppe und lauschte, bereit, sich einzumischen. »Tante Phee geht zum Film, und dann nimmt sie uns alle zu meinem Geburtstag mit nach Glasgow ins Kino. Haben Sie mir ein Geburtstagsgeschenk mitgebracht?«

»Caroline!«, prustete Mrs Ibell, doch der alte Gentleman musste lachen.

»Wer nicht wagt, der nicht gewinnt«, sagte er und sah zu ihr nach oben. »Mal sehen, was ich finden kann, junge Dame.«

»Zu meiner Zeit gewann man nichts, wenn man wagte«, sagte die Haushälterin und verschränkte die Arme vor der Brust. »Ab mit dir und tu, was ich dir gesagt habe, sonst feierst du gar keinen Geburtstag. Bitte entschuldigen Sie unsere kleine Madam.«

Callie rannte in ihr Zimmer hinauf zu Marthe, die in einem Schaukelstuhl saß und die zerschlissene Bluse ihrer Schuluniform flickte.

Marthe war an ihrer Seite, solange sie denken konnte, sie half ihr beim Anziehen, sorgte dafür, dass sie saubere Leibchen trug, dass ihre Strümpfe gestopft waren, sie ein Taschentuch für die Schule eingesteckt hatte, und sie erzählte ihr Geschichten, wenn sie nicht einschlafen konnte. Marthe, Nan Ibell und Tam im Garten waren ihre Welt, Nairn und Niven waren ihre besten Freunde, und das einzig Schlimme in ihrem Leben war, dass sie kein Junge, sondern ein Mädchen war.

Marthe säuberte Callies blutendes Knie mit solcher Zärtlichkeit, dass es gar nicht mehr weh tat. Dann legte sie einen Verband darum, wusch sie von Kopf bis Fuß und brachte sie ins Bett. »Zeit für ein Nickerchen. Du darfst später länger aufbleiben, wenn du jetzt schläfst, bis Miss Phoebe kommt.«

Doch Callie war zu aufgeregt, um zu schlafen. Wenn Tante Phoebe kam, brachte sie immer Geschenke – neue Bilderbücher und Süßigkeiten in schönen Schachteln – und viele Neuigkeiten. Mrs Ibell buk frisches Teegebäck mit Himbeermarmelade und Sahne, Biskuitkuchen und Fleischpastete. Der Tisch im Esszimmer war bereits festlich gedeckt. Tante Phoebe kam zu ihrem Geburtstag, das tat sie immer. Callie hatte Ferien, also standen ihr viele schöne Tage bevor. Morgen früh würden sie mit dem Zug in die Stadt fahren, wie Tante Phee auf ihrer Postkarte versprochen hatte.

Marthe und Nan waren für sie wie ihr täglich Brot, Tante Phee hingegen Kuchen mit Zuckerguss: etwas ganz Besonderes. Sie hatte ihr so viel zu erzählen, vom Eulennest im Wald, den Blumen, die sie gepresst hatte, dem belgischen Lied, das

Marthe ihr beigebracht hatte, den neuen Stichen, die sie in der Schule, Miss Cameron's Academy, gelernt hatte, und dass sie ordentlich auf einer Zeile ihren Namen schreiben konnte.

An der Wand stand ein besonderes Buch, in dem sie alle Postkarten aufbewahrte, die Tante Phee ihr von fernen Orten geschrieben hatte – Biarritz, Paris, Malta –, bevor der Große Krieg zu Ende ging und die Glocken in Dalradnor Village erschallten. Da gab es einen Ort, der sich der Tower of London nannte, und einen anderen mit dem Namen Le Havre, aus dem Tante Phee braungebrannt und beladen mit Puppen in gestreiften Röcken und Spitzenhäubchen für ihre Vitrine zurückgekommen war. Es waren keine Puppen gewesen, mit denen man spielen konnte, aber Callie spielte ohnehin nicht mit Puppen. Sie besaß einen ausgestopften Plüschesel mit echtem Ledersattel, original Pantinen aus Holland und eine Halskette aus glänzenden blauen Perlen.

Keine ihrer Freundinnen an Miss Cameron's Schule hatte eine so berühmte Tante wie sie, die auf Bühnen auftrat und wunderschöne Kleider, Pelze und Hüte trug. Sie wusste, dass sie in Miss Fayes Haus lebte, dass ihre Eltern gestorben waren und sie dankbar sein musste, dass es auch ihr Zuhause war. Marthe sagte immer, Miss Faye habe ihrem Land gedient und den Soldaten geholfen, als sie es brauchten, doch jetzt war der Krieg vorbei, und nur ein großes Kreuz auf dem Dorfplatz, auf dem in Gold eingravierte Namen standen, die sie kaum lesen konnte, erinnerte noch daran. Sie tat sich schwer beim Lesen, dafür kannte sie alle Namen der Blumen, die im ummauerten Garten und im Wald wuchsen, und die der Vögel in den Bäumen. Tam hatte ihr beigebracht, wie man sie an ihrem Gesang erkannte. Sie wusste, wo es im Frühling Kaulquappen und

Froschlaich gab und wo die Amseln nisteten. Marthe nahm sie mit zum See, dort picknickten sie am Kieselstrand mit Wildpastete, Butterbrot, Obstkuchen und einer Thermoskanne mit heißem Tee.

Callie hasste es, wenn es regnete und sie im Haus bleiben musste, aber wenn es im Winter schneite, konnte man draußen herrliche Schneeballschlachten machen, Schneemänner bauen oder mit dem Schlitten den Hang hinuntersausen. Manchmal half sie Nan und dem Dienstmädchen Effie Drummond in der großen Küche, das lauter Geschichten über Kelpies, Wassergeister, und unheimliche Nebelgespenster kannte. Callie durfte dann die Teigschale auskratzen und das Gebäck in Stücke schneiden oder ein Malbuch mit Kreiden ausmalen, doch heute musste sie ihre Augen schließen und so tun, als schlafe sie, damit Marthe das Kinderzimmer unter dem Dachboden mit den vergitterten Fenstern und dem Kohleofen mit dem Messingschutz verließ und Mr Dapple, dem Schaukelpferd, die Bewachung der offenen Tür überließ, für den Fall, dass sie sich nachts fürchtete.

Callie liebte ihr Zimmer, das Bettgestell aus Messing und die Patchwork-Tagesdecke. Sie hatte ihre eigene Frisierkommode mit Schubladen, in denen es nach Lavendelblüten roch und die Kleidungsstücke zwischen Seidenpapier lagen. Meist trug sie die flaschengrüne Schuluniform, ein Trägerkleid, eine Bluse mit goldfarbenen Streifen, eine grüne, goldfarben paspelierte Strickjacke und dicke grüne juckende Kniestrümpfe, dazu ein grünes Filzhütchen mit dem Hutband der Schule. Trotzdem konnte sie es nie erwarten, in ihren extra für sie gefertigten Kilt in ihrem persönlichen, rot, grün und blau gemusterten Tartan des Ross-Clans zu schlüpfen. Tante Phee hatte ihr gesagt, sie heiße mit zweitem Namen Rosslyn und dürfe deshalb diesen Tartan tragen. Sie hatte ihn bei Lawrie, den Kiltmachern in Glasgow, extra für sie anfertigen lassen.

Hätte sie doch immer Kilt und Pulli tragen dürfen, dann hätte sie wie ein Junge mit den Zwillingen herumtoben können und hätte nicht wie ein verweichlichtes Mädchen am Sonntag gesmokte Hängerchen mit weißen Socken und Sandalen anziehen müssen. Sie hatte darum gebettelt, wie Tante Phee einen Kurzhaarschnitt zu bekommen, doch Marthe hatte gemeint, es brächte Unglück, wenn sie sich vor ihrem zwölften Lebensjahr die Haare schneiden ließe.

Callie kuschelte sich unter die Decke, war aber kein bisschen müde. Sie hatte Tante Phee an Ostern zum letzten Mal gesehen, damals hatte sie ihre Freundin Kitty mitgebracht. Die war Krankenschwester in einem großen Krankenhaus und ziemlich streng. Marthe war ganz aufgeregt gewesen, als Kitty zu Besuch kam. Reverend Farell, Tante Kittys Vater, hatte ihre Familie gerettet und ihr während des Krieges ein Zuhause gegeben. Sie hatte bestimmt Neuigkeiten von Marthes Familie mitgebracht. Marthes Schwestern und ihre Eltern waren nach Belgien in einen kleinen Ort namens Bruges, Brügge, zurückgekehrt und waren dort Lehrer, ein Bruder war nach Kanada ausgewandert. Callie wollte gar nicht daran denken, dass Marthe vielleicht eines Tages fortgehen und zu ihrer Familie zurückkehren könnte, vor allem nicht vor ihrem Geburtstag … Ob der alte Mann im Flur ihr tatsächlich ein Geschenk bringen würde? Sie griff nach Smokey, ihrer kleinen Spielzeugkatze, schloss die Augen und summte ihr belgisches Lieblingsschlafliedchen: »*Slaap kindje slaap. Daar buiten loop een schaap …*«

2

Als der Zug aus den Tiefen des Tunnels der verqualmten Buchanan Station tauchte, starrte Phoebe Faye aus dem Fenster hinaus auf die vorbeiziehende Landschaft, die Wohnhäuser und großen Kräne der Schiffswerft am Clyde und weiter nordwärts auf die grünen Vorstadtgärten von Bearsden und Milngavie und auf die Heide und die Campsie-Hügel. Die letzte Etappe ihrer Reise war ihr die liebste, weil sie wusste, wie herzlich Nan, Effie und Marthe sie empfangen würden. Für Tam, der sie vom Bahnhof abholte, hatte sie eine Überraschung. Bei einem Händler in Glasgow hatte sie ein neues Auto für ihn bestellt, das morgen geliefert werden sollte.

Es fiel ihr nie leicht, London mit all seinem Glanz und seiner Geschäftigkeit zu verlassen, doch jetzt gab es in Dalradnor Lodge ein Telefon, so dass sie wegen eines Vorsprechens jederzeit erreichbar war. Während ihres Besuchs konnte sie den Haushalt von seinen Pflichten Caroline gegenüber entlasten. Picknicks, Ausflüge, Gaumenfreuden – sie würde sie für ein paar Tage verwöhnen. Immerhin war es ihr Geburtstag. Seit Phoebes letztem Besuch an Ostern waren Monate vergangen, und sie fragte sich, ob das Kind gewachsen war und noch in die Kleider passte, die sie ihr gekauft hatte. Eigentlich hatte sie vorgehabt, früher zu kommen, doch das Theaterstück war ausnahmsweise einmal besser gelaufen als erwartet, außerdem war sie zum Vorsprechen für einen neuen Film geblieben, aus dem aber nichts geworden war.

Während sie durch das Zugfenster auf die vorbeiziehenden Hügel und die immer steiler und felsiger werdende Landschaft blickte, spürte Phoebe wieder die Begeisterung und

Aufregung – und die Schuldgefühle –, die sie immer überkamen, wenn sie nach Dalradnor zurückkehrte. Sie erinnerte sich an ihren ersten Besuch, als sie von Arthurs Tod und dem Verlesen des Testaments noch ganz benommen war. Arthur hatte ihr dieses Haus vermacht. Sie erinnerte sich noch an die lange Reise Richtung Norden mit Marthe und dem Baby, als sie sich wie eine Vertriebene gefühlt hatte. Doch als sie das breite, schmiedeeiserne Tor aufstieß und das schöne Haus vor sich sah, begriff sie augenblicklich, dass sie einen Zufluchtsort gefunden hatte. Die Lichter hatten gebrannt, und die Tür war aufgeflogen.

Die Haushälterin hatte sie ganz überrascht aufgenommen. »Der Tod von Master Arthur hat uns schrecklich getroffen. Und wen haben wir hier?« Sie spähte auf das Baby in der dicken Decke, aus der nur ein Gesichtchen hervorlugte. »Auf ein Kind war ich nicht vorbereitet.«

Und da kam die große Lüge. »Das ist meine Nichte Caroline. Ihre Eltern sind bei einem Unfall ums Leben gekommen. Ich bin ihre einzige Verwandte. Das ist ihr Kindermädchen«, fügte sie hinzu und zeigte auf Marthe.

Und obwohl sie nun schon seit Jahren mit dieser Lüge lebte, fiel sie ihr immer noch nicht leicht. Aber was das Kind nicht wusste, konnte ihm nicht schaden. Das war immer noch besser, als wenn sie als uneheliches Kind abgestempelt worden wäre. Dieser Schwindel hatte es Phoebe ermöglicht, weiter ihre Dienstpflichten im Krieg zu leisten. Es war eine drastische Lösung, doch wie sonst hätte sie sie beide schützen können?

Hier war Carolines Zuhause, außerdem hatte sie die Entscheidung, das Mädchen mit Marthe zurückzulassen, nicht leichtfertig gefällt, aber vieles hatte dafür gesprochen. Das

Haus stand allein und bot einen herrlichen Ausblick. Das Dorf war nur eine halbe Meile entfernt. Es gab einen Tennisplatz und herrliche Grünanlagen, in denen ein Kind sicher spielen konnte. Und die Luft war sauber und frisch.

Das erste Jahr war sie hiergeblieben, um sich vom Tod ihres Verlobten Arthur zu erholen. Jene Zeit schien ihr inzwischen ein weit zurückliegender Traum. Abseits all der neugierigen Blicke hatte sie gelernt, das Personal und die Dorfbewohner zu schätzen, die den Seton-Ross-Clan bewunderten und sie so freundlich aufgenommen hatten, als sie erfuhren, dass sie Arthurs Verlobte war und nur ein paar Tage vor ihrer Hochzeit ein Telegramm mit der Nachricht von seinem Tod erhalten hatte.

Doch dann hatten Theaterschminke und Rampenlicht das ehemalige Gaiety Girl wieder nach Süden gelockt. Alles hatte mit einem Gastauftritt im Erskine House begonnen, einer herrlichen Villa am River Clyde, die in ein Krankenhaus umfunktioniert worden war, einem Zentrum für arm- und beinamputierte Soldaten und Matrosen. Dort unterhielt sie die Jungs in der Great Hall mit Liedern aus ihren Shows, trank auf der Terrasse Tee mit ihnen und sah den großen Schiffen nach, die an ihnen vorbei zur Meeresmündung zogen. Manchmal nahm sie Caroline mit, um die Männer aufzuheitern, bis das Kind anfing, sich vor den entstellten Patienten zu fürchten. Dann aber hatte man Phoebe wieder zu den YMCA-Konzerttouren zurückgeholt. Und ihr war bewusst, dass hier ihre Pflicht lag und sie nicht weiter in einem Haus voller Frauen herumsitzen durfte. Es fiel ihr schwer, wegzufahren, doch als Caroline ihre Abwesenheit kaum bemerkte, weil sie so an Marthe hing, wusste sie, dass sie das Richtige getan hatte.

Erst als Kitty mit Ruhr aus Thessaloniki heimkehrte und Phoebe sie nach Dalradnor mitnahm, damit sie sich erholte, nahm ihre beste Freundin sie hart ins Gebet.

»Wie um Gottes willen konntest du das Kind nur hier mitten in der Wildnis zurücklassen?«

»Alle denken, dass ich ihre Tante bin, nicht ihre Mutter«, gestand Phoebe, und Kitty sah sie entsetzt an. »Es ist nur zu ihrem Besten«, fuhr sie fort und hoffte, Kitty würde sie verstehen.

»Zum Besten für wen? So eine Lüge ist gefährlich«, zischte Kitty. »Das Schlimme an dir ist, dass du schon immer auf zwei Hochzeiten gleichzeitig tanzen wolltest, Phoebe. Sie ist deine Tochter – wie kannst du sie nur so hintergehen?«

»Sie ist noch zu klein, um die Wahrheit zu verstehen. Wenn sie einmal älter ist, werde ich es ihr erklären. Du siehst doch, wie glücklich sie hier oben ist. Das ist ein herrlicher Ort, um ein Kind großzuziehen.«

»Eines Tages werdet ihr beide bitter dafür bezahlen müssen«, sagte Kitty mit verletzender Schärfe. »Ich sehe den Reiz, das Personal ist nett, und Callie ist glücklich, doch all das gründet auf einer Lüge. Sei vernünftig, noch ist es nicht zu spät, um deinen Fehler zu korrigieren.«

So sehr Phoebe die Ehrlichkeit ihrer Freundin auch schätzte, sie war nicht bereit, ihre Warnungen zu beherzigen. Sie verstanden einander einfach nicht. Die arme Kitty saß fest, musste alternde Patienten in einem Londoner Krankenhaus pflegen und sehnte sich nach der Freiheit zurück, die sie in den schottischen Frauenkrankenhäusern genossen hatte. Maisie Gibbons, ihre andere Freundin und Mitbewohnerin aus rauschenden Theaterzeiten, hatte alle überrascht, als sie die Bühne verließ und mit ihrem Filmpartner Billy Demaine in Kensington eine Schule für Tanz und Bühnenkunst gründete. Alle waren bei Carolines Geburt dabei, hatten dieses Geheimnis bewahrt, doch niemand hatte ihre Entscheidung gebilligt.

Sie hatte Kitty nie erzählt, dass Billy ihr geschrieben und angeboten hatte, sie zu heiraten, damit das Kind einen Namen hätte, nachdem er von Arthurs Tod erfuhr. Doch das wäre eine noch größere Tragödie gewesen als die Lösung, die sie selbst gefunden hatte. Billy war ein guter Freund, aber als Ehemann kam er nicht in Frage. Sie wusste, dass es großzügig von ihm war, andererseits dachte er dabei wohl auch an seinen eigenen Ruf. Als verheirateter Mann ging er dem Geschwätz aus dem Weg, auch wenn die ganze Theaterwelt von seinen Neigungen wusste. Ihre Ehe wäre eine einzige Farce gewesen. Und wie hätte sie Arthur, ihren geliebten Arthur, vergessen können?

Maisie vergötterte die kleine Caroline. »Du wirst ihre ganze Kindheit verpassen«, warnte sie Phoebe. »Wenn ich eine kleine Tochter hätte, würde ich sie niemals einem Fremden überlassen. Du hast so ein Glück, dass du sie hast.«

Phoebe empfand es nicht immer als Glück; manchmal erschien es ihr wie eine Last, dass sie für alles verantwortlich war. Sie musste einem Kind Vater und Mutter gleichzeitig sein, dafür sorgen, dass Aktien und Geldanlagen genügend Einnahmen abwarfen, aus der Ferne den Haushalt von Dalradnor führen, dafür sorgen, dass die Konten immer gefüllt und die Ausgaben gedeckt waren, während sie ihre eigene Karriere vorantrieb, um sich abzusichern. Als Tante konnte sie immer wieder einen Blick auf das Leben in Dalradnor werfen, ohne dass ihr jemand peinliche Fragen stellte.

Sie liebte Caroline. Sie konnte es kaum erwarten, bis das kleine Mädchen ihr um den Hals fiel und rief: »Tante Phee, Tante Phee, du bist wirklich gekommen!« Sie würde sie herumwirbeln, bis beiden schwindelig war und sie auf dem Rasen umfielen. Doch im Hintergrund stand immer die Furcht, die Wahrheit werde eines Tages ans Licht kommen, lauerte der Kummer darüber, dass Arthur Seton-Ross sein kleines Mädchen nie gesehen hatte. Wenn sie die Wahrheit enthüllte, würde Caroline als das uneheliche Kind einer ledigen Mutter abgestempelt. Frauen landeten schon für weniger im Irren- oder Zuchthaus.

Außerdem plagten sie Schuldgefühle, weil sie ihr Geheimnis nie mit ihrem eigenen Vater geteilt hatte, bevor ihn die Spanische Grippe dahinraffte. Sie hatte ihre bescheidene Herkunft in Leeds stets verschwiegen. Den Unfalltod ihres Bruders hatte sie dazu genutzt, Caroline nominelle Eltern zu geben. Ihr zweiter Bruder Ted war verheiratet, erfuhr aber nie etwas von Caroline, außerdem hatte sie schon vor Jahren den Kontakt zu ihm aufgegeben. Sie hatte so viele Geheimnisse und schämte sich ihrer, doch es war besser so. Niemand konnte gesellschaftliche Ächtung riskieren, sie am allerwenigsten.

Nun hatte sie einen Koffer voller Süßigkeiten zu verteilen, eine elegante neue Kluft für Marthe, einen vollen Obstkorb für die Küche und zu Carolines Geburtstag das perfekte Geschenk. Als Tam sie langsam die Lindenallee entlang zur Eingangstür fuhr, sah sie bewundernd am alten Landhaus empor zum Staffelgiebel und den Dachfenstern aus Buntsandstein, dann zu den Glastüren, die auf die Steinterrasse hinausgingen, und zu der Treppe, die zum makellosen Garten und dem Tennisplatz führte. Immer wenn sie ankam, musste sie an Arthur denken, wie er für den Sommer hierherkam und es kaum erwarten konnte, auf sein Pferd zu steigen, angeln zu gehen oder am See zu picknicken. Ich habe dein Baby an den Ort gebracht, wo du am glücklichsten warst, sagte sie ihm in Gedanken. Ich weiß, dass sie hier tiefe Wurzeln schlagen wird. Ich hoffe, du wirst deswegen stolz auf mich sein. Aber hätte Arthur all das richtig gefunden? Das würde sie niemals erfahren. Sein Vermächtnis war, Callie und ihr sehr zum Entsetzen seiner Familie das Haus zu hinterlassen.

»Wir haben die Kleine noch aufbleiben lassen, damit sie Sie begrüßen kann«, sagte Nan lächelnd. »Außerdem hatten Sie heute Besuch vom alten Sir Lionel Seton-Ross höchstpersönlich. Er wusste, dass es der Todestag seines Sohnes ist, und kam, um sich das Kriegerdenkmal auf dem Platz anzusehen. Er hat dafür gesorgt, dass jetzt der Name seines Sohnes draufsteht.«

Diese Neuigkeit versetzte Phoebe in Angst. War er auch gekommen, um seine Enkelin zu besuchen?

»War unsere junge Dame auch im Haus?«, fragte sie so ruhig wie möglich.

»Oh, natürlich, sie stürmte herein und hätte unseren Besucher beinahe umgerannt. Er war ziemlich von ihr angetan und hat ihr ein Geburtstagsgeschenk versprochen.«

»Das ist nicht nötig. Ich hoffe, sie hat sich gut benommen.« Phoebe wollte nicht, dass Sir Lionel käme und das Fest ruinierte oder gar seine Tochter Verity, die Phoebe mit Herablassung betrachtete und die Nase rümpfte, als würde sie stinken. Die Familie war entsetzt gewesen, als ihr Sohn ihnen mitteilte, dass er ein Kind habe, für das gesorgt werden müsse. Verity hatte bei dieser Neuigkeit angewidert die Kanzlei verlassen. Sir Lionel war der Einzige, der sich um Carolines Wohlergehen sorgte. Jetzt kam er wohl, um nach ihr zu sehen.

»Ist für morgen alles vorbereitet? Ich nehme an, Sie haben die Laird-Zwillinge eingeladen«, seufzte sie. »Ich hätte das Kind am liebsten für mich alleine gehabt, bis auf Flora aus der Schule.«

»Es kommen nur die Jungs, mit dem Mädchen hat sie sich zerstritten. Ich habe dafür gesorgt, dass Marthe ihr Kleid bügelt, sonst zieht der kleine Teufel wieder den Kilt an, und der ist völlig verdreckt.«

Phoebe ging die Treppe hinauf in den zweiten Stock zum Kinderschlafzimmer neben einem kleinen Wohnzimmer. Caroline saß am Feuer.

»Da bist du ja. Ich habe gewartet und gewartet.«

»Tut mir leid. Komm, umarme mich, lass sehen, ob du gewachsen bist.«

Caroline sprang auf und stellte sich an die Tür. Marthe holte ein Lineal, legte es ihr auf den Kopf und machte einen Strich. »Ganze zweieinhalb Zentimeter seit Miss Phoebes letztem Besuch. Ich glaube, sie wird einmal so groß wie Sie. War ihre Mutter groß?«

Sie erwähnten für gewöhnlich in Carolines Gegenwart nie ihren verstorbenen Bruder Joe, der mit seiner Verlobten Beryl Poole während des Blackouts auf der Straße ums Leben gekommen war. Es war ihr sinnvoll erschienen, sie zu Carolines verstorbenen Eltern zu machen. Immerhin gehörten sie zur Familie. Fotos gab es keine – so weit hatte sie nicht gehen wollen –, doch Marthe schnitt das Thema gerne an. Ein Mädchen muss über seine Mutter Bescheid wissen, hatte sie einmal angedeutet. Doch heute Abend ignorierte Phoebe sie. Sie war nicht gewillt, weitere Lügen zu verbreiten. »Offenbar hat sie die Größe von meiner Familie geerbt. Komm, ich lese dir eine Geschichte vor.«

»Erzählst du mir die von Brown Carrie und Fair Carrie? Ich kann sie fast in Marthes Sprache nacherzählen.«

»Die Geschichte kenne ich nicht. Ich find schon etwas anderes.« Phoebe wandte sich zum Bücherregal. Ihr gefiel der Gedanke nicht, dass Marthe und Caroline eine andere Sprache teilten, doch was hatte sie erwartet, wenn sie eine Ausländerin anstellte?

»Nein, ich will die.«

»Und wo ist sie?«, sagte sie. Sie war müde und hungrig.

»Ich fürchte, nur in meinem Kopf«, antwortete Marthe. »Meine Mutter hat sie mir erzählt. Es ist ein bekanntes Volksmärchen in unserem Land. Wenn Sie möchten, kann ich es erzählen.«

Phoebe war enttäuscht, dass nichts bei ihrer Ankunft auch nur annähernd so war, wie sie es sich erhofft hatte. Verstimmt stocherte sie im Feuer herum. Die Nachricht vom Besuch Sir Lionels hatte sie verunsichert. War Arthurs Schwester Verity auch im Ort? Was, wenn die beide morgen auftauchten? Doch dann begann Marthe die Geschichte von zwei Schwestern zu erzählen, die wie Caroline hießen. Die eine Carrie war blond und hübsch, die andere dunkelhaarig und unscheinbar und mit Pockennarben übersät, so dass ihre Stiefmutter die Hübsche verbrühen wollte, damit sie der Hässlichen, die sie bevorzugte, ähnlicher würde. Die Schwestern rannten davon zu einem See, wo ein Schwan sie auf seinen Rücken nahm. Doch dann wurden sie ihm zu schwer, also bat er eine von beiden, ins Wasser zu springen, und es war die Hässliche, die sich anbot zu ertrinken.

Die Hübsche blieb am Strand zurück und weinte um ihre Schwester, bis die Hässliche wunderschön und makellos aus dem Wasser stieg. Als die Stiefmutter die beiden erblickte, schämte sie sich für ihre Taten, und sie lebten fortan alle glücklich und zufrieden bis an das Ende ihrer Tage …

»Sie hat ihr Leben für ihre Schwester eingesetzt, und zum Lohn dafür ist sie äußerlich so schön geworden, wie sie innen schon immer gewesen war«, flüsterte Marthe als sie sah, dass Caroline eingeschlafen war. »Nur das was innen ist, zählt, nicht wahr?«

»Natürlich«, sagte Phoebe und fühlte sich von diesem Märchen irgendwie herausgefordert. Wie war sie wohl selbst innerlich, hässlich oder schön? Sie sah Marthe zu, wie sie das schlafende Kind ins Bett legte und das Licht löschte. »Sie hat es lieber, wenn Vorhänge und Tür offen bleiben, dann kann sie am Morgen auf die Hügel blicken«, sagte das Kindermädchen lächelnd und räumte die Kleider und Spielsachen beiseite.

Phoebe wandte den Blick ab, sie wusste, dass sie all das nicht getan hätte. Es gab so vieles, das sie über Carolines alltägliche Gewohnheiten nicht wusste. Ihr stiegen Tränen in die Augen, aber ob es Tränen der Schuld, der Scham, der Liebe oder der Verwirrung waren, wusste sie selbst nicht genau. Vielleicht war es ein wenig von alledem, das ihr das Herz schwer werden ließ …

Der Ausflug nach Glasgow am nächsten Tag war ein voller Erfolg. Sie nahmen den Zug erster Klasse in die Stadt und genossen Suppe und Gebäck in Miss Cranston's Tearoom in der Sauchiehall Street. Phoebe liebte das auffallende Dekor, die wunderschönen Wandgemälde und das elegante Besteck. Die Kellnerinnen trugen alle die gleiche Kleidung. Man kam sich vor wie auf einer Bühne. Nairn und Niven Laird zappelten etwas, aber zum Glück verschütteten sie nichts, danach begleitete Marthe sie zu ihrer aller Freude in die grüngelbe Tram. Sie besuchten den Fossil Grove und bestaunten die versteinerten Baumstümpfe und Wurzeln, danach ging es zurück in die Stadt zum Juwelier in der Argyll Arcade und Henderson's Jewellers, wo Caroline sich eine hübsche Golduhr mit weißem Lederarmband aussuchen durfte.

»Aber ich kann gar keine Uhrzeit lesen, Tante Phee … Darf ich stattdessen einen Armreif haben?«

»Du wirst es schon bald können«, beharrte Phoebe und hoffte, sie würde das teure Geschenk mögen. Dann gingen sie alle ins Kino, setzten sich an einen Tisch und sahen sich den neuesten Charlie-Chaplin-Film an, tranken Tee und aßen Eiscreme. Chaplin war wirklich ein guter Schauspieler, sein Gesicht wirkte so traurig, dass Caroline sich an Marthe klammerte. Phoebe überkam plötzlich heftige Eifersucht angesichts der engen Verbindung der beiden.

Die kleine Gesellschaft kehrte wieder nach Dalradnor zurück. Phoebe erstarrte, als sie den großen Wagen vor dem Eingang sah. Das war nicht der, den sie beim Autohändler bestellt hatte. Die beiden Jungs sprangen heraus und betrachteten neugierig das große, glänzend schwarze Gefährt. Der Fahrer bot ihnen an, sie den Weg entlangzufahren, wenn sie sich satt gesehen hätten. Caroline wollte auch mitkommen, aber Marthe schob sie in den Flur.

»Es ist Zeit für deinen Tee. Wir haben Besuch.«

Phoebe hielt sich zurück und versuchte, sich zu fassen, sie fragte sich, warum Sir Lionel erneut gekommen war.

Nan Ibell lief emsig um sie herum. »Der Tee wird im Esszimmer serviert. Junge Dame, wasch dir die Hände und begrüße deinen Besuch.«

Phoebe ging zum Esszimmer und hoffte, er möge allein gekommen sein. Was für eine Erleichterung. Lionel hatte ihr stets Zuneigung entgegengebracht, außerdem hatte sich der Todestag seines Sohnes gejährt, und Caroline hatte Geburtstag. Warum sollte sie nicht ein wenig mit dem Gedanken trösten, dass auch er sah, dass das Kind seinem Vater immer ähnlicher wurde?

»Sir Lionel, wie schön, dass Sie noch einmal gekommen sind. Tut mir leid, dass wir uns gestern verpasst haben. Sie sehen, wir hatten einen geschäftigen Tag in der Stadt, aber bleiben Sie doch bitte zum Tee, wir werden Carolines Torte anschneiden. Caroline, Sir Lionel besucht dich noch einmal. Ist das nicht nett?«

»Haben Sie es mitgebracht?«, fragte sie lächelnd und knickste höflich.

»Was mitgebracht, junge Dame?« Er tat überrascht.

»Heute ist doch mein Geburtstag«, sagte sie stolz. »Ich bin jetzt sieben.«

»Ja richtig, darum habe ich mir auch gedacht, dass ich lieber nicht mit leeren Händen kommen sollte.«

»Wo, wo ist es?« Die kleine Hexe sah sich im Zimmer um und suchte nach einer Schachtel. »Ich habe eine Uhr bekommen. Tante Phee hat sie mir geschenkt … Ich durfte sie mir in einem Geschäft aussuchen.« Sie streckte ihr Handgelenk aus, damit man sie bewundern konnte.

»Oh, das ist aber eine schöne Uhr. Aber wo habe ich bloß die Kindertröte?« Er neckte sie, weil er ihre Ungeduld bemerkt hatte. »Oh, ich glaube, sie liegt da drüben im Korb.« Er zeigte auf einen Weidenkorb neben dem Ledersessel am Fenster. »Könntest du den öffnen?«

Caroline rannte zum Korb und öffnete ihn mit einem Schrei. »Oh, schaut nur! Marthe, Tante Phee, schaut, schaut, kommt her.« Sie hob ein kleines pelziges Etwas, einen verschlafenen Hundewelpen heraus. »Für mich, der ist für mich!«

Auf Sir Lionels Gesicht breitete sich Genugtuung aus, er nickte. »Jetzt musst du dich um ihn kümmern, ihn auf lange Spaziergänge mitnehmen und ihm Manieren beibringen. Er heißt Cullein, Held der Clans. Das ist ein Cairn-Terrier, er wird nicht sehr groß, aber er ist sehr schnell. Ich glaube, dass man mit sieben Jahren alt genug ist, um zu wissen, dass er kein Spielzeug, sondern ein Lebewesen ist. Finden Sie nicht, Miss Faye?«

»Phoebe, bitte«, murmelte sie und wusste, dass er um ihr Einverständnis ersuchte. Der kluge alte Mann hatte mit diesem aufmerksamen Geschenk, das sich so gut für ein Einzelkind eignete, das Herz des Mädchens erobert. Er hatte seine Sache gut gemacht, sie nicht. Wer wollte schon eine Uhr, wenn man eigentlich viel lieber einen Armreif gehabt hätte oder einen Welpen als Spielgefährten bekommen konnte? Warum war sie nicht selbst darauf gekommen?

Du kennst deine eigene Tochter nicht, deshalb bist du hier die Außenseiterin. Du bist nur die Tante, die ab und zu vorbeikommt und dann wieder verschwindet. Warum beschwerst du dich? Du hast es so gewollt. Jetzt musst du dafür geradestehen. Setz ein Lächeln auf und mach weiter. Das ist Carolines großer Tag, nicht deiner.

Sie marschierten ins Esszimmer, das von Kerzenschein erhellt wurde. Dort erwartete sie eine herrlich glasierte Torte, geschmückt mit sieben Kerzen. Caroline setzte sich still, ihren neuen Freund fest im Arm.

Für Phoebe war der Tag zerbrochen. Sie fühlte sich wie ein Kind, das die Nase an die Fensterscheibe drückt und durch das Glas auf etwas schaut, an dem es nicht länger Anteil hat. Sie atmete tief durch: Es war an der Zeit, die Gastgeberin zu spielen und ein Lächeln aufzusetzen.

»Ist es nicht großartig, dass wir heute hier alle so zusammensitzen? Was für ein wunderschöner Ausklang …«

3

Callie konnte die Sommerferien kaum erwarten, obwohl es eine Zeit für schmerzliche Abschiede werden würde. Die Familie Laird zog auf eine größere Farm weiter im Süden Schottlands um, und Marthe würde ihre Familie in Belgien besuchen. Callie würde die ganze Zeit mit Tante Phee verbringen und mit ihr und ihren Freunden nach Südfrankreich reisen. Tante Phee hatte vor, über den Ärmelkanal nach Boulogne zu fahren, Paris zu besichtigen und dann den Zug direkt hinunter ans Mittelmeer in eine Stadt namens Nizza zu nehmen. Mrs Ibell nähte Baumwollkleider und Sonnenhüte und packte ausreichend Natron in den Koffer, falls Callie das Essen im fremden Land nicht bekäme. Marthe sollte sie im Zug nach London begleiten, wo sie Tante Phee treffen würden, danach sollte Marthe den Dampfer nach Ostende besteigen. Sie hatten zur Vorbereitung die Reiseroute schon einmal auf der Landkarte studiert, die im Kinderzimmer an der Wand hing. Marthe sprach gut Französisch und sorgte dafür, dass Callie ein paar Sätze aus ihrem Sprachbuch lernte.

Marthe sagte nicht viel, während sie ihren eigenen Koffer packte. Sie hatte von Tante Phee einen Brief mit allen Anweisungen erhalten, doch nachdem sie ihn gelesen hatte, starrte sie aus dem Fenster und brach in Tränen aus. In den Händen hielt sie ihren neuen Rock, den sie nach der letzten Mode gekürzt hatte und in dem man ihre schlanken Beine sehen würde, ihr Haar hatte sie sich kurzschneiden lassen. Callie fand sie sehr hübsch.

»Bist du krank?«, fragte Callie, lief zu ihr und umarmte sie.

»Nein ... nur ein wenig traurig.«

»Warum?«

»Manchmal geht etwas zu Ende ... Ich war zu naiv. Komm, wir suchen ein paar Bücher zusammen und stecken sie in deinen Koffer.«

Callie überlegte, ob Marthe einen neuen Freund hatte, der sie vielleicht von Dalradnor fortholte.

Tam und Nan würden sich um Cullein kümmern und dafür sorgen, dass er täglich Auslauf bekam, denn übers Meer konnte sie ihn nicht mitnehmen. Callie wusste schon jetzt, dass er ihr schrecklich fehlen würde. Vielleicht kam Sir Lionel während seines jährlichen Urlaubs vorbei, um nachzusehen, ob sie auch gut für Cullein sorgte. Er brachte nie seine Frau oder Tochter mit, worüber Mrs Ibell sich jedes Mal ärgerte. »Das ist doch seltsam ... sie wohnen bei den Balfours keine fünf Meilen von hier entfernt und sind in all den Jahren nicht einmal vorbeigekommen ...«

Callie mochte den alten Gentleman. Er brachte ihr immer Kinderbücher und Süßigkeiten in einer Tüte mit, in der ganz unten eine halbe Krone versteckt war, die sie sparen oder ausgeben konnte, wie sie wollte. Er wirkte immer traurig, wenn er sich verabschiedete. Wenn die Zwillinge umzogen, mit wem sollte sie dann spielen, wenn sie wieder nach Hause kam? Mit den Mädchen bekam sie immer wieder Streit, sie hänselten sie und nannten sie Waisenkind. Aber es war doch nicht ihre Schuld, dass sie keine Brüder und Schwestern und keine Eltern hatte. Viele Mädchen in der Schule hatten ihre Väter im Krieg verloren. Tante Phee hatte auch ihren Verlobten verloren. In ihrem Schlafzimmer stand ein in Silber gerahmtes Foto von ihm in Uniform. Er war Sir Lionels Sohn, sein Name stand auch auf dem Kriegerdenkmal. Tante Phee war immer sehr traurig, wenn sie sich das Foto ansah.

Schließlich kam der Tag, an dem sie mit dem Zug nach London reisen sollten. Die Fahrt zum Bahnhof von Glasgow war heiß und staubig, aber Callie gefiel das emsige Treiben der Gepäckträger, gefielen die vielen Menschen auf dem Bahnsteig, die den Reisenden zuwinkten, der große Zeitungsstand, an dem sie eine »Girl's Own«-Zeitschrift und Schokolade für die Fahrt kauften. Es gab so viel zu sehen, als der Zug nach Süden ratterte und sie aus dem Fenster sah. In Carlisle holte Marthe belegte Brote und eine Thermoskanne heraus, und sie spielten Galgenraten und Tic Tac Toe. In Lancaster holte Marthe ihr Strickzeug hervor und sorgte dafür, dass Callie ihr Buch las und ein wenig schlief. An jeder Haltestelle fragte Callie, ob sie bald da seien, dann lachte Marthe und sagte: »Hab Geduld.« Danach sprachen sie nur so aus Spaß Flämisch, aber dann wurde Marthe ernst.

»Vergiss es niemals, mach es zu deiner Geheimsprache. Dich wird keiner verstehen. Das könnte eines Tages lustig sein.«

Callie lächelte und nickte. Sie verstand Marthe ziemlich gut, selbst wenn sie schnell sprach.

Plötzlich verschwanden die grünen Wiesen, Ziegelhäuser und Fabriken, Schornsteine und Tunnel tauchten auf, und schließlich fuhren sie in die Euston Station ein. Am Ende des Bahnsteigs wartete Tante Phee auf sie und winkte. Sie sah ganz anders aus, seit Callie sie das letzte Mal gesehen hatte. Sie hatte eine Dauerwelle in ihrem kurzen Haar und trug eine kleine Baskenmütze, die sich seitlich an ihren Kopf schmiegte. Sie hatte ein schmales Baumwollkleid an, das nur bis zum Knie reichte, dazu Seidenstrümpfe und Riemchenschuhe mit hohem Absatz.

»Sieh dich nur an, du bist ja rot wie eine Tomate, ein Kilt in dieser Hitze! Hättest du dem Kind nicht etwas Leichteres anziehen können?«, zischte sie Marthe an.

»Es war kühl, als wir abgefahren sind, außerdem ist es doch besser, wenn sie ihre neuen Kleider für die Ferien aufbewahrt«, sagte Marthe und wirkte verärgert.

»Nun, vermutlich schon. Komm, wir nehmen ein Taxi.« Phee wandte sich an Marthe. »Um wie viel Uhr geht dein Zug zum Schiff? Wir können uns gleich hier verabschieden, jetzt übernehme ich. Du könntest dich noch frisch machen.«

Callie fühlte sich wie ein Paket, das herumgereicht wird. »Kann Marthe nicht mitkommen?«, fragte sie, aber Phee ignorierte sie.

»Es ist besser, wir verabschieden uns jetzt. Ich habe noch eine Menge zu erledigen, bevor wir morgen losfahren. Gut,

Marthe, ich wünsche dir schöne Ferien ... und eine gute Reise. Ach, Kitty schickt deiner Familie herzliche Grüße und hofft, dass sich alle wieder gut zu Hause eingelebt haben«, fügte sie noch hinzu.

Marthe beugte sich herab und küsste Callie. »Sei ein braves Mädchen und hab wunderbare Ferien. Du wirst mir fehlen.« Ihre Stimme zitterte.

»Wir holen dich doch ab, wenn wir auf der Rückreise sind, nicht wahr?«, fragte Callie und wandte sich an Phee, als sie sah, wie verstört Marthe war.

»Natürlich, wenn Zeit dafür bleibt. Wir werden uns sicher irgendwie sehen.«

»Ich wünschte, du würdest mitkommen«, sagte Callie und klammerte sich an sie. Marthe war der wichtigste Mensch in ihrem Leben, ihr einziger Halt Tag und Nacht. »Ich will nicht, dass du gehst«, sagte sie auf Flämisch, und Marthe flüsterte ihr ins Ohr: »Mach dir keine Sorgen ... Ich bin immer für dich da.«

»Macht nicht so ein Aufhebens«, unterbrach Phee sie. »Marthe hat ihr eigenes Leben. Sie möchte doch nicht, dass du in der Öffentlichkeit so eine Szene machst. Du siehst sie ja wieder ...«

Phee zog sie fort, Callie aber winkte, bis Marthe in der Menge verschwunden war. Und plötzlich standen sie draußen im grellen Sonnenschein, mitten im tosenden Verkehr, den hupenden Autos und Bussen. Das war wie in Glasgow, nur dreimal so belebt, die Leute eilten die Gehsteige entlang. Woher kamen die alle? Im Taxi kam sie sich vor wie unter einer Glasglocke, Callie sah aus dem Fenster auf Gebäude, die in den Himmel ragten, und beobachtete die Leute, die aus den Busfenstern starrten. Inmitten dieser lärmenden Geschäftigkeit fühlte sie sich sehr klein.

Tante Phee hingegen lehnte sich entspannt zurück. »Bist du aufgeregt?«, fragte sie lächelnd.

»Ein bisschen«, antwortete Callie scheu. »Wo wohnen wir?«

»In meiner Wohnung in der Nähe der Marylebone High Street. Es wird dir gefallen. Ich habe dein Zimmer nach der neuesten Mode eingerichtet. Morgen geht es früh nach Dover, damit wir rechtzeitig die Fähre bekommen. Wir fahren nach Frankreich, genau wie im Krieg, als ich mit meiner Theatergruppe in den Krieg zog.«

»Aber ich kann nicht so gut Französisch«, sagte Callie.

»Du kannst es besser als ich, außerdem sprechen dort alle Englisch. Ich möchte dir all die herrlichen Plätzchen zeigen. Wir werden wunderschöne Ferien zusammen verbringen. Ein ganz besonderer Urlaub, an den wir immer zurückdenken werden.«

Callie schwieg, sie wünschte sich zurück an den See, wo sie Cullein Stöckchen in die Luft werfen konnte. Sie hätte sich freuen sollen, doch das tat sie nicht. Stattdessen wurde ihr übel, und es beschlich sie das Gefühl, dass nichts mehr sein würde wie zuvor.

4

Phee konnte nicht schlafen. Sie musste unbedingt dafür sorgen, dass Caroline schöne Ferien verbrachte, und diese Verantwortung lastete schwer auf ihr. Draußen war es heiß und laut. Jetzt, wo Marthe aus dem Weg war, musste sie übernehmen. Sie hatten nun Zeit, sich in den kommenden vier Wochen viel besser kennenzulernen.

Alles war geplant: geeignete Kleidung für Strand und Sonne, Spaziergänge und Schwimmpartien mit Maisies Freunden. Sogar Billy wollte mit seinem neuesten Schützling vorbeischauen, er konnte gut mit Kindern. Caroline würde in der Sonne richtig aufblühen und ihre Blässe verlieren. Sie würden Schlösser und Kathedralen besichtigen, Weinberge und Gärten besuchen, und sie hatte Pläne für ihre weitere Schulausbildung geschmiedet.

Miss Cameron's Academy hatte für die ersten Jahre ausgereicht, aber jetzt brauchte das Kind den geregelten Tagesablauf eines guten Internats, wo sie die richtigen Mädchen kennenlernen und eine umfassende Allgemeinbildung erwerben würde, bevor sie im Ausland in einem feinen Mädchenpensionat ihre Bildung abschloss. Trotz ihrer nicht standesgemäßen Geburt sollten ihr alle Möglichkeiten offenstehen, sollte sie den ihr zustehenden Platz in der Gesellschaft einnehmen und schließlich eine passende Ehe eingehen können. Noch gab es keinen Grund, das Geheimnis ihrer wahren Identität zu lüften.

Lionel Seton-Ross hielt sich an die Abmachung. Seine Finanzberater sorgten auch weiter dafür, dass Arthurs Verlobte und seine Tochter finanziell abgesichert waren. Phoebe hatte nie auch nur einen Penny der zukünftigen Erbschaft von Arthurs Vermögen angerührt; das Haus in Schottland war das einzige Geschenk, das sie angenommen hatte. Caroline sollte einmal alles bekommen. Sie selbst verdiente sich ihren Lebensunterhalt in London am Theater.

Die Zeiten hatten sich für das ehemalige Gaiety Girl geändert. Sie war noch immer jung, aber jetzt, nach dem Krieg, gab es jüngere Mädchen auf dem Markt, die dem Geschmack der Zeit eher entsprachen. Sie hatte zu viele Kurven, um als Model arbeiten zu können. Ein großer Star würde sie nicht mehr werden, aber sie hatte eine Nische gefunden und spielte Charakterrollen: nordenglische Dienstmädchen und Matronen mit starkem Akzent. Sie heimste Lacher ein für ihren unverblümten Yorkshire-Dialekt, sie bekam sogar ein paar Filmrollen. Sie hatte einen Agenten, der dafür sorgte, dass ihr Name im Gespräch blieb. Es war zwar nicht genau das, wovon Phoebe Faye vielleicht einst geträumt hatte, aber die Zeiten des Variétés waren längst vorbei. Ihre neuen Rollen finanzierten Miete und alltägliche Rechnungen, sie konnte sich elegante Kleider kaufen und hatte Arbeit in einer Zeit, in der viele Menschen arbeitslos waren und hungern mussten. Und all das war meilenweit von ihren bescheidenen Anfängen in Leeds entfernt. Ihr Aussehen, ihre Stimme und ihre Bühnenpräsenz hatten sich schon früh gezeigt und das Interesse des großen Impresarios George Edwardes geweckt. Als sie an der Kings Cross Station angekommen war, hatte sie ihren breiten Akzent verloren, jetzt nutzte sie ihn wieder, um an Filmrollen zu kommen.

Wenn sie einmal kein Engagement hatte, unterrichtete sie in Maisie Gibbons Schauspielschule, vorwiegend Bühnenausdruck und Gesang. Sie war froh, dass Caroline keinerlei Interesse für das Theater zeigte. Bei ihr drehte sich alles nur um Hunde, Ponys, aufgeschürfte Knie und Bewegung an der frischen Luft. Doch Caroline war zu Höherem bestimmt, und der erste Schritt auf dem Weg dorthin war die Vermittlung von gutem Geschmack und gefälligen Manieren.

Phoebe lächelte, als sie daran zurückdachte, wie sie in einem Reihenhaus in Hunslet aufgewachsen war, ihren Tanzbeutel und die Noten zum Vorsprechen mitschleppte, nur ein paar Schillinge für jeden Auftritt verdiente und keine Ahnung von der privilegierten Welt gehabt hatte, in der ihre Tochter jetzt aufwuchs.

Niemand sollte ihr nachsagen können, dass sie ihr nicht das Beste im Leben bot. »Taten, keine Worte«, seufzte sie und dachte daran, wie Emily Davison sich seinerzeit am Derby Day vor das Pferd des Königs geworfen hatte, während Arthur, elegant im grauem Zylinder, Wildpastete genoss. Immerhin würde seine Tochter niemals Hunger und Not während eines Weltkrieges leiden müssen, der so vielen Menschen das Leben gekostet hatte. Für Kitty oder Maisie und ihre Freundinnen gab es keine Männer mehr, die sie heiraten konnten, als der Krieg vorbei war. »Oh, Arthur«, seufzte sie und konnte in der nächtlichen Hitze kein Auge zutun. Warum lasten alle Entscheidungen auf mir? Warum musstest du mich verlassen? Sie lehnte sich zurück, und zum ersten Mal seit 1916 erlaubte sie sich, noch einmal in Gedanken jenes herrliche gemeinsame Wochenende aufleben zu lassen.

1916

Phoebe konnte es kaum ertragen, in den Kulissen auf ihren Auftritt zu warten, wenn sie wusste, dass Arthur sich ihre Show ansah. Nachdem sie sich verbeugt hatten, der Vorhang gefallen und der Applaus verebbt war, eilte sie in die Umkleide und schlüpfte in ihr hübschestes Kleid und ihren rosafarbenen

Samtmantel, eingefasst mit Schwanendaunen. Sie wollte wunderschön aussehen, aber nicht zu aufgedonnert, nicht wie die Gaiety-Mädchen auf den Postkarten. Ein Mädchen, das mit ihrem jungen Soldatenfreund abends in der Stadt unterwegs war.

Er wartete in Uniform am Bühneneingang.

»Lass uns laufen und ein wenig frische Luft schnappen«, schlug sie vor. Die Nacht war sternenklar und eiskalt, ihr Atem schwebte wie Rauch hoch. Sie bummelten zum Trafalgar Square und Piccadilly hinunter nach St James, dann führte er sie in die Jermyn Street zum Cavendish Hotel, wo er für ein spätes Abendessen einen Tisch reserviert hatte.

Phoebe war dort schon vorher Gast der Besitzerin Rosa Lewis gewesen, die einst Vertraute des alten Königs und berühmt für ihre köstliche Küche war. Mr Edwardes, der Chef der Truppe, hatte die Mädchen aus seinem Theater vorgestellt, und ein paar von ihnen durften dort ihr Abendessen einnehmen und bekamen so die Gelegenheit, Soldaten aufzuheitern, die Urlaub von der Front hatten. Natürlich in allen Ehren, denn sie verliehen dem Speisesaal Glanz und Glamour.

»Ich habe eine Unterkunft hier. Mein Vater ist ein Freund von Miss Lewis, sie kümmert sich immer um uns, wenn wir in der Stadt sind«, sagte Arthur lächelnd. »Hier ist es intimer als in anderen Restaurants. Ich möchte nicht, dass wir uns einer anderen Gruppe anschließen müssen.«

Man führte sie in den langen getäfelten Speisesaal zu einem ruhigen Tisch hinter hohen Grünpflanzen. Es war viel los, doch es war niemand da, den sie kannte. Phoebe entspannte sich und empfand plötzlich großen Hunger.

»Das Essen hier ist hervorragend. Miss Rosa überwacht alles höchstpersönlich. Oben gibt es an die hundert Zimmer, manche sind mit Dauergästen belegt. Sie ist sehr freundlich zu den Jungs, die wenig Geld haben und auf Heimaturlaub sind. Ich habe gehört, dass sie einen Weg gefunden hat, die Extrakosten reichen alten Männern auf die Rechnung zu setzen, damit die Soldaten keinen Heller berappen müssen ... Ich fühle mich hier immer wie zu Hause. Aber genug von mir.« Er griff nach ihrer Hand. »Du warst heute Abend umwerfend. Das ist eine wirklich gute Revue ... Wie geht es dir, meine Liebe? Du siehst viel besser aus als das letzte Mal, als ich dich in Frankreich gesehen habe. Da warst du wirklich sehr mager.«

»Na ja, wir eilen immer von einem Krankenhausauftritt zum nächsten, von einem Lager ins andere. Du weißt ja, wie das ist, manchmal ist man zu müde, um etwas zu essen. Als wir uns in Calais trafen, sahst du aus, als kämest du direkt aus der Hölle.« Sie hatte nicht vorgehabt, über den Krieg zu reden, doch er wirkte immer noch angespannt.

»Ich fürchte, eine Woche mit meinen Eltern ist nie erholsam. Mama kann sehr fordernd sein. Sie ließ mich nicht aus den Augen und hat diese dummen Mädchen gedrängt, sich bei Tisch neben mich zu setzen.«

»Sie meint es nur gut und wollte, dass du nette Gesellschaft hast«, war das Beste, was Phoebe sagen konnte. Bei dem Gedanken an derartige Verkuppelungsversuche wurde ihr ganz schlecht. »Und deine Schwester ...?«

»Verity ist für einen Tag raufgekommen, hat mich nach Informationen ausgequetscht und immer wieder von den armen Kerlen aus Eton gesprochen, die über den Jordan gegangen sind … Armes Mädchen, wenn das noch lange so weitergeht, wird keiner für sie übrig bleiben. Das ist ein einziges Schlachthaus, und jetzt kommen auch noch die Gasangriffe …« Er machte eine Pause und versuchte sich zu sammeln. »Genug von dem Geschwafel über den Krieg – ich will einfach nur dein Gesicht sehen und alles vergessen. Kaum zu glauben, wie uns das Schicksal wieder zusammengeführt hat. Ich kann gar nicht begreifen, weshalb wir uns nicht mehr getroffen haben.«

Phoebe nippte an ihrem Wein. Dann sah sie Arthur an und sagte leise: »Das schien das einzig Richtige, nachdem deine Mutter –«

»Was? Mutter hat mit dir gesprochen? Wann?« Er beugte sich zu ihr vor und drückte ihre Hand noch fester.

»Am Derby Day, als wir ihnen beim Mittagessen begegnet sind. Sie sagte, dass du die Guards verlassen müsstest, falls es ernst zwischen uns würde.«

Arthur knallte sein Glas auf den Tisch. »Wie konnte sie es nur wagen, sich einzumischen? Warum hast du mir das nicht schon früher erzählt?«

»Das konnte ich doch nicht, dann kam außerdem noch der schreckliche Unfall von Miss Davison beim Pferderennen hinzu. Danach wusste ich nicht, wie ich es dir sagen sollte.«

»Oh, Phoebe, das tut mir entsetzlich leid.« Er ergriff ihre Hand und streichelte sie. »Wir haben so viel Zeit vergeudet, ich hätte so viele Briefe von dir erhalten können … Es wäre besser gewesen, wenn ich mich in ein anderes Regiment hätte versetzen lassen. Nach Mons und Marne gibt es kaum noch Gardeoffiziere.« Arthur schüttelte den Kopf. »Meine Mutter lebt in einer Welt, die nie wieder zurückkehren wird. Dieser blutige Krieg rafft die alten Hierarchien hinweg. Wir haben so viele Erben, große Namen und Kameraden und Schulfreunde, gute Soldaten aus allen Reihen verloren. Du hast ja gesehen, wie sie enden: in irgendeinem Lazarett, wo sie sich die Gedärme aus dem Leib husten oder in einer Chirurgie, wo sie um schnelle Erlösung von ihren Qualen bitten. Phoebe, ich habe dich so vermisst. Ich habe versucht, andere Mädchen zu finden, um deinen Platz auszufüllen, aber in meinen Gedanken warst immer nur du, als wir …«

Phoebe brach in Tränen aus, aber sie wollte keine Szene machen. »Ich glaube, ich werde gleich ohnmächtig«, flüsterte sie. »Es ist sehr warm hier drinnen.«

»Nun, wenn du einverstanden bist, könnten wir uns das Abendessen in meiner Suite servieren lassen.«

Sie nickte, er führte sie die Treppe hinauf und einen knarrenden Flur entlang in seine Zimmer im zweiten Stock. Sie zögerte kurz und überlegte, dass es besser wäre, abzulehnen und ein Taxi rufen zu lassen, doch dann wischte sie den Gedanken beiseite. Sie wollte den Dingen ihren Lauf lassen. Und sie mussten sich Zeit füreinander nehmen. Diese Nacht schien erfüllt von einer eigenartigen Dringlichkeit.

Er öffnete die Tür in einen hübschen Salon mit Chintzvorhängen, an dessen Wänden Jagdszenen hingen. Es gab eine Essecke und ein Schlafzimmer, in dem Phoebe ihren Mantel ablegte. Im Schlafzimmer lagen Arthurs Kleider herum, es duftete nach Pfeifentabak und nach dem Eau de Toilette *Penhaligon's Hammam Bouquet*, der Lieblingsduft der Theaterliebhaber, die am Bühneneingang auf Schauspielerinnen warteten. Arthur hatte sich mit der Toilette ebenso Mühe gegeben wie sie.

Sie saßen nebeneinander, als das Abendessen serviert wurde. Phoebe nippte an ihrem Champagner, schmeckte aber nur die Bläschen, die ihr in die Nase stiegen, und spürte die steigende Spannung zwischen ihnen, so dass sie ihm schluchzend in die Arme fiel, als sich die Türe schloss. »Es tut mir so leid, ich dachte, es wäre das beste für dich, wenn ich dich gehen ließe.«

Er fuhr mit seinem kleinen Finger über ihre Lippen, sie spürte das kühle Gold des Siegelrings auf ihrer Wange. »Jetzt bist du hier, und das ist das Einzige, was zählt. Es ist der schönste Moment meines Urlaubs. Du kannst dir nicht vorstellen, wie lange ich mich danach gesehnt habe. Für gewöhnlich lief ich am Theater vorbei und hoffte, dich zu sehen. Ich habe dir geschrieben, aber du hast mir nie geantwortet.« Er sah sie an, seine Augen glänzten dunkel. »Phoebe, lass uns jetzt keine Zeit mit Gedanken daran verschwenden, was hätte sein können. Nur das Hier und Jetzt zählt, und das gehört uns.«

Er küsste sie sanft, erforschte ihre Lippen, anfangs noch zögernd, dann mit wachsender Leidenschaft. Ihr Atem ging schneller, sie schmeckte seinen Mund, sog den Duft seiner Haut ein, überrascht von dem Begehren, das sie beide erfasste. Es war wie ein Schwindel, der Drang, einander nahe zu sein, durch die Kleider die nackte Haut des anderen zu spüren und endlich einmal die Umarmungen auszuleben, die Phoebe so gut für die Bühne einstudiert hatte. Ihr Abendessen auf den Tellern wurde kalt, sie umschlangen einander, Hemden und Unterröcke fielen zu Boden, Mieder wurden geöffnet, bis sie fast nackt auf dem Bett lagen. Sie erforschten einander, lächelten sich im großen goldenen Wandspiegel an, und jede Bewegung fachte beim Anblick des anderen ihr Begehren weiter an. Ihre Berührungen waren zunächst zärtlich, tastend, erfüllt vom Staunen über die Schönheit, die sich ihnen enthüllte. Aber dann überkam beide die Leidenschaft, die nur ein Ziel haben konnte. Sie klammerte sich an ihn, als er in sie eindrang, zuckte zuerst zusammen, gab sich dann aber voller Erregung seinen kraftvollen Stößen hin, während in ihrem Körper ein Feuerwerk explodierte.

Erschöpft vom Liebesspiel lagen sie danach beisammen, müde, aber auf seltsame Weise vollkommen entspannt. Phoebe betrachtete ihren Geliebten im Schein der Lampe. So war also dieses Einswerden, diese körperliche Liebe, und es war das Natürlichste auf der Welt, sie mit ihm zu erfahren. Warum hatte sie sich dieses Glück versagt? Warum hatte sie verdrängt, was sie vor all den Jahren bereits beim ersten Mal empfunden hatte, als sie sich bei der Hochzeit der berühmten Schauspielerin Lily Elsie begegnet waren? Ganz egal, nun waren sie eins. Ab jetzt würde dieser wunderbare Mann in ihrem Leben sein. Sie würde sich nicht noch einmal von ihm trennen lassen. Er schlief, sie bedeckte ihn mit der herabgefallenen Tagesdecke und kuschelte sich neben ihn. Nun gab es kein Zurück mehr.

Später lagen sie zusammen in der Badewanne, seiften einander ein, wuschen sich gegenseitig und lachten, als hätten sie alle Zeit der Welt, neue Sinnesfreuden zu entdecken. Das Frühstück wurde gebracht, und Phoebe bemerkte, dass für zwei Personen aufgetragen worden war. Sie hüllte sich in seinen Morgenmantel, setzte sich frech an den Tisch und wartete, dass man sie bediente: Eier, Schinken, Toast, Obst und frisch gebackene Brötchen, Kaffee in einer großen schlanken Silberkanne, ein wahres Festessen für hungrige Liebende.

»Und was machen wir heute?«, fragte Arthur lächelnd. »Ich finde, wir sollten einen Ring kaufen, was meinst du?«

»Vielleicht sollte ich zu den Proben gehen und erst einmal mein Abendkleid ausziehen?«

»Kommst du danach gleich wieder, Liebste? Heute ist mein letzter Tag.«

»Ich weiß, ich weiß, ich lasse mir etwas einfallen.« Auf dem Weg hinaus überlegte sie schon. Was konnte sie schwänzen, um Zeit für ihn zu haben? Wenn sie zurück in ihre Wohnung in der Little Portland Street ginge, würde sie nur mit unzähligen Fragen überschüttet werden. Vielleicht konnte sie sich ein paar Dinge besorgen und einen Apotheker finden, der Vaginalduschen und Ähnliches verkaufte. Ein Risiko durfte sie doch nicht eingehen.

Phoebe fühlte sich verwandelt, als sie das Cavendish an Arthurs Seite verließ, eine völlig andere Frau. Jetzt waren sie ein Paar. Niemand konnte etwas daran ändern. Sie würde ihm seinen letzten Tag nicht verderben. Also wollte sie etwas tun, das sie noch nie zuvor getan hatte: Sie würde sich krank melden und eine Vorstellung schwänzen, auch wenn das gegen all ihre Prinzipien verstieß – diese eine Atempause schuldeten sie ihr.

Als sie die Straße entlangschlenderten, wurde ihr schlagartig klar, dass Arthur jetzt Vorrang vor ihrer Karriere hatte. Wenn sie ihn heiratete, stünde er in ihrem Leben an erster Stelle. Das war eine seltsame und sehr plötzliche Kehrtwendung. Ihr wurde fast schwindlig bei der Vorstellung. Ausgelöst vielleicht durch die Narbe auf seiner Schulter, an der ihn eine Kugel gestreift hatte. Er erzählte ihr, seine Lederjacke habe ihm das Leben gerettet. Sie hätte sich auch im Krankenhaus oder an einem schlimmeren Ort wiedersehen können. Er hatte Glück gehabt. Der Mann neben ihm hatte eine Kugel ins Auge bekommen, die sein Gehirn durchschlug.

Phoebe rief von einem öffentlichen Telefon aus an und gab Bauchschmerzen vor, die ihren Auftritt beeinträchtigen könnten. Sie schickte eine Karte zu ihrer Wohnung und teilte den Mädchen mit, dass sie endlich Arthurs Familie einen Besuch abstatten wollte. Dann schlenderten die beiden Arm in Arm durch den St James Park, der zum Großteil in Schrebergärten umgewandelt worden war oder als Trainingsgelände diente. Sie spürten die kühle Luft auf ihren Gesichtern und steuerten auf die Bond Street und das Kaufhaus Fenwick zu, wo er ihr einen warmen Mantel mit dazu passendem Hut und Fellmuff im Kosakenstil kaufte. Sie bummelten durch die Geschäfte, liefen dann zu den Burlington Arcades und sahen sich die Auslagen der Juweliere an. Arthur fand schließlich genau das Geschäft, das er gesucht hatte, und ging hinein.

»Wir wollen einen Verlobungsring«, verkündete er.

»Arthur!«, sagte Phoebe leise. »Du hast mich doch noch gar nicht gefragt«, flüsterte sie und wurde rot.

»Aber du willst doch, oder?«, flehte er.

Der verblüffte Verkäufer drückte sich am Tresen herum und wartete auf ihre Antwort.

»Warte bitte.« Phoebe versuchte ihre Gedanken zu ordnen. »Du solltest das richtig machen … deine Eltern, meine Familie … Ich will nicht, dass du irgendwas überstürzt, du könntest das später bereuen … Bitte.«

»Ich kann nicht länger warten, Liebste. Komm schon, setz dich und such dir was Hübsches aus.«

Phoebe wusste nicht, wo sie sich hinsetzen sollte. »Könnten wir das bitte privat besprechen?«, fragte sie und ging zur Tür.

»Weist du mich etwa zurück?« Die Enttäuschung in seinem Gesicht berührte sie zutiefst.

»Nein, natürlich nicht.« Sie lächelte. »Aber eine Überraschung wäre schön. Du musst etwas aussuchen.«

»Na gut, dann sei ein braves Mädchen und geh hinaus, ich suche etwas für dich aus, das dir gefallen wird. Eigentlich müsste ich dir etwas aus dem Familienschmuck überreichen, aber dafür haben wir jetzt keine Zeit.«

Phoebe ging vor die Tür. Sie kam sich albern vor und fragte sich, wie es so weit kommen konnte. Kurz darauf war er wieder draußen und hielt ein Päckchen in der Hand. »Es ist deine Schuld, wenn er die falsche Größe hat. Komm, wir suchen uns ein Plätzchen, an dem wir feiern können. Das Ritz … zu diesem Anlass.«

Und so saß Phoebe umgeben von anderen Gästen mit Arthur beim Mittagessen in dem kunstvoll goldverzierten Speisesaal mit Stuckdecke, während er das Päckchen herauszog und es ihr überreichte.

»Hier, das ist deine Überraschung. Und hiermit bitte ich dich ganz offiziell um deine Hand.« Er lächelte sie verschmitzt an.

Sie öffnete das blaue, mit eisblauem Samt eingefasste Lederschächtelchen, in dem ein wunderschöner Ring aus Diamanten und in Gold gefassten Saphiren steckte.

»Blau, passend zu deinen Augen, und Diamanten für unsere Liebe, auf dass sie ewig währen möge. Gefällt er dir?«

»Ich finde ihn wunderbar. Danke ...« Aber so sehr sie sich auch bemühte, der Ring war ihr zu klein. Tränen der Enttäuschung stiegen ihr in die Augen. »Er glitzert so schön und ist so hübsch, aber meine Knöchel sind geschwollen ...«, rief sie.

»Wir können ihn weiten lassen. Phoebe Faye, jetzt bist du meine Braut.«

»Mit richtigem Namen heiße ich Phoebe Boardman. Phoebe Annie Boardman. Am Theater ist nichts echt.«

Er nahm ihre Hand und küsste sie zärtlich. »Für mich bist du echt, egal, wie du heißt. Jetzt kann ich wieder einrücken, weil ich weiß, dass du auf mich warten wirst.«

»Das hätte ich auch so getan, Arthur, dazu brauchtest du mir keinen Ring zu kaufen. Aber bitte sag noch niemandem, dass wir verlobt sind. Wenn man erfährt, dass ich zu einem Offizier ein persönliches Verhältnis habe, darf ich nicht mehr zu den Konzerttouren an der Front mitreisen. Ich muss auch meinen Beitrag leisten. Ich will mich einfach nützlich machen, verstehst du?« Auf einmal sah sie, wie eingefallen sein Gesicht und wie müde sein Blick war.

»Natürlich musst du das, Liebste. Ich bin stolz darauf, dass du so empfindest. Wir halten es geheim und heiraten das nächste Mal, wenn ich auf Urlaub bin.« Er schwieg einen Moment. Dann sagte er leise: »Hör zu, wir haben heute nicht genug Zeit, um in aller Ruhe Pläne zu schmieden. Ich würde so gern bleiben, aber ich muss um sechs Uhr in Waterloo den Zug nehmen. Begleitest du mich?«

Sie kehrten auf sein Zimmer im Cavendish zurück und verriegelten die Tür, als könnten sie damit auch die Zeit aussperren. Es gab nur sie und das Entzücken ihrer neuentdeckten Liebe. Die kostbaren Stunden vergingen, und viel zu rasch mussten sie sich ankleiden und zum überfüllten Bahnhof fahren, auf dem sich Soldaten, verängstigte Frauen, Büropendler und Uniformierte jeder Couleur drängten, umgeben von Rauch und Nebel der Dampflok.

Phoebe hakte sich bei ihm ein und wünschte, der Ring stecke am Finger ihrer linken Hand, damit ihn jeder bewundern könne. Es war dumm von ihr gewesen, dass sie sich den Finger nicht hatte ausmessen lassen, aber das spielte jetzt keine Rolle mehr.

»Bleib nicht zu lange am Bahnsteig stehen. Ich möchte dich lächelnd in Erinnerung behalten, Liebste. Schreib bald und oft; ich weiß nicht, wie lange es bis zu meinem nächsten Urlaub ist …« Arthur blickte zu ihr herab. »Das war alles, wovon ich je geträumt habe, und noch viel mehr. Ich werde nur an dich denken, meine geliebte Phoebe.«

Er fährt weg, durchfuhr es sie, mit nie gekanntem Schrecken. Jetzt gleich fährt er weg, und ich kann es nicht verhindern. »Arthur, bitte pass auf dich auf, um meinetwillen … sei vorsichtig … ich könnte es nicht ertragen, dich jetzt zu verlieren«, schluchzte sie, als sie einander umklammerten. Gellend pfiff die Lok, der Zug ruckelte langsam an, und Arthur musste auf einen offenen Waggon springen. Sie lief ihm winkend bis zum Ende des Bahnsteigs nach und blieb dann stehen, bis auch die letzte Dampfwolke verschwunden war. Es war bereits dunkel, der Mond leuchtete am sternenklaren Himmel. Sie zögerte, war nicht imstande, sich von dem heiligen Fleckchen Erde wegzubewegen.

»Miss, kommen Sie, Sie müssen jetzt gehen«, sagte der Gepäckträger. »Er kommt bald wieder.«

Phoebe fröstelte, widerwillig drehte sie sich um und ging

langsam durch das Gedränge der Reisenden zum Bahnhofseingang zurück. Auf dem Vorplatz blieb sie wie benommen stehen, und ein Gefühl der Einsamkeit überkam sie inmitten der Menschenmenge. Ich muss mich ablenken, dachte sie, drehte sich um und sah auf die Bahnhofsuhr. Wenn sie ein Taxi nahm, schaffte sie es vielleicht noch zur Vorstellung …

Wie anders die Hauptstadt wirkt, wenn man verliebt ist, dachte Phoebe am nächsten Morgen. Alles um sie herum erschien ihr heller und fröhlicher und weniger trist zu sein. Jede Uniform, die sie auf der Straße sah, erinnerte sie an Arthur. Sie hätte ihr Glück am liebsten in den Himmel hinausgerufen, doch stattdessen hüllte sie sich wie in einen Pelzmantel darin ein. Das ist mein kostbarstes Geheimnis, sagte sie sich, als sie das blaue Lederetui mit dem Ring ganz nach hinten in ihre Unterwäscheschublade schob. Sie würde die gute Nachricht verkünden, aber jetzt war noch nicht der richtige Zeitpunkt gekommen. Im Augenblick gehörte dieses Geheimnis nur ihr allein. Ihr und ihrem geliebten Arthur.

Sie erwachte aus ihrer Träumerei mit tränenüberströmtem Gesicht. Sie hatten einander nie wiedergesehen, und nach Arthurs Tod hatte sie keinen anderen Mann auch nur angeschaut. Er war ihr großes Glück gewesen, das Schicksal hatte ihn ihr entrissen. Nie wieder wollte sie so leiden müssen. Ihre Liebe war so umfassend, so heftig und leidenschaftlich gewesen, dass sie für ein ganzes Leben reichte. All ihr Ehrgeiz, all ihre Sehnsüchte waren nun auf Carolines Zukunft gerichtet, mochte kommen, was wolle.

Das Treffen mit Marthe am Bahnhof war ihr peinlich gewesen, und einen Moment hatte sie befürchtet, das Kindermäd-

Liebe Mrs Ibell, Tam und Cullein,
ich bin über das Meer gefahren, und mir ist nicht schlecht geworden. Wir waren in Paris und haben uns viele Bilder angeschaut, und wir waren auf dem Eiffelturm. Zum Frühstück haben wir heiße Schokolade getrunken, es gab keinen Porridge, sondern Croissants mit Marmelade. Ich habe schöne Schlösser besucht, genau wie die in den Bilderbüchern, aber jetzt sind wir in der Nähe von Nizza. Es ist sehr heiß und sonnig, das Meer ist ganz blau und warm. Mein Lieblingseis ist grün mit Schokoladensplittern oben drauf. Ich hoffe, Cullein vermisst mich.
In Liebe Callie

chen würde alles verraten, so aufgelöst hatte es ausgesehen. Nachdem sie den Brief mit der Kündigung abgeschickt hatte, gab es kein Zurück mehr. Außerdem war es an der Zeit, dass Marthe ihr eigenes Leben lebte. Sie stand Caroline viel zu nahe, und das Kind war zu groß für ein Kindermädchen. Marthe hatte ihr eigenes Leben in Belgien, und Phoebe hatte ihr großzügig drei Monate Extralohn gezahlt. Mit ihren hervorragenden Referenzen würde sie bald wieder eine gute Anstellung in einer anderen Familie finden. Zum Glück hatte sie kein großes Aufhebens gemacht, und als Dank dafür würden sie sie auf ihrer Rückfahrt besuchen, und dann begann auch schon das neue Schuljahr. Caroline würde auf ein Internat im Norden gehen, das Kittys Freunde empfohlen hatten.

Das Haus in Dalradnor sollte weiterhin Feriendomizil bleiben, auch wenn Caroline über die großen Ferien nach London kommen musste. Das war die beste Möglichkeit, aus dem widerspenstigen Wildfang eine höhere Tochter zu machen. Mit der Zeit würde sie die Veränderungen akzeptieren.

5

Das Meer glitzerte, das Panorama war herrlich, Palmen winkten und neigten sich wie Fächer im Wind. Kleine Villen in allen möglichen Farben, Rosa, Türkis, Gold und Apricot, mit schräg abfallenden Ziegeldächern schmiegten sich an den Hang, der sich über der Bucht erhob. Ihre Villa hatte einen Garten mit einer Schaukel und einem Pool. Tante Maisie brachte Freunde mit, die eine Zeitlang blieben und Callie auf

Spaziergänge oder zum Eisessen an den Strand mitnahmen. Sie fuhren mit dem Auto zu den Lavendelfeldern oberhalb von Grasse, wo es so intensiv duftete, dass Callie niesen musste. Sie schlenderten über die Wochenmärkte in Cannes, berührten exotische Früchte, Gemüse und Kräuterbündel in allen Regenbogenfarben. Callie kaufte ein Spitzentaschentuch für Marthe und Walnüsse mit Schokoladenguss für Mrs Ibell.

Manchmal hatte sie furchtbar Heimweh nach Dalradnor, doch sie schluckte die Sehnsucht hinunter, weil sie wusste, dass sie bald zurückkehren würde und ihnen viele Geschichten zu erzählen hatte. In Frankreich war alles anders: der Geruch, die Straßen, die Häuser, das Essen und das Geplapper. Die Mädchen liefen mit Schirmen herum, um ihr Gesicht vor der Sonne zu schützen, die Kinder trugen hübsche Kleider und passende Hüte dazu. Callie badete mit ihrem neuen, gepunkteten Baumwollbadeanzug im Meer und trug nicht mehr den selbstgestrickten, marineblauen Schwimmanzug, den sie von zu Hause mitgebracht hatte und der sich dehnte und ausbeulte, wenn er nass wurde. Tante Phoebe kaufte ihr einen Spitzenfächer und einen Strohhut und wollte, dass sie ein Mittagschläfchen hielt, auch wenn sie herumtoben wollte. Sie bekam ein festliches Kleid mit einer wunderschön tief sitzenden Taille und einer Schärpe, das sie immer anziehen musste, wenn sie zum Essen ins Restaurant gingen, wo die Kellner sie wie eine Erwachsene behandelten und ihr Wasser in ihrem persönlichen Weinglas servierten.

Onkel Billy Demain kam mit seinem Freund Lyall vorbei, er war Filmschauspieler, und Callie bekam ein Autogramm von ihm. Sie ritt auf Eseln und fuhr in Kutschen, die müde Ponys die Küstenstraße entlangzogen. Alles war sehr amüsant, doch sie freute sich, als es wieder an der Zeit war, zu packen und nach Norden zu fahren. Sie hatte den Zwillingen und Marthe nach Brügge Postkarten geschickt. Sie würden sie auf dem Rückweg abholen, und Callie hoffte, dass auch sie schöne Ferien verbracht hatte.

Der Zug nach Norden brauchte eine Ewigkeit, sie stiegen in Paris um und besichtigten dann einen Ort namens Albert. Hier war es so ganz anders als in Paris oder Nizza. Callie staunte, als sie vom Bahnhof aus auf zerstörte Häuser, Baumstümpfe und tiefe Gräben sah. Um die Felder liefen Zäune, auf diesen Feldern standen unzählige kleine weiße Kreuze. Es waren Gräber der Soldaten, die im Großen Krieg gefallen waren, erklärte ihr Tante Phee, und Callie bedauerte, dass sie so weit weg von zu Hause begraben waren, doch wenigstens waren sie nicht allein.

Nachdem Tante Phee sich eine Weile umgesehen hatte, nahmen sie ein Taxi und fuhren zu einem kleinen Dorf. Auf dem Marktplatz zeigte Tante Phee den alten Männern, die sich dort versammelt hatten, das Foto eines Denkmals und fragte halb auf Englisch, halb auf Französisch, ob sie wussten, wo es stand. Die alten Männer zogen an ihren Pfeifen, schüttelten den Kopf und verstanden nicht, was sie meinte, also musste Callie, so gut sie konnte, übersetzen. Jemand deutete auf das Haus des Pfarrers, der glücklicherweise hinreichend Englisch sprach und ihnen erklären konnte, dass sich das Denkmal in der Nähe eines Ortes namens Ginchy befand, so dass sie auf den Landstraßen weiterfahren mussten.

»Halt!«, rief Tante Phee dem Taxifahrer zu, nachdem sie ein kurzes Stück zurückgelegt hatten. »Sehen Sie, da drüben .... *Arrêtez ici!*« Sie stieg mit Callie aus und suchte nach einem

Weg, doch es gab keinen. Unverdrossen marschierte Tante Phee in ihren besten Schuhen durch das Stoppelfeld über aufgewühlte Erde zu einer großen Steinsäule, die mit einer Eisenkette umzäunt war. Sie stand ein paar Minuten schweigend und tiefernst da, dann ging sie langsam einmal darum herum. »Hier ist Arthur in der Schlacht gefallen. Sir Lionel hat das Stückchen Land gekauft, damit er immer ein Grab hat.«

»Liegt er da drunter?«, fragte Callie neugierig.

»Nein«, seufzte ihre Tante. »Er wurde hier begraben, aber … es war auch danach umkämpftes Gelände, es gab Bombardements und Explosionen. Sein Grab ist also verschollen, aber seine Freunde haben der Familie den genauen Ort mitgeteilt. Ich wollte, dass du es mit eigenen Augen siehst.«

Callie stand da und wusste nicht, was sie tun sollte. Sollte sie den Kopf senken und ein Gebet sprechen? Aber wenn er doch gar nicht hier war? Sie las laut seinen Namen vor: »Major Arthur B. Seton-Ross, MC 14. September 1916.«

»Er ist ein paar Tage vor unserer Hochzeit gestorben«, sagte Tante Phee und starrte auf den Boden. »Wenn er gewusst hätte …«

»Was gewusst hätte?«

»Das verstehst du nicht.« Manchmal verstummte Tante Phee und igelte sich ein. Callie wusste dann nicht, wie sie mit ihr umgehen sollte. Während der Ferien hatte sie gelernt, sich einfach abzuwenden und irgendetwas anderes zu tun. Das waren Momente, in denen sie unerwünscht war.

Phoebe sah bestürzt zum Steinobelisk hinauf. Sie hatte unbedingt diesen Umweg nehmen und den Ort mit eigenen Augen sehen wollen, doch es war nicht so, wie sie es erwartet hatte.

Das Denkmal wirkte verloren inmitten des Feldes, ein Symbol der Trauer seiner Eltern, eine teure, nutzlose Geste, als gäbe es nichts mehr auf der Welt, das an ihn erinnerte. Und doch stand sie hier mit seinem Kind, das seinem Vater in so vielem ähnlich war. Das wäre der Zeitpunkt gewesen, ihr die Wahrheit zu sagen: »Hier ruht dein Vater, er hat für seine Tapferkeit einen Orden erhalten.« Aber sie fand keine Worte. Das Schweigen, das sie all die Jahre mit eisernem Willen aufrechterhalten hatte, ließ sie nun nicht mehr los. Es war Teil von ihr geworden. Und selbst wenn sie den Mut aufgebracht hätte, wie hätte sie Caroline an diesem trostlosen, schlammigen Feld von ihrem Vater erzählen sollen? Es war ganz sicher nicht der richtige Ort.

Warum musste man in Friedenszeiten viel mutiger sein als in Tagen des tobenden Krieges? Sie musste an die Konzerte im Bombenhagel denken, an die Märsche in der Dunkelheit unter dem Sternenhimmel, wenn die Truppen den Weg mit flackernden Streichhölzern säumten, um die Künstler nach einer Vorstellung zu ihren Fahrzeugen zu geleiten. Das waren die besten Tage ihres Lebens gewesen. Sie lebte gefährlich, aber sie tat ihre Pflicht, und sie wurde von einem mutigen Mann geliebt. Einem Mann, der irgendwo an der Front kämpfte und den sie bald heiraten würde. So hatte sie fest geglaubt. Dieser hässliche Stein war kalt, leer und erinnerte sie nur daran, dass der Tote längst dahin war und nie wieder zurückkehren würde. Arthur, ihr gutaussehender Arthur mit seinem Lächeln und seinem Charme, mit den sanften Händen, die sie liebkost hatten – er gehörte einer anderen, vergessenen Zeit an, und niemand wollte sich daran erinnern. Es war nur die Erinnerung an ihre Liebe geblieben.

Vielleicht lagen seine zertrümmerten Knochen irgendwo auf dem Feld des Bauern verstreut. Er war nirgendwo, dafür lebte dieses Kind, und plötzlich überkam sie der abscheuliche Gedanke, dass sie alles gegeben hätte, ihn statt Caroline an ihrer Seite zu haben. Sie erschauderte und wandte sich von der Wut ab, die in ihr aufstieg. Wie kannst du nur etwas so Furchtbares denken? Aber du hast es gedacht, und das wirst du nicht vergessen können.

»Komm, für heute haben wir genügend Kreuze gesehen.«

Callie folgte ihrer Tante, sie bahnten sich ihren Weg zurück zu dem wartenden Wagen. Wenn es hier nichts gab, warum hatte Sir Lionel dann diesen Stein errichten lassen? Sie verstand, weshalb Tante Phee hierhergekommen war und ihn sehen musste – nur dafür hatten sie diesen Umweg unternommen, und Callie merkte wohl, dass es sie traurig gemacht hatte –, doch der Ort sah nicht wie ein Schlachtfeld aus, sondern einfach nur wie ein aufgewühltes Feld mit ein paar Baumstümpfen und einem verlassenen Denkmal, das in den Himmel ragte.

Callie konnte es kaum erwarten weiterzufahren. Es war an der Zeit, Marthe abzuholen. Sie hatte so viel über ihre Brüder Jan und Piet und ihre Schwester Marie gehört, jetzt endlich würde sie sie kennenlernen.

Sie verließen den Ort, Tante Phee schwieg. Sie fuhren lange, gerade, langweilige Straßen entlang, vorbei an zerstörten Häusern und Kindern, die am Straßenrand standen und sie anstarrten, als hätten sie nie zuvor ein Auto gesehen. Sie übernachteten in Lille. Dann nahmen sie den Zug nach Osten zur Küste bis Brügge. Es sah genau so aus wie auf Marthes Postkarte, hohe Gebäude mit Treppengiebeln genau wie die von Dalradnor. Sie wusste, dass die Adresse Predikherenstraat lautete, doch die Hausnummer hatte sie vor lauter Aufregung vergessen. Sie saßen auf dem Marktplatz, tranken heiße Schokolade, blickten hoch und warteten darauf, dass die Glocke in dem hohen Glockenturm läutete.

»Wir müssen Spitzen und Schokolade für zu Hause kaufen«, sagte Tante Phee lächelnd und sah den Käufern nach, die an ihnen vorbeigingen. »Dann können wir ein Pferdetaxi nehmen und am Kanal entlang durch die hübschen Kopfsteinpflasterstraßen fahren.«

»Können wir zuerst Marthe abholen? Sie kann uns die besten Plätze zeigen.«

»Sie ist bestimmt bei der Arbeit.«

Callie wunderte sich. Wie konnte sie bei der Arbeit sein, wenn sie doch mit nach Hause kommen sollte? Doch sie sagte besser nichts, denn seit dem Besuch am Denkmal war Tante Phee mürrisch, meist wortkarg und ständig in Eile.

In der langen Straße gab es zahlreiche Geschäfte und hohe Häuser. In einem Blumenladen fragten sie nach Familie van Hooge, die Frau zeigte die Straße hinauf. Sie klopften an die Tür, doch niemand öffnete, also liefen sie durch die Stadt, bewunderten die Kathedrale und den Burgplatz, standen auf der Kanalbrücke und sahen den Schuten zu, die auf dem Wasser rangierten. Sie wählten Geschenke aus und fanden ein sauberes Hotel. Dann war es an der Zeit, eine Gaststätte zu suchen, Callie war auch sehr müde.

»Könnten wir nicht noch einmal zurückgehen?«

»Mach dir nichts draus, dass Marthe nicht da war. Es ist schon spät. Wir schauen morgen früh wieder vorbei, wenn wir losfahren.«

Callie wunderte sich erneut. Sie hatte den van Hooges doch eine Postkarte geschickt und ihnen angekündigt, wann sie kommen würden.

Am folgenden Morgen gingen sie nach dem Frühstück wieder vorbei, eine Frau öffnete ihnen. Sie lächelte nicht. »Sie waren das also. Ich habe schon gehört, dass Fremde vor meiner Tür standen. Marthe ist bei der Arbeit. Sie wohnt im Haus des Arztes. Ihr Empfehlungsschreiben war hervorragend.« In ihrer Stimme lag eine gewisse Kälte, als sie mit Tante Phee sprach, doch dann bemerkte sie Callies Bestürzung. »Kommen Sie rein.« Sie sprach gutes Englisch. Callie war verwirrt. Empfehlungsschreiben gab man doch Dienstmädchen mit, die ein Haus verließen. Warum brauchte Marthe eine Empfehlung?

»Darf ich sie besuchen?«, fragte sie auf Flämisch. Frau van Hooge sah sie überrascht an.

»Das geht nicht, Liebes, nicht während der Arbeit, aber sie hat mir einen Brief für dich dagelassen, falls du vorbeikommen würdest. Callie, du sprichst sehr gut Flämisch.« Sie lächelte und überreichte ihr einen Briefumschlag.

Callie starrte ihre Tante an. »Kommt sie denn nicht mit uns zurück?«

Einen Moment lang sagte niemand ein Wort. Die beiden Frauen sahen zuerst einander und dann Callie an. »Sie weiß es noch nicht?«, fragte Frau van Hooge und verschränkte verärgert die Arme vor der Brust.

»Nein, ich wollte ihr nicht die Ferien verderben. Ich erkläre es ihr später. Sie hing so …«

»Möchten Sie einen Tee?«, fragte Marthes Mutter höflich, doch ihre Augen blitzten wütend. Dann wandte sie sich lächelnd an Callie. »Du bist hier stets willkommen. Marthe tut es sehr leid, dass sie sich nicht verabschieden kann. Du fehlst ihr sehr.« Das sagte sie auf Flämisch, weil sie wusste, dass Tante Phee es nicht verstehen würde.

»Wir sollten jetzt wohl besser gehen. Danke, dass Sie uns empfangen haben. Ich denke, Sie werden mir beipflichten, dass es an der Zeit war, Marthe zurück zu ihrer Familie zu schicken.«

»Das hätte Marthe selbst entscheiden sollen, Miss Faye. Der rechte Zeitpunkt ist alles.«

Die Stimmung war ungemütlich, und so schob Tante Phee Callie eilig zur Tür hinaus. Als Callie zu weinen begann, errötete sie. »Mach auf der Straße nicht so einen Aufstand.«

Callie war so fassungslos, dass sie gar nichts weiter tun konnte, als wie betäubt die Straße entlangzulaufen und ihre Tränen herunterzuschlucken. Marthe hatte sie verlassen und hatte eine andere Stelle angenommen, und sie hatten sich nicht richtig verabschieden können. Ihr Herz barst förmlich vor Kummer. Wer sollte sich jetzt um sie kümmern?

»Sei nicht traurig. Wir kaufen ein Eis.«

»Ich will kein Eis. Mir ist schlecht«, wimmerte Callie. Sie wusste, dass es unschicklich war, auf der Straße zu heulen, aber sie konnte ihre Enttäuschung kaum im Zaum halten.

Als sie später an der Küste entlang zurück nach Frankreich fuhren, sah Callie durch das Zugfenster auf die flachen Felder und Deiche hinaus und hinauf in den weiten blauen Himmel. Sie wusste nicht, was sie von alledem halten sollte. Warum hatte Tante Phee sich überhaupt die Mühe gemacht, sie nach Brügge zu bringen, wenn sie doch wusste, dass Marthe nicht mehr zurückkommen würde? Doch noch viel schlimmer war, dass Marthe auch davon gewusst hatte. Sie hatten ihr alles verschwiegen, und sie kam sich klein und dumm vor. Sie verstand die Erwachsenen kein bisschen. Ärgerlich wandte sie sich von Tante Phee ab. Sie bemerkte, wie unbehaglich sich ihre Tante fühlte, die zu lächeln versuchte und ihr Süßigkeiten anbot.

»Versteh das doch, für ein Kindermädchen bist du schon zu groß. Marthe wollte zu ihrer Familie zurück ...«

»Das hat sie mir nie gesagt ...«

»Erwachsene müssen ihre Pläne nicht unbedingt mit Kindern besprechen. Außerdem kannst du dich jetzt auf eine neue Schule freuen, dort wirst du viele neue Freunde finden.«

So erfuhr Callie, dass man sie an der St-Margaret-Mädchenschule an der schottischen Ostküste angemeldet hatte. Sie würde nur noch in den Ferien nach Dalradnor kommen. Dieser zweite Schlag machte sie einen Moment lang sprachlos.

»Aber was wird aus Cullein und Hector, meinem Pony?«, fragte sie schließlich mit zitternder Stimme.

»Für die wird gut gesorgt sein. Mrs Ibell hat alles im Griff, und Tam nimmt den Hund.«

Alles war also hinter ihrem Rücken geplant worden. Alle hatten es gewusst, nur sie nicht. Ihr wurde übel. »Ich will nach Hause fahren und Cullein sehen. Sonst denkt er noch, dass ich ihn nicht mehr mag.« Sie spürte, wie ihr die Tränen die Wangen herunterliefen.

»Du bist jetzt ein großes Mädchen, Caroline. Du wirst deine neue Schule mögen. Es ist eine der besten Schulen Schottlands, dort gibt es viele Spiele und andere Sachen.« Tante Phee versuchte sie zu überzeugen, aber Callie wollte kein

Wort mehr hören. Sie saß auf der Fähre im Gesellschaftsraum, während sich das Schiff von der einen zur anderen Seite neigte, so dass Tante Phee grün im Gesicht wurde. Callie lächelte über ihr Unwohlsein, sie war froh, dass sie aus dem Weg war, und zog Marthes Brief heraus. Den konnte außer ihr niemand lesen. Er war auf Flämisch geschrieben.

Liebste Callie,
es tut mir leid, dass ich mich nicht so von Dir verabschieden konnte, wie ich gewollt hätte. Ich habe Dich so gern aufgezogen und miterlebt, wie Du größer wurdest. Nun bist Du bereit für ein neues Abenteuer, Miss Faye möchte, dass Du woanders zur Schule gehst. Sie bat mich vor unser aller Abreise, nicht mit Dir darüber zu sprechen. Diese Heimlichtuerei hat mich traurig gemacht. Du wirst mir fehlen, aber ich werde immer Deine Freundin bleiben, und wenn Du mir schreiben willst, werde ich Dir zurückschreiben. Ich habe das so nicht gewollt, doch Miss Faye meinte, dass es jetzt an der Zeit wäre, getrennte Wege zu gehen.

Deine Dich liebende Freundin
Marthe van Hooge

Es war also alles Tante Phees Werk. Marthe war befohlen worden zu gehen. Warum, warum, warum? Zum ersten Mal in ihrem Leben traute sie ihrer Tante nicht. Genau genommen hasste sie sie sogar und wollte nie wieder ein Wort mit ihr sprechen. Callie lehnte sich zurück und versuchte nicht zu weinen. Es war unfair, dass Tante Phee ihre einzige Angehörige auf der Welt war, die sich um sie kümmerte. In ihrem Innersten spürte sie, dass sie tun musste, was ihre Tante wollte, doch der Gedanke daran, monatelang mit lauter Mädchen zusammen zu sein, die sie noch nie gesehen hatte, und ohne ihre geliebten Haustiere, erfüllte sie mit Entsetzen.

Phoebe war in den Waschräumen und würgte, sie fühlte sich halb tot. Ihre Tochter saß trübsinnig im Gesellschaftsraum, schmollte und schwieg verärgert. Das tat weh. Sie wird mir eines Tages noch dafür danken, versuchte Phoebe sich einzureden. Nach Brügge zu fahren, war ein Fehler gewesen. Vielleicht hätte sie das Mädchen früher auf die bevorstehenden Veränderungen vorbereiten sollen, doch wann wäre der richtige Zeitpunkt gewesen? Was geschehen war, war geschehen, außerdem hatte sie keinerlei Erfahrung mit Mädchen in ihrem Alter. Je früher Caroline lernte, dass das Leben Überraschungen bereithält, desto besser. Schließlich schickte sie Caroline ja nicht wie Charles Dickens seinen Nicholas Nickleby nach Dotheboys Hall. St Margaret's war ein angesehenes, fortschrittliches und teures Institut. Sie würde eine erstklassige Ausbildung erhalten, an der frischen Luft und in einer herrlichen Umgebung sein.

Die Schule hatte großartige Ärztinnen und Lehrerinnen hervorgebracht. Caroline hatte Glück, dass sie aufgenommen worden war, und auch nur, weil Kitty und ihre Freundin Chrystal Macmillan sich für sie eingesetzt hatten. Selbst Sir Lionel hatte geschrieben, dass er für ein so intelligentes Kind keine bessere Wahl hätte treffen können. Doch auf ihrer Reise in den Norden war Phee klargeworden, dass die Ferien mit einer Enttäuschung enden würden und dass alles ihre Schuld war. Frau van Hooge hatte recht. Der rechte Zeitpunkt war alles.

Sie kamen erschöpft und ausgelaugt in Dalradnor an. Caroline rannte, ohne ein Dankeschön oder sich noch einmal umzudrehen, zu ihren Tieren. Obwohl sie selbst inzwischen unsicher war, ob sie die richtige Entscheidung getroffen hatte, wollte Phoebe sich das vor der Belegschaft nicht anmerken lassen. Also stürzte sie sich in Aktivitäten, sorgte dafür, dass das Kind alles bekam, was auf der langen Liste stand, von Schuluniform bis Ausrüstung. Es brauchte Zeit, sie mit einem dicken Wintermantel, dem vorschriftsmäßigen Tweedkostüm für den Sonntagsgottesdienst, Unterwäsche und Sportkleidung auszustatten; Mrs Ibell musste alles mit Namensschildern versehen und beschwerte sich hier und da, sagte aber nichts, bis der Koffer randvoll war und mit der Bahn verschickt wurde.

Phoebe sah Caroline von früh morgens bis zur Dämmerung der letzten milden Spätsommertage kein einziges Mal. Im Garten mit dem Steinmäuerchen summten Bienen in den Blumenbeeten, und es duftete nach reifen Äpfeln und Brombeersträuchern. Ein goldenes Licht lag über dem Steinhaus, der See schimmerte wie funkelnde Diamanten. Sie hatte den See zum ersten Mal in diesem Licht gesehen, als sie das neugeborene Baby in den friedlichen Garten gebracht und getrauert hatte, dass Arthur es niemals sehen würde. Nun war aus dem Baby ein lebhaftes Kind geworden, ganz Beine und Energie. Wie hätte sie das nicht als ihr Zuhause betrachten sollen?

Als der Tag ihrer Abreise gekommen war, stand Caroline blass in ihrer neuen marineblauen Uniform da und sah drein wie ein Opfer, das man zum Galgen schickte.

»Das erste halbe Jahr ist bald vorbei. Du kannst jederzeit zurückkommen und eine Freundin mitbringen«, versuchte Mrs Ibell sie zu trösten.

»Ich muss aber zu ihr nach London fahren«, zischte Caroline und starrte Phoebe an.

»Mein Fräulein, so redet man nicht mit Erwachsenen. Wir wollen keine Schimpfwörter benutzen, bevor du gehst. Die Zeit an der neuen Schule wird großartig, und du wirst fünfzehn Zentimeter wachsen.«

Callie stürzte auf die Haushälterin zu, umarmte sie und versuchte nicht zu weinen. »Ich werde dir schreiben.«

Zu Phoebe war sie während der ganzen Autofahrt nach Arbroath die Höflichkeit in Person. Tam blieb mit dem Wagen am Eingangstor stehen, und Callie war beeindruckt von den prachtvollen Außenanlagen, als sie die Einfahrt hinaufschritten und sich dem hohen Schulgebäude aus grauem Stein näherten, das wie ein Schloss wirkte. Überall standen Eltern, Autos, Chauffeure, Mädchen mit Geigenkästen und Scharen von Freundinnen herum, die einander freudig begrüßten. Die Neuankömmlinge wurden von Aufsichtsschülerinnen in Roben und mit vollendeten Manieren auf einer Liste abgehakt.

»Mädchen, verabschiedet euch hier«, sagte eine Lehrerin, die ebenfalls eine Robe und dazu einen Doktorhut trug.

Phoebe wartete, sie hoffte auf eine Umarmung, auf ein Zeichen, dass ihre gutgemeinte Härte vergeben wäre.

Doch Caroline wandte sich nur kurz an sie. »Du kannst jetzt gehen. Ich komme zurecht. Wiedersehen, danke, dass du mich begleitet hast.« Ausnahmsweise waren diese blauen Augen, Arthurs Augen, eiskalt, Carolines Kinn trotzig angespannt, ihre Lippen zusammengepresst.

Das ist also der Dank für alles, seufzte Phoebe und ging langsam zum Tor zurück. Was hattest du erwartet? Sie hörte förmlich Kittys vorwurfsvollen Ton. Du hast ihr alles genommen, was sie je hatte, sogar ihren kleinen Hund, und jetzt erwartest du, dass sie dankbar ist? Lass ihr einfach ein wenig Zeit. Ob sie mir jemals dankbar sein wird?, fragte Phoebe sich. Ihr Magen zog sich zusammen, die Beine fühlten sich schwer an. Sie fühlte sich so mulmig. Am Eingangstor blieb sie stehen und hätte sich am liebsten wieder umgedreht, wäre die Einfahrt hinaufgelaufen und hätte ihre Tochter aus der Reihe der Neuankömmlinge gezogen, sie umarmt und geherzt und gesagt, dass sie wieder nach Dalradnor fahren würden. Doch als sie zurücklaufen wollte, waren sie bereits alle hineingegangen und nicht mehr zu sehen. Was habe ich bloß getan?, fragte sie sich. Plötzlich nahm die Angst ihr fast den Atem, und sie hatte das Gefühl, etwas Wertvolles weggeworfen zu haben, ohne zu wissen, ob sie es jemals wiederfinden würde …

6

1928

Phoebe reiste nach Norden und übernachtete in einem Hotel. Caroline sollte über die langen Sommerferien in Dalradnor bleiben, damit sie die Zeit mit ihrem Hund und ihrem Pony Hector nachholen konnte. Sir Lionel würde bestimmt einen geheimen Besuch arrangieren, denn er zeigte auch weiterhin Interesse an seiner Enkelin.

Phoebe hatte gerade einen Stummfilmthriller mit Ivor Novello unter der Regie von Alfred Hitchcock abgedreht. Nach dem Erfolg von *Der Mieter* hatte er einen neuen Gruselfilm produziert. Sie hatte darin zwar nur eine kleine Rolle, aber man nahm von ihr Notiz. Alle redeten über die neueste Tonfilmtechnologie, und die war auch für ihre weitere Karriere von Bedeutung. Manche Stummfilmschauspieler hatten schreckliche Stimmen. Das ergab neue Perspektiven.

Um Caroline eine Freude zu machen, wollte sie ihr in den Ferien einen Besuch in den Filmstudios ermöglichen. Und für die verbleibende Zeit sah es so aus, dass die McAllisters, die Eltern von Carolines Schulfreundin Primrose, sie wieder zu sich einladen würden. Die beiden Mädchen waren ein seltsames Paar, doch Caroline besuchte sie gerne in ihrem Haus in Yorkshire.

Harrogate war nur ein paar Meilen von Phoebes Heimatstadt Leeds entfernt, dennoch herrschte dort eine ganz andere Atmosphäre. In Harrogate lebte die wohlhabende Gesellschaft, es gab elegante Geschäfte, eine berühmte Kuranlage, die Umgebung war zauberhaft. Phoebe hatte nie über Leeds oder ihre Verbindungen dorthin gesprochen oder Einzelheiten zu dem Märchen über Joe und Beryl preisgegeben. Und Caroline fragte schon seit Jahren nicht mehr nach ihren Eltern. Manchmal musste Phoebe an Ted denken, an das einzige Familienmitglied, das sie noch hatte, falls er überhaupt noch lebte. Vielleicht würden sie sich inzwischen nicht einmal mehr wiedererkennen.

Phoebe fuhr gerne zu Besuch nach St Margaret's. Das große Schulgebäude aus Steinquadern mit seinen ordentlich gepflegten Rabatten und dem Meer, das direkt darunter auf den Kieselstrand brandete, erfüllte sie mit Ehrfurcht. Dies war der perfekte Ort für ein Internat. Arthur wäre stolz darauf, dass seine Tochter hier erzogen wurde. Als sich ihr Wagen näherte, sah sie, dass der Musikpavillon bereits für das Schulorchester bereitstand und die Sportarena abgeriegelt war. Sie ging zu den Räumen der Oberstufe und traf dort auf eine Gruppe begeisterter junger Mädchen, die ihr eifrig Fragen stellten, und sie genoss es, so aufrichtig wie möglich von ihren Erfahrungen beim Film und im Theater zu berichten. Wo steckte Caroline nur? Das Mittagessen wurde für die Ehrengäste und Eltern in einem Zelt serviert, die Mädchen trugen alle ihre schicken Baumwollsommerkleider, schwirrten herum und versuchten, sich nützlich zu machen.

Die Aufführung zum Ende des Schuljahres fand auf dem Rasen statt. Die Darstellungen gingen vom Demonstrationsmarsch der viktorianischen Suffragetten in Reifröcken bis hin zu den militanten Anhängerinnen der Emmeline Pankhurst, die sich an Zäune anketteten und verhaftet wurden. Es war keine schlechte Darbietung: Viel Übertreibung und Melodramatisches war dabei, Mädchen, die als Häftlinge in Schürzen aus Sackleinen und Hauben gekleidet waren, fahnenschwingende Mädchen und solche, die Silberpfeile trugen, um zu symbolisieren, dass sie im Gefängnis saßen und das Frauenrechtlerlied *Schulter an Schulter* sangen.

Phoebe suchte zwischen den Mädchen immer wieder nach Caroline und ihrer Freundin, doch es nahmen überwiegend die Großen teil. Sie würden sich bestimmt zum Tee treffen.

Als das Spektakel seinen Höhepunkt erreichte und alle applaudierten, erklangen plötzlich unerwartet laut die Glocken im alten Glockenturm. Alle blickten nach oben und sahen, dass sich auf dem Dach etwas bewegte. Zwei Mädchen kletterten dort und hatten etwas um sich gewickelt. Im Sonnenschein war das leuchtend rote Haar des einen Mädchens zu erkennen, während das andere zur Wetterfahne kletterte, die sich im Wind bewegte. Ein Stöhnen ging durch das Publikum der Eltern. Phoebe erstarrte vor Schreck. Ihr kam in den Sinn, wie sie mit Arthur damals am Derby Day Emily Davison gesehen hatte, die sich vor das Pferd des Königs warf. Sie konnte nichts tun, nur abwarten und beten. *Nicht mein Kind, lieber Gott, nicht mein Kind …*

»Alles in Ordnung? Du musst jetzt nicht weitergehen«, schrie Callie, als sie den Ausdruck in den Augen ihrer Freundin Primmy sah, die auf dem Dach krabbelte und um das schmale Geländer kroch.

»Ich habe gesagt, dass ich es tue, und das werde ich auch.« Primmy rollte das Transparent auf, das sie aus ihren Kopfkissenbezügen gebastelt hatten. »Hier, nimm das Ende.«

Doch Callie fand, dass Prim sich inzwischen weit genug hinausgewagt hatte. Es war ihr Plan gewesen, und sie musste ihn auch zu Ende bringen. »Komm wieder runter … Ich mache den Rest. Hier ist nicht genug Platz für zwei«, befahl sie ihr, doch Primmy rührte sich nicht von der Stelle. »Du weißt, dass wir das zu zweit machen müssen.«

»Ich mache das, das ist ein Befehl«, schrie Callie und sah die Gesichter, die zu ihnen hinaufblickten. Plötzlich schien die Idee, das Transparent zu entfalten, doch nicht mehr so gut. Primmy musste sich unbedingt in Sicherheit bringen. Es war höher, als sie vermutet hatte. Den alten Glockenturm zu betreten, war nicht schwer gewesen, doch beim Hinaufklettern hatten sich Steine gelöst, und beide Mädchen waren nun verunsichert, weil sie locker saßen und unter ihren Füßen wegrutschten. »Primmy, bitte geh zurück«, rief Callie und wartete. Sie hielt sich an ihrer Stelle fest, damit Primrose wieder zur Dachluke gelangen konnte.

Wenn Callie sich weit nach vorne streckte, bekam sie die Wetterfahne zu greifen. Sie wollten eigentlich um sie herum klettern, doch der Weg war viel länger, als sie ursprünglich vermutet hatten. Sie streckte jeden Muskel in ihrem Arm und reckte sich so weit nach vorne, wie sie sich traute, bis es ihr beim zweiten Versuch gelang, das Transparent um die Wetterfahne zu schlingen. Auf dem Stoff stand »Sieg den wagemutigen Vorkämpfern«, und als Zugabe schlang sie auch noch ihr marineblaues Jackett mit roten und goldenen Paspeln um die Wetterfahne. Das Ganze war ursprünglich als großer Scherz geplant, doch jetzt erschien es nicht mehr so lustig, und selbst vom Dach des Glockenturms aus konnte Callie klar erkennen, dass auch da unten niemand lachte.

Eine schreckliche Sekunde lang klammerte sie sich fest und spürte, wie ihre Füße abrutschten, doch die greifbare Gefahr weckte auch ein seltsames Hochgefühl in ihr. *Du hast es getan!* Wenn sie es hier raufgeschafft hatte, schaffte sie es auch wieder hinunter. Der Hausmeister kam mit einer großen Leiter angerannt, Männer mit schweren Decken benahmen sich wie Feuerwehrmänner, für den Fall, dass sie hinunterfiel. Augenblicklich erstarrte sie vor Angst, und ihre Glieder wurden steif bei dem Gedanken, dass Tante Phee das alles sah, unten wartete und sich Sorgen machte. Das hätte ein Tag des Triumphes, nicht der Tragödie werden sollen. *Verdammt … was soll ich jetzt tun?*, schoss es ihr durch den Kopf. *Ganz ruhig, ein Fuß nach dem anderen, beweg dich Zentimeter um Zentimeter zurück und schau nicht nach unten. Die Steine werden dein Gewicht halten.* Sie spürte, wie ihr der Schweiß auf die Stirn trat und ihre Handflächen feucht wurden. Langsam krabbelte sie zurück zum Geländer und begriff, dass sie nun in Sicherheit war. Doch gleichzeitig wurde ihr auch bang ums Herz, denn sie wusste, dass der Ärger erst richtig beginnen würde, sobald sie am Boden war.

»Ich würde gerne wissen, was du mit dieser außerordentlichen Dummheit erreichen wolltest, Caroline.« Die beiden Mädchen standen vor Miss Corcorans Schreibtisch, hinter ihnen ihre Eltern. »Anlässlich eines öffentlichen Auftritts euer Leben riskieren und eure Eltern und Tante blamieren. Primrose?«

Phoebe beobachtete, wie ihre Tochter den Kopf senkte. Keiner der Zuschauer hatte während der Aktion etwas anderes als höchste Gefahr wahrgenommen, und noch immer stockte ihr der Atem, wenn sie daran dachte, was alles hätte passieren können.

»Ich dachte, es wäre ein guter Anlass, alle an Ihre Devise zu erinnern, Miss.«

»Meine was?«, bellte Miss Corcoran. Phoebe grub ihre Nägel in die Handflächen und wünschte sich weit weg.

»Sie wollen doch, dass wir wagemutige Vorkämpfer sind, also habe ich gewagt, das Transparent aufzuhängen.«

»Verstehe. Das sollte also ein Scherz auf Kosten der Schule sein?«

»Nein, Miss Corcoran. Callie und ich haben einen Club gegründet. Wir wollten wie die Frauenrechtlerinnen etwas Wagemutiges tun.«

»Aber die Kletterei auf den Turm hätte dich das Leben kosten können. Er ist mehrere Jahrhunderte alt, und der Zutritt ist verboten, wie ihr wisst. Wie um Himmels willen seid ihr reingekommen?«

»Durch selbständiges Handeln, wie Sie uns immer empfehlen«, antwortete Primrose und sah ihre Eltern an, die sich bei dieser Antwort ihr Lächeln kaum verkneifen konnten.

Miss Corcoran fand das alles überhaupt nicht amüsant.

»Das war ein törichter, unnützer Streich und hätte in einem Unglück enden können, das unsere Schule in Verruf gebracht hätte. Wir sind stolz darauf, dass wir hier Disziplin und Vernunft hochhalten.«

Primroses Mutter trat vor. »Wir haben Primmy hierhergeschickt, weil wir wussten, dass Sie die Mädchen auf selbständiges Denken und Risikobereitschaft vorbereiten. Die beiden haben etwas für ihre Begriffe Riskantes und Mutiges getan, auch wenn wir Eltern nur die Gefahren daran sehen. Ich denke, sie sind noch ein wenig zu jung, um den Unterschied zu erkennen, doch sie werden ihre Lektion gelernt haben.« Sie wandte sich an Phoebe. »Was meinen Sie dazu, Miss Faye, schließlich war Ihre Nichte die Anführerin in dieser Sache?«

»Nein, Mami, Callie hat mich doch zurückgeschickt. Sie hat sich um mich gekümmert. Geplant haben wir alles gemeinsam.« Primrose war in Tränen aufgelöst. »Es ist nicht alles nur ihre Schuld.«

»Ich denke, da haben Sie die Antwort, Miss Corcoran«, antwortete Phoebe. »Zwei alberne Mädchen, die etwas Mutiges tun wollten, um dann vermutlich herauszufinden, dass die Gefahr einen möglicherweise teuer zu stehen kommen kann. Ich weiß nicht, was ich zu ihren Gunsten sonst noch sagen könnte.«

»Wir können sie nicht ungestraft davonkommen lassen. Das gibt ein schlechtes Beispiel, ganz egal, wie gut es gemeint oder wie unreif es gewesen sein mag. Ich muss mir noch Gedanken über eine geeignete Maßnahme machen. Danke, das wäre im Moment alles. Mädchen, ihr habt die Ferien über Zeit, euch Gedanken zu machen, wie ihr eure Dummheit wiedergutmachen könnt …«

Mit diesen Worten wurden sie entlassen. Phoebe war enorm erleichtert, dass Caroline nicht auf der Stelle der Schule verwiesen worden war. »Was um Himmels willen hast du dir nur dabei gedacht?«, flüsterte sie und hätte das Mädchen am liebsten geschüttelt.

Primrose und Caroline standen mit blassen Gesichtern eng beieinander und sahen zum Transparent hinauf. »Es hängt noch immer da oben. Wir haben das getan. Wer nimmt es wieder ab?«

»Ihr beiden Missetäterinnen bestimmt nicht«, sagte Betty McAllister lächelnd. »Ich möchte im nächsten Schuljahr nicht in eurer Haut stecken.«

»Falls es ein nächstes Schuljahr gibt«, sagte Phoebe düster.

»Oh, keine Angst, ich kenne Dorothy. Insgeheim wird sie der Streich sehr wohl beeindruckt haben. Zwei ihrer Mädchen scheuen keine Gefahr. Wagemutige Vorkämpferinnen … Ich wette, diese Worte wird sie so schnell nicht mehr in den Mund nehmen. Kommt, lasst uns sehen, ob es noch Tee gibt.«

Phoebe sah Primroses Eltern nach, wie sie Arm in Arm den Weg hinuntergingen. Für euch mag das alles in Ordnung sein. Ihr habt zu zweit ein Auge auf euer wildes Kind. Ich muss das alleine bewältigen. Doch niemals würde sie die Angst vergessen, die sie bei dem Gedanken verspürt hatte, ihre Tochter zu verlieren. Das Jackett hingegen war bloß ein teures Kleidungsstück, das man ohne weiteres ersetzen konnte, nichts im Vergleich zu dem Verlust eines Kindes.

Als sie schweigend zum Teezelt liefen, legte sie ihren Arm um Carolines Schulter und drückte sie. »Jag mir bloß nie wieder so einen Schrecken ein, mein Fräulein.«

Juli 1933

Liebe Marthe,
danke für die Einladung zu deiner Hochzeit. Ich kann leider nicht kommen, weil ich mit den Pfadfindern in den Cairngorm-Bergen auf Zeltlager bin. Primmy und ich sind Gruppenführer und stehen kurz vor unserem Seniorabzeichen. Ich hoffe, dass du und André sehr glücklich werdet. Tante Phee schickt euch ein Geschenk von uns. Der Sommer war schrecklich. Cullein hat irgendwas gefressen und musste eingeschläfert werden. Er liegt im Garten begraben. Er fehlt mir sehr. Ich bleibe mit Primmy bis zum Ende der Ferien in London.

In Liebe Callie

7

August

»Im Falle eines Krieges würde ich gerne etwas Wichtiges leisten, du nicht?«, sagte Callie und starrte auf ein Foto ihrer Tante in Uniform. »Und nicht nur in Make-up herumtanzen und so tun, als sei ich jemand anderer.«

Callie war so froh, dass Primmy ihr diesen Sommer Gesellschaft leistete. Seit jenem ersten furchtbaren Schultag in St Maggies war Primrose ihre Freundin geworden. Auch sie hatte in der Schlange der Neuankömmlinge gestanden und genauso verängstigt wie Callie ausgesehen. Seitdem klebten sie wie Kletten aneinander, hörten zu und redeten wenig. Man hatte sie beide demselben Schlafsaal zugewiesen.

Primrose, Primel, war ein lustiger Name für ein Mädchen mit Haar von dem leuchtendsten Orange, das Callie je gesehen hatte. In der feuchten Meeresluft kräuselte es sich zu dichten Locken, so dass es sich kaum kämmen und zu Zöpfen flechten ließ, darum hatte sie die Erlaubnis bekommen, es zu einem kurzen Bob schneiden zu lassen. Primmy hatte strahlend grüne Augen und Sommersprossen, war total unsportlich, dafür aber ein Genie in Mathe und Naturwissenschaften und verfügte über ein fabelhaftes Gedächtnis. Wie ein Schwamm sog sie alles Wissen in sich auf, während Callie aufmerksam zuhören, mitschreiben und büffeln musste und selbst dann außer in Französisch und Deutsch nur im unteren Drittel mitschwamm.

Primmy hörte ihr gerade nicht zu, ihre ganze Aufmerksamkeit galt Tante Phees Sammelalbum, auf dessen Seiten Theaterprogramme, Bühnenfotos und Postkarten aus ihrer Zeit als Gaiety Girl klebten. »Wie hübsch sie war, nicht wahr?«, lächelte Primmy. »Ich meine, sie ist auch jetzt nicht alt oder so, aber auf den Postkarten sieht sie mit diesen riesigen Hüten wie ein richtiger Filmstar aus …«

»Ich finde die Hüte schrecklich, vor allem diese breitkrempigen. Kannst du dir vorstellen, damit heute auf die Straße zu gehen? So richtig aufgedonnert?« Callie liebte schlanke, schmal geschnittene Röcke und Glockenhüte, wie man sie auf den Straßen in London trug, doch am meisten immer noch ihren Kilt mit Pulli.

»Ich mag auch die, auf denen sie in Uniform abgebildet ist«, sagte Primmy und blätterte zu einem Foto, das sie auf einer Krankenstation zeigte. »Sie hat in Frankreich gedient.«

»Sie hatte nur ein paar Konzertauftritte dort, kein Vergleich zum Feldlazarett, in dem deine Mutter gearbeitet hat«, antwortete Callie. Betty McAllister war wesentlich mutiger gewesen, sie hatte die griechischen Berge überquert und den serbischen Truppen geholfen.

»Mami sagt, es ist genauso wichtig, die Leute aufzuheitern wie sie zu pflegen«, antwortete Primmy keck, die die Dinge immer gerne in ein rosiges Licht tauchte. Sie blätterte gelassen weiter. Sie ließ sich von Callie nie dazu drängen, etwas zu sagen, was sie nicht dachte. Hinten im Album lagen ein paar lose Teile, die auf den Tisch fielen: Es waren Postkarten und Briefe. Primmy nahm eine auf. »Wer ist Mr Harry Boardman? Sie hat die Postkarte nie abgeschickt, die Briefmarke wurde nicht gestempelt …«

»Das muss ihr Vater sein … mein Großvater«, antwortete Callie. Sie sah sich die Postkarte näher an, denn sie hatte sich jahrelang nicht die Mühe gemacht, das Album anzusehen.

»Ich wusste nicht, dass er in Leeds wohnte. Lebt er noch immer dort?«

»Er ist gestorben, genau wie meine Mutter und mein Vater. Ich habe ihn nie kennengelernt.« Die Boardmans hatten in ihrem Leben nie eine Rolle gespielt. Sie bekam weder Postkarten zu Weihnachten noch Geschenke oder Briefe. Sie hatte ganz vergessen, dass er Phees Vater war. »Kennst du Leeds?«, fragte Callie nun ein wenig neugierig.

»Etwas. Ich glaube, Hunslet liegt südlich. Wir fahren mit dem Zug daran vorbei. Hast du dort noch andere Verwandte?«

»Ich glaube, ein Onkel wohnt noch dort.«

»Wir könnten ihn doch suchen. Leeds ist nicht so weit von Harrogate entfernt.«

»Ich weiß nicht so recht. Ich glaube, meine Tante hat sich mit ihrer Familie total zerstritten. Sie hat nie von ihm erzählt«, sagte Callie.

»Aber falls er dein richtiger Onkel ist, könntest du auch Cousins haben.«

Callie beäugte die Adresse. »Na ja, nachsehen kann nicht schaden.«

Primmy zog die Postkarte heraus. »Deine lange verschollenen Angehörigen zu finden, könnte ein richtiges Abenteuer werden. Dann kannst du deine Tante damit überraschen, was wir herausgefunden haben, genau wie in den Geschichten von *Anne auf Green Gables*.« Prim liebte diese Geschichten, weil Anne Shirley auch wegen ihrer roten Haare oft aufgezogen wurde.

»Mal sehen«, antwortete Callie vorsichtig und steckte sich ein paar von Tante Phees alten Postkarten in die Tasche, damit sie sie später in Ruhe alleine ansehen konnte.

Zwei Tage später bestiegen sie, mit ihren Rucksäcken und den Koffern beladen, gemeinsam einen Zug nach Norden. Callie war gerne bei den McAllisters zu Gast. Das war ein lebhafter Haushalt, mit Brüdern und Hunden und Telefongeklingel im Eingang. Prims Bruder Hamish war ein begeisterter Pfadfinder, doch schon bald würde er aufs College gehen und Medizin studieren, er war fast erwachsen, aber immer noch lustig. Dr Betty leitete irgendeine Wohlfahrtsklinik für Mütter und Babys, und Dr Jim hatte eine Praxis im Nebengebäude des Hauses. Die Mädchen durften sich alleine beschäftigen, doch zum Abendessen trafen sich alle im Esszimmer, wo

Callie das Geplapper nach der Stille in Phees Apartment ohrenbetäubend laut empfand.

Prim kam auf die glorreiche Idee, den Zug nach Leeds zu nehmen und nach Callies Onkel zu suchen, der Ted hieß, soweit sie sich erinnerte.

»Hast du die Karte mit der Adresse mitgenommen?«, fragte Prim.

»Nein«, sagte Callie und bemerkte Prims bestürzten Blick. »Aber es war in der Peel Street.«

»Welche Hausnummer?«

»Weiß ich nicht mehr.«

»Du könntest nie Detektivin werden.« Prim las gerade einen Kriminalroman von Dorothy L. Sayers und schwärmte für Harriet Vane.

Sie brauchten nicht lange in die Stadt, wo sie einen Bus in die Hunslet Road nahmen. In diesem Viertel wirkten alle Straßen dunkel und verrußt. Die Häuser standen Rücken an Rücken und hatten keine Gärtchen. Hier war Tante Phee vermutlich aufgewachsen, dachte Callie, und es traf sie wie ein Schock. Primmy störten die armseligen Straßen nicht. Sie wusste offenbar bereits, dass nicht alle Familien so wie sie lebten. Callie hingegen kannte nur Kensington, St Maggie und Dalradnor. Sie war unangenehm berührt. »Bist du sicher, dass wir hier richtig sind?«, fragte sie Prim, die vor ihr lief und sich die Straßennamen genau ansah.

»Hier wohnen die Leute in der Nähe von Mühlen, Minen und anderen Arbeitsplätzen. Wir können froh sein, dass wir um die Schule Grünanlagen haben. Du hast doch bestimmt schon die Wohnsiedlungen in Glasgow gesehen, oder träumst du, wenn du in die Stadt fährst?«

»Ich glaube, wir sollten nicht mehr weitergehen. Ich habe genug gesehen.«

»Sei doch nicht so ein Snob. Wenn deine Eltern hier gewohnt haben, solltest du auch wissen, wo genau. Wir könnten ihre Grabstätte suchen.«

»Nein!«, antwortete Callie, sie wollte nicht darüber nachdenken. Sie hatte geglaubt, ihre Eltern lägen auf einem Kirchenfriedhof und nicht in einer schmuddeligen Stadt begraben.

»Ich habe dich nie für feige gehalten. Komm schon, wir klopfen an eine Tür«, forderte Primmy sie heraus. Also klopften sie an die erstbeste Tür am Ende der Peel Street und lächelten, als sie sich öffnete.

»Entschuldigen Sie, wir suchen Mr Boardman, Ted Boardman.«

»O ja, und warum das?«, fragte die Frau, die einen Schal um den Kopf trug und sie misstrauisch ansah. »Die Boardmans sind vor Jahren gestorben, einer lebt aber, glaube ich, noch in der Nähe der Gladstone Street, der jüngere, den Namen habe ich vergessen.« Sie knallte ihnen geräuschvoll die Türe vor der Nase zu.

»Siehst du, jetzt haben wir einen Hinweis. Gladstone Street, das dürfte nicht weit sein.« Primmy sah zufrieden drein.

Callie zögerte. »Nein, lass uns zurückfahren. Er ist bestimmt bei der Arbeit.«

»Vielleicht ist er Schichtarbeiter. Ist das nicht eine tolle Sache?« Das Dumme an Prim war, dass sie keine Angst hatte. Sie lief schnurstracks zum nächsten Geschäft an der Ecke, kaufte eine Tüte Gummibonbons für beide und kam lächelnd wieder heraus. »Die Gladstone Street ist gleich um die Ecke.«

Callie fühlte sich unwohl und auffällig in ihrem Kilt, Männer standen rauchend an den Straßenecken und erkannten ganz offensichtlich, dass sie Fremde waren.

Die Straßen sahen alle gleich aus: schwarze Reihenhäuser, die oben zwei Fenster und im Erdgeschoß ein Fenster und einen Zugang zum Untergeschoß hatten. Die Eingangsstufen waren weiß gekalkt, die Netzvorhänge vor den Fenstern bewegten sich, als sie daran vorbeigingen.

»Diesmal bist du dran«, befahl Prim, als sie den Türklopfer am ersten Haus betätigten, um nach Mr Boardmans Wohnung zu fragen.

Eine zahnlose alte Dame lächelte sie an und zeigte die Straße entlang. Jetzt gab es kein Zurück mehr. Callie schlurfte langsam zu dem angedeuteten Haus und hoffte, niemand wäre da, doch kurz nachdem sie geklopft hatte, öffnete sich die Tür direkt in ein Wohnzimmer, in dem eine Frau mit verwaschener Schürze und dunklen Haarsträhnen sie erstaunt ansah.

»Ich kaufe nichts an der Tür.«

»Nein, wohnt hier Mr Boardman ... Ted Boardman?«

»Wer will das wissen?« Die Frau beäugte sie vorsichtig.

»Ich bin Caroline, Joes Tochter«, verkündete Callie.

»Kommt mal herein ... Ted, du hast Besuch«, rief sie.

Auf einem provisorischen Bett in der Nähe des Herdes lag ein Mann. Der Raum roch nach Reinigungsmitteln und Hustensaft, war aber makellos sauber. Der Mann hob erstaunt seinen Kopf.

»Und, wer ist es, Hilda?«

»Sie sagt, sie sei Joes Tochter. Setzen Sie sich lieber, Miss, und reden Sie laut, er ist schwerhörig.«

»Und wer hat ihr das eingeredet?« Der Mann starrte sie an. Er hatte eingefallene Wangen, seine Augen lagen tief in den Höhlen, an seiner fahlen Haut war zu erkennen, dass er krank war.

»Ich heiße Caroline Boardman. Das ist meine Freundin Primrose. Wir dachten, wir statten Ihnen einen Besuch ab, ich bin Joe und Beryls Tochter, wissen Sie, aber ich weiß nicht viel über meine Familie.« Callie verstummte und hoffte, er habe sie gehört.

»Wer hat dir denn diese Lügengeschichte erzählt?«

»Ted, also nichts davon …«

»Das hat mir meine Tante Phoebe erzählt, Ihre Schwester.« Verwirrt reichte Callie ihm eine Postkarte, auf der Phee als Gaiety Girl zu sehen war. Er sah einmal kurz darauf und prustete dann los vor Lachen.

»Hat sie dir das erzählt? Unsere Phoebe war schon immer eine gute Märchentante. Teufel nochmal, aber da hat sie echt übertrieben.« Er starrte Callie an. »Ich würde sagen, du siehst ihr ziemlich ähnlich.«

»Meiner Mutter, Beryl Poole?«

»Niemals … Beryl hat Ernie Mathers geheiratet und hatte keine Kinder, und unser Joe wurde während eines Stromausfalles auf der Wakefield Road vom Rad gerissen. Er war nicht verheiratet. Das ist ganz unsere Phoebe – sie ist nach London gegangen und hat sich nie wieder für uns interessiert. Verdenken kann ich es ihr nicht. Sie hat ihren Dad versorgt, kam aber nicht zu seinem Begräbnis. Er war gut genug, ihr auf die Bühne zu helfen – das verzeihe ich ihr –, aber dir solche Lügen aufzutischen … Tut mir leid, Mädchen, wer du auch sein magst, falls du meine Verwandte bist, so höre ich das erste Mal von dir, und ich frage mich, warum. Ich finde, du solltest unserer Phoebe ein paar direkte Fragen stellen. Mir steht es nicht zu, weiter darüber zu reden. Freut mich, deine Bekanntschaft gemacht zu haben. Man weiß nie, was einem der Wind dieser Tage durch die Tür hereinbläst.«

»Hör auf, Ted. Das arme Kind hat einen Schock«, sagte Hilda und wandte sich freundlich an Callie. »Tut mir leid, dass wir dir nicht weiterhelfen können.«

Callie wusste nicht, was sie zu Ted Boardmans Enthüllungen sagen sollte, da griff Primmy ein und füllte das Schweigen.

»Danke für Ihre Hilfe. Das ist offenbar ein Missverständnis. Tut uns leid, dass wir Sie an Ihrem freien Tag gestört haben.«

»Freier Tag?«, spottete Ted. »Seit der Laden dichtgemacht hat, habe ich nur noch freie Tage. Hier in der Straße hat niemand Arbeit, hast du nicht gesehen, wie sie alle auf den Bürgersteigen herumlungern? Hilda putzt ab und zu und hält uns damit über Wasser. Ich nehme an, Phoebe ist nicht arbeitslos.«

»Sie arbeitet beim Film und gibt Gesangsunterricht.«

»Ja, sie hatte schon immer großartige Lungen und große Träume. Dann hat sie nie geheiratet?« Jetzt suchte Ted nach Antworten.

»Ihr Verlobter fiel an der Somme. Wir waren einmal in Frankreich an seinem Grab.«

»Ja, da waren viele Jungs, die es nicht mehr nach Hause schafften. Tut mir leid, dass ich deine kleine Geschichte kaputtgemacht habe, aber ich möchte Verstorbenen nichts Schlechtes nachsagen. Joe hat nie ein Baby gezeugt. Er war kein Frauenheld – er hatte nur Augen für Beryl. Geh mal zu meiner Schwester und sag ihr, dass sie die Dinge klarstellen soll, statt mir Kinder an die Tür zu schicken.«

»Ich wollte Sie nicht beleidigen«, krächzte Callie und schluckte ihre Tränen herunter.

»Hey, ich mache dir keinen Vorwurf. Es ist nicht deine Schuld, hier war jemand nicht ehrlich zu dir.«

»Danke, Mr Boardman.« Primrose ging zur Tür. »Komm, Callie, wir sollten jetzt gehen.«

»Bleibt doch noch auf einen Tee«, sagte Hilda. »Der Kessel steht schon auf dem Herd. Ein wenig Gesellschaft ist doch schön.«

»Danke, aber wir müssen wieder los. Ich glaube, Callie muss über vieles nachdenken.«

»Da ist sie nicht die Einzige«, sagte Ted. »Ich kann nur sagen, der Apfel fällt nicht weit vom Stamm. Sagt uns Bescheid, wenn ihr die wahre Geschichte herausgefunden habt«, fügte er ein wenig freundlicher hinzu. »Ihr seid hier immer willkommen, ganz egal, wer ihr seid. Hübsche Gesichter, die die Wohnung aufheitern, sind immer schön.«

Die Mädchen liefen schweigend die Straße entlang. »Das ist alles meine Schuld. Ich habe dich da reingezogen … Tut mir leid«, sagte Primrose und versuchte, Callies Hand zu nehmen, doch Callie schüttelte sie ab.

»Lass mich einfach in Ruhe.« Sie schwieg, doch ihre Freundin blieb weiter an ihrer Seite, bis Callie sie verzweifelt ansah. »Oh, Primmy, was bedeutet das alles? Was wollte er damit sagen, dass der Apfel nicht weit vom Stamm fällt?«

»Ich weiß es nicht, aber ich denke, du solltest lieber deine Tante Phee fragen, was sie mit diesen Geschichten bezwecken wollte und ob es wirklich Lügen sind.«

Die ganzen Ferien lastete dieses Rätsel schwer auf Callies Herz. Zuerst verdarb es ihr das ganze Zeltlager. Immer wieder lief sie alleine durch die Gegend und grübelte über das nach, was der Mann namens Ted zu ihnen gesagt hatte. Immer wieder sah sie seinen Gesichtsausdruck vor sich, sein Gelächter, als sie ihm ihre Geschichte erzählte, und dass er noch nie von ihr gehört habe. Warum hatte man ihr diese Geschichte erzählt? Dafür musste es eine Erklärung geben, und nur eine passte.

Sie war bestimmt ein obdachloses, verwaistes Kind, das Tante Phee heimlich adoptiert hatte, damit sie ein eigenes Kind großziehen konnte. Sie war ein armes Waisenkind, das man abgegeben und dessen Geschichte man erfunden hatte, um es vor der beschämenden Wahrheit über ihre Herkunft zu schützen. Das erklärte, weshalb es bei ihr zu Hause keine Fotos ihrer Eltern und keine kleinen Erinnerungsstücke gab, die sie einmal erben konnte, und weshalb Tante Phee nicht über ihre eigene Herkunft und ihr Aufwachsen in den Hinterhöfen von Leeds sprach, die so anders als die privilegierte Ausbildung war, die sie Callie angedeihen ließ.

Primmy war auch still und bestürzt darüber, dass sie Callie zu diesen Nachforschungen angestiftet hatte. Es ließ ihr keine Ruhe, sie wollte es wieder einrenken, doch niemand konnte das jetzt für Callie wieder in Ordnung bringen. Am Ende war sie tatsächlich ein armes Waisenkind.

Es fiel Callie schwer, nicht in Selbstmitleid zu versinken, doch schließlich waren es die Berge, die ein kleines Wunder vollbrachten, die Flussmärsche beruhigten ihren Geist, und das Zelten unter dem Sternenhimmel mit Lagerfeuer und Gesängen bis spät in die Nacht brachte sie auf andere Gedanken.

»Kommst du zurecht? Hast du deiner Tante geschrieben?«, fragte Prim, als sie sich schließlich für die Heimfahrt bereitmachten.

»Ich komme klar und werde erst einmal nichts sagen, noch nicht. Es ist nicht so wichtig«, log Callie.

»Bist du sicher? Du hast ein Recht darauf, die Wahrheit zu erfahren.«

»Wenn ich deinen Rat hören will, werde ich dich darum bitten«, blaffte Callie, bereute es aber sogleich wieder. »Tut mir leid … lass mich einfach in Ruhe.«

Sie wusste, dass Prim aufgebracht war, doch diese Bürde musste sie selbst tragen und in ihrem eigenen Tempo damit zurechtkommen. Es gab noch einen Menschen, der etwas darüber wissen konnte, und das war Marthe. Callie schwor sich, ihr zu schreiben, sobald sie zu Hause wäre. Marthe würde sie nicht belügen oder sie enttäuschen … doch dann fiel ihr wieder ein, dass Marthe verheiratet und mit ihrem neuen Leben beschäftigt war, und wieder sank ihr der Mut.

Sie fragte sich, warum man Dinge, die man nicht wissen wollte, nachdem man sie erfahren hatte, nicht einfach wie einen Schreibfehler mit dem Radiergummi auslöschen konnte.

Immerhin gab es einen Ort, der sich niemals verändern würde, nur weil sie sich unbehaglich oder verloren fühlte. Dalradnor war ihr Zuhause, und sie konnte es kaum erwarten, in den Schutz seiner Mauern zurückzukehren. Dort würden all ihre Sorgen verschwinden. Das war der einzige Ort, an den sie nun gehörte.

8

Sobald Phoebe nach Dalradnor kam und Caroline sah, fiel ihr auf, dass sie sich verändert hatte. Sie schien sich eingeigelt und die Tür versperrt zu haben. Sie ging alleine auf lange Spaziergänge und ritt aus, stocherte im Essen herum, das Nan liebevoll für sie zubereitete, und saß oft mit der Nase in einem Buch auf der Fensterbank im Treppenhaus.

»Ich habe gedacht, das Zeltlager würde ein wenig Farbe auf ihre Wangen zaubern«, flüsterte Phoebe der Haushälterin zu.

»Vielleicht hat sie ihre Tage … Sie ist fast eine junge Dame, außerdem vermisst sie den Hund. Machen Sie sich keine Sorgen … sie ist in diesem schwierigen Alter, da ist man weder Fisch noch Fleisch.« Nan rührte gerade einen Schokoladenkuchen an. »Das wird sie aufmuntern.«

»Hat sie sich mit ihrer Freundin gestritten?«

»Nein, ich denke, sie ist mit sich selbst beschäftigt. Bald fängt die Schule wieder an. Wie lange wird sie dort noch bleiben?«

»Noch ist nichts entschieden. Ich dachte, die Schweiz wäre ein guter Ort für das letzte Jahr, aber jetzt bin ich mir nicht mehr sicher.«

»Das wäre ziemlich teuer«, schnaubte die Haushälterin. »Gibt es nichts in der Nähe von London?« Schwang in der Frage etwa unterschwellige Kritik mit?

»Sie ist sprachlich begabt und könnte ihr Französisch verbessern. Sie kann Ski fahren, neue Leute kennenlernen, all das eben.«

»Ja, ein Tapetenwechsel könnte ihr guttun. Sie ist einfach nicht sie selbst. Vielleicht bedrückt sie irgendwas. Mädchen in ihrem Alter sind schnell aufgewühlt … Vielleicht ein junger Mann …?«

»Ganz sicher nicht, sie ist erst sechzehn.« Für Phoebe war sie immer noch der Wildfang mit schwarzen Strümpfen und Schulkittel. »Dafür ist noch Zeit genug, wenn sie mit der Schule fertig ist.«

Phoebe hoffte noch immer darauf, jemanden zu finden, der das Mädchen in die Gesellschaft einführen würde, doch sie hatte kaum Verbindungen zu Adeligen, die bereit wären, ihr behilflich zu sein. Sir Lionels Frau hatte den Kontakt zu ihnen abgebrochen. Miss Corcoran hatte für Caroline eine Sprachenschule oder eine Sekretariatsausbildung vorgeschlagen. »Ich fürchte, dass es für die Universität nicht reicht. Sie hat eine gute Allgemeinbildung, aber keine besonderen Begabungen.«

Phoebe war froh, dass sie sich die Zeit genommen hatte, für die restlichen Schulferien nach Norden zu fahren, doch bisher hatten sie nicht viel Zeit miteinander verbracht.

Sie seufzte und betrachtete sich flüchtig im Spiegel, als sie Nan dem Backen überließ und zurück in den Salon ging. Feine Falten und erste graue Haare zeichneten sich langsam ab, ihre Taille wurde etwas rundlicher, und sie musste auf das Essen achten, damit ihr Hinterteil vor den Kameras nicht doppelt so breit wirkte. Die Vierziger bedeuteten, dass sie langsam welkte, während ihre Tochter erblühte, doch das war Teil des Lebensrhythmus. Die Zeit lässt sich nicht aufhalten, dachte sie. Glücklicherweise hatte sie den Sprung ins Charakterfach geschafft. Die Postkartentage waren lange vorüber, aber mit ein wenig Schminke, geschickter Beleuchtung und sanft gefärbtem Haar alterte sie recht gut. Die Tonfilme hatten dem Publikum eine völlig neue Klangwelt eröffnet, und Phoebes Stimme war besser als die mancher Stars. Sie hatte reichlich Arbeit, und wie bei den Konzerten während des Krieges heiterten jetzt die Tonfilme die Menschen in schweren Zeiten auf.

Sie wanderte durch das alte Haus und suchte nach Caroline, bis sie das Mädchen im Garten über ein Buch gebeugt auf der Bank neben Culleins Grab entdeckte.

»Was liest du da?«, fragte sie mit aufrichtigem Interesse. Sie selbst interessierte sich nicht für Bücher.

Caroline sank in sich zusammen und schloss ihr Buch. »Nichts.«

»Nun sag mal, was los ist. Du siehst aus wie drei Tage Regenwetter«, versuchte sie zu scherzen, aber das kam nicht gut an.

»Es geht mir gut.« Das Mädchen sah nicht auf, also nahm Phoebe all ihren Mut zusammen und setzte sich.

»Nan sagt, dass du das Essen verweigerst. Du weißt, wie ungern sie Essen wegtut, wo so viele Mitglieder ihrer Familie arbeitslos sind. Es ist eine Schande, dass du deinen Teller nicht leer isst.«

»Ich habe keinen Hunger, und sie gibt mir zu viel.«

»Aber sonst bist du doch vor Hunger immer fast gestorben. Bist du krank? Hast du deine Tage?« Sie hatte dafür gesorgt, dass Caroline darauf vorbereitet war, auch wenn sie wusste, dass die Schule die Kinder ab vierzehn in die Dinge des Lebens einweihte.

»Ach, lass mich doch.« Das »in Frieden« fügte sie nicht hinzu.

»Aber ich mache mir Sorgen um dich. Du siehst so unglücklich aus. Erzähl es deiner Tante Phoebe.« Sie rückte näher heran, doch Caroline wich zurück.

»Bist du wirklich meine Tante, oder ist das auch wieder irgendeine Geschichte?« Die Bombe war geplatzt, und als sie die Reaktion sah, wusste sie, dass sie ins Schwarze getroffen hatte.

»Was meinst du damit? Ich war doch dein ganzes Leben für dich da.«

»Aber bist du wirklich meine Tante?«

»Was soll das? Natürlich bin ich eine Boardman.«

»Schön, aber bitte erzähl mir nicht den Schwachsinn über meine Mutter und meinen Vater. Ich habe Onkel Ted getroffen, er hat gesagt, dass das alles erlogen ist.«

Furcht kroch in Phoebe hoch, ihr Herz begann wie wild zu klopfen. Sie holte tief Luft und räusperte sich. »Wann war das?«, sagte sie vorsichtig und versuchte, die Fassung nicht zu verlieren.

»Primmy hat in deinem Sammelalbum einen Brief mit einer Adresse gefunden, den du nie abgeschickt hast. Sie hat mich dazu überredet nachzusehen, ob es dort noch Familie gibt. Wir waren in der Peel Street und hinterher in der Gladstone Street, dort habe ich Ted und Hilda Boardman getroffen.«

»Verstehe. Und was haben sie dir erzählt?«, fragte Phoebe, schluckte ihre Angst hinunter und versuchte, sachlich zu klingen.

»Ich habe ihm eine Postkarte von dir gezeigt. Er hat nur gelacht und gesagt, ich solle dich fragen, was du da spielst und warum du seinen toten Bruder als verheirateten Mann ausgibst. Beryl ist zwar verheiratet, hat aber keine Kinder. Warum hast du mich belogen?«

»Liebes, hör zu, ich wollte dir die Wahrheit ersparen. Ich hielt es für den einfachsten Weg, dich zu schützen.«

»Warum muss ich beschützt werden? Du hast mich also adoptiert und wie dein leibliches Kind aufgezogen – von welchem Waisenhaus hast du mich gekauft, und warum hast du dich als meine Tante ausgegeben? Was ist so schlimm an einer Adoption?«

Phoebe war einer Ohnmacht nahe. Caroline hatte einen völlig falschen Eindruck bekommen – wie konnte sie das alles richtigstellen, ohne sie weiter zu verletzen? Kitty hatte sie gewarnt, dass dieser Tag kommen würde, und nun konnte sie nicht mehr verleugnen, wofür sie sich vor Jahren entschieden hatte. Sie wünschte, Kitty wäre hier und stünde ihr bei. Aber sie musste das alleine durchstehen.

»Erstens bist du nicht adoptiert worden. Zweitens bist du kein Waisenkind, sondern ein Kind der Liebe zwischen zwei Menschen in Kriegszeiten, das nie einen Vater bekommen konnte, weil er im Dienst für sein Vaterland fiel. Deine Mutter wollte dich beschützen, weil sie keine Möglichkeit hatte, deinen Vater vor deiner Geburt zu heiraten.« Phoebe spürte ihr Zittern. »Verstehst du, was ich dir sagen will?«

»Natürlich, ich bin ein uneheliches Kind, ein Bastard, eine unverheiratete Frau hat mich zur Welt gebracht«, antwortete Caroline mit eisiger Stimme und Augen, die wie Feuersteine funkelten.

»Nein … also, ja … in den Augen der Gesellschaft und des Gesetzes vielleicht, aber du warst ein Wunschkind. Es war ein unglückliche Wendung des Schicksals, das dich beider Eltern beraubt hat.«

»Und wo ist meine Mutter?«, fragte Caroline wütend. »Ist

sie auch gestorben, oder hat sie mich dir als Souvenir überreicht?«

»Caroline, verstehst du denn nicht? Muss ich es dir ausbuchstabieren?«, bettelte Phoebe und griff nach ihrer Hand.

»O nein, doch nicht du? Doch nicht du …?« Caroline sprang entsetzt auf. »Wie … wie konntest du mir all die Jahre einreden, dass du meine Tante bist? Dabei bist du in Wirklichkeit meine Mutter! Das geht doch nicht. Ich kann das nicht glauben. Ted sagte, du habest etwas Wahnsinniges getan, aber ich hätte niemals gedacht, dass du so grausam sein und dein eigenes Baby verleugnen könntest!«

»Oh, bitte hör doch …«, bettelte Phoebe. »Ich musste uns beide schützen. Als Arthur von dir erfuhr, hat er dafür gesorgt, dass wir ein Zuhause haben, und Sir Lionel hat immer –«

»Was? Auch er wusste die ganze Zeit Bescheid? Ich bin seine Enkelin, und du hast mir die ganze Zeit diese Lügen aufgetischt. Es ist abscheulich! Du solltest dich schämen … Geh mir aus den Augen«, schrie sie aufgebracht und rannte zum Haus.

Phoebe sank auf dem Kiesweg in die Knie. »Wie kannst du nur denken, dass ich dich nicht wollte?«, rief sie ihr nach. Doch selbst als sie rief, wusste sie, dass sie nur eine Rolle in einem Drama spielte. *Steh auf, hör auf damit. Alles hat seinen Preis, jetzt zahlst du deinen. Lass dem Mädchen Zeit, wieder zu sich zu kommen, sie wird es verstehen.* Das sagte ihr Herz, als sie sich auf die Bank fallen ließ und die Biene beobachtete, die summend auf einer üppigen Spätsommerrose auf Culleins Grab saß. *Du hast ihr alle Gewissheiten genommen, warum sollte sie dich nicht dafür hassen? Aber du bist ihre Mutter – ihre einzige Mutter –, du musst es wiedergutmachen und die Verbindung zwi-*

schen euch wieder aufbauen, die zerstört worden ist. Alles wird wieder ins Lot kommen.

Es musste wieder ins Lot kommen.

9

Callie rannte durch den Garten zu den Ställen, wo Hector erwartungsvoll nach ihr Ausschau hielt. »Komm, alter Junge, wir reiten aus.« Sie sattelte ihn und führte ihn aus dem Hof zu dem ihr so vertrauten alten Reitweg. So schnell wie möglich wollte sie Dalradnor hinter sich lassen. Die Enthüllung wirbelte wie ein Sturm in ihren Gedanken. Phee war ihre Mutter, ihre leibliche Mutter, und sie hatte sich die ganze Zeit für eine entfernte Tante ausgegeben. Das war widerlich, gemein und absolut verachtenswert. Sie hasste sie für diese Lüge.

Callie spürte den Wind auf ihrem Gesicht, der rhythmische Schritt des Pferdes beruhigte sie. Sie durfte ihre Wut nicht an dem alten Hector auslassen. Er war alles, was sie auf der Welt noch hatte. Sie legten unter einem Baum eine kurze Rast ein, dann führte sie ihn ein Stück, damit er ihr Gewicht nicht die ganze Strecke tragen musste. Instinktiv wusste sie, wohin sie im Grunde wollte. Wenn sie dem Reitpfad weiter folgte und die kleine Brücke über den Fluss überquerte, käme sie zum Anwesen der Balfours, dem grauen Steinhaus mit Zinnen und Türmchen. Vielleicht war Sir Lionel zu Hause.

In ihrem Kopf summte es wie ein Schwarm Bienen. Kein Wunder, dass Sir Lionel wusste, wann sie Geburtstag hatte, und ihr Geschenke brachte. Jetzt ergab das alles einen Sinn, genau wie vor Jahren der Besuch beim Denkmal seines Sohnes. Sir Lionels Sohn war ihr Vater, und sie hatte nie davon erfahren.

Sie sprang von Hector ab, band ihn in der Nähe eines Baches an, so dass er grasen konnte, und lief über die große Rasenfläche zur Treppe, die zur Eingangstür führte. Sie klopfte fest an und wartete, bis ein Diener in schwarzer Livree ihr die Tür öffnete.

»Miss Boardman. Ich wünsche Sir Lionel Seton-Ross zu sehen.«

»Er ist auf der Jagd, Miss«, kam die Antwort.

»Fraser, wer ist da?«, fragte eine Frau mit spitzen Gesichtszügen und in feinem Tweed und kam zur Tür. »Ach, du bist es. Komm rein.«

Callie hatte die Frau noch nie zuvor gesehen. »Tut mir leid, dass ich Sie störe. Ich heiße Caroline Boardman und komme von Dalradnor Lodge.«

»Ich weiß, wer du bist. Ich habe mich schon gefragt, wann du vorbeikommen würdest«, sagte die Frau mit spöttischem Unterton und führte sie durch den Marmorflur in den Salon.

Callie verfügte über genug Selbstbeherrschung, um sich ihrer guten Manieren zu entsinnen. »Entschuldigen Sie, und wer sind Sie, wenn ich fragen darf?«

»Verity Seton-Ross.« Sie ließ sich auf ein Sofa fallen und deutete Callie an, sie solle sich ihr gegenüber setzen, dann zog sie ein Zigarettenetui aus der Tasche ihrer Wollweste. »Was willst du?«, fragte sie.

»Ich möchte Sir Lionel sehen. Ich möchte ein paar Dinge klären, ich kann warten.« Sie war zu nervös, um einfach dazusitzen, und stand auf.

»Hm, lass dich ansehen.« Verity winkte sie zu einem Stuhl beim Kamin. »Du hast es also erfahren?«

»Falls Sie damit meinen, dass ich Sir Lionels Enkelin bin, ja, das habe ich soeben erfahren …«

Veritys Blick war eisig. »Arthur war mein Bruder, aber wenn du glaubst, dass ich deshalb deine Tante bin, dann irrst du dich. Deine Mutter war in dieser Familie nie willkommen. Ich weiß nicht, was sie dir erzählt hat, aber sie hatte es vom ersten Tag an auf meinen Bruder abgesehen. Du hast keinerlei Anspruch auf unseren Besitz. Arthur hat deiner Mutter jeden Penny hinterlassen, den du jemals von uns bekommen wirst. Falls du aus diesem Grund hier sein solltest.«

Callie sprang hoch und richtete sich zu ihrer vollen Größe auf. »Ich bin hergeritten, weil ich mich vergewissern wollte, ob es stimmt, was Tante Phee mir erzählt hat. Ich will weder etwas von Ihrer Familie – noch von Ihnen.« Sie stockte kurz. »Außerdem habe ich genug von Tanten aller Art, mir reicht das jetzt für ein ganzes Leben. Niemand hat sich bis jetzt die Mühe gemacht, mir die Wahrheit zu sagen. Können Sie sich vorstellen, wie man sich fühlt, wenn man als unerwünschter Bastard hingestellt wird? Ich dachte, dass man mir hier ein wenig Mitgefühl entgegenbringen würde – stattdessen beschuldigen Sie mich, ich sei nur wegen des Geldes vorbeigekommen. Das ist unerträglich, ich muss mir das nicht anhören. Schönen Tag noch, Miss Seton-Ross.«

Sie rannte durch die Tür in die Eingangshalle, in der jeder Schritt widerhallte. Verity Seton-Ross lief ihr hinterher. »Mädchen, komm doch zurück!«

»Ach, soll euch alle doch der Teufel holen!«

Callie rannte an dem erstaunten Diener vorbei, riss die Eingangstüre auf und lief die Treppe hinunter zu Hector. »Ich will zu Marthe, ich will zu Marthe …«, schluchzte sie, doch außer dem alten Pony, in dessen struppige Mähne sie weinte, als sie fortritt, war da niemand, der sie hätte trösten können.

»Alter Junge, was soll ich bloß tun? Wo sollen wir jetzt hingehen?«

Es wurde bereits dunkel, und Phoebes Sorge stieg mit jeder Minute. Caroline war schon seit Stunden verschwunden und trug nur eine dünne Bluse und Reithosen. Phoebe lief im Salon auf und ab und blickte unaufhörlich aus dem Fenster.

Mrs Ibell hatte man nur gesagt, dass sie sich gestritten hätten und das Mädchen davongelaufen sei. »Sie sollten besser die Polizei verständigen«, empfahl sie jetzt. »So lange in der Dunkelheit wegzubleiben, dieser Teufelsbraten weiß wirklich, wie man den Bogen überspannt.«

»Geben wir ihr noch ein paar Minuten. Vielleicht hat sie in einem Stall Unterschlupf gesucht, weil sie nicht möchte, dass Hector sich verkühlt«, überlegte Phoebe.

Plötzlich hörte sie auf dem Kiesweg draußen ein Auto und rannte zur Tür. Sir Lionel stieg aus, er steckte noch in seiner Jagdbekleidung, hinter ihm tauchte seine Tochter auf. Phoebe war erleichtert, als sie Sir Lionel sah; er würde wissen, was zu tun war.

»Ich habe es soeben gehört. Wo ist sie?«, fragte der alte Mann auf seinen Stock gestützt.

»Bis jetzt haben wir noch keine Ahnung. Woher wussten Sie, dass wir sie vermissen? Ist … sie etwa bei Ihnen vorbeigekommen?«

Nun trat Verity vor. »Papa war nicht im Haus, ich habe sie

empfangen und ihr meine Meinung gesagt, ich wusste ja nicht, in welchem Zustand sie war. Vermutlich bin ich damit etwas ins Fettnäpfchen getreten.« Das kommt wohl einer Entschuldigung am nächsten, dachte Phoebe, das habe ich bei Verity noch nie erlebt.

»Wenn dem Mädchen irgendwas passiert …« Sir Lionel wandte sich an Phoebe. »Sie haben ihr also endlich die Wahrheit gesagt.«

»Was sollte ich denn sonst tun? Sie ist zu meiner Familie gegangen, hat die halbe Geschichte gehört und sich dann in den Kopf gesetzt, sie sei adoptiert worden. Ich denke, wir sollten Verstärkung holen. Seit sie Cullein nicht mehr hat, ist das Pony ihr einziger Trost.«

»Ich besorge ihr einen neuen Terrier, wenn das hilft.« Lionel setzte sich und wischte sich den Regen von der Stirn.

»Bei allem Respekt, aber ich glaube nicht, dass das jetzt helfen würde. Ich habe getan, was ich damals für richtig hielt – mit Ihrer ausdrücklichen Billigung. Ich habe versprochen, Ihren Namen nicht in Verruf zu bringen, und meinen eigenen Ruf musste ich doch auch schützen. Jetzt bin ich mit meiner Weisheit am Ende. Ihnen vertraut sie, aber auf mich wird sie vermutlich nie wieder hören. Ich bin völlig ratlos.« Phoebe sah ihre Besucher verzweifelt an. »Was habe ich nur für einen Wirrwarr angerichtet.«

»Sie ist in einem schwierigen Alter«, bot Verity an. »Ein Tapetenwechsel könnte vielleicht helfen. Geht sie noch aufs St Margaret's?«

»Ich habe überlegt, sie für eine Weile ins Ausland auf ein Mädcheninternat zu schicken, aber jetzt bin ich mir nicht mehr so sicher«, seufzte Phoebe. Ihr graute davor, wie eisig ihr

Verhältnis zu Caroline werden könnte, wenn sie die Sache nicht in Ordnung brächte.

»Wenn ich Ihnen einen Rat geben darf, Miss Faye … Das arme Mädchen wurde bisher von allen wichtigen Entscheidungen in ihrem Leben ausgeschlossen. Ich denke, dass sie jetzt alt genug ist und man sie fragen kann, was sie möchte, anstatt es ihr vorzuschreiben, finden Sie nicht? Gemeinsam erzielt man meiner Erfahrung nach oft bessere Ergebnisse«, schlug Sir Lionel vor.

»Ich glaube nicht, dass sie noch einmal auf mich hören wird«, antwortete Phoebe und kämpfte mit den Tränen.

»Aber vielleicht hört sie auf mich. Verity, was meinst du?«

»Sie ist ein ziemlich störrisches junges Fohlen«, antwortete sie. »Sehr eigensinnig, gerade heraus, und sie hat keine Angst davor, ihre Meinung zu sagen. Sie hat meine Heftigkeit nicht verdient, aber sie hat es mit Fassung getragen. Sie hat viel Potential. Sie ist kein Angsthase und Arthur wie aus dem Gesicht geschnitten – ich musste schlucken, als ich sie so vor mir stehen sah. Wenn Miss Faye denkt, es könnte helfen, sie ins Ausland zu schicken, wäre das einen Versuch wert. Du wirst sehen, sie wird diese Sache überstehen.«

»Lasst uns beten, dass sie keine Dummheiten macht …«

Die Tür ging auf, und Nan Ibell steckte lächelnd ihren Kopf herein. »Ich wollte Ihnen nur mitteilen, dass gerade eine gebadete Maus durch meine Küchentür geschlüpft ist. Ich habe ihr eine heiße Suppe mit Brötchen gegeben und sie mit einer Wärmflasche ins Bett geschickt. Ich denke, das Mädchen hat für heute genug Lektionen erhalten. Sie sollte es erst einmal überschlafen. Sir Lionel, wie wäre es mit einem Gläschen?«

»Mrs Ibell, machen Sie gleich drei«, wies Phoebe sie an und sank erleichtert zurück. »Gott sei Dank ist ihr nichts passiert.«

Vielleicht würde sie morgen Sir Lionels Rat beherzigen und Caroline zuhören, statt ihr einen Vortrag zu halten. Sie konnte sich nicht der Verantwortung entziehen. Sie mussten gemeinsam einen Neuanfang wagen, wenn sie irgendetwas aus den Trümmern des heutigen Tages retten wollten. Das würde nicht leicht werden. Sie erinnerte sich wieder an Kittys Warnung, die sie vor vielen Jahren in den Wind geschlagen hatte. Wie um alles in der Welt sollte sie jetzt die Kluft zwischen sich und ihrer Tochter überbrücken?

10

1933–34

Als Entschädigung für all diese Turbulenzen durfte Callie die Schule verlassen und sich auf Dalradnor und in London aufhalten, um sich zu erholen. Nach Ostern sollte sie nach Westflandern auf ein Mädchenpensionat in einem Schloss kommen, das in der Nähe von Marthes und Andrés Zuhause lag. Nachdem sie die Wahrheit erfahren hatte, hatte sie Marthe einen Brief geschrieben und ihrem Kindermädchen das Herz ausgeschüttet. Marthe schrieb ihr liebevoll zurück:

> Es ist besser, wenn man etwas weiß, als es nur zu ahnen, und du musst verstehen, weshalb Miss Faye diese missliche Lage vor der Gesellschaft verbergen wollte. Bedenke, dass du jetzt

deinen Großvater besser kennenlernen kannst, und auch Miss Verity scheint eine vernünftige Person zu sein. Vergiss nie, dass sie ihren einzigen Bruder im Krieg verloren hat. Sir Lionel ist jetzt nicht mehr ein geheimnisvoller Besuch für dich, und er wird dir den richtigen Weg weisen. Es ist niemals eine Zeitverschwendung, wenn man Sprachen lernt. Wären meine Eltern 1914 nicht nach England geflohen, hätte ich nie in einem anderen Land gelebt oder Englisch gelernt und das Privileg gehabt, deine Freundin zu werden. Scheue dich nicht, im Leben auch mal ein Risiko einzugehen.

Genau wie Primmy rückte auch Marthe die Dinge so zurecht, dass sie in einem besseren Licht dastanden.

Tante Phee tat ihr Bestes, um die Spannungen zwischen ihnen abzubauen, doch anfänglich übertrieb sie es aus lauter Eifer und kontrollierte Callie ständig. Sobald sie ein Engagement beim Film hatte, entspannte sich ihr Verhältnis, weil sie dann keine Zeit hatte, ständig hinter Callie her zu sein. Dann war da noch Tante Maisies Tanzschule, in der sie ihre restliche Zeit verbrachte.

Château Grooten lag nordwestlich von Brüssel, nicht weit von Brügge entfernt, inmitten eines schönen Parks mit angrenzendem See. Es war ein atemberaubend schönes französisches Märchenschloss im gotischen Stil, wie Callie erkannte, aus rosafarbenem Stein, mit Türmen und Zinnen und herrlichen Mansardenfenstern, die aus dem Dach ragten. Eine flache Treppe führte zum Eingang und einem Portikus aus weißem Stein, der im Sonnenlicht glänzte. Ein Miniaturpalast. Marthe war nicht beeindruckt. Sie hatte sie am Bahnhof abgeholt und sie zu sich genommen. Callie blieb nur zwei Nächte in ihrem

Reihenhaus in Brüssel und spielte begeistert mit Mathilde Verstecken und sang ihr Gutenachtliedchen vor, an die sie sich aus ihren eigenen Kindertagen noch erinnerte.

»Ist das nicht phantastisch?«, rief Callie, als sie auf das Château zugingen.

»Es könnte einen frischen Anstrich vertragen, und die Fenster müssten auch geputzt werden«, stellte Marthe kritisch fest. »Auf dem Kiesweg wächst Unkraut. Bist du sicher, dass wir hier richtig sind?«

»Ja, das Anwesen gehört der Gräfin van Grooten.«

»Wenn es Probleme gibt, schreib mir und komm zu uns zurück. Ich komme mit dir hinein.«

Die liebe Marthe, bei ihr fühlte sie sich stets so gut aufgehoben und vollkommen entspannt. Hätte sie sich doch auch mit Phee so gefühlt, dachte Callie.

Sie klingelten, eine zierliche Frau um die fünfzig mit einem eleganten Haarknoten im Nacken und einer langen Kette aus schweren Perlen um den Hals öffnete ihnen die Tür.

»Ah, l'Anglaise … entrez … et vous?« Sie starrte Marthe an. »Dein Kindermädchen?«, fragte sie auf Englisch.

»Mais non, je suis Madame Kortrik. Eine Freundin der Familie«, fügte Marthe auf Englisch hinzu.

»Belge …?«

»Exactement …«

Die Gräfin wollte die arme Marthe naserümpfend entlassen, doch kurz bevor Marthe ging, flüsterte sie Callie noch auf Flämisch ins Ohr: »Hüte dich vor dem Drachen.«

Callie stand mit ihrem Koffer in der kunstvoll gefliesten Eingangshalle und sah sich die Silberrüstung und die Schwerter an den Wänden an.

»Die anderen Mädchen sind bereits alle da. Du bist spät dran. Es ist unhöflich, seine Gastgeberin warten zu lassen. Geh rauf und pack deine Sachen aus, wir treffen uns um fünf Uhr im Speisezimmer. Dort verlese ich die Hausordnung.«

Callie hatte keine Zeit zu verlieren, sie kämpfte sich die Treppe hinauf und suchte das Zimmer, aus dem Geschnatter kam. Sie kam zu einem großen Schlafzimmer mit sechs Eisenbetten, die auf blanken Holzdielen standen, vor den Fenstern hingen Seidenvorhänge, darüber kunstvolle Schabracken mit Raffhaltern und Quasten. Der Raum wirkte verblichen und karg. Fünf Mädchen saßen auf ihren Betten und starrten sie an. Sie hatten ihr das Bett neben dem großen Fenster überlassen, wo es am meisten zog.

»Ich hoffe, du hast warme Sachen mitgebracht. Hier ist es wie im Kühlhaus«, sagte eine hübsche Amerikanerin mit schwarzen Haaren. »Das ist eine Ruine. Wartet nur, bis Papa herausfindet, dass wir im achtzehnten Jahrhundert gelandet sind. Ich heiße Sophie.«

»Ach, ich weiß nicht, hier ist es immer noch besser als im Schlafsaal in meinem schottischen Internat. Wir werden es überleben. Bald kommt der Sommer. Das Haus ist ziemlich schön …«, sagte Callie und versuchte, fröhlich zu klingen.

»Es ist eine Ruine und bräuchte dringend einen Innenarchitekten«, sagte eine andere Amerikanerin, die den Tränen nahe schien. »Ich bin Vanessa.«

»Schatz, du hättest mal die Schlösser sehen sollen, in denen ich geschlafen habe … da ist das hier ein Palast dagegen. Ich heiße Clementine, aber Madame besteht auf dem Namen Clemence«, sagte eine schlanke Engländerin und streckte ihr die Hand entgegen.

Dann trat ein weiteres, etwas molligeres Mädchen vor. »Ich glaube, sie hat schwere Zeiten hinter sich. Soweit ich gehört habe, ist sie eine Kriegswitwe und musste drei Söhne alleine großziehen. Sie nimmt uns nur auf, damit sie ihre Rechnungen bezahlen kann, aber sie soll gut sein. Meine Schwester war vor zwei Jahren hier. Übrigens, ich bin Pamela, und welchen Namen hat sie dir gegeben?«, sagte sie zu Callie und lächelte.

»Ich heiße Caroline, aber ich höre nur auf Callie. Ich nehme an, das ist Französisch genug.« Plötzlich ertönte von unten ein Gong. Callie warf ihren Koffer aufs Bett, zog die Strümpfe hoch, strich sich das Haar hinter die Ohren und hoffte, so die Musterung zu überstehen.

Doch ihr unordentliches Aussehen entging Madames Blicken nicht. Sie sah Callie missbilligend an und richtete sich dann an die Neuankömmlinge. »Ihr seid eine Investition – eure Eltern haben ein Vermögen in euer Wohlergehen investiert, in eine Erziehung, die sich eigentlich für höhere Töchter geziemt, aber auch für die bedauernswerten unter euch, die sich ihren Lebensunterhalt werden verdienen müssen. Ich werde euch hier den letzten Schliff verleihen, damit niemand sagen kann, ihr besäßet nicht die Anmut einer zukünftigen Prinzessin, solltet ihr den Prince of Wales heiraten. Habt ihr verstanden?«

Sie musterte die Mädchen der Reihe nach mit durchdringendem Blick. »Ich suche schmale Hüften und einen zierlichem Knochenbau, doch leider sehe ich hier nur hängende Schultern und Babyspeck«, seufzte sie. »Ihr solltet wie Rennpferde, nicht wie Zugpferde aussehen. Ich suche nach Juwelen und zurückhaltender Eleganz, Vanessa, nicht nach glitzerndem Modeschmuck. Wir Franzosen sind Meister darin, das meiste aus dem zu machen, was wir haben. Wie ihr seht, bin ich klein, doch ich halte mich sehr aufrecht, stecke mein Haar hoch, strecke meinen Hals, da wachse ich um Zentimeter, und mit Absätzen kann ich wie eine Gazelle sein.«

Callie versuchte mit unbewegter Mine dazusitzen, während sie sich überlegte, wie gazellenhaft die Mädchen an diesem Tisch wirkten.

»Ich unterrichte drei Dinge: wie man geht, wie man sich kleidet und wie man sich mit Anmut und Charme verhält. Rauchen ist verboten, das ruiniert die Haut; es gibt keine belgische Schokolade oder Gebäck – davon wird dick, was zart sein sollte. Ich verlange eine gute Körperhaltung, viel Bewegung an der frischen Luft und Neugier. Wir werden viele Besichtigungen absolvieren, damit ihr eure Konversation mit interessanten Anekdoten anreichern könnt. Eure Eltern sollen etwas für das Geld bekommen, das sie hier für euch ausgeben«, sagte sie lächelnd. »Jetzt dürft ihr etwas sagen.«

Doch alle waren zu verblüfft, um auch nur einen Ton herauszubringen. Sie schoben sich aus ihren Stühlen und versuchten, so elegant wie möglich zur Tür zu schreiten, bevor sie in Gekicher ausbrachen. Der Bildungsgang hatte begonnen.

Sie besichtigten alle Museen in Brügge, das Madame als das Venedig des Nordens bezeichnete. Sie sahen den Spitzenklöpplerinnen bei der Arbeit zu, bewunderten die niederländischen und flämischen Maler. Die Vormittage waren mit Aktivitäten vollgepackt, doch am Nachmittag verschwand die Gräfin auf ihr Zimmer und überließ ihre Schülerinnen sich selbst, sie lagen auf dem Rasen und lasen, konnten reiten oder schwimmen gehen. Das Essen war köstlich, aber spartanisch.

Callie hatte noch nie so viele Eier und so viel Gemüse gegessen. Die beiden Amerikanerinnen beschwerten sich bitterlich über die Größe der Portionen, bis ihnen auffiel, dass ihr Rockbund lockerer wurde und sie eher Knochen als Rundungen spürten. Bald fingen die Mädchen an, sich zu entspannen und Erfahrungen auszutauschen.

»Ich sollte auf die Miss Porter Academy gehen, es ist das beste Mädcheninternat in den Staaten«, sagte Vanessa. »Doch dann nahmen sie mich nicht auf …«, fuhr sie fort. »Ich habe den falschen Nachnamen. Die nehmen keine Greenbergs oder Cohens auf, also beschloss mein Vater, mich nach Europa zu schicken. Ich liebe es hier, na ja, nicht gerade genau hier …«

Alle lachten, denn sie hatten bereits begriffen, dass dieses Institut ein Härtetest war und es darum ging, zusammenzustehen und es gemeinsam zu schaffen.

»Glaubst du, wir bekommen ein Diplom?«, fragte Vanessa.

Für die Mädchen war Callie offenbar ein wandelndes Lexikon, eine Art Vertrauensschülerin, vor allem, wenn sie Hilfe im Sprachunterricht brauchten. Es war genau wie in St Maggies.

»Zuerst müssen wir den Gazellentest bestehen«, schlug sie vor. Alle bogen sich vor Lachen.

Doch ein paar Wochen später erstrahlte die verblasste Herrlichkeit des Châteaus in neuem Glanz dank der überraschenden Ankunft einer der Söhne der Gräfin. Er erschien im Smoking am Tisch und bezauberte die Mädchen mit seinem gallischen Charme. Er hatte dunkles, gelocktes Haar, große graue Augen und ein gewinnendes Lächeln, das die Luft zum Knistern brachte, als sechs Augenpaare diesen Adonis mit gemeinsamen Seufzern begutachteten.

»*Mes enfants*, das ist mein Sohn Louis-Ferrand, er war in den Ardennen, aber jetzt ist er auf Urlaub. Er geht zur Universität.« Er lächelte jede Einzelne an, und Callie versuchte nicht zu erröten. »Vanessa, Adele, Sophie, Clemence, Pamela und Caroline …«, fuhr die Gräfin fort und nickte jeder zu.

»*Enchanté*«, sagte er mit tiefer Stimme.

Als sie wieder in den Salon zurückkehrten, tat Vanessa, als fiele sie in Ohnmacht. »Oh, was für ein umwerfender Mann!«

»Ich glaube, das hat sie absichtlich getan, damit wir dazulernen. Wer könnte besser ein Gegacker im Hühnerstall verursachen als ein gutaussehender Mann? Seht euch doch an, wie ihr mit den Wimpern klimpert und rot werdet. Das ist doch nur ein Student«, sagte Callie.

»Ach?«, antwortete Pamela. »Und was sollte daran falsch sein, wenn wir unseren Charme an ihm erproben?«

»Ich probiere es als Erste«, flüsterte Clemmie.

»Wir könnten uns abwechseln und sehen, wer den Volltreffer erzielt«, fügte Vanessa hinzu.

Callie tat Ferrand leid. Er war für die Ferien nach Hause gekommen und auf eine Runde liebestoller Mädchen gestoßen, die um jeden Preis seine Aufmerksamkeit erregen wollten. »Ich finde, wir sollten den armen Jungen in Ruhe lassen. Er will bestimmt nur ausspannen und nicht belästigt werden. Ohne mich.«

»Callie, sei nicht so spießig … Fräulein Saubermann. Obwohl, eine weniger im Wettbewerb«, sagte Vanessa lachend. »Geh und lies dein Buch.«

Callie machte es nichts aus, abseits zu stehen. Die Mädchen lechzten nach Abwechslung und Aufmerksamkeit, und Ferrand war ideal geeignet als Objekt ihrer Begierde. Callie empfand ihm gegenüber eine Art Beschützerinstinkt. Madame hatte überall Fotos ihrer Söhne in vergoldeten Silberrahmen aufgestellt. Es war klar, dass sie ausländischen Mädchen niemals gestatten würde, ihr die Zeit mit ihrem kostbaren Sohn zu stehlen.

Zwei Nachmittage später sattelte Callie ein Pferd der Schule, ritt in das Wäldchen hinaus und den Pfad entlang zur anderen Seite des Sees hinter dem Anwesen. Es wurde bereits wärmer, und so band sie Alphonse an einen Baum, zog sich Schuhe und Socken aus, kühlte ihre Füße im Wasser und plantschte herum, wie sie es in Dalradnor immer getan hatte. Eine Bewegung unter einem Baum schreckte sie auf. War ihr jemand gefolgt? Einen Augenblick blieb sie wie angewurzelt stehen, doch dann trat Ferrand aus dem Schatten und hielt etwas in der Hand.

»Pardon, Mademoiselle … *je vous en prie* … Ich glaube, das gehört Alphonse.« Er hielt ein Hufeisen in der Hand und lief zum Pferd, das im Schatten wartete. »*Bien sûr*. Er hat es auf dem Weg verloren.«

»Dann sollte ich ihn wohl besser wieder zurückbringen, tut mir leid.« Callie war nervös, dass man sie dabei ertappt hatte, wie sie wie ein kleines Kind im Wasser gespielt hatte. »Ich hoffe, das hat keinen Schaden angerichtet.«

»Es geht ihm gut«, sagte Ferrand und ließ ein Lächeln aufblitzen. »Genießen Sie Ihren Aufenthalt? Maman kann sehr … wie sagt man bei Ihnen … fordernd sein?«

»Keine Sorge, ich habe einen Fluchtplan«, sie lachte und dachte daran, dass Familie van Hooge ganz in der Nähe wohnte. Sie erzählte ihm von Marthe, die ihr Kindermädchen gewesen war. »Mein Vater fiel im Krieg in Lesboeufs.« Zum ersten Mal sprach sie so offen über Arthur Seton-Ross, noch dazu gegenüber einem Fremden, doch irgendwie fühlte es sich ganz natürlich an.

Ferrand sprach hervorragend Englisch, und sie beeindruckte ihn mit ihren Flämischkenntnissen. »Das darf Maman auf keinen Fall hören, Caroline. Sie ist so stolz, dass sie Französin ist. Mein Vater war Flame. Ich bin lieber Belgier.« Neben seinem Studium an der Universität machte er auch eine Ausbildung zum Kavallerieoffizier. »Heute nutzt man die Pferde nicht mehr wie früher, außerdem studiere ich lieber, als die Familientradition fortzuführen.«

»Meine Mutter war früher beim Theater und arbeitet jetzt für den Film, aber das mache ich bestimmt nicht. Ich treffe keinen Ton.« Sie lief zum Reitweg, während er ihr auf dem Rücken seines Pferdes folgte und den Weg zum nächsten Hufschmied zeigte, wo sie Alphonse zurückließen, damit er neu beschlagen werden konnte.

»Ich werde zu spät kommen«, seufzte sie. »Die Gräfin hasst es, wenn man sie warten lässt.«

»Dann steigen Sie einfach auf. Acteon kann über ein, zwei Kilometer zwei Reiter tragen.«

Und so hielt Callie sich an Ferrand fest, ritt mit ihm zurück und fand sich alsbald vor einer Gruppe neidischer Mädchen wieder, die sie mit offenem Mund anstarrten. Sie stieg ab, dankte ihrem Retter und spürte, wie ihre Wangen glühten, und das nicht nur von der Sonne.

»Unsere kleine Unschuld hat also das Rennen gewonnen. Mein Paps hat immer gesagt, ihr Briten seid schwer zu schlagen.«

»Ich bitte dich, so war das doch gar nicht. Der arme Alphonse hat nur sein Hufeisen verloren.«

»Und Sir Galahad eilte zu deiner Rettung, kluges Kind«, lachte Pamela.

»Weil ein Nagel fehlte, ging das Hufeisen verloren, weil das Hufeisen fehlte, ging das Pferd verloren, und weil das Pferd fehlte … wurde die Schlacht gewonnen«, neckte Clemmie, »das hat schon Benjamin Franklin gesagt.« Sie schob Callie die Treppe hinauf. »Ich frage mich, was unsere Gräfin dazu sagen wird.«

Warum sollte sie irgendetwas sagen, es gab doch nichts, worüber man reden konnte? Doch als Ferrand ganz plötzlich Brüssel wieder verließ, schien es Callie, als wäre mit ihm auch die Sonne ein wenig verschwunden.

Zwei Wochen später erhielt sie einen Brief, von unbekannter Handschrift adressiert. Er war von Ferrand, der schrieb, wie sehr er ihren Ritt genossen habe. Er käme für ein weiteres Wochenende nach Hause und fragte an, ob sie ihn auf ein Picknick begleiten wolle.

Callie versteckte den Brief vor neugierigen Blicken und freute sich insgeheim, dass sie ihn wiedersehen würde. Sie hatte sich nie viel aus Jungs oder den Brüdern ihrer Freundinnen gemacht und scheute dämliche Gespräche über Rudolfo Valentino und andere Filmstars, doch jetzt entdeckte sie eine neue Seite an sich: ein sehnsüchtiges, tagträumerisches, geheimnisvolles Selbst, das darauf wartete, dass Ferrand ankäme. Ihr ganzer Körper vibrierte vor Aufregung. Stundenlang dachte sie nur an ihn, wie er sie angesehen hatte, als sie barfuß dastand, wie warm sich sein Körper anfühlte, als sie mit ihm auf Acteon geritten war. Sie konnte es kaum erwarten, mit ihm alleine zu sein. Und als das bedeutsame Wochenende endlich kam und er ihr einen Zettel zusteckte, um ein Treffen zu vereinbaren, fühlte sie sich von einem seltsamen Fieber gepackt.

Sie ritten getrennt durch das Wäldchen zum Ende der Mauern des Anwesens, denn Callie durfte das Grundstück des Châteaus nicht ohne Erlaubnis verlassen. Sie vertraute darauf, dass niemand ihr Verschwinden als etwas Ungewöhnliches erachtete, denn sie ritt oft alleine aus. Im Schatten einer großen Eiche saßen sie ab. Ferrand holte einen Rucksack hervor, aus dem er ein Baguette, Frischkäse, ein kleines Obsttörtchen und eine Flasche kühlen Weißwein zog. Er hatte sogar Servietten und Weingläser mitgebracht. Es war ein richtiges Picknick. Schweigend saßen sie da, aßen und beobachteten diskret, wie der jeweils andere vor sich hin starrte.

»Warst du schon mal in England?«, fragte Callie.

»*Mais oui*, schon ein paarmal mit Maman.«

»Ich glaube, deine Mutter ist sehr stolz auf dich.«

»Sie hat Pläne. Karel soll das Priesterseminar besuchen, Jean-Luc, mein ältester Bruder, soll das Anwesen übernehmen, und so bin ich frei, mein Studium antiker Zivilisationen fortzuführen. Trotzdem müssen wir alle eine militärische Ausbildung absolvieren, falls es wieder zu einem Krieg kommen sollte. Es ist schwer für sie ohne Mann … Für deine Mutter auch?«

Callie wollte den Moment nicht mit Gedanken an ihre Tante Phee durchkreuzen. Sie lächelte und zuckte die Achseln, legte sich zurück und spürte die Sonne auf ihrem Gesicht. »Es kann kein weiterer Krieg kommen«, sagte sie.

»Wer weiß? Man sagt, Deutschland baue neue Straßen und ein heimliches Heer auf. Sie werden ihre Niederlage rächen wollen …«

»Aber sie dürfen doch gar nicht aufrüsten … Das wird nicht wieder vorkommen, jedenfalls nicht zu unseren Lebzeiten, oder?«

»Mach dir keine Sorgen, die belgische Armee wird dich beschützen«, lachte er. Dann beugte er sich über sie und küsste sie sanft auf die Wange. Callie spürte, wie ihr ganzer Körper vor Erregung bebte. »Du hast doch nichts dagegen, dass ich dich küsse?«, flüsterte er, und sie roch den Wein in seinem Atem.

»Mich hat noch nie jemand geküsst«, sagte sie lächelnd. »Es macht mir nichts aus.«

»Warum nicht? Du bist entzückend. Die anderen Mädchen sind hübsch, aber noch Kinder. Wie alt bist du?«

»Fast achtzehn.«

»Dann küsse ich dich jetzt wie ich eine Frau küsse.« Er drückte seine Lippen heftiger auf ihren Mund, und sie umarmten einander, bis Callie sich vor der Leidenschaft zu fürchten begann, die der Kuss in ihm entfacht hatte.

Verwirrt setzte sie sich auf und stieß ihn von sich.

»Es ist anders, wenn man so küsst«, sagte Ferrand. »Aber ich darf das nicht ausnutzen. Das wäre nicht fair … du bist unser Gast und …«, sagte er und wandte sich ab.

»Warum nicht fair?« Callie wollte plötzlich nicht mehr, dass ihre Küsse endeten.

»Komm, wir kehren zurück. Wir wollen doch nicht unser Geheimnis verraten.«

Sie ritten schweigend zusammen zurück und trennten sich, kurz bevor das Château in Sicht kam. »Morgen küssen wir uns noch ein wenig mehr«, sagte er lächelnd und winkte, als er sie zurückließ, während sie sich um ihr Pferd kümmerte. Sie meinte, auf einer warmen Wolke zu schweben, durchlebte in Gedanken noch einmal ihren ersten, leidenschaftlichen Kuss und wünschte sich so sehr, ihn für immer zu küssen.

»Du kommst schon wieder zu spät, Miss Boardman. Wo hast du gesteckt?«, zischte die Gräfin, als Callie zurückkam, doch Ferrand, der gleich hinter ihr durch die Haustür kam, eilte ihr zu Hilfe.

»Sie ist mit mir ausgeritten.«

»Ist das wahr? Geh und zieh dich für das Abendessen um«, ordnete Madame an und wandte sich dann ihrem Sohn zu. »Ich muss mit dir sprechen …«

Callie rannte die Treppe hinauf. Heute Abend wollte sie sich mit äußerster Sorgfalt kleiden, nichts zu Auffälliges oder Knappes tragen, sondern wie eine Lady aussehen, die gerade von einem gutaussehenden Mann geküsst worden war. Die anderen machten sich gerade fein, und so war ausnahmsweise einmal das Badezimmer frei. Sie hoffte, es wäre noch genügend Warmwasser da, um ein kurzes Bad zu nehmen und ein wenig von dem Rosenöl zu benutzen, das am Beckenrand stand.

Es war ein Luxus, in der Badewanne zu liegen, und Callie konnte es kaum erwarten, Ferrand wiederzusehen. Er war wundervoll. Mit seinen Küssen hatte er ihre Mädchenträume in die Sehnsüchte einer Frau verwandelt. Wenn er sie noch einmal im Mondschein küsste, wie sollte sie dann der Leidenschaft widerstehen, wenn er mit seinen Händen über ihren ganzen Körper fuhr?

Es klopfte kurz an der Tür, dann rauschte die Gräfin mit grimmiger Miene herein.

»Caroline, zieh dich an. Ich möchte sofort mit dir reden.«

Callie sprang aus der Badewanne, griff nach einem Badetuch und bemerkte, dass die Frau auf ihren nackten Körper starrte. Eilig warf sie ein Kleid über und folgte der Gräfin den Flur entlang zu ihrem Büro.

»Also, diese Dummheiten müssen sofort aufhören, mein Fräulein!«

Die Gräfin zeigte auf einen Stuhl an ihrem Schreibtisch. »Ihr seid jung, ihr seid beide noch Kinder und viel zu jung für solchen Blödsinn. Ich lasse nicht zu, dass du meinem Sohn schöne Augen machst und ihn dazu verleitest, dir etwas zu versprechen, was er niemals halten kann.«

Caroline saß da und verstand den ganzen Wortschwall auf Französisch nicht so recht. »Pardon?«, bot sie an.

»Ich habe ganz vergessen, dass du nur wie ein belgischer Bauer Französisch sprichst. Mein Sohn ist nichts für eine wie dich. Du bist Engländerin, und noch dazu Protestantin. Wir sind Katholiken. Er ist wohlgeboren, du bist, soweit ich informiert bin, nur die Tochter einer Schauspielerin, ohne Vater und ohne den Hintergrund einer guten Familie. *C'est incroyable!* Das muss auf der Stelle ein Ende finden. Er ist der Tochter meines Cousins versprochen, Albertine d'Orlange. Er weiß, welche Verpflichtung er der Familie gegenüber hat. Glaube ja nicht, dass es das erste Mal wäre, dass er auf Abwege gerät. Ich nehme nicht junge Mädchen in diesem Haus auf, damit sie mir meinen Sohn verführen. Ich nehme euch auf, weil ich ein Dach reparieren und Rechnungen bezahlen muss, aber nicht, um mich eurem ärgerlichen Benehmen auszusetzen. Verstehst du, was ich sage?«, schrie sie und fuchtelte mit den Händen in der Luft herum.

Callie nickte entsetzt und brachte keinen Ton zu ihrer

Verteidigung und gegen die Beschuldigungen heraus, die ihr mit solcher Gehässigkeit an den Kopf geworfen wurden. Dieses Spiel spielte er also mit allen Schülerinnen. War sie nur ein Spielzeug, das er zum Zeitvertreib benutzt hatte? Wie konnte er nur seine Verlobte betrügen, falls das tatsächlich der Fall war? Callie wurde bei solcher Niedertracht ganz schlecht.

»Geh und zieh dich fertig an«, zischte die Gräfin.

»Vielleicht sollte ich besser nicht zum Abendessen erscheinen«, bot Callie an.

»Du wirst zu Abend essen und wie eine richtige englische Lady Haltung bewahren. Sag nichts und mache keine Szenen, die du später bereuen könntest.«

Callie flüchtete zurück ins Schlafzimmer. Die Mädchen waren bereits alle gegangen und hatten sie alleine zurückgelassen, so dass sie sich mit zitternden Händen selbst frisieren musste, bis ihr Haar in weichen goldgelben Locken auf die Schultern fiel. Sie schluckte die Tränen herunter und konnte noch immer nicht recht glauben, was soeben im Büro passiert war. Nun musste sie erhobenen Hauptes diese Treppe hinuntergehen und durfte Ferrand nicht die Genugtuung geben, dass sie wusste, dass sie sein kleines Spielzeug war. Sie riss sich zusammen, drückte das Rückgrat durch und verließ das Zimmer.

Alle blickten auf, als sie eintrat. Die Gräfin saß wie immer am oberen Ende des Tisches und schien der Charme in Person.

»*Alors, chérie.* Wie ich sehe, hat die Sonne dein Gesicht erwischt.«

Callie sah den leeren Stuhl neben sich. Ferrand kam auch

zu spät. Doch der Frau schien nichts zu entgehen, sie zeigte auf den leeren Stuhl.

»Mein Sohn musste leider ganz plötzlich zum Studium zurück. Er entschuldigt sich … *Il est désolé*, aber die Pflicht kommt natürlich zuerst, *n'est-ce pas*?«, sagte sie und sah dabei direkt Callie an.

Callie saß benommen, verwirrt und peinlich berührt vor ihrem Abendessen. Seine Maman hatte ihn fortgeschickt, und er war ihrer Bitte prompt und ohne weitere Entschuldigung oder Erklärung nachgekommen und abgereist. Welch ein Feigling!

Sie bedeutete ihm also nichts, war nichts weiter als ein angenehmer Zeitvertreib an einem Nachmittag. Sie war zutiefst enttäuscht. In dem Moment begriff sie, was Ted Boardman gemeint hatte, als er sagte, der Apfel falle nicht weit vom Stamm. Vielleicht war sie ihrer Mutter ähnlicher, als sie dachte, denn in diesem Moment erkannte sie auch in sich die Schauspielerin. Sie musste allen Mut zusammennehmen, um zu lächeln, mit den anderen Mädchen zu plaudern und sich nicht anmerken zu lassen, wie sehr sie innerlich verletzt war. Das soll dir eine Lehre sein, sagte sie sich. Halte dich von hübschen jungen Männern fern, die noch am Rockzipfel ihrer Mutter hängen. Du hast etwas Besseres verdient.

11

Als Caroline in der Waterloo Station aus dem Zug stieg, traute Phoebe ihren Augen nicht, wie sehr ihre Tochter sich verändert hatte. Sie hatte sich gestreckt, ihre Haare waren sonnengebleicht, sie hielt sich sehr gerade und schritt ihr mit neuem Selbstbewusstsein entgegen. Das schlaksige Mädchen war zu einer eleganten jungen Dame geworden und trug ein schickes Leinenkostüm und einen kecken Filzhut auf dem Kopf.

»Endlich«, rief Phoebe und breitete die Arme aus. »Ich dachte schon, du kämest nie mehr nach Hause.« Sie küssten sich flüchtig auf beide Wangen.

»Ich hatte so viel bei Marthe und ihrem neugeborenen Baby zu tun. Sie ist ein richtiges Schätzchen, ich bin ihre Patentante.«

Phoebe spürte, wie Eifersucht in ihr aufstieg, als sie wieder einmal erkennen musste, dass Marthe bei Callie an erster Stelle stand, doch dann lächelte sie und sagte nur: »Zu Hause musst du mir alles erzählen.«

»Ich dachte, wir würden nach Dalradnor fahren?«

»Pack erst einmal aus und ruhe dich nach deiner Reise aus. Es gab eine Planänderung, jetzt komm erst mal.« Phoebe wollte auf dem Bahnsteig keine Diskussion beginnen. »Du hast noch Zeit, deine neuen Freundinnen zu treffen.«

»Ich habe keine neuen Freundinnen.«

»Du hast an der Schule doch bestimmt neue Freundinnen gefunden, oder?«

»Niemand im Besonderen. Lass uns ein Taxi rufen. Ich muss ein Bad nehmen; im Zug war es heiß und stickig«, sagte Caroline seufzend und verließ den Bahnhof.

Es war genau wie damals, als Callie von St Margaret's zurückkam, dachte Phoebe. Da hatte das Mädchen seinen Koffer fallen gelassen, ein schnelles Bad genommen und sich dann mit einem Buch auf das Bett geworfen. Doch jetzt war sie achtzehn, und es galt, ihre Zukunft zu planen.

Als sie in die Wohnung kamen, quollen Wäsche und Geschenke aus dem Koffer, und Callie machte das Radio an. Bald war Phoebes Wohnzimmer mit Tanzmusik und Zigarettenqualm erfüllt.

»Du hast dir doch nicht etwa dieses Laster angewöhnt?«, fragte sie.

»Alle rauchen. Ich habe mir ein Mundstück aus Elfenbein gekauft. Das ist die elegante Art zu rauchen«, sagte Caroline und pustete Phoebes Missbilligung weg.

»Ist das alles, was du im Ausland gelernt hast?«

»Ich kann auch einen Gin Sling mixen, ein simples Omelett machen, die besten Perlen auswählen und pokern.« Sie sah das bestürzte Gesicht ihrer Mutter. »Das war ein Witz, aber wir hatten zwei Amerikanerinnen, die waren Genies im Kartenspielen. Wir haben um Make-up gespielt.« Sie zögerte. »Drehst du nicht gerade einen neuen Film?«

»Wir alle helfen momentan Maisie in der Tanzschule aus. Ich habe gerade eine Flaute, mein Agent ist zwar ständig auf der Suche, aber momentan gibt es nichts Geeignetes. Wir unterrichten am Nachmittag an der Schule Tanztee für Anfänger, und ich habe mir überlegt, ob du uns nicht helfen könntest.«

»Du weißt doch, dass ich zwei linke Füße habe«, wies Caroline den Vorschlag ab und griff nach einer Zeitschrift.

»Nein … ich meine im Büro, beim Telefondienst. Da herrscht momentan ein wenig Chaos …«

»Aber ich habe noch nie Sekretariatsarbeiten gemacht«, antwortete Caroline und war an den Neuigkeiten, die ihre Mutter nach all der Zeit zu berichten hatte, kein bisschen interessiert.

»Das lernst du schnell, es ist nur für ein paar Wochen, bis es ruhiger wird. Jeder will jetzt die neuen Tänze für die Ballsaison lernen.«

»Aber was ist mit Dalradnor? Primmy sollte mich besuchen.«

»Caroline, du warst gerade sechs Monate im Ausland. Hattest du nicht genügend Ferien?« Phoebe wollte nicht spitz klingen, doch das Mädchen musste lernen, dass es Zeit für Vergnügungen und Zeit zum Helfen gab. Herumzuhängen und nichts zu tun, war nicht gut.

»Oh, verstehe, jetzt muss ich wohl meinen Beitrag leisten«, sagte Caroline, stand auf und ging in die Küche. »Ich bin keine fünf Minuten zurück, und schon muss ich mit Pickel und Schaufel los.« Das erste Wortgefecht war bereits im Gang.

»Du kannst eine Woche hinfahren, wenn du unbedingt willst, aber es wäre Maisie wirklich eine Hilfe, wenn du ihr ein wenig deiner Zeit widmen könntest. Ihr geht es nicht gut, Kitty macht sich große Sorgen«, erklärte Phoebe.

Caroline drehte sich um. »Warum hast du das nicht gleich gesagt? Was ist los?«

»Frauenprobleme, ein kleines Geschwür. Es wurde rausgeschnitten, aber sie ist erschöpft. Billy tut, was er kann, um sie zu vertreten, aber Kitty befürchtet, dass sie noch weitere Behandlungen brauchen wird.«

»Das tut mir leid, arme Maisie. Warum hast du mir nichts davon erzählt? Wie immer bin ich die Letzte, die etwas erfährt. Natürlich helfe ich, aber erwarte nicht von mir, dass ich tanze.«

Phoebe war erleichtert, dass noch eine weitere Person half. Maisie hatte Krebs, eine aggressive Form, über die sie bis auf Kitty mit niemandem sprechen wollte. »Die anderen Mitarbeiter wissen nur, dass es sich um ein Darmleiden handelt.

Maisie braucht Ruhe und darf nicht zu viel herumlaufen«, hatte Kitty Phoebe anvertraut. »Sie wird auf einem Stuhl sitzen und ihre Klassen leiten. Allerdings bin ich mir sicher, dass der Tumor gestreut hat. Ihr Gesicht sieht schwammig aus, und ihre Haut ist fahl. Wir müssen sie vertreten, wo wir können.«

Phoebe ertrug den Gedanken nicht, ihre alte Freundin Maisie zu verlieren. Billy Demaine tat sein Bestes, und sie selbst war fast Vollzeit beschäftigt. Es wäre gut, wenn Caroline ins Geschäft einsteigen würde; es bestand immer die Möglichkeit, dass sie es eines Tages übernehmen könnte. Der jährliche Besuch auf Dalradnor war ein Luxus, den sie sich dieses Jahr schlecht leisten konnten. Das alte Anwesen war bei Nan Ibell und ihrer Tochter Mima Johnstone in besten Händen. Es konnte warten. Caroline hatte ein Jahr voller Spiel und Spaß hinter sich; nun war es für sie an der Zeit, auch einmal zu arbeiten.

Die Tanzschule Gibbons befand sich in unmittelbarer Nähe der Kensington High Street in einem geräumigen Stadthaus, das schon bessere Zeiten gesehen hatte, aber immer noch über einen Ballsaal im ersten Stock verfügte, in den man über einen eleganten Treppenaufgang gelangte. Er wurde als Studio benutzt, seine Wände schmückten breite vergoldete Spiegel. Es gab einen Schwingboden aus Eichenholz, der nach Holzbeize roch, und an beiden Seiten waren Ballettstangen angebracht, so dass auch professionelle Tänzer den Raum für morgendlichen Unterricht nutzen konnten. Der Vorraum diente als Umkleide, und die frühere Bibliothek war zu einem Büro- und Angestelltenraum geworden.

Phee hatte nicht übertrieben, als sie sagte, es herrsche totales Chaos. In Schreibtischschubladen steckten Briefe und Rechnungen, weitere Rechnungen hingen zusammengeheftet an der Wand, Briefe waren ungeöffnet geblieben, verstaubte Ausgaben der *Stage* stapelten sich, schimmelige Kaffeetassen standen herum, eine klapperige Schreibmaschine und ein Telefon thronten auf einem lederbezogenen Schreibtisch, der mit alten Teeflecken übersät war. Eine Wasserkessel und eine Dose mit zerbröselten Keksen vervollständigten die Büroeinrichtung. Man erwartete von Callie, dass sie Wunder vollbrächte. Das alles war weit von der Eleganz des Château Grooten und dem unbeschwerten Sommer am See entfernt. Callie lächelte grimmig und dachte daran, wie wütend sie Ferrands flüchtiges Getändel gemacht hatte, bis sie seinen kleinlauten Entschuldigungsbrief erhielt. Sie hätte ihn beinahe ungeöffnet in den Papierkorb geschmissen, doch dann war sie doch neugierig gewesen und wollte sehen, mit welcher Ausrede er sein Verschwinden begründete.

Es tut mir sehr leid, dass ich dich verlassen habe, ohne ein Wort zu sagen, aber ich konnte die Worte meiner Mutter keine Sekunde länger ertragen. Mir war klar, dass sie dich mit ihrer bösen Zunge niedermachen würde. Sie kann einfach nicht akzeptieren, dass ich ein eigenes Leben führen und mir meine Freunde selbst aussuchen will. Ich bin nicht verlobt und habe auch nicht vor, bald zu heiraten. Aber sie meint, sie müsse immer ihren Willen durchsetzen. Mein Bruder Karel ist außerhalb ihrer Reichweite, seit er das Priesterseminar besucht, Jean-Luc ist ihretwegen zur Armee gegangen. Was mich betrifft, so kann ich hoffentlich im Ausland studieren, dann wird Maman nur noch für sich selbst Pläne schmieden müssen.

Bitte verzeih mir, dass ich dich alleine gelassen und ihrer

Enttäuschung ausgesetzt habe, aber es war besser zu gehen. Irgendwann muss sie lernen, dass Eltern ihre Kinder nicht zwingen können, ein Leben nach ihren Wünschen zu leben. Die zwei Tage mit dir waren wunderbar.

Ich hoffe, dass wir uns wiedersehen.

Louis-Ferrand van Grooten

Es stand kein Absender drauf, an den man hätte zurückschreiben können, aber das war auch nicht nötig. Es war nur eine kleine Sommerromanze gewesen, und jetzt war sie vorbei. Es erleichterte Callie zu wissen, dass er nicht mit ihren Gefühlen gespielt hatte und ihr erster Eindruck richtig gewesen war. Er war einfach ein junger Student, der seine Flügel ausbreiten und frei fliegen wollte. Ihr tat die Gräfin fast leid, sie lebte in einer Traumwelt und riskierte, ihre Kinder zu verlieren.

Als sie sich im Büro umsah, verschwand der Gedanke an die Zeit im Château, und sie stand plötzlich wieder mit beiden Beinen auf dem Boden der Tatsachen. Ihr fiel die wenig reizvolle Aufgabe zu, in einem Büro zu arbeiten, das wochenlang geschlossen gewesen war, doch als sie sah, wie sehr die Krankheit Maisie ausgezehrt hatte, wusste sie, dass sie sie nicht enttäuschen durfte.

Callie beobachtete, wie sehr Phees langjährige Freunde während dieser Krise zusammenhielten. Sie hatten einen Krieg überstanden, hatten Verluste und Enttäuschungen einzustecken gehabt und fanden doch immer Zeit zu lachen oder wenigstens zu lächeln. So sehr sie Phees Verhalten ihr gegenüber abstieß, konnte sie nicht umhin, die Haltung dieser Generation zu bewundern.

Voller Sehnsucht dachte sie an ihre eigene Freundin, Primrose. Sie studierte jetzt in Oxford, Callie hatte sie zwei Tage als Gasthörerin im College besucht. Es wirkte wie die Luxusversion eines Mädcheninternats mit seinen Hörsälen aus Sandstein. Sie bemühte sich sehr, nicht auf Primmys neue jugendliche Freunde eifersüchtig zu sein, während sie selbst die Alten am Hals hatte. Sie schrieben sich regelmäßig, doch ihre Wege führten sie bereits in unterschiedliche Richtungen.

Eines Nachmittags stürmte eine Gruppe neuer Kunden das Tanzstudio. Callie notierte gerade Namen und Telefonnummern für den Fall, dass etwas abgesagt werden musste, als sie plötzlich Stimmen hörte, die ihr vom Château vertraut waren.

»Du lieber Himmel, das ist ja unsere kleine Unschuld«, rief Pamela Carluke. »Callie Boardman, was machst du denn hier?«

»Ich helfe meinen Tanten«, sagte Callie und wurde rot. Wie elegant Pam und Clemmie in ihren Wintermänteln und hübschen Hüten aussahen. »Erstaunlich, dass man euch alleine auf die Straße lässt«, neckte sie, weil sie wusste, dass Debütantinnen niemals ohne Begleitung irgendwo hingingen.

»Gutes Kind, zu mehreren ist man doch sicher, außerdem üben wir für die Debütantinnenpartys. Wir müssen auf der Tanzfläche was bieten, wenn wir die feinen Pinkel einfangen wollen ... Und was ist mit dir? Hast du den umwerfenden Studenten jemals wiedergesehen?«

»Was denkt ihr denn?«, sagte Callie und zwinkerte, als sie sah, dass Phee sie genau beobachtete. »Die Drachenlady hatte andere Pläne.«

Pamela wandte sich ihren Freundinnen zu. »Die Gräfin war eine Hexe, aber sehr raffiniert. Callie und ich erzählen euch das später.«

Jem, der Gesellschaftstanz unterrichtete, bellte bald seine

Anweisungen und sorgte dafür, dass die Mädchen sich paarweise aufstellten und ihre Schritte übten, während Callie neidisch zusah und bemerkte, wie schnell sie Fortschritte machten. Er wusste, was er tat, und ließ ihnen nichts durchgehen.

Sobald der Unterricht vorbei war, stürmte Pam ins Büro. »Wir gehen zum Tee. Komm doch mit, wenn du kannst.«

»Liebes, geh ruhig, du hast eine Pause verdient«, sagte Phee schnell. »Es ist schön zu wissen, dass du doch Freunde gefunden hast.«

Callie schnappte Hut und Mantel und folgte den Debütantinnen nervös die Treppe hinunter. Sie kannte Clemmie und Pam eigentlich nicht gut und ihren Kreis erst recht nicht, doch sie hatten sie eingeladen, und außerdem war es eine richtige Erleichterung, an die frische Luft zu kommen und in Begleitung von Mädchen statt alten Damen zu sein. Plötzlich schien London doch kein so einsamer Ort zu sein.

Die Verabredung zum Tee am Mittwoch nach der Tanzstunde wurde bald zur Gewohnheit, und so schloss auch Callie sich der Tangoklasse an. Die Musik war einfach einladend. Clemmie hatte ein natürliches Talent zum Tanzen, sie wölbte ihren Rücken genau in die Stellungen, die Jem ihnen vormachte. In den Monaten auf dem Château waren die Mädchen schlanker geworden, so dass sie es sich nach einer anstrengenden Tanzstunde erlauben konnten, in einem reizenden Teesalon in der Nähe von Harrods französische Patisserien zu futtern.

»Du musst unbedingt mit uns in den *400 Club* zum Tanzen kommen. Da spielt die beste Band der Stadt. Bitte, komm mit«, bettelte Pam. »Dann lernst du alle kennen. Sag deiner Tante, dass sie sich keine Sorgen zu machen braucht. Mit unseren Brüdern und Cousins kann man im Taxi fahren«, fügte sie mit einem Zwinkern hinzu.

»Was trägt man denn da?«, fragte Callie, die wusste, dass Debütantinnen mit reichlicher Abendgarderobe ausstaffiert wurden.

»Nicht zu viel – da drinnen ist es ein wenig heiß. Du musst deine schlanken Hüften betonen, *ze snake 'ips, mais non?* Die Drachenlady wäre stolz auf dich. Das wird zum Schreien«, sagte Clemmie.

Auf den ersten gemeinsamen Abend musste Callie sich lange vorbereiten. Sie bekam Maisies verführerisches Kleid aus blauem Satin, das Phee so umänderte, dass es ihr wie ein Handschuh passte. Sie ließ ihr Haar wellen und nach der neuesten Mode hochstecken und lieh sich Kittys altes Pelzcape, das nach Kampfer und Mottenkugeln stank.

»Das trug ich an dem Abend, als ich deinem Vater begegnete«, sagte Phee, den Mund voller Stecknadeln. »Du wirst so hübsch darin aussehen.« Sie bemühten sich sehr, miteinander auszukommen, aber es war nicht leicht. Callie wusste, dass Phee gerne nach ihrer Liebe gefragt worden wäre, aber diese Frage wollte sie partout nicht stellen. Trotzig sagte sie sich, dass sie keinerlei Interesse hatte zu erfahren, wie ihre Mutter und ihr Vater sich begegnet waren.

Callie stieg in ein Taxi, ausgestattet mit Geld für die Rückfahrt, Lippenstift und Ersatzstrümpfen, einem Kamm und Nadeln. Je näher sie dem Ziel kamen, desto nervöser wurde sie. Was ist, wenn niemand mit mir tanzt?, fragte sie sich. Was ist, wenn die Mädchen nicht kommen? Sie wünschte, sie wäre der Einladung nicht gefolgt.

Sie trafen sich im Keller des Ritz an der Bar, sie sah einen

Haufen neuer Gesichter, die alle in ihre Richtung starrten: Jungs mit Namen wie Jock und Biff, Nigel, Pongo und Paddy, schlaksige junge Männer im Frack, die ihre Schwestern und Freundinnen namens Hermione, Cecilia oder Annabelle begleiteten. Pam war mit ihrer Schwester Poppy gekommen, und Clemmie hatte ihre Cousine Belinda mitgebracht.

Pam musterte Callie von oben bis unten und lächelte dann. »Donnerwetter, du siehst großartig aus. Dieses Nachtblau steht dir.«

Sie kippten einen Gin-Fizz nach dem anderen. Irgendwie hielt plötzlich auch Callie ein Glas in der Hand und spürte bald ein warmes Glühen. Es war schon spät, als sie hinaus zum Leicester Square eilten. Der Club lag ganz in der Nähe des Alhambra Theatre in einem Untergeschoss, einer unterirdischen Welt aus schummrigem Licht und Rauch, wo man die ganze Nacht durchtanzen konnte.

Die Wände waren mit roter Seide und Samtvorhängen verkleidet. An den Seiten standen Plüschbänke und goldfarbene Stehlampen, auf den Esstischen einzelne Kerzen. Es war gerappelt voll. Callie hatte einen Tanzsaal mit Lüstern erwartet, doch was sie hier sah, war viel aufregender und glamouröser. Eine Band spielte auf einer Bühne, Tanzpaare tummelten sich auf der Tanzfläche. Jüngere, Ältere – hier schienen sich alle zu kennen. Vielleicht waren die jungen Männer zusammen zur Schule gegangen, die Mädchen hatten vielleicht dasselbe Kindermädchen gehabt oder waren gemeinsam in den Parks spazieren gegangen.

»Mann, ich hoffe, Daddy ist nicht mit seiner Freundin hier«, flüsterte Belinda. »Ich will nicht, dass Mummy davon erfährt. Eigentlich sollte er bis spät im Unterhaus arbeiten.«

Als sie sich setzten, bildeten sich die ersten Paare und tanzten zum Swing, den die farbigen Musiker so gut spielten. »Du kannst mit mir das Tanzbein schwingen, wenn du magst«, sagte Nigel und bot Callie seine Hand. »Aber ich warne dich, ich bin nicht sonderlich gut darin.«

Leider wahr, dachte Callie, als sie mit gequetschten Zehen zum Platz zurückhumpelte. Vielleicht sollte sie die nächste Runde aussetzen, doch dann ertönte ein Tango. »Komm, Callie, wir zeigen ihnen, was wir gelernt haben«, rief Pam durch das Getöse. »Du bist größer, du bist der Mann.« Sie versuchten, sich an Jems Anweisungen zu erinnern, doch ohne seine Befehle bauten sie nur Mist. Dann betrat ein Pärchen die Tanzfläche, das die Schrittfolgen beherrschte. Er sah fabelhaft aus in seinem Frack, sie trug ein verführerisches, seitlich geschlitztes rotes Kleid, das ihre perfekten Oberschenkel zeigte.

»Sind das professionelle Tänzer?«, fragte Callie.

»Nein, das ist Toby, er gibt wieder mal an. Er bewegt sich ziemlich gut. Wir nennen ihn den walisischen Zauberkünstler. Mit dem solltest du nie alleine in ein Taxi steigen«, grinste Pam. »Schau nur, wo seine Hand liegt, sie rutscht immer weiter runter …«

Callie konnte ihren Blick nicht von dem Paar abwenden, das zur Mitte der Tanzfläche schwebte. Mit den blitzenden Augen und dramatischen Posen hatte es etwas Elektrisierendes an sich. »Wie kommt es, dass er so gut tanzen kann?«

»Toby kommt und geht; lebt im Ausland. Sieh dir sein gebräuntes Gesicht und diese Schultern an … er ist etwas undurchsichtig. Möchtest du ihn kennenlernen?«

»O nein!« Callie fürchtete ihn und seinen unwiderstehlichen Blick, während er seine Partnerin scheinbar voll konzentriert vor den anderen herumwirbelte. Die Mädchen gesellten sich zu den anderen, dann war der Tango vorbei, und Pamela eilte plötzlich zu dem hübschen Paar und führte es über die Tanzfläche.

»Meine Freundin möchte dich kennenlernen«, lächelte sie unschuldig. »Mr Toby Lloyd-Jones ... Miss Caroline Boardman.«

Callie war wütend und dachte an ihre eigenen, dürftigen Tanzkünste. »Wir haben gerade Ihre Technik bewundert«, stammelte sie. »Wir versuchen, es zu lernen, aber selbst nach hundert Stunden werde ich niemals wie Sie beide tanzen.« Sie drehte sich um und suchte nach Rückendeckung, doch die Mädchen waren verschwunden.

»Ich habe Sie noch nie hier gesehen«, antwortete Toby und musterte sie mit einigem Interesse.

»Ich habe Clemmie und Pam auf der Schule in Belgien kennengelernt. Es ist herrlich hier, die Musik ist phantastisch.« Callie versuchte, lässig zu klingen, doch das funktionierte nicht. Er hingegen schien sich in den schummrigen Clubs zu Hause zu fühlen, während sie sich wie ein unbedarftes Mädchen vorkam. Er war etwas älter als die Clique, mit der sie zusammen war – mindestens dreißig, nach den Fältchen in seinem Gesicht zu urteilen.

»Darf ich vorstellen, Pearl, sie gehört zur Band.« Das Mädchen mit kaffeebrauner Haut und großen dunklen Augen lächelte Callie zu. »Ich muss jetzt gehen. Ich muss gleich singen«, entschuldigte sie sich. »Wiedersehen, Toby, Schatz«, sagte sie und küsste ihn auf den Mund.

Callie wollte sich zurückziehen, doch Toby stellte sich ihr in den Weg. »Möchten Sie mit mir tanzen? Ihre Partnerin hat

Sie offenbar verlassen.« Ohne eine Antwort abzuwarten, legte er einen Quickstepp mit ihr aufs Parkett, bei dem ihre Sohlen förmlich die Tanzfläche polierten. Er führte sie mit Leichtigkeit, sie entspannte sich, weil sie begriff, dass er genau wusste, was er zu tun hatte.

»Sie sind also nicht viel im Londoner Nachtleben unterwegs?«, fragte er.

»Ich bin lieber in Schottland; wir haben da ein Haus. Jetzt ist leider meine Tante krank geworden – sie betreibt ein Tanzstudio –, ich helfe also eine Weile im Büro aus.« Sie wusste, dass sie schwafelte, und versuchte, sich nicht zu verheddern. Er duftete nach Aftershave und Tabak und irgendwie nach Reichtum und Abenteuer, sie konnte es nicht genau sagen.

»Hier wird die beste Musik der Stadt gespielt, und es ist ein hervorragender Ort, um Leute zu treffen. Leider kann ich nicht oft herkommen.«

»Sie arbeiten im Ausland, hat Pamela erzählt«, sagte Callie.

»Ach, tatsächlich? Ich komme und gehe, ich helfe den Menschen bei der Investition in neue Unternehmungen. Gerade beginne ich ein Projekt in Kairo am Ufer des Nils. Wir hoffen zu expandieren. Ich sollte mal ein Wörtchen mit Pamelas Brüdern reden …«

»Ägypten – herrlich. Ich habe viel über Tutanchamun und die Pharaonengräber gelesen.« Sie versuchte, ihn mit ihrem spärlichen Wissen zu beeindrucken.

»Wenn man die Pyramiden bei Sonnenaufgang über der Wüste sehen und einen richtigen Eindruck von den Gräbern bekommen will, muss man sich auf ein Kamel schwingen«, antwortete er und blickte auf sie herab.

»Das würde ich sehr gerne einmal. Ich habe den Mont Blanc

gesehen und den Eiffelturm besichtigt, aber ich habe noch nie so etwas gesehen. Sie sind ein Glückspilz.« Sie genoss jede Sekunde in seinen starken Armen. Es war eine Schande, dass die Musik enden musste.

»Kommen Sie, wir suchen uns ein Plätzchen, und ich hole uns etwas zu trinken«, bot er an.

»Ich sollte wieder zu den anderen gehen«, sagte sie, denn sie wusste, dass sie aus Höflichkeit bei ihrer Clique bleiben sollte, auch wenn sie seine Aufmerksamkeit genoss. Sie war geschmeichelt, dass er sich mit ihr unterhalten wollte. »Na schön, auf einen Drink. Danke.«

Er suchte eine ruhiges Eckchen, dann ging er an die Bar und bestellte eine Flasche Champagner. Clemmie nutzte die Gelegenheit und eilte herbei.

»Du hast dir heute Abend schon wieder den besten Fisch geangelt. Wie machst du das bloß?«

»Was machen?«, flüsterte Callie. »Wir trinken nur etwas. Er ist mir ein bisschen zu alt.«

»Blödsinn. Es ist immer gut, wenn man jemanden hat, der weiß, wo es langgeht. Ich habe ihn schon ewig nicht mehr hier gesehen. Du hast richtig Glück gehabt. Heute ist Toby hier, morgen fort, also genieße es, solange du kannst … und erzähl uns am Mittwoch alles.«

Callie begriff nicht ganz, was hier vor sich ging. Sie war nur hergekommen, um zu tanzen und nicht, um den erstbesten Mann aufzugabeln, der mit ihr tanzen wollte. Doch Clemmie hatte recht, Toby wusste genau, wie er es anstellen musste, um ihr das Gefühl zu geben, sie sei einzigartig. Sie dachte an ihre kleine Ferienromanze in Belgien. Diesem Mann saß keine Mutter im Nacken, doch dafür war er vielleicht verheiratet.

Irgendetwas hatte Lloyd-Jones an sich, das zu gut war, um wahr zu sein. Und sie würde herausfinden, was es war. Als er mit der Flasche Champagner und Gläsern zu ihr zurückkehrte, fing sie lächelnd mit ihrer Befragung an. »Haben Sie Familie in London?«

»In Wales. Meine Eltern haben sich auf ihr Landhaus zurückgezogen und zur Ruhe gesetzt. Ich bin ihr einziges Kind«, sagte er und klopfte mit einer Zigarette auf sein Goldetui.

»Sie haben keine eigene Familie?«

»Gütiger Himmel, verheiratet, ich? Noch nicht. Dafür muss ich zuerst das richtige Mädchen finden. Sie laufen mir immer alle davon.« Er lachte laut und heiser und sah ihr in die Augen, so dass sie sich abwandte und sich albern und ertappt vorkam.

»Ich wollte nicht ...«

»Sie haben das Recht zu fragen.« Er sah sich um. »Wer kann schon wissen, welche schmutzigen Geheimnisse sich heute Abend in dieser Menge verbergen? Nun, Sie haben doch sicher auch einen jungen Mann, der hinter Ihnen her ist.«

»Du meine Güte, ich doch nicht«, antwortete sie ein wenig zu rasch. »Für einen Klotz am Bein ist es noch zu früh. Ich bin erst achtzehn.«

»Nun, dann sind wir ja beide frei und ungebunden und können uns amüsieren«, sagte er, fing ihren Blick ein und hielt ihn ein wenig zu lange. »Ich glaube, Ihnen ist durchaus klar, dass Sie eine sehr attraktive junge Dame sind und genau wissen, was Sie wollen – und wie Sie es bekommen können.«

Callie spürte, wie ihr heiß wurde und ein Schauder durch ihren Körper schoss, als er seine Hand ausstreckte und ihren Arm berührte. »Ich muss Sie wiedersehen. Nicht hier, zum Abendessen. Ich weiß ein Lokal, in dem wir in Ruhe zu Abend essen können, ohne dass man uns auf Schritt und Tritt beobachtet.«

»Ich muss meine Tante Phee fragen. Ich wohne bei ihr in Marylebone«, antwortete sie.

»Dann komme ich und stelle mich ihr vor. Sie kann gerne meine Referenzen und Bankkonten prüfen, wenn sie das beruhigt.«

Jetzt hatte er sie verlegen gemacht. »Sie wird bestimmt nichts einzuwenden haben, und ich würde gerne mit Ihnen zu Abend essen.«

»Dann wäre das geklärt. Wir treffen uns und gehen vielleicht auch einkaufen. Sie könnten mir helfen, etwas für meine neue Wohnung auszusuchen. Sie ist noch nicht ganz fertig, ich wohne in einem Zimmer zur Miete. Noch weiß ich nicht genau, wann ich wieder in die Hitze und den Staub von Kairo zurückkehren werde. Es kommt darauf an … ich habe noch ein paar Termine. Kommen Sie, wir wollen die ganze Nacht durchtanzen …«

Später setzte er sie in ein Taxi und betonte, dass sie sich am Donnerstag in der Burlington Arcade wieder treffen würden. »Gute Nacht, und seien Sie artig«, sagte er lächelnd und küsste sie auf die Wange. »Kleiner Vorschuss … Ich bin so froh, dass Sie heute Abend gekommen sind.«

Callie fuhr wie im Traum nach Hause. Noch nie zuvor war sie jemandem wie Toby begegnet. Er war elegant, vermögend, weltgewandt und charmant. Er hatte sich ihr in keiner Weise aufgedrängt, sondern ihr das Gefühl gegeben, etwas Besonderes und sehr begehrenswert zu sein. Sie konnte es kaum erwarten, ihn wiederzusehen.

12

Phoebe fiel auf, dass Callie sich nach ihrer ersten Nacht mit ihren Freundinnen im *400 Club* verändert hatte. Ihre Wangen waren nun rosig, und sie achtete mehr auf Aussehen und Mode. Das Mädchen in Kilt und Gummistiefeln gehörte endgültig der Vergangenheit an. Sie war in die Stadt gegangen und mit einem exklusiven Seidenschal in gedämpften Pastelltönen zurückgekehrt, der sehr geschmackvoll und teuer war. Sie war mit ihrer Clique zum Abendessen ausgegangen, hatte im *Embassy* und *Florida* getanzt, Nightclubs, die Phee vom Namen her kannte, in denen sie selbst aber noch nie gewesen war. Ihre Begleiter waren gutaussehende Kerle aus soliden Familien und gehörten genau zu der Sorte, die sie sich für ihre Tochter gewünscht hatte, weil sie wusste, dass Callie in Aussehen und Eleganz mühelos mithalten konnte. Die Investition in Callies Erziehung zahlte sich jetzt aus, was sehr erfreulich war, wo in der Gibbons School of Dance gerade alles den Bach hinunterging. Maisie war inzwischen ans Bett gefesselt und musste rund um die Uhr betreut werden. Die Geräusche aus dem Tanzsaal durften nicht zu laut sein, damit sie nicht gestört wurde. Phoebe war bang ums Herz.

Callie vollbrachte regelrechte Wunder im Büro und brachte Ordnung ins Chaos. Niemand wusste, was geschehen würde, wenn Maisie einmal nicht mehr war. Phee hoffte nur, dass sie die Miete weiter zahlen könnten, denn die Kurse waren gut besucht. Trotzdem hatte sie Angst davor, ihre alte Freundin zu verlieren, es würde das Ende einer Ära bedeuten. Immerhin blies Callie keine Trübsal. Sie war kaum mehr zu Hause, und irgendetwas an ihr sagte Phoebe, dass sie verliebt war.

»Mit wem gehst du heute Abend aus? Ich habe seinen Namen nicht verstanden«, versuchte sie es fröhlich scherzend.

»Ich habe doch nicht gesagt, dass es ein Er ist, oder?«, sagte Caroline und errötete.

»Reg dich doch nicht so auf, es macht mir nichts aus, wenn es da einen besonderen jungen Mann gibt. Schließlich war ich auch einmal jung. Als ich in deinem Alter war, bin ich Arthur begegnet, und auch jetzt bin ich noch nicht am Ende meiner Tage angelangt«, sagte Phoebe und lachte, doch Caroline wurde immer nervöser.

»Er ist kein junger Mann, er heißt Toby und stammt aus Wales, aber bald reist er ins Ausland … nach Ägypten.«

»Ist er Soldat … Offizier?«

»Nein, er ist Geschäftsmann, Investor in einer Gesellschaft zur Unternehmensgründung.«

»Klingt wichtig. Warum bringst du ihn nicht einmal zum Tee mit?«, sagte Phoebe und versuchte noch immer, gelassen zu klingen, obwohl ihr bewusst war, dass dies für Caroline ein Schritt nach vorne bedeutete.

»Ich weiß nicht genau. Er hat sehr viel zu tun. Er ist nett, sieht gut aus, er würde dir gefallen.«

»Wie ich sehe, hat es dich ziemlich erwischt. Und wie alt ist er?«

Caroline wich ihrem Blick aus. »Er ist natürlich älter als ich, aber das Alter spielt doch keine Rolle, nicht wahr?«

»Kommt ganz darauf an«, sagte Phoebe und spürte ein gewisses Unbehagen. Was sein Alter betraf, hatte Caroline sich nur vorsichtig geäußert. Sie war so jung und unerfahren, und Phoebe hoffte, dass sie nicht von einem Mann enttäuscht würde, der sehr viel weltgewandter war als sie.

Eine Woche später stürmte Caroline mitten in der Nacht aufgeregt lächelnd in Phoebes Schlafzimmer. »Toby hat uns zum Mittagessen ins Ritz eingeladen. Ich habe ihm gesagt, dass du ihn unbedingt kennenlernen willst, also hat er es vorgeschlagen. Er ist sehr großzügig, aber bitte zieh nicht dieses verspielte Netzhütchen an. Das ist entsetzlich und passt nicht zu deinem Kostüm.«

Phoebe liebte den Hut. Es war ein wichtiges Treffen, also musste sie etwas Geeignetes tragen, außerdem war sie neugierig, den Mann zu treffen, der ihre Tochter so kritisch und pingelig bezüglich ihres Aussehens machte.

»Und sprich nicht die ganze Zeit darüber, was für ein hoffnungsloser Fall ich in der Schule war«, fügte Callie hinzu.

»Das habe ich nie behauptet, außerdem bist du gar kein hoffnungsloser Fall gewesen, du warst einfach nur nicht so naturwissenschaftlich begabt wie Primrose. Bestimmt möchtest du auch nicht, dass ich ihm erzähle, dass ich den Hinterhöfen von Leeds geboren wurde, nicht wahr?« Sie konnte sich den Spott nicht verkneifen.

»Und mach mit deiner Fragerei nicht alles kaputt.«

Phoebe erstarrte einen Moment. »Willst du, dass ich mitkomme oder nicht? Du scheinst ja großes Nervenflattern zu haben. Er muss mich nehmen, wie ich bin, oder er lässt es. Schließlich ist er nicht an mir interessiert. Ich bin nur die Mutter …«

»Um ehrlich zu sein, er glaubt, dass du meine Tante bist. Ich wollte nicht, dass alles jetzt schon rauskommt …« Dem folgte ein peinliches Schweigen.

»Ich dachte, das hätten wir geklärt«, sagte Phoebe ruhig. Sie versuchte, gelassen zu bleiben, doch es verletzte sie, dass Caroline ihr Verhältnis verschwieg. »Warum hast du ihm nicht gesagt, dass ich Kriegswitwe bin? Liebling, man sollte lieber offen mit den Leuten sein.«

»Das sagt die Richtige«, sagte Caroline, ging und schloss die Tür.

Offensichtlich war das nicht irgendein netter Kerl, sondern jemand, der Callie wirklich etwas bedeutete. Wieder stieg ein wenig Angst in Phoebe auf und schnürte ihr den Magen zusammen. *Wie soll ich das angehen?*

Toby Lloyd-Jones wartete an der Bar auf sie. Er war ein kräftiger Mann und trug einen eleganten, maßgeschneiderten Anzug. Er hatte ebenmäßige Gesichtszüge, ein markantes Kinn, einen durchdringenden Blick und dunkles, lockiges Haar, wie sie es bei vielen walisischen Schauspielern gesehen hatte. Sein ausdrucksvolles Gesicht war sonnenverbrannt.

Er streckte ihr seine Hand entgegen und lächelte. »Miss Faye, ich habe viel von Ihnen gehört. Sie waren eines der bezaubernden Gaiety Girls, die mein Papa so bewundert hat. Ich freue mich sehr, dass Sie heute kommen konnten.«

Er war nicht so, wie sie erwartet hatte, und außerdem viel älter als gedacht.

Sie genossen ein köstliches Mittagessen in einem herrlichen Speisesaal, geräucherte Lachscreme, *poulet rôti* und guten Wein dazu. Caroline war sichtlich nervös, dabei sah sie in ihrem taubenblauen Kleid mit Jäckchen und Hut, der ihrem Gesicht einen perfekten Rahmen verlieh, entzückend aus. Jemand hatte ihr bei der Auswahl dieser Kleider geholfen, und Phoebe ahnte, wer das gewesen war.

»Wann reisen Sie nach Ägypten? Caroline hat mir erzählt, dass Sie dort Ihren Geschäftssitz haben.«

»Ich weiß es noch nicht genau. Ich vertrete eine der Entwicklungsgesellschaften im Nildelta. Wir investieren in Infrastruktur und Gründstücke am Nil. Das Gebiet birgt großes Potential. Ich habe viele Kontakte geknüpft. Kairo ist ein bedeutsamer Standort für Geschäfte. Durch den Suezkanal sind die Reisen von Europa in den fernen Osten außerdem viel kürzer geworden. Jetzt unterstützt uns auch die Regierung.« Toby Lloyd-Jones sprach ausführlich über seine Erfolge, für Phoebes Geschmack ein wenig zu leidenschaftlich, fast wie ein Prediger, der einen von seinem neuen Glauben überzeugen will.

»Haben Sie vor, dort zu leben?«

»Eine Weile, bis die Dinge angelaufen sind, aber natürlich würde ich meiner Familie, wenn es denn so weit ist, ein solches Klima nicht zumuten wollen«, sagte er und sah Caroline an, die errötete.

So standen also die Dinge. Er sah ihre Tochter an, als wollte er sie verspeisen, und sie blickte zu ihm mit offen bewundernden Blicken auf, die Phoebe Angst machte. Was war hier los? War ihr in den vergangenen Wochen etwas entgangen?

»Sie haben recht«, nickte sie. »Es wäre ein Fehler, eine Frau mit einer so anderen Kultur und Unsicherheit zu konfrontieren, vor allem in diesen schwierigen Zeiten. Von den Unruhen in Nordspanien sagt man, sie seien nur der Vorgeschmack auf ein weit größeres Spektakel.«

Caroline starrte sie an und achtete nicht darauf, dass Phee von den Unruhen in Europa sprach. »Wenn Menschen sich lieben, ist es doch egal, wo sie leben, solange sie zusammen sind«, sagte sie und wischte sich mit der Serviette über die Lippen. »Ägypten klingt so romantisch.«

»Das ist es bestimmt auch – eine Zeitlang –, aber was machen die Frauen, während die Männer bei der Arbeit sind? Sitzen sie herum und spielen Karten?«

»Auf einer Insel vor Kairo gibt es einen herrlichen Country Club mit Schwimmbad, Tennisplätzen, Speisesälen und tollen Partys unter freiem Sternenhimmel«, antwortete Toby. »Es ist wirklich sehr zivilisiert dort.«

»Aber es ist weit weg von zu Hause, Wochen auf dem Schiff«, deutete Phoebe an.

»Ach, inzwischen ist von einem Linienflug der Imperial Airways die Rede. Die Welt wird kleiner, Miss Faye. Darum sind diese Investitionen auch ihr Geld wert.«

»Junger Mann, versuchen Sie etwa, mir welche zu verkaufen?«, sagte Phoebe und zwang sich zu einem Lächeln.

»Phee!«, flüsterte Caroline.

»Natürlich nicht, Miss Faye. Mir würde nicht im Traum einfallen, diese Gelegenheit dafür zu nutzen. Ich habe mich einfach von meiner Begeisterung mitreißen lassen.«

Er lächelte, doch eine gewisse Ungehaltenheit versteckte sich in seinem halbherzigen Lächeln. Sein Blick wirkte undurchdringlich, und als er blinzelte, kamen Phoebe die Jagdfalken in den Sinn, die sie bei der Vogelschau in Dalradnor gesehen hatte. Es zog ihr den Magen zusammen. Caroline war völlig betört von seinem Charme, Phoebe hingegen war besorgt. Er war direkt, höflich, aber unter seinem feinen Lederhandschuh spürte sie die Stahlklaue. Für den Nachmittag hatte sie genug von Mr Lloyd-Jones.

»Leider muss ich um vier zum Unterricht. Das Mittagessen war vorzüglich, ich freue mich sehr, Sie endlich kennengelernt zu haben. Sie haben mir einiges zum Nachdenken gegeben, Mr Lloyd-Jones.«

»Bitte, nennen Sie mich doch Toby«, sagte er und stand ebenfalls auf, als sie sich erhob.

«Immer mit der Ruhe … Ich bin noch alte Schule und lande nicht so rasch beim Vornamen. Wir kennen uns doch kaum.« Sie ging elegant von der Bühne ab und zur Damentoilette, aber Caroline rannte ihr hinterher.

»Wie konntest du bloß so unhöflich sein?«

»Das war nicht unhöflich, es war nur korrekt. Der Mann hat versucht, mir Anteile an irgendeinem Wüstenblechtopf zu verkaufen.«

»Hat er nicht. Er wollte nur erläutern, worum es geht.«

»Und worum geht es dir bei ihm?«, zischte sie.

»Ich liebe ihn und will ihn heiraten«, antwortete Caroline.

»Hat er um deine Hand angehalten?«

»Nein, aber das wird er bald tun.«

»Caroline, für so eine Bindung bist du doch noch viel zu jung. Du weißt nichts über ihn.«

»Ich weiß genug, um zu wissen, dass ich ohne ihn nicht leben kann, ich will es nicht …«

»Lass uns später darüber reden. Jetzt ist nicht der richtige Zeitpunkt dafür. Wenn er dich liebt, wird er warten können, bis du volljährig bist.«

»Das hast du doch auch nicht getan!«

»Das war etwas anderes, Caroline. Es war Krieg. Während des Krieges geht alles schneller. Sei vernünftig. Ich will dir deine erste Erfahrung nicht vergällen, aber sei vorsichtig, sonst endet es in Tränen.«

»Du bist doch nur eifersüchtig, weil ich habe, was du nie bekommen konntest. Toby und ich lieben uns, ich will keinen anderen«, fauchte Caroline zurück.

»Das verstehe ich ja, aber warte doch noch etwas, Liebling, bitte. Menschen verändern sich. Irgendwas an ihm … Ich weiß es selbst nicht.« Sie versuchte ihr Bestes, doch es funktionierte nicht.

»Ich will kein Wort mehr darüber hören«, sagte Caroline, marschierte aus der Toilette, knallte die Tür hinter sich zu, und Phoebe kämpfte mit den Tränen. Warum geht alles zwischen uns nur immer so schief? Wie kann ich das je wieder einrenken?

»Alles in Ordnung? Du wirkst besorgt«, sagte Toby und sprang auf. »Deine Tante ist eine bemerkenswerte Frau. Ich hoffe, ich habe den Bogen nicht überspannt …« Er schwieg und wartete auf ihre Reaktion.

»Nein, es ist alles in Ordnung. Lass uns nicht mehr über sie sprechen. Hast du das ernst gemeint mit Ägypten, den Clubs und einer Ehefrau?«

»Warum, bewirbst du dich etwa gerade?«, fragte er und lächelte.

»Falls es eine freie Stelle gibt«, sagte sie, lächelte zurück und sah ihn an, während sich ihre Füße unter dem Tisch berührten und er seine Hand auf ihren Oberschenkel legte.

»Ich würde die Bewerberin gerne vorher erproben, um zu wissen, ob sie meinen Anforderungen entspricht.«

»Lass uns gehen, dann zeige ich es dir.« Etwas in ihr fragte sich, wie sie nur so etwas sagen konnte, andererseits war sie mit Toby nicht zu bremsen. Sie würde nicht zur Tanzschule zurückkehren und in Phees grimmiges Gesicht blicken. Sie wollte nichts von der kostbaren Zeit vergeuden, die sie zusammen hatten, vor allem nicht, wenn sie ein einsatzfähiges Scheidenpessar dabei hatte. Was hätte ihre Mutter wohl gesagt, wenn sie gewusst hätte, dass sie es sich von einem Arzt in der Harley Street hatte anpassen lassen? Sie würden kein Risiko eingehen. Toby war so vorsichtig, er hatte so lange geduldig gewartet, bis sie geschützt war. Er war so aufmerksam, hatte ihr wunderschöne Unterwäsche aus herrlicher Seide nur zu seinem Augenschmaus gekauft, die sie in seinem verspiegelten Zimmer im Cavendish Hotel aufbewahrte. Er war ihr so lange nicht nahegetreten, dass sie schon dachte, etwas stimme nicht mit ihm.

Der Biologieunterricht in der Schule hatte genützt, sie aber nicht auf die sinnliche Erfahrung vorbereitet, einem so kräftigen Männerkörper nah zu sein, der sie liebkoste und mit solcher Raffinesse und einem solchen Können in sie eindrang, dass sie den Verlust ihrer Jungfräulichkeit kaum gespürt hatte. Sie konnte es kaum erwarten, in sein Zimmer zurückzukehren, um all diese köstlichen Empfindungen erneut zu erleben. Der Gedanke daran, seine Frau zu werden, war einfach berauschend. Wie hatte Phee sagen können, sie traue ihm nicht? Er überhäufte sie mit Geschenken und Kleidern und führte sie zum Essen aus, bis ihr Verlangen nach seinem Körper sie völlig berauschte. Manchmal kehrte er mit einer Flasche Champagner von der Arbeit zurück. »Ich habe einen Treffer gelandet!«, sagte er dann lachend. Manchmal kam er mit Sorgenfalten auf der Stirn zurück. »Zeitverschwendung, der Scheißkerl war nicht zu überzeugen.« Dann nahm er sie härter ran, wie ein Tier, in einem stürmischen Geschlechtsakt, der sie lädiert und erschöpft zurückließ.

Er veränderte sie auf eine Art und Weise, die auch anderen nicht verborgen blieb. Pamela bemerkte, wie müde sie manchmal aussah. »Nimmt er dich zu hart ran?«, hatte sie kichernd gefragt. »Wir haben doch alle von deiner großen Romanze gehört und dass du es mit ihm getan hast. Das steht dir ins Gesicht geschrieben, du ungezogenes Mädchen.« Sie ging jetzt nicht mehr mit den Mädchen aus, nur noch zum Tee am Mittwoch, um zu plaudern. »Der walisische Zauberkünstler hat sich wohl seinen frevelhaften Weg gebahnt … pass bloß auf. Wir sehen dich in letzter Zeit kaum noch. In welche Höhle hat er dich verschleppt?«

Callie war sich sicher, dass sie nur alle eifersüchtig waren, sie jedoch hatte den Zauber nicht ruinieren wollen, indem sie Einzelheiten preisgab. Jetzt stand ihr ein aufregendes Leben im Ausland bevor. Sollte sie ihm die Wahrheit über Phee sagen, falls er sie nach ihrer Familie fragte? Warum? Er sprach auch nur wenig über seine. Sie hatte ein paarmal Sir Lionel erwähnt, dass sie ein Haus in den Trossachs besäßen und sie bis zu ihrem einundzwanzigsten Lebensjahr monatliche Zahlungen bekäme.

»Ich würde dich nie auch nur um einen Penny bitten«, hatte er gesagt. »Aber ein paar Namen von Freunden, die etwas Geld machen wollen, könnten schon nützlich sein.« Callie fiel niemand im *400 Club* ein, den er nicht schon kannte. Danach hatte er nie wieder gefragt.

Sie verließen das Ritz und liefen die Jermyn Street entlang zu seinem Zimmer im Cavendish Hotel. An der Tür zögerte er einen Augenblick. »Du weißt, dass ich bald abreise – würdest du mich auf der Reise begleiten?« Er machte eine Pause. »Wir könnten entspannt durch Frankreich nach Marseille fahren und dann ein Schiff über das Mittelmeer nehmen. Oder willst du vielleicht hier festsitzen und deinen Tanten Tee kochen?«

»Ich weiß nicht recht. Ich sollte ihnen wenigstens Bescheid geben. Eine Tante ist krank.« So böse sie auf Phee auch war, so einfach abhauen konnte sie auch nicht – oder doch?

»Ich habe nicht viel Zeit, Liebling … ich muss was erledigen. Sobald wir den Kanal überquert haben, nehmen wir einen Wagen. Komm, wir brennen durch und ersparen uns die ganze Aufregung um eine Hochzeit. Komm nächste Woche mit mir mit, sonst müssen wir Monate warten.«

»Das klingt sehr verlockend«, sagte sie lächelnd, aber plötzlich war sie sich gar nicht mehr so sicher. Es wirkte alles so Hals über Kopf.

»Dann komm mit rein und lass dich verführen. Es ist Zeit für ein wenig aktive Überredungskunst … Vielleicht kann ich dir den einen oder anderen Trick bieten, der dich nach mehr verlangen lässt.« Er nahm sie in die Arme und zog sie zu seinem Zimmer. Sie konnte es kaum erwarten, sich den Wonnen hinzugeben, die er ihr zu bieten hatte.

In jener Nacht kam Caroline nicht nach Hause. Phoebe war wütend und krank vor Sorge. Callie hatte noch nie zuvor so etwas getan, und sie hatte ihrer Mutter nicht einmal gesagt, wo sie war. Phoebe war nahe daran, die Polizei einzuschalten. Und wenn nun dieser Mann ein Entführer oder schlimmer war? Sie spürte genau, dass Toby Lloyd-Jones ein Opportunist war und ihrer Tochter den albernen Kopf verdreht hatte. Er nutzte ein blauäugiges junges Mädchen aus, das er fallenlassen würde, sobald es ihn langweilte. Sie hatte am Theater oft genug miterlebt, wie Schürzenjäger Tänzerinnen umwarben, ihnen den Himmel auf Erden versprachen und sie dann im Stich ließen. Sie hätte nur zu gerne mehr über ihn und seine

Familie erfahren, doch durch die Tanzkurse und dem Vorsprechen für einen Film blieb ihr keine Zeit für Nachforschungen. Noch dazu ging es Maisie immer schlechter.

Schließlich war Caroline trotzig und missmutig nach Hause gekommen, und Phoebe hatte ihr gesagt, wie sehr sie sich gesorgt hatte. Sie blafften einander an, bis Phoebe es nicht länger ertrug.

»Merkst du nicht, dass du nur sein neuestes Spielzeug bist?«, fragte sie verzweifelt. »Er ist doch nur hinter einem her –«

»Er will mich heiraten«, unterbrach Caroline sie ruhig, als habe sie nur auf den geeigneten Moment gewartet, um zuzuschlagen.

»Hat er dir das gesagt, um dich ins Bett zu kriegen?«

»Das musste er gar nicht. Da war ich schon längst. Warum kannst du ihn nicht leiden?«

»Irgendwas stimmt mit ihm nicht«, sagte Phoebe ernst. »Was es ist, kann ich nicht genau sagen, aber ich komme schon noch darauf.«

»Ach, glaub doch, was du dir einbildest. In Wirklichkeit willst du doch nur nicht, dass ich glücklich bin. Wie kannst du wissen, was ich für ihn empfinde?«

»Nun, ich denke, ich verstehe sehr wohl. Er benutzt dich nur, du dummes Ding. Eine Ehe ist mehr als Sex.«

»Woher willst du das denn wissen?«, sagte Caroline und stampfte wie immer wütend in ihr Zimmer. »Ich gehe aus.«

»Ich habe jetzt keine Zeit, mich mit dir zu streiten. Wenn du gehst, dann schau wenigstens bei Maisie vorbei.« Es kam keine Antwort.

Als Phoebe später zur Tanzschule ging, um Kitty abzulösen,

die an Maisies Bett wachte, waren alle da und sahen besorgt den Arzt an.

»Jetzt dauert es nicht mehr lange. Sie wird von Stunde zu Stunde schwächer. Ihre Beine sind bereits kalt. Ich habe ihr ein Beruhigungsmittel gegeben. Sie werden sich von ihr verabschieden müssen«, riet er.

Jeder setzte sich noch einmal an Maisies Bett und plauderte, als könnte sie es hören. Billy war in Tränen aufgelöst, und auch Jem schien geweint zu haben. Selbst Kitty, die stets sehr beherrscht wirkte, war blass und angespannt.

Phoebe erinnerte sich daran, wie liebevoll Maisie zu ihr gewesen war, als sie einen Tag nachdem sie von Arthurs Tod erfahren hatte, in ihrer Wohnung die Wehen bekommen hatte. Wie ihre Freunde sie durch all die schlimmsten Zeiten begleitet und das Geheimnis ihres Babys stets gewahrt hatten. Kitty und Maisie waren wie Schwestern für sie, die sie nie gehabt hatte.

»War Caroline heute da?«, fragte sie.

»Falls ja, ist sie nicht raufgekommen. Vielleicht kommt sie später noch vorbei«, sagte Kitty. »Sie mag Maisie sehr.«

Es sieht Caroline so gar nicht ähnlich, dass sie ihre Pflichten vernachlässigt, dachte Phoebe, aber sie ist nicht mehr sie selbst. Doch es würde ihr leidtun, wenn sie sich nicht verabschiedete.

Maisie starb ruhig in den frühen Morgenstunden nach einem letzten sehnsüchtigen Atemzug. Kitty tat, was notwendig war, und bahrte sie sorgsam auf, wie nur Krankenschwestern das vermochten. Sie saßen im Personalraum, tranken Tee und tauschten Erinnerungen aus. Billy und Jem fuhren Phoebe nach Hause, leise öffnete sie ihre Wohnungstüre, weil sie ihre undankbare Tochter nicht wecken wollte, ließ sich angezogen auf ihr Bett fallen und schlief erschöpft ein, trotz des Lärms des morgendlichen Stoßverkehrs. Erst als sie gegen Mittag die Rollläden aufzog, sah sie den Briefumschlag auf ihrer Frisierkommode, in dem eine ihrer Autogrammkarten steckte.

> Toby und ich haben beschlossen im Ausland zu heiraten. Mit oder ohne dein Einverständnis. Ich habe alles mitgenommen, was ich brauche, also suche nicht nach uns. So ist es für alle das Beste. Keine Sorgen, ich schicke dir eine Postkarte von den Pyramiden.
>
> Callie

Entsetzt lief Phoebe in Carolines Zimmer. Das Bett war gemacht, der Schrank stand halb offen, darin hingen leere Kleiderbügel. Ihr Lederkoffer war verschwunden, sie hatte offensichtlich in Eile die Schubladen geleert und ihren Pass aus der mit Perlmutt verkleideten Urkundenkassette mitgenommen. Es war eine trotzige Flucht, die den schlimmstmöglichen Schmerz zufügen sollte. Welche Mutter will schon von den Hochzeitsvorbereitungen der eigenen Tochter ausgeschlossen werden? Caroline hätte ihre Ablehnung nicht deutlicher zum Ausdruck bringen können. Hätte sie doch nur mehr Feingefühl und Zeit gehabt, hätte das alles verhindert werden können. Jetzt war es zu spät. Phoebe fragte sich, ob sie jemals den Preis dafür, dass sie die Geburt ihrer Tochter geheim gehalten hatte, vollständig abbezahlt hätte. Das kam davon, wenn es keinen Vater gab, der eine Tochter beschützte und beriet. Sie hatte so viele Fehler gemacht, weil sie Caroline alleine aufziehen musste.

Phoebe sank weinend auf Carolines kaltes Bett und fuhr sehnsüchtig mit der Hand über die seidene Steppdecke. »Oh, mein armes, dummes Kind«, schluchzte sie. »Bald wirst du bis zum Hals in Schwierigkeiten stecken. Wer soll dir dann helfen?«

13

Die *Marie-Solange* landete in Alexandria und drehte im Hafen bei. Callie stand an der Reling und blickte auf das fremdartige Spektakel: Männer, die in nachthemdenartigen Kleidern umhereilten und eifrig an weißen Seilen zogen; andere, die Körbe umhertrugen, ihre Waren feilboten und nur darauf warteten, sich auf die Passagiere zu stürzen.

»Endlich sind wir da«, rief sie, als Toby ihr den Arm um die Schulter legte.

»Willkommen bei den Wundern des Orients, Mrs Lloyd-Jones.«

Callie konnte noch immer nicht glauben, was in den vergangenen Wochen alles passiert war. Es war wie ein exotischer Traum gewesen. Sie waren mitten in der Nacht auf der Fähre nach Boulogne geflohen, hatten früh morgens einen Zug nach Paris genommen und einen weiteren nach Marseille. Aus der entspannten Autofahrt Richtung Süden war nichts geworden, denn der arme Toby hatte in der Eile seinen Führerschein verlegt. Sie hatten die unbequemen Unterkünfte nicht gestört. Für sie war mit Toby, der wie ein wilder Stier durch Frankreich gerauscht war, alles neu und aufregend gewesen.

Sie hatten sich ein einfaches Zimmer im Hafen gemietet und gewartet, bis sie ein Schiff und einen Kapitän gefunden hatten, der bereit war, sie gegen eine Gebühr zu vermählen. Sie hatten nur einen einfachen goldenen Ehering gekauft, und Toby hatte ihr versprochen, einen herrlichen Ring zu finden, sobald sie in Kairo wären.

Die Zeremonie war kurz gewesen – ein paar Worte in Anwesenheit der Mannschaft –, und sie hatten ein paar Formulare mit ihren vollen Namen ausgefüllt. Callie hatte sich darüber amüsiert, dass ihr frisch angetrauter Gatte mit Tobias Obediah Lloyd-Jones unterschieb. Toby hatte das gar nicht witzig gefunden. »Man sollte kein Kind mit so einem Namen belasten. Sag niemandem ein Wort davon.«

Die Fahrt über das aufgewühlte Mittelmeer hatte sie seekrank gemacht, so dass sie meistens in ihrer kleinen Kabine gelegen hatte. Das war keine glanzvolle Hochzeitsreise gewesen, aber Luxus spielt keine Rolle, wenn man verliebt ist, hatte sie gedacht und ihren Ehering bewundert. Sie hatten Zeit gehabt, sich zu lieben, an Deck spazieren zu gehen und nach ihrem neuen Ziel Ausschau zu halten.

Jetzt, als Callie den Hafen voller Träger, Schiffe, Karren und Passagieren vor sich sah, seufzte sie vor Vergnügen. Das war Wirklichkeit und nicht irgendein Traum. Vor ihnen lag noch eine lange Zugfahrt nach Kairo. Sie spürte schon die morgendliche Hitze auf ihrem Gesicht und holte ihren Hut mit Krempe hervor. Sie hatten nur wenig Gepäck. Was hätte sie außer Kleidern und Dokumenten auch mitnehmen sollen?

Schon bald wurden sie von den Straßenverkäufern umringt, die ihre Waren anpriesen, und von Trägern und Getränkeverkäufern. Callie bekam Angst in all dem Gedränge. Sie hatte fremde Gerüche in der Nase, Fliegen umschwirrten ihr Gesicht, und der Schweiß rann zwischen ihren Brüsten herunter. Man brachte sie zum Zug nach Kairo, der vor seiner Abfahrt kräftig Dampf ausstieß. Der Anblick der großen schwarzen Lokomotive war ihr vertraut und beruhigte sie. Immerhin gab es hier auch ein wenig Zivilisation: Es war eine Mischung aus Alt und Neu, Trambahnen und Kamelkarawanen neben Automobilen und Eselskarren. Von Kopf bis Fuß in Schwarz gehüllte Frauen schlenderten im Schatten neben europäischen Mädchen mit Sonnenschirmchen in kurzen Kleidern und Florentinerhüten dahin.

Toby schob die Bettler weg. »Wenn du Bedürftigen und Straßenfakiren einmal etwas gibst, wirst du sie nicht mehr los. Ein Nein akzeptieren sie nicht.«

Sie setzten sich in ein Abteil und blickten über die unendliche Ebene aus Gestrüpp und Sand, bis sie ein grüneres Delta aus Gebüsch und Palmen erreichten.

»Schau, wie die Villen die Wüste erobern. Gartenstädte haben viel Entwicklungspotential.« Er zeigte auf die Bungalows, die überall in der Wüstenhitze schimmerten.

»Werden wir in so einem wohnen?«, fragte Callie und dachte, Toby habe ein Zuhause, das auf sie wartete.

»Ich fürchte nein … momentan sind wir in einem Hotel, aber wir sehen uns nach einem Haus um, das du dann einrichten darfst, wie du möchtest«, antwortete er.

Callie lächelte und versuchte, ihre Enttäuschung zu verbergen. Sie hatten drei Wochen aus dem Koffer gelebt, ihre Kleider waren schmutzig und zerknittert. So hatte sie sich ihre Ankunft nicht vorgestellt, aber jetzt hatte sie genügend Zeit, hier ein neues Leben zu beginnen, außerdem war es viel zu heiß, um sich abzuhetzen. In einem Hotel gab es ein Badezimmer, einen Wäscheservice, und das Abendessen wurde zubereitet. So würde sie Zeit haben, sich an die Hitze und an die Stadt zu gewöhnen. Das Leben mit Toby war nicht ganz so, wie sie es sich vorgestellt hatte. Er war ein rastloser Mensch. An Deck war er unruhig auf und ab gelaufen, hatte Einführungsschreiben verfasst und eine Zigarette nach der anderen geraucht. Er hatte nie ein Buch oder eine Zeitung zur Hand genommen, sondern las nur den Wirtschaftsteil und studierte Währungskurse und Finanznachrichten. Die restlichen Schlagzeilen ignorierte er. Wie sehr er doch in seiner Arbeit aufgeht, hatte sie voller Stolz gedacht.

Sie lebten von Callies Ersparnissen. Sie hob jeden Penny bei ihrer Bank ab, den sie bekommen konnte, ohne dass es auffiel. Sie hatte sogar den Ehering kaufen müssen, weil sie zu viel Geld für teures Essen und die Miete in Marseille ausgegeben hatten. Toby hatte ihr allerdings versprochen, es wiedergutzumachen, sobald er zurück in seinem Büro wäre.

»Ich freue mich schon darauf, deine Kollegen kennenzulernen«, sagte sie.

»Ich habe immer alleine gearbeitet, aber ich habe gute Kontakte in der Stadt und in den Clubs.«

»Was genau wirst du hier also tun?«, fragte Callie und begriff, dass sie eigentlich nur sehr wenig über sein Berufsleben wusste.

»Ich helfe den Leuten, erfolgreich in Eigentum und Land zu investieren.«

Sie war verwirrt. »Ich dachte, du wärest so etwas wie ein Broker?«

»Oh, das bin ich auch. Ich investiere in die Träume der

Leute, reich zu werden, indem sie in Land im Ausland mit Aussicht auf gute Rendite investieren. Ich kaufe und verkaufe ein wenig für Leute, die nicht wollen, dass andere erfahren, wie reich und interessiert sie sind. Ich bekomme eine Kommission dafür, dass ich Klienten anderen Klienten vorstelle, so in der Art.«

»Wolltest du deshalb die Namen meiner Freunde haben?«, fragte sie etwas besorgt.

»So in etwa. Es ist immer nützlich, wenn man Kontakte zu den Reichen und Berühmten hat, außerdem, wer nicht wagt, der nicht gewinnt«, wehrte er ihre Frage ab. »Deine Clique hatte viele gute Beziehungen.«

»Es war nicht meine Clique. Ich kannte die meisten kaum«, sagte sie.

»Aber ihr wart alle Schulfreunde.«

»Eigentlich nicht. Pam und Clemmie habe ich erst in einem Mädcheninstitut im Ausland getroffen. Vorher war ich in Schottland im Internat. Mir erscheint es Lichtjahre entfernt, eine andere Welt. Ich frage mich, was sie wohl davon halten, dass wir bei Nacht und Nebel verschwunden sind.«

»Sie halten uns bestimmt für sehr romantisch. Ihr jungen Mädchen seid ja alle für die romantische Liebe«, sagte er lachend. »Wie dem auch sei, wen kümmert es schon, was sie denken? Du wirst dich hier wohl fühlen, und mit deinem Aussehen und deinem Charme bist du die perfekte Anlage für mich. Ich bin sicher, dass du viele Freundinnen finden und mich überall gut einführen wirst.« Toby lächelte und entblößte seine perfekten Zähne »Wer könnte dem Aussehen dieser blassen englischen Rose widerstehen, wo die meisten Mädchen hier eine Lederhaut haben? Die Leute werden von dir begeistert sein und mich zum glücklichsten Mann der Stadt machen.«

Callie empfand das als ein recht seltsames Kompliment. Sie war doch keine Investition, sie war seine frisch angetraute Frau. Manchmal erschienen ihr seine schmeichelhaften Worte ein wenig unangebracht. Sie zuckte die Achseln, wandte sich ab und starrte erschöpft von der Hitze und der Reise aus dem Fenster.

Toby mietete einen kleinen Pferdewagen, so dass sie langsam durch Kairo fahren und es sich ansehen konnten. »Man nennt es auch das Paris am Nil«, sagte er und zeigte auf die eleganten Steingebäude mit prachtvollem Zierrat: Banken, Theater, Wohnblöcke. Doch Callie sah nur Eselskarren und Limousinen im Stau und Männer, die herandrängten und versuchten, ihnen Fliegenklatschen und Trinkwasser zu verkaufen. Ein penetranter, ekelhafter Gestank von Kloake, Kot und verfaultem Obst hing in der Luft. Die Fremdartigkeit des Ganzen bereitete ihr zusehends Angst. Wie sollte sie sich jemals ihren Weg durch diese exotische Stadt bahnen?

Als wollten sie ihre strapaziöse Reise wiedergutmachen, stiegen sie im eleganten Continental Hotel ab und aßen jeden Abend entweder auf dessen Dachterrasse oder im Speisesaal des Shepheard's Hotel, prachtvoll im maurischen Stil gefliest, wo sie ihren ersten Einblick in die reiche Kairoer Oberschicht bekam – ein kosmopolitischer Kreis aus Franzosen, Armeeoffizieren und eleganten britischen Damen und Herren mit lauter Stimme und herablassendem Auftreten.

»Willkommen in deinem neuen Zuhause, Liebling. Sieh dich um, hier kann dir niemand das Wasser reichen. Du wirkst so frisch und makellos.« Toby hob sein Glas, und ihre Laune stieg angesichts des Weins und des herrlichen Essens. »Wir werden wunderbare Dinge unternehmen. Wir werden auf Kamelen zu den Pyramiden reisen, auf einer Feluke den Nil hinuntersegeln und jeden Abend im Gezira Club tanzen. Ich werde dich zum Khan-el-Khalili-Suk bringen. Wir werden den Sufis zusehen, wie sie die Derwische tanzen lassen. Ich verspreche dir, du wirst dich herrlich amüsieren.«

All das lag vor ihnen – ihr ganzes gemeinsames Leben –, und sie lächelte und war erleichtert, dass Toby sie um ihretwillen und nicht wegen ihrer Beziehungen liebte. Er wollte sie glücklich machen, weil er wusste, dass sie vor all ihren Lieben geflohen war, nur um bei ihm zu sein. Was wohl Kitty und Marthe und die liebe Maisie davon hielten? Phee war bestimmt höchst zornig und schämte sich für ihre Flucht. Prim, Pam und Clemmie waren sicher neidisch auf das Abenteuer, das sie erlebte. Sie würde zu gegebener Zeit jedem eine Postkarte schicken, doch heute Abend wollte sie einfach nur entspannen und sich dem Zauber Ägyptens hingeben.

Das Haus, das sie zur Miete fanden, war ein moderner Bungalow im europäischen Stil mit einer großen, der Sonnenseite abgewandten Veranda. Es hatte drei Schlafzimmer, an deren Decken jeweils ein Haken für die Moskitonetze befestigt war, mit denen man sich nachts bedecken musste. Grüne Bambusmöbel und Polster standen in den Räumen. Zu dem Anwesen gehörte auch Hassan. Er putzte und kochte, ein weiterer Mann pflegte den Garten, der von Palmen und einen Feigenbaum beschattet wurde und viele verstaubte Grünpflanzen enthielt, deren Namen Callie nicht kannte. Zikaden zirpten in der Hitze, und sie sah eine Ameisenkolonne in eine Ecke marschieren, die sie meiden musste. Hassan hatte sie vor Schlangen im Gebüsch gewarnt, aber es gab eine Hängematte, in der sie bequem liegen und die Hausmauern in lichtem Braun und die cremefarbenen Fensterläden aus Holz bewundern konnte. Das war ihr erstes Zuhause. Stolz wählte sie Kelimteppiche für den Fliesenboden und luftige Vorhänge für die Schlafzimmer bei Cicurel, dem renommierten Kaufhaus, aus, wo sie auch feine Baumwollstoffe besorgte, aus denen sie Hemden und Tageskleider nähen ließ. Der einzige Wermutstropfen war, dass Toby nie Zeit hatte, ihr all die Sehenswürdigkeiten zu zeigen, von denen er bei ihrer Ankunft ständig geredet hatte. Ihr Französisch kam ihr hier zugute, doch das geschäftige Treiben auf den Straßen enervierte sie. Die europäischen Frauen, die sie in den Geschäften und Restaurants sah, erinnerten sie an London und den Teeklatsch am Mittwoch, und der Anblick erfüllte sie mit Sehnsucht.

Sie besuchte die Morgenmesse in der Kathedrale und hoffte, dort mit jemandem bekannt gemacht zu werden, aber Toby war nicht dazu zu bewegen, einen Fuß über die Schwelle zu setzen. »Ich hasse diese Orte«, hatte er so gehässig gesagt, dass sie nicht wagte, nach dem Grund zu fragen.

Eines Tages, als sie von einem Ausflug in die Stadt zurückkehrte, fand Callie einen an sie adressierten Brief vor. Die Handschrift war ihr vertraut, beklommen öffnete sie ihn und machte sich auf einen Tadel von Phee gefasst, doch die Nachricht warf sie so sehr um, dass sie sich in ihre Privaträume zurückzog, um diese Wendung irgendwie zu begreifen. An dem Abend fand Toby sie in Tränen aufgelöst auf ihrem Bett liegen.

»Tante Maisie ist in der Nacht unserer Flucht gestorben, und ich habe mich nicht von ihr verabschiedet«, schluchzte sie. »Das war so gemein von mir.«

Toby nahm ihr erstaunt den Brief ab. »Hatte ich dir nicht gesagt, du solltest niemandem unsere Adresse geben, solange du dich noch nicht richtig eingelebt hast? Briefe von zu Hause beunruhigen dich nur.«

»Lies lieber, was sonst noch in dem Brief steht«, sagte Callie. »Was meint sie mit dieser Sache mit dem Cavendish Hotel?«

»Woher weiß deine Tante davon?«, antwortete er.

»Nun, sie ist hingegangen und hat mit Miss Lewis, der Managerin, gesprochen. Warum hast du mir nicht gesagt, dass du deine Rechnung nie bezahlt hast?«

»Wie kann sie es wagen, sich einzumischen, die neugierige alte Schrulle?«

»Toby, sie ist meine –«, Callie hielt inne, als sie sah, wie wütend er war. »Was war da los? Ich bin deine Frau – du kannst es mir erzählen.«

»Das war alles ein Missverständnis. Ich habe einen Scheck ausgestellt. Vermutlich ist er geplatzt. Ich wollte nicht, dass du es erfährst.«

»Mussten wir deshalb so Hals über Kopf abreisen? Warum hast du mir nichts davon erzählt? Ich hätte dir helfen können.«

»Liebling, so funktioniert das nicht. Mein Kredit war ein wenig überbeansprucht, es kamen nicht genügend Kommissionen rein. Aber das ist jetzt nicht wichtig.«

»Das heißt, die Leute wissen, dass du in Schwierigkeiten steckst. Und Leute reden. Wir müssen die Rechnung bezahlen.«

»Ach, hör auf damit. Das war nur ein kurzfristiger Engpass, inzwischen geht es mir gut, wir haben ein Haus und können

Gäste empfangen. Ich habe für morgen Abend welche eingeladen, könntest du was vorbereiten?«

»Natürlich«, sagte Callie und rieb sich die Augen, »ich mache etwas, das ich in Belgien gelernt habe.«

»Hoffentlich nicht Muscheln mit Pommes«, sagte er lachend.

»Toby! Ich meine echte französische Küche, aber dazu brauche ich Hassan, er muss servieren, und ich brauche ein anständiges Kleid. Außer Tageskleidern habe ich nichts im Schrank.«

»Besorge dir, was immer du brauchst. Wenn das morgen Abend gutgeht, sind wir aus dem Schneider. Mach dich hübsch, um die zu beeindrucken, Liebling.«

Am nächsten Morgen versuchte Callie, nicht mehr an Phees Brief zu denken. Sie würde noch genug Zeit haben, um darauf zu antworten, wenn die Dinge erst einmal auf soliderem Boden standen. Dann würde sie auch darauf bestehen, irgendwie aus ihren Monatszahlungen die Hotelrechnung zu begleichen.

Sie schickte Hassan auf den Markt, wo er frisches Gemüse und Gewürze kaufen sollte, während Callie eine Pferdekutsche zum Lebensmittelgeschäft nahm, die anderen Zutaten besorgte und sich ein paar Blumen gönnte. Dann lief sie umher und suchte nach einem passenden Kleid, fand dann aber ein Ensemble, bestehend aus einer weiten Hose und einem luftigem Kaftanoberteil aus Seide, das ihr sehr gewagt und modern erschien. Sie hatte noch genügend Zeit eingeplant für ein Bad und eine Frisur, einen lockeren Chignon, geschmückt mit einer Blume hinter dem Ohr, solange das *poulet aux fines herbes* schmorte. Bei Groppi, der berühmten Konditorei, kaufte sie eine feine *tarte aux pruneaux*. Die Gräfin van Grooten höchstpersönlich wäre stolz auf die Dekoration des Esstisches gewesen. Callie genoss es so sehr, Gastgeberin zu sein, dass sie darüber Tobys Rechnungsbetrug fast vergaß. Zwischen den Zeilen von Phees Brief schwebte ein »habe ich es dir nicht gesagt«.

Ihre Mutter verstand nichts von den Tücken des Geschäfts, von teuren Abendessen zur Kundengewinnung. Doch zumindest wusste Callie jetzt, dass sie ihre Ausgaben gut im Auge behalten musste. Doch heute Abend war eine Ausnahme, sie freute sich darauf, neue Paare kennenzulernen, Freunde zu finden und Toby in allem zu unterstützen, was er unternahm, um ihr Leben hier draußen erfolgreich zu gestalten.

Alles war bereit, das Haus blitzte, Hassan trug eine elegante neue Tunika, und Callie schenkte sich den ersten Drink des Abends ein, um ihre Nerven zu beruhigen. Würde den Leuten schmecken, was sie zubereitet hatte? Sie durfte ihren Mann nicht enttäuschen.

Sie hatte ihren Gin getrunken, und noch immer war niemand gekommen. Sie wartete und wartete, während die Uhr die vereinbarte Zeit weiter überschritt, doch noch immer kam niemand. Ihre Aufregung wurde zur Sorge, sie lief im Zimmer auf und ab und fragte sich, was sie tun sollte.

Toby kam spät, sehr spät, sie hörte, wie er die Autotür zuschlug. Dann hörte sie Stimmen in der Eingangshalle und sah, wie er mit zwei sehr betrunkenen jungen Männern hereintaumelte, die interessiert zu ihr hinaufschielten.

»Du hinterhältiger Teufel, wo hast du die bis jetzt versteckt?«, sagte einer und beäugte sie voller Interesse.

»Liebling, tut mir leid … wir sind ein wenig spät dran …

Wir haben noch einen Umweg über einen Hausbootclub genommen … Nur auf ein kleines Gläschen Cognac. Die Zeit ist wie im Flug vergangen … es duftet köstlich.«

Callie versuchte, Haltung zu bewahren; eine perfekte Gastgeberin zeigte niemals ihre Wut. »Die Kasserolle ist etwas trocken. Hassan wird sie servieren, bevor sie völlig ruiniert ist.« Sie deutete auf das Esszimmer und versuchte, dabei nicht zu zittern. »Toby, wo sind die Frauen?«, flüsterte sie. »Ich habe für acht gedeckt …«

»Tut mir leid, Liebling, diesmal keine Ehefrauen, Ollie und Pinky haben noch keine gefunden, aber sie sind reiche Beute«, flüsterte er zurück. »Sei nett zu ihnen, Mädchen.« Er lallte nur noch, und als sie an ihr vorbeigingen, ließ Ollie seine Hand an ihrem Oberschenkel herabgleiten. Als Pinky die Vorspeise sah, wurde er kreidebleich, rannte ins Badezimmer und übergab sich. Danach saß er zusammengesunken am Tisch und aß nichts, schaffte es aber, ihre neuen Porzellanteller auf den Fliesenboden zu stoßen.

Niemand aß oder redete viel. Sie saßen da, tranken Whisky und schliefen anschließend auf dem Sofa ein. Callie konnte kaum erwarten, dass sie verschwanden, als sie endlich zu einer Pferdekutsche schwankten, die sie in den frühen Morgenstunden nach Hause brachte.

»Du sagtest, es seien wichtige Kunden«, sagte Callie. »Ich habe so viel Aufwand betrieben und Ausgaben gehabt. Ich hätte ihnen genauso gut zwei Flaschen Whisky in die Hand drücken können.«

»Sie hatten einen schönen Abend. Ich habe alles bezahlt, jetzt haben sie dich auch kennengelernt und wissen, dass wir ein sauberes Pärchen sind.«

»Was hatten sie denn erwartet, einen Harem?«, zischte Callie. Sie war müde und schrecklich enttäuscht. »Sogar ich weiß von diesen Hausbooten am Flussufer.«

»Hör zu, das gehört alles zum Spiel dazu. Man bereitet die Bühne und lockt die Schlange aus dem Korb … Sie suchen nach einem Lager für ihre Import-Export-Geschäfte. Ich weiß, dass bald ein günstiges zu haben sein wird. Man braucht hier viel Geduld und Spucke. Ende der Woche habe ich ihre Unterschriften schwarz auf weiß, wir werden an unser Geld kommen, du wirst schon sehen. Das wird es wert gewesen sein.«

Aber sie unterschrieben nicht, und Toby tigerte übel gelaunt durch den Bungalow, knallte die Türen und schmollte wie ein verwöhntes Kind, während Callie besorgt überlegte, wie sie mit ihrem Geld so haushalten könnte, dass sie die Woche überstanden. In der großen weiten Welt der Finanzen war alles so kompliziert. Von verheirateten Frauen wurde erwartet, dass sie stundenlang alleine blieben, was ihre Geduld aufs Äußerste strapazierte. Sie musste sich eine Beschäftigung suchen, sonst verlor sie in dieser Enge und Hitze den Verstand. Toby hatte sie noch immer nicht in einen der britischen Clubs mitgenommen, und so fragte sie sich, ob es ein Problem gab. Hatte er auch dort seine Rechnungen nicht bezahlt? Sie schämte sich dieser treulosen Gedanken, war aber von ihm auch sehr enttäuscht.

Wo waren die romantischen Abenteuer, die er ihr versprochen hatte? Sie sah nichts als Straßen voller Abfall und Fliegen, Dreck und Armut, barfüßige Kinder auf den Schultern ihrer verschleierten Mütter, Bettler, müde Esel, stinkende Kamele und abgekämpfte Pferde. Wie konnte sie weiter fröhliche Postkarten über ein Leben verschicken, das sie nur vorgab zu leben?

Nichts war so, wie sie es sich erträumt hatte. Noch schlimmer war aber, dass sie das Gefühl hatte, Toby immer weniger zu kennen, je länger sie mit ihm zusammenlebte. Was war wahr und was Übertreibung? Hatte er auch sie belogen? Das ängstigte sie am meisten. Sie fragte sich, wen sie geheiratet hatte.

Doch gerade als sie zu verzweifeln begann, machte Toby seine Gedankenlosigkeit durch einen Akt der Reue wieder gut. Er kam mit einem Ansteckbouquet aus Orchideen nach Hause und bat sie, ihr neues Ensemble anzuziehen. »Wir gehen zum Dinner in den Gezira Club. Sag nicht, dass ich meine Versprechen nicht halte. Hassan kann den Abend frei haben, wir fahren selbst über die Lion Bridge und parken im Country Club, und falls du geglaubt hast, dass ich es vergessen habe, hier …«, sagte er lächelnd und drückte ihr eine kleine Schachtel in die Hand.

Darin steckte ein weiteres Schächtelchen aus Leder, in dem ein prachtvoller antiker Goldring mit großen blauen Steinen lag. »Das sind nur Zirkone, aber sie passen zu deinen Augen, er wird dir bestimmt stehen.«

Callie blieb vor Überraschung die Luft weg. »Er ist so außergewöhnlich! Oh, danke, ich werde ihn heute Abend tragen.« Sie küsste ihn auf den Mund. »Können wir ihn uns überhaupt leisten?«

»Ich habe heute ein paar Kommissionen eingestrichen … Du kannst doch nicht ohne Schmuck dort erscheinen, also geh, mach dich hübsch. Ich will heute Abend mit dir angeben, und ich habe eine Glückssträhne …«

Das Gezira stellte alles dar, was sie sich erträumt hatte, es lag in einem Park an einer Rennbahn und Gärten mit einen Golfplatz und Tennisplätzen, einem türkisfarbenen Swimmingpool und einer überdachten Terrasse, auf der die ausländische Clique bei Kerzenschein anstieß. Die Frauen wirkten in ihren schillernden Abendkleidern sehr elegant und trugen Brillanten um Hals und Handgelenk. Andere Frauen trugen Cocktailkleider mit passenden Hütchen, Armeeoffiziere ihre Ausgehuniformen. Die Kellner bahnten sich mit ihren Tabletts voll glitzernder Gläser lautlos ihren Weg durch die Gästeschar.

Callie schüchterte diese elegante Gesellschaft ihrer Landsleute plötzlich ein, Toby hingegen durchquerte den Raum mit aalglatter Vertrautheit. »Darf ich Ihnen meine Frau Caroline vorstellen, sie ist gerade erst von Bord gegangen und kennt noch niemanden.« Die Frauen musterten sie interessiert, lächelten, wandten sich ab und nahmen ihre Gespräche wieder auf.

»Keine Sorge, hier gibt es noch mehr Leute, an die wir uns ranmachen können. Manche Kreise sind ziemlich verschlossen. Innerhalb der britischen Gemeinschaft gibt es eine starre Hackordnung, streng ausgerichtet nach Rang, Reichtum und Beziehungen. Wir müssen uns den Weg nach oben erst erkämpfen, auf uns aufmerksam machen, hervorragend Bridge spielen oder für die Blumendekoration in der Kirche sorgen. Jeder weiß, wo sein Platz ist, doch zum Glück gibt es ein paar Dissidenten, die gerne Neuankömmlinge in ihre Kreise aufnehmen. Sie stehen an der Bar.«

Callie blieb auf der Veranda, um die Nachtluft zu genießen und die gepflegten Gärten zu bestaunen, die von weißem

Jasmin und rosarotem Oleander überwucherten Wände, Böschungen mit großen, orangefarbenen Lilien und blauen Bleiwurzblüten, die von den Wänden herabhingen und in der späten Sonne leuchteten. Ein paar Gäste draußen trugen seltsame Mullbinden an Armen und Beinen. So also hielt man sich die Insekten vom Leib, die ständig auf Nahrungssuche waren. Das also war der berühmte Club, seufzte sie, eine abgeschlossene Welt der Eleganz und des Komforts, eine Oase für die Reichen und Wichtigen, abgeschottet von der schmutzigen, überfüllten Stadt. Hier vergaßen die Ausländer, woran sie jeden Tag mit dem Taxi vorbeifuhren. Sobald sie durch die bewachten Tore fuhren, betraten sie eine ihnen vertraute Welt, in der man in der Mehrheit und sicher war.

»Alles in Ordnung?«, fragte eine Stimme mit typisch englischem Akzent und riss sie aus ihren Tagträumen. Callie drehte sich um und sah eine aparte, sehr viel ältere Frau, die sie anlächelte. Sie trug ein pfauenblaues Seidenkleid, das sich um ihre üppige Gestalt legte, und eine hauchdünne Seidenstola über den Schultern. Um den Hals trug sie eine geometrische Halskette, die im Kerzenschein glitzerte. »Sie sehen drein wie ich, als ich zum ersten Mal hierherkam. Ich bin Monica … Monica Battersby.« Sie streckte ihr die Hand hin.

»Caroline. Callie Lloyd-Jones, Tobys Frau.«

»Ah, der liebe Toby, er ist sehr bemüht anzukommen. Wie um alles in der Welt hat er Sie überreden können, das herrlich grüne England zu verlassen und in diese Schlangengrube zu springen?«

»Mögen Sie den Club nicht?«

»Er ist schön zum Reiten oder Schwimmen, aber die Frauen hier sind ziemliche Zicken. Um in ihre Kreise aufgenommen zu werden, braucht man eine Einladung. Folgen Sie meinem Rat und halten Sie sich von dem Hexenkessel fern. Es ist geradezu erbärmlich, wie sie sich wie Fünftklässlerinnen bei der Frau des Botschafters einschleimen.«

Callie lachte. »Bis jetzt kenne ich niemanden. Für mich ist das alles ein wenig beängstigend.« Sie spürte, dass Monica an vertrauliche Mitteilungen gewöhnt war.

»Armes Ding, Toby ist vermutlich Tag und Nacht unterwegs, um sein Imperium aufzubauen … Bei Kenneth ist es nicht anders. Ich muss Sie unter meine Fittiche nehmen. Malen Sie?«

Callie schüttelte den Kopf. »Ich mache eigentlich nicht viel – es ist zu heiß –, dafür reite ich gerne.«

»Sie werden sich daran gewöhnen. Sie müssen sich hier Ihr eigenes Leben und Ihre eigenen Interessen aufbauen, sonst werden Sie verrückt. Die Welt hier draußen ist herrlich, voller Leben und Farben. Vielleicht kann ich Ihnen helfen und Ihnen ein paar Orte zeigen? Ich bin begeisterte Fotografin, das Licht hier ist erstaunlich. Wir sollten uns wieder treffen. Haben Sie schon einmal die Köstlichkeiten in Groppi's Tearoom probiert?«

Ein großer Mann stand hinter ihrer neuen Freundin. »Liebling, ich würde dir gerne die Padmores vorstellen … Guten Abend.« Er lächelte Callie an.

»Das ist Caroline, sie braucht ein wenig Unterstützung. Ich rufe Sie an …«

Callie notierte schnell ihre Nummer auf Monicas Visitenkarte, bevor ihr Mann sie wegführte.

»Wer war das?«, fragte Toby, der zu spät auf der Bildfläche erschien und dem Paar hinterherstarrte.

»Monica Battersby, die Frau von Kenneth Battersby.«

»Wohl nicht seine Frau, Liebling, soweit ich weiß, eher Kenneth Bromwells Geliebte. Er ist ziemlich dreist, aber als Geschäftsführer einer Ölgesellschaft … nun, es schadet nicht, wenn man ihn kennt. Sie sieht für ihr Alter hervorragend aus. Sie hat einen gewissen Reiz. Sie muss ein dickes Fell haben, dass sie es wagt, hier aufzutauchen.«

»Und wo ist Mrs Bromwell?«

»Ich vergesse immer wieder, dass du von diesen Absprachen ja keine Ahnung hast. Sie lebt mit den Kindern in London. Das passiert, wenn die Frauen nach Hause fahren … es ist nur natürlich.« Toby lächelte und zündete ihnen beiden eine Zigarette an. Der Abend lief gut.

»Und wenn eine Frau vom Weg abkommt, was dann?«, fragte Callie neugierig.

»Das ist etwas anderes. Da gibt es natürlich ungeschriebene Gesetze. Diskretion ist alles. Was in einer Ehe passiert, ist Privatsache. Über alles, was sich außerhalb der Bürozeiten abspielt, spricht man nicht, außer man ist sehr reich und einflussreich, ansonsten hält man seine kleinen Seitensprünge von der Öffentlichkeit fern.«

Ein Gong ertönte, sie wurden zum Dinner in den Ballsaal gerufen und saßen an einem Platz fast vor der Tür mit einem seltsamen Pärchen in abgetragenem Smoking und zerknittertem Kleid, das entweder sehr schwerhörig oder ungemein unhöflich war, weil es sie den gesamten Abend ignorierte. Als Monica ihr von einem dezenten Ecktisch aus zuwinkte, lächelte Callie. Sie war das einzig freundliche Gesicht im Raum. Wie viele Jahre es wohl dauerte, bis man sich hochgearbeitet hatte? Wie oft mussten die Neuen sich einschmeicheln und demütig abmühen, bevor sie mit einer Einladung beehrt wurden? Das ist mir egal, dachte sie selbstzufrieden. Ich bin jung, und ich habe Toby, das ist alles, was zählt. Aber Monica hatte recht, es war an der Zeit, dass sie etwas für sich tat. Damit konnte sie die leeren Stunden füllen, wenn sie außer einer Flasche Gin keine Gesellschaft hatte.

Monica hielt ihr Versprechen und rief an. Sie lud sie zum Mittagessen ins Mena House Hotel ein und war entsetzt, als sie hörte, dass Callie die Pyramiden noch nicht besichtigt hatte. »Ich hole Sie ab, wir machen einen Ausflug und sehen uns die Gräber an. Nehmen Sie Ihren Badeanzug mit, im Hotel gibt es ein schönes Schwimmbad.«

Sie fuhren durch die Vororte der Stadt zur Wüste und dem Hotel, das sich gegenüber dem weltberühmten Ort befand. Das Bauwerk war eine seltsame Mischung aus maurischer und englischer Architektur, das Mittagessen ausgezeichnet. Callie posierte für Monica auf dem Rücken eines Kamels, bevor sie sich die besten Pferde aussuchten und hinaus in die Wüste ritten. Als Callie die goldfarben glänzenden Pyramiden sah, die in den staubigen, rosafarbenen Himmel ragten, war sie sprachlos, doch zu ihren Füßen war weit und breit nichts als Schutt, Müll, Mist und Abfälle zu sehen. Sie kauften Postkarten von der majestätischen Sphinx in der Grube mit ihren von den Wüstenwinden zerklüfteten Zügen.

Sie schwammen im Hotelpool, legten sich auf die Liegen und aßen Aprikoseneis. Callie wurde von der Hitze schläfrig. Monica trug einen herrlich bunten Sarong, der ihren Körper vor der Sonne schützte. »Setzen Sie Ihr Gesicht niemals der direkten Sonne aus, Sie bekommen sonst eine Elefantenhaut«, warnte sie.

»Wie lange leben Sie schon hier?«, fragte Callie.

»Sie meinen wohl, warum ich nicht verheiratet und nur die Geliebte eines Mannes bin? Lange genug, um mich in diesen geheimnisvollen Ort zu verlieben und ansonsten gelangweilt zu sein. Lange genug, um einen anständigen Kerl zu finden. Wir haben eine Übereinkunft.« Sie blickte auf, schob ihre Sonnenbrille herunter und beobachtete Callies Reaktion. »Sie sind nicht schockiert?«

»Warum sollte ich? Ich bin nach wenigen Monaten mit Toby durchgebrannt. Wir haben an Bord eines Schiffes geheiratet.«

»Britisch oder ausländisch?«

»Spielt das eine Rolle? Französisch, glaube ich«, antworte Callie und lächelte.

»Das tut es, wenn Sie wollen, dass die Heirat rechtskräftig ist. Aber wie ich sehe, haben Sie Temperament. Läuft es gut?«

»Wie meinen Sie das?«, frage Callie abwehrend.

»Junger Liebestraum in einem Bungalow in der Gartenvorstadt. Wie kommen Sie zurecht?«

»Es geht uns gut«, sagte Callie, errötete und verscheuchte die Fliegen. Wie konnte sie es wagen anzudeuten, es könnte Probleme geben?

»Sie sehen einfach nicht wie eine durchschnittliche Ehefrau aus. Erzählen Sie mir von sich. Wie alt sind Sie ...?« Irgendwie schaffte Monica es, ihr alles zu entlocken, ohne viel von sich selbst preiszugeben. »Und Sie sprechen Flämisch und belgisches Französisch. Ausgezeichnet. Sind Sie tatsächlich auf der Suche nach einer Beschäftigung? Wie wäre es mit Kindern?«

»Toby ist nicht begeistert ... noch nicht. Wir haben noch viel Zeit. Haben Sie Kinder?«

»Für mich ist es jetzt zu spät. Ken hat Familie, die Kinder

sind schon fast erwachsen. Mein Verlobter fiel im Krieg. Ich habe Kranke gepflegt und bin schließlich hier gelandet. Als der Krieg vorbei war, konnte ich mich nicht häuslich niederlassen. Ich habe hier eine Stelle als Kindermädchen angenommen und bin Ken begegnet. Es war natürlich schwierig, aber wir haben eine freundschaftliche Absprache, die funktioniert.«

Sie gingen schwimmen und zogen sich anschießend für das Abendessen um. Ausnahmsweise kam Toby einmal pünktlich und gesellte sich zu ihnen, doch Ken verspätete sich, also fuhren sie auf einen Cognac zum Bungalow zurück, wo Monica versprach, sich mit einer Einladung in ihre Wohnung auf der Insel Zamalek zu revanchieren.

»Sie ist eigenartig, sehr klug und ein wenig verschlossen. Ich konnte nicht viel aus ihr herausbekommen«, sagte Toby.

»Ich mag Monica. Sie kommt aus Manchester. Ich finde, sie wirkt selbstsicher und auch ein wenig einsam.«

»Nun, was erwartest du, wenn das Kindermädchen den Dienstherren klaut?«, rief Toby aus dem Badezimmer. »Liebling, komm ins Bett.«

»Gleich«, rief sie, sie wollte sich noch in der kühlen Nachtluft strecken. Monica war eine liebenswürdige und interessante Frau, doch um sie lag eine harte Schale, die nur schwer zu durchbrechen war. Ihre Zurückhaltung bewahrte sie wohl vor der sozialen Ablehnung, mit der sie hier zu kämpfen hatte. Sie war eine alleinstehende Frau, eine Geliebte, unabhängig, etwas kühl, aber nicht oberflächlich. Monica Battersby hatte etwas Geheimnisvolles an sich, das Callie bewunderte. Es war schön, endlich eine Freundin zu haben.

* * *

Phoebe freute sich sehnsuchtsvoll auf die Postkarten aus Kairo. Sie hatte bereits eine stattliche Sammlung: die Pyramiden von Gizeh, Memphis, Segelboote auf dem Nil, die Kalifengräber und Strände in Alexandria, wo Caroline sich während der heißen Sommer mit ihrer Freundin Monica aufhielt, die nach den Fotos zu urteilen ungefähr so alt wie Phoebe sein musste.

Die Nachrichten auf den Karten waren heiter und sagten wenig aus, vermittelten ihr aber einen Eindruck von ihrer Tochter, die mit ihrem Mann eine schöne Zeit zu verbringen schien. Primrose hatte eine Weihnachtskarte geschickt, in der stand, sie habe Briefe von Callie erhalten, genau wie Marthe aus Brüssel. Kitty hatte ein rührendes Beileidsschreiben zu Maisies Tod erhalten, in dem Callie sich für ihre Abwesenheit entschuldigte und zu erklären versuchte, warum ihre Flucht sie vor dem ganzen Brimborium um eine Hochzeit bewahrt habe.

In der Tanzschule hatte Phoebe auf Umwegen von dem Vorfall im Cavendish Hotel erfahren und war zutiefst entsetzt gewesen. Pamela Carluke hatte angedeutet, Toby habe dort seine Rechnung nicht bezahlt. Phoebe hatte das Bedürfnis verspürt, an den Ort zurückzukehren, an dem sie so viele glückliche Stunden mit Arthur verbracht hatte, und Tobys Rechnung zu begleichen. Wie konnte sie das wunderschöne kleine Zimmer mit der Spiegelwand vergessen, in dem sie beide nach der Theateraufführung gespeist und ihr Kind gezeugt hatten? Wie konnte sie die Freude vergessen, in Arthurs Armen zu liegen und an ihre gemeinsame Zukunft zu denken? Seltsam, dass Caroline ausgerechnet hier … Aber mit solchen Zufällen durfte sie sich nicht länger befassen. Tobys

Betrug hatte diesen für sie heiligen Ort beschmutzt, also war sie zu Rosa Lewis gegangen, um es wiedergutzumachen.

»Ich möchte gerne alles bezahlen.«

Doch Rose hatte ihr Angebot ausgeschlagen. »Das kommt gar nicht in Frage, aber er wird nie wieder einen Fuß über meine Türschwelle setzen. Wie gewonnen, so zerronnen. Seine arme Frau wird das bestimmt bald herausfinden. Ich habe gelesen, wer in den kleinsten Dingen zuverlässig ist, ist es auch in den großen, aber das ist offenbar nicht die Philosophie dieses Schurken, was meinen Sie? Sagen Sie ihr, sie soll bei dem Windhund auf ihr Konto achten.«

Diese Worte hatten Phoebe bis ins Mark getroffen. Wie konnte sie Caroline warnen? Jede Form von Kritik an ihrem Liebsten würde sie als Missgunst auslegen. Es war besser, abzuwarten und sich nur im Stillen Sorgen zu machen. Zum Glück hatte sie viel zu tun in den Elstree- und Pinewood-Studios, die Filme am laufenden Band produzierten. Als Charakterdarstellerin war sie gefragt; sie spielte Haushälterinnen, Damen vom Lande in Tweed, doch die Rolle der Hausherrin war ihre Paraderolle. Sie durfte sich nicht beklagen, aber immer wenn sie abends die Tür hinter sich schloss, fehlte ihr etwas.

London hatte sich verändert, Gerüchte über einen Krieg machten die Runde. Italien hatte zuerst Äthiopien besetzt, daraufhin trat Spanien mit sich selbst in den Krieg, und aus Deutschland kamen beängstigende Nachrichten von ihren jüdischen Freunden aus dem Theater, deren Familien man Verfolgung androhte. Wo sollte das alles hinführen? Hatten sie nicht einen Krieg gekämpft, um alle Kriege zu beenden? Mutige junge Männer waren geopfert worden, damit es jetzt aufs

Neue passierte, schenkte man der Gerüchteküche Glauben. Wenigstens war Caroline in Ägypten in Sicherheit und genoss das süße Leben. Vielleicht gab es Neuigkeiten über ein Baby, das sie allerdings nie sehen würde, außer sie trat eine Reise an. Wenngleich man sie nicht eingeladen hatte.

Die erste Wut über ihre Tochter hatte nicht lange gewährt, nachdem der Schock sich gelegt hatte. Sie war einfach nur traurig, dass Caroline so blauäugig gewesen war, den erstbesten gutaussehenden Mann zu nehmen, der Interesse an ihr zeigte, obwohl er bei Mädchen, wie sie gehört hatte, einen schlechten Ruf hatte. Wusste Caroline, dass sie einen unzuverlässigen Betrüger geheiratet hatte? Es war so schwer, dazusitzen und mit anzusehen, wie jemand, den man liebte, in eine selbstgelegte Falle tappte. Sie gab sich die Schuld dafür, weil sie ihre Vergangenheit verschwiegen hatte. Callie hatte Ted aufgespürt, und man sah, zu welchen Missverständnissen es kommen konnte, wenn man Dinge verschwieg. Wenn sie bloß Arthur, einen tugendhaften Mann, als Beispiel von Tapferkeit und Opferbereitschaft hochgehalten hätte, hätte Caroline vielleicht ein besseres Vorbild gehabt. Nur ihr Stillschweigen war für alles verantwortlich.

Jetzt musste das arme Kind es auf die harte Weise lernen und würde verletzt und enttäuscht werden. Diesen Weg musste jeder irgendwann im Leben einmal gehen. Das sollten die Dornen am Wegesrand sein, die einen am Ende stärker machten, wie man sagte. Doch Phoebe war sich dessen nicht sicher. Sie konnte nur darauf hoffen, dass ihre Tochter vor Schaden bewahrt würde.

14

Caroline saß auf der Veranda vor der Strandkabine, bewunderte den langgeschwungenen, goldfarbenen Strand von Sidi Bishr und spähte dann gierig nach der Schachtel mit feinen Patisserien aus Bandriots Café. Sie verbrachte ihre Ferien mit Monica und Ken, während Toby sich in Palästina mit Kunden traf. Es war Hochsommer, und Alexandria war der kühlste Ort an der Küste. Sie liebte Kens Sommerhaus mit seinen schattigen Palmen und üppigen Gärten, das so ganz anders war als ihr bescheidener Bungalow.

Hier wirkte Alexandria ganz anders als der Hafen, in dem sie vor zwei Jahren an Land gegangen waren. Auf der Promenade wimmelte es nur so von Urlaubern aus aller Herren Länder. Griechen, Libanesen, Malteser, Franzosen und britische Familien, die über den Sommer Strandhäuschen mieteten und deren Kinder mit ihren Kindermädchen Sandburgen bauten. Das erinnerte sie an die Sommer in Dalradnor mit Marthe, nur dass es dort keine Fliegen gegeben hatte. »Stimmt nicht«, sagte sie sich und dachte an die schottische Mückenplage.

Monica wollte Freunde auf einen Drink mitbringen, Callie faulenzte mit dem neuesten Buch aus England vor sich hin. Primrose hatte es ihr empfohlen, doch sie fand die Lektüre mühsam. Sie war seit zwei Wochen nicht mehr im Büro gewesen, allerdings war es zu heiß, um irgendetwas anderes zu tun, als Limonade zu trinken und zu dösen. Sie hatte vorübergehend die Stelle eines Mädchens übernommen, das wegen eines Todesfalls in der Familie nach England gereist war. Jarrolds war eine kleine Agentur, die Arbeitskräfte für Bürojobs in der Stadt vermittelte. Da aus ganz Europa Bewerbungen eingingen, kamen Callie ihre Sprachkenntnisse zugute. Es war nicht sonderlich anspruchsvoll, die Bewerbungen durchzugehen und Vorstellungsgespräche zu arrangieren, doch sie erwarb dabei Schreibmaschinenkenntnisse und lernte das Geschäftsviertel der Stadt kennen. Die Arbeit hielt sie beschäftigt, vor allem, wenn Toby nicht da war, außerdem bekam sie ein kleines Gehalt, mit dem sie ihre schwindenden Geldreserven aufstocken konnte. Sie begriff nicht, warum ihr Geld stets dahinschmolz. Tobys Einnahmen schwankten zwischen sehr gering und überaus üppig, und wenn sie üppig waren, ging das Geld für die Schulden drauf, die sie in Zeiten der Not gemacht hatten.

Sie stritten sich ständig wegen des Geldes. Während er Rechnungen nie pünktlich bezahlen wollte, bestand sie darauf und erinnerte ihn an die Schulden im Cavendish Hotel. Dann wurde er wütend und knallte die Türen. Er weigerte sich, mit ihr zu schlafen, und übernachtete auf der Terrasse, weil es zu heiß sei, wie er sagte. Die Leidenschaft des ersten Jahres war verschwunden und hatte sich im zweiten in eine beklagenswerte Gleichgültigkeit verwandelt, die mangelnde Nähe verletzte sie mehr, als sie sich eingestehen wollte. Sie fühlte sich wie ein Teil des Mobiliars, das unbemerkt bleibt, solange es nicht gebraucht wurde. Und ein- oder zweimal hatte sie sogar den Verdacht, dass er nicht alleine gewesen war, als er die ganze Nacht fortblieb. Es schien, als verbinde sie nicht mehr viel miteinander. Die Reise mit Monica war für sie die Rettung, genau das, was Callie brauchte. Ihre Freundin hatte ihr schon oft geholfen. Sie gingen zusammen in den Suks shoppen, kauften Seide, Baumwolle und Leinen und tranken dann irgendwo einen Tee. Monica hatte ihr bei der

Suche nach einem guten Friseur geholfen, der ihr die Haare kurz schnitt und sie nach der neuesten Mode glatt an den Kopf legte. Sie fanden auch einen guten Schneider, der für sie Bürokleidung aus kühlem Leinen nähte, und sie machten Ausflüge ins Nildelta. Monica ermunterte sie, an ihrem Französisch zu arbeiten, anspruchsvollere Bücher und Lyrik zu lesen und ernsthaftere Musik zu hören. Sie spürte vielleicht, wie unglücklich Callie war, sagte aber nichts.

Jetzt kam Monica mit den Leuten, die sie eingeladen hatte, den Strand entlang. »Caroline, darf ich dir meine guten Freunde Sebastien, seine Frau Yvette und die kleine Elise vorstellen?«

Callie blickte zu einem eleganten jungen Paar in Shorts und Sonnenhüten empor, das ein süßes Baby im Sommerkleidchen aus Batist und einem Sonnenhütchen im Arm hielt, das auf das Meer zeigte. »Sie haben auch ihren Freund und Kollegen Ferrand mitgebracht …«

Callie sah ihn überrascht an. Dieses markante Gesicht hätte sie überall wiedererkannt.

»Ferrand?«, japste sie.

»*Caroline, c'est incroyable.* Das ist nicht zu fassen.« Er wandte sich an die anderen. »Wie klein die Welt doch ist, *n'est-ce pas?*«

»Nicht zu fassen. Was machst du hier?«, fragte sie lachend. Er sah ganz anders aus als damals in Belgien, mit seinen braungebrannten Armen, dem Seidenhemd, den Leinenshorts. »*Incroyable!*«

»Ich bin auf der Flucht … bin nur ein einfacher Lehrer«, antwortete er, und seine Augen funkelten.

Sebastien schüttelte den Kopf und mischte sich ein. »Hören Sie nicht auf ihn, er ist viel zu bescheiden. Er ist an der Universität, forscht über Rubens und van Dyck und unterrichtet Kunst der Renaissance.«

Sie vertilgten die Patisserien, dann lief das junge Paar an den Strand und spielte mit seinem Baby, kam später mit köstlichem Pistazieneis zurück, und dann gingen sie zur Siesta in die Villa. Auf dem Weg sprachen sie über das neue Deutschland und die Ausschreitungen gegen die jüdischen Gemeinden.

»Es sieht nicht gut aus in Europa. Meine Eltern betreiben Handel in Paris, sie sind besorgt«, sagte Yvette und drückte Elise an sich.

»Es wird bestimmt nicht zu einem weiteren Krieg kommen. Mein Bruder Jean-Luc und seine Armee sind gut ausgebildet«, sagte Ferrand und starrte weiterhin Callie an.

»Es geht nicht um Ausbildung. Hier geht es um Rüstung«, antwortete Monica. »Keiner von uns ist so gut gerüstet wie Deutschland. Ken sagt, dass sie an ausgeklügelten Waffensystemen arbeiten und Erdöl brauchen, das heißt Libyen und die Ölfelder in Persien, wir müssen also auch hier auf der Hut sein. Wenn sie in Flammen aufgehen, ist niemand sicher.«

Sie unterhielten sich an diesem Abend bis tief in die Nacht auf der Veranda und stießen mit ihren Gläsern beim sanften Licht der Lampen an. Callie konnte ihren Blick nicht von Ferrands Gesicht wenden. Es wirkte so lebendig und interessiert, wenn er seinen Standpunkt verteidigte und dabei heftig gestikulierte. Wie sehr er sich in den vergangenen Jahren verändert hatte! Seine Züge waren markanter geworden, reifer, nur sein dunkles Haar fiel noch in widerspenstigen langen Locken auf seinen Hemdkragen. Als er sich Callie zuwandte und sie ansah, spürte sie seinen durchdringenden Blick, er schien viel von ihrer Meinung zu halten. Er war ganz anders als Toby.

Als die anderen zurück ins Haus gingen, blieben Callie und Ferrand noch draußen sitzen, rauchten, sahen den Motten zu, die ums Licht flogen, und lauschten der Musik, die durch die Tür kam. Es war eine bekannte Ballade aus der Zeit des *400 Club*, die Callies Herz mit Heimweh erfüllte. *Begin the Beguine.*

Unwillkürlich wiegte sie sich im Rhythmus der Musik.

»Willst du tanzen?«, fragte er sie. »Das Lied ist viel zu schön, um hier sitzen zu bleiben.«

Callie erhob sich langsam und ging auf Ferrand zu. Sie wusste, dass sie seine Aufforderung hätte ablehnen sollen, aber auch, dass sie es nicht tun würde ... Sie schmiegten sich aneinander und tanzten, während die Melodie der sternenklaren Nacht einen besonderen Zauber verlieh.

Er war größer, als sie ihn in Erinnerung hatte, doch er hatte noch immer dieselbe Wirkung auf sie, wenn er mit seinen ernsten, durchdringenden Augen zu ihr herabsah und sie anlächelte.

»So geschieht es in Romanen, nicht wahr?«, flüsterte er. »Ein einziger Blick, und der Funke springt über ... Glaubst du, es ist Schicksal, dass wir uns hier wiedertreffen sollten, oder bin ich betrunken und weiß nicht, was ich sage? Caroline, bitte verzeih mir ...«

»Meine Freunde nennen mich Callie.« Was war das denn? Er hatte recht, es mussten die Musik und der Wein und die Hitze sein. Sie hob ihr Gesicht zu ihm, und ihre Lippen fanden sich. Es war so einfach, ein Blick, ein Tanz, und ihre Liebesgeschichte begann aufs Neue.

* * *

»Vom Augenblick an, als ihr euch in die Augen gesehen habt, wusste ich, dass etwas zwischen euch passiert«, sagte Monica und lachte, als sie an ihrem Morgenkaffee nippten.

»Ich kann nicht glauben, dass ich das getan habe«, gestand Callie. »Es war wie ein Zauber.«

»Das nennt man auch *coup de foudre* ... Liebe auf den ersten Blick, ein gefährlicher, beglückender Augenblick der Erkenntnis: Hier ist er, auf ihn habe ich gewartet, er ist die Liebe meines Lebens.«

»Red keinen Unsinn. Ich bin verheiratet. An so etwas glaube ich nicht. Wir waren noch Kinder, als wir uns zum ersten Mal begegnet sind. Vermutlich bin ich nur ein wenig müde. Und zwischen mir und Toby läuft es gerade nicht so gut. Vielleicht langweile ich mich. Es ist an der Zeit, dass ich nach Hause fahre und wieder eine gute Ehefrau bin.« Sie wollte nicht einmal daran denken, nach Hause zurückzukehren, doch sie wusste, dass es notwendig war.

»Das ändert nichts an den Tatsachen. Es ist passiert, ihr könnt nicht so tun, als wäre euer Wiedersehen bedeutungslos. Eure Leidenschaft wurde wieder entfacht, das war für uns alle deutlich sichtbar«, sagte Monica. »Das sind die Nacht, die Sterne und der Sirenengesang der Wüste ...«, spottete sie ein wenig.

»Wohl eher zu viel Sonne und zu viel Wein, ein Sommerflirt für eine gelangweilte Hausfrau und nicht der Rede wert.«

»Viele Leute haben hier Liebschaften, lassen ihren Leidenschaften freien Lauf ... das kommt vor«, sagte Monica und lächelte wehmütig.

»Oh, Monica, damit meinte ich nicht dich und Ken. Es tut mir leid.«

»Callie, wir sind schon älter, wir hatten unsere Zeit und haben das alles schon durchgemacht. Wir sind zufrieden mit der Abmachung, die wir getroffen haben, die sehnsuchtsvolle Phase ist schon lange vorbei. Dieses erste leidenschaftliche Verlangen währt nicht lange; nichts währt ewig, etwas Sanfteres, Dauerhafteres wird daraus, wenn man Glück hat.«

»Ich werde meinen Mann nicht mit einem anderen betrügen. So weit wird es nicht kommen. Ich reise morgen ab; mein Urlaub ist zu Ende.«

»Weglaufen ändert nichts. Was geschehen muss, wird geschehen. Wenn du in deiner Ehe wirklich glücklich wärest, hättest du Ferrand vielleicht angesehen, aber dann hättest du weggesehen und ihn wieder vergessen«, eröffnete ihr Monica lächelnd die bittere Wahrheit, die sie nicht hören wollte.

»Das war die Musik. *The Beguine* ist so verführerisch – die Worte, alles hat sich gegen uns verschworen. Ist er verheiratet?«

»Hast du ihn nicht einmal danach gefragt?«, sagte Monica und lachte auf. »Da siehst du es, ihr wart beide trunken vor Verlangen. Sebastien und Yvette haben sich köstlich amüsiert.«

»Hattet ihr das geplant?«, fragte Callie vorwurfsvoll.

»Natürlich nicht, er hat sich ihnen einfach angeschlossen. Ich konnte ihn doch nicht wieder wegschicken, oder?«

»Oh, Monica, was soll ich bloß tun?«, rief Callie, verunsichert aufgrund ihrer Empfindungen und Monicas Argumenten.

»Du tust gar nichts und wartest ab, was das Schicksal für dich bereithält. Ich fürchte, es liegt nun in seinen Händen, im Schoße der Götter.«

»Sag so etwas nicht, das klingt nach einer griechischen Tragödie. Ich werde einen Spaziergang am Strand machen, alleine, damit ich den Kopf freibekomme.« Sie sprang auf, um sich rasch von Monica zu entfernen.

»Callie, Liebes, beruhige dich. Lasse es zu … wenn dir etwas bestimmt ist, kannst du dem nicht entkommen, also genieße es, solange es dauert.«

Während der Rückfahrt nach Kairo saß Callie kerzengerade in ihrem Abteil und kämpfte darum, bemühte sich, ihre Fassung wiederzuerlangen. Sie sehnte sich nach ihrem sicheren Zuhause und fürchtete doch den Moment, in dem sie die Tür zur Eintönigkeit ihres häuslichen Alltags öffnen würde. Nichts war mehr wie vorher, in ihr loderte ein Feuer. Wie sollte sie Toby gegenübertreten, ohne dass er etwas von dem Betrug bemerkte? Während des Urlaubs in Alexandria war ihre Haut goldbraun geworden, ihr Haar von der Sonne gebleicht, Schwimmen und Reiten hatte ihren Körper gestrafft. Sie musste so schnell wie möglich zu Jarrolds ins Büro zurückkehren, sich in die Arbeit stürzen und durfte nicht mehr an Ferrand denken, der irgendwo in der Nähe an der Universität arbeitete. Schließlich war es nur ein flüchtiger Kuss gewesen, und glücklicherweise war es am Ende der Ferien passiert und nicht schon zu Beginn.

Vielleicht hatte Monica recht. Vielleicht war es tatsächlich nur ein kleiner Flirt unterm Sternenhimmel mit einem verflossenen Verehrer, sagte sie sich. Wie konnte man sich auch auf den ersten Blick wieder in jemanden verlieben? Vielleicht hatte sie bloß den ersten Kuss von damals noch einmal spüren wollen. Das war verrückt, aber war sie nicht auch von Toby sofort hingerissen gewesen? Sie hatte zu viele Liebesfilme gesehen. Das Problem war, dass sie und Toby nie wirklich Zeit miteinander verbrachten und er ständig kam und ging. Sie hatten nicht dieselben Freunde und veranstalteten keine gemeinsamen Abendessen. Er hatte seine Geschäftskumpel und sie Monica und die Briefe von zu Hause. Wie erbärmlich war es doch von ihr zu glauben, sie habe es hier mit großer Leidenschaft zu tun. Es war lediglich ein Zeichen dafür, dass es in ihrem Leben nicht genug gab, mit dem sie sich beschäftigen konnte. Sie brauchte eine Herausforderung, ein neues Projekt, und sie wusste, was die zwischen ihnen klaffende Lücke füllen könnte.

Als Callie nach Hause zurückkehrte, saß Toby lächelnd auf der Veranda, und sie warf ihm erleichtert die Arme um den Hals. »Ich habe dich vermisst … oh, ich habe uns so vermisst«, rief sie.

Er wich beinahe erschrocken zurück. »Was ist denn los, was ist bloß los … es waren doch nur zwei Wochen. Worauf hast du es abgesehen? Auf ein Abendessen im Continental oder auf ein neues Kleid? Ich habe tolle Neuigkeiten!«

»War deine Reise erfolgreich? Du hast nie angerufen oder geschrieben«, tadelte sie ihn.

»Ich hatte so viel zu tun, ich eröffne ein Büro in Haifa.«

»Das sind in der Tat Neuigkeiten! Wir ziehen also um?«, antwortete sie erleichtert. Vielleicht war das die Lösung für alles.

»Nein, nichts dergleichen, ich werde viel unterwegs sein. Ich habe mir ein neues Auto gekauft. Komm, sieh es dir an. Warte, bis du das offene Verdeck gesehen hast, das ist für die langen Fahrten durch die Wüste geradezu perfekt.«

Callie erstarrte. »Heißt das etwa, dass du dich dort niederlässt?«

»Keine Sorge, ich komme, so oft es geht, zurück. Ich muss die Dinge erst einmal zum Laufen bringen. Araber faulenzen gerne, wenn niemand mit der Peitsche knallt.«

»Du stellst Personal ein? Ich könnte mitarbeiten«, bot sie an. Wenn sie mit ihm arbeitete, verstünde sie vielleicht sein Geschäft besser. »Nein, du hütest hier das Telefon, du wirst meine Augen und Ohren in Kairo sein … Komm, schau dir mein neues Baby an.«

Er führte Callie hinter das Haus, wo ein schnittiger olivgrüner amerikanischer Sportwagen mit einem Verdeck aus Segeltuch stand. »Der sieht teuer aus.« Sie seufzte.

»Immer nur das Beste. Ich muss glaubwürdig wirken. Das flößt den Kunden Vertrauen ein, wenn ich mit diesem kleinen Schätzchen auftauche.«

»Er ist sehr hübsch«, log sie, ihr wurde schwindlig bei dem Gedanken, wie viel er dafür ausgegeben hatte.

»Hübsch! Ist das alles, was du dazu zu sagen hast?«, zischte Toby. Sie gingen schweigend wieder hinein.

»Du wirst mir fehlen … und apropos Babys …« Sie machte eine Pause und sammelte sich, um den Augenblick zu nutzen. »Findest du nicht, es wäre an der Zeit für ein Baby? Dann wäre ich nicht so allein, wenn du viel unterwegs bist.«

»Alles zu seiner Zeit. Du weißt, wie ich zu Bälgern anderer Leute stehe … Ich weiß nicht, ob ich einen eigenen Balg ertragen könnte.«

»Aber ich würde mich doch um das Baby kümmern«, fuhr sie fort und wusste, dass sie jetzt oder nie dieses Gespräch führen musste.

»Und dann muss ich Kindermädchen, Schulgeld und das ganze Zeug bezahlen.«

»Willst du damit sagen, dass du niemals Kinder haben willst?« Sie fror plötzlich, sie wollte seine Antwort gar nicht hören.

»Jetzt sei doch nicht gleich eingeschnappt. Wie sollen wir denn welche zeugen, wenn ich unterwegs bin?«, sagte er lachend und tat, als sähe er nicht, wie verzweifelt sie war.

»Ich könnte mit dir nach Haifa kommen, wir könnten zu zweit reisen anstatt nur du alleine«, sagte sie lächelnd, weil sie wusste, dass sie dann die Nächte zusammen verbringen würden.

»Das geht nicht. Ich arbeite alleine, das habe ich schon immer getan. Wie auch immer, du hast von Anfang an meine Einstellung gekannt.« Toby schenkte sich einen Drink ein. »Willst du auch einen?«

Callie schüttelte den Kopf, ihr war, als hätte man sie zu Boden gestoßen. »Ich dachte, du hättest vielleicht deine Meinung geändert. Ich dachte, Kinder gehörten ganz normal zu einer Ehe dazu«, sagte sie.

»Nicht für mich. Stinkende Windeln, Kotze, saure Milchflecken, nächtliches Geschrei – das finde ich überhaupt nicht erstrebenswert.«

Mit dieser Antwort hatte sie gerechnet, und doch war sie so entsetzt, dass sie nicht weiter aufbegehrte. Es schnürte ihr die Brust zusammen, als ihr klar wurde, dass Toby meinte, was er sagte. Er war ein verwöhnter, selbstsüchtiger Junge, der, ohne sie zu fragen, machte, was er wollte. Und er mochte das Leben so, wie es war. Warum war sie so blind gewesen, warum hatte sie seinen Egoismus nicht erkannt? Während er auf dem Sofa lümmelte, sah sie ihn endlich zum ersten Mal so, wie er wirklich war. Die Aussichten, ihre Ehe zu retten, waren düster. Sie musste seine Entscheidung akzeptieren oder ihn verlassen. Sie würde ihn nicht von ihrer Sichtweise überzeugen können. Sie saß da und war vor Enttäuschung wie gelähmt.

»Liebling, jetzt schweig mich nicht so an. Ich führe dich heute Abend aus, wir feiern deine Rückkehr.«

»Nein danke. Lass uns zur Abwechslung einmal zu Hause bleiben und unsere gemeinsamen Zeit genießen, solange wir noch können.« Sie lächelte, doch es war ein bitteres Lächeln voller Unsicherheit. Ihr war, als würden sie einander von den gegenüberliegenden Ufern eines Flusses zuwinken, der plötzlich zu einem reißenden Strom geworden war und sie getrennt hatte. Nirgends war eine Brücke in Sicht.

Liebe Marthe,
ich weiß nicht, wie ich es ausdrücken soll, aber vor allem Du wirst meine Worte mit Nachsicht lesen. Ich kam mit so viel Hoffnung auf Glück mit Toby nach Kairo, aber jetzt habe ich mich in einen wunderbaren Mann verliebt, der das genaue Gegenteil von meinem Mann ist: Er ist kultiviert, freundlich und sehr klug. Er ist Belgier, kannst du das glauben? Er ist der junge Mann, dem ich vor Jahren begegnet bin, und ich habe das Gefühl, als würde ich ihn schon ein Leben lang kennen.

Mein Mann ist immer unterwegs, manchmal verdient er viel, manchmal kaum etwas. Er möchte keine Kinder. Er hasst sie. Ich habe versucht, ihn dazu zu bringen, seine Meinung zu ändern, aber er will nichts davon hören. Ich bin so enttäuscht, fühle mich alleine und verzweifelt. Meine neue Liebe erfüllt mein leeres Herz. Wir trafen uns ganz zufällig wieder. Ich will mein Ehegelübde nicht brechen – das ich zwar nicht vor Gott in einer Kirche, aber an Bord eines Schiffes abgelegt habe –, aber ich kann auch nicht weiter mit dieser Lüge leben.

Ferrand hält Vorlesungen an der Uni, ich habe Arbeit in der Stadt gefunden. Über Freunde hat er nach mir gesucht, um unsere Freundschaft zu erneuern, wir haben uns in einem kleinen Lokal verabredet und ungestört zu Mittag gegessen. Danach sind wir in seine Wohnung gegangen. Ich komme zur Ruhe, wenn ich mit ihm zusammen bin. Und wir sprechen Französisch miteinander.

Ich weiß, Du wirst enttäuscht von mir sein. Für Dich geht eine Ehe nicht zu Ende, sie ist zur Zeugung von Kindern bestimmt. Toby hat immer auf Empfängnisschutz bestanden, um dem zuvorzukommen, und so ist die Intimität zwischen uns immer weniger geworden. Ich fürchte, er tröstet sich anderweitig.

Ich bin mit so vielen Erwartungen hierhergekommen, doch selbst nach drei Jahren habe ich stets das Gefühl, dass ich hier nicht viel erreicht habe. Glaube mir, ich habe alles versucht, damit es funktioniert, aber ich fürchte, dass Toby vom Bund der Ehe seit längerem genug hat. Er verhält sich wie der Junggeselle, der er schon immer war.

Ich weiß nicht, warum das so ist, aber das hat wohl etwas mit seiner Erziehung in Wales zu tun. Seitdem wir hier sind, hat er nicht einmal zu Weihnachten eine Karte von seiner Familie bekommen, und als ich ihn gefragt habe, hat er nur gesagt: »Meine Vergangenheit ist allein meine Angelegenheit.« Was soll ich tun? Ich fühle mich so zerrissen. Soll ich meine Chance auf ein neues Glück aufgeben und in einer lieblosen Ehe verharren, oder soll ich den sicheren Hafen verlassen und mit Ferrand fortsegeln? Das Wort Scheidung ist so schrecklich.

Bitte schreibe mir und sag mir, was ich tun soll. Meine Mutter kann ich nicht fragen. Sie hat mich vor diesem Mann gewarnt, und erst jetzt weiß ich, wie recht sie hatte. Vielleicht sollte ich für eine Weile nach Hause zurückkehren, um alles zu überdenken, aber ich weiß nicht mehr, wo mein Zuhause ist.

Deine verzweifelte, Dich liebende Freundin

Callie

15

Die Liebenden lagen im Bett in Ferrands Wohnung in Zamalek, dem nördlichen Teil der Insel Gezira. An der hohen Decke hing ein Ventilator, der die Luft durchwirbelte, die Wände bedeckten hohe Bücherregale, in denen Kunstbücher, interessante Schmuckstücke, Kupferschalen und antike Gegenstände standen. Die Fensterläden waren vor der Welt geschlossen, und Ferrand stützte einen Arm auf ein Kissen und blickte auf Callie herab.

»Ich werde mich nie daran gewöhnen können. Es ist jedes Mal so etwas Besonderes, es ist so unglaublich natürlich. Ich wünschte, du würdest dich nicht anziehen und zurückfahren. Du kehrst ja doch nur in ein leeres Haus zurück.«

»Ich muss, falls Toby unerwartet zurückkehrt.«

»Es sind schon Wochen vergangen, seit du ihn das letzte Mal gesehen hast. Er hat dich nicht verdient.«

»Er ist mein Mann, ich schulde ihm ein gewisses Maß an Loyalität.«

»Du schuldest ihm gar nichts, nicht jetzt. Du hast zu jung geheiratet; Menschen leben sich auseinander. Das kommt vor.« Er küsste sie, als wollte er damit seine Aussage unterstreichen, doch Callie war nicht überzeugt.

»Ich habe dieses Versteckspiel satt, aber für Toby ist Diskretion alles. Wenigstens das schulde ich ihm.«

»Und warum wohnt er dann in Haifa und bittet dich nicht, zu ihm zu kommen? Ich will, dass wir zusammen sind. Mein Vertrag hier endet bald, und ich weiß nicht, ob ich ihn verlängern will. Maman geht es nicht gut. Jean-Luc ist sehr eingespannt, und Karel ist jetzt Priester. Ich fürchte, dass sich die Lage zu Hause zuspitzt. Es ist an der Zeit zurückzugehen, ich möchte, dass du mitkommst, Callie.«

»Das ist unmöglich. Deine Mutter würde mich niemals akzeptieren. Eine geschiedene englische Protestantin für ihren Sohn? Niemals!«

»Du heiratest nicht meine Mutter. Sie wird dich lieben lernen. Ich möchte dich nicht drängen, aber unsere Zeit in Kairo ist vielleicht bald zu Ende. Sie hat ihren Zweck erfüllt, sie hat uns hier zusammengeführt, hier haben wir uns wiedergefunden. Ich kann dieses Glück immer noch nicht fassen.« Ferrand setzte sein schelmisches Lächeln auf, das alle ihre guten Vorsätze dahinschmelzen ließ und ihr Verlangen nach ihm jeden Tag mehrte.

»Ich muss das anständig zu Ende bringen«, sagte sie. Sie würde mit Toby alles unter vier Augen besprechen, wenn er nüchtern war, und dann einen Anwalt wegen der Scheidung aufsuchen. Hier bewahrten die Leute Haltung, Diskretion war wichtig. »Ich hoffe, dass nur Monica von uns beiden weiß.«

»Wenn du meinst …«, seufzte er. »Diese Insel ist ein Dorf, *ma chérie*. Alle wissen alles. Die Bediensteten tuscheln, Tratsch fördert weiteren Klatsch … aber darüber sollten wir uns keine Sorgen machen. Wir müssen zusammen sein. Das Leben ist zu kurz, um es getrennt zu verbringen. Wer weiß, was uns droht, wenn Deutschland erst einmal gen Westen marschiert?« Er küsste sie erneut und wollte sie noch einmal in die Kissen drücken, doch Callie wandte sich ab.

»Ich muss gehen. Aber ich liebe dich über alles. Anfangs dachte ich, ich würde Toby lieben, doch es war nur die Vorbereitung auf das hier.« Sie zog sich hastig an und lief zur Tür. »Ich glaube, ich hätte das vergangene Jahr nicht überlebt, wenn ich nicht jeden Nachmittag mit dir zusammen gewesen wäre. Es muss einen Weg für eine würdevolle Trennung im gegenseitigen Einverständnis geben. Ich weiß noch nicht, wie … doch ich werde es versuchen.«

Das war das Problem. Toby war zu selten da, um über irgendetwas mit ihm zu sprechen, und wenn er da war, trank er, konnte nicht stillsitzen, wollte ständig mit ihr in dem Sportwagen rumfahren. Monica und Ken kampierten draußen in der Wüste und fotografierten Nomadenvölker. Sie unternahmen so viel miteinander. Das einzige Mal, an dem Callie für sich und Toby etwas organisiert hatte, eine Bootsfahrt auf dem Nil, zog er sich eine Virusinfektion zu, musste zwei Wochen ins Krankenhaus und war wütend auf sie, weil sie seine Pläne durchkreuzt hatte.

* * *

Als Callie zum Bungalow zurückkehrte, wartete Hassan bereits händeringend auf der Veranda auf sie. »Madam, Sie haben Besuch. Ich glaube, die Polizei ist da.«

Sie eilte ins Haus und in den Salon, in dem zwei Männer in Leinenanzügen warteten, die aufstanden, als sie eintrat.

»Mrs Lloyd-Jones? Tut uns leid, dass wir Sie stören müssen. Wir kommen von der Britischen Botschaft.«

»Was ist passiert? Hatte Toby … einen Unfall?« Ihr wurde schwindlig, sie musste sich setzen.

»Nichts dergleichen, es geht lediglich um eine Anfrage. Wann kommt Mr Tobias Lloyd-Jones von der Arbeit nach Hause?«

»Ich weiß es nicht genau. Er ist in Haifa. Meistens sagt er mir erst in letzter Minute, wann er kommt«, sagte sie und wunderte sich, dass die Herren Tobys offiziellen Namen benutzten. »Wie kann ich Ihnen behilflich sein? Nehmen Sie doch bitte Platz, Hassan bringt Tee.« Sie schickte den Diener mit Anweisungen fort und versuchte, ruhig zu bleiben.

»Es geht um ein paar rechtliche Angelegenheiten, die wir mit Ihrem Mann besprechen müssten, ein paar offene Fragen.«

»Hat er seine Steuern nicht bezahlt …? Er ist sehr vergesslich«, sagte sie entschuldigend.

»Nein, es geht um die Rechtmäßigkeit von Dokumenten. Unsere Mandanten haben Klage eingereicht. Sie haben Beträge für den Kauf von Anteilen an der Delta Property Development Company überwiesen, dann aber nichts mehr gehört. Sie haben ohne Erfolg in den Büros Ihres Mannes angerufen, bis wir herausfanden, dass diese Büros ohne Angabe einer neuen Adresse geräumt wurden.«

»Ich verstehe nicht ganz. Toby wollte ein zweites Büro in Haifa eröffnen, und Sie sagen, dass er das in Kairo geschlossen hat? Ich verstehe das nicht.« Callies Hände zitterten, als sie versuchte, Tee einzuschenken.

»Es besteht der Verdacht, dass er Geld für den Kauf von

Anleihen angenommen hat, aber keinerlei Bestätigung darüber ausgestellt hat. Soweit uns bekannt ist, darf auf dem von ihm angegebenen Grund und Boden auch nicht gebaut werden.«

»Wollen Sie damit sagen, dass er die Leute betrogen hat?«

»Ich fürchte ja, Mrs Lloyd-Jones. Haben Sie die Adresse Ihres Mannes in Haifa?«

»Nein. Er sagte, er arbeite vom Hotel aus, bis er sich irgendwo dauerhaft niederlassen könne. Meistens ruft er mich aus irgendwelchen Hotels an.« Callie bemerkte plötzlich, dass die Männer sie misstrauisch ansahen. »Ich weiß, das klingt merkwürdig, aber er ist immer unterwegs, ich hatte bisher keinen Grund, ihm nicht zu vertrauen.« Ihr Herz schlug jetzt wie wild. Dachten sie etwa, dass sie mit drinsteckte? Bestimmt fragten sie sich, warum eine Ehefrau nicht wusste, wo genau ihr Mann arbeitete.

»Wissen Sie, dass es gar kein offizielles Büro für sein Unternehmen gibt? Mr Lloyd-Jones muss uns einiges erklären. Sind Sie an seinen Geschäften beteiligt?«

Callie schüttelte den Kopf. Sie musste erst einmal klar denken. »Er hat mich nie in irgendwas einbezogen. Ich bin genauso perplex wie Sie. Ich durfte ihm nie bei seiner Büroarbeit helfen. Bis vor kurzem war ich halbtags im Jarrods Personalbüro angestellt.«

»Haben Sie sich nie gefragt, woher Ihr Mann das ganze Geld hatte?«

»Nun, hier kam nicht viel Geld an, wie Sie sehen«, sagte sie und zeigte verärgert um sich. »Das Anwesen wurde uns möbliert vermietet, die restlichen Möbel habe ich selbst gekauft. Ich habe immer sehr sparsam gelebt. Geld ist keines da.

Obwohl er sich ... hinter meinem Rücken ... ein großes Auto gekauft hat.«

»Mrs Lloyd-Jones, haben Sie persönliches Vermögen?«

»Nur in England: ein Treuhandkonto von meinem verstorbenen Vater ...«

»Und Sie haben Mr Lloyd-Jones nie etwas überschrieben?«

»Nicht dass ich wüsste ...« Sie zögerte, denn ein furchtbarer Gedanke kam ihr in den Sinn. »Unlängst hat er mich allerdings gebeten, etwas zu unterschreiben. Er sagte nur, das seien bloß Steuerformulare. Sie denken doch nicht etwa ...«

»Wie lange sind Sie verheiratet?«

»Über drei Jahre«, krächzte sie, und ihr Hals schnürte sich zu, je mehr die Anspannung stieg.

»Haben Sie Familie hier, die für Sie bürgen könnte?«

»Wir haben keine Kinder. Meine Familie lebt in London. Wenn wir schon dabei sind, sage ich Ihnen gleich, dass ich gegen ihren Willen mit Toby durchgebrannt bin. Seine Familie habe ich nie kennengelernt. Sie besitzen irgendwo ein Anwesen in Wales, glaube ich.«

»Hat er Ihnen das erzählt? Interessant ... Aus unseren Unterlagen geht hervor, dass sein Vater Reverend Obediah Lloyd-Jones ein Baptistenprediger in Cardiff ist. Seine Familie hat ihn enterbt, nachdem er den Schmuck seiner Mutter gestohlen hatte und mit einer der Lehrerinnen aus dem Internat verschwunden war.«

Callie lehnte sich entsetzt zurück. »Dann war das alles gelogen?«, rief sie. »Alles, was er mir erzählt hat, war gelogen?«

»Ich fürchte, ja. Wir haben Grund zur Annahme, dass Ihr Ehemann Wind von den Klagen der Klienten bekommen hat, nach Palästina geflüchtet ist und dann mit falschem Pass vielleicht weiter nach Istanbul. Tut mir leid, dass ich Ihnen das alles mitteilen muss. Wir mussten nachprüfen, ob Sie auch etwas mit der Sache zu tun haben. Sie sollten sich einen Anwalt suchen, falls die Kunden Ihres Mannes Ansprüche an Ihr Vermögen stellen sollten. Es geht um schwere Vorwürfe: Betrug, Urkundenfälschung – geschickt getarnt, aber strafbar.«

»Ich weiß gar nicht, was ich dazu sagen soll. Ich habe seit zwei Wochen nichts mehr von Toby gehört, das ist allerdings nichts Ungewöhnliches. Unsere Ehe ist schon seit längerem nicht mehr so gut. Ich hatte vor, die Scheidung einzureichen, aber das … Werden Sie ihn ausfindig machen? Wie konnte er mir das nur antun und mich mit der ganzen Last zurücklassen …? Bitte entschuldigen Sie –« Callie zitterte vor Schock.

»Haben Sie jemanden, der Ihnen beistehen kann?«

Callie nickte. »Ich habe Freunde. Was soll ich jetzt tun?«

»Gar nichts. Wir halten Sie auf dem Laufenden. Sie werden bei der Polizei aussagen müssen, es wird weitere Ermittlungen geben. Kontoauszüge Ihres Mannes haben Sie vermutlich nicht, oder?«

Sie schüttelte den Kopf, denn sie wusste, dass Toby die in einer verschlossenen Kassette getrennt von denen ihres gemeinsamen Kontos aufbewahrte. »Ich kann Ihnen unsere gemeinsamen Kontoauszüge zeigen«, bot sie an, »aber auf dem Konto ist nicht viel drauf. Ich kann es noch gar nicht fassen, dass er mir das angetan hat. Ich habe ihm bei allem, was unser Geld betraf, bedingungslos vertraut.« Kalte Furcht stieg in ihr auf. »Glauben Sie, dass er auch meine Unterschrift gefälscht hat? Er würde doch seine eigene Frau nicht beklauen, oder?«

»Sie müssen das sofort von Ihrem Anwalt in London überprüfen lassen. Ich fürchte, gewissenlose Männer tun seltsame Dinge, wenn sie erst einmal mit dem Rücken zur Wand stehen, Mrs Lloyd-Jones.«

Als sie gegangen waren, warf Callie sich erschöpft auf ihr Bett. Jetzt ergab alles einen Sinn. Er hatte in London die Milchkühe gemolken und sie dann als Schutzschild nach Kairo mitgenommen, jetzt war er nach Palästina geflohen. Er wollte keinerlei Bindung oder eine Frau, die ihm nicht mehr von Nutzen war. Hatte er das Vermögen ihres Vaters gestohlen und sie mittellos zurückgelassen? Wütende Mandanten würden den Ausgleich für ihre Verluste fordern. Ihre Ehe lag nun endgültig in Trümmern. Toby war ein gewiefter Schwindler, betrog die Leichtgläubigen und Leute, die mit Hilfe seiner verlockenden Pläne schnell reich werden wollten. Jetzt war er verschwunden, und sie stand mit unter Verdacht.

Sie rief Monica an, die zu ihr kam, sie tröstete, ihr einen Gin einschenkte und sie ins Bett brachte. »Schlaf dich aus. Das geht vorbei. Jetzt bist du frei, um mit Ferrand zusammen zu sein.«

»Du machst wohl Witze«, heulte Callie. »Wie kann ich bei allem, was auf meinen Schultern lastet, frei sein? Irgendwer muss das ausbügeln.«

»Du bist genauso ein Opfer wie all die anderen. Ferrand wird dich abholen. Du kannst das alles hinter dir lassen. Toby hat dir einen Gefallen getan, er hat dich freigegeben.« Monica tätschelte ihre Hand. »Morgen sieht das alles schon ganz anders aus. Geh schlafen …«

Doch am nächsten Morgen fühlte es sich fast noch schlimmer an. Wenn nur die Lösung so einfach gewesen wäre, einfach mit ihrem Geliebten in den Sonnenuntergang zu segeln und das ganze Chaos und die Schande hinter sich zu lassen! Es bedeutete vielleicht nicht mehr viel, aber sie war noch immer Tobys Ehefrau, und sie hatte ihren Stolz. Sie würde sich nicht in die Arme eines anderen Mannes retten. Sie wollte das durchstehen, koste es, was es wolle. Erst wenn sie alles wiedergutgemacht und die Verantwortung für ihre Bequemlichkeit und Dummheit übernommen hätte, wäre sie frei, um sich Ferrand anzuschließen. Es war an der Zeit, endgültig auf eigenen Füßen zu stehen und der Sache ins Gesicht zu sehen. Erst dann hätte sie ein wenig Glück für sich verdient.

* * *

Drei Wochen später stand Callie an Deck der *SS Otranto* und winkte, bis ihre Freunde nur noch kleine Punkte am Strand waren. In den vergangenen Tagen hatte sie wütenden Geschäftsmännern Rede und Antwort stehen müssen. Sie waren überzeugt gewesen, sie müsse etwas von Tobys Aktivitäten gewusst haben. Monicas Partner Ken hatte sie durch die Flut der Anschuldigungen gelotst, Seite an Seite mit einem Anwalt, der Callies Unschuld bewies und ihr riet, mit dem nächsten Schiff nach England abzureisen und die Sache unter der Rubrik Lebenserfahrung zu verbuchen. Sie halfen ihr sogar beim Kauf des Tickets.

Ferrands Vertrag war auch abgelaufen, er wollte mit ihr reisen, doch sie bestand darauf, alleine zurückzukehren. Allerdings versprach sie ihm, ihn zu treffen, sobald sie das Gefühl hatte, dass sie ihm wieder in die Augen sehen könne.

Von Toby hatte sie nichts gehört. Er war unter neuem Namen mit allen, was er hatte, im Orient untergetaucht. Inzwischen war sie froh, dass er die Entscheidung erzwungen hatte, indem er aus ihrem Leben verschwand, und sie ihm nichts mehr schuldete. Übrig geblieben waren nur die Demütigung und die Erschöpfung nach diesem emotionalen Albtraum. Sie hoffte, dass die Seereise ihr Zeit geben würde, sich zu erholen, wieder Appetit zu bekommen und etwas Kraft zu schöpfen, bevor sie der enttäuschten Phee in die Augen schauen musste, wenn sie wieder auf deren Türschwelle stand.

Während der Tage der schrecklichen Verhöre und Anschuldigungen und angesichts der Wut in den Gesichtern der Opfer hatte sie oft auf den Nil hinabgeblickt und überlegt, ob sie dem Ganzen nicht in den dunkel lockenden Fluten ein Ende setzen sollte. Sie hätte mit den Taschen voller Steine hineinsteigen und einfach dem Vergessen entgegensinken können. Was habe ich in meinem Leben getan, außer Chaos auszulösen?, fragte sie sich. Doch in diesen Momenten der Verzweiflung hatte sie Ferrands wärmende Liebe gespürt, die sie bei Verstand gehalten hatte.

Ihre Freunde würden das kaum verstehen können. Primrose hatte in Oxford ein hervorragendes Examen abgelegt und war auf dem Weg zum Erfolg. Pamela modelte für einen Modeschöpfer. Callie hingegen hatte außer einer gescheiterten Ehe und leeren Taschen nichts vorzuweisen. Es war hart, sich daran zu erinnern, wie sie mit einem einzigen Koffer nach Kairo gekommen waren, jung, verliebt, voller Hoffnung, und jetzt reiste sie mit nichts als geplatzten Träumen im Gepäck wieder zurück. Tobys Ring hatte sie verkauft. Sie wollte nicht von seinen illegalen Geschäften profitieren.

Ferrand war wunderbar gewesen und hatte sie zu einem

Abschiedsessen unter dem kühlen Nachthimmel in die Stadt einladen wollen, doch sie hatte sich außerstande gefühlt, sich in der Öffentlichkeit sehen zu lassen.

»Du musst dich für nichts schämen«, hatte er versucht, sie zu beruhigen.

»Ach ja? Ich habe mich und andere enttäuscht. Warum habe ich ihm nicht mehr Fragen gestellt, bin nicht misstrauisch gewesen, habe mich mehr für unsere Angelegenheiten interessiert?«

»Hör auf, dir das immer wieder vorzuwerfen. Du hast ihm vertraut, und er hat dein Vertrauen missbraucht. Komm, zeig mir dein wunderschönes Lächeln.« Er breitete die Arme aus. »Fehler haben große Bedeutung in unserem Leben. Sie stärken uns, wenn wir aus ihnen lernen. Wir alle machen Fehler. Aber lass uns unseren letzten Abend nicht mit traurigen Gesprächen verschwenden. Wir blicken gemeinsam in die Zukunft. Du kannst immer noch deine Fahrkarte umtauschen und hier bei mir bleiben«, sagte er.

Ferrand, Monica, Ken, ihre lieben Freunde, die sie in ihrer Not so sehr unterstützt hatten! Sie würde ihnen beweisen, dass sie das in sie gesetzte Vertrauen verdiente.

In ihrer letzten Nacht hatte Callie sich bis zum Morgengrauen fest an ihren Geliebten geschmiegt, als wolle sie damit für die kommenden einsamen Nächte vorsorgen, die auf sie warteten.

Jetzt, während die Brise ihre Wangen kühlte, sah sie ergeben und ohne Furcht oder Trotz ihrer Rückreise entgegen. So wie du dich gebettet hast, so liegst du jetzt, seufzte sie.

Sie aß jeden Abend alleine und wollte sich der Ausgelassenheit an Bord nicht anschließen. Ein Paar, das sie aus dem Gezira Club kannte, war an Bord und starrte sie immer wieder voller Interesse an, darum blieb sie schließlich lieber in ihrer Kabine und überlegte, was sie Phee sagen sollte.

Im Golf von Biscaya war die See rau, ihr Magen rebellierte, als die Wellen das Schiff heftig ins Schwanken brachten. Die Luft war plötzlich feucht und kühl, und der Klimawechsel ließ sie frösteln. Mit großen Erwartungen hatte sie britischen Boden verlassen, der ihr jetzt als Zufluchtsort diente. Das war nicht die Heimkehr, die sie sich vorgestellt hatte, und dennoch …

Als das Schiff in die Gewässer von Southampton glitt, spürte sie eine Veränderung in sich, der Verdacht machte sich schleichend in ihr breit, dass sie vielleicht nicht alleine heimkehrte, ihr Körper fühlte sich anders an, ihr wurde öfter übel. Um Gewissheit zu haben, sah sie in ihrem Kalender nach. War es denn möglich? Konnte im Chaos der letzten Monate neues Leben in ihr entstanden sein? Gab es in dieser schweren Zeit plötzlich einen Hoffnungsschimmer? Wenn ja, dann musste sie für beide eine Entscheidung treffen. Sie musste Phee ein Telegram senden, sie vorbereiten und das Schweigen zwischen ihnen beenden.

»KOMME MORGEN IN SOUTHAMPTON AN. BITTE UM BETT FÜR DIE NACHT. FAHRE DANN WEITER NACH DALRADNOR. CAROLINE. PS. DU HATTEST RECHT.«

16

März 1939

Phoebe packte ihren Koffer, sobald sie das Telegramm erhalten hatte, dass Carolines Baby kam. Sie sagte ihre Termine ab und nahm den ersten Zug Richtung Norden. Sie hatte Caroline angefleht, für die Entbindung in der Nähe zu bleiben und eine Klinik in London zu wählen, für den Fall, dass es Komplikationen gäbe. Doch Kitty hatte zu ihr gesagt, sie solle kein solches Aufhebens machen, ihre Tochter strotze vor Gesundheit und die frische Luft in Dalradnor sei außerdem für das Baby viel besser als der Stadtsmog.

»Und was ist, wenn irgendwas schiefgeht?«

»Die Krankenhäuser und Ärzte in Schottland gehören zu den besten der Welt. Fahr einfach, Mädchen, und misch dich bloß nicht ein«, hatte sie Phoebe losgescheucht.

Während der langen Fahrt konnte Phoebe sich kaum auf ihr Buch konzentrieren. Diesmal muss ich alles richtig machen, sagte sie sich und hoffte, die arme Caroline möge nicht zu sehr leiden. Ihre Geburt war schnell und unkompliziert vonstattengegangen. Vielleicht vererbte sich das von Mutter zu Tochter. Wenn sie schon Callies Schmerz nicht auf sich nehmen konnte, konnte sie ihr wenigstens beistehen.

Es wurde zur längsten Reise ihres Lebens.

An jeder Haltestelle, bei jeder Verzögerung lief sie unruhig den Gang auf und ab. Sie hoffte, dass ihre Tochter sich im Krankenhaus vor den Toren Glasgows eine anständige Hebamme ausgesucht hatte. Seit Carolines Rückkehr hatte Phoebe eine tiefe Traurigkeit in ihren Augen gesehen, doch bislang hatte sie nur die Hälfte der Geschichte preisgegeben: dass Toby mit dem Geld anderer Leute verschwunden war, sie alleine und schwanger im Chaos zurückgelassen hatte und sie ihre Unschuld hatte beweisen müssen. Nun hatte Callie nur noch den Wunsch, einen Ort zu finden, an dem sie die Scherben ihres zerbrochenen Lebens wieder zusammenfügen konnte. Phoebe bewunderte die Würde, mit der sie sich ihren Aufgaben stellte, sie sprach mit ihren Anwälten Benson und Harlow, um abschätzen zu können, welchen Schaden Toby ihren Finanzen zugefügt hatte. Am Ende sah es besser aus als erwartet, vor allem, weil Arthurs Treuhandfonds noch unangetastet war. Es hätte Phoebes Einverständnis bedurft, um Zugriff auf das Vermögen zu bekommen. Doch jetzt war Caroline volljährig, und es war an der Zeit, dafür zu sorgen, dass sie ihr Auskommen hatte. Dalradnor würde eines Tages ihr gehören. In diesen unsicheren Zeiten war es entscheidend, über eine Grundlage zu verfügen. Jeder einfache Zeitungsleser ahnte, dass es nur noch eine Frage der Zeit war, bis Hitler nach Westen marschierte. Großbritannien und seine Alliierten würden darauf reagieren müssen. Die Kriegsvorbereitungen waren nach der Münchenkrise im vorangegangenen Jahr unterbrochen worden, doch nun waren sie wieder ganz offensichtlich im Gange. Überall in den Straßen wurden Luftschutzbunker gebaut, London war also definitiv nicht der richtige Ort für ein Baby.

Nach zwanzig Jahren vermeintlichen Friedens fragte Phoebe sich, ob man sie wieder um Konzerte bitten würde. Natürlich würde sie ihren Beitrag leisten, aber nicht auf Kosten ihrer Familie. Wenn Caroline sie um Hilfe bat, musste sie zur Stelle sein. Ja, diesmal würde sie es richtig machen.

Sie war erleichtert, als sie sich Glasgow näherten. Es konnte für beide ein Neuanfang sein. Sie hatte sich sehr bemüht, Caroline nicht zu viele Fragen zu stellen und Bemerkungen wie »Ich habe es dir doch gleich gesagt« zu vermeiden, denn ein Blick auf Carolines ausgezehrten Körper und in ihre müden Augen ließen sie ahnen, dass sie bereits genug gelitten hatte. Was für eine Schande, dass Tobys Baby sie stets an ihren Fehler erinnern würde, aber man konnte einem Baby nicht die Schuld an dem schlechten Charakter seines Vaters geben. Er oder sie war Phoebes erstes Enkelkind und würde auch etwas von Arthur in sich tragen.

Sir Lionel hatte sich über die Neuigkeit gefreut. Er war nach einem Schlaganfall in ein Pflegeheim gebracht worden und an einen Rollstuhl gefesselt, doch für Caroline war er wie immer ein guter Freund. Auch Primrose war mit ihrem sanften Wesen und gesunden Menschenverstand für Caroline da. Und nach den Briefen zu urteilen, die Caroline bei ihrer Rückkehr erwartet hatten, hatte sie auch gute Freunde in Ägypten: Monica Battersby und ein Professor namens Ferrand, der nett klang und dessen Briefe ein Lächeln auf Callies Lippen zauberten und sie erröten ließ. Er hatte sie in die Nähe von Brüssel eingeladen, doch sie wollte Dalradnor nicht verlassen, nachdem sie sich erst einmal wieder in Schottland niedergelassen hatte. Sie hatte gute Verbündete gefunden, genau wie Phoebe über die Jahre in Kitty, Maisie und Billy. Selbst Verity Seton-Ross schien ihr seit jenem Vorfall in Schottland nicht länger feindlich gesinnt zu sein. Das war ein Zeichen dafür, dass sie im Grunde ein gutes Herz und Interesse an Freundschaften hatte. Vielleicht war das auch ein wenig Phees Verdienst …

Als sie das Haus erreichte, hatte Nans Tochter Mima Johnstone bereits das Abendessen vorbereitet.

»Miss Faye, noch gibt es keine Neuigkeiten, aber es wird bestimmt nicht mehr lange dauern. Die Klinik hat versprochen anzurufen, sobald das Kind da ist. Es wird alles gutgehen, ganz bestimmt …«

Phoebe fand in dieser Nacht keinen Schlaf, sie lief den Flur auf und ab und betete, das Telefon möge bald klingeln. Noch einmal durchlebte Phoebe ihre eigenen Wehen, und ihr Herz fing vor Angst zu rasen an: Was, wenn … was, wenn …?

Der Morgen dämmerte bereits, als das Telefon endlich klingelte. Barfuß stürmte sie die Treppe hinunter und hob mit zitternden Händen den Hörer ab.

»Hier spricht Dr. Maclean. Ich wollte Ihnen sagen, Ende gut, alles gut. Wir mussten ein wenig kämpfen, aber jetzt ist das Baby da, und es geht ihm gut … Es ist ein Junge, ein kleiner Pisser, wie die Hebammen die Jungen nennen. Er wiegt acht Pfund und hundertfünfzig Gramm und sieht aus wie ein zukünftiger Rugbyspieler.«

»Und Caroline?«

»Sie ist müde, aber glücklich. Das war keine leichte Geburt, sie muss sich einige Zeit hier ausruhen.«

»Wann kann ich sie besuchen?« Phoebe hätte vor Freunde am liebsten im Flur getanzt.

»Morgen Abend vielleicht. Ich habe ihr ein Schlafmittel gegeben, damit sie sich ein wenig erholt.«

»Oh, danke«, antwortete Phoebe und legte auf. Dann sank sie auf die Treppe nieder und brach vor Erleichterung in Tränen aus.

Ich habe einen Enkel, lächelte sie und erstellte gleich eine Liste von Namen, die sie für angemessen hielt. Sie achtete nur halb auf die Morgennachrichten im Radio, die irgendetwas von der Übernahme des tschechischen Sudetenlandes durch die deutschen Truppen faselten.

Caroline musste immerfort in das Kinderbettchen schauen. Wie war es möglich, dass dieses kleine, perfekt geformte pausbäckige Wesen einfach aus ihrem Körper gekommen war? »Du bist mein Sohn, mein wunderschöner Junge«, flüsterte sie und wollte ihn beschnuppern, seinen frischen Duft riechen, doch Schwester Hislop hielt nichts von Zärtlichkeiten.

»Für das Baby ist es jetzt an der Zeit, sich von der langen Reise zu erholen. Er hat sich Zeit gelassen, Ihre Nähte sind der Beweis dafür. Wenn Sie genug Milch haben, um ihn zu stillen, wird er aufwachen. Die Natur regelt das von alleine.«

Warum müssen wir getrennt werden, seufzte Callie. Wäre er ihr Fohlen gewesen, hätte sie ihn jetzt abgeleckt und ihn gesäugt. Sie war erleichtert, dass alles vorbei war. Hätte Ferrand nur diese Frucht ihrer Liebe sehen können. Wer weiß, wann es endlich so weit war …

Ihre Umgebung hielt den Kleinen für Tobys Sohn. Zum Glück trug sie einen Ehering am Finger. Dass er in Wirklichkeit Ferrands Sohn war, blieb ihr Geheimnis. Das ging außer ihr niemanden etwas an. Nicht einmal Ferrand wusste davon. Für Enthüllungen war genug Zeit, wenn sie beide erst einmal frei wären und zusammen sein konnten. Sie lebte für seine Briefe, aber ihre Schwangerschaft hatte sie nie erwähnt. Das würde die Dinge nur verkomplizieren, und sie brauchte Zeit, um sich von der Kairoer Katastrophe – kurz KK –, wie sie Toby jetzt nannte, zu erholen. Über seinen Verbleib war nichts bekannt, aber vermutlich hing er in irgendeiner türkischen Bar herum und schmiedete neue Pläne.

Nach ihrer Rückkehr in Dalradnors geliebten Schoß hatte sich das Leben mit Toby in Kairo bald nur noch wie ein entfernter Albtraum angefühlt. Lange Spaziergänge und weite Ausritte hatten sie wieder zu Kräften kommen lassen. Das Baby war eine unerwartete Belohnung für ihre Enttäuschungen und Sorgen, ein Geschenk, das zu ihr und Dalradnor gehörte. Jetzt musste sie sich zwei Wochen in der Klinik von der schweren Geburt erholen, Zeit genug, um über ihre Zukunft nachzudenken und einen Namen für den kleinen Prinzen auszusuchen. Niemand ahnte etwas von seiner Herkunft, und so sollte es auch weiter bleiben.

»Warum Desmond?«, fragte Phoebe, als sie ihren Enkel im Arm hielt und in seinen Augen nach einer Ähnlichkeit mit Arthur suchte. »Bist du sicher?«, hätte sie fast gefragt, biss sich dann aber noch rechtzeitig auf die Zunge.

»Ich mag einfach den Klang. Desmond Louis Lionel Lloyd-Jones. Ich weiß, das ist ein wenig lang, aber es geht mir leicht von der Zunge.«

Phoebe lächelte. Der alte Sir Lionel würde sich freuen, aber warum Louis?

»Ich will ihm keinen Namen geben, der irgendetwas mit Tobias Obediah Jones zu tun hat, Jones gibt es aber viele, darum habe ich den Teil mit Lloyd beibehalten.«

»Ich dachte, du würdest einen schottischen Namen wählen«, versuchte es Phoebe noch einmal.

»Nein, so heißt er jetzt, ich habe ihn schon registrieren lassen, eine Sache mehr, die ich auf meiner Liste abhaken kann. Hast du die Schokolade für die Krankenschwestern mitgebracht?«

Caroline war so tüchtig, sie thronte wie eine Königin in ihrem Klinikbett, schrieb Postkarten, bekam Glückwunschkarten und Geschenke: Strampelanzüge, handgestrickte Jäckchen und Babyschuhe. Kitty hatte eine wunderschöne Garnitur für den alten Kinderwagen geschickt, den sie auf dem Dachboden gefunden hatten. Mima hatte ihn desinfiziert, neue Laken und Kissenbezüge genäht. Jetzt stand er in der Eingangshalle und wartete auf den kleinen Lord, der am Nachmittag nach Hause kommen sollte.

Phoebe musste zugeben, dass Desmond prächtig aussah, er hatte lange Gliedmaßen, lockiges dunkles Haar und blaue Augen. Caroline gurrte und bewunderte ihn in seinem Leibchen und dem Baumwollschlafanzug, als wäre er eine Puppe. Sie hatte ihm Fäustlinge übergezogen, damit er sich das Gesicht nicht zerkratzte. Dann hatte sie ihn in einen Schal aus feiner Wolle gewickelt, den Nan Ibell gestrickt hatte, obwohl ihr Augenlicht immer schlechter wurde. Zu guter Letzt hatte man ihm eine blaukarierte Schottenmütze aufgesetzt, die seiner Heimgehgarnitur den letzten Schliff verlieh. Kein Prinz von Geblüt konnte besser eingekleidet sein. Phoebe lächelte, als sie hinaus zum Wagen gingen, bei dem Burrell, der Gärtner, wartete, der sie nach Hause fahren würde.

In den Monaten vor der Geburt hatte Caroline das Autofahren gelernt und sich einen eleganten Morris-Kombi gekauft, der für die ländlichen Straßen gut geeignet war. Sie hatte versucht, alles zu planen. Kairo hatte aus dem etwas verträumten Mädchen eine entschlossene junge Frau gemacht, die ihr

Kind alleine großziehen würde. Phoebe betrachtete sie voller Respekt.

Wie sollte sie da nicht an ihre eigene Ankunft in Dalradnor vor all den Jahren denken, mit Marthe und dem Baby, im Schutz der Finsternis, belastet mit einer beschämenden Lüge, um dann nur Herzenswärme und liebevolle Zuwendung zu finden? Sie war heute noch dankbar dafür, dass Arthur sofort für seine kleine Familie vorgesorgt hatte, als er von ihrer Schwangerschaft erfuhr. Sie musste auch an den eisigen Empfang bei den Anwälten denken und daran, wie Verity und Lionels Frau die Fäuste geballt hatten, als sie von Arthurs Kind und den Änderungen seines Testaments erfuhren. Nun kam ein weiteres vaterloses Kind hier an, wenn auch diesmal bei Tageslicht und unter freudigen Fanfarenklängen. Niemand würde ihm die kriminellen Handlungen seines Vaters vorwerfen, Tobys Ruf würde ihn niemals beflecken. Phee würde ihn vor allem schützen, was nicht seine Schuld wäre, genau wie sie selbst von Anfang an versucht hatte, Caroline zu schützen. Immerhin würde ihre Tochter bessere Arbeit leisten als sie selbst. Hier in Dalradnor wäre der kleine Desmond vor allem Leid geschützt, egal, was draußen in der Welt passierte.

17

Ma chère Callie,
wir sind schon viel zu lange getrennt, darum werde ich Dich abholen und mitnehmen. Hast Du mich denn vergessen? Warum dieses lange Schweigen? Im September trete ich in

Lille an der Universität eine Stelle an, und ich möchte, dass Du für immer bei mir bleibst. Komm nach London, dann planen wir alles.

Louis-Ferrand

Callie wusste, dass diese Einladung irgendwann kommen würde, aber noch war sie nicht bereit, Desmond auf Château Grooten den prüfenden Blicken von Ferrands Familie auszusetzen. Ferrand und sie sollten sich besser in London eine gemeinsame Auszeit gönnen, erst danach wollte sie das Baby in Schottland seinem Vater zeigen.

Lieber Ferrand,
ich komme zu Dir nach London. Es gibt so vieles, das ich mit Dir besprechen möchte. Danach fahren wir zusammen nach Dalradnor, dort warten viele Menschen, die Dich kennenlernen möchten.

Ich kann es kaum erwarten, wieder mit Dir zusammen zu sein. Du hast mir so gefehlt, und ich muss Dir etwas Wichtiges sagen. Lass mich wissen, wann Du kommst, ich hole Dich ab.

Deine Dich liebende
Callie

»Würde es dir etwas ausmachen, etwas länger zu bleiben?«, fragte sie Phoebe und wusste, dass sie ihr die Bitte nicht abschlagen würde. »Ferrand kommt nach London, ich würde ihn gerne wiedersehen«, fügte sie hinzu. »Und ich wäre gerne ein paar Tage mit ihm alleine …« Ihre Stimme wurde leiser, und sie spürte, wie sie rot wurde.

»Natürlich. Ich habe dein Gesicht gesehen, als du den Brief erhalten hast. Lass nicht zu, dass sich diese Frau einmischt.«

Es war rührend von Phee, dass sie die Comtesse für einen herrischen Drachen hielt, der verbannt werden müsste.

»Keine Sorgen, Ferrand wird mich vor seiner Mutter beschützen. Ich muss ihn unbedingt wiedersehen. Wäre er nicht in Kairo gewesen …«, sie zögerte. »Ich muss herausfinden, wie es zwischen uns steht. Kairo ist ein sehr romantischer Ort, doch hier zurück im Norden, in der Kälte und im Regen ist vielleicht nichts mehr zwischen uns.«

»Wie vernünftig du bist«, sagte Phee und lächelte. »Eine kleine Auszeit vom Baby kann dir nicht schaden. Desmond wird gar nicht merken, dass du fort bist, ich kümmere mich um ihn. Mima ist ihm völlig verfallen. Ich freue mich, dass du ihn mir anvertrauen willst. Es ist lange her, seit ich das letzte Mal mit kleinen Kindern zu tun hatte.« Phoebe versuchte, Callies Reaktion abzuschätzen. »Damals im Krieg war das anders.«

»Phee, ich weiß das.« Ihre Mutter wollte so ihre Abwesenheiten entschuldigen. Sie war länger geblieben als vorgesehen, hatte sich über den Sommer in dem alten Haus wieder eingelebt und den Frieden und den Garten genossen. Wenn Desmond weinte, weil er Koliken hatte, lief sie mit ihm den Flur auf und ab und sang ihm alte Varieté-Lieder vor. Callie hingegen trug ihn in einem Tragetuch im Schatten am See spazieren und sang *Slaap kindje, slaap*, Marthes altes flämischen Wiegenlied. Doch den *Skye Boat Song* mochte er am liebsten, dann machte er die Äuglein auf, wenn sie ihn wiegte.

Während dieser wenigen Monate des Rückzugs hatte Callie das Gefühl, als sammle sie langsam Kraft, um die nächste Etappe ihres Lebens in Angriff zu nehmen. Sie hatte die Chance auf ein Leben mit Ferrand in Frankreich. Wie würde er reagieren, wenn sie ihm sagte, dass er einen Sohn hatte, der einen Teil seines Namens trug? Er musste diesen Jungen einfach vergöttern, wenn er erfuhr, dass er die Frucht ihrer Liebe unter Kairos Sonne war. Sie wollte jedoch die anstrengenden Fragen der Comtesse vermeiden, die es zweifellos geben würde, wenn diese herausfand, dass sie noch nicht geschieden war, sondern sich aufgrund von Tobys Verschwinden in einem rechtlichen Schwebezustand befand. Wenn Toby nicht mehr auftauchte, musste sie sieben lange Jahre warten, um frei zu sein und wieder heiraten zu dürfen.

Wenn Ferrand das nicht akzeptierte, würde sie genau wie Phee ihr Kind alleine großziehen, und er würde an seiner Erziehung nicht teilhaben können. Je mehr Zeit sie mit Desmond verbrachte, desto bezauberter war sie von seinem Lächeln und seinen wartenden Ärmchen. Ihr fiel es schwer, ihn auch nur eine Woche zu verlassen, doch dieses Wiedersehen war zu wichtig, um es zu verpassen.

Callie begann mit ihren Vorbereitungen für die Fahrt nach London mit einem längst überfälligen Besuch bei dem bekanntesten Friseur von Kelvinside und ließ sich eine neue Frisur machen. Man weigerte sich, ihr eine Dauerwelle zu verpassen, schnitt stattdessen ihr dichtes Haar zu einem hübschen Bob und legte ihn ein. Sie hatte nichts Neues in ihrem Kleiderschrank, außerdem war ihre Figur kurviger geworden, also gönnte sie sich ein neues Kleid und Schuhe von Daly's in der Sauchiehall Street. Nachmittags genehmigte sie sich einen Tee und sah sich den *Zauberer von Oz* an. Es war seltsam, nicht zurückzueilen und Desmond zu füttern, doch sie ließ sich Zeit und wollte sich neue Seidenunterwäsche kaufen, bevor sie zurückkehrte. Der Gedanke, bald wieder in Ferrands Armen zu liegen, ließ ihr keine Ruhe.

Am sechsundzwanzigsten August nahm sie den Zug nach Süden und fuhr zu Phees Wohnung in der Nähe der Marylebone High Street, von wo aus sie den Zug nach Dover nahm, um Ferrand von der Fähre aus Ostende abzuholen. Ausnahmsweise hatte sie einmal keine Tasche voller Windeln und Fläschchen, Decken und Babyspielzeug dabei. Schon an der Central Station in Glasgow fiel ihr auf, wie erregt und gleichzeitig sorgenvoll die Atmosphäre war. Viele Menschen waren unterwegs, und als sie London erreichte, staunte sie, als sie vor den Häusern Sandsäcke und Warnschilder sah. Im Zug hatte sie in den Zeitungen von deutschen Streitkräften gelesen, die sich erst vor wenigen Tagen an der Grenze zu Polen gesammelt hatten. Sollte das heißen, dass Großbritannien gegen Deutschland und Russland in den Krieg zog?

Kitty kam zu Besuch vorbei, und Callie hatte viele Fragen. »Was ist hier los?«

»Hörst du denn kein Radio?«, schimpfte Kitty. »Wir organisieren die Evakuierung der Patienten in Krankenhäuser außerhalb der Stadt für den Fall, dass …«, sie hielt inne. »Hör zu, komm nur ja nicht auf den Gedanken, das Land zu verlassen. Das Pulverfass könnte jederzeit hochgehen.«

»Aber das würde doch bestimmt nicht uns betreffen? Ferrand ist auf dem Weg von Frankreich hierher.«

»Chamberlain hat erst im März erklärt, wir könnten nicht tatenlos zusehen, wenn Deutschland Polen überrennt. Tausende Stadtkinder werden evakuiert und aufs Land geschickt. Weitere Mäuler stopfen, nennen sie das. Tut mir leid, das ist leider die Realität, aber falls es Luftangriffe gibt, solltest du lieber nach Hause fahren«, ordnete Kitty an.

Callie wurde schwer ums Herz. Sie hatte gedacht, alles

wäre nur Bluff gewesen und nach München würde es wieder Frieden geben, doch Tante Kitty übertrieb nie. Das war nicht ihre Art. Nachdem sie gegangen war, machte Callie das Radio an und hörte sich jede Meldung an. Von Warteschlangen an den Fährhäfen auf beiden Seiten des Ärmelkanals war die Rede. Urlauber kehrten vom Festland zurück und sprachen von Flüchtlingen und allgemeiner Panik. Trotzdem beschloss Callie, nach Dover zu fahren und auf ihren Liebsten zu warten, egal, wie lange es dauern würde, bis sie wieder vereint wären.

Der Zug war voller Ausländer, die nach Hause eilten. Sie lauschte den Gesprächen französischer Familien, die sich bei jeder Verzögerung aus den Zugfenstern lehnten und darauf warteten, dass ein Truppenzug sie überholte. Am Fährhafen wimmelte es nur so von Leuten, die für Fahrkarten Schlange standen oder Koffer und müde Kinder hinter sich herzogen. Autos schlängelten sich den Hügel hinunter und warteten auf ihre Abfertigung. Callie sah den einfahrenden Schiffen entgegen, die Menschen abluden, welche zu Hunderten die Landungsbrücken herunterkamen. »Auf der anderen Seite herrscht Chaos«, rief ein Mann den Menschen in der Schlange zu, die darauf warteten, an Bord zu gehen. »Wir mussten unseren Wagen zurücklassen, weil man den Laderaum für Passagiere gebraucht hat.«

Das kann nicht sein, schluchzte Callie, wartete an den Hafentoren und achtete auf jeden ankommenden Passagier. Die Fähren aus Ostende kamen an und fuhren wieder ab, doch von Ferrand war weit und breit nichts zu sehen.

Vielleicht hatte sie ihn verpasst, und er war bereits zu den wartenden Zügen geeilt und zu ihrer Wohnung unterwegs. Er hatte die Adresse, also überlegte sie, dass es am Ende doch sicherer wäre, dort auf ihn zu warten. Callie fuhr nach London zurück, erschöpft und gelähmt vor Enttäuschung, und klammerte sich an die unwahrscheinliche Hoffnung, Ferrand könnte jeden Augenblick aus dem Taxi steigen. Ihr war heiß, sie fühlte sich klebrig und brauchte ein heißes Bad. Die Wohnung schien kühl und wirkte fast ein wenig zu ruhig. Sie vermisste bereits ihren Sohn. Was, wenn Ferrand seine Meinung geändert hatte? Wenn seine Mutter herausgefunden hatte, dass Callie noch verheiratet war, und ihn beeinflusst hatte? Doch es gab noch unzählige andere triftige Gründe, weshalb er sich verspäten konnte.

Dann klingelte das Telefon schrill und durchbrach die Stille, doch es war nur Phee, die fragte, ob sie gut angekommen sei, und ihr vom Baby erzählte.

»Ich bin so froh, dass ich dich erreiche«, fuhr Phee fort und klang erleichtert. »Du darfst jetzt das Land nicht verlassen. Der Krieg könnte jederzeit ausbrechen. In den Zeitungen schreiben sie, dass britische Reisende so schnell wie möglich den Kontinent verlassen sollten. Hast du dich mit deinem Freund getroffen?«

»Noch nicht. Er verspätet sich. Die Fähren sind überfüllt, aber er wird bald hier sein«, sagte Callie mehr zu ihrer eigenen als zu Phees Beruhigung.

Sie wartete drei Tage ab und fragte sich, warum er sie nicht anrief oder ein Telegramm schickte, doch gerade als sie die Hoffnung aufgeben wollte, erhielt sie einen Brief, eine hastig geschriebene Nachricht.

Liebling,
ich kann nicht kommen. Man hat mich für den Notfall vorzeitig nach Lille zurückberufen. Sieht aus, als werde ich gebraucht. Ich wurde einberufen für den Fall, dass Belgiens Neutralität gefährdet sein sollte. Jean-Luc hat mir geraten, zum Château zurückzukehren und für Maman Vorbereitungen zu treffen, weil sie fürchtet, es könne wie früher beschlagnahmt werden. Es tut mir so schrecklich leid, dass ich Dich enttäuschen muss, dennoch bist Du während dieser trostlosen Zeit stets in meinen Gedanken. Sobald ich mehr weiß, schreibe ich Dir wieder. Pass auf Dich auf, meine Liebste. Fahr nach Hause ins schöne Schottland.

Dein Dich sehr liebender Louis-Ferrand

Sie war so wütend, dass sie nicht schlafen konnte. Warum machte der Krieg nur alles kaputt? Was hatte er mit ihnen zu tun? Warum war sie nicht schon früher zu Ferrand gefahren, warum hatte sie nicht alle Vorsicht in den Wind geschlagen und war mit Desmond hingefahren? Du dummes Ding, schimpfte sie sich, was spielt es für eine Rolle, was andere über seine Vaterschaft denken? Sie wusste nur zu gut, welches Geheimnis um ihre eigene Person gemacht worden war, und jetzt hatte sie genau dasselbe mit ihrem Baby getan. Jetzt zitterte sie vor Angst bei dem Gedanken, der Krieg könnte sie und Ferrand trennen. Sie musste ihm schreiben und ihm von ihrem gemeinsamen Sohn erzählen, bevor es zu spät war.

Sie lief in der Wohnung auf und ab, bis sie erschöpft war, sie sah aus dem Fenster und beobachtete die Vorbereitungen, hörte den Zeitungsverkäufer die Schlagzeilen ausrufen, hörte die Übungen der Fliegersirenen und sah den Leuten zu, die umherhuschten und Schutz suchten. Sie hatte keine andere

Wahl, als nach Hause zurückzukehren, doch selbst das war leichter gesagt als getan.

Callie hatte noch nie zuvor so viele Züge fluchtartig die Stadt verlassen sehen. Sie folgte Kindern, die in Reih und Glied hintereinander herliefen, von denen manche Schuluniformen trugen und Koffer schleppten. Wieder andere steckten in langen Mänteln und Turnschuhen und trugen Pakete mit braunem Packpapier bei sich; Frauen schoben Kinderwagen mit Babys, die an Schnullern nuckelten. Sie beobachtete Mütter, die ihre Tränen zu verbergen versuchten, während sie ihren Kindern nachwinkten. Babys weinten, wenn ihre Mütter weinten, und Callie hatte ein schlechtes Gewissen, dass sie zu ihrem eigenen Baby nach Hause fahren durfte.

Die Zuggesellschaften und das Schienennetz waren überlastet und verspätete Züge, die auf Ausweichgleisen geparkt wurden, an der Tagesordnung. Die Abteile waren voller Soldaten und Matrosen, die nach Norden zu ihren Kasernen fuhren. Sie alle schien eine erwartungsvolle Begeisterung ergriffen zu haben. Ausnahmsweise einmal war die englische Zurückhaltung verflogen bei den Nachrichten, dass die ganze Welt bald in Flammen aufgehen würde. Viele mussten auf der Fahrt von Euston nach Glasgow stehen oder sich im Gang auf den Boden kauern, später fielen die Lichter aus. Die Reise war entsetzlich lang. Die Toiletten waren blockiert, und der Geruch von menschlichen Körpern hing in der Hitze schwer in der Luft. In Stirlingshire wären sie wenigstens sicher, aber Phees Wohnung war schon ein ganz anderes Thema. Callie hatte sämtliche Unterlagen und den gesamten Schmuck mitgenommen für den Fall, dass es zu einem Luftangriff käme.

Es war bereits mitten in der Nacht, als Callie erschöpft ankam. Am Sonntag, den 3. September, weckte Phee sie auf, damit sie der Rede des Premierministers an die Nation zuhörte. Mima und Mr Burrell, der Gärtner, standen neben ihnen, lauschten den ernsten Worten und wagten nicht zu sprechen, bis die Rede zu Ende war.

»Gott stehe den Soldaten bei. Ich bin nur froh, dass mein Vater nicht mehr miterleben muss, dass wir das alles noch einmal durchmachen müssen. Wofür starben die alle das letzte Mal?«, sagte Mima weinend.

Callie war zu traurig, um irgendetwas zu tun, sie seufzte nur und schaute zu Desmond, der in seinem Laufstall herumrollte und nicht ahnte, was vor sich ging. Hier war er vor den Bomben geschützt, aber falls es eine Invasion gab, was dann?

»Ich werde zurück nach London fahren und meine Wohnung in Ordnung bringen«, sagte Phee. »Ein paar Sachen besorgen, Desmond braucht ein paar Sachen, wenn er größer wird.«

»Er wird zurechtkommen. Wir werden alle zurechtkommen«, antwortete Callie.

»Ich denke, wir sollten den unteren Teil des Gartens roden und einen Schweinepferch anlegen. Eier haben wir genug, aber ein wenig Schweinefleisch kann an Weihnachten nicht schaden«, schlug Colin Burrell vor. »Wir könnten die Blumenbeete umgraben und mehr Wintergemüse anbauen. Es ist von Lebensmittelkarten und Benzingutscheinen die Rede, ich könnte den Morris in den Ställen unterbringen.«

»Oh, bitte noch nicht«, jammerte Callie. Sie liebte den Wagen, den sie liebevoll Boris nannte. »Lasst uns erst abwarten und sehen, wie es sich entwickelt. Ich gehe davon aus, dass wir Evakuierten Unterkunft gewähren müssen.«

»Nicht so voreilig, Miss Caroline. Mit einem Schreihals im Haus weiß man nie, welche Keime Fremde einschleppen können«, warf Mima hastig ein.

»Jeder muss seinen Beitrag leisten, Mima. Ein unsauberes, lautes Haus ist nur ein kleines Opfer.« Sie fühlte sich schuldig, dass sie so weit von der drohenden Gefahr entfernt war, wo doch Ferrand und seine Familie auf der anderen Seite des Kanals das Schlimmste zu befürchten hatten, nach allem, was zwanzig Jahre zuvor in ihren Ländern geschehen war. Er tat gut daran, seine Familie zu beschützen, so wie sie ihre beschützen musste.

An jenem Abend setzte sie sich hin und schüttete ihm ihr Herz in einem Brief aus.

Mein Liebling,
es tut mir so leid, dass Du nicht nach London kommen konntest. Ich hätte Dich gerne mit nach Schottland genommen und Dir Deinen Sohn Desmond Louis gezeigt. Er wurde vor wenigen Monaten, im März, geboren. Ich hätte ihn Dir so gerne gezeigt und mir gewünscht, für immer mit Dir vereint zu sein, doch das ist uns noch nicht vergönnt. Wie grausam vom Schicksal, uns erst Glück zu versprechen, um uns dann auseinanderzureißen. Es tut mir unendlich leid, dass ich Dir diese wunderbare Nachricht verschwiegen habe, doch mein Herz hatte seine Gründe dafür. Das ist eine lange Geschichte. Ich wollte sicher sein, dass mein Sohn in seinem Land einen Namen hat, bevor … Ich habe einen schrecklichen Fehler begangen, jetzt müssen wir alle den Preis dafür bezahlen.

Er ist ein wunderschöner kleiner Junge, ich lege Dir ein Foto von ihm bei. Bitte verzeih mir, dass ich es Dir nicht früher gesagt habe. Jetzt werden viele Monate vergehen, fürchte ich, bevor Du ihn mit eigenen Augen sehen kannst.

Callie konnte nicht weiterschreiben. Die Tränen flossen über ihr Gesicht, tropften auf das Papier und verschmierten alles. Das war zu hart, ein zu brutales Geständnis. Konnte er ihr verzeihen, dass sie ihm seinen Sohn vorenthalten hatte? Was würde es in ihm auslösen, wenn er wusste, dass er auf der anderen Seite des Kanals und sie hier gefangen waren? Vielleicht sollte sie ihm das lieber schreiben, wenn die Lage eindeutiger, sicherer war. Es war nicht der richtige Zeitpunkt, um ihm ihr Geheimnis anzuvertrauen. Sie musste noch ein wenig warten, auch wenn sie sich fragte, wie ihre Liebe diese Trennung überstehen sollte. Das Risiko musste sie eingehen.

Sie wusste, dass ihr Schicksal dem vieler anderer Frauen und Soldaten glich. Jetzt ging es darum, das Gebäude und die Gärten von Dalradnor für die Zukunft zu sichern.

Sie lief durch das Haus und tätschelte liebevoll die Wände. Das war ihre Festung, ihr sicherer Hafen, ihr Bollwerk gegen all das Elend, das ihr noch bevorstand. Es war ihr Zuhause, und hier musste sie bleiben.

18

Phoebe fuhr zurück nach London und traf auf eine völlig neue Atmosphäre, als sie die Stadt erreichte. In den Straßen wimmelte es von Soldaten in Uniform, die Fenster waren mit Schutzblenden versehen, die Straßenlaternen brannten nicht mehr, so dass die Häuser in gespenstischem Dunkel verschwanden, die Fensterscheiben waren mit Klebeband gesichert.

Sie bekam nur wenige Filmangebote, denn viele Schauspieler und Techniker waren eingezogen worden, doch ihr Agent fand eine Nebenrolle für sie in einem neuen Film, der von einem kleinen Ort handelte, in den Fallschirmjäger eindrangen. Die Geschichte war erschütternd und sehr nah an der drohenden Realität, doch mit einer guten Besetzung und wunderschöner Kulisse würde sie die Zuschauer in eine andere Welt entführen.

Der große Diktator, Charlie Chaplins neuer Film über den Aufstieg Hitlers, versprach ein großer Erfolg zu werden, doch am erfolgreichsten war natürlich *Vom Winde verweht*, herausragend mit Clark Gable, Leslie Howard und Vivien Leigh besetzt. Die monumentale Geschichte in Technicolor aus dem tiefen amerikanischen Süden füllte die schon lange leeren Kinosäle an drei Vorstellungen pro Tag. Phoebe hatte ihn sich dreimal angesehen, denn die Handlung, die Personen und der romantische Schauplatz rissen sie mit. Sie wusste, dass der Erfolg dieses Films dafür sorgen würde, dass wieder mehr Kostümfilme gedreht würden. Sie war nicht mehr in der Blüte ihrer Jugend, aber achtbare Rollen konnte sie noch immer spielen.

Das friedliche Dalradnor schien meilenweit entfernt, und sie vermisste das Baby. Die Wohnung wirkte leer und still. Kitty arbeitete lange Schichten, und Billy wartete darauf, dass die Theater wieder öffneten. London stand unter Hochspannung und schien auf den Ausbruch des Krieges zu lauern, vorbeugende Maßnahmen wurden ergriffen. Phoebe zögerte nicht, für Weihnachten und Hogmanay, der feierlichen Silvesternacht, in den Norden zurückzufahren, zumal sich bei Mitgliedern der Filmcrew, die über Benzingutscheine verfügten, eine Mitfahrgelegenheit ergab.

Der kleine Desmond war rundlich geworden, griff nach jedem Spielzeug und war von seiner Großmutter begeistert. Auch Primrose hatte einen kurzen, aber sehr willkommenen Besuch abgestattet. Sie arbeite im Außenministerium und trug ihr Haar jetzt kurz, nach der neuesten Mode. Caroline freute sich, ihre langjährige Freundin zu sehen und ihr den Kleinen zu zeigen. Von ihren anderen belgischen Freundinnen hatte sie kaum etwas gehört. Deren Briefe kamen nur in unregelmäßigen Abständen, und an Weihnachten kam nur eine Karte von Marthe, aber keine Nachricht von Ferrand.

Caroline hatte Jessie Dixon, eine Bauerstochter, als Kindermädchen für Desmond eingestellt. Sie war ein mütterlicher Typ und harte Arbeit gewohnt, so dass sie Callie den Freiraum gab, freiwilligen Kriegshilfsdienst vor Ort zu leisten. Der arme Junge war von hingebungsvollen Frauen umgeben, die ihm jeden Wunsch von den Augen ablasen, da war Vorsicht geboten, dachte Phoebe. Callie widmete den Großteil ihrer Zeit dem Kriegshilfsdienst der Frauen. Bisher hatte man noch keine Flüchtlinge bei ihnen untergebracht, aber das war vermutlich nur noch eine Frage der Zeit. Es gab Wohlfahrtskliniken, Lebensmittelkarten und Gasmasken, all die Begleiterscheinungen eines Krieges. Doch Caroline lehnte es kategorisch ab, ihr Baby auch nur in die Nähe dieser furchtbaren zeltförmigen Kindergasmasken zu bringen. »Unter dieser Maske bekommt er Panik«, verteidigte sie sich. »Boris«, der Morris, wurde als Kranken- und Lieferwagen genutzt, dadurch bekam sie ein wenig Benzingeld, ihre Fahrkünste erwiesen sich als äußerst praktisch.

Desmonds erster Geburtstag war schnell gekommen. Phoebe hatte ihm als Geschenk Carolines altes Schaukelpferd zurechtmachen lassen, das Callie unendlich geliebt hatte. Das Pferdchen war ein breiter Apfelschimmel, für den Jungen noch ein wenig zu hoch, aber es stand am Kinderzimmerfenster für ihn bereit.

Beim Anblick des wunderschönen Schaukelpferdes musste Phoebe an ihre eigene Kindheit zurückdenken und dass sie mit sehr viel bescheidenerem Spielzeug hatte auskommen müssen. Ihr Bruder Ted kam ihr in den Sinn und der Gedanke, dass es an der Zeit war, wieder auf ihn zuzugehen. Sie hatte den Gedanken jahrelang verdrängt, doch jetzt sorgte der Krieg dafür, dass man sich auf das Wesentliche besann, es schien ihr töricht, es noch weiter aufzuschieben. Sie ermittelte seine Adresse und stand, gegen den Rat der Regierung, auf Reisen zu verzichten, einfach eines Tages vor seiner Tür.

Als sie sah, wie alt und verbraucht er aussah, war sie entsetzt. Es schmerzte sie, dass er und seine Frau in einem Hinterhof dahinvegetieren mussten, während sie ein luxuriöses Leben führte.

Er schien nicht sehr überrascht zu sein, sie zu sehen, und empfing sie mit Verachtung. »Ach, die Maikönigin mischt sich unters Volk.« Er beäugte sie und schüttelte den Kopf. »Ich hoffe, du bist stolz auf das, was du getan hast. Schickst mir das Mädchen ins Haus und überlässt mir die Drecksarbeit. Joes Tochter, na, so was. Du warst schon immer eine Märchentante, aber damit hast du den Vogel abgeschossen.«

»Hör mal, Ted, reg dich nicht auf, das ist nicht gut für deine Lunge«, warnte ihn seine Frau. »Kommen Sie, setzen Sie sich. Ted, sie ist dein eigenes Fleisch und Blut, also reiß dich zusammen! Sehr erfreut. Ich bin Hilda.«

»Ja, ich weiß. Caroline hat mir erzählt, wie nett Sie zu ihr waren. Tut mir leid, dass wir so lange nichts von uns haben hören lassen.«

»Es tut dir leid! Du weißt doch nicht einmal, was das Wort bedeutet. Du hast Joes Namen in den Dreck gezogen, als er sich nicht einmal mehr selbst verteidigen konnte«, schnaubte Ted. »Du bist nicht zum Betrügen erzogen worden. Mom und Dad, Gott hab sie selig, hatten ein gutes Herz, aber dir ist die ganze Tanzerei auf der Bühne zu Kopf gestiegen, deshalb warst du dir auch zu schade, an unsere Tür zu klopfen. Du bist doch nur ein aufgetakeltes Bühnenmädchen, das auf einen Soldaten hereingefallen ist, oder irre ich mich? Und komm mir jetzt bloß nicht mit großen Gefühlen und Reden von Familienzusammenhalt. Ich will nichts mit dir zu tun haben.« Er wandte sein Gesicht dem Kaminfeuer zu.

Phoebe senkte den Kopf. »Es tut mir leid, ich möchte mich nur entschuldigen. Ich glaubte damals, dass es für mich und das Kind so das Beste war. Ich habe im guten Glauben gehandelt. Es war falsch, das weiß ich nun.«

»Das kannst du laut sagen. Hat sie dich verlassen, ist sie beleidigt davongelaufen?«

»Nein, es geht ihr gut, sie hat einen prächtigen kleinen Jungen … Ich weiß, dass ich nicht die beste aller Schwestern war, aber jetzt habe ich die Möglichkeit, euch beiden zu helfen.«

»Ich will kein Hilfe von dir«, zischte Ted.

»Du hast noch gar nicht gehört, was ich vorzuschlagen habe. In Far Headingley stehen ein paar hübsche Cottages, ich könnte eines für euch mieten, irgendwo im Norden der Stadt, wo es weniger feucht und dunstig ist.«

»Nein danke. Wir kommen gut klar, wo wir sind«, antwortete Ted.

»Du bist also zu stolz, um dir und deiner Frau die Chance auf ein besseres Leben zu geben? Du bist nicht besser als ich, Ted Boardman, du und dein Stolz.«

»Hört auf, euch zu streiten, alle beide«, sagte Hilda. »Danke für das nette Angebot. Ich würde es sehr gerne annehmen, und wenn du nicht dorthin willst, gehe ich eben alleine«, sagte sie und zwinkerte Phoebe zu. »Meine Wäsche würde da oben weißer bleiben, wenn ich sie aufhänge. Jetzt trinken wir Tee und essen Pfannkuchen, und ihr hört mit dem Gezanke auf. Davon kriege ich Kopfschmerzen. Ich möchte alles über Ihren Enkel hören.«

Mit der Hilfe von Primroses Eltern in Harrogate hatten sie schließlich genau das richtige Cottage in Far Headingley in der Nähe einer Metzgerei und eines Lebensmittelladens gefunden, man konnte zu Fuß ins Kino gehen und hatte eine gute Busverbindung in die Stadt. Hätte ich das nur früher getan, dachte Phoebe. Doch wenigstens redeten sie jetzt wieder miteinander.

Der Krieg zeigte, wie fragil das Leben sein konnte und wie unsicher die Zukunft der Menschen war. Phoebe hatte Glück, denn sie verfügte über Mittel, die ihrem Bruder Möglichkeiten eröffneten, die er sonst niemals gehabt hätte. Sie hoffte inständig, dass diese verspätete Geste die Kränkungen und Versäumnisse der Vergangenheit heilen würde. Die Antwort darauf kam in Form eines ausführlichen Briefes von Hilda, die Caroline für die Fotos von Desmond dankte und in dem sie ausgiebig von ihrem neuen Zuhause schwärmte.

Doch im Frühjahr 1940, nach der Nachricht des Blitzkriegs und der Besetzung von Holland und Belgien, änderte sich alles. Trotzdem ging man in London seinen Geschäften wie immer nach, die Leute suchten in Tanzsälen oder Kinos Trost, bis schließlich jede Nacht Bomben herabregneten.

Phoebe arbeitete in ihrer Londoner Wohnung an einem Film. Sie hatte sich an die dröhnenden Flugzeuge über ihrem Kopf und das Heulen der Sirenen, die Flugabwehrkanonen, die aus dem Park feuerten, und die Suchscheinwerfer, die über den nächtlichen Himmel fuhren, gewöhnt, doch der Schlafmangel war etwas ganz anderes. Sie konnte in den überfüllten Ziegelsteinbunkern nicht schlafen. Wenn die Erde unter den Bombeneinschlägen bebte, wenn die Flugzeuge, vollgestopft mit Brandbomben, heulend heranflogen, musste sie ihren ganzen Mut zusammennehmen, um mit britischem Stoizismus ja nicht in Panik zu verfallen. Sobald es Entwarnung gab, stolperte sie in die Nacht hinaus und in den Gestank von Kordit, undichten Gasleitungen und das Heulen der Krankenwagen und Feuersirenen, mit ganzem Herzen bei all jenen, die in den lodernden Feuerhöllen gefangen waren, die sich in furchtbarem Orange am nächtliche Himmel abzeichneten.

Nach jedem Angriff zeigten die Straßen ein schreckliches Bild, die nebeligen Septembermorgen hingen voller dichtem Rauch und dem ekelhaften Gestank von Tod. Phoebe hatte Glück, ihre Wohnung war nicht zerstört worden, doch dann kam eines Nachmittags Billy in Tränen aufgelöst zu ihr und überbrachte ihr die schreckliche Nachricht, dass Kittys Krankenhaus während der Evakuierung der Patienten getroffen worden sei und niemand überlebt habe.

Phoebe war so entsetzt, dass sie anfangs nicht weinen oder auch nur irgendetwas fühlen konnte. Ihre beiden besten Freundinnen hatten sie verlassen. Und an jenem Nachmittag starb auch etwas in ihr.

Kitty war stets für sie da gewesen und hatte ihr geholfen, wenn es ihr schlecht ging. Sie hatte Phoebe mit ihrem guten Urteilsvermögen oft gerettet. Bei wem sollte sie sich jetzt Rat holen? Als Billy, noch immer weinend, wieder nach Hause ging, saß sie völlig fassungslos über den Verlust in ihrem stillen Zimmer. Was für einen Zweck hatte es, mitten in all dieser Zerstörung zu leben? Hatte sie nicht schon genug mitgemacht? War es das, was Menschsein bedeutete – den Tod von Menschen beklagen, die man liebt? Brennende Wut stieg angesichts dieser Hilflosigkeit in ihr auf. Plötzlich fühlte sie sich alt und völlig allein.

Eine Woche nach Kittys Begräbnis und dem ihrer Krankenschwestern setzten die Luftangriffe erneut ein. Die Bomben fielen immer näher zur Oxford Street und den umliegenden Bezirken. Im Luftschutzbunker konnte niemand schlafen, Phoebe saß nur da, drückte Handtasche und Wolldecke an sich und lauschte den ohrenbetäubenden Explosionen, während ein älterer Nachbar auf seiner Mundharmonika alte Kriegslieder spielte, die sie selbst so oft gesungen hatte.

Als es schließlich Entwarnung gab und sie bei Sonnenaufgang den Bunker verließen, wusste sie, dass sich etwas verändert hatte. Ihr ganzer Wohnblock war getroffen worden. Wo einst die viergeschossigen Apartmenthäuser gestanden hatten, klaffte nun ein riesiges Loch aus glühendem Metall, verkohlten Möbeln, rauchendem Schutt und Habseligkeiten aus den Wohnungen der Menschen, die sich zu bizarren Skulpturen aufgetürmt hatten.

»Zurück, zurück. Gas!«, riefen die Aufseher, während die Straße abgeriegelt wurde.

Nichts war geblieben, was sich zu retten gelohnt hätte. Zum Glück hatte Caroline darauf bestanden, die Fotoalben, die Notizbücher und die wertvolle Dokumentenbox mit Arthurs Briefen sicherheitshalber mit nach Schottland zu nehmen. Jetzt war Phoebe obdachlos und hatte nur die Kleider, die sie am Leib trug, und ihre Handtasche mit Papieren. Sie konnte nicht weinen; es waren nur Dinge. Sie hatte während dieser schrecklichen Monate etwas viel Wertvolleres verloren, ihre Freundin.

»Kommen Sie mit auf einen Tee in den Saal, Schätzchen«, sagte eine Frau in Uniform. »Sie haben einen Schock, das geht vorbei.« Sie legte eine Decke um Phoebes Schultern und drückte ihr eine Tasse süßen heißen Tee in die Hand. Phoebe stolperte verwirrt von Schlange zu Schlange und registrierte sich.

»Meine Liebe, wissen Sie, wo Sie unterkommen könnten?«, fragte ein Beamter. Sie schüttelte zuerst den Kopf. Dann fiel es ihr wieder ein.

»Ich fahre zu meiner Tochter«, sagte sie.

»Wo ist das? Wir brauchen eine Nachsendeadresse für die Unterlagen.«

»Dalradnor Lodge in Stirlingshire. Dort haben sie ein Bett für mich.«

»Heute Nacht noch nicht«, kam die Antwort. »Wir können Ihnen ein Hotel besorgen.«

»Das Cavendish in der Jermyn Street … Da gehe ich hin, wenn es noch steht.« Sie seufzte: Das war der Ort, an dem sie einst so glücklich gewesen war. Dort würde Arthur auf sie warten.

19

Die Familie, die evakuiert worden war, kam an einem Nachmittag im Juli 1940 nach Dalradnor. Zuerst war sie eine Woche in Glasgow im Gemeindesaal einer Kirche untergebracht worden, nachdem sie mit dem Schiff aus Guernsey gelandet und in der Stadt aufgenommen worden war. Man hatte ihr für die nächste Zeit ein Zuhause versprochen. Callie hatte genügend Schlafzimmer und erklärte sich sofort bereit, als sie erfuhr, dass die arme Familie seit dem einundzwanzigsten Juni unterwegs war. Man hatte ihr eine Mutter mit drei Kindern zugeteilt. Madame Laplanche stammte ursprünglich aus der Bretagne, war mit einem Bauern aus Guernsey verheiratet, der seine Familie auf die bereitstehenden Schiffe verfrachtet hatte, während er sich weiter um den Gartenbaubetrieb auf der Insel kümmerte, die inzwischen besetzt war. Sie hatte zwei Mädchen, Bettine und Louise, und einen Jungen namens Jacques, alle im schulpflichtigen Alter. Louise schien sich gerade von einer Infektion zu erholen.

»Gütiger Himmel, die armen Kinder«, sagte Mima, lief los und setzte den Kessel auf. »So wie sie riechen, brauchen sie dringend ein Bad.«

»*Merci, madame*, danke ...«, sagte Madame Laplanche. »Wir sind Ihnen sehr dankbar.«

Sie hatten nur wenig Gepäck dabei, einen zerbeulten Koffer mit sauberer Unterwäsche, Rosenkränzen und Fotos ihres Gartenbaubetriebs. Die Kleider hatten sie von der Flüchtlingshilfe bekommen, aber nur wenige davon passten. Der Sommer war warm, die Kinder konnten draußen spielen und würden erst Ende August Schuluniformen benötigen.

Callie wollte den Flüchtlingen ein Zuhause geben. Immer wieder dachte sie daran, wie Marthe mit ihrer Familie nach Großbritannien geflüchtet und 1914 von Tante Kittys Eltern aufgenommen worden war. Belgien war nun auch wieder besetzt. Ferrand hatte nur kurz geschrieben und mitgeteilt, dass er sich Jean-Luc beim Militär angeschlossen habe, doch nach der Besetzung des Landes kamen keine weiteren Briefe mehr. Jetzt war es zu spät für den Brief, den sie so oft aufgesetzt und immer wieder in die Schublade gesteckt hatte. Das Château war inzwischen zweifellos in ausländischer Hand, ihr tat die Comtesse leid.

Das Haus füllte sich langsam: Jessie und Desmond wohnten im Kinderzimmer, Madame teilte sich mit den Mädchen ein großes Schlafzimmer, und Jacques schlief im Ankleideraum nebenan. In Phees Zimmer stapelte sich immer mehr Zeug. Und dann, an einem Septembertag, stand sie plötzlich vor der Tür, die Überbleibsel ihres Londoner Lebens im Arm, und brauchte ein neues Dach über dem Kopf.

Sie hatte schwach ausgesehen, als Callie sie umarmte und sie zu einem Stuhl führte, während Mima ihr eine Tasse Tee mit einem Löffel von der kostbaren Zuckerration reichte. Erst als sie ihnen die traurige Neuigkeit von Kittys Tod überbracht hatte, brach sie weinend auf dem Sofa zusammen. Es war schrecklich, sie so betroffen zu sehen, und Callie weinte bei den traurigen Neuigkeiten mit ihr mit.

Bei so vielen Mäulern, die im Haus zu stopfen waren, dankte Callie Gott dafür, dass sie Hühner und ein Schwein hatten und dass sie anstelle der Rabatten Gemüsebeete angelegt hatten. Madame war überglücklich, dass sie in der Küche mithelfen durfte, und Mima genoss ihre Gesellschaft. Sie brauchte wenig, um ein schmackhaftes Essen zu zaubern, und lieferte Mima stets neue Ideen für bekannte Gerichte, damit sie noch köstlicher schmeckten. Sie war eine hervorragende Schneiderin, nähte Hemden aus dünnen Laken, wendete Krägen, verwandelte gestiftete Röcke in Kleider für die Mädchen und schneiderte aus einer alten Herrentweedjacke einen Wintermantel mit Mütze für Desmond. Sie machte sich sogar bei Mr Burrell beliebt, als sie ihm zeigte, wie ihr Mann die Feldfrüchte pflegte.

Es war ruhig, wenn die Kinder in der Schule waren, aber wenn sie an regnerischen Nachmittagen im Haus herumtobten, bekam Phoebe Kopfschmerzen.

Callie fühlte sich unter Druck gesetzt, weil sie für Ruhe sorgen und ihrer Mutter Zeit für Erholung geben wollte. Sie machten lange Spaziergänge, damit sie alles aussprechen konnte, was sie in London erlebt hatte. Phee hatte keine Eile, dorthin zurückzukehren, doch sie wusste auch, dass sie abreisen musste, falls ihr Agent sie anriefe.

»Ich fühle mich hier wie ein fünftes Rad am Wagen«, seufzte sie eines Morgens, als Callie sich fertigmachte, um zu ihrem Treffen bei der freiwilligen Frauenarbeit zu gehen. »Ihr habt alle so viel zu tun, was soll ich machen?«

»Mutter, tu, was du am besten kannst«, sagte Callie, zögerte dann aber etwas, um zu überdenken, was sie soeben gesagt hatte. »Kehr auf die Bühne zurück und heitere uns auf. Es gibt bestimmt Konzertveranstalter, die deine Unterstützung gebrauchen könnten.«

»Fürs Herumtanzen bin ich zu alt«, seufzte Phee und sah sich ihre Krähenfüße im Spiegel an.

»Nein, das bist du nicht, starte einfach einen Rundruf. Ich

bin sicher, dass die Krankenhäuser immer auf der Suche nach Entertainern mit deiner Erfahrung sind. Jetzt gebe ich meiner alten Mutter Ratschläge!« Sie mussten beide lachen, und Callie war erleichtert, als sie sah, dass Phees Augen wieder leuchteten.

Aber was leiste ich selbst für das Land im Krieg?, fragte Callie sich nachts, wenn sie nicht schlafen konnte. Ich ziehe ein Kind auf, helfe Evakuierten und mache Freiwilligendienst – aber reicht das? Das kann jeder, wenn er so viel Hilfe und Platz im Haus hat wie ich.

Primrose hatte sie sehr beeindruckt, als sie in ihrem eleganten Kleid plötzlich vor ihrer Tür gestanden hatte. Sie arbeitete jetzt beim Ministerium für Kriegswirtschaft, auch wenn sie sich bezüglich ihrer Aufgaben bedeckt hielt, als wären sie Geheimsache. Callie war ein wenig neidisch wegen der Freiheit, die Primrose genoss, und den Geschichten über die erstklassigen Partys, zu denen sie in London ging. Aber Primmy war Single, frei und ungebunden – warum sollte sie sich dann nicht, so gut es ging, da unten vergnügen?

»Bist du jemals einem belgischen Soldaten begegnet, irgendwelchen Offizieren, die vielleicht die Van-Grooten-Brüder kennen könnten?«, fragte Callie. Es war reine Spekulation zu glauben, sie wären mit der Evakuierung von Dünkirchen herübergekommen. Ferrand hätte sie angerufen.

»Es gibt viele Pariser und Polen. Sie machen Radiosendungen für den Kontinent, glaube ich. Komm mit nach London, dann nehme ich dich zu ein paar diskreten Lokalen mit, in denen man dir vielleicht mehr sagen kann. Es wird Zeit, dass du wieder einmal in die Stadt kommst.«

»Ich kann nicht, dazu habe ich zu viel um die Ohren.«

»Blödsinn. Hier sind genügend Erwachsene, die dafür sorgen, dass du ein Wochenende wegfahren kannst. Der kleine Des hat seine muntere Jessie, die sich gut um ihm kümmert.«

»Ich weiß nicht, ob das so einfach ist, Phee hat sich verändert. Die Bombardierungen und Tante Kittys Tod haben sie getroffen, aber sobald sie wieder auf der Bühne steht, wird sie sich fangen. Wie geht es deiner Familie?«

»Daddy ist beim Sanitätstrupp, Mommy hat alle Wohlfahrtkliniken übernommen, und Hamish wurde einberufen. Ich habe keine Ahnung, was mit ihm ist.«

»Wer weiß, wie es uns nach Kriegsende ergehen wird«, sagte Callie.

»Vielleicht werden wir im Stechschritt nach Hitlers Pfeife tanzen?«, sagte Primmy lächelnd. »Ich glaube es aber nicht ... Es könnte ein wenig dauern, aber am Ende werden wir gewinnen.«

»Ich wünschte nur, ich könnte mehr dazu beitragen.«

»Du ziehst die nächste Generation auf, sorgst dafür, dass der heimische Herd warm bleibt und so. Reicht das nicht?«

»Ich bin sicher, dass du etwas weit Wichtigeres tust, etwas, das einen entscheidenden Unterschied macht. Das sollte ich auch tun.« Nach den Neuigkeiten, die Primrose berichtet hatte, kam in Callie plötzlich ein schlechtes Gewissen auf.

»Das kannst du nicht machen, du wirst hier gebraucht. So weit wird es nicht kommen.« Primmy versuchte, sie zu beschwichtigen, aber das funktionierte nicht.

»Denk dran, was Corky in St Maggies immer zu uns gesagt hat. ›Miss McAllister ... machen Sie sich nützlich und seien Sie eine Pionierin!‹«

»Und wohin hat uns das geführt? Komm schon, Callie!« Primmy lachte schallend. »Du kommst mit in die Stadt, das ist ein Befehl.«

Primrose fuhr nach London und ließ Callie zurück, die während einer schlaflosen Nacht über ihre Lage grübelte. Hier hatten sie nicht einen Luftangriff erleben müssen. Sie konnte den Krieg nicht einfach gemütlich in Sicherheit aussitzen. Das war nicht in Ordnung.

Als wäre ihr Gebet erhört worden, erhielt sie am nächsten Tag einen Brief, der alles veränderte.

»Was steht drin? Es sieht ziemlich offiziell aus«, sagte Phee und beobachtete Callie, wie sie den Brief nahm und ihn dann während des Frühstücks weglegte.

»Du weißt doch noch, dass wir Bilder von Ostende und der Umgebung des Châteaus geschickt haben, um die man uns in den Nachrichten gebeten hatte. Ich glaube, es hat damit etwas zu tun. Ich soll nach London kommen, man will weitere Einzelheiten mit mir besprechen.« Callie konnte an so einen Zufall gar nicht glauben.

»Das ist aber weit wegen ein paar Urlaubsfotos. Das wird doch nicht wieder so ein Trick von Toby sein, oder? Vielleicht wollen sie dich überprüfen«, antwortete Phee besorgt und las den Brief noch einmal auf der Suche nach Hinweisen durch.

»Ich habe seit Jahren nichts mehr von ihm gehört, und bis zur Scheidung werde ich das vermutlich auch nicht. Vielleicht wollen sie mehr Einzelheiten zur Umgebung des Châteaus. Ich kenne sie gut. Primmy hat mir eine Unterkunft angeboten, falls ich was brauchen sollte. Sie will unbedingt, dass ich sie besuche.«

»London ist nicht sicher. Du hast ein Baby, bring dich nicht unnötig in Gefahr.« Phee neigte wie immer zu Vorsicht. »Ich passe schon auf. Aber ich bin auch neugierig, außerdem bietet das Ministerium eine Reisegenehmigung an. Desmond wird es inmitten seiner Fans gutgehen, während ich weg bin.« Irgendwas an dem Brief faszinierte sie, der Briefkopf hatte etwas Vages und zugleich Offizielles. Sie hatte noch nie vom Ministerium für Kriegswirtschaft gehört – oder doch? Arbeitete nicht Primmy dort? Hatte sie das Ministerium darauf gebracht?

Callie wählte mit Sorgfalt ihre Kleidung für das Gespräch aus und versuchte, nicht so auszusehen, als habe sie die ganze Nacht während eines Luftangriffs in einem Zug auf einem Nebengleis gesessen. Primmy hatte für sie den Schlüssel zu ihrem möblierten Zimmer unter einem Backstein in der Mauer versteckt. Während der Woche arbeitete sie außerhalb der Stadt, also schloss Callie selbst auf und betrat ein chaotisches Zimmer. Es war ein Schock für sie gewesen, in der Stadt die Ruinen und Einschlaglöcher der Bomben zu sehen, die in den Nachrichten nicht gezeigt wurden. Wie konnten die Menschen hier nur weiterarbeiten, inmitten von zerstörten Bussen auf der Straße, geschlossenen Geschäften, zersplitterten Glasscheiben und Trümmern überall? Aber London ließ sich nicht unterkriegen, und sie war stolz, dass nichts diese Stadt in die Knie zwingen konnte.

Das Gespräch fand in einem Hotel in der Nähe der Westminster Abbey statt. Sie musste dem Portier ihren Namen nennen und warten, bis sie aufgerufen wurde. Der Ort war nicht besonders vornehm, eher heruntergekommen und ein wenig verwahrlost; es war einer jener Orte, an denen man vorbeigeht, ohne ihn zu bemerken. Aber Reisende brauchten

Betten, und die waren vermutlich knapp, dachte sie, während sie oben an der Treppe saß und darauf wartete, dass die Tür aufging. So hatte sie sich das nicht vorgestellt.

Schließlich kam ein Mann heraus und begrüßte sie – er war groß und wirkte vornehm –, stellte sich aber nicht vor, und plötzlich stand sie in einem leeren, kühlen Raum mit einem Schreibtisch und zwei Stühlen. Sehr zu ihrem Erstaunen sprach er Französisch und erwartete von ihr, dass sie ihm sofort antwortete, was sie auch tat. Auf dem Schreibtisch lag eine Postkarte mit gebogenen Enden, so als sei sie eingerollt gewesen.

»Ich glaube, die gehört Ihnen.« Er schob sie ihr über den Schreibtisch zu, so dass sie sie anschauen konnte. »Woher kennen Sie den Absender?«

Erstaunt sah sie auf die Handschrift. »Sie ist von Louis-Ferrand van Grooten. Wir sind uns in Kairo begegnet.«

»Ich nehme an, er war Ihr Liebhaber dort.«

Callie erstarrte, als sie hörte, wie unverblümt er sprach. Sie schwieg.

»Kommen Sie, Mrs Lloyd-Jones, oder sollte ich Sie lieber Mrs Toby Lloyd-Jones nennen?« Dann breitete er ihre ganze Geschichte mit allen Einzelheiten über Tobys betrügerische Machenschaften vor ihr aus und die Tatsache, dass er jetzt unter falschem Namen lebte, sowie die Umstände, unter denen sie Ferrand in Alexandria begegnet und eine Beziehung mit ihm eingegangen war.

»Wissen Sie, wo van Grooten aktuell wohnt?«

Callie schluckte den Schock erst einmal herunter und lächelte. »Ich dachte, ich sollte Auskunft über ein paar Fotos geben …«

»Sie haben ein paar Monate in Belgien gelebt. Ihr Französisch ist nicht ganz sauber, aber die Comtesse van Grooten hat Sie in ihrer Schule aufgenommen. Ist das richtig?« Dann schwieg er und sah sie aufmerksam an.

»Ja, ich war mit einer Gruppe anderer Mädchen dort und habe Ausflüge gemacht.«

»Sie hatten außerdem ein belgisches Kindermädchen, einen Flüchtling aus Flandern?«

»Marthe … ist sie in Sicherheit?«

»Vielleicht.« Worauf wollte er hinaus?

»Um was geht es hier?«, fragte Callie.

»Wir suchen nach geeigneten Übersetzern und anderen Personen für die verschiedensten Aufgaben. Ihre Vorgeschichte interessiert uns. Das ist alles, Mrs Lloyd-Jones.«

»Und warum sind Sie dann im Besitz von Ferrands Postkarte?«, fragte sie.

»Sagen wir so, sie wurde uns an den Behörden vorbei zugespielt.«

Dann wechselte er das Thema. »Was halten Sie von der Besetzung Belgiens? Stehen Sie noch mit Ihren Freunden dort in Kontakt?«

Sie spürte, dass er ihr bezüglich ihrer politischen Orientierung auf den Zahn fühlen wollte, und schüttelte den Kopf. »In unserer Zeitung steht wenig darüber. Natürlich mach ich mir Sorgen um meine Freunde. Falls es irgendwas gibt, das ich tun kann, um ihnen zu helfen … Was geht hier vor?« Zuerst war ihr das Gespräch auf Französisch schwergefallen, doch dann entspannte sie sich zusehends, die vertrauten Redewendungen kamen ihr wieder ins Gedächtnis. Warum dieses Interesse für Belgien?

Der Mann stand auf. »Danke für Ihre Mitarbeit. Ich muss wohl nicht betonen, dass dieses Gespräch äußerst vertraulich ist. Sollten wir Sie für ein weiteres Gespräch benötigen, bräuchten wir eine Anschrift.«

Sie gab ihm Primroses Adresse und ihre in Schottland.

»Ach, das ist ein herrliches Fleckchen, man kann dort gut angeln. Wie ich sehe, haben Sie Flüchtlinge aufgenommen und einen kleinen Sohn. Ich nehme an, dass er van Grootens Kind ist?« Er hatte seine Hausaufgaben so gründlich gemacht, dass es ihr auf die Nerven ging. Niemand hatte diese Vermutung je zuvor laut ausgesprochen.

»Er ist mein Sohn. Wer sein Vater ist, geht nur mich etwas an«, zischte sie.

»Äußerst diskret, Mrs Lloyd-Jones, genau wie die Tatsache, dass Sie niemals wirklich mit Ihrem Mann verheiratet waren.«

»Wir waren verheiratet«, protestierte sie. »Wir wurden 1935 vor der Küste von Marseille an Bord der *Marie-Solange* vom Kommandanten getraut.« Wie konnte er es wagen, so in ihrem Privatleben herumzuschnüffeln?

»Es war also auf keinem britischen Schiff, und das Meldeamt in St Catherine's House bekam auch nie Bescheid davon. Somit ist diese Eheschließung ungültig«, fügte er hinzu.

»Ich wusste nicht, dass das notwendig gewesen wäre«, antwortete Callie erstaunt. »Spielt das denn eine Rolle?«

»Nur, falls Sie einmal die Scheidung einreichen wollen. Wenn es keinen Beleg für die Gültigkeit der Ehe gibt, sind Sie genau wie Mr Lloyd-Jones frei zu heiraten, wen Sie möchten. Und offenbar gibt es da einen Mann in Belgien, der nur darauf wartet, Ihnen die Ehre zu erweisen. Schönen Tag noch,

Mrs Lloyd-Jones, oder sollte ich doch lieber Miss Boardman sagen?«

Callie taumelte aus der Tür und lief unter Schock die Treppe hinunter. Hatte sie das gerade nur geträumt? Wer war dieser unhöfliche Mann? Dieser Rüpel hatte in ihrem Privatleben herumgeschnüffelt und wusste intime Details. Und warum hatte er ihr das alles gesagt? Erleichtert hielt sie Ferrands Postkarte fest. Er lebte noch und dachte an sie. War sie wirklich frei, um mit ihm zusammen zu sein? Vielleicht hatte Toby schon immer gewusst, dass ihre Ehe ungültig war. Warum wunderte sie das nicht besonders? Sie setzte sich in das nächste Café und las Ferrands Nachricht. Die Postkarte sah aus, als wäre sie auf die Größe einer Zigarette zusammengerollt worden, das Farbfoto war eingerissen.

Mein Liebling,
ich hoffe, diese Karte erreicht Dich und Du bist in Sicherheit. Mein Bruder wurde getötet, Maman ist am Boden zerstört. Sie kann nicht länger wohnen, wo sie es wünscht. Ich bin zurück auf meinem Posten und tue, was in meiner Macht steht, um die Leute in Sicherheit zu bringen. Ich hätte Dich so gerne an meiner Seite. Es ist kalt, so weit vom warmen Klima entfernt, das wir beide kennen, als Du noch Tag und Nacht in meinen Armen lagst. Ich warte darauf, wieder mit Dir vereint zu sein.

Die Karte war nicht unterschrieben, das war auch nicht notwendig. Kein Wort wurde erwähnt, das irgendwen belasten könnte, kein Name, kein Ort, nur ihr Name und ihre Adresse standen drauf. Wer hatte die Karte außer Landes befördert? Was meinte er mit »Leute in Sicherheit bringen«? Jeder Satz steckte voller versteckter Bedeutungen, und so durchsuchte sie unter Tränen, die auf die Worte tropften, immer wieder die Karte nach Hinweisen.

Oh, warum habe ich dir nur nichts von Desmond erzählt? In welche Gefahr bringst du dich, wenn du anderen bei der Flucht in die Freiheit hilfst?

So vieles war unausgesprochen geblieben. Durch diese simple Postkarte wurde sie Teil einer geheimen Welt. Der Mann am Schreibtisch hatte angedeutet, dass ihre Sprachkenntnisse nützlich sein könnten, auch wenn sie nicht ganz akzentfrei sprach. Was hatte es zu bedeuten, wenn sie wieder vorsprechen müsste? Wollte sie sich in die Sache hineinziehen lassen? Noch konnte sie gehen und den erstbesten Zug nach Hause nehmen. Niemand konnte ihr Vorwürfe machen oder schlecht von ihr denken. Doch sie wusste, dass sie nicht den erstbesten Zug nach Hause nehmen würde. Vielleicht konnte sie sich in dieser geheimnisvollen Schattenwelt, die hinter der braunen Tür lag, irgendwie nützlich machen. Sie spürte die Gefahr und die Herausforderung, doch noch lag der Entschluss zu handeln nicht in ihrer Hand. Hatte sie bereits beim ersten Test versagt? Würde man ihr überhaupt eine zweite Chance geben? Nur wenn sie erfuhr, worum es in diesem seltsamen Treffen ging, würde sie entscheiden können, welchen Weg sie einschlagen wollte.

20

Phoebe war gerne bei der ENSA, der Abteilung für Entertainment bei den Streitkräften. Es war wieder wie in alten Tagen in Boulogne, als sie bei Lena Ashwells Konzertveranstaltungen für die YMCA gesungen hatte. Obwohl ihre Theaterfreunde sie anfänglich wegen ihres neuen Engagements verspottet hatten, trug sie wieder Uniform und leistete Kriegsdienst. Es tat ihr gut, wieder Theaterschminke zu riechen, auch wenn sie sehr oft in uralten Bussen über Stock und Stein zu entfernten Außenposten ratterten, um frierenden Soldaten ein wenig Freude zu bereiten.

Die Stardrop Troupe war eine bunt zusammengewürfelte Bande: ein Tenor mit einer verdächtig nach Toupet aussehenden Haartolle, eine hübsche Konzertpianistin mit Korkenzieherlocken und beeindruckender Leibesfülle, drei kichernde Chorsängerinnen, die ihre dicken Beine energisch hochwarfen, was die armen Soldaten zu Begeisterungsstürmen hinriss, und ein traurig dreinblickender jüdischen Geiger, der sie zu Tränen rührte. Phoebe war der seriöse Programmpunkt, sie rezitierte Gedichte, schwang ergreifende Reden und trug gelegentlich mit komödiantischem Talent Sketche vor, um die Gemüter aufzuheitern. Es war alles ein wenig improvisiert; manchmal brach das Klavier fast zusammen, bestand die Bühne aus einem Haufen Paletten, die mit alten Teppichen bedeckt wurden, oder sie spielten in einer eiskalten Scheune mit flackerndem Rampenlicht, doch sie beendeten ihre Spektakel stets unter tosendem Applaus; und Phee war die Glucke, sie sorgte dafür, dass die Mädchen heil und unversehrt ihre Unterkunft erreichten.

Normalerweise gab es zum Abendessen Kartoffelauflauf und eine schwere Fleischpastete mit dickem Teigmantel, danach eine Portion Obstkuchen vom Militär und danach Drinks im Offizierskasino, wenn sie Glück hatten. Wenn in letzter Minute ein berühmter Musicalstar zu Besuch kam, mussten sie ihm oder ihr die kleine Umkleidekabine abtreten, die Kleider des Stars bügeln oder einen Soldaten damit beauftragen und sie oder ihn in einem einigermaßen guten Hotel in der Nähe unterbringen.

Phoebe ging am liebsten in die Krankenhäuser, dort sah sie die erwartungsvollen Gesichter der genesenden Soldaten oder Matrosen und gab mit ihrer Truppe die alten Lieder zum Besten. Das erinnerte sie an die Zeit bei Miss Lenas Konzertveranstaltungen und an ihr erstes Treffen mit Arthur im Offizierskasino nach der Show. Er war ihr wie ein Halbgott erschienen, obwohl er gerade verdreckt und erschöpft von der Front zurückgekehrt war. Und sie hätte beinahe abgesagt und die Liebe ihres Lebens verpasst.

Niemals würde sie diese wundervollen Tage je vergessen, als sie noch jung und voller Hoffnung im Cavendish Hotel in seinen Armen gelegen und anschließend in den Burlington Arkaden mit ihm den Ring gekauft hatte. Wäre Arthur doch noch am Leben … aber wäre er dann jetzt nicht zum zweiten Mal in Gefahr? Sie hatte den Krieg so satt und das Elend, das er mit sich brachte.

Sie war froh, für ein paar ruhige Tage nach Dalradnor zurückzukehren, ein heißes Bad, eine herzhafte Mahlzeit, und sie würde sich wie neugeboren fühlen. Der Alltag im Haus lief wie am Schnürchen. Mima und Madame Laplanche kümmerten sich um die Kinder, während Jessie Dixon Desmond unterhielt. Caroline verschwand immer wieder in ihrer brandneuen Uniform der *First Aid Nursing Yeomanry*, des Kriegskrankenschwesternkorps, ein Aufzug, der ihr offenbar Gelegenheit bot, ununterbrochen unterwegs zu sein. Über ihre Aufgaben schwieg sie, aber sie hatten irgendwas mit Übersetzungen von Nachrichten für ein Büro zu tun. Sie war wie ausgewechselt, als sie aus London zurückkam, und schien trotz Phoebes Entsetzen begeistert von der Aufgabe, die man ihr übertragen hatte.

»Wie kannst du auch nur daran denken, zum Militär zu gehen, obwohl du ein Baby hast«, hatte sie zu ihr gesagt.

»Ich bin nicht beim Militär … Ich habe einen Job und mache mich nützlich. Ich kann nicht die ganze Zeit mit lauter Frauen hier herumsitzen, die gut alleine in der Lage sind, den heimischen Herd zu hüten. Du solltest das am besten verstehen«, hatte sie gesagt und ihrer Mutter einen vorwurfsvollen Blick zugeworfen. Warum musste es immer so kommen, hatte Phoebe sich gefragt. Wie konnte sie etwas missbilligen, was sie vor Jahren selbst getan hatte, als sie Caroline genau an diesem Ort mit Marthe zurückgelassen hatte?

Jessie war ihr Geld wert, doch Phoebe wollte nicht, dass ihre Tochter ihr Kind vernachlässigte, das so schnell heranwuchs. Desmond war jetzt drei Jahre alt und sehr neugierig, ein intelligenter kleiner Kerl und groß für sein Alter, er war sehr selbständig und sah Toby zum Glück kein bisschen ähnlich. Er spielte am liebsten mit Jacques, und zusammen tollten die vier Kinder im Garten herum, neckten Burrell, sammelten Eier und gruben Höhlen im Wald. Jeder sah, dass er ein glücklicher Junge war. Wenn Caroline aus London anreiste, brachte sie für alle Leckereien und für die Kinder feine Süßigkeiten mit. Ihren Urlaub widmete sie ganz ihrem Sohn.

Gerüchte machten die Runde, Glasgow sei von schrecklichen Luftangriffen heimgesucht worden, doch niemand wusste Genaueres, nur so viel, dass gewisse Gebiete gesperrt werden mussten. Die Clyde Docks waren regelmäßig Ziel der Angriffe, und die umliegenden Wohngebiete waren alle zerstört worden. In Dalradnor war nachts nur das Brummen der Flugzeuge zu hören, sie wurden Gott sei Dank verschont, weil sie weit abseits lagen.

Phoebe redete sich ein, dass Caroline ein Recht darauf hatte, sich für Englands Schutz einzusetzen, wie sie es für richtig hielt, aber trotzdem blieb sie skeptisch. Einmal kam Caroline verletzt zurück, mit kaputten Fingernägeln und Blasen an den Handflächen. Sie hatte erklärt, sie sei während eines Blackouts schwer gestürzt, hatte Phoebe dabei aber nicht in die Augen sehen können. Phoebe wusste, dass sie nicht nachbohren durfte, doch Callies Job war ihr nicht geheuer. Sie fragte sich, ob er sicher war und was Caroline vor ihr geheim halten wollte.

21

Callie starrte ihrem Spiegelbild entgegen. Aufgrund der frühmorgendlichen Trainingsläufe und der Nachtmärsche hatte sie an Gewicht verloren. Dazu kamen die Vorträge im Landhaus vor den Toren Londons. Sie konnte es immer noch kaum glauben, dass man sie für Einsätze auf dem Kontinent vorbereitete. Als der Mann, der ihr die Fragen gestellt hatte, von

Einsätzen hinter den feindlichen Linien sprach, hatte sie zuerst schwer geschluckt, dann aber nicht gezögert, sich für diese Aufgabe zur Verfügung zu stellen. Er hatte ihr erklärt, dass sie ihr Leben aufs Spiel setze, Unbekannten schutzlos ausgeliefert sei, dass sie Menschen nicht beachten dürfe, die sie vielleicht kannte, und ihr Leben im Untergrund verbringen würde.

»Lassen Sie mich eins klarstellen. Wo Sie hingehen, gibt es keine zweite Chance. Fehler sind tödlich. Ich will ganz offen zu Ihnen sein. Das ist eigentlich kein Ort für eine Frau mit einem kleinen Sohn, aber Ihr Akzent und Ihre Ortskenntnis wären außerordentlich hilfreich für uns, um die Fluchtwege nach Frankreich und darüber hinaus offen zu halten. Diese Aufgabe ist lebenswichtig. Viele mutige Kuriere wurden denunziert und erschossen. Sie müssen sich nicht gleich entscheiden, überschlafen Sie es.«

In dieser Nacht hatte sie kaum geschlafen. Sie hatte auf Primmys Feldbett gelegen und sich gewünscht, sie könnte die Sache mit ihrer Freundin besprechen. Aber wenn sie redete, bedeutete das, dass sie kein Geheimnis bewahren konnte. Wie konnte sie auch nur einen Augenblick in Erwägung ziehen, im schlimmsten Fall den kleinen Desmond ohne Mutter und Vater zurückzulassen? Wie konnte sie ein Leben in Lüge leben und alle hintergehen, die sie liebten?

Sie hatte um Führung gebetet, doch außer dem überwältigenden Wunsch, sich in den Dienst ihres Landes zu stellen, war nichts gekommen. Sie hatte eine privilegierte Erziehung genossen und alle Annehmlichkeiten eines Lebens auf dem Lande; jetzt war es an der Zeit, etwas davon zurückzugeben. Irgendwo da draußen kämpfte auch Ferrand für sein Land, war auch er in Gefahr. Wenn sie überlebten, gab es vielleicht eine gemeinsame Zukunft für sie mit ihrem Sohn. Es war seltsam, doch sie konnte die Liebe spüren, die er für sie empfand und die so stark war wie ihre Liebe zu ihm. Sie musste sich einer glücklichen Zukunft würdig erweisen, nicht indem sie untätig in ihrem schottischen Zufluchtsort herumsaß, sondern indem sie der Bedrohung entgegentrat. Sie hatte anders als viele andere schon zu Beginn alle Befragungen und Tests überstanden und sich so am folgenden Tag zu geheimdienstlicher Agententätigkeit verpflichtet. Erst dann hatte sie erfahren, was es tatsächlich mit den geheimen Missionen auf sich hatte.

Jetzt schmerzten ihre Muskeln, doch sie waren stärker und fester geworden. Sie hatte kein Talent für Funktechnik, aber sie lernte, wie man Nachrichten ver- und wieder entschlüsselte, wie man mit Waffen umging, in einer Menschenmenge untertauchte und Verfolger abhängte. Sie übten auf der Straße, sie studierte Landkarten und versuchte, sich alle Orte einzuprägen, an denen sie vor dem Krieg gewesen war. Unsichtbar sein und keinerlei Aufmerksamkeit auf sich zu lenken, war für einen Kurier überlebenswichtig, und auf die geringsten Veränderung im Umfeld zu achten, war eine Fähigkeit, die über Erfolg oder Scheitern entscheiden konnten.

Es war viel unwahrscheinlicher, dass eine einzelne Frau, die ihrer Arbeit nachging, befragt wurde als ein junger Mann im wehrpflichtigen Alter. Das war der Grund, weshalb sich die Behörden widerwillig dazu durchgerungen hatten, Frauen diese gefährliche Arbeit zu übertragen. In ihrer Ausbildungsgruppe waren verschiedene französische Muttersprachler jeden Alters. Nach jeder Etappe wurden sie zensiert und bewertet. Sie hatte sich daran gewöhnt, dass sie bei jedem kleinsten Regelverstoß, der sie verraten konnte, beobachtet wurde, das ging sogar so weit, dass sie darauf achten musste, wie sie nach der Mahlzeit einen Teller hinterließ, ob auf englische oder französische Art und Weise. Dass sie nicht nach rechts, links und wieder nach rechts blickte, wenn sie die Straße überquerte, sondern nach Autos auf der anderen Straßenseite schaute. Sie musste sich völlig mit ihrer neuen Rolle identifizieren: einem arbeitslosen Kindermädchen, das zu seiner zukünftigen Arbeitsstelle in Brüssel reiste.

Es gab viel zu lernen und wenig Zeit, um jedes Detail bezüglich Kleidung und Haar zu perfektionieren. Man hatte ihr die Zahnfüllungen entfernt und mit solchen ersetzt, die auf dem Festland üblich waren; ihre Kleider mussten aus dem richtigen Stoff und von der richtigen Firma sein. Selbst die Nähte mussten echt wirken. Nichts wurde dem Zufall überlassen.

Sie war für die sichere Übermittlung wichtiger kodierter Nachrichten und Informationen verantwortlich. Sollte man Waffen oder Instruktionen bei ihr finden, wäre das gleichbedeutend mit ihrem sofortigen Tod, wenn sie Glück hatte, oder mit einer Fahrt in die Gefängnis- oder Folterzelle. Sie musste eine ebenso gute, wenn nicht sogar bessere Schauspielerin als ihre Mutter werden. Der kleinste Fehler, ein Nichtverstehen neuer Anweisungen, Fluchttaktiken oder eines Aufrufs, und sie wäre wieder nach Dalradnor zurück- oder auf die Äußeren Hebriden geschickt und zu ewigem Schweigen verdonnert worden. Sie hatte das Gefühl, nunmehr in zwei Welten zu leben.

Sosehr sie ihren Sohn und ihr Zuhause auch liebte, sie mussten zurückstehen. Doch letztlich kämpfte sie auch für ihren Sohn. Desmond sollte in Frieden und Freiheit heranwachsen können, und wenn sie dazu beitragen konnte, diesen

Tag schneller herbeizuführen, war das jedes Opfer wert. Ich werde es durchstehen, komme, was wolle, dachte sie. Sie hoffte, Miss Corcoran und die Schule wären eines Tages stolz auf ihre Pionierarbeit.

Das härteste Trainingslager befand sich in Arisaig in Nordwestschottland. Hier musste sie ein Überlebenstraining absolvieren, Felswände hinaufklettern, sich in der Wildnis durchschlagen, sich von den Tieren des Waldes ernähren und Spürhunden entkommen. Viele hatten an dem Training teilgenommen, aber nur wenige absolvierten es erfolgreich. All das diente dazu, ihnen in gefährlichen Situationen eine Überlebenschance zu geben. Callie lernte, wie man einen Mann außer Gefecht setzte, tödliche Schüsse abfeuerte, mit einem Messer kämpfte und sich wehrte, wenn man überfallen wurde. Phee hatte ihre zerschundenen Finger und Hände nach dem Training gesehen und sie misstrauisch angeschaut, aber klugerweise nicht nachgefragt.

Sie hätte ihrer Mutter so gerne ein wenig von ihrer Mission erzählt, doch sie fürchtete, zu viel preiszugeben. Irgendwann würde sie ein Testament verfassen und einen Stapel fröhlicher Postkarten vorbereiten müssen, die andere für sie verschicken würden. Sie hatte für Desmond und die anderen schon Weihnachtspäckchen vorbereitet für den Fall, dass sie nicht persönlich da sein und sie überreichen könnte. Das war das Schlimmste, und bei dem Gedanken, am Weihnachtsmorgen das Gesicht ihres Sohnes nicht sehen zu können, füllte ihre Augen mit Tränen. Das Training zu absolvieren, war eine schwere Entscheidung gewesen, doch auch Ferrand war in Gefahr, und es gab kein Zurück mehr. Sie hatte bisher alle Prüfungen knapp bestanden, ihre neue Identität jedoch noch nicht verinnerlicht, und die Uhr tickte. Sie musste die Rolle einer Marthe annehmen, daran denken, wie sie alles gemacht hatte, und sich an die kleinen Phrasen erinnern, die sie immer von sich gab. Eines Tages würden man sie abholen, und sie würde sich still und leise aus dem Staub machen müssen. Das machte ihre Besuche auf Dalradnor so kostbar. Dann versuchte sie, Desmond Jessie für ein Picknick oder eine Kutschfahrt zu entreißen, aber er wollte auch seine Spielgefährten mitnehmen und bekam Wutanfälle. Sie las ihm Gutenachtgeschichten vor und wickelte ihn nach dem Bad in ein Handtuch ein, drückte ihn zärtlich an sich und sang ihm den *Skye Boat Song* vor.

Bald würde sie wie ein Vogel hochfliegen, auf fremdem Boden landen und wie der schottische Bonnie Prince Charlie vor dem Zorn des Feindes fliehen. Dann blickte Desmond zu ihr auf und lächelte. »Mommy, sing das noch mal.« Wie konnte sie nur ernsthaft darüber nachdenken, ihn zu verlassen? Es war quälend, das natürliche Verlangen zu bleiben zu unterdrücken. Doch sie hatte sich entschieden. Es war ihre Pflicht, ihrem Land zu dienen, so gut sie konnte.

Auf der Rückfahrt zum Camp zeigte das Training wieder Wirkung. Das Leben in Dalradnor trat in den Hintergrund, und sie probte im Geiste für den Fallschirmspringerkurs, der ihr in der kommenden Woche bevorstand. Allein der Gedanke, vom Himmel zu springen und sich einem Stück Seide anzuvertrauen, schnürte ihr den Magen zu, doch sie würde die Truppe in diesem späten Stadium nicht enttäuschen. Vor dem Versagen fürchtete sie sich am meisten.

* * *

Jemand weckte sie und leuchtete ihr in die Augen. »Aufstehen! Wie heißt du? Antworte.« Man riss sie aus dem Bett. »Wer bist du? Was machst du hier?« Zuerst auf Deutsch, dann auf Französisch.

Wo bin ich? Was ist los? Callie schwankte umher und versuchte schlaftrunken, sich auf die brutale Behandlung zu konzentrieren. Das musste ein Albtraum sein. Männer in Gestapouniformen mit diesen komischen Armbinden zogen sie auf die Füße, stießen sie eine Treppe hinunter, traten sie, als sie ausrutschte, und schoben sie in der Dunkelheit durch eine Gefängnistür. Alles, was sie sah, war ein grelles Licht und dahinter Figuren im Schatten, die sie beobachteten. Es waren zu viele, um zu entkommen. »Setz dich auf den Stuhl da … Wer bist du?«

»Charlotte Blanken, Sir«, hörte sie sich flüstern.

»Sprich lauter. Diese Papiere sind gefälscht. Du bist eine britische Spionin.«

»Nein, Sir, ich bin ein Kindermädchen. Meine Papiere sind echt. Was ist hier los?« Jemand gab ihr eine Ohrfeige, Tränen traten ihr in die Augen.

»Wir stellen hier die Fragen. Wir wissen, wer du bist. Eine britische Schlampe. Du bist hier und willst unsere Männer in Schwierigkeiten bringen. Ziehen Sie sie aus …«

Jemand riss ihr das Pyjamaoberteil herunter, so dass ihre Brüste nackt waren, eine Demütigung angesichts der starrenden Gesichter. Was um Himmels willen ging hier vor sich? War sie in Belgien gelandet? Einen Augenblick lang konnte sie sich an nichts erinnern. War sie unglücklich gelandet und hatte eine Gehirnerschütterung erlitten? Wie war sie hierhergekommen? War das alles real?

»Ich versichere Ihnen, ich bin Charlotte Blanken. Ich bin auf dem Weg zu einer Personalagentur in Brüssel. Dort hat man im Kindergarten eines Waisenhauses Arbeit für mich –«

»Genug, das ist gelogen. Glaubst du etwa, wir nehmen dir diese Geschichte ab? Du bist ein Kurier und wurdest losgeschickt, um hinter der Grenze in Frankreich Feinde aufzuspüren. Wer schickt dich? Nenn uns den Namen deiner Kontakte. Steh auf. Aha, du hast ein Baby bekommen; ihre Brustwarzen sind dunkel. Sie lügt. Sie ist keine Mademoiselle.« Jemand zog an ihrer Pyjamahose. »Schaut, Schwangerschaftsstreifen am Bauch. Du lügst, du Nutte. Die Briten schicken uns ihre Huren, damit sie unsere Männer verführen.«

»Ich habe ein Baby bekommen, aber es ist gestorben. Ich bin bei meiner Familie in Ungnade gefallen. Meine Mutter lebt nicht mehr. Mein Vater hat mich fortgeschickt.« Warum erzählte sie das alles und versuchte, Mitleid zu erregen und ihren falschen Namen zu schützen? Sie musste stundenlang stehen und ihre Unschuld beteuern, bis sie heiser war.

»Du lügst, um deine Haut zu retten. Es gibt bessere Möglichkeiten, diese Befragung zu stoppen. Sag uns, was wir sowieso schon wissen. Du bist eine britische Agentin. Du bist mit der britischen Luftwaffe von Tempsford gekommen und hast vorher Anweisungen vom Palace House in Beaulieu Abbey erhalten. Wir wissen alles …«

»Ich verstehe gar nichts. Das ist doch Unsinn. Ich bin belgische Staatsbürgerin. Meine Mutter war Französin, mein Vater ist Flame. Wie können Sie behaupten, dass ich Engländerin bin?«

Sie drückten sie auf einen Stuhl und fesselten ihre Arme hinter dem Rücken.

»Sag die Wahrheit, und wir ersparen dir die Badewanne.« Ihr Ankläger zeigte auf eine blutbefleckte Wanne mit dreckigem Wasser. Sie wollte zuerst nicht hinsehen, tat es dann aber doch und warf ihnen einen verächtlichen Blick zu. Es kostete sie enorme Anstrengung, nicht plötzlich doch noch Englisch zu sprechen. Bleib bei deiner Geschichte, lass dich nicht einschüchtern. Wer hatte sie verraten und sie gefangen genommen? Sie erinnerte sich nicht mehr, und die Schreie der Männer verwirrten sie. Das war ein Traum, aus dem sie aufwachen musste.

Das Verhör ging weiter, ihre Ohren brannten von den Schlägen, ihre Hände schmerzten unter den Fesseln. Sie konnte nicht mehr an sich halten und pinkelte los. Sie lachten sie aus, doch sie blieb bei ihrer Geschichte. »Ich bin Charlotte Blanken. Ich bin ein Kindermädchen und singe *›Slaap, kindje, slaap‹* …« Sie hörte sich singen. »Ich will nach Hause«, schluchzte sie. »Sie haben kein Recht, mich hier festzuhalten.«

Plötzlich ging die Taschenlampe aus, jemand zog eine Leinwand beiseite, und Tageslicht flutete herein. Sie sah Soldaten, die ihre Mützen abzogen und einander anlächelten, bekannte Gesichter aus dem Trainingscamp. Jemand legte ihr eine Decke um die Schultern, doch sie hörte nicht auf zu zittern. »Ihr Schweine!«, schrie sie, als sie man hinaus auf den Gang führte. Irgendwer drückte ihr einen Becher mit etwas zu trinken in die Hand, doch sie war zu schwach, um ihn zu halten, er krachte auf den Steinboden. Diesen Test mussten alle Agenten absolvieren, bevor man sie einsetzte. Er war so realistisch, dass er an die Substanz ging. Wie hatte sie ihn nur überstehen können? Doch jetzt war sie zu erschöpft, um darüber nachzudenken, man schickte sie schlafen und bat sie, später zur Nachbesprechung wiederzukommen.

Und was, wenn das alles echt gewesen wäre? Es würde keine Bettruhe geben, nur eine widerliche Gefängniszelle und Tag für Tag dasselbe Ritual, bis man sie gebrochen hätte. Callie sank auf ihr Kissen und versuchte, nicht an die Angst, den Schmerz und die Demütigungen zu denken. Niemand hatte sie gewarnt, wie furchtbar das werden würde. Wie konnte sie so etwas überleben?

Die letzten Wochen an der Küste von Hampshire in Beaulieu Abbey waren anstrengend, sie wohnten in kleinen Cottages inmitten einer wundschönen Landschaft mit anderen Agentenkollegen, von denen keiner seinen echten Namen benutzte oder irgendwelche Hinweise darauf gab, wohin er geschickt würde. Sie wurden darauf gedrillt, feindliche Uniformen und Grade zu erkennen. Alle Kontakte liefen anhand von Zeichen und Passwörtern über Mittelsmänner, und sie mussten lernen, auf Fenstern und Türen Warnhinweise zu entziffern. Callie wurde erklärt, welche Aufgabe sie als Kurier hatte: Sie musste Nachrichten entschlüsseln und sie den Funkern weiterleiten, damit diese gute Landeplätze fanden. Sie musste lernen, sich sicher bei Nacht zu bewegen und die Ausgangssperre zu umgehen. Nach Monaten harten Trainings wusste sie, dass der wahre Krieg außerhalb dieser Mauern tobte, doch ihr Einsatz war besonderer Art.

Der Sieg bei El Alamein war für zukünftige Erfolge richtungsweisend gewesen. Sie war erleichtert, als sie erfuhr, dass Kairo sicher war. Dieses Leben schien ihr jetzt so weit entfernt. Sie fragte sich, ob Monica und Ken noch dort lebten. Dabei musste sie auch immer wieder an die Mittagspausen mit Ferrand denken, bevor die Welt aus den Fugen geraten war. Hätte sie doch nur auf ihn gehört und wäre bei ihm geblieben, als er ihr anbot, die Gefahr gemeinsam zu meistern.

Nur die Gewissheit, dass Desmond mit seinen kleinen Freunden und Jessie beschäftigt war, tröstete sie. Überall auf der Welt verließen Soldaten ihre Kinder, um in den Krieg zu ziehen. Doch die Trennung von ihrem Jungen schmerzte sie unendlich. Phoebe hielt sie bestimmt für selbstsüchtig, weil sie ihre Bedürfnisse allem voranstellte. Hätte sie ihr nur zuflüstern können, was sie tat, doch die Rekruten mussten schwören, mit niemandem zu reden, und ihr Eid war ihr heilig. Erst wenn sie die Erlaubnis bekäme, das Geheimnis zu lüften, würde sie jemandem die Wahrheit erzählen. Vielleicht ahnte Phoebe es, doch Callie würde niemals ihr Schweigen brechen.

Die Nachbesprechung war sehr gründlich, doch allzu schlecht hatte sie sich nicht angestellt. Nur ein- oder zweimal hatte sie offensichtlich gezögert, zudem durfte sie nur auf Französisch denken. Das flämische Wiegenlied und das alberne Gewimmer hatten überzeugt, ihr Verstand schien die Anschuldigungen nicht aufnehmen zu können.

»Die Antwort auf die Schwangerschaftsstreifen war gut. Das zeigt, dass du schnell reagierst. Deine Tarnung muss flexibel und echt wirken. Eindrucksvoll, aber erwarte keine Sympathie von den Vernehmenden. Du hast das Folterbad gesehen und was wir angedroht haben. Wenn man die Wasserfolter überleben will, muss man ruhig bleiben. Solange du nichts sagst, wird man dich nicht ertränken.«

Callie war froh über die Ruhe im Garten der Abbey und erholte sich von der Tortur. Er erinnerte sie an Dalradnor und den Rosengarten, eine ruhige Oase in der unruhigen Welt. Falls sie bestand, würde man sie an einen Ort schicken, an dem sie auf ihren Aufruf warten musste, bis alle notwendigen Vorbereitungen getroffen waren. Falls sie den Test nicht bestand, würde sie irgendwo hingeschickt, damit sie aus dem Weg wäre, müsste bis Ende des Krieges ausharren und dürfte niemandem von ihrem Versagen erzählen. Dieser Test war nur eine Übung gewesen, doch wenn sie Pech hatte, konnte ihr diese Erfahrung vielleicht einmal das Leben retten.

Der Rosenduft mischte sich mit dem von Kräutern und rief Erinnerungen an die ersten Monate wach, in denen sie Desmond gestillt und ihm vorgesungen hatte. Ob sie ihren Sohn je wiedersehen würde? Wie würde man ihm ihre Abwesenheit erklären? Sie hoffte, dass das, was sie tat, nur zu seinem Besten wäre und dass es half, dem Krieg ein schnelles Ende zu bereiten, so dass alle Kinder in Frieden leben konnten.

22

»Würde es Ihnen etwas ausmachen, wenn ich morgen freinähme?«, hatte Jessie Phoebe eines Morgens nach dem Frühstück gefragt. »Es ist nur so, dass mein Freund Ausgang hat und ich ihn gerne mit nach Hause bringen und meiner Familie vorstellen würde«, sagte sie lächelnd.

Jessie hatte beim Tanzen in Sterling einen jungen Flieger kennengelernt und sprach ständig von ihm. Bob Kane war offenbar Australier, hatte aber schottische Wurzeln und bei der Bauerstochter einen tiefen Eindruck hinterlassen. Phoebe hatte in der Woche zufällig kein Engagement, außerdem waren Madame und Mima auch noch da und hätten im Notfall übernehmen können. Es war nur schade, dass Caroline sich nicht bemüht hatte, zum Geburtstag ihres Sohnes zu kommen, dafür hatte sie ihm ein gebrauchtes, rotlackiertes Dreirad mit einer kleinen Klingel am Lenker organisiert, das sein ganzer Stolz war. Voller Begeisterung kurvte er damit auf den Wegen herum, doch es war an der Zeit, sich Gedanken über seine Erziehung zu machen.

Es ärgerte Phee, dass man sich nicht auf Caroline verlassen konnte. Sie hatte geschrieben, sie würde mit ihrer Einheit ins Ausland versetzt und Bescheid geben, sobald sie Genaueres wüsste. Gemeinsam waren sie eine Woche nach London gefahren und in einem Hotel abgestiegen. Caroline hatte Desmond mit in den Park genommen und mit ihren Gutscheinen neue Kleidung für ihn gekauft. Sie hatten sich mit Primrose ein Musical angesehen, und sie hatte Phoebe Geschenke mitgegeben, die sie verpacken sollte, falls sie an Weihnachten nicht zurückkäme. Primrose hatte unsicher dreingeschaut, aber nichts gesagt, darum ergriff Phoebe die Gelegenheit, sobald sie sie alleine erwischte.

»Was geht hier vor? Wo will sie jetzt schon wieder hin?«

»Ich weiß es nicht, und ich will sie auch nicht fragen. Das ist alles nicht so einfach …«

»Ich finde sie einfach rücksichtslos«, fügte Phoebe hinzu.

»Oh, sagen Sie das nicht. Ich finde, sie ist sehr mutig. Es fällt ihr bestimmt auch schwer, aber sie muss ihre Pflicht tun.« Primrose hatte Callie so vehement verteidigt, dass Phoebe ganz plötzlich ein Licht aufging und sie Angst bekam, dass Caroline vielleicht einen gefährlichen Job machte.

»Bitte sag mir, was sie vorhat.«

»Das kann ich nicht. Ich weiß es nicht, und selbst wenn ich es wüsste, dürfte ich es Ihnen nicht sagen. Ich weiß nur, dass dieser Krieg auch noch anders als mit Panzerkolonnen in der Wüste gewonnen werden kann.«

»Diese ganze Geheimnistuerei«, seufzte Phoebe. »Ich hoffe, sie weiß, was sie tut.«

»Ich bin sicher, das weiß sie … Ich werde sie auch vermissen.«

»Aber sie hat einen Sohn – wer soll sich um ihn kümmern, falls das Schiff sinkt?«, fragte Phoebe und dachte daran, wie gefährlich die Gewässer um Großbritannien waren.

»Sie wird so vorsichtig wie möglich sein, damit sie zu ihm zurückkehren kann«, sagte Primrose, doch es klang nicht sehr überzeugend.

Phoebe wälzte sich in ihrem Hotelbett hin und her und grübelte über Carolines geheimnisvolle Arbeit nach. Vielleicht hatte es etwas mit ihren guten Französischkenntnissen zu tun. Würde ihr für die Dauer des Einsatzes das Baby anvertraut? Zum Glück arbeitete Jessie Dixon noch bei ihnen, aber wie lange noch? Unverheiratete Mädchen wurden für den Kriegseinsatz gebraucht.

Jetzt, im vierten Kriegsjahr, waren alle auf die eine oder andere Art kriegsmüde: Wasserknappheit, Obdachlosigkeit, Rationierung, dieselben alten Regeln und Einschränkungen, keine Ausflüge ans Meer, keine unnötigen Reisen, keine neuen Kleider oder Vorräte. Sie war das alles wirklich leid. Außerdem sorgte sie sich ständig um Caroline. Alle paar Monate lagen auf dem Fußabstreifer vor der Tür Postkarten, die nicht viel aussagten, und Desmond machte sich kaum die

Mühe, sie sich anzusehen. Mommy war nur ein Foto in einem Silberrahmen, das sie jeden Abend küssten.

Phoebe lächelte, weil sie wusste, dass er mehr an einem frischen Frühstücksei oder ein paar Süßigkeiten aus den Geschäften im Ort interessiert war oder daran, ob Jacques noch sein Freund war. Es war dieser überwältigende Verantwortungssinn für ihren geliebten Enkel, der sie beunruhigte. Sie wurde nicht jünger, und er konnte manchmal recht anstrengend sein. Sie hoffte, Jessie würde nicht eingezogen werden und sie verlassen. Was sollte sie dann tun … ihn in ein Internat schicken? Und immerzu dachte sie an Caroline. Wo sie wohl steckte? Was tat sie, das so wichtig war, dass man nicht darüber sprechen durfte?

23

Anfang März kam der Aufruf, ein schwarzer Wagen mit verhängten Rückfenstern fuhr vor dem geheimen Haus in Huntingdon vor, in dem Callie wartete. In der Abenddämmerung wurde sie zu einem Luftstützpunkt irgendwo abseits der Great North Road gefahren. Während der Fahrt spähte sie aus dem Fenster und versuchte, im Dämmerlicht einen Blick auf die Landschaft zu erhaschen. Es war eine lange Einfahrt, die sie zu einer Villa führte, in der sie auf Mrs Cameron, die belgische Verbindungsoffizierin, traf, die sie während der Ausbildung betreut und überwacht hatte. Mrs Cameron war eine kluge Frau mit durchdringenden dunklen Augen, der nichts an Callies Einsatzkleidung entging, als sie aus dem Wagen stieg. Dieser sorgfältig ausgewählte Aufzug passte genau zu einem Kindermädchen, das auf den Straßen in Brüssel seinen Geschäften nachging. Sie trug einen schlabberigen, abgetragenen Rock – der sehr nützlich sein konnte, wenn man schnell auf einem Fahrrad verschwinden musste.

»Die Schuhe passen nicht«, sagte Mrs Cameron und zeigte darauf. »Wer trägt jetzt noch Lederschuhe? Wir müssen was aus synthetischem Material finden oder sie mit Reifengummi besohlen lassen.«

Callie musste ihre Taschen ausleeren, falls irgendwas drin war, das man übersehen hatte: eine Busfahrkarte, eine englische Kippe, Streichhölzer oder Lippenstift. Sie hatte das oft getan, seit sie diese Kleider tragen musste, so dass sie ein Gefühl dafür bekommen hatte. Erst dann überreichte man ihr eine schäbige Handtasche, in der ihr Personalausweis, ein Rationsbuch, eine Reiseerlaubnis und ein paar billige Kosmetika sowie das zerknitterte Foto eines alten Ehepaares steckten. Sie hatte den Auftrag, von der Absetzzone einen Zug nach Brüssel zu nehmen und dort in einem Café in der Nähe der Grand Place auf jemanden zu warten. Man mahnte sie zur Vorsicht, da Ungewissheit darüber herrschte, wie sicher einige Widerstandsgruppen noch waren. Ihr Auftrag bestand darin, eine sichere Druckerei zu finden und Propagandaflugblätter auf den Straßen zu verteilen. Sie sollte eine Brieftasche prall gefüllt mit Passierscheinen und einem Bündel belgischer Francs übergeben.

Danach wurde sie zum Hangar am Flugplatz gebracht, dort zog sie einen Overall über ihre Kleidung, dann schnallte man ihren Jumpsuit und das ganze Zubehör fest. Mrs Cameron wartete mit ihr, während sie auf englischem Boden ihre letzte

Zigarette rauchte, schüttelte ihr dann die Hand und wünschte ihr Glück, aber nicht bevor sie ihr ein paar Tabletten angeboten hatte: K.-o.-Pillen, um jeden Verdächtigen auszuschalten, ein paar Aufputschmittel, die sie wach halten sollten, und eine tödliche Zyankalikapsel. Letztere lehnte sie ab, weil sie inzwischen wusste, dass es zwar keinen Weg aus der Folter geben, sie aber trotzdem den Tod nicht in Betracht ziehen würde. Es gab zu viel, für das es sich zu leben lohnte. Nun war der Augenblick gekommen, an dem sie sich der Tragweite dessen bewusst wurde, was ihr bevorstand. Sie lief über den Asphalt, versuchte, nicht zu zittern, und fragte sich, ob sie jemals zurückkehren würde.

Dann folgte die übliche Routine, Kontrolle des Gurtzeugs und der Haken. Als die Motoren zu heulen anfingen und sie losrollten, konnte sie gar nicht glauben, dass sie sich auf diesen Einsatz eingelassen hatte. Sie hoffte, dass sie einen anständigen Sprung hinlegte und das Empfangskomitee über Funk die richtigen Nachrichten erhalten hatte. Sie wollte nicht alleine in einem Teil Belgiens unterwegs sein, den sie kaum kannte.

Das Training machte sich bezahlt, sie schob ihre Beine aus der Flugzeugöffnung, wartete auf das grüne Licht und ließ sich dann in den Abgrund gleiten. Sobald sie in die Nacht hinausschoss, war für Angst keine Zeit mehr. Der Schreck vor dem klaffenden Raum legte sich ein wenig, als sie hörte, wie die Gurte surrten und der Fallschirm sich über ihrem Kopf öffnete. Unter sich sah sie das schwache Flackern der Taschenlampen des Empfangskomitees. So weit, so gut. Ein paar Sekunden ließ sie sich von dem euphorischen Gefühl hinreißen, wie ein Ballon durch die Lüfte zu gleiten, und war froh am Leben zu sein. Sie legte eine perfekte Landung hin, die beste, die sie nach fünf Sprüngen je geschafft hatte. Dann sah sie die Gesichter ihrer Verbündeten, bevor diese ihre Taschenlampen auf ihr Gesicht richteten.

»Komm«, sagte eine raue Stimme. »Die Flaggen fliegen hoch.« Das war das vereinbarte Passwort, und sie antwortete mit ihrem Satz darauf.

»Hast du die Codes?«, fragte ein Mann, dessen Gesicht im Halbdunkel verborgen blieb.

»Lasst mich kurz zu Atem kommen«, flüsterte sie, nahm ihren Helm ab und zeigte ihr blondes Haar.

»Eine Frau?«, murmelte jemand verblüfft. »Das auch noch. Die müssen verzweifelt sein«, sagte der Mann lachend.

»Unser Leiter wird gar nicht erfreut darüber sein«, sagte ein Mann mittleren Alters mit Schnauzbart.

»Pech gehabt. Ich mache meinen Job so gut wie ein Mann. Wer achtet schon auf eine Frau auf der Straße?«, prahlte sie und war sauer, dass man sie nicht ernst nahm. Sie tuschelten so leise miteinander, dass sie es nicht verstand. Das war mal wieder typisch für sie, dass sie unter hartgesottenen, engstirnigen Männern landen musste. Ihr Befehl lautete, vierundzwanzig Stunden bei ihnen zu bleiben, sie dann zu verlassen und zu ihrem Treffen zu gehen.

»Wohin bist du unterwegs?«, fragte der Mann mit dem Schnauzbart.

»Das ist meine Angelegenheit«, antwortete sie. So eine Frage stellte man nicht.

»Wir dürfen dich nicht weiterleiten, solange wir keine Adresse und kein Passwort haben. So lauten unsere Befehle aus London«, sagte der Mann und zeigte auf ein altes Bauernhaus. »Komm, wärm dich erst mal auf. Wir müssen dafür sorgen, dass du an einen sicheren Ort kommst. Es hat in letzter Zeit viele Verhaftungen gegeben. Brüssel ist gefährlich. Ich muss den Ort erst überprüfen. Name?«

»Ein Café in der Nähe der Grand Place. Das müsste sicher sein.« Wie gut, dass sie diese Sicherheitsvorkehrungen für sie trafen, dachte sie.

»Und der Name unseres Kontaktes? Ich kann prüfen, ob er noch auf freiem Fuß ist«, beharrte er.

»Je weniger ihr wisst, desto besser für euch. So wurde es mir gesagt«, zischte Callie, war plötzlich müde, hungrig und musste dringend pinkeln. Ihr war noch nicht einmal ein Ersatzkaffee angeboten worden.

»Lass mal sehen, was du in der Tasche hast. Ich muss deine Ausweispapiere überprüfen. Hoffentlich sind sie besser als die ersten, die sie uns geschickt haben.« Er sah die Unterlagen mit einem spöttischen Grinsen durch. »Der Druck ist schlecht und der Stempel zu blass. Damit wirst du nicht weit kommen. Wir müssen dir bessere besorgen. Du bleibst so lange hier, bis die Reise sicher ist, aber niemand darf dich sehen, die Bauersfrau könnte sonst eifersüchtig werden.«

Callie war zu müde, um zu protestieren. Es regnete, die Männer liefen auf ein Scheunentor zu. Einer legte ihr eine Decke über den Kopf, damit sie trocken blieb. »Wir wollen ja nicht, dass der gute Regenmantel nass wird. Geh vor. Den Hof kannst du sicher überqueren.«

Sie ging voran und war dankbar für die wärmende Decke, bis sie spürte, dass jemand sie schubste. »Beeil dich.« Sie streckte instinktiv die Hand aus und erschrak, als jemand sie nahm, sie ihr auf den Rücken drehte und nach der anderen griff. »Hör auf mit dem Unsinn!«, zischte sie. »Nur weil ich eine Frau bin … Was zum Teufel …! Jungs, das war eine lange Nacht.« Und genau in dem Moment sah sie eine Figur aus dem Schatten treten und erstarrte. Es war ein Soldat in deutscher Uniform.

»Keine Sorge, unter der geliehenen Uniform ist er ganz zahm.« Sie öffneten das Scheunentor, ließen Callies Hände aber immer noch nicht los. Inzwischen war ihr übel vor Angst. Irgendwas stimmte hier ganz und gar nicht. In der Scheune wartete ein Mann in Ledermantel und Filzhut auf sie. Sobald sie ihn sah, schwante ihr Schreckliches. Sie war direkt in eine Falle getappt und wie ein Geschenk vom Himmel über feindlichem Gebiet abgeworfen worden. Wenigstens hatte sie ihnen den Namen ihres Kontaktmannes oder die Codes nicht verraten, die zusammengerollt in ihrem Feuerzeug steckten. Doch sie kannten ihr Reiseziel, und bei dem Gedanken, dass sie es so arglos preisgegeben hatte, wurde ihr noch schlechter.

Sie fesselten ihr die Hände auf den Rücken, entrissen ihr die Tasche, in der das Bargeld, ihr Feuerzeug und ihre Puderdose steckten. Sie verfrachteten sie auf einen Lieferwagen und fuhren mit ihr durch die Nacht. Niemand sagte ein Wort zu ihr. Sie hätte sie am liebsten angespuckt, weil sie ihr Land verrieten, doch jetzt musste sie erst einmal sich und ihre Tarnung schützen. All die Monate harten Trainings waren vergeblich gewesen, denn irgendwo lieferte irgendwer dem Hauptquartier falsche Informationen und täuschte die Funker. Wie viele Agenten waren bereits auf dieselben Tricks hereingefallen? Sie fühlte nur unbändige Wut. Nun wollte man von ihr den nächsten Kontakt, doch den würden sie nicht bekommen. Sie kannte ihn oder sie zum Glück nicht. Was man nicht weiß, kann man nicht sagen, doch wie lange würden sie brauchen, bis sie es selbst herausfanden?

Vier Tage und Nächte hielt man sie in einem Zimmer wach, das so schrecklich wie das in Beaulieu war, wo man sie für ihren Einsatz ausgebildet hatte. Fragen über Fragen und Drohungen folgten einander. Sie wussten über die Trainingslager für Sondereinsätze Bescheid, wie die Netzwerke funktionierten und wo die Funker saßen. Sie wussten, dass sie mit Codenamen Meerkat hieß, aber mehr nicht.

»Ich kann Ihnen keine Namen sagen. Wenn Sie unsere Methoden kennen, wissen Sie auch, dass ich sie nicht wissen kann. Ich habe nichts zu sagen und keine weiteren Informationen für Sie.« Sie versuchte, standhaft zu bleiben, wollte gleichzeitig aber auch hilflos und unsicher wirken in der Hoffnung, trotz allem das Mitgefühl ihrer Befrager zu erregen.

»Wer hat dich zu diesem albernen Unternehmen überredet? Wie können die Briten sich so herablassen und ihre Frauen für solche Einsätze nutzen?«, fragte der Mann in einer Uniform der Abwehr, der sie verhörte und aufmerksam ihr Gesicht beobachtete.

»Mein Freund ist im Krieg gefallen. Ich habe für sein und mein Land gekämpft.«

»Charlotte, du wirst es besser machen müssen. Deine Tarnung ist überzeugend, deine Papiere sind angemessen. Wo ist dein Funkgerät?«

Sie schaffte es, sich ein Lächeln abzuringen. Offenbar wussten sie nichts über ihren Einsatz. »Ich habe kein Funkgerät. Meine Finger eignen sich nicht dafür, das sehen Sie ja. Ich kenne mich mit so etwas nicht aus.« Sie streckte ihre verletzten Hände aus.

»Wir haben eine Nachricht nach London geschickt und mitgeteilt, dass du sicher angekommen bist. Deine Zukunft liegt in unserer Hand. Du kannst für oder gegen uns arbeiten. Es liegt an dir. Nimm uns zu deinem Treffen mit, dann verschonen wir dich. Kooperiere, und wir schicken dich nicht an den Ort, an dem keine anständige Frau überleben würde. Wir wollen die Codes.«

»Was für Codes?«

»Die, von denen du bei der Landung gesprochen hast.«

»Ich habe keine Codes. Ich habe mich vor Ihren Männern geschämt und ein wenig angegeben. Sie sagten, Frauen taugten nichts.« Sie musste schnell denken und versuchen, sich daran zu erinnern, was sie tatsächlich zu ihnen gesagt hatte.

»Du wirst uns zu deinem Kontakt mitnehmen.« Seine Stimme wurde härter.

»Ich habe Ihnen schon gesagt, dass ich keinen Kontakt habe. Mir wurde nur gesagt, dass ich auf weitere Anweisungen warten sollte. Sie haben meinen Codenamen schon. Mehr weiß ich nicht.« Sie befürchtete jetzt das Schlimmste.

»Führt sie ab und lasst sie ein paar Wochen verrotten. Vielleicht wird sie gefügiger, wenn sie alleine in einer Zelle sitzen muss.« Der Mann ließ sie wegbringen. Sie hoffte, dass sie ihn wenigstens davon überzeugt hatte, dass sie erst am Anfang ihrer Kurierlaufbahn stand, noch nicht sehr erfahren und keine Funkerin war, die sie ihrer Sammlung von Strohmännern hinzufügen oder einfach erschießen konnten.

In dieser Nacht saß sie in ihrer dunklen, feuchten und muffigen Zelle und dachte noch einmal über alles nach, was sie gesagt und was sie verschwiegen hatte. Die Netzwerke waren ruiniert, und sie konnte nichts tun, um das Hauptquartier zu warnen. Sie hatte nur ein paar Wochen Aufschub gewonnen, dann würde sie wieder bearbeitet.

Das nächste Mal zog man sie aus, nahm ihr die guten Kleider weg und ließ sie halb nackt zurück, doch sie hatte ihnen ein paar Halbwahrheiten verraten und war ihrer Geschichte treu geblieben. Das Glück wollte, dass sie ihre Tasche zurückbekam, ohne Bargeld und Puderdose, aber mit dem billigen Feuerzeug, das sie nicht geprüft hatten und in dem ihr Papier versteckt war. Bei der erstbesten sicheren Gelegenheit würde sie es vernichten.

Callie fragte sich, wie lange sie sie mit allem Nötigen versorgen würden und hier behalten wollten und was passieren würde, wenn sie ihnen nicht mehr Informationen lieferte. Würde man in London bemerken, dass sie aufgeflogen und verhaftet worden war? Sie wusste, dass sie in Form bleiben und selbst auf dem Steinboden der Zelle trainieren und ihre gewohnten Dehnübungen machen musste, die ihr Ausbilder ihr beigebracht hatte. Wie lange hatte sie noch Zeit, bis man sie an den Ort schickte, von dem aus sie nie wieder das Tageslicht erblicken würde?

Die Postkarten kamen auch weiter, doch Phoebe fand, dass irgendetwas an ihnen nicht stimmte. Sie wirkten unecht und enthielten nur ein paar Zeilen, wie »es geht mir gut, ich vermisse euch. Küsse von Mommy«. Immer wenn sie an Primrose geschrieben hatte, um sie zu fragen, ob sie etwas von Caroline wusste, hatte sie nie eine befriedigende Antwort erhalten, immer nur »sie leistet hervorragende Arbeit mit ihrem Team.« Man musste kein Genie sein, um zu begreifen, dass sie irgendwo in Frankreich war, jetzt, wo der Tag X immer näher rückte und die Deutschen auf der Flucht waren. Sobald Frankreich befreit war, würde sie endlich nach Hause kommen.

Caroline hatte ihren Sohn seit über einem Jahr nicht mehr gesehen, und inzwischen fragte er beim Zubettgehen auch nicht mehr nach ihr oder küsste noch liebevoll ihr Foto. Vielleicht bin ich selbst nicht die beste Mutter gewesen, dachte Phoebe, aber so lange abwesend zu sein, war geradezu lächerlich. Sie sah Desmond zu, wie er mit Jessie Karten spielte. Ihnen war gelungen, dafür zu sorgen, dass sie in Dalradnor bleiben durfte, auch wenn sie jetzt mit Bob Kane verlobt war und ein Leben in Australien plante. Bob kam, so oft es ging, vorbei und spielte mit Desmond und Jacques Fußball. »Der Junge braucht einen Mann im Haus«, lachte er, und dann wuschelte er durch seine dunklen Locken. »Bei all den Frauen um ihn herum wird er sonst noch zum Weichei.«

Sie hatte Desmond in der örtlichen Schule angemeldet, wo er von Miss Armour-Brown eine strenge Erziehung erhielt. Irgendwann war die längst überfällige Postkarte des Roten Kreuzes für Madame von ihrem Mann gekommen, in der diesmal nicht die üblichen fünfundzwanzig Worte standen, sondern richtige Neuigkeiten. Es gab Pläne für ihre Heimführung nach Guernsey, sobald es dort sicher war. Das hatte Familie Laplanche zum eifrigen Nähen und Kaufen von Geschenken für die Rückreise animiert.

Irgendwann waren schließlich nur noch Jessie und der Junge bei Phoebe, und wenn Jessie auch noch umzog, wären sie nur noch zu zweit. In der Stille der Nacht überlegte Phoebe manchmal, ob Caroline jemals zu ihnen zurückkehren würde. Darum wurde es Zeit, mehr Nachforschungen bezüglich der

Londoner Adresse anzustellen, die man ihr gegeben hatte. Die Zeit war reif für ein paar ehrliche Antworten.

Ihre Engagements bei der ENSA liefen zwar weiter, aber sie empfand sie als anstrengend. Manchmal schlief sie zwischen den Auftritten ein, und ihre Darbietungen hatten auch nicht mehr jenen jugendlichen Schwung. Ihr Agent hatte weiter für sie nach Charakterrollen beim Film gesucht, doch in Dalradnor gab es ständig irgendwelche Probleme zu bewältigen: Einmal war der Kohlekessel kaputtgegangen, dann musste das Auto repariert werden. Die Mühen, dafür zu sorgen, dass jeder etwas zum Anziehen und genügend zu essen hatte und es während des teuflisch kalten Winters warm war, hatten ihren Tribut gefordert. Der alte Dr. McClusky hatte bei ihr einen zu hohen Blutdruck festgestellt und ihr geraten, sich mehr zu schonen. Sir Lionel war inzwischen verstorben, und Verity war nach Südengland gezogen, wodurch Phoebe sich noch einsamer fühlte. Bis auf die Verbindung zu Arthur und Caroline hatten sie nur wenig gemeinsam, doch sie schrieben sich zu Weihnachten Karten, und das war jetzt Phoebes einzige Verbindung zu Arthurs Familie.

Es war bedrückend, nach London zurückzukehren und die Ruinen zu sehen. Die Wohnhäuser waren noch so, wie sie sie verlassen hatte, nur dass sie inzwischen von Plünderern heimgesucht worden waren und jetzt Unkraut zwischen den Trümmern wucherte. In der Stadt wohnte niemand mehr, der ihr noch etwas bedeutete. Billy war irgendwo in die Nähe von Brighton gezogen und hatte dort eine Unterkunft gefunden.

Phoebe schrieb an das Ministerium und forderte Informationen, doch ihr wurde nur mitgeteilt, dass Caroline wichtige Arbeit leiste und sie kontaktieren würde, sobald sie dazu in der Lage sei. Sie fühlte sich wieder einmal an der Nase herumgeführt, und das unbehagliche Gefühl, dass Caroline nicht in Sicherheit war, wie man sie glauben machen wollte, ließ ihr keine Ruhe. Werden wir dich je wiedersehen, jammerte sie, doch da war niemand, der ihr antwortete.

24

Das St-Gilles-Gefängnis, ein grauer, abschreckender Ort, ragte wie eine Festung vor den Toren Brüssels empor. Nur wenige Geräusche drangen durch seine dicken Mauern: Ab und zu war nachts das gedämpfte Dröhnen der Bomber und die Sirenen des Verkehrs durch die Gefängnistore zu hören. Callie spürte, wie die Düsternis der Haft sie langsam umschlossen hatte, die endlosen, immer gleichen Tagesabläufe, während sie die hellen Lichtstrahlen der Sommersonne beobachtete, die durch die hohen Fenster auf ihre Zellenwand fielen und im Winter zu einem schwachen Leuchten wurden, als die Tage kürzer wurden.

Auf den Steinboden ihrer Zelle kratzte sie die Tage ein und hakte sie ab. Neun Monate verrottete sie hier nun schon, und nach den ersten bohrenden Fragen, bei denen sie sich strikt an ihre Geschichte gehalten und nichts preisgegeben hatte, hatte man sie in Einzelhaft gesperrt. Nur für kurze Zeit bekam sie Gesellschaft von einer hübschen Gefangenen, die wegen Schwarzmarkthandels verhaftet worden war, wie sie erzählte, und die ihr verständnisvoll zuhörte. Doch bei allem Lächeln und Verständnis wollte auch sie ihr nur Informationen entlocken – es war eine Falle gewesen, wie sie im Buche stand –, doch als Callie sich weigerte, über irgendetwas mit ihr zu reden, verschwand sie genauso schnell, wie sie gekommen war. Etwas Gesellschaft hatte seine Vorteile – man konnte eine andere Stimme und eine andere Geschichte hören –, jetzt hingegen verrottete sie hier wieder alleine und grübelte darüber nach, welches Schicksal ihr bevorstand.

Sie kannte inzwischen jedes Geräusch: die Wachablösung, das morgendliche Ausleeren der Toiletteneimer, das Quietschen, wenn der Türspäher abends aufging und man ihr mit einer Taschenlampe ins Gesicht leuchtete. Das Essen war einfach: hartes Brot, dünne Suppe, Fraß und nie genug zu trinken, um ihren ständigen Durst zu stillen. Sie spürte, wie ihr Körper langsam schwächer wurde.

Hätte sie bloß ein Foto von jemandem gehabt, der ihr etwas bedeutete, auf das sie blicken könnte, statt auf die kahlen Zellenwände. So erfand sie Geschichten über das alte Paar unter dem Apfelbaum, das auf ihrem Tarnungsfoto abgebildet war.

Natürlich hätte die Gestapo sich längst ihrer entledigt, wenn sie gewollt hätte. Spielte sie Katz und Maus mit ihr? Sie hatte keine nützlichen Informationen mehr geliefert. Sie tippte im Morsecode Nachrichten an die Heizungsrohre, die an der Wand entlangliefen, doch bisher hatte ihr niemand geantwortet. Es kursierten Gerüchte, die Alliierten seien auf dem Vormarsch, doch sie glaubte nicht daran. Hoffnung war gefährlich. Sie musste sich auf das Schlimmste gefasst machen. Während des Hofgangs, wenn sie hintereinander hergingen und die Wächter darauf achteten, dass sie nicht zu dicht liefen, versuchte sie, von anderen politischen Häftlingen Informationen zu bekommen. Doch sie erfuhr nur, dass viele Männer zum *Tir National* geschickt und dort erschossen worden waren. Sie musste an die Heldin Edith Cavell denken, die jedes Schulkind kannte. Sie hatte ihre letzten Tage in diesem Gefängnis verbracht, und die Geschichte ihrer letzten Momente ließen Callie Mut schöpfen.

Am wichtigsten war, von Tag zu Tag zu leben und zu vermeiden, in das stets klaffende Loch der Verzweiflung zu stürzen. Das war schwer, wenn Angst und Hunger an ihr zehrten. In der Nacht hörte sie Schluchzer und Schreie, doch bisher war sie nicht gefoltert worden, auch wenn das immer wie eine stumme Drohung über ihr hing, genau wie die Angst, in der Isolation den Verstand zu verlieren.

Doch es gab auch ein paar ausgleichende, freundliche Gesten. Eine flämische Wärterin hatte ihr eine Bibel, ein paar zerfledderte Bücher und eine abgerundete Schere gebracht, damit sie sich ihre Fußnägel schneiden konnte. Sie behandelte Callie wie einen Menschen, der Respekt verdiente. Manchmal enthielt ihre Suppe eine Extraportion Fleisch, genug, um etwas zum Kauen zu haben. Doch um zu überleben, musste sie an diesem düsteren Ort eine Zufluchtsstätte finden. Geistig zu überleben, war eine ganz eigene Form des Widerstands. Während ihrer Ausbildung hatten sie ganz kurz das Thema Überleben im Gefängnis gestreift. Und so tippte sie weiter Morsezeichen, auch wenn niemand antwortete. War sie im oberen Stock ganz alleine? Sie besaß einen Stift, mit dem sie sich Notizen an den Rand ihrer Bibel machte. Sie bat sogar um einen Pfarrer, doch man schickte ihr keinen. Jede Nacht musste sie gegen Wanzen kämpfen, die sich von ihr ernährten. In ihrer Strohmatratze hatte sich eine ganze Armee breitgemacht, die sie niemals besiegen würde.

Jeden Tag unterzog sie sich einer Art mentalem Training, nahm sich ein Stück ihres Lebens vor, zerlegte es in kleinste Teile und versuchte, sich, so gut sie konnte, an alle schönen Einzelheiten zu erinnern. An den See in Dalradnor, wie er im Sonnenlicht glitzerte, den in der Sonne glänzenden Schnee auf den Hügeln. Sie ging geistig durch jedes Zimmer in ihrem Haus, durch die Ställe, die blühenden Rosengärten. Sie ritt wieder auf Hector und durchlebte noch einmal ihre Kindheit, als sie mit den Zwillingen vom Bauernhof, Niven und Nairn, im Baum saß. Sie fuhr mit dem Zug von Milngavie nach Glasgow, ging in die berühmten Warenhäuser, machte eine Pause und bewunderte die Juwelierläden in der Argyll Arcade. Sie schnupperte an Kalk und Tinte in Miss Camerons Klassenzimmer. So konnte sie gedanklich auf Wanderschaft gehen und nach Belieben in der schottischen Landschaft herumstreifen.

Doch dieses Vergnügen musste sie sich mit einer Stunde Dehnübungen, Haltungsübungen und Training ihrer lahmen Muskeln sowie Übungen zur Beruhigung des Atems verdienen. Früher hatte sie ihre Trainerin für die endlosen Wiederholungen der schweißtreibenden Bewegungen gehasst, die ihr jetzt das Leben retteten. Sie drückte ihre Arme gegen die Wand, um ihren Oberkörper zu kräftigen, und joggte auf der Stelle, doch mit so wenig anständigem Essen wusste sie auch, dass sie sich nicht zu sehr verausgaben durfte. Gelegentlich durfte sie duschen, und sie genoss das eisige Nass, um ihren Körper zu säubern und sich der verlausten Kleider zu entledigen. Ihre Periode blieb aus, das war ein Segen, doch sie verkümmerte an diesem Ort.

Es gab gute Tage, aber auch schlechte, wenn sie zu viel Zeit zum Nachdenken hatte, was sie alles vermisste. Was hatte sie erreicht? Sie hatte versagt und war verraten worden, und sie lebte in ständiger Angst, ihren Sohn nie wieder zu sehen. Des Nachts bedurfte es all ihrer Willensanstrengung und Sturheit, um bei den trüben Gedanken nicht verrückt zu werden. Sie musste darauf hoffen, dass die Alliierten eines Tages doch kämen.

Die Bombenangriffe wurden stärker. Und eines Abends wurde nach so einem Angriff ihre Tür aufgerissen, und die Wärterin befahl ihr, sich anzuziehen. »Schnell. Alles einpacken!«

Sehr witzig; außer einem zerlumpten Kissenbezug, einer Garnitur Unterwäsche zum Wechseln, einer Bibel und einem Zahnbürstenstumpf besaß sie nichts. War alles zu Ende? Nach all der Zeit wagte sie das kaum zu hoffen.

»Bin ich frei?«

Die Wärterin lachte nur. »Agenten wie du werden niemals freigelassen. Sonderbefehle aus Berlin, du wirst an einen sichereren Ort nach Deutschland gebracht. Deine Begleiter warten schon.« Ausnahmsweise sah die Frau ihr einmal nicht ins Gesicht, doch beim Vorbeigehen flüsterte sie ihr zu. »Wo du hinkommst, brauchst du mehr als nur Glück.«

Callie fand sich inmitten von einigen Frauen zusammengepfercht auf einem LKW ohne Fenster wieder, der von Wärtern zu einem Zug eskortiert wurde, wo noch mehr Wärter sie in einem verdunkelten Waggon einschlossen. Sie fuhren tage- und nächtelang durch die Dunkelheit Richtung Osten. Schließlich stieß man sie erschöpft, hungrig und voller Schmerzen mit ihrem Gepäck auf einem Nebengleis vom Zug und ließ sie meilenweit unter Bewachung von Wärterinnen marschieren, bis man sie schließlich nördlich von Berlin durch die großen Eisentore des Arbeitslagers Ravensbrück schubste. Callie ahnte nicht, dass sie *l'enfer des Femmes*, die Frauenhölle, betreten hatte.

25

Desmond blies die sechs Kerzen auf seinem Geburtstagskuchen aus. Mima hatte einen Biskuitteig zu einer Lokomotive gerollt, mit echtem Schokoladenpulver bestreut und mit Bonbons verziert. Jessie hatte ihm wunderschöne Malbücher geschenkt und ihm aus aufgetrennter Wolle eines alten Pullovers seiner Mommy, der in einem Koffer für ihre Heimkehr aufbewahrt worden war, einen neuen Pullover gestrickt. Großmutter Phee hatte ihm eine Pfundnote geschenkt, die er ausgeben konnte, wie er wollte, und ein paar Gutscheine für Süßigkeiten. Er hatte zum Tee drei Jungs aus der Schule eingeladen und spielte mit ihnen Fußball und Fangen im Garten, bis der Gong erschallte.

Er freute sich, sechs Jahre alt zu sein, wünschte sich aber, Jacques und die Mädchen wären noch hier und würden mit ihm spielen. Sie waren jetzt wieder in Guernsey, und im Haus war es nicht mehr wie früher. Auch Jessie würde ihn bald verlassen, denn für ein Kindermädchen war er jetzt schon etwas zu alt. Großmutter hatte ihm gesagt, dass er in eine neue Schule käme, wenn Mommy zurück wäre, doch er mochte die kleine Schule im Ort und ging jetzt in die Klasse von Mr Pearson. Er konnte inzwischen alle Plakate im Laden und an der Pinnwand in der Kirche lesen. Er wollte nicht weg.

Wenn er größer war, wollte auch er wie Sergeant Kane, Jessies Freund, zur Royal Air Force gehen. Sergeant Kane war groß und trug eine kratzige Uniform mit Streifen am Arm. Er hatte ihm ein Stück eines deutschen Flugzeugs mitgebracht, das er auf dem Schulhof gegen Murmeln eintauschte. Der Sergeant neckte ihn wegen seiner Locken und drohte ihm, sie abzuschneiden. Er sagte, er sähe wie Sissi aus, aber Sissi Prentiss aus seiner Klasse sah ihm gar nicht ähnlich.

Nach ihrer Heirat würde Jessie nach Australien ziehen, bei ihrer Hochzeit durfte er die Ringe überbringen. Bob Kane sagte, Jungs dürften sich nicht zurechtmachen, aber Jessie hatte gesagt, dass er einen Kilt und Jacke tragen dürfe, weil nur den mutigsten Soldaten Kilts gestattet waren. Sie hatte zu Bob Kane auch gesagt, dass sie ihn nicht heiraten würde, wenn Desmond nicht seinen Kilt tragen und die Ringe überbringen dürfe.

Großmutter Phee war an Ostern vom Theater zur Hochzeit in der Kirchengemeinde nach Hause gekommen. Es war aufregend gewesen, all die anderen Piloten zu sehen, die in ihren Uniformen Spalier standen, während die Dorfbewohner am Kirchentor zusahen, wie die Braut hereinkam. In ihrem rosafarbenen Brautkleid sah sie sehr hübsch aus, sie trug ein Blumenbouquet und auf dem Kopf ein rosafarbenes Hütchen mit einem kleinen Schleier. Ihre Schwestern hatten auch Kleider an und Blumensträuße in der Hand. Die Kirche war mit so vielen Blumen geschmückt gewesen, dass er niesen musste. Als Glücksbringer hatte er sich Heidekraut ans Revers geheftet.

Im Garten war für die Gäste ein Zelt aufgestellt worden, wo sie Tee trinken und Fotos machen konnten. Wie konnte Jessie ihn nur verlassen und so weit fortgehen? Er konnte sich an keine Zeit erinnern, in der sie nachts nicht da gewesen wäre und ihn ins Bett gebracht oder getröstet hätte, wenn er schlecht geträumt hatte. Großmutter Phee hatte gesagt, dass Jessie ein Schiff um die Welt nehmen würde, wenn der Krieg vorbei wäre, um mit Sergeant Kane ein Zuhause zu gründen und seine Familie zu treffen, die genau wie Jessies Familie einen Bauernhof hatte, aber daran wollte er jetzt nicht denken.

»Warum darf ich nicht mitfahren?«, fragte er.

Großmutter war entsetzt. »Du bist nicht ihr Kind. Wenn deine Mommy nach Hause kommt, wird sie sich um dich kümmern«, antwortete sie und zeigte auf das Foto im Silberrahmen.

Er wusste nicht, wer diese Dame sein sollte, und wollte nicht, dass sie zurückkäme. Er wollte mit Jessie auf das große Schiff gehen, ein Pirat auf See sein und für immer bei ihr bleiben. Nach der Hochzeit war es schlimm genug gewesen, als sie mit ihrem Mann auf Hochzeitsreise nach Edinburgh gefahren war und ein paar Tage in einem Hotel verbracht hatte. Er war so erleichtert, als sie wieder nach Hause kam und ihm besondere Süßigkeiten aus Edinburgh und eine passende Krawatte mitgebracht hatte, die zum Schottenmuster seines Kilts passte.

Er war ihr entgegengerannt und hatte sich an sie geklammert. Großmutter war nett zu ihm gewesen und hatte ihm Fotos aus ihrem Bühnenalbum und Schulfotos von seiner Mommy mit Zöpfen und in Schuluniform gezeigt. Manchmal hatten sie in London gewohnt, doch die Wohnung dort war zerbombt worden, darum musste Großmutter jetzt hier wohnen, wenn sie nicht bei der Stardrop Troupe war. Aber sie rannte nicht mit ihm umher oder spielte draußen Spiele mit ihm wie Jessie. Sie bevorzugte ruhigere Spiele oder hörte Radio, während er mit Jessie vor dem Zubettgehen ›Mensch ärgere dich nicht‹ oder das Leiterspiel spielte. Großmutter führte ständig Ferngespräche über Mommy mit Leuten, die er nicht kannte.

In der Schule gab es auch Probleme, als jemand zu ihm sagte, sein Vater müsse ein Wehrdienstverweigerer sein. Das bedeutete, dass er nicht im Krieg gekämpft hatte. Er hatte zu ihnen gesagt, sie sollten den Mund halten und dass er keinen Vater habe – und auch keinen brauche –, aber die älteren Jungs lachten ihn aus und nannten ihn ein ahnungsloses Weichei. »Ohne Vater kann man kein Baby bekommen!« Er verstand nicht, was sie damit meinten, also trat er nach ihnen, was in eine Schlägerei ausartete. Sie bekamen für die Schlägerei alle sechs Riemenschläge auf die Handflächen.

Obwohl es weh tat, hatte Desmond nicht geweint bis er zu Hause war. Doch niemand war da, dem er hätte davon erzählen können. Jessie war mit dem Zug zum Hafen gefahren, um ihren Mann zu sehen, und kam so müde zurück, dass er ihr es nicht mehr sagen konnte. Alle waren traurig. Großmutter Phee war traurig, weil sie seit Monaten keine Postkarten von Mommy erhalten hatte. Alle flüsterten und tuschelten hinter verschlossenen Türen.

Eines Tages kam Großmutter in sein Zimmer und sagte, Mommy würde für lange Zeit nicht mehr nach Hause kommen und dass er tapfer sein müsse und nicht weinen dürfe. Sie versuchten herauszufinden, wo sie war, aber ihn störte es nicht, dass sie verschwunden war. Alles, woran er denken konnte, war nur, dass Jessie ihn verlassen würde, wenn sie aufs

Schiff ging. Dann plötzlich hatte er schulfrei bekommen, überall läuteten die Glocken und zeigten an, dass der Krieg vorüber war. Auf dem Schulgebäude wurden Flaggen gehisst, und obwohl es regnete, gab es auf der Dorfstraße Tee mit Brötchen, Pudding und Limo. Sie versammelten sich alle zum Tanz im Gemeindesaal, und Jimmy Baird spielte Akkordeon. Miss Armour saß am Klavier, sie sangen, und jeder lachte, obwohl in weiter Ferne noch immer gekämpft wurde.

Jessie erzählte, dass auch Sergeant Kane noch bis zum Ende dort bleiben müsse, doch dann stünde sie auf einer Liste von Schiffsbräuten, um bei ihm zu sein, und Desmond brach in Tränen aus.

»Ich will mitkommen. Lass mich nicht hier zurück. Ich will bei dir bleiben.«

Sie hatte ihn in den Arm genommen. »Ich weiß, Schätzchen, aber das wäre nicht richtig. Du gehörst zu Miss Caroline. Sie ist doch deine Mommy, und sie wird bald wieder bei dir sein.«

Er schüttelte den Kopf. Das war ganz und gar kein Trost.

26

Bei Tagesanbruch wurden die Frauen, zusammengedrängt von knurrenden Hunden und bewaffneten Wärtern, durch die Tore geschoben. Callie sah endlose Reihen von Baracken vor sich. Sie wurden in eine der Baracken gebracht, um die Aufnahmeprozedur über sich ergehen zu lassen. Sie mussten sich ausziehen und wurden mit Puder entlaust. Vor den Blicken der Männer, die ihre Nacktheit beäugten, wurden ihnen sämtliche Körperhaare abrasiert. Callie erhielt eine verwaschene Uniform, ein blaues Hemd und einen Rock, der vielleicht einmal rot gewesen war. Dazu ein Tuch, mit dem sie ihren kahlen Kopf bedecken konnte. Niemand wagte, gegen diese Erniedrigung zu protestieren. Die Frauen waren alle zu fassungslos und erschöpft von der langen Reise. Die Habseligkeiten, die Callie mitgebracht hatte, wurden ihr abgenommen, doch es gelang ihr, ihre Schuhe zu behalten. Man verpasste ihr eine Nummer und registrierte sie als politische Gefangene unter dem Namen Charlotte Blanken, was ein rotes Dreieck am Ärmel anzeigte. Dann schickte man die Frauen hinaus in die Kälte und brachte sie zu Holzbaracken, wo sie von Wärterinnen mit schwarzen Armbinden und unter Androhung von Peitschenhieben angewiesen wurden, sich einen Platz zu suchen und Ordnung zu halten.

In der Baracke gab es einen Mittelgang und an beiden Seiten dreistöckige Pritschen, gerammelt voll mit Menschen, die zusammengepfercht wie Tiere in Käfigen gehalten wurden. Callie hätte sich bei dem Gestank fast übergeben – einem widerlichen Geruch von Urin, Erbrochenem, Schweiß und Angst –, doch sie war zu entsetzt, um irgendetwas zu tun. Sie hatte nur einen Gedanken: Wie soll ich das überleben?

Nach knapp einem Jahr Einzelhaft überwältigte sie diese Masse an ausgehungerten, blassen Menschen, die sie aus hoffnungslosen Augen anstarrte. Sie hatte Gerüchte über solche Lager gehört, doch dass sie nun selbst an so einen Ort verfrachtet worden war, ließ sie vor Angst erstarren. Panisch sah sie sich nach einem Gesicht um, aus dem noch ein wenig

Hoffnung spräche. Niemand sagte etwas oder zeigte auch nur das geringste Interesse für sie. Sie war nur ein weiterer Körper, den man so lange zur Arbeit zwingen konnte, bis er aufgab oder man ihn entsorgte.

Monatelang hatte sie ihren Überlebensinstinkt geschärft und ihre wahre Identität verborgen. Hier sowie in St Gilles war sie Lotte Blanken, ein belgisches Kindermädchen, das Französisch sprach. Das war kein Ort für die wahre Caroline, die Mutter eines Sohnes, der in Dalradnor aufgewachsen und die zur Agentin ausgebildet worden war. Diese wertvollen Fakten hütete sie wie Juwelen, sie waren der Schlüssel zum Überleben. Sie konnten ihren Körper aushungern, doch ihre wirkliche Identität musste verborgen bleiben. Niemand durfte dieses Stückchen ihres wahren Selbst antasten, sonst wäre sie für immer verloren gewesen.

Sie hörte, wie jemand Französisch sprach und andere, die darauf antworteten. War dies eine Baracke für Ausländer? Sie suchte nach den Stimmen, ging hin und stellte sich vor. »Lotte, und ihr?«

Sie hatte Glück. Die Frauen waren erst vor kurzem hier angekommen und ganz gierig auf Neuigkeiten von draußen. Sie erzählte ihnen, was sie über die Befreiung Frankreichs wusste. Eine ältere Frau mit weißen Haaren griff nach ihrer Hand. »Dann wird es nicht mehr lange dauern; Heilige Muttergottes, erhöre meine Gebete.« Sie bekreuzigte sich. »Ich bin Celine, man hat mich verhaftet, weil ich Soldaten bei der Flucht aus der Zwangsarbeit geholfen habe. Mein Mann wurde erschossen. Das ist Madeleine und das Marie. Warum bist du hier?«

Callie erzählte ihnen ihre Tarngeschichte. Sie sei ein Kindermädchen, das bei einer vornehmen Familie in der Nähe von Brügge gearbeitet habe, mit der Familie ins Ausland gereist sei und Englisch spräche. Dass sie Fliegern geholfen habe, über eine geheime Route zu fliehen, und man sie deshalb denunziert hätte. Sie akzeptierten ihre Geschichte und stellten keine weiteren Fragen. Sie wünschte insgeheim, die Geschichte träfe zu. Die Wahrheit war viel banaler. Sie hatte rein gar nichts getan, um dem Widerstand zu helfen, und lediglich überlebt, aber jetzt wurde sie zur Zeugin des Ganzen.

»Wir haben gehört, dass neue KZ-Häftlinge zur Arbeit in andere Lager geschickt werden – Feldarbeit, Hausarbeit oder Straßenbau –, aber dafür muss man jung und stark aussehen. Sie saugen dich erst aus und schicken dich dann ins Krematorium«, sagte Madeleine und streckte Callie die Hand entgegen. Sie war klein, hatte dunkle Augen und schwarzes, stoppeliges Haar. »Warum sollst du nicht erfahren, wie es in dieser Hölle auf Erden zugeht? Tausende Frauen leben hier wie Sardinen in der Büchse. Es gibt einen Ort, den sie Jugendlager nennen, da wird man hingeschickt, wenn man krank ist. Niemand ist von dort je zurückgekehrt.«

Callie hörte zu, und das Herz wurde ihr schwer. »Und noch etwas«, fügte das Mädchen flüsternd hinzu. »Pass auf die Wärterinnen auf, vor allem auf die mit der Peitsche und den dicken Zöpfen. Sie lächelt dich zuerst an und hilft dir, gibt dir Extrarationen Brot, aber dafür will sie eine Gegenleistung. Ihre Auserwählten nimmt sie irgendwohin mit, dann muss man ihr zu Willen sein. Wenn sie dich satt hat, musst du sehr aufpassen. Und sei vorsichtig … manche lassen nur so zum Spaß ihre Hunde auf dich los, wenn du sie ansiehst. Tut mir leid, aber du musst das wissen. Für sie sind wir nur Tiere, nur

Nummern, aber hier drinnen haben wir alle Namen und ein Leben, das wir früher gelebt haben.«

Celine lächelte. »Keine Sorge. Mach dir die Hände nicht schmutzig und pass auf dein Essen auf; sobald du dich umdrehst, wird man es dir klauen. Bleib bei uns, Lotte, es wird nicht mehr lange dauern, dann sind die Russen da. Die Wärter haben Angst vor ihnen, behandeln die russischen Frauen trotzdem am schlimmsten, vor allem seit der Niederlage von Stalingrad. Selbst an diesem von Gott verlassenen Ort dringen die Neuigkeiten durch. Man hört Schreckliches von den Arbeitseinsätzen.«

Nichts konnte sie auf das vorbereiten, was sie nun jeden Tag zu sehen bekam, oder auf die Schmerzen, die sie bei den Arbeitseinsätzen ertragen musste. Nach öffentlichen Hinrichtungen hängte man die Leichen an Gerüste. Endlose Reihen frierender junger Frauen und Kinder mussten vor Tagesanbruch in Reih und Glied zum Appell antreten und wagten nicht, sich zu bewegen, wenn die Wärter sie zählten und zufällig eine herausfischten, um sie zusammenzuschlagen, einen Hund auf sie zu hetzen oder sie zu töten.

»Steh ganz still, sieh nicht hin, zeig nicht, dass du Angst hast oder dich ekelst, versuche, unterwürfig, aber nicht wütend auszusehen, und behalte deine Würde. Gönne ihnen nicht die Genugtuung, dich zu erniedrigen«, sagte Celine. »Gemeinsam werden wir überleben, schau über den Stacheldrahtzaun zu den Bäumen und den fliegenden Vögeln. Eines Tages werden auch wir wieder frei sein.«

Callie klammerte sich an ihren Verstand, während ihr Körper sich an die Kälte und dünne Kleidung, an die Schreie und das Chaos gewöhnte. Der Latrinengestank war überwältigend.

Es war nur noch eine Frage der Zeit, bis auch sie krank werden würde. Nachts wehrte sie sich gegen die Schattengestalten, die versuchten ihren Essnapf und die versteckten Brotrinden zu klauen. Sie hielt sich im Hintergrund, wenn die brutale Wärterin herumstreifte. Die vier drängten sich auf der obersten Pritsche zusammen, wärmten und schützten sich gegenseitig. Im Dezember 1944 fiel Schnee und überdeckte den Schrecken und die Hässlichkeit des Lagers. Stundenlang mussten sie auf dem zugefrorenen Appellplatz stehen, so dass manche Häftlinge vor Kälte ohnmächtig wurden, aber man durfte sich nicht bewegen oder schwanken. Zu ihrer Erleichterung wurde Callie der Arbeitsbrigade der französischen Frauen zugeteilt, die aus dem Lager an einen Ort gehen durften, wo das Essen und die Unterbringung etwas besser waren. Dort mussten sie Gemüse aus dem gefrorenen Boden graben. Dann wurden sie zu einem noch weiter entfernten Lager geschickt, wo sie für neue Straßen Steine klopfen und sortieren mussten. Callies Finger und Füße wurden taub vor Kälte. Sie konnte sich mit ihrem Arbeitsanzug nur ungenügend schützen, aber ihre Schuhe hatte sie immer noch und drückte sie jeden Abend fest an sich.

»Wir müssen fliehen«, sagte Madeleine immer, die voller Pläne steckte und Mittel und Wege suchte, um die anderen Arbeiter zu bestechen.

»Nicht bei diesem Wetter«, argumentierte Celine, deren Husten immer schlimmer wurde, wenn sie rausging. Sie konnte kaum mit den anderen mithalten. Also versuchten sie, für sie einzuspringen, und sorgten dafür, dass die Wärter es nicht sahen. Zwölf Frauen waren nötig, um die schwere Walze über die Packlage zu ziehen, und sie zogen so lange, bis ihnen der Schweiß aus den Poren trat und ihre Arme taub wurden, doch sie durften nicht aufhören. Einmal wurde eine Frau ohnmächtig, fiel auf den gefrorenen Boden und konnte nicht mehr aufstehen. Der Wärter stand über ihr und schlug sie mit seinem Stock, bis sie sich schützend zusammenrollte.

»An die Arbeit, los!«, ordnete er an, zog die Frau auf die Seite und erschoss sie.

»Mach nichts«, murmelte Celine, als sie Callies Gesicht sah. »Auch seine Zeit wird kommen.«

»Wie kannst du dir da so sicher sein?«, flüsterte Callie.

»Ich bin ganz fest davon überzeugt, dass es nur noch eine Frage der Zeit ist, bis wir gerettet werden. Halte dich nicht mit diesen Dingen auf, sonst vernichten sie dich.«

Schmerzgeplagt, wütend und hungrig kehrten sie zum Lager zurück. Die Leiche der Frau blieb auf dem gefrorenen Boden liegen. Callie erlebte ein solches Leid, dass sie kaum mehr hinsah, auch wenn sie angesichts der Grausamkeit zu verzweifeln drohte. An diesem schrecklichen Ort gab es keine Gnade, machte man keine Zugeständnisse. Sie waren nicht mehr als frei verfügbare Arbeitskräfte, die nur die Wahl hatten, zu arbeiten oder zu sterben. Ich werde überleben und erzählen, wie es war, schwor sie sich. Die anderen schwiegen. Es zählte nur Brennmaterial, Essen und das Überleben bis zum Morgenappell.

»Hier führt nur ein Weg nach draußen«, seufzte Marie, Callies jüngste Freundin, »durch das Feuer im Krematorium. Sie denken wohl, dass wir keine Seelen haben, dass wir wandelnde Tote sind, aber wir kommen hier auf einem anderen Weg heraus.«

»Lass uns nicht darüber nachdenken«, sagte Celine. »Ich

kenne ein Spiel, das könnten wir spielen. Wir legen uns auf unsere Pritschen, und dann erzählt jede, was ihr Lieblingsmenü ist. Wir tun einfach so, als wären wir in einer Brasserie und könnten nach Herzenslust bestellen.«

»Davon krieg ich nur noch mehr Hunger«, stöhnte Madeleine. »Aber gut, ich hätte gerne *pot au feu* mit viel gerösteten Kartoffeln, grünem Salat mit Vinaigrette, dazu ein wenig Käse, einen Vignotte, und Mamans *tarte aux pommes* zum Dessert.«

»Und wie würdest du den Tisch decken, welche Farbe hätte die Tischdecke und welche Blumen stünden in der Vase?«, ermutigte Celine sie, damit sie ihre Geschichte weiterspann.

Eine nach der anderen beschrieben sie ihre Lieblingsgerichte, und Callie sah alles bildlich vor sich und konnte die Kräuter und den Knoblauch förmlich schmecken. Sie entschied sich für Mimas Fleischpastete mit buttriger Kruste, danach Erdbeeren und das beste italienische Eis von Capaldi's. Allein schon bei der Vorstellung lief ihr das Wasser im Munde zusammen. Für ein paar Minuten hatten sie sich aus dieser Hölle entfernt und waren an einen anderen Ort geflohen. Sie dankte Gott, dass sie so gute Freundinnen gefunden hatte, die sie für ein paar weitere Tage davor bewahrt hatten, wahnsinnig zu werden.

Ein anderes Mal beschlossen sie, ihren Geburtstag zu feiern und füreinander Überraschungsgeschenke vorzubereiten. Das war leichter gesagt als getan. Auf dem Weg zum Einsatz im Außenlager entdeckte Callie Frühlingsblumen im Gras und band Celine eine Kette aus Gänseblümchen. Celine war von Tag zu Tag dünner geworden, bekam immer schlechter

Luft und hatte am Ende der Zwölfstundenschicht Mühe, sich auf den Beinen zu halten, so dass sie auf dem Nachhauseweg gestützt werden musste, dennoch trug sie die Blümchenkette voller Freude.

Eine Woche später fand die von allen so gefürchtete ärztliche Untersuchung statt. Sie mussten sich vor den Wächtern und Wärtern in einer Reihe aufstellen und ihre Röcke über die Taille heben, damit man ihre Hüftknochen sah. Sie mussten vor der SS-Wache und dem Lagerarzt laufen, der auf geschwollene Füße und Knie achtete. Callie war so sehr damit beschäftigt gewesen, ihre gute Verfassung vorzuführen, dass ihr nicht auffiel, wie sehr Celine zu kämpfen hatte, bis man sie herauszog. »Lauf!«, schrie sie der Wärter an. Celine tat ihr Bestes, hielt aber nicht durch. Sie war zu schwach, ihre Knie waren geschwollen. Hustend fiel sie erschöpft zu Boden. »Aufs Krankenrevier«, befahl der Arzt. Die Wärter verfrachteten sie auf einen wartenden Wagen. Sobald er voll mit kranken und schwachen Frauen war, fuhr er zum Jugendlager. Die anderen standen fassungslos da, sie hatten nicht einmal die Möglichkeit gehabt, sich von ihr zu verabschieden. Danach wurden sie weggeschickt. Keine sagte ein Wort. Was gab es auch schon zu sagen? Alle wussten, dass sie ihre Freundin nie wiedersehen würden. Und das war nur eine weitere grausame Episode dieser furchtbaren Zeit.

»Wir müssen jetzt fliehen. Celine hätte auch gewollt, dass wir überleben«, flüsterte Marie. In dieser Nacht beteten und weinten sie gemeinsam.

Callie verspürte keine Lust zu beten. Sie war so betäubt, dass sie nicht einmal Wut empfinden konnte, um ihre Entschlossenheit zu stärken. Zum ersten Mal seit Monaten wäre sie am liebsten nur zusammengebrochen und gestorben. Der Gedanke, was ihre Freundin alleine und von Schmerzen geplagt durchstehen musste, war ihr unerträglich. Und nirgends war ein Pfarrer, der sie hätte trösten können. Ihr Herz schrie: Warum? Und während ihre Gefährtinnen beteten, rollte sie sich in ihrem Bett zusammen und gab alle Hoffnung auf.

»Du darfst nicht aufgeben, sonst bist du tot«, versuchte Marie, sie zu ermutigen. »Celine wird bald befreit sein, nur ihre Kinder wird sie nie wiedersehen. Wer wartet zu Hause auf dich? Gib die Hoffnung nicht auf, Lotte! Halte durch, behalte deinen Lebenswillen.«

Das waren die dunkelsten Stunden, sie spürte, dass sie den Verstand verlor. Sie war nicht länger Caroline und sah vor ihrem geistigen Auge auch Desmond nicht mehr. Sie war jetzt Lotte Blanken; ein knöchriger, ausgemergelter, mit Wunden übersäter Körper, der zu viel Schreckliches mitangesehen hatte. Maddy erkannte, dass Caroline in Selbstmitleid zu versinken drohte.

»Denk dran, ein Tag nach dem anderen, wir arbeiten weiter und bleiben zornig«, sagte sie, sprach von Fluchtplänen und schubste damit Callie ins Leben zurück. »Zusammen könnten wir überleben. Alleine bist du tot. Sie dürfen uns nicht nach Ravensbrück zurückschicken. Hier ist es besser als im Vernichtungslager. Wenn du nachlässt, schickt man dich zur Bestrafung dorthin. Gönne diesen Sadisten nicht die Genugtuung, dich zu Tode zu prügeln.«

Ein paar Tage später wurden sie nach Markkleeberg, einem weiteren Außenlager geschickt, wo sie bei kaltem Frühlingswetter und nur mit Arbeitsanzügen und Schals bekleidet, die Maddy aus Celines Decke genäht hatte, zu Straßenbauarbeiten eingesetzt wurden. Sie mussten die gefürchtete Straßenwalze ziehen, die ihnen jegliche Kraft raubte. Ihre Kräfte schwanden zusehends, doch Nachrichten sickerten durch, dass die Alliierten sich endlich ihren Weg durch Deutschland erkämpften, und das ließ sie hoffen.

Einen Monat später wurden sie eines Nachts ohne Vorwarnung auf den Appellplatz gejagt und angewiesen, ihre Sachen zu packen. Dann marschierten sie Richtung Westen. Es war spät, vereinzelt war der Boden noch gefroren. Sie zogen ihre Arbeitsanzüge und Schals über, damit sie es ein bisschen wärmer hatten, und hofften, mit ihren geflickten und undichten Schuhen ihre Füße ein wenig zu schützen. Maddy hatte ihnen aus gehamsterten Stoffresten, wann immer sie Zeit fand, Überziehsocken genäht. Sie nahmen Celines versteckte Vorräte mit, ein lächerliches kleines Bündel, das Marie an ihre Brust drückte, als wäre es Celine höchstpersönlich.

Sie marschierten die ganze Nacht, Meile um Meile, schweigend in einer Reihe. In regelmäßigen Abständen leuchteten Wächter mit ihren Taschenlampen die Reihen ab, zählten aber nie nach.

»Das ist unsere Chance«, flüsterte Maddy, als sie sah, dass der Weg in einen dunklen Wald mit hohen Bäumen bog. »Löst euch einzeln aus der Gruppe und versteckt euch.«

Zum Nachdenken war keine Zeit, als Callie sah, wie Maddy hinter einen Baum schlüpfte. Niemand schien es bemerkt zu haben, und die Gefangenen wagten nicht, in ihre Richtung zu sehen. Dann beugte Marie sich zu ihren Schuhen herab, fummelte daran herum und verschwand, und da wusste Callie, dass sie jetzt oder nie verschwinden musste, als sie in die Dunkelheit eintauchte. Die Angst verlieh ihr Flügel. Es waren keine Schüsse zu hören, kein Hundegebell, nur die Stille der Nacht und das Knacken der Zweige. Sie wartete und traute sich kaum zu atmen, bis die Kolonne vorbeigezogen war. Wie viele hatten diese Gelegenheit zur Freiheit genutzt?

Der Wald wirkte seltsam gespenstisch, es war stockdunkel, und bei der beißenden Kälte gefror ihr der Atem. Wehrlos und verängstigt, alleine in dieser unbekannten Gegend ausgesetzt zu sein, kroch Callie tiefer in den Wald hinein. Wenn sie regungslos verharrte, würde sie den Ort vielleicht niemals verlassen und erfrieren, so wie sie das bei vielen armen Opfern im Lager gesehen hatte. Beweg dich, bleib am Leben, trieb sie sich an.

Jetzt gab es wenigstens Hoffnung. Als die Morgendämmerung einsetzte, schob sie sich tiefer in den Wald und hielt sich wider alle Vernunft an der Hoffnung fest, ihre Freundinnen zu finden. Sie hatten keine Ahnung, wo sie ohne Nahrung und Schutz hinlaufen sollten. Sie musste sie so schnell wie möglich finden.

»Hier drüben, hier …«, flüsterte eine vertraute Stimme. Sie hatten sich hinter Baumstämmen versteckt und auf sie gewartet. Unendlich dankbar umarmte Callie sie.

»Wir haben es getan! Wir sind frei!«, rief Marie und tanzte.

»Aber was sollen wir jetzt tun, Maddy?«

Nun war Callie an der Reihe, die Führung zu übernehmen. »Wir müssen Essen suchen, Schutz finden und ein Feuer machen.«

Maddy sah sie überrascht an. »Und wie sollen wir das anstellen, ohne dass sie uns festnehmen?«

»Das zeige ich euch«, hörte Callie sich sagen. Sie erinnerte sich noch an paar Einzelheiten aus ihrem Überlebenstraining in Arisaig. Sie hatte Narben, die davon zeugten. »Wir brauchen trockene Äste und Zunder; etwas, worauf wir klopfen können.« Plötzlich war sie hellwach und fühlte sich ganz lebendig. Ohne Papiere und Geld waren sie in furchtbarer Gefahr, doch in diesem Moment wusste sie, was sie zu tun hatte, damit sie in Sicherheit wären. Sie würde ihnen das Leben retten, so wie die anderen ihr im Lager das Leben gerettet hatten. Jetzt konnte sie ihnen das Vertrauen zurückgeben, ein Feuer machen, etwas Essbares fangen und Wasser suchen. Erst danach konnten sie Pläne schmieden.

27

Phoebe wartete täglich auf Neuigkeiten von Caroline, schrieb Briefe an das Ministerium und forderte Informationen. Doch das Ministerium rührte sich nicht, also setzte sie sich mit dem örtlichen Abgeordneten in Verbindung. Dieser war zwar mit den Vorbereitungen auf die bevorstehenden Parlamentswahlen beschäftigt, versprach aber, sich um die Sache zu kümmern. Phoebe schlief immer schlechter und wurde von Kopfschmerzen geplagt. Desmond war schwierig, er wollte mit den Jungs der Umgebung im Dorf spielen, die einmal seine Freunde und gleich darauf seine Feinde waren. Seine schulischen Leistungen litten, und Jessie warnte vor dem schlechten Umgang, den er habe. Manchmal nahm Jessie ihn auch mit auf den Bauernhof ihrer Familie, um ihn Phoebe vom Leib zu halten.

Bob Kane leistete noch immer Dienst im Fernen Osten,

und Jessie machte sich Sorgen um ihn. Der Krieg war zwar vorbei, doch es wurde strenger als je zuvor rationiert. Sie freute sich so sehr darauf, bei ihm zu sein und an einem hellen, warmen Ort ein neues Leben mit ihm zu beginnen. Auch für Phoebe wurde es Zeit, sich im Süden eine neue Unterkunft zu suchen und ihre Karriere voranzutreiben, oder das, was noch von ihr übrig war. Sie wollte sich in der Nähe von London nach einer Privatschule umsehen, damit sie Desmond in den Ferien zu sich nehmen konnte. Die Erziehung des Kindes und sein Wohlergehen lasteten schwer auf ihr. Ich bin zu alt, um Mutter zu sein, seufzte sie. Aber was blieb ihr anderes übrig, bis Caroline nach Hause kam? Es war nicht fair, dass sie so wichtige Entscheidungen ohne sie treffen musste.

An einem Nachmittag im Juli fuhr ein Militärfahrzeug die Auffahrt hinauf, und eine Frau in der Uniform der Royal Air Force stieg aus. Sie stellte sich als Mrs Cameron vor und sagte, sie koordiniere verschiedene Behörden einschließlich des *First Aid Nursing Yeomanry*. Phoebe war müde und beunruhigt und hoffte auf Neuigkeiten von Caroline, aber auch, dass die Frau nicht lange bliebe. Desmond war wieder einmal ungezogen in der Schule gewesen, so dass Jessie ihn ihr aus dem Weg geschafft hatte.

Phoebe führte die Frau in den Salon, Mima brachte Tee, frische schottische Soda Scones und Rhabarbermarmelade auf einem Tablett herein. Niemand sollte sagen, dass man auf Dalradnor nicht wüsste, was sich gehört.

»Das ist ein sehr hübsches Haus«, sagte Mrs Cameron, bewunderte die Landschaftsgemälde an den Wänden und den Blick aus den Fenstern hinunter zum See. »Miss Faye, Sie sind bestimmt sehr gespannt, welche Neuigkeiten wir zum Verbleib von Mrs Lloyd-Jones haben. Tut mir leid, dass Sie so lange warten mussten, doch wir forschen noch immer. Seit der Krieg zu Ende ist, wimmelt es auf dem europäischen Festland nur so von Soldaten, Flüchtlingen und Gefangenen, die alle versuchen, nach Hause zu kommen.«

»Wo ist meine Tochter?«, fragte Phoebe. Sie wollte ihr verwandtschaftliches Verhältnis zu Caroline nicht mehr verbergen und stattdessen unmissverständlich klarmachen, wie besorgt sie war.

»Das ist das ja Problem. Wir wissen nicht genau, was ihr passiert ist.«

»Was soll das heißen? Sie war im Dienst. Es muss doch Aufzeichnungen geben. Ich hatte schon vermutet, dass sie ins Ausland gegangen ist.« Phoebe sah die Dame an, die lächelnd an ihrem Tee nippte.

»Ich fürchte, so einfach ist das nicht. Caroline war mit einer Sonderaufgabe betraut.«

»Was für eine Sonderaufgabe?«, unterbrach Phoebe sie.

»Darüber darf ich nicht sprechen, jedenfalls waren es Aufträge von nationaler Bedeutung …«

Sie sah Phoebe an, um sich zu vergewissern, ob sie verstand, was sie damit sagen wollte.

»Wo?« Diese ausweichende Antwort reichte ihr nicht.

»In Belgien … zur Zeit der Besatzung.«

Phoebe schüttelte den Kopf. »Ich habe geahnt, dass sie mir nicht die Wahrheit gesagt hat … das war ja klar. Sie hatte ein belgisches Kindermädchen und einen belgischen Freund. Ist sie bei ihm?«

»An diesem Punkt könnte jeder Hinweis hilfreich sein. Sie

ist von der Bildfläche verschwunden … Aber machen Sie sich keine Sorgen. Es ist nur eine Frage der Zeit, dann taucht sie wieder auf.«

»Wurde sie verhaftet?«

»Davon gehen wir aus. Wir haben Aufzeichnungen sichergestellt, und zu gegebener Zeit –«

»Zu gegebener Zeit! Wie lange soll das noch dauern? Der Krieg ist seit Wochen vorbei …« Phoebe spürte, wie der Ärger in ihr hochstieg. Das war doch lächerlich.

»Das hängt von vielen Faktoren ab«, sagte Mrs Cameron und lehnte sich zurück. »Sie müssen das verstehen –«

»Lebt sie noch?«, platze Phoebe heraus, und ihr Herz fing zu hämmern an.

»Leider kann ich Ihnen keine direkte Antwort darauf geben. Wir wissen es einfach nicht. Es tut mir leid. Sobald wir etwas hören … Wir wissen, dass sie im St-Gilles-Gefängnis in Brüssel war. Dort soll sie 1944 jemand gesehen haben.«

»Aber das liegt ein Jahr zurück … Wo könnte sie jetzt sein? Und was ist mit den Postkarten, die wir erhalten haben … haben Sie die etwa geschickt …?« Phoebe hätte die Frau am liebsten geschüttelt, die einfach dasaß und die Tapete bewunderte.

»Das ist die normale Vorgehensweise im Falle unserer Mitarbeiter.«

Sie war wieder ausgewichen und achtete darauf, nicht zu viel zu sagen, doch Phoebe wollte mehr als hohle Phrasen. »Wollen Sie damit sagen, dass Sie mir die ganze Zeit falsche Informationen gegeben haben und dass wir uns auf das Schlimmste gefasst machen sollten?«

»Nicht unbedingt, allerdings braucht es Zeit, um alle Fakten zu klären. Tut mir leid, dass ich Sie mit dieser Ungewissheit belasten muss.«

»Sie können mir aber doch bestimmt sagen, was zum Teufel sie in Belgien getan hat.«

Mrs Cameron kaute auf ihrem Scone herum, antwortete aber nicht.

»Verdammt nochmal, sie hat einen kleinen Sohn! Was soll ich ihm erzählen?«, platzte Phoebe in das Schweigen hinein.

»Im Moment gar nichts, aber in solchen Fällen gibt es immer Hoffnung …«

»Dann gibt es also noch andere Frauen wie Caroline? Wie viele sind zurückgekommen?«

»Manche sind gesund aus den Arbeitslagern in Deutschland zurückgekommen«, antwortete Mrs Cameron lächelnd.

»Und die anderen?«

»Das darf ich nicht sagen. Zu anderen Abteilungen habe ich keinen Zugang.«

»Verstehe«, sagte Phoebe kurz. »Mein eigenes Kind verschwindet bei einem wichtigen Einsatz, und ich bin die Letzte, die erfährt, was sie getan hat und warum.«

»Tut mir leid, dass ich so zurückhaltend bin, Miss Faye, doch wir haben genaue Anweisungen, wie viel Informationen wir erteilen dürfen. Wir halten Sie auf dem Laufenden, das verspreche ich. Caroline hätte es auch so gewollt.«

»Sie reden ja, als wäre sie tot.«

»Ich wollte nicht … verzeihen Sie. Es war eine lange Fahrt hierher, aber ich wollte persönlich mit Ihnen sprechen. Man darf immer hoffen«, sagte Mrs Cameron und erhob sich. »Ich hätte Ihnen gerne genauere Angaben gemacht.«

»In diesem Haus gilt, keine Neuigkeiten sind gute Neuigkeiten«, seufzte Phoebe, erhob sich ebenfalls und meinte, gleich ohnmächtig zu werden.

»Wir hoffen das Beste. Ich rufe Sie an, sobald wir mehr wissen. Ich freue mich, Sie kennengelernt zu haben. Sie können sehr stolz auf Ihre Tochter sein. Sie ist eine tapfere, entschlossene junge Frau.« Mit diesen anerkennenden Worten verschwand sie plötzlich und ließ Phoebe an der Tür stehen, fassungslos und zitternd vor Angst, kaum in der Lage, sich zu bewegen.

Sie wankte zurück in den Salon, ließ sich in den Armsessel fallen und schloss verzweifelt die Augen. »Oh, Caroline, wo bist du? Wie konntest du dich auf etwas so Tollkühnes einlassen?« Sie lehnte sich zurück, ihr Herz klopfte wie wild, und ihr Schädel drohte zu zerspringen.

Als Mima hereinkam und das Tablett abräumen wollte, saß Phoebe da und starrte aus dem Fenster. Ihr Gesicht war abgewandt, ihre Zunge hing schlaff aus ihrem Mund, ihr Körper war schief, und sie konnte ihren Arm nicht heben. »Madam!«, jammerte Mima. »Jessie, komm schnell runter … Ich rufe den Arzt an. Bewegen Sie sich nicht.«

Phoebe konnte weder sprechen noch lächeln oder sich bewegen, die plötzliche Schwäche ihrer einen Körperseite hatte sie auf ihren Stuhl gebannt. Was um alles in der Welt ging da vor sich, überlegte sie, während das Zimmer vor ihren Augen verschwamm.

28

Callie hatte sich abgemüht, einen Funken zu schlagen, und den trockenen Zunder vom Waldboden entfacht. Dann kauerten sie sich um das kleine Feuer, wärmten Steine für ihre gefrorenen Hände, obwohl sie befürchteten, der Rauch könnte sie verraten. Sie fanden ein paar Kiefernzapfen mit Samen, die sie rösteten, wärmten das Wasser eines kleinen Bachs in ihren Dosen auf und kauten lange auf ihren letzten Brotrinden herum, weil sie nicht wussten, wann sie wieder etwas zu essen bekämen.

»Wir können hier nicht bleiben«, warnte Maddy. »Wenn wir Richtung Westen laufen, stoßen wir vielleicht auf die Alliierten. Lasst uns einfach weiterlaufen.«

»Aber wir wissen doch gar nicht, wo sie sind. Vielleicht sollten wir zurück ins Dorf gehen und versuchen, ein paar Informationen zu bekommen«, schlug Marie vor.

»Seid ihr wahnsinnig? In diesem Aufzug würde man uns sofort erkennen«, warf Maddy ein.

»Nicht, wenn wir uns nachts fortbewegen. Ich habe eine Idee«, fügte Callie hinzu. »Wenn wir die gestreifte Lageruniform ablegen, haben wir nur die dunklen Arbeitsanzüge an, doch wenn wir was fänden, um uns zu bedecken …«

»Aber wie?«, fragte Maddy und schien nicht überzeugt. »Wir haben keine Papiere, wenn man uns erwischt, schickt man uns zurück. Da sterbe ich lieber, als dahin zurückzugehen.«

»So weit wird es nicht kommen, das verspreche ich euch«, versuchte Callie, ihre Freundinnen zu beruhigen. »Vertraut mir.«

In der zweiten Nacht schliefen sie in einem ausgebombten Haus am Rand von Markkleeberg. Callie machte schnell einen Erkundungsgang und entdeckte in der Ferne ein Bauernhaus. Sie wagte nicht, um Hilfe zu bitten, sah aber, dass die Felder bestellt waren. Der Morgen war heiter, aber windig, und an einer Hecke flatterte Wäsche auf einer Leine im Wind. Sie sehnte sich so sehr nach sauberem Leinen auf ihrer Haut.

»Bleibt in Deckung«, befahl sie den anderen.

»Wo willst du hin?«

»Da rüber«, sagte sie lächelnd und zeigte auf das Bauernhaus.

»Bist du verrückt?«, sagte Marie und packte sie am Arm.

»Wir müssen diese Kleider loswerden. Das ist wichtig. Ich schnappe mir, was ich kriegen kann.«

»Und hetzt dir die Hunde auf den Hals?«, rief Maddy.

»Warte nur ab …«

Ihr früheres Training zeigte wieder Wirkung. Sie robbte über den Boden im Dreck an der Hecke entlang und gegen die Windrichtung, falls es Hunde gäbe. Dann zog sie ein Herrenhemd und ein Laken von der Leine, ein langärmeliges Unterhemd und ein paar Socken. Auf der Leine hing auch eine sehr verlockende Bluse, doch plötzlich entdeckte sie einen Hund, der sich schnüffelnd erhoben hatte, und so krabbelte sie mit ihrer Beute zurück.

Die Mädchen stürzten auf sie zu, zogen sie wieder in Deckung, freuten sich über ihre Ausbeute und liefen damit tief in den Wald hinein. Das würde zunächst reichen, um ihre Lageruniformen ausreichend zu bedecken, denn ganz ablegen konnten sie sie nicht, dafür war es zu kalt. Sie rissen das dünne Laken in Stücke und machten quadratische Kopftücher daraus, um ihre stoppeligen Haare zu verbergen, aus dem restlichen Stoff machten sie Halstücher, um ihre Arbeitskleidung zu kaschieren.

Die Anstrengung, um an diese Ausbeute zu kommen, hatte Callie viel Nervenkraft gekostet, und sie ermüdete schneller als die anderen, wie sie fand. Sie wussten alle, dass sie trotz Hunger und unzähligen Blasen in der Dämmerung weiterlaufen mussten, aber sie kamen nur langsam voran und tranken, wo sie konnten, sogar schmutziges Wasser. Mittlerweile hatten sie seit drei Tagen nichts mehr gegessen, sie hatten Magenkrämpfe, und Callie begann zu würgen und zu brechen. Sie hatte zu viel verschmutzte Flüssigkeiten zu sich genommen, bekam Fieber und zitterte ständig. Sie wollte die anderen nicht aufhalten, doch das Laufen fiel ihr immer schwerer. Als sie den Stadtrand von Leipzig erreichten, wusste sie, dass sie keinen Schritt weitergehen konnte.

»Lasst mich hier«, bettelte sie, doch die anderen wollten nichts davon hören.

Sie wollten gerade weiterziehen, als sie in der Ferne einen Posten SS-Soldaten sahen, die sie heranwinkten. Callie rutschte das Herz in die Hose. Sie hatten keine Ausweispapiere oder Genehmigungen dabei.

»Sagt kein Wort, niemand redet. Überlasst das mir, stellt euch krank«, flüsterte Maddy, während sie sich aneinander klammerten.

»Papiere«, schrie ein Soldat und sah sie misstrauisch an. Da richtete sich Maddy auf und sprach ihn in fast akzentfreiem Deutsch an. »Wir haben keine Papiere, die sind im Lager«, sagte sie und zeigte irgendwohin in die Ferne. »Wir sind französische Feldarbeiterinnen im Wald. Sehen Sie selbst, wir sind noch mit Nadeln bedeckt. Diese Frau ist sehr krank, darum wurden wir getrennt, man hat uns die Erlaubnis erteilt, sie zum Arzt zu bringen. Sie sehen ja selbst, dass sie Fieber hat. Kommen Sie ihr nicht zu nahe ... sie hat vielleicht Tbc.«

Als der Soldat das hörte, wich er einen Schritt zurück, sah Callie neugierig an und bemerkte, wie ihr der Schweiß von der Stirn tropfte. Ihm schien einzuleuchten, dass sie zwei Mädchen als Stütze brauchte. »Geht weiter«, ordnete er an, und so taumelten sie in die Dämmerung, zitternd vor Erleichterung. Wieder einmal hatte Maddy sie gerettet. »Man muss still stehen, ihnen in die Augen sehen und sie nach Strich und Faden in gutem Deutsch anlügen. Das ist von Vorteil, wenn man an der Grenze zum Elsass aufgewachsen ist«, sagte sie stolz.

Je näher sie der Stadt kamen, desto öfter trafen sie auf Männer und ganze Familien, die Handkarren voller Matratzen, Kinder und Hühner zogen. Sie flohen in Richtung Westen aus der Stadt, die inzwischen von Bomben und Hunger zerstört worden war.

»Die Russen kommen!«, warnten sie. »Geht zurück!«

»Wir müssen einen Unterschlupf finden«, beharrte Marie schließlich, wandte sich um und musterte die verlassenen Straßen der Stadt. »Wir können nicht mehr weitergehen.« Dann entdeckte sie einen Kirchturm. »Lasst uns dort um Schutz bitten«, sagte sie und zeigte darauf. »Aus einem Gotteshaus wird man uns nicht vertreiben. Es ist unsere einzige Hoffnung.«

Callie fiel es schwer, die Treppe hinaufzusteigen. Marie öffnete die große Holztür, drinnen war es kühl, nur ein paar flackernde Kerzen erhellten die Dunkelheit. Callie sank erschöpft auf den Boden und sah zur bemalten Kirchendecke empor, die sich vor ihren Augen drehte. Nach den mit Gold verzierten Statuen zu urteilen, die mitleidig auf sie herabblickten, musst es eine katholische Kirche sein.

Aus dem Schatten hinter dem Beichtstuhl trat ein Pfarrer hervor. »Wie kann ich euch helfen?«

Marie kniete vor ihm nieder. »Herr Pfarrer, bitte helfen Sie uns … Wir legen unser Schicksal in Ihre Hände. Unsere Freundin ist sehr krank. Wir sind französische Arbeiterinnen und brauchen Ihre Hilfe. Wir haben seit drei Tagen nichts mehr gegessen und sind so weit gelaufen, dass wir nicht mehr weiterziehen können«, flehte sie.

»Seid ihr Flüchtlinge?«, fragte er und sah sie der Reihe nach an.

»Wir kommen aus dem Arbeitslager in Markkleeberg. Wir sollten irgendwo hinmarschieren. Wenn Sie uns zurückschicken, wird man uns hängen. Bitte helfen Sie uns«, fügte Maddy auf Deutsch hinzu. »Wir wissen nicht, wo wir sonst hinsollen. Lotte ist sehr krank, sie hat unsauberes Wasser getrunken.«

Der Pfarrer schloss die Kirchentüren hinter ihnen und winkte sie heran. »Kommt. Könnt ihr Treppen steigen?« Er führte sie Stufe für Stufe die Wendeltreppe im Glockenturm zu einer Plattform unter den Glocken hinauf. Callie quälte sich auf Händen und Knien über jede einzelne Stufe. »Wartet hier, ich bringe euch etwas zu essen.«

Als er ging, fragten sich Maddy und Marie, ob er sie bei der örtlichen Polizei anschwärzen würde. Waren sie tatsächlich in Sicherheit? Das würde sich weisen. Callie machte sich keine Gedanken mehr. Die Engel an der Decke schwebten um ihren

Kopf, und sie verlor immer wieder das Bewusstsein. Benommen lag sie in Schweiß gebadet und schmerzgeplagt am Boden, ihr war egal, ob sie am Leben blieb oder starb.

Ein Glockenschlag weckte Callie. Sie öffnete die Augen. Sie lag in einem gefliesten Raum und begriff zuerst nicht, wo sie war, bis sie verschwommen die Gestalten wahrnahm, die um sie huschten. Sie lag in sauberen Laken in einem Bett und sah durch das bogenförmige Fenster hinaus auf dichtbelaubte Bäume, durch die wärmendes Sonnenlicht auf ihr Gesicht fiel. Sie versuchte, sich aufzusetzen, war aber so schwach, dass sie wieder zurücksank. Dann sah sie ein rosiges Gesicht mit einer weißen Haube, das sich über sie beugte. »Unsere geheimnisvolle Lady kommt zu sich.«

»*Merci, Madame, mais oui*«, antwortete Callie instinktiv. »Wo bin ich? Bin ich wieder in Brüssel?« War das alles nur ein furchtbarer Albtraum gewesen?

»Im St.-Elisabeth-Krankenhaus … machen Sie sich keine Sorgen, der Krieg ist vorbei. Sie sind nicht länger unsere Feinde oder wir nicht länger Ihre. Pfarrer Bernhardt hat Sie zu uns gebracht. Sie sind in seiner Kirche zusammengebrochen.«

»Ist das die Krankenstation des Gefängnisses?« Sie konnte sich vage an einen freundlichen Wärter erinnern, doch alle anderen Erinnerungen waren völlig verschwommen.

»Sie waren sehr krank. Versuchen Sie, sich nicht zu bewegen. Es ist schon gut, dass Sie nach einer so schrecklichen Zeit überhaupt aufgewacht sind. Ihr Körper hat nicht mehr mitgemacht, aber jetzt ist er wieder bereit zu leben.«

»Wo bin ich?« Callie konnte die Veränderung gar nicht fassen. In ihrem Kopf verschwamm alles. Sie hatte geträumt, sie sei in einem Wald gewesen und vor Soldaten geflohen, sie hatte von Hunden und Waffen geträumt und von Leichen, die von Bäumen hingen, von Skeletten im Wald. Ihr Verstand hatte seine ganze Leistungsfähigkeit verloren, wie eine Maschine, deren Zahnräder nicht mehr ineinandergriffen. Warum erinnerte sie sich an nichts? Sie lehnte sich, erschöpft vom Versuch zu denken, wieder zurück. Wer war sie? Sie bekam Angst, als sie begriff, dass sie nicht einmal ihren Namen wusste. Später kam ein Arzt in weißem Kittel und mit Brille zu ihr und untersuchte sie. Er klopfte ihren Brustkorb ab, kontrollierte ihre Muskeln und ihren Mund, sah ihr aber nicht in die Augen.

»Wer bin ich?«, fragte sie wie ein hilfloses Kind.

»Auf dem Bogen hier steht, dass Sie eine französische Arbeiterin sind, die krank war und von einem Pfarrer hergebracht wurde«, antwortete er und sah sie immer noch nicht an. Er sprach nur schleppend Französisch. »Sie waren an Typhus erkrankt, der durch die Unterernährung und infizierten Wunden noch verschlimmert wurde.«

»Bitten helfen Sie mir, dass ich mich erinnern kann«, bat sie.

Er schrieb etwas auf, sah sie aber nicht an. »Geduld, junge Frau, um sich von einer ernsthaften Krankheit zu erholen, braucht es Zeit. Sie werden sich erinnern, sobald Sie bereit dazu sind. Normalerweise gibt es gute Gründe, weshalb Menschen lieber vergessen. Die Krankenschwestern haben erzählt, dass Sie im Fieberwahn ein holländisches Kinderlied gesungen haben. Vielleicht hilft das Ihrer Erinnerung auf die Sprünge.« Er sah sie mit einem seltsamen Blick an. »Ihre Kleider wurden verbrannt. Sie waren aus einem Arbeitslager. Vielleicht hilft Ihnen auch das weiter, außerdem haben Sie irgendwann ein Kind zur Welt gebracht, das sehe ich an Ihrem Körper. Vielleicht bedeuten diese Puzzleteile etwas oder auch nichts.« Plötzlich stand er auf und ging in ein anderes Zimmer. Seine Worte ergaben keinen Sinn, und ihr fehlte der Wille, sich Gedanken über ihre Bedeutung zu machen. Ihr reichte es, trocken und warm zu sein. Falls dies das Paradies war, war sie sehr zufrieden damit.

Für Phoebe waren die Übungen frustrierend. Ihren nutzlosen Arm zu heben, war hoffnungslos. Er bog sich stets wie ein Haken und sackte auf ihre Brust zurück. Sie hatte keine Geduld, keine Kraft und keine Beweglichkeit auf der einen Körperseite, und ihre Sprache, ihre Worte waren nicht mehr als ein Gebrabbel. Sie konnte sich nicht anständig unterhalten. Das Krankenhaus in Glasgow hatte gute Arbeit geleistet, jetzt war sie zur Rehabilitation in einer Klinik am Clyde, machte aber nur sehr langsam Fortschritte. Man hatte ihr gesagt, dass sie vermutlich eine Serie kleinerer Schlaganfälle gehabt habe, doch erst durch den letzten großen im Sommer Schaden erlitten habe. Man hatte ihr außerdem gesagt, dass sie größere Fortschritte machen würde, wenn sie etwas mehr üben, aufstehen und ihre Behinderung akzeptieren würde. Es gab Krücken, die ihr beim Laufen helfen konnten, und einen Rollstuhl, wenn sie müde wurde. Es lag allein an ihr, wie viel Kraft sie aufbringen wollte. Der Logopäde hatte ihr gute Ergebnisse versprochen, wenn sie regelmäßig zu seinen Sitzungen käme, auch weil sie als Schauspielerin und Sängerin ihre Atmung und ihre Stimme richtig einzusetzen wusste, doch die Hälfte der Zeit hatte sie keine Lust dazu. Der Arzt hatte gesagt, eine Depression gehöre zum normalen Genesungsprozess dazu.

»Sie haben einen Schock erlitten, für eine unabhängige Frau wie Sie ist das anfangs nicht leicht.«

Er begriff nicht, was es bedeutete, sich gestrandet zu fühlen, sich nicht unterhalten oder gerade laufen zu können. Sie war in ihrem Leben kaum einen Tag krank gewesen. Am schlimmsten war es, wenn sie sich auf heißersehnte Radioprogramme konzentrieren wollte, dann aber zu den seltsamsten Zeiten einschlief und das Wesentliche der Diskussionen oder Theaterstücke verpasste.

Zum Glück hielten Mima und Jessie in Dalradnor die Stellung, aber wie lange noch? Und was um alles in der Welt würde aus Desmond werden? Und noch immer gab es von Caroline kein Lebenszeichen. *Oh, Caroline, wo bist du? Lebst du noch?* Sie war vermutlich tot, doch man wartete, bis es ihr besserging, um ihr die schlechte Nachricht zu überbringen. Es gab für ihr Verschwinden keine andere Erklärung.

Nun war sie ganz offensichtlich alleine für ihren Enkel verantwortlich. Wie sollte sie jetzt mit einem so lebhaften Jungen zurechtkommen? Er brauchte jemanden, der jünger war, jemanden wie Jessie, doch die plante, ein Schiff zu nehmen, sobald sie alle Genehmigungen hatte. Es gab keine Alternative: Er musste in ein gutes Internat in der Nähe gehen, doch was sollte dann in den Ferien aus ihm werden …?

Sie lag da und machte sich über seine Zukunft Gedanken. So konnte sie über etwas anderes als nur ihren Kummer und ihren Schmerz nachdenken. Vielleicht war es an der Zeit, seinen Vater zu suchen und ihn an seine Vaterpflichten zu erinnern oder zumindest seine Familie in Wales ausfindig zu machen. Vielleicht nahmen sie ihr Desmond sogar ab, während sie sich erholte. Aber Caroline hatte nie etwas mit ihnen zu tun gehabt, und bei der kriminellen Vorgeschichte seines Vaters war es vermutlich auch besser, gar nicht erst in dieses Wespennest zu stechen.

Doch Grübeln würde sie auch nicht wieder auf die Beine bringen. Wenn sie Desmond doch nur für ein paar Monate unterbringen könnte – höchstens ein Jahr, wie sie glaubte –, dann könnte sie sich erholen und ihren Beruf wiederaufnehmen. Der Schlaganfall hatte ihre Zukunftspläne vernichtet. Nichts war in ihrem Leben reibungslos gelaufen, warum sollte es nicht noch einen Rückschlag geben? Auch den würde sie ertragen müssen. Phoebe wusste, dass es einen Ausweg geben würde, doch der lag jetzt noch im Dunkeln.

Je mehr Callie zu Kräften kam, desto mehr Frieden und Trost fand sie im Krankenhausalltag, einem ruhigen Rückzugsort für ihre wirren Gedanken. Die Kapelle war ihr Zufluchtsort, der Duft des Weihrauchs brachte ihre geplagte Seele zur Ruhe, und sie hatte Zeit, der Musik und den Stimmen zu lauschen, die ihren fiebrigen Verstand beruhigten. Dies war auch der Ort, an dem ihre ersten Erinnerungen zurückkehrten, als sie zur verzierten Decke und den Engeln emporgesehen hatte. Ihr fiel wieder ein, wie sie die quälenden Treppen zum Glockenturm fast wie eine Büßerin hinaufgekrabbelt war.

Als der alte Pfarrer kam, den sie Pater Bernhard nannten, und sich nach ihren Fortschritten erkundigte, erzählte er ihr, was er von den beiden Mädchen wusste, die ihr das Leben gerettet hatten.

»Du warst eine belgische Gefangene in einem Lager. Möge Gott in seiner schier unendlichen Güte jenen vergeben, die solche Verbrechen an der Menschheit, an wehrlosen Frauen und Kindern begangen haben. Zumindest hat man die Dorfbewohner durch das Lager geführt und ihnen die Gräueltaten vor Augen geführt. Die Welt weiß nun, wozu wir fähig sind, wenn ein Verrückter …« Er unterbrach sich und wischte sich Tränen aus den Augen. »Aber das ist unsere Schande, nicht deine. Man nannte dich Lotte und sagte, du seiest in Brüssel verhaftet worden.«

»Danke, dass Sie uns gerettet haben. Meine Freundinnen – sind sie noch hier?«, fragte Callie und sah sie schon gedanklich vor sich. Madeleine und Marie – ihre Namen tauchten plötzlich in ihrem Kopf auf, und sie musste lächeln.

Pater Bernhard schüttelte den Kopf. »Sobald die amerikanischen Truppen die Stadt übernommen haben, hat man sie mit vielen anderen Gefangenen und Arbeitern zurückgeschickt. Diese Mädchen haben Ihnen das Leben gerettet, und auch eine namens Celine.«

Celine – der Name brannte sich wie Sonnenlicht, das durch Nebel fällt, in ihrem Gehirn fest, und plötzlich sah sie die arme Frau bei ihrem Totentanz vor den Wärtern wieder vor sich. Sie sah die Hunde und hörte sie knurren, sie roch die Angst und die Scham, als die Erinnerungen zurückkamen, und bedeckte sich die Augen, um die Bilder zu verscheuchen. »Wir konnten Celine nicht retten«, flüsterte Callie. Sie erzählte ihm alles, woran sie sich erinnern konnte, und er weinte leise mit ihr.

»Du erinnerst dich.«

»Ja, ich erinnere mich, aber ich wünschte, ich könnte es nicht. Wie soll ich mit diesem Grauen im Herzen leben?«, jammerte sie.

«Gott wird dir die Stärke verleihen, damit du deinen Weg

zurück ins Leben finden kannst. Die Reise hat offenbar jetzt begonnen, wo du wieder zu Kräften gekommen bist. Gott gibt einem das Rückgrat, um die Last zu tragen, sagt man, aber wo war er an diesen schrecklichen Orten?« Der alte Mann stand auf und seufzte schwer. »Ich fürchte, wir müssen für immer mit unserer beschämenden Mitschuld leben. Pilgerin Lotte, oder wer immer du sein magst, ich wünsche dir alles Gute … Möge Gott mit dir sein, mein Kind.«

In den folgenden Wochen erinnerte sich Callie immer mehr an die durchlebten Qualen, doch sobald sie sich zu erinnern versuchte, warum sie ins Lager gebracht worden war, schien es, als würde sich ein Eisentor vor ihren Augen schließen. Es baute sich wie eine riesige Fratze mit einem Schloss davor auf, zu dem sie keinen Schlüssel hatte. Sie suchte weiter nach dem Schlüssel, doch es gab keinen. In ihren Träumen erschienen ihr seltsame Bilder, auf die sie keinen richtigen Zugriff hatte: ein Haus mit Giebeldach, das glitzernde Wasser eines Sees, ein altes Pferd auf einem Feld. Immer wieder tauchten Gesichter vor ihrem geistigen Auge auf und verschwanden wieder, bevor sie sie erkennen konnte. Sie erwachte und versuchte, sich an die verblassenden Träume zu klammern, die flüchtigen Bilder festzuhalten, die ihr etwas zuriefen, bis sie vor Sehnsucht Kopfschmerzen bekam.

Immerhin konnte sie sich inzwischen nützlich machen und dabei helfen, Patienten zu holen, dafür sorgen, dass die älteren Nonnen nicht so viel laufen mussten. Sie flickte gerne alles, was in den Wäschekörben lag, Säume und Bettlaken, und lernte komplizierte Stickstiche, welche die Nonnen so gut beherrschten. Sie saß fasziniert bei den Spitzenklöpplerinnen und sah zu, wie sie ihre Spulen drehten und kleine

Dinge zum Verkauf fertigten. Doch bald spürte sie, dass ihre Zeit bei den Nonnen zu Ende ging. Sie konnten sie nicht für immer unterstützen. Sie war nicht katholisch, kannte ihre Gottesdienste nicht, wusste nichts über ihre Rituale oder die Messe, obwohl sie Trost fand, wenn sie hinten in der Kirche saß und den Klang des Gottesdienstes ihre seelischen Wunden heilen ließ.

Ihre Träume wurden eindringlicher und lebhafter, und das Eisentor wandelte sich langsam zu einer Holztür und schließlich zu einer Steinmauer mit Leiter, über die sie klettern und von der aus sie ein Land voller Hügel und Seen sehen konnte. Eines Tages im November, in der Morgendämmerung, irgendwo zwischen Wachen und Schlafen sah sie ein Kind, das mit einem braunen Hund um die Wette auf sie zurannte, ein Junge mit schwarzem Lockenkopf. »Mommy, sing es noch mal«, rief er ihr zu, und Callie setzte sich senkrecht im Bett auf. »Desmond? Bist du das?«, schrie sie auf Englisch. »Desmond, komm zurück, Desmond«, schrie sie, so dass eine Nonne hereinstürzte, um nachzusehen, was da los war.

»Lotte, was ist los? Wieder ein böser Traum?«

»Schau!«, schrie Callie und zeigte auf die leere Wand. »Ich habe einen Sohn … schau. Desmond. Er war gerade noch hier. Ich muss nach Hause zu ihm.« Sie streckte ihre Arme aus, um ihn zu umarmen, doch er verschwand. »Desmond!«, rief sie immer wieder. »Warte auf mich.«

Eine Nonne brachte Kamillentee, um sie zu beruhigen, während die Schwestern um sie herumstanden und hörten, wie sie zum ersten Mal in ihrer Muttersprache sprach. Sie lehnte sich erschöpft, aber lächelnd vor Erleichterung zurück. Die verriegelte Tür hatte sich geöffnet, das Tor stand weit offen, sie war frei und bereit, den Heimweg anzutreten. »Ich muss einen Brief schreiben. Ich brauche eine Postkarte und eine Briefmarke. Ich muss ihnen sagen, dass ich nach Hause komme, bitte«, bettelte sie und lächelte. »Bitte helft mir, dass ich zurück nach England komme.«

Schwester Berenice war so überrascht, dass sie ihrer Bitte sofort nachkam. »Das ist ein Wunder«, flüsterte sie den anderen Nonnen zu.

»Kein Wunder, Schwester«, antwortete eine andere Nonne und lächelte Callie an. »Nur Mutterinstinkt. Sie muss ihren Sohn finden.«

Sie fanden eine alte Postkarte der Stadt mit der Kathedrale drauf, und Callie kritzelte mit krakeliger Handschrift etwas darauf. »Mein Liebling, Mommy ist in Sicherheit und kommt bald zu dir nach Hause.« Sie schrieb die vollständige Adresse von Dalradnor Lodge in Schottland darauf. Eine Novizin brachte die Karte zur Post.

Während jenes seltsamen ersten Winters nach dem Krieg 1945, als Europa noch im Chaos versank und gegnerische Gruppierungen um die Vorherrschaft im Lande kämpften, zogen unzufriedene, bewaffnete ehemalige Soldaten und Flüchtlinge auf der Suche nach Geld und Wertsachen, Schuldscheinen und allem, was man stehlen und für Essen und Waffen verpfänden konnte, plündernd durch das Land. Einem dieser erbitterten Raubüberfälle fielen auch Säcke der Leipziger Post zum Opfer, sie wurden durchwühlt und die Briefe in alle Himmelsrichtungen verstreut. Callies Postkarte landete irgendwo durchnässt und ungelesen auf den Gleisen.

29

»Hör zu, Desmond, das bleibt unser kleines Geheimnis«, sagte Jessie, drückte ihren Finger auf seinen Mund und setzte ihn sich auf den Schoß. »Versprich mir, dass du niemandem erzählen wirst, was wir vorhaben. Hast du mich verstanden?«

»Dann darf ich also mit dir mitkommen?«, fragte Desmond und schmiegte sich an sie.

»Ich weiß, dass du das gerne möchtest, aber ich weiß nicht, ob deine Großmutter will, dass du so weit fortgehst. Die Fahrt ist sehr weit, und wir werden nie wieder zurückkommen.«

Desmond nickte. Jessie hatte ihr ernstes Gesicht aufgesetzt, also hörte er genau zu. Wenn er brav war und in der Schule keinen Ärger machte, würde sie ihn auf das Schiff und auf eine lange Urlaubsreise nach Australien mitnehmen, um Onkel Bob zu besuchen. Er würde bei ihnen wohnen, ihr kleiner Junge sein und Großmutter Phee nie wiedersehen. Arme Großmutter, sie ging am Stock, und ihr linker Arm funktionierte nicht mehr richtig, manchmal verstand er auch nicht, was sie zu ihm sagte. Sie mochte keinen Lärm im Haus und musste viel schlafen. Sie wäre bestimmt froh, wenn es nach ihrer Abreise ruhiger im Haus würde.

Jessie packte Kleider und Hochzeitsgeschenke ein: das Teeservice aus Porzellan mit lauter Rosen drauf, einen silbernen Kerzenleuchter und das in Leder gebundene Album mit den Fotos vom Bauernhaus und ihren Schwestern sowie ein gerahmtes Hochzeitsfoto. Alles verschwand für die Reise in einem großen Seekoffer, und für die übrigen Kleider hatte sie einen neuen Koffer besorgt. Sie legte weiter seine Hemden,

Hosen, Pyjamas und Socken hinein. »Wenn wir ankommen, ist es Sommer, es wird sehr heiß.«

Sie besaß ein Buch, aus dem sie ihm immer vorlas, *The English Brides' Guide to Australia*. Darin stand, was sie dort erwartete, wie sie sich am besten an das Klima gewöhnen könnten und auf welche Insekten sie achten müssten. Onkel Bob war nicht mehr bei der Armee, seit er einen Motorradunfall gehabt und sich verletzt hatte. Er war im Krankenhaus gewesen, darum hatte seine Mutter Jessie einen Brief geschrieben und sie gebeten ihm zu helfen, dass er wieder normal würde. So bekam sie die Erlaubnis, mit einem der ersten Passagierschiffe auf Überfahrt zu gehen.

Großmutter Phee war nicht gerade glücklich darüber, dass Jessie so kurz vor Weihnachten abreiste, und schlug vor, Desmond nach den Ferien auf die Grove-Park-Privatschule zu schicken. Sie hatten sich deswegen gestritten. »Wie können Sie einen so kleinen Jungen an so einen schrecklichen Ort schicken?«, hatte Jessie argumentiert, während er oben auf der Treppe gesessen und gelauscht hatte.

»Was soll ich denn sonst tun?«

»Erlauben Sie mir, ihn mitzunehmen«, sagte Jessie. »Er ist gerne an der frischen Luft und liebt die Sonne. Es gibt dort das ganze Jahr lang Orangen. Er würde sich sicher wohl fühlen.«

»Das wäre nicht angebracht, nicht solange … es keine Nachricht von seiner Mutter gibt …« Großmutter musste immer mitten im Satz eine Pause machen, wenn es um ihre Tochter ging.

»Miss Faye, wir wissen doch beide, dass sie nicht mehr zurückkommen wird. Es ist besser, wenn wir den Dingen ins

Auge sehen und Pläne machen.« Desmond hatte Jessie noch nie zuvor so mit seiner Großmutter sprechen gehört.

»Wir wissen nichts Genaues. Wenn ich sicher wäre, wäre das vielleicht etwas anderes. Sie können den Jungen doch nicht einfach auf die andere Seite der Welt mitnehmen. Er ist mein Enkel, und irgendwo hat er noch einen Vater.«

»Der war aber bisher auch keine große Hilfe. Ich würde mich um ihn kümmern, als wäre er mein eigener Sohn, und ich weiß, dass er mit mir mitkommen will. Eine Überlegung wäre es wert.«

Desmond rutschte langsam eine Stufe nach der anderen hinunter, um zu hören, was seine Großmutter als Nächstes sagen würde. »Ich will mit Jessie mitgehen«, schrie er, nur damit klar war, wie er darüber dachte.

»Sei nicht albern, junger Mann. Sie ist nur dein Kindermädchen, nicht deine Mutter. Ich verbitte mir das. Du musst unter deinesgleichen bleiben«, schrie sie ihn ärgerlich an.

Er hasste die Schule, und er hasste Dalradnor, seit Großmutter Phee aus dem Krankenhaus zurückgekehrt war. Es roch nach Bettpfannen und Kantinenessen und nicht mehr so wie sonst. Er wollte nicht länger bei einer alten Frau wohnen.

Der Tag für Jessies Abreise nach Southampton rückte immer näher, niemand sagte ein Wort, und das war der Moment, an dem Jessie ihm ihr kleines Geheimnis anvertraute. »Du bist mein Neffe. Wir benutzen nicht mehr deinen Vornamen auf deinen Papieren, sondern deinen zweiten Namen Louis. Ich werde dich Lou nennen. Vergiss das nicht, wenn der Herr dich fragt, warum du mit mir reist. Ich bin deine Tante Jessie. Du darfst niemandem etwas davon erzählen, sonst schicken sie dich zurück, und es gibt Ärger.«

Desmond nickte und behielt alles für sich. Wenn die harten Jungs, die ihn auf dem Schulhof ärgerten, nur wüssten, was für eine herrliche Zeit ihm auf der HMS *Stirling Castle,* einem echten Kriegsschiff, bevorstand, doch das durfte niemand erfahren.

Für Jessie wurde ein Abschiedsessen gegeben. Mima hatte Rindfleischpastete mit Kartoffeln und zum Nachtisch Trifle und Eiscreme gemacht. Alle Freunde von Jessie waren gekommen, um ihr Lebewohl zu sagen und ihr Geschenke zu überreichen. Großmutter hatte ihr wertvolle Kleidergutscheine geschenkt, damit sie sich für ihr Wiedersehen mit Bob etwas Schönes kaufen konnte. Mima und Mrs Burrell schenkten ihr ein Album mit Postkarten der Umgebung. Desmond hatte eine Karte gebastelt, auf der *Bon Voyage* stand, Großmutter hatte ihm das buchstabiert. Es bedeute gute Fahrt, hatte sie zu ihm gesagt. Einen Augenblick war er traurig gewesen, dass er sie nie wiedersehen würde, aber er wusste auch, dass sie es leid war, ihn die ganze Zeit um sich zu haben.

Am nächsten Tag weckte Jessie ihn vor dem Morgengrauen. Draußen war es noch stockdunkel, sie half ihm, sich leise anzuziehen, die Treppe hinunterzuschleichen und durch die Hintertür zu verschwinden. Sie liefen zum Bahnhof, um den Zug nach Glasgow Central zu erwischen, kamen rechtzeitig in Southampton an, passierten die Kontrollen und gingen an Bord.

»Wie wird Großmutter erfahren, wo ich bin?«, fragte er. Er wusste, dass der Gepäckträger sie am Bahnsteig zu Hause in den Zug steigen gesehen hatte.

»Ich habe ihr einen Brief hinterlassen und alles erklärt. Sie wacht nie vor dem Mittagessen auf. Sie wird uns nicht aufhalten, das weiß ich einfach. Also mach dir keine Sorgen, ihr wird es viel besser gehen, wenn wir weg sind.«

Phoebe las Jessies Brief immer und immer wieder fassungslos durch; es war eine bodenlose Frechheit, ihr die Entscheidung aus der Hand zu nehmen. Als sie nach dem Aufwachen auf dem Kaminsims im Salon den Brief gefunden hatte, war es schon viel zu spät, um sie einzuholen. Phoebe wusste, dass sie die Polizei hätte verständigen müssen, doch irgendetwas hielt sie zurück. Vielleicht hätte sie auf diese Weise wieder ein wenig Ruhe und Frieden für sich, Zeit, ihre Übungen zu machen und ihren Agenten zu kontaktieren. Vielleicht gab es sogar ein Comeback. Oder sie schrieb ihre Memoiren, so wie andere Gaiety Girls auch. Das Leben war für sie noch nicht vorbei. Sie hatte noch einmal Glück gehabt, und das war ein Warnsignal, sich nicht mehr zu überanstrengen. Vielleicht hatte Jessie ihr sogar einen Gefallen getan – das würde sich weisen –, außerdem konnte sie immer noch die lange Reise antreten und Desmond zurückholen. Sie lehnte sich zurück und ließ sich von Mima bedienen.

Ihre Haushälterin schwieg und schien schockiert über Jessies Hinterhältigkeit, doch offenbar war sie auch nicht wirklich überrascht. »Sie stand dem kleinen Jungen sehr nahe. Ich habe schon bemerkt, dass sie ihn fast als ihren Sohn sah.« Sie seufzte. »Sie muss das seit Monaten geplant haben. Ich hätte sie nicht für ein so listiges Luder gehalten … Oh, das Telefon klingelt … vielleicht hat sie ihre Meinung doch geändert.« Mima rannte in den Flur, ging dran, kehrte dann zurück und sagte: »Ein Ferngespräch aus London, für Sie Miss Faye, vom Ministerium.«

Phoebe kämpfte sich zum Telefon und nahm den Hörer entgegen. Die Stimme am anderen Ende sprach zu schnell für sie. »Mrs Cameron, ich verstehe Sie nicht, es knackt in der Leitung ... ja, ich setze mich.« Phoebe ließ sich langsam auf dem Stuhl im Flur nieder und wartete auf die schlechte Nachricht.

»Ich verstehe ... ja, ja ... wann ... wo? Das kann ich gar nicht glauben ... nach so vielen Monaten. Ich verstehe ... Wann? Das sind wunderbare Neuigkeiten. Wenn Desmond das erfährt ...« Phoebe sackte zusammen, der Hörer fiel ihr aus der Hand und knallte mit einem lauten Krach auf den gekachelten Fußboden.

Mima eilte herbei und sah Phoebes gequältes Gesicht. »Du liebe Güte, dann kam die Nachricht jetzt wohl. Es tut mir leid. Das ist immer ein Schock ...« Sie versuchte, sie zu trösten.

»Nein, Mima, nein ... Es gibt gute Neuigkeiten.« Phoebe schluchzte. »Caroline kommt nach Hause ... sie lebt!« Sie vergrub ihr Gesicht in ihrer Hand, als wollte sie alle Gefühle darin auffangen – Erleichterung, Schock und Verwirrung –, die sie übermannten. Dafür hatte sie gebetet. Das war eine herrliche Nachricht, doch gleichzeitig wurde ihr auch bewusst, was das zu bedeuten hatte. »Meine Tochter kehrt zu ihrer Familie zurück. Wie soll ich ihr ins Gesicht blicken, Mima? Wie soll ich ihr das von Jessie und Desmond erzählen? Wie soll ich das alles erklären ...? Was soll ich jetzt bloß tun?«

30

Callie starrte entsetzt und ungläubig auf die Einfahrt zum Château Grooten und auf die Trümmer, die vor ihr lagen. Es sah aus, als hätte eine riesige Planierraupe das Gebäude plattgemacht und nichts außer Schutt und verkohltem Holz zurückgelassen. Das Herrenhaus schien direkt getroffen worden zu sein. Sie seufzte und dachte an das einst märchenhafte Schloss mit seinen Türmchen, gotischen Fenstern und freundlichen Zimmern, die nun all ihrer Würde beraubt waren und gedemütigt in Schutt und Asche lagen. Callie war ohne große Erwartungen hergekommen, um der Comtesse einen Höflichkeitsbesuch abzustatten, und nun waren ihre schlimmsten Befürchtungen wahr geworden. Die Familie van Grooten gab es nicht mehr, und tief in ihrem Herzen wusste sie, dass Ferrand nicht überlebt hatte. Das hatte sie besonders stark während ihrer Genesungszeit gespürt.

Als die Erinnerungen zurückkehrten und mit ihr die Bilder ihrer vergangenen Liebe, sehnte auch ihr Körper sich nach physischem Trost, doch als sie zurück ins Leben hinkte, sollte es den nicht geben.

Stattdessen geriet sie in die Mühlen der Bürokratie. Man hatte sie zum Sicherheitscheck den amerikanischen Behörden übergeben. Sie nannte ihren Decknamen und ihren Code, wie die Vorschriften es verlangten. Das Hauptquartier bestätigte, dass sie die Agentin Charlotte Blanken sei, also kam sie in britische Obhut und wurde mit einem Militärflugzeug zuerst nach Brüssel geflogen, wo sie eine Nacht verbringen würde. Sie hatte nur wenig Zeit, wusste aber, was sie tun musste, bevor sie nach Hause zurückkehrte.

Ein Fahrer fuhr sie zuerst zu Marthe van Hooge, doch das Haus gehörte jetzt jemand anderem, und eine neue Adresse gab es nicht. Sie überredete einen jungen Offizier, sie hinaus zum Château Grooten zu fahren, falls Ferrand, wie sie es sich erträumte, dort auf sie wartete. An diese albernen Phantasien hatte sie sich auf dem Weg von Leipzig nach Brüssel geklammert, doch so unwahrscheinlich sie auch waren, sie durfte die Hoffnung nicht einfach aufgeben.

Callie näherte sich den Ruinen und sah dort einen schwarzgekleideten Mann – groß und mit dunklen Locken –, der über die Trümmer gebeugt nach Sachen suchte, sie aufhob und vorsichtig in eine Schubkarre legte. Sie blieb stehen und starrte ihn an. Das konnte nicht sein … und doch … plötzlich spürte sie Freude aufkommen. Ihr Geliebter war ihr zurückgegeben worden, sie konnte es kaum glauben! Sie rannte zwischen den Steinen und Trümmern den Kiesweg entlang und wagte vor Aufregung kaum zu atmen, doch dann sah der Mann auf und holte sie brutal in die Wirklichkeit zurück. Es war nicht Ferrand. Zuerst befürchtete sie, dass es ein Plünderer wäre, der sich wie ein Aasgeier über die Reste hermachte.

»Kann ich Ihnen behilflich sein?«, fragte er und schien gelassen seiner Aufgabe nachzugehen; er hatte nicht das typisch hinterhältige Verhalten eines Diebes.

»Ich suche Comtesse van Grooten – ich war vor dem Krieg hier«, sagte sie und fragte sich, wer der schwarzgekleidete Mann sei.

»Ah, *Mamans* Mädchenschule … Das waren noch Zeiten, und jetzt das hier.« Er stand auf und streckte seine Hand aus. »Ich bin ihr Sohn Karel. Leider habe ich keine guten Nachrichten. Und wer sind Sie …?«

»Caroline, eine Freundin Ihres Bruders, von Louis-Ferrand.« Sie machte eine Pause, denn plötzlich war ihr klar, dass sie bald die Wahrheit erfahren würde und seinen Gesichtsausdruck nicht sehen wollte. »Er hat oft von seinem Bruder, dem Priester, gesprochen, auch von Jean-Luc ... Wie geht es den beiden?« Sie musste das einfach fragen. Sie musste es wissen.

Er senkte den Kopf. »Dann sind Sie also Ferrands englisches Fräulein.« Wie er ihre Beziehung beschrieb, klang irgendwie altmodisch. »Das hier hätte ihm das Herz gebrochen. Er hatte große Pläne, aber die hatten wir vermutlich alle«, sagte er und zuckte die Achseln.

Da er so zögerlich ihre Frage beantwortete, wusste sie, was als Nächstes käme. »Ist er tot?«, fragte sie und wollte ihn davor bewahren, dass er die Worte selbst aussprechen musste.

»Leider ja, wie so viele andere Patrioten auch.« Er sah sie von der Seite an und schien abschätzen zu wollen, wie sie darauf reagierte. »Es tut mir leid.«

»Wie ist das passiert?«, fragte sie. Sie wollte lieber gleich erfahren, was sie schon vermutet hatte, selbst wenn sie spürte, dass ihr von der Nachricht schwindelig werden würde.

»Das ist nicht der geeignete Ort, um eine so traurige Angelegenheit zu besprechen. In der Nähe der Ställe steht noch das Cottage. Ich hole Ihnen etwas zu trinken«, sagte Karel freundlich, denn offensichtlich sah er, wie bestürzt sie war. »Sind Sie alleine hier?«

»Ich habe einen Fahrer, er wartet am Tor.«

Schweigend gingen sie nebeneinander her. Callie versuchte, seine Worte zu verarbeiten, doch da war nichts als Leere, ein taubes Gefühl, und eine Welle der Trauer ergriff sie.

Das einzige Zimmer im Haus stand voller Bilder und Kerzenständer, Töpfen und kaputten Schätzen, einem angekokelten Kissen und versengten Büchern. Es roch nach Rauch und Verzweiflung.

»Wir haben aus der Asche gerettet, was zu retten war. Das Haus war von deutschen Offizieren beschlagnahmt worden, und während der Befreiung geriet es unter Feuer. Meine Mutter wohnte bis zu ihrem Tod hier. Eines Nachts wurde das ganze Haus zerstört.«

Wie hatte die einst so stolze Comtesse diese Invasion ertragen und zurückgezogen in einem Zimmer leben können?

»Und Ferrand?« Sie wollte seine Geschichte erfahren. Karel reichte ihr ein Glas Brandy und zeigte auf einen Holzstuhl.

»Nach der Niederlage der belgischen Streitmacht und dem Beginn der Besatzung hat man versucht, uns davon zu überzeugen, dass sich im Land nichts ändern würde, aber das währte nicht lange. Er hatte einen Lehrstuhl an der Universität und wehrte sich vehement gegen die Sprachpolitik und den Lehrplan. Alles musste auf Deutsch sein. Die Lehrkräfte wurden überwacht. Er trat einer Widerstandsbewegung bei und verteilte Flugblätter und Propagandaschriften. Sie übernahmen eine Zeitung, in der die Besatzer in den Dreck gezogen wurden, und brachten sie auf die Straßen. Dann war es nur noch eine Frage der Zeit, bis sie denunziert, verhaftet und hingerichtet wurden. Ich konnte nichts für ihn tun. Ich durfte ihn noch nicht einmal im St Gilles besuchen. Ich habe es versucht«, sagte er unter Tränen.

Callie schnappte nach Luft und schüttelte den Kopf. Ferrand war am gleichen Ort wie sie gewesen. Vielleicht waren sie sogar nahe beieinander und nur von Mauern und Treppen getrennt gewesen. Wenn nur ... aber was konnte sie nach Ravensbrück jetzt noch erschüttern? Sie fühlte sich leer und ohne jede Hoffnung.

»Die Nachricht von Ferrands Tod hat meine Mutter umgebracht. Wir verloren Jean-Luc in Dünkirchen, als er versuchte, nach Großbritannien zu gelangen. Er ist ertrunken ... Jetzt ist niemand von unserer Familie mehr übrig, es gibt keine Zukunft und keine Erben. Ich bin Pfarrer ... oder zumindest war ich das. Aber ich bin mir meiner Berufung nicht mehr sicher, fürchte ich. Wir haben ein Sprichwort. ›Verlust, Irrtum und Krieg gehen Hand in Hand, und bald wird auch die Wahrheit geopfert.‹«

Callie streckte ihren Arm aus und nahm seine Hand.

»Ein Priester hat mir in Deutschland das Leben gerettet, und ich wurde von Nonnen gepflegt. Es tut mir so leid. Ferrand war die Liebe meines Lebens. Wir hatten eine so kurze Zeit zusammen. Er wäre ein wunderbarer Vater gewesen«, sagte sie.

»Ach, aber leider gibt es nun keine Söhne mehr ...«

Callie lächelte unter Tränen. »Da irrst du dich. Ich habe einen Sohn, er heißt Desmond Louis. Er ist Ferrands Junge und wartet in Schottland.«

Karel schlug erstaunt die Hände vors Gesicht. »Und mein Bruder hat nie davon erfahren?«

»Ich wollte es ihm bei seinem Besuch sagen, aber dann kam der Krieg, und wir sind uns nie wieder begegnet. Ich fahre jetzt nach Hause zu ihm. Ich habe einfach auf ein Wunder gehofft ...«

Karel schüttelte den Kopf. »Das ist ein Wunder, Caroline, eine Hoffnung für die Zukunft in dieser dunklen Welt. Ich dachte schon, alles wäre verloren, und jetzt das?« Er trank sein Glas leer, als wollte er sich damit beruhigen. »Hätte mein Bruder nur davon erfahren, wäre er vielleicht nicht solch ein Risiko eingegangen.« Er öffnete eine weitere Flasche. Seine Hände zitterten vor Aufregung und Rührung, als Callie Desmond zu beschreiben begann, seine schwarzen Locken und blauen Augen.

»Ich habe ihn seit drei Jahren nicht mehr gesehen. Er ist jetzt fast sieben. Ich habe gedacht, ich müsste meine Pflicht tun, und habe mir nicht wirklich Gedanken über die Konsequenzen gemacht oder überlegt, dass ich so lange weg sein würde. Ich gehöre zu den wenigen Glücklichen, die überlebt haben. Wir können nur hoffen, dass er und alle anderen Kinder, die durch den Krieg von ihren Eltern getrennt wurden, eine bessere Zukunft haben werden.« Karel nickte und reichte ihr ein Glas Brandy. Sie trank es mit einem Schluck aus, dann saßen sie schweigend da und dachten darüber nach, was sie soeben erfahren hatten.

Nach ein paar Minuten erhob Karel sich, ging zu einer großen Kommode, die an der Wand stand, zog eine Schublade auf und holte eine Schachtel heraus. »Dann musst du deinem Sohn das hier von seinem Vater geben. Das ist alles, was ich ihm von ihm geben kann. Uns ist nicht einmal ein Foto von uns allen geblieben.«

»Keine Sorge, ich habe ein paar von Ferrand aus Kairo.« Callie öffnete die Schachtel. Darin lag ein Orden, das *Croix de Guerre* am rotgrüngestreiften Band.

»Das ist eine Tapferkeitsmedaille, die höchste nationale Auszeichnung … Erzähl deinem Sohn alles von Louis-Ferrand.«

»Danke, das verspreche ich. Er wird sie sein Leben lang aufbewahren. Aber was wirst du jetzt tun?«

»Ich habe meine Kirche und mein Haus. Das Land soll bewirtschaftet werden, aber dieses Haus – es hat keinen Sinn. Ich habe keine Verwendung dafür. Wozu sind Dinge gut ohne die Menschen, die ihnen einen Sinn verleihen?«, seufzte er. »Komm mit und sieh dir an, wo unsere Verwandten begraben sind.«

Er führte sie zu einer kleinen Kirche und einem Friedhof und ließ sie alleine zum Familiengrab der van Grootens gehen und die Namen lesen, die darauf standen. Sie las den der Comtesse und sah ihr in Stein gerahmtes Bild und dann das von Jean-Luc in Uniform.

»Ferrand ist nicht hier. Maman wollte seine sterblichen Überreste herbringen, doch das hat man ihr verweigert.«

Callie suchte nach Worten, um ihn zu trösten. Die Asche so vieler Seelen war in alle Himmelsrichtungen verstreut worden, dachte sie, es hatte so viel Tod und Zerstörung gegeben. Sie kehrte in Gedanken zu den Bildern der Schornsteine im Lager und dem Gestank nach verbranntem Fleisch zurück, der dort überall in der Luft gehangen hatte. Sie schwankte, und Karel reichte ihr stützend seinen Arm.

»Kehr nach Hause zurück zu deiner Familie und kümmere dich um sie. Erzähl ihnen so viel, wie du erzählen kannst, und sag ihnen, was du gesehen hast. Nur so können wir dafür sorgen, dass so etwas nie wieder passiert. Ich lebe jetzt leichter in dem Wissen, dass etwas von meinem Bruder da draußen in der Welt weiterlebt. Es ist doch nicht alles zerstört worden, wie ich gedacht habe. Danke, dass du gekommen bist. Ich bin froh, dass ich dich kennengelernt habe. Bitte lass uns in Kontakt bleiben. Eines Tages würde ich gerne meinen Neffen sehen.«

»Und ich würde mich freuen, wenn er dich kennenlernen könnte«, antwortete Callie und schüttelte ihm kräftig die Hand. »Morgen fliege ich nach London zurück. Schließ uns in deine Gebete ein. Es wird nicht leicht sein, nach all der Zeit nach Hause zurückzukehren.«

ZWEITER TEIL

Desmond

1945–47

Speed, bonnie boat, like a bird on the wing.
Onward! The sailors cry;
Carry the lad that's born to be king
Over the sea to Skye.

The Skye Boat Song,
Text von Sir Harold Boulton, 1884

31

Desmond blickte zu dem massigen Stahlrumpf der *Stirling Castle* auf. Wie war es möglich, dass ein so großes und schweres Schiff auf dem Wasser schwamm? Es ragte vor ihm in den Himmel, so dass er Jessie ganz fest an der Hand nahm, als sie an Bord gingen.

»Vergiss nicht, ich bin Tante Jessie und sage Lou zu dir. Das hast du doch nicht etwa vergessen? Es ist sehr wichtig.«

Desmond nickte, war aber mehr an der Erkundung des Decks und der Soldaten interessiert, die in Reih und Glied am Hafenbecken standen. Sie warteten darauf, an Bord zu gehen und nach dem Krieg zurück nach Hause zu kehren, wie Jessie sagte. Schottland erschien ihm jetzt sehr weit weg, und er fragte sich, ob Großmutter Phee sie vermissen würde.

Sie teilten sich eine große Kabine mit einer Dame und einem kleinen Baby namens Dulcie. Jessie ging mit ihm an Deck, er blieb an der Reling stehen und sah dabei zu, wie das Schiff mit Containern beladen wurde, während Matrosen herumrannten und den Kranlenkern Anweisungen zuriefen. Viele Frauen weinten und winkten ihren Familien zum Abschied zu. Dulcies Mutter schluchzte in ein Taschentuch. Er hatte noch nie zuvor einen Erwachsenen weinen gesehen, und Jessie versuchte sie, so gut es ging, zu trösten.

Mrs Jackson war auf dem Weg zu ihrem Mann, genau wie Jessie auch. »Ich werde meine Mutter nie wiedersehen«, heulte sie. »Lasst mich vom Schiff. Ich kann nicht fahren.«

Jessie tätschelte ihr immer wieder die Hand, genau wie sie es bei ihm tat, wenn er hingefallen war und sich verletzt hatte. »Hör mal, Elsie, du bringst dein Baby zu seinem Vater und fängst ein neues Leben in einem Land an, in dem immer die Sonne scheint und alle glücklich sind. Du kannst nach Hause schreiben und telefonieren. Dein Mann zählt bestimmt schon die Wochen bis zu deiner Ankunft. Denk dran, wie du dich fühlen würdest, wenn du wüsstest, dass er auf dich wartet, du aber nie kämest und er nie sein kleines Mädchen wiedersehen würde? Denk an all die armen Frauen, deren Männer niemals zurückkehren werden, um mit ihren Kindern zu spielen.«

Das wirkte, sie schniefte ein letztes Mal in Jessies Taschentuch und ging dann zum Tee in den großen Speisesaal.

»Wirst du auch weinen, Tante Jessie?«, fragte Desmond und sah sie aufmerksam an.

»Warum sollte ich weinen? Ich kann es kaum erwarten diesen grauen, düsteren Winter hinter mir zu lassen. Bob hat mir ein herrliches Leben in Australien versprochen – und dir natürlich auch. Er wird sich freuen, dass du mitgekommen bist.«

Im großen Spielzimmer, das extra für die Kinder eingerichtet worden war, hing eine Weltkarte an der Wand. Für Desmond waren Southampton und Australien nicht so weit voneinander entfernt. Er konnte sie fast mit seiner Hand berühren – es würde also nicht so lange dauern. Doch dann wurden die Tage zu Wochen, sie schienen in einem schwimmenden Haus in einer ganz eigenen Welt zu wohnen, und nur die Sonntagsmesse markierte den Start in eine neue Woche.

Es gab jeden Tag etwas Spannendes und Unterhaltsames zu

entdecken: Rettungsbootübungen, für die vorsorglich alle an Deck gehen mussten, Spiele wie Tischtennis oder Gymnastikstunden für Mütter und ältere Kinder, die der Sportlehrer der Soldaten abhielt. Sie konnten Sackhüpfen und Bockspringen oder Dehnübungen absolvieren. Es gab Staffelläufe und richtige Sporttage. Jessie spielte gut Tennis, Elsie machte mit, während Desmond die kleine Dulcie im Kinderwagen herumschob, damit sie weiterschlief.

Am Nachmittag wurden Filme für Kinder gezeigt, abends gab es Vorstellungen für Erwachsene. Er sah Donald Duck und Charlie Chaplin, Pluto, Mickey Mouse und *Schneewittchen und die sieben Zwerge*. Betreuerinnen kümmerten sich um die Babys, damit ihre Mütter eine Auszeit hatten, doch dafür war Desmond schon zu alt. Er begleitete Jessie zum Fünfuhrtee. Manchmal mussten die Frauen nach Einsetzen der Musik zunächst miteinander tanzen, aber dann bekamen der Fitnesstrainer Mr Boyd und ein paar Soldaten die Erlaubnis, sich ebenfalls aufs Parkett zu begeben. Desmond tanzte gerne den *Gay Gordons*, sang dabei *The Hokey Cokey* und liebte es, über den Holzboden zu schlittern, bis er sich einen Splitter ins Knie zog.

Doch am besten war das Essen. Jessie sagte, sie habe noch nie in ihrem Leben so viel Essen gesehen. Zum Frühstück gab es Porridge und Getreideflocken, Toast und Speck. Zum Mittagessen Roastbeef, Salat und Pasteten, und am Abend fing alles wieder von vorne an mit Suppe, warmen Speisen, Eis und Limo.

»Ich werde so zunehmen, dass Bob mich nicht mehr erkennen wird«, beschwerte Jessie sich und strich sich dabei lachend über den Bauch.

»Sie sind nicht dick, Sie sind knuddelig«, sagte Mr Boyd, und sie errötete. Jessie war sehr hübsch mit ihrem hochgesteckten roten Haar, dessen Locken wippten, wenn sie hüpfte.

»Ihre Locken machen mich ganz schwindlig«, sagte Mr Boyd. Er war Militärpolizist und auf dem Rückweg an irgendeinen Ort mit einem Mädchennamen, Adelaide. Er wirkte wie ein großer Braunbär und hatte Arme wie Popeye. »Harte Schale, weicher Kern«, flüsterte Jessie Mrs Jackson zu, wenn sie vom Tanzen kamen. Es gab immer Soldaten, die nur darauf warteten, mit ihnen zu tanzen und sie dann zurück zu ihren Kabinen zu begleiten, doch Jessie lehnte immer ab.

»Ich bin eine anständige verheiratete Frau«, sagte sie dann und verabschiedete sich. »Louis ist mein Begleiter. Er bringt mich sicher nach Hause.«

Desmond war stolz, dass sie ihn auswählte, aber er mochte auch Big Jim Boyd, der beim Essen bei ihnen saß und ihm hinter Jessies Rücken immer ein extra Brötchen zusteckte.

»Wo fahrt ihr hin, Kleiner, wenn ihr gelandet seid?«, fragte er, aber Desmond wusste es nicht. »Und wie ist dein Onkel Bob?«, fragte er und schien sich sehr für Jessies Familie zu interessieren.

Desmond erzählte ihm, dass Jessie Kindermädchen sei.

»Dann ist sie also gar nicht deine richtige Tante?«

Da wurde Desmond rot, denn ihm war klar, dass er sich verplappert hatte. »O ja, sie war schon immer bei mir, ich habe bei ihrer Hochzeit die Ringe überbracht«, fügte er stolz hinzu. Zu flunkern war gar nicht so einfach, wie die Erwachsenen immer dachten.

Schon bald ließ die Winterkälte nach, die Sonne kam heraus, die grauen Wolken verzogen sich, und blauer Himmel erstrahlte.

Sie verbrachten immer mehr Zeit mit Big Jim. Er erzählte ihnen von seiner herrlichen Stadt, dass seine Familie Häuser baue und er jetzt, nachdem er die Welt bereist habe, zurückkehren, seine Familie sehen und sich niederlassen wolle. »Mit jemandem wie dir, Tante Jessie«, zwinkerte er. »Louis, hat sie vielleicht irgendwo noch eine Zwillingsschwester?«

Desmond sah ernst aus. »Ich glaube nicht, hast du eine?«

Jessie wurde ziemlich rot im Gesicht. »Schluss mit dem Unsinn. Ich bin sicher, dass viele australische Mädchen am Hafenbecken stehen und dich direkt vom Schiff wegschnappen werden. Er macht nur Spaß, Louis, ermutige ihn nicht.«

Er verstand Erwachsene nicht. Sie sagten das eine und taten das andere. Tante Jessie zog ihr neues Kleid an, steckte sich ihre Locken hoch und ging tanzen. Desmond fragte sich, ob es Sergeant Bob etwas ausmachen würde, aber er konnte sich gar nicht mehr erinnern, wie er aussah. Big Jim sah gut aus, wuschelte ihm nie durch die Locken oder nannte ihn Kindchen. Er nahm sich Zeit, um ihm das Schiff zu zeigen, erzählte ihm von Kängurus, Wallabys und Koalabären, die in seinem Bilderbuch waren.

»Und vergiss nicht, Arme und Schultern zu bedecken und Sonnencreme ins Gesicht zu schmieren, sonst schält sich deine Haut wie Rinde. Unsere Sonne macht dich krank, wenn du dich ihr zu lange aussetzt, außerdem gibt es im Sommer Waldbrände.« Er schien sich Sorgen zu machen, dass es sie in irgendeine raue Gegend verschlagen könnte. »In Australien gibt es nicht nur Sonne und Orangen. Das Buschleben ist hart, es gibt wenig Wasser und schlechte Straßen. Mancherorts gibt es nicht einmal Schulen.« Für Desmond klang das großartig, aber das sagte er nicht. »Jess, weißt du, wohin eure Reise gehen soll?«, fragte er sie immer wieder, aber auch sie wusste es nicht.

»Bobs Familie besitzt irgendwo im Süden Australiens einen Bauernhof. Ich habe gehofft, dort wäre es wie in Schottland«, seufzte sie. »Aber das ist es vermutlich nicht. Ehrlich gesagt haben wir nie viel darüber gesprochen.«

»Unser Land ist groß, eures ist klein. Ich wünsche dir alles Gute für dein neues Leben«, sagte er eines Abends. »Ich wünschte nur ...«

Jessie lächelte und tätschelte seine Hand. »Es ist nett von dir, dass du dir Sorgen um uns machst, aber es wird uns gutgehen, nicht wahr, Louie?«

Am letzten Abend sah Desmond ihnen beim Walzertanzen zu. Sie sahen aus wie Verliebte. Er ging hinaus, während sie sich voneinander verabschiedeten. Wenn sie sich küssten oder so, wollte er das nicht sehen, denn dann würde er nur herumgrübeln, was Bob dazu sagen würde, dass sie einen anderen Soldaten küsste.

Elsie Jackson war in der Kabine und versuchte, Dulcie zum Schlafen zu bringen. »Der kleine Quälgeist will nicht einschlafen.«

»Du könntest ihr ein Schlafliedchen singen. Jessie hat mir immer welche vorgesungen.«

»Dann los, Maestro, probier es.« Mrs Jackson lächelte und wartete, dass er zu singen anfing.

»*Speed, bonnie boat, like a bird on the wing. Onward! The sailors cry* ...«, fing er an und hörte mittendrin auf, weil ihm bewusst wurde, dass nicht Jessie ihm dieses Lied vorgesungen hatte, sondern jemand anderes vor langer Zeit. Eine Frau, an deren Gesicht er sich nicht mehr gut erinnern konnte.

»Das ist hübsch, sing weiter, Louie. Sie scheint es zu mögen.« Aber er konnte nicht, es machte ihn traurig.

»Den Rest habe ich vergessen«, sagte er, kletterte in seine Koje und fühlte sich seltsam.

Jessie kam sehr spät in die Kabine und knipste das Licht nicht an, während sie sich auszog. Er meinte, sie im Schlaf weinen gehört zu haben, doch vielleicht hatte er das auch nur geträumt.

Am nächsten Morgen herrschte betriebsame Geschäftigkeit, »Land in Sicht«-Rufe ertönten, und dann fuhren sie zum Hafen von Sydney und sahen die große Brücke vor sich. Die Besatzung hatte erzählt, im Hafen ständen Filmteams, welche die ersten englischen Kriegsbräute filmen wollten, und Leute von der Zeitung für Interviews.

»Dann sollten wir unsere besten Kleider anziehen«, sagte Elsie. »Unsere Freunde zu Hause sollen uns in voller Schönheit sehen. Wir müssen eine Show abziehen. Stell dir vor, wir als Filmstars in den Nachrichten, wie wir den Zusammenhalt des Empire zementieren!«

Sie legten eilig Make-up auf, rückten ihre Hüte und Strümpfe zurecht. Dulcie trug ihr bestes Baumwollspitzenkleid und ein Häubchen, während Desmond Kilt und Krawatte anziehen sollte. »Wir müssen Schottlands Fahne hochhalten«, befahl Jessie und zupfte ihr graues Kostüm mit karierten Aufschlägen zurecht.

Big Jim wartete am Ausgang, um sich zu verabschieden. Er nahm Desmond beiseite. »Jetzt musst du auf deine Tante aufpassen, versprich mir das. Sie ist eine tolle Frau, ich wünsche ihr alles Gute. Aber für den Fall, dass du irgendwann Hilfe brauchen solltest, hast du hier meine Adresse in Adelaide. Falls du je vor meiner Tür stehen solltest, bist du jederzeit herzlich willkommen.« Er schüttelte ihm fest die Hand. »Hat mich gefreut, dass ich dich kennengelernt habe, junger Mann, viel Glück!«

Als er seine Hand wieder losließ, lag eine Pfundnote und ein Stück Papier mit einer Adresse darin. Desmond war verlegen über so viele Reichtümer, steckte alles in seine Tasche und ging in den Sonnenschein hinaus. Die Menge jubelte und winkte den Neuankömmlinge in der strahlend neuen Welt Australien zu.

Tante Jessie wollte nicht fotografiert werden, also hielt sie sich im Hintergrund, bis der Tumult vorüber war, erledigte dann alle Formalitäten und Passkontrollen. Desmond fiel auf, dass sein Name in ihrem Pass stand. Er selbst hatte keinen Ausweis.

Dann bahnten sie sich ihren Weg durch Männer, die ihre Frauen und Babys küssten »Oh, schaut mal der Lockenkopf im Schottenrock.« Ein paar wollten Fotos machen, doch Jessie zog ihn schnell weg. Es war schwer, irgendwen im Gedränge zu finden, und es war sehr heiß.

»Wo versteckt Bob sich denn?«, sagte Jessie lachend, aber Desmond sah ihr an, dass sie besorgt war.

Er zog an ihrem Ärmel. »Wir können Big Jim suchen. Er wird sich um uns kümmern«, bot er an. Big Jim war ihr Freund.

»Sei nicht albern. Außerdem heißt er Mr Boyd … Bob muss hier irgendwo sein.« Sie drehten ein paar Runden und suchten nach ihm. »Er muss das Telegramm erhalten haben.«

Dann blieb sie stehen, als sie eine Frau sah, die ein Stück Papier in der Hand hielt, auf dem »Willkommen Jessie Kane« stand.

»Schau! Die da drüben meint uns!« Sie eilte hin. »Ich bin Jessie … wo ist Bob?«

Eine Frau mit einem zerbeulten Strohhut und einem schlabberigen Baumwollkleid winkte zurück. »Endlich bist du da. Willkommen, Jessie. Das hat ja gedauert. Ich bin Bobs Schwester Adie Malone. Er lässt sich entschuldigen, der arme ist schon wieder krank. Und wer ist der hübsche junge Mann hier?« Adie musterte ihn erstaunt von Kopf bis Fuß.

»Das ist mein Neffe Louie. Seine Mutter ist … nun ja, nicht mehr bei uns. Er brauchte ein Zuhause, also habe ich ihn mitgenommen. Bob kennt ihn schon. Er hat uns die Ringe bei unserer Hochzeit übergeben. Er wird niemandem zur Last fallen.«

Desmond sah, dass Jessie schluckte und nervös wirkte, während sie ihn anschubste. Er lächelte und streckte seine Hand aus. Adies Hand fühlte sich wie Sandpapier an.

»Keine Ahnung, was Bob dazu sagen wird. Die Verhältnisse sind eh schon beengt. Aber jetzt, wo er schon mal da ist, können wir ihn ja schlecht zurückschicken, oder?« Sie strubbelte ihm durchs Haar. »Was für eine Verschwendung, diese Locken auf dem Kopf eines Jungen. Bob wird sie ihm bald abschneiden. Kommt, der Laster steht draußen.«

»Ist es in der Nähe?«, fragte Jessie.

»Der Laster steht um die Ecke«, brüllte Adie Malone. »Die Farm liegt vier ziemlich anstrengende Tagesfahrten entfernt, also macht euch auf eine holprige Fahrt gefasst. Lasst uns mal sehen, wo ihr diese schicken Klamotten ausziehen könnt.

Wenn wir länger auf Achse sind, sehen sie danach wie Lumpen aus. Ich hoffe, ihr habt nicht nur solche Sachen mitgebracht.«

Jessie sah Desmond an und versuchte zu lächeln, doch sie hatte vor Sorge ihre Augen weit aufgerissen. »Keine Angst, niemand geht mit der Schafschere an dein Haar. Warte ab und sieh es dir erst mal an, Louie, es wird alles gut, sobald wir da sind.«

Desmond war nicht überzeugt. Jetzt wünschte er sich, es wäre niemand aufgetaucht und sie hätten mit Big Jim Boyd nach Hause fahren können.

32

Callie sah kurz aus dem Fenster, als das Flugzeug auf dem Militärflughafen landete. Alles wirkte trostlos und düster. Seit ihrem Besuch auf Château Grooten und der Nachricht von Ferrands Tod hatte sie kein Auge mehr zugetan. Für sie war am Ende gar nichts gut. Was hatte sie in den letzten drei Jahren geleistet? Wie hatte sie den Widerstand während des Krieges unterstützt? Alles, was sie zustande gebracht hatte, war, sich verhaften zu lassen. Vielleicht war von Nutzen, was sie im Lager erlebt hatte, und würde Verbrecher vor Gericht bringen, doch allein der Gedanke an die schrecklichen Monate verstörte sie. Niemand konnte nachvollziehen, wie es gewesen war, wenn er es nicht selbst miterlebt hatte.

Man fertigte sie am Flughafenterminal ab und teilte ihr mit, dass in London später noch eine Befragung folgen würde.

Niemand schien an ihrer Geschichte interessiert zu sein, trotzdem erzählte sie sie jedem, der sie hören wollte. Doch der Krieg schien Vergangenheit, und ihre Abteilung wurde gerade aufgelöst. Allem Anschein nach hatte nun eine Auseinandersetzung mit den ehemals verbündeten Russen Vorrang. Sie füllte Formulare für Gutscheine aus und wurde danach nach Norden geschickt, als wäre sie seit Kriegsende ohne jede Bedeutung. Ihre Uniform saß schlecht, ihr Haar war ungekämmt, ihre Haut blass und von der Krankheit gezeichnet. Sie sah vermutlich ganz anders als früher aus. Gleich nach ihrer Landung schickte sie Phee ein Telegramm. Dann eilte sie vom Bus zum Bahnhof in Oxford.

Als sie sich auf der Toilette im Spiegel betrachtete, wurde ihr bewusst, dass sie ihrer Familie so nicht gegenübertreten konnte. Spontan eilte sie in die Stadt zurück und ließ bei einem Friseur etwas Farbe in ihr ausgelaugtes ergrautes Haar machen. Sie hätte sich gerne ein Kleid gekauft, aber ohne Kleidergutscheine hatte sie keine Möglichkeit, sich aufzuputzen.

Sie müssen mich eben nehmen, wie ich bin, beschloss sie. Ich habe in diesem Krieg mehrere Schlachten geschlagen.

Sie setzte sich in ein Café an der High Street mit Blick auf die goldgelben Steinmauern der Universität und fühlte sich wie betäubt. Was tust du hier noch und verschwendest deine kostbare Zeit?, schimpfte sie sich. Da spürte sie wieder das altbekannte Gefühl der Angst in sich aufsteigen: die Angst, nicht erkannt zu werden; die Angst, sich zu sehr verändert zu haben; die Angst, dass Desmond sie nicht wiedererkennen würde und dass die Welt sich ohne sie weitergedreht hatte. Ihr war, als wäre sie von den Toten auferstanden.

Der Anblick der Ruinen von Château Grooten und ihr Treffen mit Karel hatte sie entmutigt und bestätigt, was sie bereits geahnt hatte. Doch diesmal ging es um die Rückkehr nach Hause. *Ich möchte, dass Dalradnor wie früher ist, ein Paradies, ein Zufluchtsort, unberührt von der Zeit. Ich möchte, dass die Uhren bis zu meiner Rückkehr angehalten wurden.* Erst dann konnte sie ihr Leben wieder an dem Punkt aufnehmen, an dem sie es verlassen hatte, als Desmond drei Jahre alt war. Um nicht den Verstand zu verlieren, hatte sie sich während der Monate ihrer Gefangenschaft immer wieder an Bilder von Desmond geklammert. Und jetzt saß sie unschlüssig in einem Café und fragte sich, was sie empfinden würde, wenn das alles tatsächlich wieder greifbar war.

Phoebe zog sich behutsam an. Neuerdings wählte sie Kleider mit Reißverschluss, die leicht zu verschließen waren, oder solche, die sie selbst anziehen konnte. Strumpfhalter und Strümpfe konnte sie nicht alleine anziehen, also trug sie Kniestrümpfe mit Strumpfband. Wegen des kalten Winters hatten sich ihre Glieder versteift, ein paar Finger waren nicht zu gebrauchen, doch immerhin musste sie sich nicht wie ein kleines Kind beim Ankleiden helfen lassen und war unabhängig. Betty war aus dem Dorf gekommen, um ihr die Haare zu einem einfachen Knoten zu richten. Heute, am Tag der Rückkehr ihrer Tochter, wollte sie so normal wie möglich aussehen.

Mima hatte sorgfältig das Schlafzimmer vorbereitet und Seidelbast auf den Tisch gestellt. Sie hatten gelüftet und Feuer gemacht. Burrell war aufgetragen worden, zum Bahnhof zu fahren und sie vom Zug abzuholen, aber noch nichts zu verraten. Caroline sollte nichts ahnen, bis sie sicher zu Hause war.

Phoebe fürchtete dieses Treffen und wollte alles perfekt haben, um den Moment hinauszuzögern, in dem sie ihr die schreckliche Nachricht überbringen musste. Im Ofen garte ein Schmorbraten, und es gab Callies Lieblingsbrombeerstreuselkuchen mit Vanillesauce. Phoebe versuchte ruhig zu bleiben, doch die Zeiger auf der alten Standuhr bewegten sich nur langsam. Das Telegramm lag im Flur, jetzt konnte sie nichts mehr tun, als nur noch voller Sorge auf Callies Rückkehr zu warten.

»Ich bin wieder da!«, scherzte Callie, trat durch die Tür und warf ihre Uniformkappe in die Luft. »Wo seid ihr?«

Mima lächelte. »Willkommen zu Hause, Miss Callie. Wir haben Sie furchtbar vermisst. Ihre Mutter hat sich etwas ausgeruht. Sie hatte vor einiger Zeit einen Schlaganfall. Der hat sie ziemlich mitgenommen, aber das werden Sie selbst sehen.«

Callie fiel auf, dass Mima nichts über ihr Aussehen verlauten ließ, das erleichterte sie. Das Haus war wie immer, zugig, still, nur das Ticken der alten Uhr war zu hören, und ein Hauch von Holzfeuergeruch lag in der Luft.

»Kommen Sie und wärmen Sie sich erst einmal am Feuer auf. Ich rufe Miss Faye.«

Von Desmond fehlte jede Spur, nirgends lagen Ball und Schläger oder Spielzeugautos herum, kein Hund begrüßte sie, vielleicht war er noch nicht aus der Schule gekommen. Nur wegen ihrer Rückkehr würden sie ihn nicht vom Unterricht fernhalten.

Phee kam langsam die Treppe herunter, hielt sich am Treppengeländer fest und lächelte sie an. »Du hast es also geschafft. Hattest du eine angenehme Reise?« Keine Küsschen, keine Umarmungen, kein Wirbel. Callie stellte entsetzt fest, dass Phee ganz offensichtlich gealtert war. Sie versuchte immer noch, würdevoll auszusehen, auch wenn ihr das zu schaffen machte und ihre Schultern gebeugt waren. »Inzwischen brauch ich ein wenig länger. Lass dich mal ansehen … Oh, Liebes, du bist sehr schmal, aber das steht dir. Und deine Haare …«

»Es geht mir gut«, sagte Callie, sie wusste, dass sie schrecklich aussah. »Dir aber offenbar nicht. Wann ist das passiert?«

Phoebe ging nicht auf ihre Bemerkung ein und schüttelte den Kopf. »Es geht mir schon wieder viel besser, ich fühle mich Monat für Monat stärker. Das alles hat mich etwas ausgebremst, aber es hätte schlimmer kommen können. Komm doch rein. Mima soll uns einen Sherry bringen.«

»Ich bin hier nicht zu Besuch und kann mir selbst einen Drink holen. Wann kommt Desmond von der Schule?« Es folgte eine Pause, ihre Mutter rutschte nervös auf dem Stuhl hin und her.

»Caroline, Liebes, hier hat sich einiges verändert. Du musst verstehen, es ging mir nicht so gut, ich hätte mich nicht um ihn kümmern können, Jessie hat geheiratet …«

»Du hast ihn in ein Internat geschickt? Das dachte ich mir. In welches?«, fragte Callie und verspürte eine plötzliche Leere, dass Desmond nicht hereinkommen und sie begrüßen würde.

»Nicht direkt. Setz dich doch … Ich muss dir etwas sagen … Nachdem Jessie ihren Piloten geheiratet hatte, wollte er, dass sie mit ihm nach Australien käme, und hat sie nachkommen lassen.«

»Du meinst den Australier aus Stirling? Was hat das mit Desmond zu tun?«

»Ehrlich gesagt, ziemlich viel. Bitte reg dich nicht auf, ich hatte diesen dummen Schlaganfall und war im Krankenhaus, während du im Ausland mit weiß Gott was beschäftigt warst. Ich dachte, man hätte es dir gesagt, aber mit dem Krieg und allem …« Phee kam ins Stottern, Callie wurde unruhig

»Phee, sag es endlich. Was ist mit Desmond passiert? Doch nicht etwa ein Unfall? Oh, mein Gott!«

»Es geht ihm gut. Es ist so, Jessie bot an, ihn während meiner Krankheit für eine Weile zu sich zu nehmen, ich habe das natürlich abgelehnt.« Sie zögerte und starrte ins Feuer.

»Und dann …? Sag schon!«, zischte Callie, sie war misstrauisch und ihr Herz raste.

»Sie hat ihn bei Nacht und Nebel hinter meinem Rücken einfach mitgenommen …«

»Hast du die Polizei verständigt? Wo ist sie jetzt?« Die Angst nahm zu. »Du hast zugelassen, dass sie meinen Sohn mitnimmt …? Wohin?« Callie sprang auf und lief im Zimmer auf und ab. Das waren entsetzliche Neuigkeiten.

»Sie sind vor Weihnachten mit dem Schiff nach Australien zu ihrem Mann gefahren. Mehr weiß ich auch nicht.«

»Aber das ist doch schon ewig her, und du hast nichts unternommen?«, schrie Callie. »Die Polizei muss doch etwas unternommen haben. Ich habe dir doch lange davor geschrieben und mitgeteilt, dass ich am Leben bin und nach Hause komme.«

»Wir dachten, du wärest tot. Erst danach haben wir einen Anruf aus London erhalten. Ein Brief ist hier nie angekommen. Hätte ich den bekommen, wäre es vielleicht … Es tut mir so leid«, sagte Phee und begann zu weinen.

»Ich habe eine Postkarte aus Leipzig geschickt. Die Nonnen haben sie zur Post gebracht. Ich war in einem Krankenhaus. Ich war krank. Das ist doch lächerlich. Du hast nie die Polizei darüber informiert, dass Jessie ohne meine oder deine Erlaubnis das Kind einfach mitgenommen hat? Wie konntest du so etwas tun?« Callie feuerte die Worte wie Kugeln auf ihre Mutter ab.

»Caroline, es war nicht meine Schuld. Ich war bettlägerig und konnte nicht sprechen. Ich hätte mich nicht um den Jungen kümmern können. Jessie war sein Kindermädchen. Ich habe ihr vertraut. Bei ihr wird ihm nichts geschehen. Sie liebt ihn wie ihr eigenes Kind.«

»Aber er ist mein Kind, nicht ihres. Wie konntest du davon ausgehen, dass ich mein Baby nicht liebe?« Auch Callie weinte jetzt. »Das ist unfair. Sobald ich meine Erinnerung wiedergefunden hatte, habe ich dir geschrieben. Wir müssen sofort zur Polizei gehen.«

»Aber wir dachten, du wärest tot. Niemand wusste, wo du warst – oder falls doch, hätte man es mir nicht gesagt. Gib nicht mir die Schuld an allem. Du hast dich freiwillig gemeldet und bist eingerückt, um deinen Hang zu Abenteuern auszuleben, und hast uns einfach hier zurückgelassen«, erwiderte Phee und wandte dabei ihren Blick zur Seite.

»Und du konntest es offenbar kaum erwarten, dich meines Sohnes zu entledigen, nicht wahr? Was für eine Großmutter bist du eigentlich? Wie konntest du so etwas tun? Wie kannst du es wagen, meinen Kriegsdienst als Abenteuer zu bezeichnen? Dachtest du etwa, ich würde Krieg *spielen*? Du hast keine Ahnung, was ich durchgemacht habe …«

»Ich bin eine kranke Frau. Niemand kann von mir verlangen, so eine Lage zu meistern, außerdem liebt Jessie ihn. Keiner wollte mir etwas zu deiner Arbeit sagen.«

»Jessie ist nur sein Kindermädchen, nicht seine Mutter.«

»Denk daran, wie sehr du Marthe geliebt hast … und nicht mich«, flehte Phee, doch Callie empfand nur eiskalte Wut.

»Ich wusste ja nicht einmal, dass du meine Mutter bist. Wie unfair du bist!«

»Aber ich habe dich beschützt. Das waren damals andere Zeiten, außerdem hat dein Sohn irgendwo auch einen Vater.«

»Jetzt nicht mehr, er hat keinen Vater mehr. Dafür hat der Krieg gesorgt.«

»Dann ist Toby tot? Die Welt kann gut auf ihn verzichten«, zischte Phee zurück.

Callie war am Ende ihrer Kräfte. Sie starrte aus dem Fenster und überlegte, was sie tun sollte. Dann beschloss sie, ihrer Mutter die Wahrheit zu sagen. »Denkst du, ich hätte diesem Mann gestattet, ein Kind mit mir zu zeugen? Dieser miese Typ schröpft irgendwo ein anderes armes Schwein. Er ist nicht Desmonds Vater. Das war Louis-Ferrand van Grooten. Er wurde erschossen, weil er für sein Land gekämpft hat. Seine Medaille ist in meinem Koffer. Das ist alles, was Desmond von seinem mutigen Vater geblieben ist.«

»Und du nennst mich herzlos? Du hast uns alle in dem Glauben gelassen, dein Mann wäre sein leiblicher Vater, dabei hattest du die ganze Zeit eine Affäre?«

»Louis-Ferrand war mehr als eine Affäre. Wir haben uns geliebt und gemeinsam Pläne geschmiedet. Ich wollte, dass Desmond weit weg vom Krieg in Sicherheit aufwächst, und so war es auch, bis du … Wir könnten jetzt so glücklich sein. Was hast du mir nur angetan?«, schrie Callie.

»Mach mich nicht für deine Fehler verantwortlich. Das hast du dir selbst eingebrockt, Caroline, verstehst du das nicht? Du warst zu lange fort. Du hast deine Interessen vor die deines Jungen gestellt. Jede Entscheidung hat ihren Preis, das weiß ich selbst am besten.« Sie standen einander nun kampfbereit gegenüber.

»Ich habe nur getan, was du im letzten Krieg auch getan hast. Ich habe für mein Land meine Pflicht getan. Ich habe beschlossen, Kriegsdienst zu leisten. Ich dachte, Desmond wäre in Sicherheit. Wie sehr ich mich doch geirrt habe! Ich hätte nie gedacht, dass du mich so hintergehen würdest.«

»Du hättest aus meinem Fehler lernen sollen. Wir sind beide gleich schlecht, also schieb mir nicht die ganze Schuld in die Schuhe. Ich verbitte mir diesen Ton. Keine Frau sollte ihr Kind im Stich lassen, um gefährlichen Kriegsdienst zu leisten. Was geschehen ist, ist geschehen.«

»Was glaubst du denn, wie dieser Krieg gewonnen wurde? Von Frauen, die auf ihren Hintern saßen und Tee schlürften? Du hast doch keine Ahnung, wie viele mutige Patrioten ihre Familien und Verpflichtungen hintangestellt und sich gegen die Unterdrückung gewehrt haben. In jedem Land haben die Frauen ihr Leben gegeben. Das weiß ich, ich bin unzähligen von ihnen in Ravensbrück begegnet, und viele von ihnen sind jetzt nur noch Asche. Drei Französinnen haben mir geholfen, ihnen verdanke ich mein Leben. Glaubst du wirklich, dass ich es dabei belasse? Ich muss Desmond nach Hause holen. Er gehört nicht zu Jessie Dixon. Er gehört zu mir. Wenn ich gewusst hätte, dass so etwas passieren würde, hätte ich ihn niemals bei dir gelassen. Sein Platz ist hier, in diesem Haus, nicht auf der anderen Seite der Erdkugel bei Fremden. Ich muss mich sofort auf den Weg zu ihm machen«, sagte Callie und ging zur Tür.

»Beruhige dich doch. Du bist außer dir. Wir trinken einen Tee und besprechen alles. Ich weiß, das ist ein Schock für dich, aber wir werden uns etwas einfallen lassen. Vielleicht machen wir Urlaub in Australien und besuchen sie zu gegebener Zeit.«

»Bist du wahnsinnig? Denkst du vielleicht, dass ich auch nur eine Minute länger an diesem Ort bleiben kann, solange ich weiß, dass mein Sohn da draußen bei Fremden ist und mich für tot hält? Ich muss ihnen umgehend schreiben und ihnen mitteilen, dass ich ihn abholen werde. Wie ist sie überhaupt an den Behörden vorbeigekommen? Sag schon!«

»Niemand hat bisher von ihnen gehört. Ich habe keine Adresse, aber die Dixons haben vermutlich eine. Beruhige dich doch und setz dich erst mal. Ich lasse Tee bringen.«

»Scheiß auf den verfluchten Tee.« Callie stürmte hinaus und schnappte Mantel und Tasche. »Ohne Desmond bleibe ich nicht hier. Ich bin seinetwegen zurückgekehrt und werde nicht eher ruhen, bis ich ihn gefunden habe. Allein der Gedanke an ihn hat mich vor dem Tod gerettet. Wie soll ich ohne Ferrand und unser Kind weiterleben? Ich könnte dich umbringen für das, was du uns angetan hast!«

»Oh, Caroline, jetzt ist aber Schluss. Draußen wird es schon dunkel, und du bist völlig erschöpft. Komm her und ruh dich erst einmal aus!«

»Ausruhen? Meinetwegen könnt ihr euch alle in der Hölle ausruhen. Ich werde Desmond zurückholen. Solange er nicht hier ist, wird das für mich nie wieder ein Zuhause sein.«

»Caroline, Liebling, überleg doch, was du tust …«

Das waren die letzten Worte, die Caroline von ihr hörte, als sie durch die Tür hinaus in die Nacht stürmte.

»Kommen Sie zu Bett«, drängte Mima, als sie sah, dass Phoebe noch immer in ihrem Sessel im Salon saß. »Sie ist bestimmt längst in einem Hotel, das arme Ding. Ich habe sie kaum wiedererkannt. Man sieht ihr an, dass sie schlimme Zeiten durchgemacht hat. Es stand ihr ins Gesicht geschrieben. Es wäre in keinem Fall leicht gewesen, ihr so eine Nachricht zu überbringen.«

Phoebe starrte in die letzte Glut im Kamin. »Man kann Dinge, die man im Zorn sagt, nie wiedergutmachen.«

»Ja, unsere Zunge kann manchmal ein gefährliches Werkzeug sein, das stimmt wohl. Eines Tages wird sie schon einlenken.«

Was habe ich nur getan? Phoebe war ganz elend vor Sorge. Sie hatten sich schlimme Beleidigungen an den Kopf geworfen. Hätte es außer Lügen und Zeitschinden einen besseren Weg gegeben, Caroline diese Nachricht zu überbringen …? Jetzt war sie fort. Sie war hereingestürmt, hatte alles falsch aufgefasst und es damit nur noch schlimmer gemacht. Phoebe war todmüde, fühlte sich alt und hilflos, die Welt drehte sich ohne sie weiter. Ihre Karriere war vorbei, ihre geliebten Freunde waren tot, und jetzt verließ auch ihr Kind sie. Doch sie würde Caroline niemals aufgeben. Solange sie lebte, würde dieser Ort stets auf die Rückkehr ihrer Tochter und ihres Enkels warten. Alle Annehmlichkeiten, die sie durch ihre Erfolge erreicht hatte, würden eines Tages ihnen gehören, doch im Moment hätte sie gerne jeden Penny, den sie besaß, hingegeben, um ihre Familie wieder um sich zu haben. Wie sollte sie weiterleben, wenn sie keinen von beiden in diesem Leben jemals wiedersehen würde?

Steif stieg sie eine Stufe nach der anderen die Treppe hinauf und schwor sich, es wiedergutzumachen. Als sie oben an der Treppe angelangt war, blieb sie außer Atem stehen, und plötzlich kam ihr eine Idee. Vielleicht konnte sich Callies alte Freundin Primrose einschalten, damit sie ihrer Tochter ins Gewissen redete, bevor es zu spät war. Sie musste herausfinden, wo Jessie sich versteckte, und ihre Anwälte einschalten. Es musste einen Weg geben, das Kind wieder zu seiner Mutter zurückzuholen. Wenn sie nur nicht so krank und mit ihren eigenen Sorgen beschäftigt gewesen wäre, wenn sie achtsamer gewesen wäre ... Wenn sie es nur wiedergutmachen könnte ... Wenn sie nur – in diesen drei Worten lag ihr tiefstes Bedauern.

33

»Hat der Junge schon wieder ins Bett gemacht?«, schrie Bob Kane, als Jessie das Bettlaken aufhob und versuchte, es unter der anderen Schmutzwäsche zu verstecken. »Er soll das verdammte Laken gefälligst selbst auswaschen.«

»Ach Bob, er ist doch hier noch nicht richtig zu Hause. Gib ihm etwas Zeit, sich daran zu gewöhnen«, wandte sie ein, während Desmond sich hinter der Tür versteckte. Seit seiner Ankunft in Ruby Creek gab es ständig Streit wegen ihm. Bob hatte ihn nur angesehen und geschrien. »Meine Güte, Jessie, mit dem Zwerg hatte ich nicht gerechnet.«

Adie hatte sie beide nur abgeliefert und war gleich darauf

zu ihrer eigenen Familie in der Nähe von Marree gefahren. Sie hatte sie einfach vor der Tür eines Farmhauses in einer menschenleeren Gegend abgeladen. Die Schaffarm war umgeben von Schuppen, Hütten und Zäunen, in der Ferne ragten Berge empor, vor denen unzählige Schafe grasten. Bob musste wegen seines Motorradunfalls immer noch einen Gips am Bein tragen, war völlig entnervt und schrie von einem Stuhl aus seine Befehle in die Runde. Er konnte weder den Laster noch das Pferd benutzen, sorgte aber dafür, dass Jessie lernte, den Laster zu lenken, damit sie ihn herumfahren und die Aufgaben erledigen konnte, zu denen er nicht in der Lage war. Er sah so gar nicht mehr wie der adrette Mann in Uniform aus, den sie in Dalradnor geheiratet hatte. Er rasierte sich nicht mehr, seine Haut hatte die Farbe von verbranntem Toffee angenommen, er rauchte Stumpen und schrie die ganze Zeit.

»Dieser Unfall hat ihn ziemlich mitgenommen«, erklärte Ma Kane dann. »Er ist mit dem Kopf aufgestoßen und war eine Woche lang bewusstlos, er war ... Schön, dass noch ein paar Leute mitarbeiten ... das können wir gut gebrauchen.« Die rundliche ältere Frau hatte einen Teint wie Leder, ihre geschwollenen Füße steckten in bequemen Latschen.

»Sei leise im Haus«, wisperte Jessie Desmond zu. »Onkel Bobs Vater ist gestorben, als er weg war, auf der Farm gibt es aber viel Arbeit. Das war das Schlimmste, was passieren konnte. Wir müssen ihm helfen, damit es ihm bald wieder bessergeht.«

»Wann kann ich zur Schule gehen?«, fragte Desmond.

»Das weiß ich nicht genau. Wir wohnen zu weit draußen, deswegen kannst du nicht hinlaufen, und sie müssen Benzin sparen. Aber im Radio läuft eine Schulsendung, die können wir uns anhören. Lass uns einfach dafür sorgen, dass Onkel Bob wieder auf die Füße kommt.«

Desmond sah aus dem Fenster zu den weit entfernten Bergen. Die Farben von Himmel und Erde waren ganz anders als in Schottland. Es gab keinen See zum Baden, und der Fluss war ausgetrocknet. Er hatte niemanden zum Spielen, und Jessie war immerzu damit beschäftigt, für die Männer der Farm zu kochen, zu waschen und zu putzen, während Bobs Mutter ihre Aufgaben auf der Farm wahrnahm. Das ging vom frühen Morgen bis zum Sonnenuntergang ununterbrochen so weiter. Er sollte sich um die Hühner und die Eier kümmern. Er konnte es nicht leiden, wenn man ihn mit Bob alleine ließ, denn der saß auf der Veranda und erteilte ihm Befehle.

Eines Morgens, als Jessie beschäftigt war, rief Bob ihn zu sich. »Ich hab die ewigen Kartoffeln und das Rindfleisch satt, heute Abend hätte ich gerne ein fettes gebratenes Huhn, bring mir eine gute Henne, eine der älteren, und beeil dich.« Desmond wusste nicht genau, welche er wählen sollte, also jagte er sie über den Hof und schnappte die erste, die nach ihm pickte. Stolz steckte er sie unter seinen Arm und brachte sie Bob zur Begutachtung auf die Veranda.

Bob nickte. »Jetzt töte sie«, befahl er. »Na los, es wird Zeit, dass du dir deinen Lebensunterhalt verdienst. Dreh ihr den Hals um.«

Desmond wich zurück und drückte das Huhn an sich. »Aber sie legt doch gute Eier«, erwiderte er.

»Sie ist nicht die Einzige. Zieh ihr einfach den Hals lang und dreh ihn um«, sagte Bob und machte es mit einer Geste vor.

»Bitte mach du es«, bettelte Desmond. Er hatte noch nie zuvor ein Lebewesen getötet.

»Junge, tu was ich dir sage. Wenn du unter meinem Dach leben und essen willst, dann tust du das, was ich dir sage. Du bist hier nicht in deinem schicken Haus im hübschen Schottland, wo alle nach deiner Pfeife tanzen. Das hier ist eine Farm, und je schneller du lernst, wie das hier läuft … Ich brauche kein verwöhntes Muttersöhnchen, also reiß dich zusammen. Sobald Jessie eigene Kinder hat, können wir dich fortschicken. Jessie wirst du dann nie wiedersehen. Willst du das? Dann mach es!«

Desmond spürte die Wärme der Federn, den Herzschlag des zitternden Huhns. Er versuchte zu tun, was man von ihm verlangte, doch der Vogel wand sich, und er wusste, dass er ihm weh tat. »Das kann ich nicht«, schrie er. »Ich weiß nicht, wie ich das machen soll.«

»Gib her, du Weichei.« Desmond wollte das Huhn nicht hergeben, wusste aber, dass er es tun musste. Kurz darauf war die Henne tot, Bob hatte ihr den Hals langgezogen, der nun schlaff herunterhing. »Bring sie zu Ma, sie soll sie rupfen und ausnehmen. Und sieh ihr dabei zu. Das nächste Mal machst du das alles.«

»Müssen wir hierbleiben?«, fragte er Jessie, als sie ihn an diesem Abend zu Bett brachte. »Ich mag Onkel Bob nicht, er schreit immer. Und es gefällt mir hier nicht. Es stinkt, und das Blechdach macht Geräusche. Ich will wieder nach Hause.«

»Das weiß ich, Liebling, aber wir können nicht zurückgehen, das würde zu viel kosten. Sobald Bob keinen Gips mehr trägt, wird er auch nicht mehr so launisch sein. Das kommt von der Hitze, vom Staub und den Fliegen. Wir haben uns noch nicht daran gewöhnt. Jetzt versuche mal, dass heute Nacht nichts passiert, das macht alles nur noch schlimmer«, flüsterte sie, deckte ihn zu und küsste ihn.

Er versuchte, wach zu bleiben, doch in der Dunkelheit spürte er, wie es warm an seinem Bein herablief. Da war es zu spät. Er riss das Laken weg und versteckte es unter dem Bett. Er spürte, wie ihm die Tränen in die Augen stiegen, und wusste nicht, was er tun sollte. Vielleicht ginge es Jessie besser, wenn er nicht da wäre. Wenn er den Weg in das Städtchen nähme, fände er dort vielleicht eine Möglichkeit, nach Adelaide und zu Big Jim zu kommen. Er hasste es, in dieser Einsamkeit festzusitzen. Wenn er jetzt fortliefe, würde Bob ihn vielleicht nicht einmal einholen können.

Jessie war nicht mehr sie selbst. Sie sprang nicht mehr munter umher, ihre Locken klebten an ihrem Kopf, ihr Gesicht war mit Sommersprossen übersät. Ihre Kleider waren staubig, sie trug ständig eine Schürze und schaute mürrisch drein. Sie hatte sich nicht eingelebt. Mit Schafen kam sie nicht so gut zurecht, weil sie eher die Rinder auf ihrem Bauernhof in Schottland gewöhnt war.

Bob konnte schließlich mit Hilfe eines Stocks herumhumpeln und den Laster mit einem Fuß fahren.

Einmal in der Woche fuhren sie in das Städtchen, denn Jessie bestand darauf, wenigstens ab und zu in die Kirche zu gehen. Dann holte sie die guten Kleider aus dem Koffer: Desmonds Jacke und sein Hemd, ihr hübsches Kleid und den Strohhut. Seine Sandalen wurden geputzt.

Immer wenn sie sich zurechtmachten, musste Desmond an

die *Stirling Castle*, an Big Jim und den Spaß denken, den sie miteinander gehabt hatten. Er überlegte auszureißen. An einem Sonntag, beim Gottesdienst, kam ihm der Gedanke, dass er genau jetzt die Gelegenheit hätte. Jessie wäre ohne ihn besser dran. Es gab einen Bahnhof, von dem aus man in Richtung Norden und Süden fahren konnte. Er hatte kein Gepäck dabei, aber die Pfundnote für eine Fahrkarte, Jims Adresse wusste er auswendig. Es fiel ihm schwer, Jessie zurückzulassen, aber sie würde bestimmt nach ihm suchen, dann wären sie wieder glücklich vereint. Die Kanes wären auch froh, ihn nicht mehr sehen zu müssen. Auf der Farm wartete allein Arbeit inmitten von Gestank auf ihn.

Die Sommerhitze war fast vorüber, man war bereits mit dem Schafscheren beschäftigt und würde ihn nicht vermissen. »Ich gehe auf die Toilette«, sagte er zu Jessie und gab sich Mühe, sich nicht zu verraten. Am liebsten hätte er sich an sie gedrückt, aber das wagte er nicht, und so rannte er die Hauptstraße entlang zum Bahnhof. Dort versuchte er, einem alten Mann aus dem Weg zu gehen, der vor dem Bahnhof saß und Holz schnitzte und tat, als warte er auf einen Zug. Falls ihn jemand fragte, hätte er gesagt, dass er Besuch erwarte. Desmond setzte sich und wartete, aber kein Zug fuhr ein, weder aus der einen noch aus der anderen Richtung. Der Mann, der das Holz bearbeitete, sah immer wieder zu ihm rüber.

»Wann fährt der nächste Zug nach Süden?«, fragte Desmond beiläufig.

»Morgen, heute kommt keiner mehr, Kumpel. Es ist Sonntag.«

Desmond stand auf, er kam sich dämlich vor. Jetzt musste er entweder zurücklaufen oder sich die ganze Nacht verstecken.

Doch als er den Bahnhof verließ, humpelte zu seinem Pech gerade Bob aus der Hotelbar und entdeckte ihn.

»Was zum Teufel tust du hier?«

»Er hat nach dem nächsten Zug nach Süden gefragt«, sagte der alte Mann und lachte. »Vermute, du hast 'nen Ausreißer erwischt, Bob.«

»Den Teufel hab ich. Los, wir gehen«, sagte Bob, packte ihn am Arm, so dass seine Haut brannte, und zerrte ihn vor aller Augen die Straße entlang. »Du armseliger Zwerg, warte, bis wir zu Hause sind. Machst mich hier zum Trottel.«

»Was hat er denn jetzt schon wieder angestellt«, fragte Jessie, die beim Laster wartete.

»Sobald wir zu Hause sind, werde ich ihm eine Lektion verpassen, die er nie mehr vergessen wird. Und wenn du weißt, was gut für ihn ist, hältst du lieber die Klappe, sonst wird es euch beiden noch leidtun.«

»Es tut mir leid, beweg dich nicht …«, sagte Jessie und schmierte Salbe auf die Wunden, die der Riemen hinterlassen hatte. Die blutigen Striemen auf seinem Rücken und an seinen Beinen brannten von den Schlägen. Er lag auf dem Bauch und versuchte, tapfer zu sein. Die Strafe an sich war schon hart genug gewesen, doch Bob hatte Jessie zum Zusehen gezwungen. Dann hatte er nach der Schere verlangt und ihm auch noch die Haare abgeschnitten. »Das wollte ich schon bei seiner Ankunft tun. Du machst aus dem Jungen noch ein Weichei.«

»Er kann doch nichts dafür, dass er Locken hat«, bettelte Jessie.

»Er wird geschoren«, sagte er und stimmte das australische

Schafscherlied an: »*Click go the shears boys, click, click, click …*«, sang er, griff nach seinen Haarbüscheln und setzte die Schere so nah am Kopf an, dass Desmond die messerscharfen Kanten spürte. Er schnitt ihm das Haar raspelkurz. Desmond hatte zugesehen, wie die schwarzen Locken auf den Boden fielen. Von seiner Stirn tropfte Blut, doch er war zu entsetzt gewesen, um auch nur einen Ton von sich zu geben. Er hätte am liebsten geschrien, hatte aber zu große Angst davor, sich zu bewegen und damit eine weitere Wunde zu riskieren. Bei jedem Schnitt zog sich etwas in ihm zusammen. Er starrte auf die Wand und den Kamin und hörte, wie die Haare im Feuer knisterten.

»O Bob, bitte hör auf. Er ist doch noch ein Kind. Was ist nur in dich gefahren …? Lass es doch nicht an dem Jungen aus«, versuchte auch seine Mutter ihn zu beruhigen.

»Halt die Klappe, Ma. Er muss wissen, wer der Herr im Haus ist, ich mache noch einen Farmer aus ihm, je früher, desto besser.« Jessie weinte und sammelte mit ihrer Bürste das restliche Haar auf. »Hör auf zu heulen. Du machst es nur schlimmer für ihn, wenn du dich auf seine Seite stellst«, sagte Bob und schien mit seiner Arbeit zufrieden.

Ich hasse dich, dachte Desmond, und ich werde nie wieder ein Wort mit dir reden.

Von nun an würde zwischen ihnen Krieg herrschen. Er würde nie wieder weinen, wenn Bob in der Nähe war. Das nächste Mal würde er gleich verschwinden und dafür sorgen, dass Jessie mitkam. Sie hatte einen besseren Mann als Bob Kane verdient, und Desmond wusste, wer das war.

34

Callie stand vor Primrose McAllisters Tür in der Sinclair Road. Primrose schloss sie erleichtert in ihre Arme. »Endlich! Ich bin so froh, dass du wieder zu Hause bist. Ich dachte schon, wir würden dich nie wiedersehen ... Deine Mutter hat angerufen, ich habe dich erwartet. Sie macht sich so große Sorgen um dich. Du Arme, du hast das alles nicht verdient. Komm, setz dich. Ich habe eine Flasche Wein da. Es ist so schön, dich wieder bei uns zu haben.«

Callie brach nach der langen Fahrt von Dalradnor nach London auf dem Sofa zusammen, sie war wieder in ihrer gewohnten Umgebung. Es war so viel passiert, seit sie hier gewohnt hatte, und dennoch wirkte alles wie immer: die schäbige Einrichtung, die Bilder an den Wänden.

Sie hätte sich am liebsten nur zusammengerollt und hundert Jahre geschlafen.

»Ich habe was zu erledigen«, sagte sie.

»Aber nicht mehr heute Abend. Du wirst nirgends mehr hingehen. Ich hatte ja keine Ahnung ... Runter damit.« Primmy drückte ihr ein Glas mit süßem Wein in die Hand. »Kipp es runter. Die beste Nachricht war, als wir erfuhren, dass du noch am Leben bist. Ein paar Mädchen sind von den Auslandseinsätzen nicht mehr zurückgekehrt ...«, sagte sie und zögerte, als sie Callies Gesichtsausdruck sah. »Sie haben es nicht nach Hause geschafft. Ich weiß, wo du warst. Staatsgeheimnis hin oder her, es sickert immer mehr durch. Soviel ich weiß, wurde die Truppe inzwischen aufgelöst. Die Sache mit Desmond tut mir unendlich leid. Aber mach dir keine Sorgen, wo er jetzt ist, ist er in Sicherheit.«

»Ich muss ihn nach Hause holen. Wie konnte mir Phoebe das nur antun?«

»Ich will sie nicht in Schutz nehmen, aber sie hatte einen Schlaganfall, und das kann Menschen schon mal verändern, sagt Daddy.«

»Ich nehme das erste Schiff«, sagte Callie und kippte den Wein hinunter. »Sobald ich herausgefunden habe, wohin sie gefahren sind.«

»Ich denke, du solltest dich erst einmal erholen und dich gründlich vorbereiten. Du hast schreckliche Erfahrungen gemacht. Sei nett zu dir«, sagte Primmy sanft und setzte sich neben sie.

»Das Einzige, was mich am Leben hielt, war der Gedanke, zu Desmond zurückzukehren«, erwiderte Callie erbittert. Primmy musste die Dringlichkeit des Ganzen einsehen. »Ich konnte es nach meiner Ankunft kaum erwarten, sein Gesicht zu sehen. Vielleicht zwingt man ihn, sich nicht an mich zu erinnern, aber Kinder vergessen ihre Mütter nicht, oder?« Sie sah ihre Freundin an und suchte nach Bestätigung.

»Erwarte nicht gleich zu viel. Der Mann einer Freundin und Arbeitskollegin ist letztes Jahr aus einem Gefangenenlager in Japan zurückgekehrt, ihre kleine Tochter wollte nichts mit ihm zu tun haben. ›Wer ist der Mann in deinem Bett? Ich will ihn hier nicht haben!‹, hat sie jedes Mal geschrien, wenn er in ihre Nähe kam. Der arme Mann war ganz verzweifelt.«

»Das wird mir nicht passieren. Desmond muss sich an mich erinnern.«

»Für ein Kind war das eine schrecklich lange Zeit, Callie. Ich fände es schrecklich, wenn du …«

Callie warf die Hände in die Luft. »Warum bist du so negativ? Ich werde meine Papiere in Ordnung bringen, dafür sorgen, dass ich eine Kriegsrente bekomme, mir eine Wohnung mieten und so. Und ich werde nicht ohne ihn zurückkehren.«

»Du musst dich mit Phee versöhnen. Versprich mir das. Ich weiß, dass es schrecklich für sie ist, und es geht ihr nicht gut.«

»Ich werde ihr niemals verzeihen, was sie getan hat.«

»Sie ist deine Mutter und hat ihr Bestes getan.«

»Sie war noch nie der mütterliche Typ. Man kann seinen Charakter nicht verändern. Wenn wir zurück sind, bleibt noch genug Zeit dafür.« Callie empfand eine unbändige Wut auf ihre Mutter.

Primrose bemerkte, dass Callie völlig durch den Wind war, und brachte ihr etwas zu essen. »Das ist alles, was ich von meiner Ration noch übrig habe«, entschuldigte sie sich und reichte Callie einen Teller mit ein paar Crackern und einem Stück Käse.

»Ich habe keinen Hunger. Gib mir die Flasche. Der ist gut.« Der Wein wärmte ihren Magen und bändigte ihre Angst.

»Ralph hat ihn für gelegentliche Gefälligkeiten bekommen. Du kennst ihn noch nicht. Wir sind uns bei der Arbeit begegnet.« Primrose wurde rot. »Er ist das einzig Gute, was mir der Krieg beschert hat. Wir werden heiraten, also sorge dafür, dass du bis zu meiner Hochzeit wieder zurück bist. Ich hoffe, du bleibst noch und verschwindest nicht schon morgen.«

»Ich werde meine Anwälte aufsuchen und prüfen, wie viel Kapital ich noch habe. Ich muss ein Haus kaufen. Außerdem habe ich noch ein paar Dinge zu erledigen mit du weißt schon wem. Ich soll eine eidesstattliche Versicherung über meine

Behandlung im Gefängnis in Belgien abgeben. Ein paar Wärter wurden gefasst. Das bin ich meinen Freunden schuldig, die verraten wurden.« Callie schüttelte erschöpft den Kopf.

»Kannst du darüber reden?«

»Niemals … Bitte frag mich nicht. Es ist in mir eingeschlossen, und ich habe den Schlüssel dazu verloren. Solche Dinge kann man mit niemandem teilen. Ich will nicht mehr darüber nachdenken. Es würde auch nicht helfen, Desmond zurückzuholen. Und das ist jetzt alles, was für mich zählt. Ich warte darauf, dass die Dixons mir Jessies Adresse geben. Ich weiß, dass sie und Desmond auf der Passagierliste der *Stirling Castle* standen. Sobald ich die Adresse habe, schreibe ich und erfrage seinen Aufenthaltsort.«

»Überstürz nichts, Callie. Schicke ihnen zuerst Postkarten, Sachen, die ihn an dich erinnern, Bilder von Dalradnor.«

»Dorthin werde ich nie wieder zurückkehren«, fauchte Callie. Sie nahm Primmy ihre Zurückhaltung übel.

»Warum nicht? Das war dein und sein Zuhause. Du hast es doch immer geliebt. Sei nicht so radikal. Du musst zwischen euch erst einmal eine Brücke bauen. Du hast es vorgezogen, ihn zurückzulassen, als du dich freiwillig gemeldet hast, und du wusstest, was du da tatest – oder?«

»Ich dachte, du wärest meine Freundin«, rief Callie, solche Argumente wollte sie nicht hören. »Du klingst genauso wie Phee, du sagst mir auch immer, was ich tun und was ich lassen soll.«

Primmy umarmte sie. »Ich bin deine Freundin. Ich bin auf deiner Seite. Aber was ist eine Freundschaft wert, wenn man nicht ehrlich zueinander sein kann? Man hat mir beigebracht, liebevoll meine Meinung zu sagen. Ich versuche nur zu helfen. Das ist alles sehr kompliziert und verstörend für euch alle.«

Callie schob sie von sich. »Ich will diesen Schwachsinn nicht hören.« Sie stand auf, doch plötzlich drehte sich der Raum um sie. Der Wein war ihr zu Kopf gestiegen, ihre Knie wurden weich, und sie fiel zurück aufs Sofa.

»Komm nach oben und leg dich hin. Du musst jetzt erst einmal den Schock überschlafen«, schlug Primmy vor und brachte die Gläser und die leere Weinflasche in die Küche. »Wir müssen dein Vorgehen Schritt für Schritt planen. Zuerst müssen Jessie und Desmond erfahren, dass du noch lebst und es dir gutgeht. Sie muss wissen, dass du vorhast, ihn zurückzuholen. Also braucht ihr ein Zuhause, in dem du mit ihm wohnen kannst, ein Ort, an dem ihr euch wohl fühlt, und das ist momentan gar nicht so leicht. Dann solltest du Jessie die Zeit geben, Desmond auf die Nachricht und deinen Besuch vorzubereiten. Er ist kein Baby mehr, sondern ein kleiner Junge und hat seinen eigenen Kopf. Sei behutsam, Callie, dann wird alles gut. Hörst du mir zu?« Primmy drehte sich um und schüttelte den Kopf. Callie schnarchte, sie schlief tief und fest. Der Wein hatte seinen Zweck erfüllt.

35

»Hat es dem Bengel die Sprache verschlagen?« Bob saß am Tisch, löffelte seinen Eintopf und versuchte, Desmond zu einer Antwort zu bewegen. »Oder ist er verblödet?«

Seit der Prügelstrafe vor ein paar Monaten hatte Desmond

nie wieder ein Wort mit Bob gesprochen, nicht ein einziges. Wenn er etwas gefragt wurde, murmelte er nur und nickte. Er gehorchte ihm, ließ die gelegentlichen Klapse hinter die Ohren und den Spott schweigend über sich ergehen. Er sah gerne Erstaunen auf Bobs Gesicht. Zwischen ihnen herrschte Krieg, und so oft es ging schlug sich Jessie auf seine Seite und rechtfertigte sein Schweigen.

»Er muss in die Schule gehen«, bettelte sie. »Es ist nicht in Ordnung, wenn ein Junge keinen Unterricht bekommt.« Sie wusste immer, wie sie Bob mit einem Lächeln herumkriegte. »Wir beide wären uns auch nie begegnet, wenn du deine Prüfungen nicht geschafft hättest.«

»Dann unterrichte du ihn doch, wenn du so scharf darauf bist. Besorg ihm ein paar Bücher.«

Das ließ Jessie sich nicht zweimal sagen. Die Unterrichtsstunden waren für Desmond der Höhepunkt des Arbeitstages. Dann saßen sie zusammen und grübelten über Lesebüchern, Rechenaufgaben oder machten Einkaufslisten, die er addieren musste. Im Wohnzimmer stand ein altes, verstimmtes Klavier, was Jessie aber nicht davon abhielt, darauf zu spielen. Dann sangen sie alte schottische Lieder wie *Loch Lomond, Roamin' in the Gloamin', I belong to Glasgow,* Jessie musste weinen, und Ma Kane kam meistens mit ihrem Flickzeug herein und sang mit.

An einem Samstagabend hatten sie den Teppich zusammengerollt, um für die Kirche schottische Volkstänze zu üben, doch bald schon stürmte Bob herein, als er sie singen hörte. »Der Junge kann also singen, wenn er will.« Alle verstummten sogleich. »Macht weiter, achtet nicht auf mich, lasst mal hören, wie der Stumme um sein Abendessen singt. Glaubt bloß nicht, ich wüsste nicht, was ihr hinter meinem Rücken treibt. Sing, sonst …« Er wies Jessie zum Klavier. »Du hast ihm das doch eingeredet.«

»Sohn, sie wollten sich doch nur ein wenig amüsieren. Lass sie in Ruhe!« Ma Kane bettelte, doch er stieß sie weg.

»Halt den Mund. Wenn ein Mann nicht mal mehr im eigenen Haus das Sagen hat … Sing, verdammter Brite, sing.«

Jessie setzte sich ans Klavier, regte sich jedoch nicht. Desmond stand neben ihr und hielt trotzig den Mund verschlossen, seine Kehle war trocken vor Angst. Doch als er sah, wie Bob nach dem Schürhaken griff, bekam er es mit der Angst zu tun. Er wandte sich zu Jessie und nickte. Sie spielte *Loch Lomond*, und er versuchte die Worte dazu herauszupressen, aber sie blieben ihm im Hals stecken, er brachte kaum einen Ton zustande. Mehr als *By yon bonnie banks* … kam nicht heraus.

»Das kannst du besser.«

Doch so sehr er sich auch bemühte, er brachte keinen Ton raus. Plötzlich hörte Jessie auf zu spielen und sah ihren Mann an. »Bob, er hat Angst.«

Bob knallte ihr den Klavierdeckel auf die Hände, sie schrie vor Schmerz. Desmond stürzte sich wie ein wildes Tier auf ihn, trat nach Bobs Beinen, da nahm der große Mann den Schürhaken und verprügelte ihn Schlag um Schlag, bis er bewusstlos zu Boden sackte.

Er wachte in Verbände gehüllt auf und wusste nicht, wo er war. Ma Kane tupfte ihm die Stirn ab. »Louie, es tut mir so leid. Diesmal ist er völlig durchgedreht. Du musst von hier verschwinden, sonst bringt er dich irgendwann um.« Sie weinte. »Das ist nicht mehr mein Sohn. Er ist komisch im Kopf.«

»Wo ist Jessie?«, fragte Desmond beunruhigt.

»Sie ruht sich aus. Ich weiß nicht, welcher Teufel ihn seit seinem Unfall reitet …« Sie starrte auf das Hochzeitsbild auf der Kommode. »So kann das nicht weitergehen.«

Desmond konnte sich vor Schmerzen in Kopf und Gliedern nicht bewegen. War das alles seine Schuld, weil er mit Jessie mitgekommen war? Wurde Bob deshalb so wütend? Er wusste, dass er gehen musste, dass sie dann in Sicherheit war, aber jetzt war er so müde, dass er nicht einmal klar denken konnte. Er wusste allerdings, dass er Ruby Creek hasste und Ma Kane ihm helfen würde, wenn er sie darum bat.

»Hast du einen Briefumschlag und eine Briefmarke für mich?«, fragte er am nächsten Tag, als er in der Küche saß und versuchte, Kartoffeln zu schälen.

Sie lächelte. »Mal sehen, was ich tun kann, aber kein Wort darüber.«

36

Callie saß mit ihrem Aperitif an Deck der *Empress* und sonnte sich. Sie hatte sich endlich auf den Weg nach Australien gemacht und sollte rechtzeitig zu Neujahr dort ankommen. Alles hatte viel mehr Zeit in Anspruch genommen, als sie gedacht hatte. Es hatte viel zu erledigen gegeben, nicht zuletzt hatte sie in einer Zeit, in der Wohnraum knapp war, eine Unterkunft finden müssen. Schließlich mietete sie in der Nähe von Bexhill-on-Sea ein Haus. Desmond würde es lieben, am Strand zu spielen. Es gab gute Schulen in der Nähe, niemand kannte sie hier, und sie konnten das Vergangene hinter sich lassen und einen Neuanfang wagen.

Endlich hatte sie Jessie Kanes Adresse herausbekommen, die Farm Ruby Creek in der Nähe eines Ortes namens Marree, und hatte sie von ihrer Reise unterrichtet.

Auf dem Schiff waren viele kleine Kinder, die in einem neuen Land ein neues Leben beginnen sollten. Es waren alles Waisenkinder, die von Nonnen und Lehrern begleitet wurden. Sie stürmten aufgeregt übers Deck, und an der frischen Luft bekamen ihre blassen Stadtgesichter Farbe. Callie versuchte, sich vorzustellen, wie der inzwischen siebenjährige Desmond aussehen könnte. Sie hatte ihm zu Weihnachten ein Paket mit einem wunderschönen Modellauto und einem Bild von sich in Uniform geschickt. Und sie hatte Jessie einen Brief mit einer Bildpostkarte vom Schiff für ihn und einem Bild von seiner Großmutter zu ihrer Blütezeit beigefügt. Das sollte Jessie an die Verpflichtungen erinnern, die sie der Familie gegenüber hatte. Auf dem Foto war Phoebe Faye in all ihrer Pracht als Gaiety Girl abgebildet und sah sehr hübsch und beeindruckend aus. Zwar würde ihr Sohn seine Großmutter erst dann wiedersehen, wenn Callie bereit war, sich mit ihr zu versöhnen, doch die beiden würde es daran erinnern, welche Bedeutung sie hatte.

Sie war froh, wieder an Bord eines Schiffes zu sein. Das letzte Mal war sie auf ihrer Heimreise gewesen, hatte von Ferrand geträumt und sein Kind unter dem Herzen getragen. Sie waren so glücklich in Kairo gewesen und hatten ihre ganze Zukunft vor sich gehabt. Hätten sie nur geahnt, was ihnen noch bevorstand! Immer noch wurde sie in ihren Träumen von Horrorszenarien heimgesucht, die sie nicht kontrollieren konnte. Doch bald würde sie mit ihrem Sohn heimkehren und gemeinsam mit ihm ein neues Leben beginnen. Nichts und niemand würde sie je wieder trennen.

Es war kurz vor Weihnachten. Jessie und Ma Kane waren in das Städtchen gefahren, um Vorräte einzukaufen. Desmond bettelte darum, mitfahren zu dürfen, denn sonst würde er sein Vorhaben nicht umsetzen können. Seine blauen Flecken verblassten langsam, auf der Wange hatte er aber eine schlimme Narbe. Bob würde bestimmt nicht wollen, dass man seine Blutergüsse in der Öffentlichkeit sah, also zog er trotz der Hitze seine Jacke an, um seine Arme zu verbergen, und setzte eine Mütze auf. Er trug eine Shorts aus Bobs alten Jeans, und seine Sandalen waren zu klein, seine Zehen ragten darüber hinaus. Bob sah Desmond nicht an, niemand verlor ein Wort über das, was in jener Nacht passiert war. Jessies Fingernägel hatten sich schwarz verfärbt, und ihre Finger steckten in einem Verband, so dass er und Ma Kane ihre Hausarbeit übernehmen mussten.

Desmond fragte, ob er zur Post gehen dürfe. Er hatte seine Pfundnote dabei und eine edle Weihnachtskarte. Er wollte Weihnachtsgeschenke kaufen und diese besondere Karte nach Adelaide schicken. Er hatte die Nachricht darauf sorgsam und in ordentlicher Schrift verfasst.

»Louie, du siehst ziemlich mitgenommen aus«, sagte die Postbeamtin und sah ihn beunruhigt an.

»Das Pferd hat mich mal wieder abgeworfen«, sagte er, ohne sie dabei anzusehen. Er überreichte ihr den Brief.

»Wo du schon mal da bist, hier ist ein Brief aus England für deine Tante Jess. Sorg dafür, dass sie ihn bekommt, Kleiner.«

Desmond steckte den Brief in seine Tasche und lief dann zum Laden, wo er eine Tafel Schokolade, ein paar Taschentücher für Ma und Lametta besorgte. Immerhin war Weihnachten, und obwohl es heiß war, hatte Jessie ihm versprochen, dass sie einen Weihnachtsbaum schmücken würden. Mit ein wenig Glück würde Bob etwas trinken und einschlafen, dann könnten sie sich amüsieren und ohne ihn Radio hören.

Seit jener schrecklichen Samstagnacht hatte Bob nichts mehr getrunken. Desmond hatte gehört, wie er Jessie anflehte, ihm zu verzeihen. Er fuhr sie ohne Widerworte zur Kirche und versprach ihnen ein schönes Picknick.

Es gab keinen Schnee und auch keinen Weihnachtsmann in den Geschäften. Jess sagte, dass es für den Weihnachtsmann nach Ruby Creek zu weit sei, dass er aber trotzdem Geschenke überbringen würde. Jessie flüsterte ihm zu, »sei nett zu Onkel Bob. Er gibt sich Mühe. Er weiß selbst, dass er einen Fehler gemacht hat.«

»Warum müssen wir bleiben?«

»Weil ich in der Kirche ein Gelübde abgelegt habe, in guten wie in schlechten Zeiten«, antwortete Jessie und sah sehr traurig aus. »Wir müssen das Beste daraus machen.« Er wusste, dass sie weinte, wenn sie keine Post von ihrer Familie bekam. Sie hasste die Fremdartigkeit dieses Ortes genau so sehr wie er.

Für Desmond lief bis zum Weihnachtsmorgen alles nach Plan, bis die Geschenke unter dem Lamettabaum lagen und er Ma Kane und Jessie seine überreichte.

»Woher hast du denn das Geld für diese schicken Sachen?«, grinste Bob, begutachtete die Geschenke und bemerkte, dass es für ihn keines gab.

»Das ist mein Geld, ich habe es gespart«, sagte Desmond lächelnd.

»Den Teufel hast du. Hast du was im Ort geklaut?«

»Nein, habe ich nicht. Ich habe das Geld geschenkt bekommen.«

»Schaut nur, wie er seine Geschichte ändert. Und wer hat dir das Geld gegeben? Jess, hast du etwas aus unserer Haushaltskasse genommen?«

Jessie sah ihn trotzig an und schüttelte den Kopf.

»Lüg mich nicht an.«

»Sie lügt nicht«, warf Ma mit einem flehenden Tonfall ein. »Es ist Weihnachten, lass es gut sein.«

Bob packte Desmond am Hemdkragen, so dass er zusammenzuckte. »Sag mir sofort, wer dir das Geld gegeben hat.«

»Ich habe auf dem Schiff bei unserer Ankunft in Australien eine Pfundnote bekommen.«

»Von wem?«, fragte Bob und packte fester zu.

»Big Jim hat sie mir gegeben.«

»Wer ist Big Jim?«

»Unser Freund. Er ist vom Krieg nach Hause zurückgekehrt.«

»Ein Soldat auf dem Schiff. Warum hätte der einem Bengel wie dir Geld geben sollen?«

»O Bob, bitte. Big Jim war unser Fitnesslehrer. Er war nur freundlich, das ist alles.«

»Ich wette, dass er freundlich war, so freundlich, dass er ihm Schweigegeld gegeben hat. War er dein Liebhaber?«

»Bob, beruhige dich. So war das nicht. Wir haben ein paarmal zusammen getanzt, sonst mussten wir immer mit anderen Mädchen tanzen. Zieh bitte keine voreiligen Schlüsse. Er mochte Louie, mehr nicht. Lass uns den Tag ohne Streitereien verbringen. Es ist Weihnachten.«

»Na und, verdammt nochmal? Das ist ein Tag wie jeder andere auch, nichts Besonderes. Mein Gewehr weiß nicht, dass Weihnachten ist. Der Junge hat einen tückischen Blick ... warum schaust du so?«

»Ich habe noch was vergessen, einen Moment.« Desmond rannte weg, holte seine Jacke und griff in die Tasche. »Hier ist ein Brief. Er ist für dich, Jess, aus England.« Er hielt ihr den Brief mit der seltsamen Schrift hin. Jess drehte ihn um, um ihn zu öffnen, und verließ dann das Zimmer.

»Schlechte Nachrichten?«, sagte Ma, als sie sah, dass Jess mit einem ernsten Gesichtsausdruck zurückkehrte.

»Nein, nur Neuigkeiten von der Familie. Ich lese ihn später. Wo waren wir stehengeblieben?«

»Da, wo wir immer stehenbleiben, bei diesem Nichtsnutz und seinen Mätzchen«, sagte Bob.

»Hack nicht immer auf ihm rum«, sagte Jessie und stellte sich neben Desmond.

»Du bist immer auf seiner Seite. Er muss gehen«, sagte Bob und starrte sie beide an.

»Er ist noch zu klein, um in einem fremden Land alleine auf eine Schule geschickt zu werden, sei doch nicht so hart. Ich habe ihn hergebracht, um ihm ein besseres Leben zu ermöglichen.« Sie räumte das Geschenkpapier weg und warf es ins Feuer.

»Entweder ich oder er, Jess. So warst du in Schottland nicht. Da warst du lustig und zu allem bereit.«

»Ich bin um die Welt gereist, um zu dir zu kommen, und musste feststellen, dass du nicht mehr der Mann bist, den ich geheiratet habe. Du hast dich verändert. Das sieht jeder. Ich bin nicht hergekommen, um grün und blau geschlagen zu werden. Und du behandelst dein Vieh besser als den kleinen Louie hier.«

»Er hat einen schlechten Einfluss auf dich.« Bob machte einen Schritt nach vorn, Desmond wich instinktiv zurück und erwartete eine Ohrfeige.

»Sieh dich doch an, Bob, schau auf deine eigenen Fehler, bevor du einem Kind die Schuld gibst. Was für ein Vorbild bist du denn? Nie ist dir auch nur ein einziges nettes Wort über die Lippen gekommen. Ich halte das nicht länger aus.«

»Dann weißt du ja, was du zu tun hast«, antwortete er herausfordernd und verschränkte die Arme. Doch als er Jessies entschlossenen Blick sah, veränderte sich sein Gesichtsausdruck.

»Soll mir recht sein. Tut mir leid, Ma, aber genug ist genug«, sagte Jessie. »Wenn wir uns schon an Weihnachten nicht anständig benehmen können, was bleibt dann noch? Komm, Louie, es ist an der Zeit zu packen. Ich bleibe nicht, wo ich nicht willkommen bin.«

Desmond traute seinen Ohren nicht. Warum hatte sie ihre Meinung geändert? Konnte das wahr sein, dass sie tatsächlich gingen? Er rannte die Treppe hinter ihr hinauf und lächelte zum ersten Mal seit Wochen wieder, als sie den Koffer mit den Aufklebern herunterzog und ihre schönen Stadtkleider hineinwarf, die sie hier kaum trugen. »Wir müssen sofort los. Ich werde einen Farmarbeiter bitten, uns in den Ort zu fahren. Allerdings habe ich keine Ahnung, wo wir hingehen sollen.«

»Ich aber.« Er lächelte und hielt den vergilbten Zettel hoch, den er seit Monaten aufbewahrte. »Ich habe ihm eine Karte geschrieben. Er weiß von uns. Dahin können wir erst mal gehen. Ich habe ihm etwas versprochen, und dieses Versprechen können wir jetzt halten.«

Jessie drehte sich um und lächelte ihn an. »Was würde ich nur ohne dich tun, Kleiner.«

Desmond errötete vor Stolz. Dieser Sinneswandel war das beste Weihnachtsgeschenk, das er je bekommen hatte.

37

Callie spürte, wie die seltsame Hitze auf ihrer Haut kribbelte, starrte staunend aus dem Zugfenster auf die Landschaft und die unendlichen Weiten am südlichen Ende von Australien, auf die Wälder und großen Flächen flachen Landes mit Siedlungen, die sich am Straßenrand wie Dörfer aus dem Wilden Westen erhoben. Meile über staubige Meile war keine menschliche Seele zu sehen. Selbst die Erde war anders als bei ihr zu Hause.

Sie kam am Bahnhof an, der Ruby Creek am nächsten lag, war aufgeregt und besorgt zugleich und sah in ihrer Londoner Kleidung ganz offensichtlich wie eine Fremde aus. Sie checkte im einzigen Hotel im Ort ein – es war wenig mehr als eine Bar mit Zimmern darüber – und stellte ihren Koffer ab. Sie wollte als Erstes herausfinden, wie sie am schnellsten zur Farm kam. Eigentlich hatte sie gehofft, dass man sie abholen würde, sie hatte die Einzelheiten zu ihrer Reise schon früh losgeschickt, aber nie einen Brief oder eine Antwort erhalten, also ging sie zur Post, die sich in einem Gemischtwarenladen befand.

Die Frau hinter dem Tresen lächelte sie an. »Guten Tag, kann ich Ihnen helfen?«

»Das hoffe ich. Wie komme ich nach Ruby Creek?« Callie zögerte, lächelte und wurde sich ihres Akzentes bewusst. »Zur Farm der Kanes. Ich bin auf der Suche nach Jessie Kane. Ist es weit?«

»Sie kommen aus England?«, fragte die Frau.

Callie nickte.

»Tut mir leid, da kann ich Ihnen nicht helfen. Jess ist schon seit einer ganzen Weile fort«, flüsterte sie. »Es hat wohl Schwierigkeiten gegeben. Wenn Sie mich fragen, hat Bob Kane den Verstand verloren, dass er eine fleißige Arbeiterin wie sie gehen ließ … Trotzdem, ich muss zugeben, dass sein Kopf nicht mehr so richtig funktioniert, seit er vom Motorrad gefallen ist. Sie ist an Weihnachten einfach abgehauen und war nur kurz hier. Sie hatte gute Gründe, ich kann es ihr nicht verdenken«, sagte sie und lehnte sich dabei über den Tresen.

»Und wo ist sie jetzt?« Callie konnte nicht fassen, dass sie den ganzen Weg zurückgelegt hatte und sich das anhören musste.

»Ich habe gehört, dass sie den Zug nach Süden genommen haben. Vielleicht sind sie für immer weggegangen. Ich glaube nicht, dass sie sich hier eingewöhnt haben.«

»Sie?«, fragte Callie. »Hat sie den Jungen mitgenommen?«

»Natürlich. Für das Kind hat sie alles getan. Er ist wirklich ein Schätzchen. Er kam heimlich hierher und hat eine Postkarte verschickt. Einsames Kind, eine Schande, dass sie ihm die Locken abgeschnitten haben. Na ja, also der kleine Louie hatte eine Adresse irgendwo in Adelaide«, antwortete sie.

»Wissen Sie die noch?«, fragte Callie und überlegte, warum sie ihn Louie nannte.

»Ich bitte Sie, denken Sie vielleicht, dass ich alle Briefe lese, bevor ich sie verschicke? Ich kann mir doch nicht alles merken ... Obwohl, wenn ich es mir recht überlege, war der kleine Kerl sehr stolz auf seine Handschrift, nicht viele Farmerjungs können so schön schreiben. Wie war noch der Name ... Warten Sie, er wird mir gleich einfallen. Es war ein Name, den ich kannte ...« Sie schloss die Augen und versuchte, sich zu konzentrieren. »Er begann mit einem B ... War es Ball? Nee ... ich kenne keine Balls.«

»Oh, bitte, versuchen Sie, sich zu erinnern.« Callie zitterte.

»Ich weiß es ... Boyd Rankin, er ist in Marree mit mir auf die Schule gegangen.« Sie schüttelte den Kopf und lächelte. »Der Brief war an einen gewissen Mr Boyd in Adelaide adressiert. Mehr kann ich nicht sagen.«

»Glauben Sie, dass sie dahin gefahren sind?«, fragte Callie verzweifelt.

»Wieso fragen Sie mich das? Fragen Sie doch Ma Kane ... oder vielleicht besser nicht. Sind Sie eine Verwandte oder etwa von der Fürsorge?« Die Postbeamtin musterte sie jetzt misstrauisch.

»Eine nahe Verwandte ... Ich bin den ganzen Weg hergekommen, um sie zu treffen, und jetzt komme ich zu spät.« Sie war den Tränen nahe und todmüde, wollte aber nicht zu viel verraten.

»Setzen Sie sich, und legen Sie kurz ihre Füße hoch. Sie können mir einen Gefallen tun. Ich habe hier irgendwo einen Stapel Briefe für Jess. Warten Sie einen Moment.« Sie sprang nach hinten und brachte Callies Weihnachtspaket und Briefe mit.

»Aber die habe ich doch zu Weihnachten geschickt«, sagte sie schwach.

»Die Adresse war nicht ganz richtig, deshalb sind sie woanders gelandet. Sie können sie jetzt persönlich übergeben. Versuchen Sie es in Adelaide, es könnte sich lohnen. Es ist eine hübsche Stadt, vielleicht kann dieser Mr Boyd Ihnen helfen, sie zu finden. Viel Glück … Wie war noch Ihr Name?«

Callie nickte nur, verließ den Laden und versuchte, nicht vor Enttäuschung in Tränen auszubrechen. Der Gedanke an das Wiedersehen hatte sie aufgebaut, und jetzt das. Desmond hatte weder ihre Bilder noch ihre Geschenke erhalten. War Jessie nach Erhalt des ersten Briefes, der nicht mit im Stapel lag, wie Callie bemerkte, verschwunden? Waren sie deshalb so schnell abgereist?

Was sie jetzt brauchte war ein starker Drink, um ihre Angst zu besänftigen. Sie lief zum Hotel hinüber, aber die Bar war geschlossen, also legte sie sich in ihrem Zimmer auf das Bett und dachte darüber nach, wie dürftig die Informationen waren, die sie erhalten hatte. Doch sie hatte nicht die ganze Fahrt auf sich genommen, um sich jetzt geschlagen zu geben.

Später am Abend ging sie in die Bar und erschrak, als sie lauter Männer mit Bierkrügen sah, die sie anstarrten, als käme sie von einem anderen Stern. Ein unrasierter Mann in Latzhose torkelte auf sie zu.

»Ich habe gehört, dass Sie sich nach meiner Frau erkundigt haben.« Sie spürte die Wut in seiner Stimme, als er sie von oben bis unten musterte. Die Buschtrommeln trommeln hier schnell. »Ich weiß, wer Sie sind.«

»Und ich weiß, wer Sie sind, Mr Kane, und wer Jessie dazu

gebracht hat, an Weihnachten mit meinem Sohn wegzulaufen.«

»Louie ist Ihr Sohn?« Er wich zurück und sah seine Kumpel hilfesuchend an. »Welche Mutter vertraut ihren Sohn einer solchen Schlampe an?«

Aufgrund ihrer Ausbildung hätte sie ihm instinktiv am liebsten einen Tritt an eine schmerzhafte Stelle versetzt, doch stattdessen atmete sie durch und sagte: »Eine, die von den Nazis verhaftet und in ein Konzentrationslager gesteckt wurde, Mr Kane. Eine, die es wie so viele andere Kriegsgefangene auch nicht mehr rechtzeitig nach Hause geschafft hat.« Nach diesem Ausbruch herrschte Schweigen in der Bar. Alle lauschten. Callie hatte noch nie mit jemandem über ihre Erfahrungen gesprochen, doch diesen Mann wollte sie mit einem Schlag vernichten. Er war ein Schlägertyp, der eine Lektion verdient hatte. »Und falls ich von meinem Sohn hören sollte, dass Sie ihm irgendwas angetan haben ... dann sehen Sie sich vor. Ich weiß, wo Sie wohnen, und glauben Sie mir, ich wurde zum Töten ausgebildet, also sagen Sie mir lieber gleich, was Sie über ihren Verbleib wissen.« Ihr stählerner Blick verfehlte seine Wirkung nicht, doch Kane wollte sich keine Blöße geben.

»Was glauben Sie denn, Alte?«, grinste er. »Zu ihrem Geliebten nach Adelaide, ein nörgelnder Brite weniger hier.« Er wandte ihr triumphierend den Rücken zu und stolzierte durch den Raum.

»Danke, mehr muss ich nicht wissen«, rief Callie ihm trotzig hinterher. Dann wandte sie sich an den Mann an der Bar. »Geben Sie mir etwas, womit ich den Gestank dieser Ratte vertreiben kann ...«

Desmond saß am Esstisch in der Maitland Avenue und sah ehrfürchtig zu Big Jim hinüber. Er konnte kaum glauben, dass sie wirklich hier waren. Sie saßen zum Mittagessen an einem Tisch mit weißer Tischdecke und Blumen darauf, auf den Tellern lag Lamm mit Röstkartoffeln, der Raum war mit zauberhaften Teppichen ausgelegt, an der Wand hingen Bilder. Sie schliefen jetzt in einem Schlafzimmer mit hübschen Vorhängen, es stank nicht nach Schafen und Dreck. Das Haus der Boyds war ein Ziegelbau und nicht aus Holz, hatte große Fenster und einen Garten zum Spielen. Nach der Blechhütte in Ruby Creek war das hier ein Paradies. Jess lächelte jeden an und erzählte Jims Eltern, wie nett er an Bord des Schiffes zu ihr gewesen war.

Jessie war sehr aufgeregt gewesen, als sie an die Tür geklopft hatten, doch die alte Mrs Boyd hatte sie gleich hereingebeten und ihren Sohn bei der Arbeit angerufen. »Der kleine Schottenjunge ist da, der dir aus dem Outback die Karte geschrieben hat, mit seiner Mom …«

Jim war sofort nach Hause gekommen und hatte sie willkommen geheißen. »Ich habe deine Nachricht gelesen und wollte euch nach Weihnachten besuchen, aber ihr seid mir zuvorgekommen. Ihr könnt bei meinen Eltern bleiben, bis ihr euch erholt habt.« Er sah Jessie an und lächelte. »Ich glaube, so wie deine Mom aussieht, muss sie sich erst einmal ausruhen.« Sie waren in ein anderes Zimmer gegangen und hatten geredet.

Desmond mochte es, wenn die Leute Jess für seine Mutter hielten. Alles, woran er jetzt denken konnte, war, dass er vor Onkel Bob in Sicherheit war, dass er sich nicht mehr vor ihm fürchten brauchte und nun an einem schönen Ort wohnte, in dem es richtige Geschäfte, Straßen und überall Parks gab.

»Ich werde mich nach Arbeit umsehen«, sagte Jessie. »Und du musst zur Schule gehen.« Für Desmond gab es nichts Schöneres. »Hier können wir nicht bleiben. Das gehört sich nicht, also erwarte nicht so etwas Schickes. Wir werden nur zwei Zimmer für uns haben.«

»Das macht mir nichts aus«, sagte er. Nach Ruby Creek war alles himmlisch. Wie dem auch sei, er jedenfalls hatte einen geheimen Plan. Er wusste, dass Big Jim Jessie mochte und dass auch sie ihn mochte. Wenn sie nur lange genug hierblieben, dann kamen sie vielleicht zusammen und wurden eine Familie.

Jim nahm Desmond zu seinem Arbeitsplatz, einem Lager für Baumaterialien, mit, und er blickte zu den großen Zement- und Sandsackboxen und Holzstapeln auf. Es gab Laster zum Verladen der Säcke, besonderes Werkzeug und Behälter, Maschinen standen in Reihen aufgestellt. Überall sprangen Katzen herum. Er rannte ihnen nach und versuchte, mit ihnen zu spielen.

»Pass auf, sonst beißen sie dich. Sie jagen Ungeziefer. Das ganze Material hier dient zum Bau neuer Unterkünfte für Soldaten, die vom Krieg nach Hause kommen und sich niederlassen wollen. Gefällt es dir?«

Desmond lächelte ehrfürchtig zu ihm auf. Hätte Jim ihm seine Adresse nicht gegeben, und hätte er ihm nicht die Weihnachtskarte geschrieben, was wäre dann passiert? Jetzt lösten sich die schwarzen Wolken auf, und die Sonne kam durch, er spürte ihre Wärme.

Es war nicht allzu schwer, die Boyds in Adelaide zu finden. Es war ein guter schottischer Nachname, und im Telefonbuch standen in alphabetischer Reihenfolge sehr viele. Aber es war zu heiß, um jedem Einzelnen einen Besuch abzustatten, also beschloss Callie, sich hinzusetzen und alle abzutelefonieren, bis sie die richtige Familie gefunden hätte. Der Mann an der Rezeption im Hotel war hilfsbereit, doch je mehr Namen sie abtelefonierte, desto hoffnungsloser erschien es ihr. »Machen Sie weiter«, ermutigter er sie und bot an, selbst ein paar Anrufe für sie zu erledigen. Sie machten eine Liste von allen, die nicht geantwortet hatten, und genau in dem Moment, als Callie schon den Mut verlor, landeten sie den Glückstreffer.

»Ich suche nach Mrs Jessie Kane und Desmond Lloyd-Jones. Sie sind von Ruby Creek herkommen, um Mr Boyd zu treffen. Hat irgendjemand mit diesen Namen Sie in letzter Zeit kontaktiert?«, fragte sie die Frau am Telefon.

Sie zögerte. »Wer spricht da?«

»Ich bin Mrs Caroline Lloyd-Jones, Desmonds Mutter.« Callie zitterte.

»Tut mir leid, hier gibt es keinen Desmond Lloyd-Jones«, kam die Antwort, doch irgendetwas an ihrer zögerlichen Antwort veranlasste Callie weiterzubohren.

»Mit vollem Namen heißt er Desmond Louis … Vielleicht kennen Sie ihn nur unter dem Namen –«

»Oh, Sie meinen Louie.«

»Sie kennen ihn? Sind er und Jessie bei Ihnen?« Ihre Stimme wurde vor Aufregung lauter.

»Nicht direkt, aber ich denke, Sie sollten sich erklären, Mrs Lloyd-Jones.« Die Stimme schien etwas vorsichtiger geworden zu sein. Callie erzählte ihre Geschichte, doch die Frau unterbrach sie gleich wieder. »Wir können die Angelegenheit bei uns in der Maitland Avenue besprechen, vielleicht nach dem Tee? Ich gehe davon aus, dass Sie Beweise für Ihre Beziehung haben ...«

»Oh, natürlich!«, Callie schwankte vor Erleichterung und drohte das Gleichgewicht zu verlieren.

»Alles in Ordnung?« Der Mann an der Rezeption eilte zu ihr, als er sie schwanken sah. »Schlechte Nachrichten?«

»Nein, ich glaube, wir haben sie gefunden, sie wohnen in der Maitland Avenue. Mein Sohn ist hier in der Stadt. Jetzt brauche ich nur noch ein Taxi.«

»Das ist eine hübsche Gegend, Madam«, sagte der Empfangschef, doch Callie hörte ihm gar nicht zu.

Er ist hier, und ich kann ihn bald sehen. Ich muss mich umziehen, so hübsch wie möglich aussehen, meine Unterlagen vorbereiten. Ich kann nicht glauben, dass das passiert. Sie konnte im Aufzug zu ihrem Zimmer kaum still stehen. Vor ihrem triumphalen Auftritt im Haus der Boyds gab es noch viel zu erledigen.

Desmond rannte wie jeden Freitagabend den ganzen Weg von der Schule zum Materiallager. Dort blieb er immer, bis Jessie von der Arbeit im Säuglingsheim nach Hause kam, nachdem die Mütter ihre Kinder abgeholt hatten. Er liebte die Freitage, das waren die besten Abende in der Woche, sie gingen ins Kino, danach zurück zu ihrer Unterkunft in der Pitcairn Street zum Abendessen, und dann hatte er zwei ganze Tage schulfrei, auf die er sich freute. Morgen gingen sie vielleicht in den Eldner Park und sahen dem Cricket-Match zu, während Jessie Wäsche wusch. Danach blieb er bei den Boyds, während Jessie und Jim alleine ausgingen. Abends wurde gegrillt, und am nächsten Morgen besuchte er die Sonntagsschule in der Kirche. Sie machten gemeinsame Spaziergänge in den Parks, und er ließ sein Boot segeln.

Doch als er heute durch die Tore gerannt kam, sah Jims Dad ihn ernst an. »Ich muss dich nach Hause bringen. Du hast Besuch«, sagte er und brachte ihn zur schwarzen Limousine, die fürs Wochenende immer blitzblank poliert wurde.

Das muss ja wichtiger Besuch sein, wer kam ihn wohl besuchen? Dann wurde sein Herz schwer. Bob Kane hatte sie hier aufgespürt und wollte sie zurückholen. Dahin werden wir nie wieder zurückkehren, dachte er. Sie hatten sich jetzt hier eingelebt. Desmond mochte die Schule und seine Schulkameraden. Er spürte, wie er am ganzen Körper zu zittern begann. Er versuchte, die schrecklichen Zeiten auf der Farm auszublenden, doch manchmal tauchte nachts plötzlich Bobs Gesicht auf und jagte ihm Angst ein, dann schrie er, und Jessie kam, um ihn zu trösten. Aber was war, wenn Bob einen Polizisten mitgebracht hatte und sie sagten, dass sie zurückkommen müssen?

»Wer ist es?«, fragte er Jims Dad mit piepsiger Stimme.

Doch Jims Dad antwortete nicht. Desmond kauerte sich auf den Rücksitz und fürchtete den Augenblick, in dem er seinem Erzfeind von Angesicht zu Angesicht gegenüberstehen würde.

Callie stieg in der Allee in Westbourne Park in der Vorstadt aus dem Taxi und sah sich bewundernd die hübschen Bungalows an, die sich zwischen Büschen und Parklandschaft aneinanderreihten. Das Haus sah nach wohlhabenden Bewohnern aus. Sie stieg zur Veranda hinauf und versuchte, sich zu fangen. Wie sollte sie es ertragen, wenn sie Jessie Dixon mit ihrem Sohn sah, und was sollte sie zu ihm sagen? Geh weiter, trieb sie sich an und klingelte.

Eine Frau mit grauem Haar und gebräuntem, von jahrelanger Sonne faltig gewordenem Gesicht bat sie herein. »Mrs Lloyd-Jones, kommen Sie … Ich bin Mrs Boyd, das ist mein Sohn Jim.« Sie lächelte und zeigte auf einen großen jungen Mann, der mit seiner Größe den Türrahmen ausfüllte.

Callie nickte höflich, dann führte man sie in einen weiträumigen Salon mit großen Fenstern und Fensterläden davor. Durch eine Tür gelangte man hinaus in den Garten und zu einem großen Swimmingpool.

»Kann ich Ihnen etwas zu trinken anbieten … ein Bier …?«

»Nur Wasser, danke.«

»Ich fürchte, wir sind erst einmal alleine. Mein Mann bringt den Jungen später, Jess ist noch bei der Arbeit. So haben wir die Möglichkeit, vertraulich miteinander zu sprechen. Wir sind neugierig, was Sie so weit von zu Hause weg hierhergeführt hat.«

»Ich dachte, das wäre offensichtlich, Mrs Boyd. Ich bin hier, um meinen Sohn abzuholen.« Callie bemerkte, dass die beiden sich erstaunt ansahen.

»Ihren Sohn? Aber wir dachten, Louies Eltern wären …« Mrs Boyd zögerte. »Wir dachten, sie wären im Krieg gestorben. Und dass Jess ihn deshalb mitgebracht hätte.«

»Aber wie Sie sehen, bin ich zu guter Letzt doch hier. Desmond war drei, als ich eingezogen wurde und ins Ausland gegangen bin, aber ich habe ihn niemals vergessen.«

»Ein sehr ungewöhnlicher Schritt für eine Mutter.« Das hörte sich nach indirekter Kritik an, doch Callie gab nicht nach.

»Es waren schwere Zeiten, das kann Ihnen jeder erzählen, der sie miterlebt hat.« Sie sah den Sohn hilfesuchend an. »Ich wolle meinen Beitrag leisten.«

»Aber warum waren Sie so lange fort?«

Damit hatte sie gerechnet. Sie erklärte ihre Gefangenschaft, ihre Krankheit und den Brief, der niemals ankam. Über ihre geheime Mission im Ausland sagte sie nur wenig.

»Und Ihr Mann? Hat er keine Verwandten mehr?«

»Mr Lloyd-Jones hat uns schon vor dem Krieg verlassen, wir mussten uns alleine durchschlagen ... Ich habe keine Ahnung, wo er jetzt ist. Aber das geht mich auch nichts an. Jetzt zählt nur, dass Louie, wie Sie ihn nennen, erfährt, dass seine Mutter lebt und gekommen ist, um ihn heimzuholen. Jessie kann nicht über ihn verfügen, das müssen Sie verstehen. Sie war nur sein Kindermädchen.«

Jim beugte sich zu ihr vor. »Ich denke, das kann sie sehr wohl, sie ist die einzige Mom, die er hatte.«

Callie schüttelte den Kopf und verschüttete dabei das Wasser auf ihr Kleid. »Dann hat er eben zwei Mütter, die ihn verwöhnen«, sagte sie lächelnd, doch niemand lächelte mit.

»Ich glaube nicht, dass das so einfach ist, wie Sie behaupten«, fuhr Jim fort. Er sah auf seine Uhr. »Sie werden gleich da sein. Möchten Sie mit meiner Mutter eine Runde durch den Garten gehen? Dann kann ich Jess auf das Treffen vorbereiten? Sie hat es auch nicht leicht gehabt.«

»Wie Sie wünschen«, antwortete Callie besorgt. Sie musste sich auch auf Jessie vorbereiten, auf ihrer Forderung bestehen, dass sie ihren Sohn mitnehmen wollte, koste es, was es wolle.

Als Desmond durch die Tür spähte und nach dem gefürchteten Gesicht von Onkel Bob Ausschau hielt, sah er nicht ihn, sondern nur die Erwachsenen und eine Frau in einem blauen Kleid und mit Hut auf dem Kopf, die ihn anlächelte. Er lächelte höflich zurück. Jess stand neben Big Jim, seine Eltern saßen auf dem Sofa, alle sahen ihn an.

»Sag hallo zu Mrs Lloyd-Jones. Weißt du, wer sie ist?«, fragte Jessie mit piepsiger Stimme. Er lächelte erneut, schüttelte den Kopf und streckte seine Hand aus. Er hatte die Dame noch nie zuvor gesehen.

»Hallo, Desmond«, sagte sie. »Ich habe dich nicht mehr gesehen, seit du so groß warst«, sagte sie und hob ihre Hand auf eine gewisse Höhe am Kaminsims.

Er sah Jessie hilfesuchend an. Was sollte er als Nächstes sagen?

»Jessie hat sich eine Weile um dich gekümmert, während ich im Krieg war. Als alle dachten, ich würde nicht wieder zurückkehren, hat sie dich freundlicherweise für eine Weile mitgenommen. Jetzt bin ich den ganzen Weg von Schottland gekommen, um dich wieder mit nach Hause zu nehmen.«

Desmond wich zurück, er verstand nicht, was sie sagte, und bemerkte, wie traurig Jess aussah.

»Deine Mutter war sehr krank und konnte nach dem Krieg nicht gleich nach Hause zurückkehren, darum habe ich dich mitgenommen. Sie möchte jetzt, dass du mit ihr mitgehst und bei ihr wohnst. Was hältst du davon, Louie?«, fügte Jess hinzu.

Ihm wurde sehr mulmig. Er kannte diese Frau nicht, außerdem brachte sie Jessie zum Weinen. Also wich er langsam zurück und rannte durch die Tür hinauf in ein Schlafzimmer, weg von den Augen, die ihn anstarrten. Warum hatte die Frau ihn Desmond genannt? Wer war sie? Wusste sie nicht, dass er hierhergehörte? Er erinnerte sich an das Schiff und Big Jim, an das Essen und die Tänze, aber an nichts davor. Er erinnerte sich ein wenig an Ruby Creek und den Schürhaken an seinem Bein, aber an nichts sonst. Er vergrub seinen Kopf in den Händen und wollte nicht an die Frau denken.

Nachdem Desmond sich umgewandt und die Treppe hochgelaufen war, wurde es still im Raum. Callies Euphorie war in dem Augenblick verflogen, als sie den leeren Blick des Jungen gesehen hatte. Er hatte keine Ahnung, wer sie war. Es war eine Qual, zusehen zu müssen, wie er sich wie ein verängstigtes Kind an Jess gewandt hatte, als wäre sie seine Mutter. Er war zu einem schlaksigen jungen Kerl herangewachsen, seine Locken hatten sich geglättet und waren durch die Sonne heller geworden, sein Gesicht war braungebrannt. Er war ein hübscher Junge und hatte Ferrands liebenswürdige Gesichtszüge geerbt.

Jetzt saß sie alleine mit diesen Fremden in deren schönem Haus. Eine engverbundene Familie, die Seite an Seite dasaß, war etwas, das sie nie kennengelernt hatte. Sie spürte ihre Stärke und ihren Zusammenhalt, und trotzdem würde sie sich von deren Übermacht nicht unterkriegen lassen. Alle verließen das Zimmer, damit Callie alleine mit Jess reden und eine Erklärung fordern konnte, warum sie Phoebe hintergangen hatte. Sie war ganz offensichtlich eine katastrophale Ehe eingegangen, aber wie konnte ausgerechnet sie ihr das zum Vorwurf zu machen?

»Louie hat uns gerettet, weil er seinem Freund vom Schiff geschrieben hat. Die Boyds waren wirklich ausgesprochen gut zu uns. Es tut mir leid, aber ich habe nur getan, was ich damals für das Beste für Louie hielt. Ihre Mutter war nicht in der Lage, sich um ihn zu kümmern, und Sie hat man für tot gehalten. Was hätte ich tun sollen? Er kennt mich schon sein ganzes Leben lang, genau wie Sie Marthe kannten, oder haben Sie vergessen, wie sehr Sie mir von ihr vorgeschwärmt haben?«

»Aber ihn so weit von seinem Zuhause, von seinen Wurzeln zu entfernen und ihn als Ihren Verwandten auszugeben, war grundfalsch«, fauchte Callie.

»Immer noch besser, als ihn in irgendeinem Internat bei Fremden zu lassen«, fauchte Jessie zurück. »Ihre Mutter ist gesundheitlich nicht in der Lage, ein Kind im Haus zu haben. Ich stehe zu dem, was ich getan habe. Sie haben ihn in meine Obhut gegeben, ich habe mich um ihn gekümmert. Er kennt Sie jetzt nicht mehr.«

Als die Boyds wieder eintraten, hatte sich die Atmosphäre verändert. »Wie wäre es, wenn Sie erst mal hierbleiben würden«, schlug Mrs Boyd vor. »Louie muss sich an Sie gewöhnen. Sie waren lange getrennt. Wir wüssten nicht, was wir Ihnen sonst raten sollten. Sie können einen Jungen in seinem Alter nicht einfach zwingen, Ihnen wie ein kleines Kind zu gehorchen. Aus dem Alter ist er raus.«

Wo hatte Callie das schon mal gehört? Primrose hatte sie davor gewarnt. Aber er würde sich doch bestimmt entschließen mitzukommen, sobald er erfuhr, dass sie Fleisch und Blut waren, oder?

»Danke«, antwortete sie und fühlte sich schwach und krank. »Ich muss ihm so viel zeigen, so viel erklären. Er braucht einfach Zeit. Es ist doch noch nicht zu spät, um die Dinge zu ändern, oder?«

Niemand sagte ein Wort; niemand lächelte oder sprach ihr Mut zu. Nun war sie wieder alleine; eine Mutter, die um ihren Sohn kämpfte.

38

Desmond hatte keinen sonderlichen Appetit, als sie um den Tisch saßen. Er starrte immer wieder die Dame an, die ihm gegenübersaß. Sie war hübsch, aber nicht so hübsch wie Jessie. Sie hatte blaue Augen und gerade Zähne und duftete nach Blumen. Jess legte nie Parfüm auf. Sie sah ihn immer wieder an, wenn sie dachte, er sähe nicht hin. Dann ließ man sie alleine, und sie holte ein Paket aus ihrer Tasche. »Ich war in Ruby Creek auf dem Postamt, dort hat man mir mein Weihnachtspaket für dich zurückgegeben. Es tut mir leid, dass es nicht rechtzeitig angekommen ist.«

»Schon in Ordnung«, sagte er und beäugte interessiert das Paket. Darin waren ein großes rotes Spielzeugauto und ein paar Fotos von einem Haus und Gesichtern, die er nicht kannte. Es lag auch ein Buch von *Orlando the Marmalade Cat* drin und ein paar Süßigkeiten, in buntes Papier gewickelt. »Danke«, sagte er, weil ihm seine Manieren einfielen.

»Erinnerst du dich nicht mehr dran? Da trage ich dich huckepack … im Garten in Dalradnor.« Sie legte das Foto in seine Hand. Darauf war ein kleiner Junge mit lockigem Haar rittlings auf einer lachenden Frau zu sehen. Er kannte die beiden nicht. »Ich bin jetzt für Huckepack schon zu groß. Ich werde Cricket spielen, Onkel Jim besorgt mir Stäbe.«

Sie schob ihm ein weiteres Foto von einer schicken Lady mit Federn im Haar hin. »Das ist deine Großmutter Phoebe. Sie war eine berühmte Schauspielerin. Ist sie nicht hübsch? Sie war krank, deshalb hat Jessie dich von uns genommen und hergebracht.«

»Sie hat mich nicht genommen, ich habe sie darum gebeten.«

»Du erinnerst dich also doch?«

»Nein. Aber ich erinnere mich an das große Schiff, an Onkel Jim und Ruby Creek.«

»Tut mir leid, dass so viel Zeit vergangen ist, aber jetzt können wir noch einmal von vorne anfangen, Desmond.«

»Ich heiße Louie«, korrigierte er sie. Er mochte den Namen Desmond nicht.

»Ja, dein Vater hieß Louis-Ferrand, er war ein sehr tapferer Mann. Ich habe dir seine Medaille mitgebracht. Er ist im Krieg gefallen.«

»Nicht so schlimm. Ich habe Onkel Jim, er kümmert sich um uns.«

»Big Jim ist nicht deine Familie. Ich bin deine Familie.« Warum wiederholte sie sich nur immer wieder?

»Was für eine Familie?«, fragte er. Er wollte ihre Familie nicht. Er hatte Jim und Jessie.

»Eine Familie besteht aus Menschen, die Gott dir gegeben hat, damit sie dich lieben und großziehen.«

»Gott hat mir jetzt Jim und Jessie gegeben.«

»Ja, für den Augenblick, aber ich bin deine Mutter ... Louie.« Sie beugte sich vor, als wollte sie ihn umarmen.

»Nein, bist du nicht ... Ich kenne dich nicht. Geh weg!«

Callie weinte die ganze Nacht, weil Desmond sie abgewiesen hatte. Ihn schien auch die bedeutende Medaille nicht zu interessieren, er hatte sie samt Fotos einfach Jessie zur Aufbewahrung weitergegeben. Er hatte sich höflich entschuldigt, war vom Tisch aufgestanden und im Garten verschwunden. Sie war wütend auf ihn gewesen, hatte aber nicht gewagt, es zu zeigen. Jess war in der Nähe geblieben und entschuldigte sich immer wieder, während die Boyds geschwiegen, aber alles aufmerksam verfolgt hatten.

Sie war vier Tage geblieben und hatte dann beschlossen, ins Queen's Head Hotel zurückzukehren, um dort zu überlegen, wie sie weiter vorgehen sollte. Bei den Boyds zu wohnen war zu viel verlangt. Sie waren in der Überzahl, unterhielten sich ständig, lachten viel, beobachteten und ignorierten sie. Sie musste sich zurückziehen und nachdenken. Als Erstes hatte sie Tickets für ein Cricketspiel und Kinokarten besorgt. Sie wolle Desmond nach der Schule in die Parks mitnehmen, doch ohne Jess wollte er nicht mitkommen. Sie hatte schon immer davon geträumt, am Schultor auf ihn zu warten und ihm dabei zuzusehen, wie er ihr lächelnd in die Arme rannte, doch das war nichts als eine dumme Wunschvorstellung. Ein siebenjähriger Junge tat so etwas nicht. Er ignorierte sie. Es schien fast, als wollte er nicht von ihr gestört werden. Ihre Treffen waren eher ein Ausdauertest als ein Vergnügen. Sie hielt noch eine weitere Woche durch und versuchte, ihn auf ihre Seite zu ziehen, indem sie sich für alles interessierte, was er tat, und ihm Reisen mit dem Flugzeug nach London versprach. Doch je mehr sie sich bemühte, desto weniger Interesse schien er zu zeigen. Sie konnte seine Trotzhaltung nicht verstehen.

Jim war es schließlich, der eines Nachmittags, als sie alleine waren, dieser Quälerei ein Ende bereitete. »Ich weiß, es ist vielleicht noch nicht so viel Zeit vergangen, aber meiner Meinung nach ist es jetzt genug. Die arme Jess leidet, Sie leiden, und der Junge weiß gar nicht, wer er ist. Sie können einen Jungen nicht zwingen, etwas zu tun, was er nicht tun will. Er ist bei Bob Kane durch die Hölle gegangen, das reicht für ein ganzes Leben. Jess hat wegen schwerer Körperverletzung die Scheidung eingereicht. Der Himmel weiß, was das alles in ihm bewirkt. Ich denke, es ist an der Zeit zu hören, was der Junge dazu zu sagen hat.«

Callie starrte ihn entsetzt an. »Sie meinen, er soll selbst über seine Zukunft entscheiden? Ganz sicher nicht!«

»Warum nicht? Louie ist kein gewöhnlicher Junge; er ist sehr reif für sein Alter. Das musste er sein. Er verdrängt einfach, worüber er nicht nachdenken will, und Sie hat er auch ausgeblendet. Es tut mir leid, aber so ist es. Für ihn ist Jess seine Mutter.«

Callie sprang von ihrem Stuhl. »Aber ich bin doch seine Mutter. Ich habe ihn zur Welt gebracht und ihn gestillt. Ich will meinen Sohn zurück«, begehrte sie auf.

»Aber will er denn auch mit Ihnen gehen? Das ist doch die zentrale Frage hier. Jetzt zählt nur, was das Beste für Louie ist. Zum Muttersein gehört mehr dazu, als zu entbinden, genau wie zum Vatersein. Es geht um Präsenz, um gegenseitiges Vertrauen. Sie müssen ihm gestatten, dass er sein Schicksal selber wählt.«

»Das ist nicht fair. Er ist doch noch viel zu klein, um zu wissen, was gut für ihn ist«, erwiderte Callie. »Für das, was im Krieg passiert ist, konnte ich nichts.«

»Das müssen Sie mir nicht erzählen. Ich war selbst dort … der allgegenwärtige Tod, die Zerstörungen, die Trennungen. Tut mir leid, aber auch Louie ist ein Opfer. Der Krieg hat ihm seine Mutter genommen.«

»Bitten Sie mich etwa darum, ihn hier zu lassen?« Sie lief im Zimmer auf und ab und starrte verzweifelt aus dem Fenster.

»Ich schlage vor, wir fragen Louie, er soll es selbst entscheiden.«

»Und dann?«

»Ich weiß es nicht. Lassen Sie es uns davon abhängig machen.«

»Aber er ist doch mein Kind. Ich bin seine Mutter. Ich habe ein Recht auf mein eigen Fleisch und Blut«, wandte sie ein. »Woher soll ein Kind wissen, was gut für es ist? Ich finde, Sie haben genug gesagt.« Wie konnte er es wagen, ihr solch eine Lösung vorzuschlagen? Es war an der Zeit, sich ins Hotel zurückzuziehen und eine Flasche Wein zu kaufen, die ihr beim Einschlafen helfen würde.

In den frühen Morgenstunden erwachte sie schweißgebadet und erschöpft aus ihren Träumen. Sie hatte versucht, Desmond in einem struppigen Labyrinth zu fangen, doch immer wenn sie um die Ecke gebogen kam, verschwand er. Sie hörte ihn lachen und rufen, doch je mehr sie ihn suchte, desto enger schlossen sich die Büsche um sie, bis sie einen riesigen Urwald bildeten, der ihr den Weg zu ihrem Sohn versperrten.

Seit die Frau zu Besuch gekommen war, hatte sich alles verändert. Jims Familie verschwand im Salon und schloss die Tür hinter sich und flüsterte, wenn sie dachte, er hörte es nicht.

Jess weinte nachts immerfort in ihr Kopfkissen und sah besorgt aus. Er war ungezogen gewesen, hatte sich auf dem Pausenhof geprügelt und war dafür bestraft worden. Er hatte einen Jungen getreten und geschlagen, weil der ihn wegen seines britischen Akzents gehänselt hatte, obwohl er sich doch solche Mühe gab, so wie alle zu reden.

Warum musste die Frau ihn auch in ihrem hübschen Kleid von der Schule abholen, so dass die anderen Mütter sie beide anstarrten? Warum bezeichnete sie ihn als ihren Sohn? Desmond, der Junge auf dem Foto, war ihr Sohn, nicht er. Dennoch hatte der Name einen vertrauten Klang für ihn, und irgendwie erkannte er auch das Haus mit den Steinstufen wieder. Immer wieder redete sie von Schottland und davon, dass er dort einen Kilt getragen habe. Das war ein Rock, aber nur Mädchen trugen Röcke. Er hätte sich am liebsten die Ohren zugehalten. Sie war nett und kaufte ihm Süßigkeiten und Spielzeug und spielte ›Mensch ärgere dich nicht‹ und das Leiterspiel mit ihm, doch wenn sie versuchte, ihn zu berühren, wich er zurück und rannte in den Garten hinaus.

An einem Sonntag war der Pfarrer nach der Messe zum Mittagessen gekommen. Viele Leute hatten am Tisch gesessen, sich unterhalten und gegessen, und die Frau hatte nicht einmal zu ihm rübergesehen. Dann waren alle durch den Flur in den Salon gegangen und hatten sich bis auf den Pfarrer gesetzt.

»Ihr alle, die ganze Familie Boyd ist seit Jahren Mitglied unserer Gemeinde, in guten wie in schlechten Zeiten, doch dies ist mit Sicherheit die ungewöhnlichste Zusammenkunft von allen. Man hat mich gebeten, Zeuge einer delikaten Angelegenheit zu sein. Ich habe mit beiden Parteien unter vier Augen gesprochen und traurige Geschichten zu hören bekommen. Ich habe die Geburtsurkunde gesehen, auf der steht, dass Louie Mrs Lloyd-Jones' Sohn ist. Ich weiß auch, welch schreckliche Entbehrungen sie wegen des Kriegsdienstes durchstehen musste. Ich habe mit Mrs Kane gesprochen und gehört, warum sie fliehen und ihr Eheversprechen brechen musste. Unter normalen Bedingungen gäbe es nur eine Schlussfolgerung, doch sowohl Jim als auch alle Anwesenden haben das Gefühl, dass der Junge seine Meinung dazu äußern sollte.«

»Er ist noch zu jung, um eine eigene Meinung dazu zu haben«, platzte die Frau dazwischen.

»Ich kann Ihre Sorge verstehen, Mrs Lloyd-Jones, trotzdem werde ich dem kleinen Louie unter vier Augen ein paar Fragen stellen, wenn Sie gestatten.«

Dann war der Pfarrer mit ihm durch die Tür in den Garten hinausgegangen, und sie hatten sich auf eine Bank neben den Rosenbüschen gesetzt. Er hatte ihn nach Ruby Creek gefragt und warum sie geflohen waren. Louie hatte ihm die Narben an den Beinen gezeigt. Der Pfarrer hatte den Kopf geschüttelt. »Grauenhaft!« Er hatte ihn gefragt, woran er sich in Schottland noch erinnere und was er als Nächstes tun wolle. Aber wussten das nicht alle längst?

»Ich will, dass sie geht«, sagte er.

»Warum das? Was hat sie falsch gemacht?«

»Sie will, dass ich mit ihr zurückgehe, das will ich aber nicht ...« Er hatte sich von dem alten Mann abgewandt, während er das sagte.

»Aber sie ist deine leibliche Mutter. Sie hat dich auf die Welt gebracht.«

Louie achtete nicht auf ihn. »Tante Jessie ist jetzt meine Mom. Ich will bei Jess und Jim bleiben.«

»Dir ist klar, dass du Caroline Lloyd-Jones sehr verletzt, wenn du sie ablehnst. Sie hat einen weiten Weg zurückgelegt, um dich zu finden. Sie liebt dich sehr.«

»Das ist mir egal, schicken Sie sie weg.« Er saß auf der Bank, schüttelte den Kopf und sah zu, wie der alte Mann wieder zurück in das Zimmer ging, wo alle auf ihn warteten.

Sobald Reverend Mitchell wieder den Raum betrat, war die Spannung fast greifbar, alle verließen eilig das Zimmer, nur Callie und Jess blieben schweigend sitzen. Er stellte sich vor den Kamin und sah beide nacheinander an. »Egal, was ich jetzt sage, eine von Ihnen beiden wird enttäuscht sein. Vielleicht sollten wir einen Anwalt zu Rate ziehen und die rechtliche Lage prüfen lassen, bevor wir weitermachen ... bevor Louie zu Wort kommt. Er ist ein robuster kleiner Kerl und weiß, was er will.«

»Was hat er gesagt?«, Callie konnte es nicht mehr erwarten.

»Ich fürchte, er möchte lieber hierbleiben, er hat sich sehr klar ausgedrückt.«

»Das ist lächerlich. Er ist mein Sohn. Er muss mit mir mitkommen. Allein der Gedanke an ihn hat mich bei Verstand gehalten und mir geholfen, das Lager zu überleben. Ich kann ihn nicht einfach so ziehen lassen, nur weil er denkt, dass sein Platz bei ihr ist.« Sie ertrug es kaum, Jessie anzusehen.

»Bei allem Respekt, Mrs Lloyd-Jones, aber welches Bedürfnis soll hier befriedigt werden, ihres oder seines?« Seine Worte trafen sie wie Peitschenhiebe. »Handeln Sie wirklich im Interesse des Kindes, wenn Sie Ihren Jungen mitnehmen, der von

Pontius zu Pilatus geschickt wurde und nur einen Fixpunkt in seinem Leben kennt, nämlich Mrs Kane?«

»Wir könnten ihn uns ja teilen … Ich ziehe hierher, dann kann er mit jeder von uns Zeit verbringen«, bot sie in ihrer Verzweiflung an. »So etwas hat es bestimmt schon einmal gegeben, da bin ich mir ganz sicher.«

»Auf lange Sicht würde das aber nicht funktionieren, Sie würden ihn immer noch zurück nach Schottland nehmen wollen«, erwiderte Jess.

»Es muss funktionieren. Ich werde ihn dir nicht einfach überlassen. Du hast ihn lange genug gehabt. Jetzt bin ich dran.« Callie trat vehement für ihre Sache ein und versuchte, nicht in Panik zu verfallen.

»So funktioniert das nicht … eine Entweder-sie-oder-ich-Lösung«, schaltete sich der Pfarrer ein. »Sie lieben das Kind beide, also steht sein Wunsch an erster Stelle …«

Jessie meldete sich zu Wort. »Ich wollte ihn nie zu mir nehmen und wie ein eigenes Kind lieben. Er wurde mir anvertraut. Es war mein Job, aber als sein Kindermädchen ist er mir ans Herz gewachsen.« Sie wandte sich an Callie und sah sie traurig an. »Sie wissen, wie das ist … Es tut mir leid, dass Sie nicht da waren und ich es übernehmen musste. Ich wollte Ihnen Ihr Kind nicht wegnehmen«, schluchzte sie.

»Aber das hast du getan. Du hast sein Herz gestohlen, ich bin jetzt eine Fremde für ihn und werde es immer bleiben.«

»Nicht unbedingt. Ich bin mir sicher, dass es Wege für Sie geben wird, um auch weiterhin seine Zukunft zu verfolgen. Vielleicht als seine Tante«, schlug der Pfarrer vor.

Das war das falsche Wort. Callie spürte, wie sich ihr die Nackenhaare aufstellten. »So wie meine Mutter, die alles verheimlicht und sich als meine Tante ausgegeben hat? Niemals! Wenn ich gehe, dann gehe ich für immer. Es wird nichts vertuscht oder verdreht. Desmond braucht Stabilität, aber ich habe ihm außer meiner Liebe nicht viel zu bieten. Sogar ich sehe ein, dass ihm das nicht reichen wird, aber ich werde nicht gehen, bevor ich ihn nicht selbst gefragt habe, bitte.« Niemand sagte ein Wort oder hielt sie zurück. Callie ging zur Tür, die in den Garten führte, und strich über ihr zerknittertes Kleid. »Wo ist er jetzt?«

Der Pfarrer zeigte in den Garten hinaus. Langsam ging sie die Verandastufen hinunter. Die Worte des Pfarrers hatten sie tief verletzt, sie war aus Liebe gekommen, aber auch aus Schuldgefühlen heraus und weil sie Desmond verzweifelt für sich brauchte, um durch ihn wieder ein wenig Normalität in ihr Leben zu bringen. Seine Rückkehr würde all ihre Aufopferung rechtfertigen. Für sie schlösse sich eine tiefe Wunde, wenn er wieder Mommy zu ihr sagen würde.

Der Mann hatte recht gehabt, als er behauptete, sie würde ihren Sohn mehr brauchen als er sie. *Muss ich seinen Wunsch hierzubleiben durchkreuzen, damit ich das Leben führen kann, das ich mir immer mit ihm gewünscht habe? Soll ich auf mein eigenes Glück verzichten, damit er hier das Leben führen kann, das er sich wünscht und schon kennt? Wie kann man so etwas von mir verlangen? Ist das der Preis, den ich zahlen muss, weil ich ihn zurückgelassen habe? Wie kann ich damit leben, wenn er sich wieder von mir abwendet?*

»Louie«, rief sie. Er kickte einen Ball über den Rasen und tat, als sähe er sie nicht.

»Bitte hör mir zu. Ich weiß, dass du mit dem Pfarrer gesprochen hast, aber ich muss mir auch ganz sicher sein. Würdest du mit mir wieder auf das große Schiff gehen und zu dem großen Haus zurückfahren, wo es Pferde und Hühner gibt?«

»Nein. Ich hasse Hühner«, antwortete er, ohne sie anzusehen.

»Was willst du denn?«

»Ich will für immer bei Tante Jess und Onkel Jim wohnen.«

»Warum?«

»Weiß nicht … Sie sind jetzt meine Familie.« Er sah sie aus diesen strahlenden blauen Augen an.

»Das sind sie vermutlich auch.« Callie seufzte, kniete sich auf seine Höhe nieder und streckte ihm ihre Hände entgegen. »Aber das wird mich niemals davon abhalten, deine Mommy zu sein. Darf ich dir schreiben? Wirst du mir antworten?«

Er zuckte die Achseln. »Wenn du magst, aber ich hasse es zu schreiben.« Er trat weiter nach dem Ball, als wäre sie nicht da, und ignorierte ihre ausgestreckten Hände.

»Dann sollte ich mich jetzt wohl lieber von dir verabschieden.« Callie schluckte ihre Tränen herunter, nahm sein ernstes Gesicht in sich auf und hätte ihn am liebsten angefleht, sie zu lieben. Dann streckte der Junge seine Hand aus, doch sie brachte es nicht über sich, sie zu ergreifen. Sie wandte sich ab und floh mit einem lauten Schmerzensschrei vor seiner vehementen Ablehnung.

Als Louie wieder in den Salon zurückkam, war die Frau verschwunden. Er begriff, dass sie nicht mehr zurückkommen würde, und kam sich wichtig vor, dass er sie weggeschickt hatte. Jetzt hatte er Jessie wieder ganz für sich alleine, und niemand würde je wieder darüber sprechen. Er wusste, dass dies ein Geheimnis war, das niemals diese Mauern verlassen durfte. Als er an diesem Abend ins Bett ging, hörte er wieder den verzweifelten Schrei der Frau, als sie weggerannt war, und sah wieder die Tränen in ihren Augen, als sie sich vor ihn hingekniet hatte.

Er erinnerte sich, wie sehr er selbst geweint hatte, als Bob die kleine Henne tötete, die er ausgesucht hatte. Er roch das Parfüm der Frau und sah plötzlich den Garten auf dem Bild vor sich, den Weg mit den Rosen, die sein Gesicht gekitzelt hatten, und er hörte sie in seinen Träumen das Lied singen, das ihn immer so traurig stimmte. Als er am nächsten Tag erwachte, war das Bett nass und Jess wütend, weil er ihr nicht erklären konnte, warum. Er wusste nur, dass sie nie wieder über den Besuch sprechen würden, und je schneller er die Frau und den Rosengarten vergaß, desto besser wäre es. Niemand würde ihn je wieder Desmond nennen. Von nun an hieß er Lou.

39

Callie saß an der Bar des Queen's Head Hotel und klammerte sich an ihren Drink. Inzwischen wusste sie nicht mehr, wie viele sie sich genehmigt hatte, doch es waren noch immer nicht genug, um den Gesichtsausdruck ihres Sohnes im Garten auszublenden. Sie versuchte, den verächtlichen Blick und den triumphalen Ausdruck in seinen Augen zu verdrängen. *War es richtig, jedes Recht auf ihn abzugeben? Warum fehlt mir die Kraft, meinen Anspruch auf ihn geltend zu machen? Was tue ich da? Keine richtige Mutter würde ihr Kind einfach jemand anderem über-*

lassen. Das Wechselbad ihrer Gefühle verwirrte sie. *Ist es besser, einem Kind die Chance auf eine glückliche Zukunft zu geben, es zu lassen, wo es sich sicher fühlt, oder es schreiend und strampelnd in ein fremdes Land zu bringen, an das es sich nicht mehr erinnern kann? Wie kann ich ihm das antun?* Ihr Herz schrie auf, doch ihr Verstand beantwortete ihre Fragen.

Die Gefühle von Kindern lassen sich nicht erzwingen, auch wenn sie noch so bedrängt werden. Du musst auf ihn verzichten, damit er sein Leben mit diesen guten Menschen in dieser engen Familiengemeinschaft weiterführen kann. Was hast du ihnen denn entgegenzusetzen? Du bist nichts als ein Wrack, vom Leben gebeutelt, ohne irgendjemand an deiner Seite, der dich in dieser Entscheidung unterstützen könnte. Du hast in allem versagt, was du je getan hast. Du hast den falschen Ehemann gewählt, falls er je einer war. Du hast die falsche Entscheidung getroffen und dich einer gefährlichen Mission angeschlossen, die scheiterte, bevor sie richtig begann, und du warst zu lange von deinem Kind getrennt. Es geschieht dir ganz recht …

Callie sackte am Tresen zusammen. »Noch einen. Einen Doppelten«, rief sie, doch der Barmann ignorierte sie.

»Ich glaube, Sie hatten genug«, sagte eine Kellnerin. »Es wird niemals genug sein, um das zu verdrängen, was ich soeben getan habe«, zischte sie. »Einen Doppelten.«

»Kommen Sie, meine Liebe. James, kümmere dich um unseren Gast«, sagte der Barmann. »Sie wohnt hier. Sei so gut und bring sie nach oben.«

Callie wurde in ihr Schlafzimmer gebracht und plumpste auf das Bett. »Wo ist mein Zuhause? Wo soll ich bloß hin?«, schrie sie in die Stille der Nacht hinein.

Mima hängte gerade die neuen Vorhänge im Kinderzimmer auf, als der Brief kam. Sie hatten das Zimmer mit blaugestreifter Tapete neu tapeziert und Vorhänge mit Schiffchenmuster gekauft. Das Babyspielzeug hatten sie weggeräumt, jetzt stand ein Schreibtisch darin und ein Bücherregal voller alter Bücher. Alles war für Desmonds Rückkehr bereit. Phoebe brachte den Brief die Treppe hinauf, um mit Mima die Neuigkeiten zu teilen, doch als sie die Briefmarke sah, wunderte sie sich. Vielleicht hatten sie irgendwo an einem exotischen Ort haltgemacht. Sie setzte sich hin und überflog den Brief, sah aber ohne Brille nicht viel.

»Bitte lies ihn mir vor«, sagte sie zu ihrer Haushälterin.

Wie Du an den Pyramidenfotos unschwer erkennen kannst, bin ich nicht mehr in Australien. Ich wollte Dich vorwarnen, dass Desmond weder jetzt noch in Zukunft nach Dalradnor zurückkehren wird.

Die beiden haben sich nach Adelaide abgesetzt. Bei den Boyds ist es recht angenehm. Jessies Kriegsehe war eine Katastrophe, wie so viele andere auch, fürchte ich, also hat sie sich mit meinem Sohn bei den Boyds in Sicherheit gebracht, deren Sohn sie auf dem Schiff kennengelernt hatte. Die Familie hat meinen Sohn unter ihre Fittiche genommen. Desmond wird jetzt Louie genannt und hat Jessies Freund fest ins Herz geschlossen. Ich habe ein paar Fotos gemacht, die ich Dir bei Gelegenheit zuschicken werde.

»Soll ich weiterlesen, Miss Faye? Das ist sehr persönlich …«

»Lies weiter …«, befahl sie.

Es wurde beschlossen (natürlich nicht von mir), meinem Sohn die Wahl zu lassen und über seine Zukunft zu entscheiden. Alle hatten mich davor gewarnt, dass er sich aufgrund meiner langen Abwesenheit für Jessie entscheiden würde. Und das hat er auch getan. Am Anfang hat er mich gar nicht erkannt, und auch später hielt er mich auf Distanz. Aber wer kann ihm das nach so vielen Veränderungen in seinem Leben verdenken?

Natürlich konnte ich dort nicht bleiben. Man hat mir versichert, dass wir über seine zukünftige Entwicklung informiert und mit ihm in Kontakt bleiben würden. Wir können ihn jederzeit besuchen, die gesamte Korrespondenz wird nach Dalradnor Lodge geschickt.

So sieht es also aus. Alle meine Pläne sind mir zwischen den Fingern zerronnen. Ich mache mir nichts aus meiner Zukunft. Ich hatte nur die Wahl, zu bleiben und viel Aufhebens zu machen oder mein Schicksal zu akzeptieren und zu verschwinden. In Port Said beschloss ich, von Bord zu gehen. Was erwartet mich in England außer trostlosem grauen Wetter und Rationierungen? Also bleibe ich die nächste Zeit bei meiner alten Freundin Monica Battersby in Kairo. Wir haben noch einmal die alten Stätten besucht und in besseren Zeiten geschwelgt: wie zwei nicht so lustige Witwen. Wer weiß, vielleicht treffe ich in einer dieser Nächte in einer heruntergekommenen Bar meinen herumstreunenden Ehemann und bekomme noch die Gelegenheit, ihn fertigzumachen. Vielleicht auch nicht.

Ohne meinen Sohn werde ich nicht mehr nach Dalradnor zurückzukehren. Erwarte also für längere Zeit keinen Besuch von mir, wenn überhaupt.

Caroline

»O Schätzchen.« Mima gab Phoebe den Brief zurück.

Sie drückte ihn an ihr Herz. »Mein armes, armes Kind«, rief sie. »Was wird nun aus dir werden?« Phoebe spürte, wie sich die flüchtigen Worte und die unausgesprochenen Vorwürfe in ihr Herz bohrten. Sie hörte die Traurigkeit und die Verzweiflung dahinter und brach auf ihrem Bett zusammen. Sie wusste, dass sie ihre Tochter in diesem Leben nicht mehr wiedersehen würde.

»Miss Faye, alles in Ordnung?«

Phoebe bewegte sich nicht, sie konnte kaum atmen, als sich diese Erkenntnis eiskalt in ihre Brust bohrte. »Caroline … es tut mir so leid.«

Das waren ihre letzten Worte, bevor die Dunkelheit sich auf sie herabsenkte.

DRITTER TEIL

Melissa

2002

I know where I'm going
And I know who's going with me
I know who I love
And the dear knows who I'll marry …

Britisches Volkslied

40

Ein Sonntagmorgen in London hat etwas Zauberhaftes, dachte Melissa Boyd, als sie auf dem Weg nach Bloomsbury durch die welken Blätter marschierte. Sie hörte die Kirchenglocken in der feuchten Luft, es gab wenig Verkehr, und die Leute saßen entspannt vor den Cafés und steckten ihre Nasen in die Sonntagszeitungen. In ihrem Kopf hörte sie den Song *Easy like Sunday Morning.* Während sie die ihr immer vertrauteren eleganten Straßen entlanglief, wurde ihr leicht ums Herz. Das erste Heimweh nach Adelaide verflog langsam.

Wie konnte es auch anders sein, sobald sie sich an den geschäftigen Alltag an der Royal Academy of Music, dem traditionsreichen Konservatorium, gewöhnt hatte? Sie hatte keine Zeit, um zu Hause herumzuhocken und Trübsal zu blasen. Sie musste ein anspruchsvolles Repertoire lernen und Unterricht in Sprachausdruck, Bewegung auf der Bühne und italienischer Aussprache absolvieren … Sie macht sich mit dem Bus- und U-Bahnnetz der Stadt vertraut und nahm an den gesellschaftlichen Ereignissen am College teil, die für die internationalen Studenten organisiert wurden. Welch ein Schmelztiegel talentierter Künstler, an deren Seite sie arbeiten durfte!

Melissa hatte gleich ins kalte Wasser springen müssen, als eine Studentin zu ihrem ersten Kurstermin bei einer Gastdozentin nicht erschien und die Dozentin Melissa bat, ihren Part zu singen. Davor konnte sie sich nicht drücken. Und genau darum ging es bei einem Auftritt, dass man sein Lampenfieber überwand, das die Atmung lahmlegen konnte. Sie lernte von einer der berühmtesten Sopranistinnen der Welt, die sanft Kritik übte oder aufmunternde Worte sprach. Melissa konnte sich glücklich schätzen.

Ihre Wohnung lag ganz in der Nähe der Marylebone High Street, nicht weit vom College und dem Regent's Park entfernt. Wenn sie an den Herbstmorgen spazieren ging, musste sie an die Parks in ihrer Heimatstadt denken. Hätten ihre Eltern doch nur mitbekommen, wie begeistert sie von dieser pulsierenden Stadt war. Jetzt hatte sie in Australien nur noch ihre beste Freundin Patty, der sie mailen konnte und die ihr versprochen hatte, sie zu besuchen.

Sie hatte den seltsamen Brief ihres Vaters Lew nicht vergessen, genauso wenig wie seine Bitte, mehr über seine ersten Lebensjahre herauszufinden, doch sie hatte im ersten Semester so viel zu tun, dass sie es zunächst auf Eis legen musste. Jetzt aber war sie mit der Postkarte in der Hand auf dem Weg zu den Postkartensammlern in ein Hotel in Bloomsbury, in dem regelmäßig Sammlermärkte stattfanden, wie man ihr gesagt hatte. Hier wollte sie anfangen, falls sie überhaupt jemals dort ankäme. Alles in London lag weiter entfernt, als auf ihrem Stadtplan zu erkennen war, aber an so einem schönen Morgen machte ihr das nichts aus.

Sie hatte nicht so viele Stände und stöbernde Leute im Ausstellungsraum erwartet; viele der Aussteller boten nur eines an: Postkarten. Nach ihrem flotten Spaziergang begann sie, in der Menschenmenge zu schwitzen, während sie sich nach so etwas wie einer Auskunft umsah.

Hier gab es alle erdenklichen Postkarten: schmucke Strandkarten, Bilder von alten Straßen und Schiffen in Häfen, fremde

Städte, Kriegsbilder, handkolorierte Fotos, Trauerkarten und Bilder von Mitgliedern der Königsfamilie; verschrobene und herrliche Dinge, die ordentlich mit Preis und Schildchen versehen in Kästchen steckten. Doch wo sollte sie anfangen? Irgendwo musste es bestimmt einen Spezialisten für Theaterpostkarten geben, in dem Trubel war es jedoch schwer, die richtigen Stände ausfindig zu machen. Schon bald blieb sie verwirrt stehen.

»Kann ich Ihnen helfen?«, fragte eine Standbesitzerin, die strickend dasaß und aufmerksam die Besucher zwischen den Ständen beobachtete.

»Ich hätte nur gerne eine Auskunft hierzu«, antwortete Melissa und zeigte das Bild.

»Ah, das ist was für Mark, der steht da drüben. Er kennt sich mit Film und Vorkriegstheater aus.« Sie zeigte auf einen Mann in Hemdsärmeln, der gerade seine Ware kontrollierte. »Kommen Sie mit«, sagte sie, ließ ihre Assistentin am Stand zurück und zog Melissa mit sich und stellte sie vor.

»Mark, du musst dieser jungen Dame hier beistehen«, sagte die freundliche Frau und lachte. »Ich glaube nicht, dass sie vorher schon einmal so etwas gesehen hat, jedenfalls nicht da, wo sie herkommt … Neuseeland?«

»Australien«, korrigiere Melissa sie und lächelte. Für die Briten war es dasselbe. »Danke, aber ich will nichts kaufen. Ich bin eine arme Studentin. Ich suche eigentlich jemanden, der sich diese Postkarte ansehen und mir vielleicht den richtigen Tipp geben kann.« Sie reichte dem großen jungen Mann die Karte, der ihre Vorder- und Rückseite untersuchte.

»Frühes 20. Jahrhundert, die Frau ist ein Gaiety Girl. Nach der Unterschrift zu urteilen … heißt sie Phoebe Faye? Nicht allererste Liga, aber zu ihrer Zeit ganz sicher eine Schönheit.« Er sah Melissa an und dann noch einmal das Foto. »Irgendwie verwandt?«

»Sehr schmeichelhaft, aber ich habe keine Ahnung, wer sie ist, mein Vater hat die Karte vor Jahren gefunden und gedacht, sie könnte wichtig sein. Ich würde gerne mehr über sie erfahren.«

»Das war bestimmt nicht ihr richtiger Name. Künstlernamen wurden damals sehr sorgfältig ausgewählt. Ich habe irgendwo eine Schachtel mit Mädchenfotos, glaube aber nicht, dass ich auch eines von ihr habe. Sie haben damals für ihre Fans unzählige davon drucken lassen. Ich fürchte, dass sie nicht viel wert ist.«

»Das ist nicht der Punkt«, sagte Melissa. »Ich habe einfach versprochen, dass ich herausfinden würde, warum sie geschickt wurde, ich habe auch noch eine von diesem Schiff. Der Name auf der Rückseite ist nicht einmal sein richtiger Name oder zumindest nicht der, den er benutzte. Desmond klingt heute etwas altmodisch, oder? Das ist alles ein wenig geheimnisvoll, aber danke für Ihre Zeit.« Sie drehte sich um und wollte gehen.

»Warten Sie«, rief er. »Ich kenne jemanden, der sich mit dieser Zeit besser auskennt. Ich beschäftige mich vorwiegend mit Vorkriegstheater, Filme der dreißiger und vierziger Jahre. Hätten Sie Lust auf einen Kaffee …? Es gibt da einen Typen, den Sie niemals finden werden, wenn ich sie beide nicht bekannt mache. Ich heiße übrigens Mark Penrose.«

»Melissa Boyd.« Sie schüttelten einander die Hand. Er hatte freundliche Augen und ein markantes Gesicht.

»Schauen Sie einfach mal in diese Box unter dem Tisch, in

der Zwischenzeit frage ich Ben, ob er auf meinen Stand aufpassen kann. Vielleicht finden Sie noch was. Ich habe vergessen, was ich alles habe.«

»Ist das Ihr Job?« Melissa war neugierig.

»Gütiger Himmel, nein! Das ist mein Hobby, oder vielmehr meine Leidenschaft, seit ich Urgroßvaters Postkartensammelalbum bekommen habe. Zu meinem Leidwesen bin ich Anwalt, und Sie?«

»Stipendiatin aus Adelaide, ich studiere an der RAM.«

»Wow, eine Musikerin. Sie müssen ziemlich gut sein. Was für ein Instrument spielen Sie?«

»Stimme ... Singen.« Sein Interesse ließ sie erröten.

»Oper?«

Melissa nickte. »Mögen Sie Oper?«

»Was gibt es daran nicht zu mögen ... *Tosca* ist meine Lieblingsoper. Und warum proben Sie nicht Ihre Arien, statt in diesem Irrenhaus herumzustreunen?«

»Ich bin auf Mission für meinen verstorbenen Vater. Ich habe ihm versprochen herauszufinden, wer er ist ... war. Diese Postkarte gehört zu einer Schachtel voller Hinweise. Ich habe das Gefühl, dass sie wichtig sein könnte.«

»Ben, passt du mal auf meinen Stand auf ... Ich muss meine Freundin zu Humph bringen ... Viertelstunde?«, rief Mark dem Mann neben sich zu. »Ach, und pass auf den Kerl im blauen Anorak auf ... kaum drehst du dich um, steckt er was ein.«

Mark schob sie durch die Menge in einen entlegenen Winkel des Raums, zu einem Stand, der Theaterprogramme, Poster, Postkarten und Autogramme anbot. Hinter einem Tisch saß ein Pärchen. »Humph, das ist Melissa. Weißt du irgendwas über eine gewisse Phoebe Faye, ein Gaiety Girl?«

»Könnte sein, für ein Pint«, lachte er. Seine Frau schubste ihn hoch.

»Halt ihn mir ruhig vom Hals, dann kann ich das Chaos hier durchsehen. Er kann sich von nichts trennen ... geht eine Viertelstunde fachsimpeln und lasst mich zur Abwechslung mal versuchen, etwas zu verkaufen.«

Die drei fanden ein Plätzchen in einer Cafeteria. Melissa hörte zu, als Humph alles abspulte, was er über diesen Musicalstar wusste.

»Sie war zu ihrer Zeit ein It-Girl, ein Postkartenmädchen, aber sie hat im Ersten Weltkrieg auch ihren Beitrag geleistet und gab zur Aufheiterung der Truppen Konzerte in Frankreich. Danach kam nicht mehr viel, vielleicht noch zwei oder drei Filme. Sie hat einen mit Ivor Novello gedreht, glaube ich zumindest, oder war das Lily Elsie? Na, die war wirklich ein großer Star. Ein unterschriebenes Foto von ihr ist ein oder zwei Shilling wert.« Er nippte an seinem Kaffee und lächelte sie an. »Ich hatte ein Foto von Phoebe in Armeeuniform, aber das habe ich an einen Sammler von Suffragettenbildern verkauft. Schon seit Jahren hat niemand mehr nach ihr gefragt, und jetzt gleich zwei in den vergangenen zwei Monaten.«

Der Name sagte Melissa nichts. Die Zeit, von der er sprach, lag fast hundert Jahre zurück.

»Hat sie je geheiratet?«

»Das kann ich Ihnen nicht sagen. Sie müssen irgendwo in den Archiven nach ihrem Nachruf suchen. Sie war zwar nicht so bekannt, aber sie war bestimmt gut. George Edwardes, der Impresario, hat seine Gaiety Girls immer sorgfältig ausgewählt. Viele stammten aus einfachen Verhältnissen, hatten aber Potential: Sie sahen gut aus und hatten schöne Stimmen.

Ziemlich viele haben in den Adel eingeheiratet. Hilft Ihnen das weiter?«

»Danke, es ist ein Anfang.« Melissa schüttelte Humph die Hand, als er aufstand und wieder zu seinem Stand zurückging. »Wo finde ich denn Nachrufe?«, fragte sie Mark. Während sie ihren Kaffee trank, hatte sie immer mehr das Gefühl, in das Leben dieser Phoebe Faye hineingezogen zu werden.

»Sie könnten in der Britischen Staatsbibliothek anfangen«, schlug Mark vor. »Dort werden alle Zeitungen archiviert, aber wir müssen zuerst wissen, wann sie gestorben ist. Das heißt, wir müssen einen Abstecher zum Standesamt machen, wo Geburten und Tode registriert werden. Da wurde sie bestimmt irgendwo registriert – außer sie lebt noch«, fügte er hinzu.

Melissa war ein wenig entmutigt und gleichzeitig aufgeregt. Phoebe wurde immer realer für sie und war nicht mehr nur ein hübsches Gesicht auf einem Foto. »Ich glaube kaum, dass ich die Zeit haben werde, die Staatsbibliothek zu durchforsten. Wir haben bald Proben, trotzdem vielen Dank.«

»Falls Sie Hilfe brauchen …«, bot Mark an. »Sie haben mich neugierig gemacht, warum ein Mädchen aus Australien mit einer Postkarte von einer lange verschollenen Verwandten auftaucht.«

»Das wissen wir nicht«, sagte Melissa und sah Phoebe genauer an.

»Ich habe da so meine Vermutungen.« Mark lachte und sah zu ihr auf. »Sie war Sängerin; Sie sind Sängerin. Sie sah gut aus, genau wie Sie.«

»Danke …«, Melissa warf ihm einen Blick zu und sah Interesse in seinen Augen.

»Hören Sie, ich meine es ernst. Hier ist meine Karte und

meine E-Mail-Adresse. Ich bin wirklich daran interessiert, wenn Sie sich also nicht auf die Suche nach ihr machen, werde ich es tun. Ich werde erst einmal meine Sammlung durchstöbern, für den Fall, dass mir irgendwas entgangen sein sollte.«

Sie folgte ihm zurück zu seinem Stand und überlegte, was sie bei dieser seltsamen Suche nun als Nächstes tun sollte, doch eines war klar: Sie wollte gerne etwas mehr über Mark Penrose, den Opernfan, Anwalt und Postkartensüchtigen erfahren.

Melissa war die ganze folgende Woche so sehr mit Proben beschäftigt gewesen, dass sie sprachlos war, als plötzlich eine Postkarte auf ihrer Fußmatte lag. »Wir treffen uns nächsten Samstag um elf Uhr in der Patisserie Valerie. Ich habe Neuigkeiten. Mark Penrose.«

Es bedurfte keinerlei Überzeugungsarbeit, um sie in die Patisserie in der High Street zu locken, denn sie hatte bereits eine Schwäche für deren *Tarte aux framboises* entwickelt. Es war rührend, dass Mark sein Versprechen gehalten und mehr Postkarten herausgesucht hatte, doch sie hoffte auch, dass er nicht mehr als eine Tasse Kaffee von ihr erwartete.

Ich habe keine Zeit für eine emotionale Bindung. Die nehme ich mir erst, wenn ich mir in der Musikszene einen Namen gemacht habe. Ich bin meiner künftigen künstlerischen Laufbahn zuliebe hier und nicht für irgendwelche Liebeleien, dachte sie. Doch sie freute sich darauf, ihn wiederzusehen.

An diesem Samstag zog sie keine ihrer üblichen Jeans und Sweatshirts an. Ihre Kleider stapelten sich auf dem Boden, während sie überlegte, welche Hose mit welchem Oberteil den richtigen Ton treffen würde: nicht zu abgenutzt, aber auch nicht so, als würde sie sich zu viel Mühe geben. Sie suchte nach einem Look, den ihre Freunde als lässigen Schick bezeichneten. Ihre Aborigines-Ohrringe verliehen dem Ganzen einen Hauch Exotik.

Sie war so damit beschäftigt, sich fertig zu machen, dass sie beinahe zu spät gekommen wäre. Am Samstag waren auf der High Street viele Wochenendshopper und Schaufensterbummler unterwegs. Sie winkte ein paar Studienkollegen zu, lief aber weiter. Es war ein milder Tag im Spätherbst, und ein Hauch von Gartenfeuer lag in der Luft. Ihr erstes Semester an der Musikakademie lief wie geschmiert, und es war schön, Teil der Stadt zu sein.

Mark saß an einem Tisch vor dem Lokal. Als er sie sah, erhob er sich. In seiner Tweedjacke und den Jeans wirkte er sehr schick. Er war größer und sah besser aus, als sie ihn in Erinnerung hatte. »Hi.« Er lächelte und führte sie hinein. Er hatte eine Mappe dabei, die Hoffnung in ihr weckte. Im hinteren Teil des Cafés fanden sie einen ruhigen Tisch und bestellten Kaffee und Kuchen. Er beugte sich zu ihr vor, so dass ihr der Duft eines teuren Aftershaves in die Nase stieg. Er hatte sich also auch Mühe gegeben.

»Wie nett von Ihnen, ich hatte gar nicht mit so einer prompten Antwort gerechnet, vor allem, weil ich selbst keine Zeit hatte, etwas zu unternehmen«, sagte sie.

»Kein Problem, wir werden bestimmt noch mehrere Quellen auftun … Ich habe übrigens später noch ein Rugby-Match.«

»Sie sind wohl ein Multitalent. Postkarten und Rugby – was für eine Kombination.« Mel lachte.

»Verspotten Sie mich nicht. Wir sind nur Amateure, aber es

hält uns fit. Das Geheimnis des guten Lebens ist der Ausgleich, hat meine Großmutter immer gesagt, und sie hatte recht.«

»War das die Großmutter, die Sie auf die Postkarten gebracht hat? Von meinen Großmüttern kenne ich nur eine, aber die starb, als ich zehn war, und danach meine Mutter ... Mir sind Familien ein Rätsel.« Der Gedanke an den plötzlichen Tod ihrer Mutter schmerzte sie immer noch.

»Tut mir leid. Aber vielleicht muntert Sie das ja auf. Hier ... Was halten Sie von dieser Todesanzeige?« Er reichte ihr eine Fotokopie einer Seite des *Daily Telegraph*.

»Wie haben Sie die gefunden?«

»Ach, wir Anwälte haben so unsere Netzwerke.« Er lächelte, seine Augen waren grüngraugefleckt und schimmerten bernsteinfarben hinter den Brillengläsern. »Hier steht alles, was wir über Phoebe wissen müssen. Ihr bürgerlicher Name war Annie Boardman, sie wurde in Leeds geboren und starb 1948 nach langer schwerer Krankheit. Sie hat nie geheiratet, war aber während des Ersten Weltkrieges mit jemandem verlobt. Es steht auch ein wenig über ihren Dienst bei Lena Ashwells Konzertveranstaltungen drin ... über ihre Filmkarriere ... aber vor allem das, was am Ende steht, könnte Sie interessieren. Eine Nichte scheint sie überlebt zu haben. Caroline.«

Melissa überflog den Artikel, während er weitersprach. Darüber prangte das Porträt einer eleganten Frau um die dreißig mit gekräuseltem Haar, das sie zu einem Knoten hochgesteckt hatte.

»Zur damaligen Zeit war ›Nichte‹ oft die Umschreibung für ›Tochter‹«, fuhr Mark fort. »Damit hat man versucht, die Peinlichkeit eines unehelichen Kindes zu vertuschen. Hier steht, dass Phoebe in einem Dorf in der Nähe von Glasgow starb. Das könnte auch ein paar Informationen liefern. Was halten Sie davon?«

Melissa erinnerte sich plötzlich daran, dass ihre Mutter immer gesagt hatte, Großmutter Boyd sei Schottin gewesen ... »O ja, das ist großartig. Danke. Wollen Sie damit sagen, dass diese Caroline vielleicht die Postkarte geschickt hat? Ist diese Vermutung nicht etwas kühn?«

»Ihre Geburtsurkunde wäre hilfreich. Sie glauben gar nicht, was man daraus alles ableiten kann: Geburtsort, voller Name, Eltern, außer es ist ein *Short Certificate.*« Er machte eine Pause und schüttelte den Kopf. »Falls dem so wäre, was wurde vertuscht?«

»Aber wir wissen nicht, wann sie geboren wurde ...«

»Man müsste nur zwischen den Jahren 1914 bis 1918 nach einer Caroline Boardman suchen. Falls sie ein eheliches Kind war, müsste sie die Tochter einer der beiden Faye-Brüder, der Boardmans, gewesen sein. Sie hatte keine Schwestern. Aber das sind alles nur Vermutungen, doch mit dem vollständigen Namen könnten Sie nach einer Heiratsurkunde oder ihrer Sterbeurkunde suchen. Wenn es keine gibt, könnte sie noch leben ... Die Tochter von Phoebe Faye. Sie ist der Schlüssel zu allem ... unser einziger Hinweis.«

Sie tranken schweigend ihren Kaffee, während Mel versuchte, die Flut von Informationen zu erfassen. Sie fand es nett, dass er es »unser Hinweis« nannte, als wäre er Teil des Unterfangens.

Sie fragte sich, ob sie zu diesen beiden Frauen tatsächlich eine Verbindung hatte. Gab es hier eine Familie, von deren

Existenz sie nie erfahren hatte? Melissa hatte ihrem Vater lediglich versprochen, Phoebe zu finden, doch Mark schien das alles sehr ernst zu nehmen. Half er ihr, weil er sich für sie interessierte? Wie konnte sie sich bei ihm bedanken, ohne ihn zu sehr zu ermutigen?

»Hören Sie, ich danke Ihnen für alles. Darf ich Ihnen dafür Karten für das Weihnachtskonzert geben? Vielleicht können Sie jemanden mitbringen.« Sie lächelte und hoffte, er würde die Anspielung verstehen.

»Sehr gerne. Bestimmt kann ich für Sie die Werbetrommel rühren, aber Sie müssen unbedingt an der Sache dranbleiben. Ältere Damen haben die Angewohnheit, sich schnell zu verabschieden, und wer soll dann Ihre Fragen beantworten? Als Nächstes ist das Standesamt dran. Was halten Sie davon, wenn ich Sie begleite? Vier Hände schaffen mehr als zwei.«

»Ich weiß nicht. Ich kann doch nicht Ihre Zeit weiter beanspruchen, außerdem stecke ich gerade bis über beide Ohren in Proben. Ich bin nicht nach London gekommen, um Sherlock Holmes zu spielen.« Sie zögerte, weil sie merkte, wie unhöflich das klang. »Tut mir leid. Ich weiß Ihre Hilfe wirklich zu schätzen, aber die Suche muss irgendwie … Ich weiß gar nicht, wie ich mit diesen Informationen umgehen soll, und jetzt haben wir das und die anderen Fotos in der Schachtel –«

»Erzählen Sie weiter.«

»Es ist nur ein Schnappschuss von zwei Schulmädchen, hinten steht auch etwas drauf, aber ich habe mir das Ganze nicht näher angesehen.«

»Ist es dieselbe Handschrift wie auf der anderen Karte?«

»Das muss ich mir angucken …«

»Wohnen Sie in der Nähe? Wir könnten gemeinsam einen

Blick darauf werfen.« Er sprang auf und sah auf die Uhr. »Ich habe noch Zeit.«

Melissa dachte an den Zustand ihrer Wohnung und die verstreuten Klamotten. Wenn er also irgendwie vorhatte, sie zu verführen, dann würde ein Blick in ihr Zimmer seine Leidenschaft bremsen. »Sie ist ganz in der Nähe der Wells Street.«

Mark ging an den Tresen, um zu zahlen, und sah sich die köstlichen Törtchen an. »Das wird Sarah lieben«, sagte er, während die Verkäuferin in eine Schachtel legte, was er ausgesucht hatte.

Er hatte also eine Freundin. Sie war in Sicherheit, aber warum enttäuschte sie das gleichzeitig auch? Warum war sie davon ausgegangen, dass er Single wäre? So ein gutaussehender Kerl blieb nicht Single, außer er war schwul, und diesen Anschein hatte es ganz und gar nicht. In seinem Leben gab es also eine Sarah, vielleicht war sie auch Anwältin.

Sie hätte ihn am liebsten danach gefragt, aber sie konnte sich nicht dazu durchringen, als sie zu ihrer Wohnung gingen. »Tut mir leid wegen der Unordnung«, warnte sie ihn, als sie den Schlüssel in die Tür steckte und sie ihr Apartment betraten. »Ich habe verschlafen«, log sie. »Und wo zum Henker habe ich bloß Dads Schuhschachtel hingetan? Vielleicht ist sie noch in meinem Koffer.« Sie quasselte weiter, obwohl sie genau wusste, dass die Schachtel unter ihrem Bett verstaubte. Putzen gehörte noch nicht zu ihrer täglichen Routine. »Da ist sie ja.«

Sie räumte den Esstisch frei, legte den Brief beiseite – der war zu privat – und wühlte zwischen den Fotos nach dem Bild, auf dem die Mädchen abgebildet waren. »Da sind sie …«

Mark hielt die Todesanzeige hoch und legte sie dann neben

das große Mädchen mit den blonden Zöpfen. »Die beiden sind definitiv miteinander verwandt. Das sieht man an den Augenbrauen und der Nasenform. Die Kleinere hat eine richtige Mähne.« Auf der Rückseite stand MIT PRIMMY UND MIR.

Sie trugen beide eine Schuluniform aus den zwanziger Jahren, im Hintergrund war ein schlossartiges Gebäude, vielleicht eine Schule, zu sehen.

»Das könnte überall sein. Primmy ist wahrscheinlich die Abkürzung für Primula oder Primrose. Der Name ist eine Strafe …« Melissa lächelte. »Die beiden sehen wie Rabauken aus.«

»Können Sie lesen, was auf ihrem Emblem steht?« Mark sah sich das Foto durch seine Brille näher an. »Wir könnten es vergrößern lassen und herausfinden, welche Schule es ist.«

Melissa lachte. »Ein Staranwalt findet das sicher heraus. Nach ihren Frisuren zu urteilen, müsste es in den zwanziger oder dreißiger Jahren gewesen sein. Solche Mädcheninternate gab es überall.«

»Aber nicht mit diesen Emblemen. Darf ich das Foto mitnehmen?«

»Es geht doch nicht, dass Sie weitersuchen. Das sollte ich machen«, antwortete Melissa und wusste nicht, ob sie ihn weiter einbeziehen sollte, aber offenbar hatte er mehr Zeit als sie.

»Machen Sie sich keine Sorgen, später, wenn Sie Semesterferien haben, gibt es noch genügend Recherchearbeit. Ich gebe Ihnen lediglich Starthilfe.« Er griff in die Schachtel und holte die Medaille heraus. »Das sieht wie ein *Croix de Guerre* aus. Das wird ja immer interessanter. Was hat Ihr Vater Ihnen dazu erzählt?«

Melissa zögerte einen Augenblick. Verflixt, dann konnte Mark ja gleich den Brief lesen; jetzt hatte es auch keinen Sinn mehr, irgendetwas zu verbergen. »Lesen Sie«, sagte sie und gab ihm den Brief, dann saß sie schweigend da, während er ihn langsam durchlas, ab und zu aufblickte und sie besorgt ansah.

»Tut mir leid. Das ist sehr persönlich«, sagte er und gab ihn ihr zurück. »Danke, dass Sie mir vertrauen. Sie müssen die Sachen unbedingt sichten. Ihr Vater hat Ihnen hier etwas sehr Wichtiges hinterlassen. Er hat Sie geliebt.«

»Er hatte aber eine sehr seltsame Art, das zu zeigen«, zischte sie und spürte, wie die Gefühle wieder in ihr hochkochten. »Warum musste er bis zu seinem Tod damit warten, es mir zu sagen? Das ist unfair.«

Mark umarmte sie. »Ich weiß, dass es unfair ist, aber schauen Sie doch, was Sie in so wenigen Wochen erreicht haben. Sie haben den richtigen Namen zu der Frau auf der Karte und etwas über ihre Familie herausgefunden. Das ist alles irgendwie mit Ihrem Vater verbunden, und wenn Sie herausfinden wollen, wie und warum … Geburtsurkunden und Schulwappen, das ganze Material wird Sie Ihrem Ziel näher bringen.« Mark sah auf die Uhr. »Ich muss los, ich muss einem Ball hinterherrennen.« Er ging zur Tür. »Ich melde mich. Kopf hoch, Sie werden Ihre Antworten schon finden.« Und mit den Worten verschwand er.

»Vergessen Sie Sarahs Kuchen nicht«, rief Melissa und rannte ihm mit der Schachtel zur Treppe hinterher.

»Danke. Schönes Wochenende«, sagte er und blickte grinsend zu ihr hoch.

Melissa schloss die Tür und fühlte sich leer, jetzt, wo er gegangen war, und seltsamerweise neidisch auf Sarah und ihre Kuchenschachtel.

Drei Wochen später hörte sie erneut von ihm, wieder kam eine dieser merkwürdigen Postkarten mit einer geheimnisvollen Botschaft: »Suchen Sie im Internet nach St Margaret's School for Girls, Nähe Arbroath, Schottland. Könnte nützlich sein, Kontakt aufzunehmen. Mark.«

Inzwischen war sie im Internetcafé um die Ecke schon fast zu Hause, von dort berichtete sie ihren Freunden von ihrem Leben in London, es kostete sie also nicht viel, vorbeizuschauen und den Namen rauszusuchen. Mark hatte recht gehabt. Vor ihr auf dem Bildschirm erschien genau das Schloss auf dem Foto und ein Bild des Schulemblems mit der Aufschrift *Onwards and Upwards* plus kurzer Geschichte. Aber wie sollte sie in der schottischen Wildnis nachforschen, wo sie sich doch mitten in den Opernproben befand?

Auf der Seite war auch die Adresse des Sekretariats der *St Margaret's Alumni Association* in Cheltenham angegeben. Das Netzwerk ehemaliger Schülerinnen konnte ihr bestimmt helfen, hoffte Melissa. Einen Versuch war es zumindest wert, dann hätte sie Mark wenigstens irgendwas vorzuweisen.

Zwischen den Kostümproben setzte sie einen einfachen Brief auf und bat um Einzelheiten über den Verbleib von zwei ehemaligen Mitschülerinnen: Caroline und Primrose. Sie gab die ungefähren Jahreszahlen an, adressierte den Brief an das Sekretariat und schickte ihn los, erwartete aber vor Ende des Jahres keine Nachricht.

Doch die Antwort kam postwendend.

Sehr geehrte Miss Boyd,
danke für Ihren Brief. Ich komme nächste Woche nach London. Könnten wir uns nächsten Donnerstag zum

Mittagessen treffen? Ihre Anfrage interessiert mich sehr, ich habe Informationen, die Ihnen weiterhelfen könnten. Sagen wir, ein Uhr im Aubaine bei Selfridges in der Oxford Street?

Mit freundlichen Grüßen

Mrs Elizabeth Steward

PS: Ich werde einen Schal mit Schottenkaro tragen.

Melissa wählte eine ihrer witzigen Jacky-Fleming-Postkarten aus und informierte Mark über ihren Glückstreffer. Schritt für Schritt kam sie der Wahrheit über Miss Faye und ihrer Nichte näher. Was Mrs Steward wohl so Dringendes berichten wollte, dass sie sofort auf Mels Brief geantwortet hatte?

41

Melissa drängelte sich durch die Weihnachtseinkäufer, nahm eine Rolltreppe und sah oben eine Frau mit einem karierten Schal, die sich prüfend in der Menge umsah. Sie war um die fünfzig und hatte auffallend lockiges auberginefarbenes Haar.

»Mrs Steward?«, fragte Melissa und ging langsam auf sie zu.

»Miss Boyd … Ich kann es gar nicht glauben, gütiger Himmel … Ich habe einen Tisch für uns reserviert. Melissa – was für ein wunderschöner Name, und Sie haben den ganzen Weg auf sich genommen, um etwas über Callie herauszufinden?«

»Nicht ganz. Ich studiere hier.« Melissa wollte jegliches Missverständnis vermeiden, während sie sich im Essbereich an Einkaufstaschen vorbeischlängelten.

»Das ist so ein Zufall. Seit ein paar Monaten bin ich nicht mehr Sekretärin, aber Ihre Anfrage wurde irgendwie trotzdem an mich und nicht an die neue Sekretärin weitergeleitet. Ich musste Sie einfach treffen.« Sie setzte sich erleichtert hin und ließ ihre Taschen zu Boden fallen. »Ich komme immer für die Weihnachtseinkäufe in die Stadt und sehe mir die Dekorationen an … traurig, nicht wahr? Ich bin Libby.«

»Sie kannten also beide?« Melissa kramte in ihrer Tasche nach der Postkarte und dem Foto. »Einem Freund von mir ist es gelungen, herauszufinden, was das für ein Emblem auf dem Foto ist«, erklärte sie und hielt ihr das Foto hin. »Ich weiß nicht, warum es nach dem Tod meines Vaters in seinem Nachlass war, genau wie die Postkarte, aber ich weiß jetzt, wer Miss Faye war. Ist das ihre Nichte?«

Libby kramte nach ihrer Brille und sah sich lächelnd das Foto an. »Das ist meine Mutter.« Sie seufzte. »Primrose McAllister. Die beiden trafen sich am ersten Schultag in St Maggie, ein Duo Infernale, sie hatten ständig was ausgefressen. Callie war ihre beste Freundin.«

»War. Leben beide nicht mehr …?«

»Mommy ist vor fünf Jahren gestorben, sie war eine erstaunliche Frau – nun, das waren alle Frauen der Kriegsgeneration.« Sie machte eine Pause. »Was Caroline betrifft, weiß ich es nicht. Mommy war Funkerin auf Bletchley Park, das war sehr geheim, nach dem Krieg hat sie Ralph, meinen Vater, geheiratet. Callie war sehr rätselhaft.«

»Sie glauben also, dass sie vielleicht noch lebt?« Melissa traute ihren Ohren nicht.

»Das könnte sein, aber Sie werden sie wahrscheinlich nicht finden … sie war eine seltsame Frau.«

»Kennen Sie sie?« Sie hielt die Luft an.

»Ich bin ihr nur einmal begegnet, da war ich sieben Jahre alt, nachdem sie 1956 aus Alexandria zurückgekehrt war. Ich weiß noch, dass sie groß, sehr blond und ihre Haut von der Sonne gebräunt war. Sie hat meinem Bruder ein Spielzeugkamel und mir eine ägyptische Puppe mitgebracht, aber eigentlich war sie gekommen, um Mommy zu besuchen. Ich habe Mommys Fotoalbum dabei, aber danach gibt es nicht mehr sehr viel zu sehen.«

Sie bestellten ihr Mittagessen, unterhielten sich über die Royal Academy und sahen sich das Album an. Libby sprach über St Margaret's und die Freundin ihrer Mutter. »Ich weiß, dass sie irgendwann mal verheiratet war und in Kairo gelebt hat, aber Mommy redete nie viel darüber. Ich war damals zu klein, um es zu verstehen. Ein Kind sieht die Dinge anders, doch selbst mir fiel auf, dass sie anders war als die anderen Freundinnen meiner Mutter.«

»Wie meinen Sie das?«

»Meine Liebe, es umgab sie ein gewisser Duft, nach Zigaretten, und sie hatte einen seltsamen Mundgeruch. Ich fürchtete mich ein wenig vor ihr, weil sie so groß und elegant war. Mommy sagte, sie sei auch im Krieg gewesen, aber ich glaube, ich war nicht sonderlich froh, als sie bei uns einzog.«

»Einzog?«

»O ja, einzog ...«

November 1956

Callie beugte sich über die Reling und sah zu, wie die Leinen im Hafen von Alexandria gelöst wurden. Sie war erleichtert, dass sie nach dem Ausbruch der Krise in Suez und der immer größeren Truppenpräsenz in überfüllten Straßen Ägypten so schnell verlassen konnten. Sie hatte sich in der Stadt nicht länger sicher gefühlt, der Unmut gegen die Briten stieg ständig, und Monica Battersby hatte für beide schnell Passagen auf einem Schiff nach England ergattert.

Ihre Freundschaft war ziemlich angespannt nach der Sache mit Cecil Mason, der nach Kens Tod zu Monicas neuem Begleiter geworden war. Er wurde bald zu Callies Trinkkumpan. Er kannte die besten Kneipen am Fluss, gute Jazz-Clubs und Nachtlokale. Monica regte sich über die lärmende Meute auf, die sie zu jeder Uhrzeit in den Bungalow mitbrachten. Sie wurde alt und launisch und kam nicht darüber hinweg, dass Ken gestorben war. Cecil war ihr Trost gewesen, bis er Callies Aufmerksamkeit erregt hatte.

Monica verstand gut, warum sie seine fröhliche Gesellschaft, die lauten Bars und das Geschnatter liebte – alles war ihr recht, damit sie nur nicht an Desmond in Adelaide denken musste. Die Briefe, die sie schrieb, wurden immer kürzer, sie bekam von Jessie kurze Antworten, aber nichts von ihrem Sohn, nicht einmal ein Dankeschön für die Weihnachtsgeschenke. Dann hörte alles auf, die Briefe kamen ungeöffnet zurück. Sie waren umgezogen und hatten sie einfach zurückgelassen.

Warum habe ich nicht auf meinem Recht beharrt?, warf sie sich immer wieder vor, doch sie fürchtete, dass nun alles zu spät und viel zu kompliziert wäre. Geld wurde zum Problem. Es schien sich auf dem Weg von der Bank durch die Bars in Luft aufzulösen. Monica missbilligte ihr schwindelerregendes gesellschaftliches Leben, sie begegneten sich nur noch selten. Auf dem Schiff hatte jede eine eigene Kabine.

Callie sah hinauf ins Blau und den Hitzedunst und überlegte, dass sie nun graue Wolken, kalte Winter und die Leere in Dalradnor erwartete, jetzt, wo Phoebe gestorben war. Die Nachricht hatte sie zu spät erreicht, um noch ein Flugzeug zu nehmen und zurückzukehren. Mima hatte ihr einen Stapel persönlicher Briefe von Phee zugesandt, weil sie nicht wusste, was sie sonst damit anfangen sollte. Sie hatten in einer Hutschachtel mit einem Brief des Nachlassverwalters zum Inhalt des Testaments gesteckt, doch Callie wollte sie nicht lesen.

Sie wollte nichts von Phoebe, vor allem keine schriftliche Entschuldigung für ihr unfassbares Verhalten. Dieser Teil ihres Lebens war vorbei. Sie brauchte keine Erinnerungsstützen.

Während das Schiff langsam aus dem Hafen fuhr, empfand sie keinerlei Gewissensbisse, keine Schuld, im Grunde gar nichts. Sie hatte sich in Kairo dem Vergessen hingegeben und so getan, als hätte die Vergangenheit nie existiert. Das war ihr leichtgefallen, doch jetzt war die Idylle vorbei, sie musste in die brutale Realität zurückkehren, die auf sie wartete. Sie war zwar vorzeigbar, aber bereits vierzig, ihre besten Jahre hatte sie längst hinter sich.

Nur der Gin brachte Erleichterung, er nahm ihr die Angst, den Schmerz und die Scham. Solange sie Nachschub hatte, konnte sie überleben und elegant über den Dingen dahinschweben. Dann vergaß sie Desmond. Er würde sie jetzt nicht mehr wiedererkennen, und das war gut so. Was getan war, war getan. Und dennoch …

Er schlich sich in ihre Träume und rannte am See entlang, doch dann tauchten die Lagerbaracken auf, die große Walze kam immer näher und drohte sie zu erdrücken. Sie hörte die Hunde, die an menschlichem Fleisch zerrten, und sah die gefrorenen Leichen, die wie Eisblöcke von den Galgen hingen. Nur der Tod konnte sie von dem Schmerz dieser Bilder befreien, doch den würde sie niemals selbst herbeiführen, das hatte sie der armen Celine geschworen. Für manche war das Leben ein wertvolles Geschenk, für andere nur eine Qual. Sie würde nicht die einfache Lösung wählen, sondern sich ganz langsam mit Alkohol vergiften. Sie würde nicht alt werden.

Auf Primrose war Verlass, sie hatte aus der Ferne stets ein Auge auf sie gehabt und ihr ein Bett angeboten, bis sie in London wieder Fuß gefasst hätte. Callie hatte noch immer ein wenig Privatvermögen und eine kleine Kriegsrente, mit deren Hilfe sie sich volllaufen lassen konnte. Ansonsten waren ihre Aussichten düster. Wer würde eine traumatisierte Kriegsveteranin ohne sichtbare Qualifikationen einstellen, die nur zum Täuschen und Töten ausgebildet worden war? Sie war auf der ganzen Linie eine Versagerin. Sie konnte keinen Mann im Bett befriedigen. Sie nahmen ihren Körper, berührten aber nie ihre Seele. Sie schämte sich nicht, weil sie nichts fühlte, wenn sie mit jemandem schlief, doch es war immer noch besser, jemanden im Bett zu haben, als alleine aufzuwachen. Sie war nicht einmal an einem Ort in Kairo gewesen, der sie an ihre Liebe zu Ferrand erinnerte.

Ich ertrage das Leben nicht länger. Wenn ich mich nur in eine ruhige

Ecke verkriechen und etwas Frieden finden könnte. Mein Herz ist wie ein leerer Sack, ein dunkler leerer Raum.

Mitten auf dem Meer zog Callie Phoebes Briefe aus der Hutschachtel und wollte sie in einem letzten Akt der Verachtung über Bord werfen. Wenn sie schon nach England zurückkehren musste, dann wollte sie wenigstens nicht an die Vergangenheit erinnert werden. Sie ging an Deck, breitete im Mondlicht die Arme aus, wollte sie in alle Winde verstreuen, so dass sich im Kielwasser eine Papierspur bildete, doch dann sah sie einen Briefumschlag mit einem Militärstempel und einer Handschrift, die nicht ihrer Mutter gehörte. Sie wurde neugierig, fand eine Laterne und einen Stuhl und setzte sich hin, um ihn sich näher anzusehen.

Es waren keine gewöhnlichen Briefe, sondern Briefe ihres Vaters Arthur Seton-Ross.

Sosehr sie ihre Mutter auch für ihr Verhalten gehasst hatte, ihm konnte sie nicht vorwerfen, sie verlassen zu haben. Sie war es ihm schuldig, wenigstens seine Gedanken zu lesen. Das war alles, was sie je von ihm besäße.

Mein allerliebstes Mädchen,
was für ein Wunder, als ich sah, wie Du in Boulogne im Offizierskasino in Deiner Uniform auf mich zukamst. Du warst so wunderschön, genau wie beim ersten Mal, als ich Dich auf der Bühne gesehen und ich mich Hals über Kopf in Dich verliebt habe. Ich wäre gerne länger geblieben, doch die Gewissheit, dass ich Dich in London wiedersehen werde, lässt die Anstrengungen des Krieges vergessen.

Die letzten Tage in Deinen Armen zu liegen und Dich so eng umschlungen zu halten, war herrlich. Ich kann es kaum glauben, dass die Götter mir so gnädig sind.

Callie konnte nicht weiterlesen. Sie hatte das Gefühl, als sähe sie den beiden bei der Liebe zu. Arthurs Ton ähnelte dem von Ferrand. Sie griff in ihre Tasche und holte den nächsten Brief raus. Der nächste Brief war von Phee.

Ich danke Dir für die schönsten drei Tage und Nächte meines Lebens. Es war schwer für mich, Dich gehen zu lassen und zu wissen, dass Du in einen eisigen Bunker zurückkehren wirst, während ich es gemütlich habe und im Warmen sitze … Dein wertvoller Ring liegt sicher unter meinem Kopfkissen. Wenn ich ihn trage, werden es alle erfahren, und man wird mich vom Dienst in Frankreich ausschließen. Miss Ashwell und die YMCA bestehen darauf, dass nur unverheiratete Mädchen Dienst machen und den Kanal überqueren dürfen. Ich möchte, dass Du ein Foto von mir in Uniform hast. Ich bin so stolz, sie tragen zu dürfen.

Bitte mach mir eine Liste von Dingen, die Du brauchst: Bücher, Tinte, warme Kleidung. Ich habe an Dich nur zwei Bitten: Ich hätte gerne ein Foto von Dir, und bitte gehe kein Risiko ein. Ich könnte es nicht ertragen Dich zu verlieren, jetzt, wo ich Dich gefunden habe …

Callie starrte auf den Brief und schluckte. Sie hätte Ferrand dasselbe geschrieben. Hier waren zwei junge Menschen, die einander liebten, genau wie sie und Ferrand. Es war so traurig. Sie konnte ihre Liebe nicht einfach wegwerfen. Sie konnte sich jetzt nicht mehr von den Briefen lösen und suchte nach Daten, um sie in der richtigen Reihenfolge zu lesen.

15. Mai 1916

Liebstes Herz meines Herzens,
es schmerzt mich, dass ich Dir nur kurz auf Deine Postkarte antworten kann. Ich befürchte, dass man mir keinen Urlaub genehmigt. Bald wird es einen großen Vorstoß geben (ich sollte das nicht schreiben, ich muss mich selbst zensieren). Du klangst in Deinem letzten Brief besorgt, als hättest Du etwas auf dem Herzen. Wie schade, dass Du nicht über den Kanal darfst, wie Du gewollt hättest, sondern auf einer neuen Konzerttournee durchs Land reisen musst.

Ich bin froh, dass meine Schwester Verity beschlossen hat, sich als Krankenschwester ausbilden zu lassen, und Deine Freundin Kitty kennt. Ich habe Vater bearbeitet und ihm erzählt, dass wir heiraten werden, sobald ich nach Hause komme. Noch habe ich nichts von ihm gehört. Würdest Du mich auch dann noch heiraten, wenn ich enterbt würde und keinen Penny besäße?

Ich schreibe Dir im Bunker im Licht eines Kerzenstummels, mein Subalternoffizier schnarcht lauter als die Dicke Bertha …

Callie drückte sich an die Stuhllehne, es fröstelte sie, und sie spürte, dass den Liebenden ein Schicksalsschlag bevorstand. Nach dem Datum zu urteilen, musste Phoebe bereits von ihrer Schwangerschaft erfahren haben und verzweifelt gewesen sein, als der zerknitterte Briefumschlag mit der Aufschrift ZURÜCK AN ABSENDER zurückkam …

Es tut mir so leid, dass ich Dich damit belasten muss, aber ich muss Dir anvertrauen, was mein banges Herz bewegt. Du und ich werden ein neues Leben in diese Welt setzen. Der Arzt sagt, dass wir mit Gottes Hilfe gegen Ende September zu dritt sein werden.

Oh, bitte komm zurück, dann können wir dieses Ereignis miteinander teilen. Sollte Gott mich mit einem Sohn segnen, wird er Deinen schönen Namen tragen. Er soll in Liebe, nicht in Schande geboren werden.

Deine Dich liebende Frau und Dein Kind

Callie erstarrte, war sie mit dem falschen Geschlecht geboren worden? War das der Grund, weshalb Phoebe sie im Stich gelassen hatte? Aber wenigstens hatte sie den Mut gehabt, ihrem Liebsten davon zu berichten. Das war mehr, als sie selbst zustande gebracht hatte. Ferrand war gestorben, ohne je zu erfahren, dass er einen Sohn hatte, für den er leben konnte. Wie kann ich meine eigene Mutter für etwas verachten, das ich selbst nicht gewagt habe? Warum haben wir nie darüber gesprochen? In einem kleinen Umschlag fand sie ein Telegramm, das lautete: »LIEBLING, HABE NACHRICHT ERHALTEN, WERDE SCHREIBEN. ALLES WIRD GUT. ARTHUR.«

Immerhin wusste er von dem Baby, aber warum war er nicht gekommen? Callie war von der Geschichte ihrer Eltern gefesselt und öffnete den nächsten Brief.

Ich habe Sonderurlaub beantragt und komme am 19. September zurück, dann können wir am 20. heiraten. Ich habe meiner Familie geschrieben, wir können unser Landhaus in Schottland für eine kurze Hochzeitsreise benutzen. Dalradnor ist mein Lieblingsort, ich will ihn mit Dir teilen. Der Ort wird ideal für Dich sein, dann kommst Du aus der versmogten Stadt. Für mich gibt es keinen besseren Ort, um unser Kind großzuziehen.

Deine Nachricht hat mich aufgerichtet. Mitten in diesem Gemetzel wird unser wunderschönes Kind geboren werden und hoffentlich niemals die Schrecken eines Grabenkampfes kennenlernen.

Gute Nacht, Liebling.

Callie starrte vor sich hin und sah der blutroten Sonne zu, die sich wie ein Omen aus dem Meer erhob. Tränen der Erleichterung stiegen ihr in die Augen. Arthur hatte von ihr erfahren und sie gewollt. Was für eine Schande ... zum ersten Mal konnte sie Phoebes Gefühle nachempfinden und dann das bittere Leid, ganz zu schweigen von den Konsequenzen ihrer Liebe, denen sie sich stellen musste. Dalradnor war ihr Zufluchtsort gewesen, und auch sie hatte Desmond dort aufwachsen sehen.

Es gab noch zwei weitere Briefe, doch sie ertrug es nicht, sie zu lesen, weil sie wusste, was kommen würde. Es war schon fast Morgen, sie zitterte und brauchte einen Drink, doch irgendeine innere Kraft hielt sie an ihrem Platz. Es gab noch einen Brief von einem Fremden, der erklärte, was Arthur widerfahren war.

... Wir zogen nach dem Vorstoß eine Linie und errichteten in der Nähe von Lesboeufs ein paar Abwehrzäune, aber trotz aller Bemühungen ließ der Feind auch weiter nicht von seinen Waffen. Arthur hatte eine kleine Vorhut zusammengestellt, doch sie wurde niedergemäht. Die Männer haben ihr Leben riskiert und haben uns damit das Leben gerettet, weil wir das Feuer hörten ...

Wir haben sie mit großer Trauer und so ehrenhaft wie möglich auf dem Feld begraben, wir haben die Stelle, an der er fiel, markiert ...

Callie erinnerte sich noch an das gepflügte leere Feld mit dem Obelisken in Frankreich, das sie vor so vielen Jahren mit Phee besucht hatte. Hätte sie das nur damals schon gewusst – doch wenigstens wusste sie jetzt, wie mutig Arthur gewesen war und wie sehr man ihn respektiert hatte. Sie war froh, dass er nicht mehr mitbekommen hatte, in welches Chaos ihre Generation die Welt gestürzt hatte; dass sein Opfer nur von kurzer Dauer war und auch ihre eigene Liebe vom Krieg zunichtegemacht worden war.

Oh, Ferrand, ich habe nie erfahren, wo man dich begraben hat. Ich habe keine Briefe, die ich an deinen Sohn weitergeben könnte, nur die Medaille.

Phoebe hatte sich ihr ganzes Leben an diese Briefe geklammert, jetzt gehörten sie ihr, und sie hätte sie beinahe über Bord geworfen? Der letzte Brief trug die Handschrift ihres Vaters. Sie konnte ihn kaum ansehen, wusste aber, dass sie es tun musste. Das war alles, was ihr noch von ihm blieb.

> … falls ich aus irgendeinem unglücklichen Umstand nicht zu unserer Hochzeit komme, so nicht deshalb, weil ich meine Meinung geändert habe, sondern weil uns das Schicksal der Gelegenheit beraubt, miteinander glücklich zu werden.
>
> Ich habe für diesen Fall vorgesorgt. Du wirst nicht mittellos zurückbleiben. Das verspreche ich Dir. Irgendetwas drängt mich, das zu tun, denn eine Weile war mir das Herz schwer, die Dinge könnten sich nicht nach Plan entwickeln und ich könnte nicht so lange leben, wie ich wollte, um an Deiner und an der Seite des Kindes zu sein.
>
> Wir hatten so wenig gemeinsame Zeit, um die einfachen Dinge des Ehelebens in Friedenszeiten zu genießen. Der Krieg hat uns um diese Freude gebracht.
>
> Sei nicht verbittert. Lebe so, wie Du es immer getan hast,

unabhängig und entschlossen. Gib meinem kleinen Liebling alle Möglichkeiten, zu einem würdigen Bürger mit einem guten und mutigen Herzen heranzuwachsen. Und suche Dir zu gegebener Zeit jemanden, der dem Kind einen Namen gibt, damit ihr nicht mit einem Makel behaftet seid. Die Gesellschaft kann hart zu alleinstehenden Frauen mit Kindern sein, also vertraue ich darauf, dass Du in Deinem Leben, so wie ich im Tode, unser kleines Leben beschützen wirst.

Ich habe außer Dir nie eine andere geliebt. Mut, mein tapferes Herz. Sei glücklich in Deinem Leben und erzähle unserem Kind von der Liebe seines Vaters …

Wie gerne wäre ich diesem Mann begegnet, weinte Callie. Seine Worte beschämten sie zutiefst. Meine Mutter hat ihr Bestes getan, um mein Leben, so gut sie konnte, zu beschützen, und ich habe sie ein Leben lang nur bekämpft. Zwischen uns war eine Kluft, ein Meer aus Missverständnissen, verpasster Gelegenheiten, und jetzt ist es zu spät. Wie dumm ich war. Warum mache ich nichts richtig? Kein Wunder, dass ich alleine bin. Arthur wäre sehr enttäuscht gewesen, wenn er erfahren hätte, was aus mir geworden ist.

Callie sammelte die Briefe auf und flüchtete sich in ihre Kabine, um ihren Kummer herunterzuspülen und zu schlafen.

Als das Schiff in Southampton einfuhr, gingen alle an Deck, um die kühle englische Morgenluft zu genießen. Hupen und Sirenen waren zu hören, als wären sie Helden auf der Rückkehr aus dem Krieg und keine Vertriebenen, die eine demütigende Niederlage erlitten hatten. Die Bombardierungen und Angriffe auf Port Said waren vorbei, bevor sie begonnen hatten – Amerikaner und Russen hatten dafür gesorgt –, wozu also diese ganze Dünkirchen-Stimmung? Callies Kleider waren unpassend, die Seiden- und Baumwollkleider eigneten sich nicht für Wind und Regen und verliehen ihr das Aussehen einer Ausländerin, aber irgendwo im Hafen wartete Primrose auf sie, um sie aufzunehmen, und sie musste sich ihr gegenüber erkenntlich zeigen.

Sie verabschiedete sich von Monica und wusste, dass sie sie nie wiedersehen würde. Callie hatte versucht, es wiedergutzumachen, hatte sie zum Abendessen eingeladen und sich für ihr Verhalten in den vergangenen Jahren entschuldigt. Sie hatte Monica enttäuscht, genau wie alle anderen auch, doch sie hatte ihrer Freundin dafür gedankt, dass sie ihr die Überfahrt organisiert und ihre Launen ertragen hatte. Monica blieb höflich, aber distanziert. Sie trafen keine Vereinbarungen für ein erneutes Treffen.

Zu Callies Erleichterung sah sie Prim im Hafen warten, sie wirkte plump wie ein Kapaun und hatte ihre herrliche, inzwischen graumelierte Mähne unter einen großen Filzhut gesteckt. Sie umarmten sich, und Callie spürte, wie sie ihre Knochen abtastete.

»Wir müssen dich mästen. Du musst gemästet werden. Was hast du bloß alles durchgemacht, diese Bomben und Truppenaufmärsche. Schön, dich wiederzusehen, Callie. Wir haben uns viel zu lange nicht gesehen.«

Ich brauche einen Drink, dachte Callie und hoffte, sie würde nicht zu sehr nach Alkohol riechen. »Danke, dass ich bei dir bleiben kann, aber ich suche mir lieber ein Hotel.«

»Blödsinn, du kommst zu uns …«, beschloss Prim resolut. »Du musst doch deine Namensvetterin kennenlernen, Elizabeth Caroline – allerdings hört sie nur auf Libby – und Peter.

Er ist jetzt fast vier. Sie können es kaum erwarten, dich zu sehen.«

Kinder hatten Callie gerade noch gefehlt, die erinnerten sie nur an ihr eigenes Kind, das für sie verloren war.

»Ich weiß nicht so recht … Ich bin keine ideale Gesellschaft, und Kinder finden mich nicht gerade sympathisch.«

Prim sah sie an. »Tut mir leid. Ich weiß, wie schwer es für dich gewesen sein muss, aber Libby möchte dich so gerne kennenlernen, außerdem haben wir uns so viel zu erzählen. Ich bin mit deiner Mutter in Kontakt geblieben, wir waren bei ihrem Begräbnis. Alle ehemaligen Gaiety Girls waren mit Glanz und Gloria da. Ich denke, so etwas hat Dalradnor auch noch nie zuvor gesehen. Schade, dass du … Egal, du kannst ja ihr Grab besuchen.«

Oh, Prim, du weißt genau, wie man jemandem etwas unter die Nase reibt. Kaum habe ich einen Fuß in dieses Land gesetzt, erinnerst du mich auch schon daran, wie sehr ich versagt habe, seufzte Callie, sagte aber nichts und stieg für die Fahrt nach London in Prims Limousine. Plötzlich hatte sie das Gefühl, dass dieser Besuch eher eine Pflichtübung als ein Vergnügen sein würde.

Prim und Ralph wohnten am Stadtrand in einem großzügigen Haus im Tudorstil, umgeben von einem großen Garten unweit vom Bahnhof in einer Allee. Prim hatte eine Putzhilfe und einen Gärtner und verbrachte ihre Zeit als freiwillige Helferin bei den Pfadfinderinnen, dem Women's Voluntary Service und der Kirche. Callie versuchte, beeindruckt von ihrem herrlichen Zuhause und den modernen Geräten zu sein, doch Prims Leben war weit von den Erfahrungen entfernt, die Callie gemacht hatte. Die Kinder waren entzückend und höflich, aber Peter ging ihr auf die Nerven, denn er war ungefähr in dem Alter, in dem Desmond gewesen war, als sie ihn das letzte Mal gesehen hatte. Er war neugierig und lebhaft. Zum Glück hatte sie einen Trinkvorrat im Koffer mitgebracht, sonst wäre sie verrückt geworden und hätte sich blamiert. Die Erkenntnis war schrecklich gewesen, dass sie und Primrose ihrer Freundschaft aus Kindertagen entwachsen waren. Prim war das Gegenteil von ihr. Zuverlässig, zufrieden mit ihrem Leben, ein wenig arrogant. Ralph war freundlich, ging ihr aber aus dem Weg. Callie langweilte sich und hatte nach Ausreden gesucht, um weiterzureisen.

»Aber es ist fast Weihnachten. Da musst du bei uns bleiben. Lass dir Zeit und gewöhn dich erst einmal ein, bevor du nach Schottland fährst«, hatte Prim eines Tages beim Frühstück gesagt.

»Warum sollte ich da hinfahren?«

»Dalradnor Lodge ist dein Zuhause.«

»Nicht mehr. Ich habe angeordnet, dass es vermietet werden soll. Ich könnte nach Ägypten den Schnee da oben nicht ertragen.«

»Aber du warst doch immer so glücklich dort. Es wäre eine Schande …« Prim war klargeworden, dass sie zu viel gesagt hatte.

»Ich wüsste nicht, dass ich nach meinem letzten Besuch glücklich gewesen wäre, oder hast du das vergessen?«

»Das war ein schreckliches Chaos, Phoebe war verzweifelt. Sie hat sich von dem Schock nie wieder erholt. Hast du etwas von Desmond gehört?«

Das war das erste Mal, dass sein Name fiel. Callie wurde nervös. Was sollte sie sagen?

»Ja, es geht ihm gut«, log sie. »Er kommt gut in der Schule zurecht, die australische Luft ist gut für Kinder. Sie laufen dort barfuß … in seinen Briefen geht es viel um Sport.« Wie konnte sie so etwas nur erfinden? Doch das Erfinden von Geschichten war bei der Geheimdienstabteilung, für die sie gearbeitet hatte, immer ihre Stärke gewesen. Sie hoffte, dass das, was sie erzählte, tatsächlich auf ihn zutraf.

»Hast du heute etwas vor?«, platzte Prim eines Tages heraus. »Ich muss mich heute Nachmittag um die Blumendekoration in der Kirche kümmern. Könntest du mit Peter in den Park gehen und um vier Uhr Libby von der Schule abholen? Geh mit Peter zu den Schaukeln.«

Callie hatte genickt. Das war das mindeste, was sie tun konnte, außerdem war das die Gelegenheit, um zum Laden an der Ecke zu gehen und ihren Flaschenvorrat aufzufüllen, Blumen als Dankeschön und ein paar Zigaretten zu kaufen. Dann würde sie sich verabschieden, eine Ausrede erfinden und den lauschigen Familienkreis verlassen.

Die Dezembersonne schien schwach, doch der Himmel war strahlend blau. Sie trug eine Tweedjacke von Prim. Peter sprang vor ihr auf dem Weg entlang und rannte zu den Schaukeln und der Drehscheibe. Sie versuchte, so zu tun, als wäre sie nur eine der vielen Mütter, die mit ihrem kleinen Jungen unterwegs war, doch mit seinem roten Haar sah er wie eine Miniatur von Primrose aus.

Die frische Luft tat gut nach dem Staub und der Hitze in der Wüste, aber sie hatte Durst, und bis die Schule zu Ende war, dauerte es noch eine ganze Stunde. An einer belebten Straßenkreuzung entdeckte sie ein elegantes Hotel mit angrenzendem Tearoom. Sie konnte mit Peter aus der Kälte dort einkehren, Toast und Tee für ihn und für sich einen Cognac bestellen, der sie bis zum Heimweg auf den Beinen halten würde. Um sich zu vergewissern, dass das Lokal Alkohol servieren würde, ging sie zum Empfang. »Ich bekomme hier wahrscheinlich nichts Ordentliches zu trinken, oder?«, fragte sie die Kellnerin.

»Es ist noch früh, aber ich kann den Manager fragen«, kam die Antwort.

»Seien Sie so nett. Ich komme aus Alexandria und bin gerade erst von Bord, ich friere bis ins Mark ...«

»Oh, wie furchtbar. Ich sehe, was ich tun kann, Madam.« Die anderen Gäste lächelten Peter zu, zeigten Verständnis für ihre missliche Lage und wollten ihre Geschichte hören. Callie erzählte ihnen von Nasser und dem arabischen Aufstand. Und dann floss der Alkohol fast wie von selbst.

Irgendwann zupfte Peter sie am Ärmel, weil er auf die Toilette musste. Die Kellnerin nahm ihn mit, und erst da sah Callie auf die Uhr. Gütiger Himmel, es war kurz nach halb fünf und bereits dunkel draußen. Sie hatte Libby vergessen! Callie sprang auf, doch sofort begann der Raum sich zu drehen. Sie musste die Rechnung bezahlen und ein Taxi nehmen, denn sie wäre nicht in der Lage gewesen, nach Hause zu laufen.

Peter nahm sie an der Hand und führte sie die Treppe hinunter, als wäre sie blind.

Jemand hatte ein Taxi bestellt, doch sie war so verwirrt, dass sie die Adresse nicht mehr wusste.

»Ich wohne in dem Haus mit der grünen Tür in der Portland Avenue«, sagte Peter zum Fahrer.

Als sie dort vorfuhren, stand in der Einfahrt bereits ein Polizeiwagen. Prim stürzte aus der Tür und schloss Peter in die Arme. »Wo zum Teufel warst du mit meinem Kind?«

»Es tut mir leid.«

»Tut mir leid reicht ganz und gar nicht. Du hast Libby weinend vor dem Schultor stehen lassen, und jetzt das. Wo warst du mit ihm?« Sie roch Callies Atem und sah sie angeekelt an. »Du bist betrunken.«

»Es tut mir leid.«

»Du hast meinen kleinen Jungen in einen Pub mitgenommen, dich sinnlos betrunken und die Zeit vergessen. Wie konntest du nur so etwas tun?«

»Es tut mir so leid. Ich habe mich unterhalten … es war kein Pub … es wird nie wieder vorkommen.«

»Darauf kannst du wetten. Ich kann dich nicht länger hier im Haus behalten und meine Kinder in Gefahr bringen. Wie konntest du nur so tief sinken? Was ist in dich gefahren? Glaube ja nicht, wir hätten nicht bemerkt, dass du nie nüchtern bist … dass du immer nach oben schleichst, um dich abzufüllen. Callie, reiß dich zusammen. Es ist ja kein Wunder, dass die Boyds Desmond behalten wollten, wenn du zu so was in der Lage bist.« Prim hätte sie mit keinem anderen Vorwurf härter treffen können.

»Ich habe gesagt, dass es mir leid tut.« Sie sah, wie Libby sie entsetzt mit großen Augen ansah.

»Wollen Sie Anzeige erstatten, Madam?«, fragte der Polizist, der alles verfolgt hatte. »Wenn man die Aufsicht für ein Kind hat und sich betrinkt, dann ist das eine Straftat.«

»Nein, es ist ja nichts passiert, ein weiteres Mal wird es nicht geben. Bringen Sie sie weg von meinen Kindern.« Prim wurde wieder wütend. »Wenn du nicht aufpasst, wirst du bald keine Freunde mehr haben. Wir müssen alle mit dem leben, was der Krieg unseren Familien zugefügt hat. Ich habe meinen Bruder verloren. Hör auf, dich selbst zu bemitleiden, und tu etwas Nützliches, sonst landest du noch in der Gosse. Es tut mir leid, aber du musst gehen. Ich kann nicht zulassen, dass meine Kinder so etwas mitansehen.«

Callie packte schweigend ihre Koffer, sie war plötzlich wieder nüchtern und wollte so weit wie möglich von dieser beengenden Vorstadt und Prims vorwurfsvollem Blick weg.

Der Polizist setzte sie am Bahnhof ab und fragte besorgt. »Wissen Sie, wo Sie hinkönnen, Miss?«

»Ich komme schon zurecht, Officer«, antwortete sie. »Ich suche mir für die Nacht ein Hotel.«

»Passen Sie auf sich auf«, sagte er, winkte ihr zu und ließ sie in der kalten Dunkelheit stehen.

42

Libby klappte das Album zu und seufzte. »Mommy hat nie wieder von ihr gesprochen. Ich fürchte, damals haben sich ihre Wege getrennt. Es hatte wohl alles etwas mit dem Krieg und einem Vorfall in Dalradnor zu tun, das Haus in Schottland, in dem sie mit ihrer Mutter gewohnt hatte. Mommy sagte, dass es bis Ausbruch des Krieges ein glückliches Haus in einer herrlichen Umgebung gewesen sei.« Sie verstummte und strich seufzend mit den Fingern über den Ledereinband des Albums. »Sie müssen wissen, dass diese Generation nie über private Dinge sprach und keine Gefühle zeigte. Ich muss dabei gewesen sein, als das Zerwürfnis geschah, aber ich erinnere mich nur noch an ihren nach Alkohol stinkenden Atem und den Polizisten in Uniform. Als ich später noch einmal gefragt habe, hat Mommy nur gesagt: ›Das Herz hat seine Gründe.‹ Damals habe ich das nicht verstanden, und ich verstehe es heute auch noch nicht. Ich hatte gehofft, Callie würde zu Mommys Beerdigung kommen, es stand überall in der Zeitung. Ich habe auch versucht, mich an sie zu erinnern, und habe in der Menge nach ihr gesucht, sie aber nicht gefunden. Was danach passiert ist, kann ich Ihnen also nicht sagen.«

»Ich weiß nicht, ob ich noch weitere Einzelheiten über Caroline hören möchte. Sie scheint eine üble Person gewesen zu sein.«

»O nein, so dürfen Sie das nicht sehen. Mommy hat erzählt, dass sie im Krieg in einem Konzentrationslager gewesen sei und sehr gelitten habe, das dürfen Sie nicht vergessen. Wenn Callie tatsächliche Phoebes Tochter und nicht ihre Nichte ist, dürfen Sie die Suche nicht aufgeben. Vielleicht lebt sie noch.«

»Unwahrscheinlich, wenn sie getrunken hat. Dann ist sie bestimmt schon vor einiger Zeit gestorben.« Bei dem Thema fühlte Melissa sich unwohl.

»Aber das können Sie nicht wissen. Wir dürfen nicht über sie urteilen, wir wissen nicht, was sie durchgemacht hat ...«

Melissa stellte ihren Kaffee ab. »Aber ich weiß, wie es ist, wenn man mit einem Alkoholiker lebt. Ich weiß, was es mit meinen Eltern gemacht hat.«

»Ihr Vater hatte auch dieses Problem?«

Melissa nickte. »Man hat mir gesagt, dass so eine Schwäche

in Familien oft weitergegeben wird. Darum achte ich auch sehr genau darauf, was ich trinke, außerdem tut es meiner Stimme nicht gut. Ich möchte so etwas nicht noch einmal erleben.« Sie hatte genug von Libby Steward erfahren, und nichts davon war sehr ermutigend. »Trotzdem vielen Dank, dass Sie sich mit mir getroffen und mir ein Bild von der Situation vermittelt haben.«

»Ich weiß nicht, ob ich Ihnen tatsächlich weiterhelfen konnte, aber ich würde gerne mit Ihnen in Kontakt bleiben. Wir würden Sie sehr gerne singen hören. Wir gehen oft in die Wigmore Hall, wenn wir in der Stadt sind. Ich hatte das Vergnügen, ein paar außergewöhnlich gute junge Künstler dort debütieren zu hören. Vielleicht sind Sie auch bald dabei.«

Melissa sah sich um und versuchte, den Kellner auf sich aufmerksam zu machen.

»Wehe, Sie zahlen auch nur einen Penny«, sagte Libby. »Das geht auf meine Rechnung.« Sie schüttelten einander die Hände, und Melissa eilte wieder hinunter, aus dem belebten Geschäft hinaus an die frische Luft. Begrenzte Räume und zu viel Gerede schnürten ihr den Hals zu. Sie würde einen Spaziergang zurück nach Hause machen, sich die Weihnachtsbeleuchtung in den Läden und die wunderschönen Auslagen in den Schaufenstern ansehen. Schließlich bog sie in eine Seitenstraße ab und versuchte, alle Informationen zu verarbeiten, die sie erhalten hatte.

Caroline Lloyd-Jones war Alkoholikerin, genau wie Lew. War das Zufall, oder steckte mehr dahinter? Immerhin wusste Melissa jetzt, wie sie als verheiratete Frau hieß, und hatte die Adresse des Hauses in Schottland. Falls diese Frau ein Kind bekommen hatte, musste ihre Unterschrift auf der Geburtsurkunde stehen, dann konnte sie die Handschriften miteinander vergleichen. Lebte da draußen vielleicht noch eine alte Dame, die vielleicht ihre Verwandte war? Und falls dem so wäre, sollte sie dann nicht doch nach ihr suchen?

Nach dem, was sie soeben von Libby gehört hatte, war sie sich nicht mehr sicher, ob sich der Einsatz lohnte. Es war alles so verwirrend. Sie erreichte das Ende der High Street, blieb auf dem Gehsteig stehen, und ein seltsames Gefühl überkam sie, als sie glasklar die Stimme ihres Vaters hörte, die ihr ins Ohr flüsterte: »Mel, mach weiter, mach weiter.«

43

1965

Callie schlenderte einen hübschen Weg in den Cotswolds entlang, genoss den Duft frisch gepflügter Erde und das erste Frühlingsgrün an den Hecken. In den letzten acht Jahren war sie durch Hotelbars und Pubs auf dem Lande getingelt, hatte mal einen festen Job, mal Teilzeitarbeit oder Gelegenheitsjobs an abgelegenen Orten angenommen, wo sich die Gäste mit einem Stück Fleischpastete und einem Pint zufriedengaben. Sich selbst hatte sie dabei auch abfüllen können, wenn sie Pints zapfte, und Trinkgeld bekam sie manchmal auch. Es war nicht das Leben, das sie sich gewünscht hatte, aber es war ein Leben.

Auf ihrem Spaziergang wurde sie plötzlich von Geschrei hinter der Hecke aus ihren Gedanken gerissen. Sie hörte lautes Fluchen und Schreien, eilte zum Gatter und lief auf das Feld hinaus, um nachzusehen, was vor sich ging. Ein Bauer mit wutverzerrtem Gesicht, ein Stammgast im *Waggon and Horses*, schlug mit einem Stock auf einen Hirtenhund ein. Der Hund krümmte sich, jaulte vor Schmerz und klemmte seinen Schwanz zwischen die Hinterbeine. Er war schon alt und viel zu mager für einen Arbeitshund.

Callie wurde wütend. »Ted Fletcher, was machst du denn da?«, rief sie außer sich.

»Kümmere dich um deinen eigenen Kram und verzieh dich in deine Bar.«

»Hör auf, deinen Hund so zu behandeln!«

»Das ist mein Tier, meine verdammte Hündin!«

»Sie sieht halb verhungert aus«, fuhr Callie fort und kam näher. Der Bauer hob warnend den Stock.

»Komm mir nicht so, Callie. Du bist doch nur die Schlampe vom *Waggon and Horses*. Halt dich da raus, wenn du keinen Ärger kriegen willst.«

Callie sah den drohenden Blick in seinen Augen. Manchmal begrapschte er sie im Pub, wenn er besonders viel getrunken hatte. »Die arme Hündin scheint verletzt zu sein. Ich seh sie mir an.«

Callie hatte keine Angst vor Schlägertypen; sie hatte viele im Lager ihre Macht ausnutzen sehen. Und plötzlich meinte sie, wieder dort auf dem Appellplatz zu stehen, trotzig und dennoch gelähmt vor Angst, unfähig, sich zu rühren, weil sie Prügel fürchtete. Immer wieder war der Appellplatz vor ihrem geistigen Auge aufgetaucht. Ich habe nicht für meine Freiheit gekämpft, um solche Schläger noch einmal zu dulden, sagte sie sich und versuchte, zu der wimmernden Hündin zu gelangen. Aber Bauer Fletcher stellte sich ihr in den Weg. Er war klein, aber stämmig, aus seinen Ohren und der Nase lugten Haare wie Schweineborsten.

»Lass mich vorbei«, befahl Callie.

»Dich?«, höhnte er. »Du hast unbefugt mein Land betreten.« Er hob den Stock, mehr als Geste denn als Drohung, doch bei Callie griff instinktiv wieder ihr Training aus längst vergangenen Zeiten. Sie wich aus, packte ihn, bevor er wusste, wie ihm geschah, ergriff wutentbrannt den Stock und ließ ihn krachend auf seine Schultern niederprasseln.

»Jetzt sieh selbst, wie sich das anfühlt«, sagte sie und prügelte so lange auf ihn ein, bis er vor Schmerz niedersank. Sie spürte, welche Macht ihre Wut hatte. Er stand für alle Schlägertypen und alle Wärter, die ihre Opfer mit Füßen getreten hatten. Immer wieder raste der Stock auf ihn herab, bis der Mann zusammengekrümmt auf dem Boden liegen blieb. Als sie nach Atem rang, wurde ihr bewusst, was sie getan hatte, doch für den Mann empfand sie nichts als Verachtung.

Callie zog die Hündin unter der Hecke hervor und ließ Ted am Boden liegen. Er atmete noch und keuchte vor Schmerz. Er würde es überleben, das zitternde Tier aber nie wieder misshandeln, dafür würde sie sorgen.

Die Hündin war federleicht in ihren Armen, als sie mit ihr zu ihrem Wohnwagen hinter dem Pub ging, der im Sommer ihre Unterkunft war. »Komm, altes Mädchen, wir sehen uns den Schaden mal an.« Sie sah dem verängstigten Tier in die Augen, sah den Schmerz, das Misstrauen und die Angst darin. »Ich weiß, wie sich das anfühlt«, vertraute sie ihr an. Sie musste weinen. Wie lange war das arme Ding schon Fletchers Schlägen ausgesetzt gewesen? »So etwas wirst du nie wieder erleben. Jetzt bist du bei mir«, sagte sie und streichelte die Hündin sanft.

Sie war nur noch Haut und Knochen, voller Flöhe und offener Wunden. Obwohl sie ganz offensichtlich vernachlässigt worden war, wusste Callie, dass sie um sie kämpfen musste, wenn sie sie behalten wollte. Bauern hatten das Recht auf Arbeitshunde, aber das hier war etwas anderes.

»Ich werde dich Dolly nennen«, kündigte sie an. Sie setzte den Kessel auf. Zuerst musste sie die Wunden versorgen und das alte Mädchen waschen. Dolly würde viel Pflege benötigen, bevor sie für ihr neues Leben bereit war.

Die Hündin zeigte sich erkenntlich, indem sie im Wohnwagen auf den Boden schiss. »Ach, so ist das? Raus an die Leine mit dir, damit ich putzen kann. Ich werde dich nicht schlagen. Ich habe genügend Stöcke auf meinem eigenen Rücken gespürt, und die gönne ich außer deinem Besitzer keinem.«

Drei Stunden später rochen der Wohnwagen und der Hund nach einer Blumenwiese, und Callie wollte gerade zur Arbeit, als es laut an ihrer Wohnwagentür klopfte. Zwei Polizisten standen davor und verlangten Zutritt. Sie lächelte, als sie sah, dass Constable Harry dabei war (zwei Pint und ein Päckchen Speckgrieben jeden Abend nach Dienstschluss).

»Ist das dein Hund?«, fragte er.

»Ab jetzt gehört sie mir«, antwortete Callie unbekümmert. »Ich habe gesehen, wie Dolly auf dem Feld misshandelt wurde. Ich habe sie ihrem Besitzer weggenommen.«

»Deswegen sind wir hier.«

»Ich habe Ted Fletcher eine Dosis seiner eigenen Medizin verpasst und ihm eine Lektion erteilt.«

»Du hast ihn grün und blau geschlagen. Du kannst doch

nicht einfach das Gesetz umgehen, Callie«, sagte der Dorfpolizist. »Er hat sich beschwert, dass du ihn angegriffen hast.«

»Natürlich habe ich das, er hat mich mit dem Stock bedroht. Er hat das arme Ding fast bewusstlos geschlagen. Sieh dir die Narben an, und sie ist halb verhungert.«

»Sie ist ein Arbeitshund, kein Haustier.«

»Dolly ist jetzt mein Haustier. Ich habe sie gerettet und hoffe, dass Ted Fletcher in Zukunft überlegt, wie er seine Tiere behandelt.«

»Callie, so einfach ist das nicht. Er hat dich wegen Körperverletzung angezeigt. Du musst runter auf die Wache kommen und Fragen beantworten, wir müssen deine Aussage aufnehmen. Den Hund müssen wir mitnehmen …«

»Damit er wieder gequält wird? Was soll das denn? Wenn es sein muss, kaufe ich sie ihm ab, aber sie wird nie wieder zu ihm zurückkehren. Sie ist eine alte Dame, hat ihre besten Jahre schon hinter sich, das sieht doch jeder.«

»Darum geht es nicht. Du kannst nicht einfach Leute verprügeln.«

»Witzig, ich habe in meinem Leben viele Leute gesehen, die genau das getan haben.«

»Aber nicht in diesem Land, hier tut man so etwas nicht. Komm mit, wir regeln das.«

»Kann ich Dolly als Beweis mitnehmen? Sie kann hier nicht alleine bleiben.«

Die Hündin blickte zu ihnen auf, als wolle sie ihr Einverständnis geben. Sie humpelte und war ein erbärmlicher Anblick, wich Callie aber nicht von der Seite.

»Ich schätze, die weiß, was gut für sie ist«, murmelte Constable Harry und zwinkerte Callie zu.

Callie trat kurz darauf vor den Richter und gab zu, dass sie den Bauer geschlagen hatte, nachdem sie Zeugin seiner Grausamkeit geworden war. »Er sollte den Schmerz fühlen, den er ihr zugefügt hatte, es tut mir nicht leid«, gab sie zu.

»Den Schmerz hat er zweifellos gefühlt, Mrs Lloyd-Jones. Er läuft auf Krücken und will seinen Hund zurück.«

»Ich verlange, dass sich zuerst der Tierschutzverein den Hund ansieht.« Callie war nicht bereit, sich unterkriegen zu lassen.

Niemand sagte etwas, dann wandte sich der Richter erneut an sie. »Mir gibt ja zu denken, dass ein Mann dieser Statur es zulässt, sich von einer schmalen Kellnerin krankenhausreif prügeln zu lassen. Nach seiner Aussage waren Sie rasend vor Wut und hätten ihn in einer fremden Sprache angeschrien.«

»Habe ich das? Ich fürchte, da ging die Erinnerung mit mir durch.« Jetzt war es an der Zeit, auf Mitgefühl zu setzen. »Das letzte Mal, als ich Männer in Kniebundhosen Stöcke schwingen sah, haben sie Frauen und Kinder bewusstlos geprügelt, ihre Hunde haben den Rest erledigt. So etwas vergisst man nie wieder.«

»Aber doch nicht in diesem Land?« Der Richter beugte sich vor und war ganz Ohr.

»Nein, in einem Lager namens Ravensbrück in Deutschland und in anderen Lagern. Soll ich weitere Einzelheiten erzählen?«

»Sie waren Lagerhäftling?«

»Das war ich, und so etwas will ich nie wieder sehen. Wir haben gekämpft, um uns von solcher Behandlung zu befreien. Ich hätte nie gedacht, auch auf englischem Boden auf solch eine Grausamkeit zu treffen. Man sagt, dass Tyrannei mit kleinen Grausamkeiten beginnt, denen wir keine Beachtung schenken. Böses geschieht, wenn Menschen wegsehen.«

»Genau«, kam die Antwort von einem der Anwesenden. Dann wurde es still, und der Richter überlegte.

»Caroline Lloyd-Jones, das ist Ihre erste Straftat, also bleibt es bei einer förmlichen Abmahnung. Ein derart brutales Verhalten darf sich nicht wiederholen, egal, wem Sie damit helfen wollten. Haben Sie das verstanden?«

»Ja, Sir. Darf ich Dolly behalten?«

»Diese Entscheidung liegt beim Tierschutz, nicht bei mir. Und bitte versuchen Sie, nicht jedes misshandelte Wesen zu retten, das Ihnen über den Weg läuft. Zumindest nicht auf diese Weise. Das ist alles. Sie können gehen.«

»Danke. Ich hole Dolly.«

Sie ging in den Ort zu einer Tierhandlung, um eine Leine und ein neues Halsband, Pflegeprodukte und Flohpuder zu kaufen. Erst als sie wieder zum Wohnwagen zurückkehrte, wurde ihr klar, dass sie den ganzen Tag noch nichts getrunken hatte.

Der Wirt wartete schon mit ihren Papieren im Pub auf sie.

»Pack deine Sachen. Ich kann nicht zulassen, dass du mir meine Stammgäste mit deinen Launen vergraulst. Und vergiss die Flaschen unter dem Wohnwagen nicht, und den armseligen Flohbeutel nimmst du auch mit. ’ne Referenz gibt’s keine, du bist ein Problem.«

Callie zuckte die Achseln. »Komm, Dolly, wir sind hier nicht erwünscht. Es gibt genug andere Wirtshäuser, die eine gute Kellnerin und einen Wachhund gebrauchen können.« Callie sorgte sich nicht um ihre Zukunft. Das war ihr bester Tag seit Jahren.

Es war nicht leicht, mit einem Hund vor Ort Arbeit zu finden. Ihr Angriff auf einen Kunden hatte sich herumgesprochen, also blieben ihr die Türen der Pubs verschlossen. Sie konnte nicht trinken und gleichzeitig einen Hund versorgen, aber mit Dolly an ihrer Seite schien ihr Drang, sich vollaufen zu lassen, immer mehr in den Hintergrund zu treten. Ihrem Körper gefielen diese Veränderungen zunächst nicht, sie erwachte zitternd und schweißgebadet, träumte von Lagerwärtern, die sie durch Tannenwälder hetzten. In manchen Frühstückspensionen wurden keine Hunde akzeptiert, dann musste Dolly die Nacht draußen verbringen, doch noch war es Sommer, und als Arbeitshund war sie daran gewöhnt.

Sie waren so knapp bei Kasse, bevor Callies nächste Kriegsrente fällig war, dass sie unter freiem Himmel schlafen und sich auf öffentlichen Toiletten waschen musste. Callie wurde bewusst, dass es für sie immer schwieriger wurde, eine geregelte Arbeit und eine Unterkunft zu finden, und sie musste nehmen, was man ihr anbot. Zum Glück gab es in Worcestershire viele Obstbauern, die Helfer für die Ernte brauchten, und die Bauern hatten nichts dagegen, wenn Dolly dabei war.

Sie saß meistens geduldig neben Callie, während diese mit den anderen Pflückern die mühsame Arbeit verrichtete. Callie erfuhr, dass es auch Bauernhöfe gäbe, die für den Herbst Pflücker suchten. Damit würde sie genug verdienen, um ihnen für den Winter ein Dach über dem Kopf zu besorgen. Das war ermutigend und spornte sie an, auch wenn sie sich im Stillen fragte, wie lange sie noch arbeiten konnte. Sie fühlte sich in der Gruppe der anderen Erntehelfer, junge Reisende mit bunten T-Shirts, wohl, doch schon bald schmerzte Callies Rücken, und sie sah nicht mehr so gut, um die Beeren auf dem Boden zu bemerken. Sie brauchte eine Brille, sonst konnte sie nicht mehr mithalten. Sie kam in die Jahre, und das machte sich langsam bemerkbar. Die Kommune hatte ihren ganz eigenen Lebensstil, sie schliefen in alten Lastern, Wohnwagen und provisorischen Zelten und nannten das Ganze Sunset Camp. Abends saßen sie um das Lagerfeuer, rauchten Hasch, kochten Gemüseeintopf und alles, was sie hamstern konnten. Das erinnerte Callie an die Zeit, als sie mit Marie und Madeleine auf der Flucht war. Als die Hippies erfuhren, dass Callie kein Zuhause hatte, luden sie sie ein, und sie zögerte nicht, die Einladung anzunehmen.

»Du siehst wirklich so aus, als könntest du einen deftigen Eintopf vertragen«, sagte ein Mädchen lachend, das sich Petal nannte und Callie eine dampfende Schüssel reichte.

Sie hatten auch Hunde dabei, die Dolly beschnüffeln konnte. Babys liefen barfuß und mit verfilzten Haaren durch das Lager und wurden von Mädchen in langen Kleidern und mit wirrem Haar beaufsichtigt.

Die jungen Leute waren freundlich und teilten, was sie hatten, und sie akzeptierten Callie vorbehaltlos. Sie erzählten von ihren Reisen und von Orten, an denen sie sich in den kalten Monaten niederließen: baufällige, weit abgelegene Häuser, verschlossene Sommervillen, in die man reinkam und die man benutzen konnte. Manche gingen zur Weinernte nach Frankreich oder zum Kartoffelklauben nach Norden. Das war für Callie eine völlig neue Welt, ein zigeunerhaftes Leben in einer Karawane aus klapprigen Fahrzeugen. Es gab ältere Pärchen, die kein Interesse an einer beruflichen Laufbahn hatten. Sie sprachen von Liebe, Frieden und Meditation, manche praktizierten Yoga und hörten indische Musik, erzählten von

Gurus, die ein einfaches Leben predigten. Man hatte ihr ein provisorisches Zelt und eine Decke gegeben. Das Geld zum täglichen Leben und für Benzin wurde in einen gemeinsamen Topf gelegt.

In dieser chaotisch wirkenden Gemeinschaft fühlte Callie sich zum ersten Mal seit Jahren in Sicherheit und mit Dolly an ihrer Seite niemals alleine. Außerdem waren alle freundlich zu ihr. Leute kamen und gingen, es gab Auseinandersetzungen, doch im Haschnebel konnte man leichter miteinander reden.

Callie wusste, dass sie nicht für immer in einem Zelt leben konnte und dass sie für sich und die Hündin noch vor dem Winter eine richtige Bleibe finden musste. Doch sie fürchtete auch, wieder in Versuchung zu geraten, wenn sie wieder in einer Bar arbeitete. Was sollte sie jetzt tun?

Eines Morgens, während sie Äpfel zur Lagerung in Zeitungspapier einwickelte, fiel ihr Blick auf eine Schlagzeile. Sie packte den Apfel wieder aus, strich das Papier glatt und kniff die Augen zusammen, denn sie war das Lesen nicht mehr gewöhnt und hatte noch immer keine Brille. Ein Politiker mit dem Namen Airey Neave hatte das Parlament davon überzeugt, den Opfern der Konzentrationslager eine Wiedergutmachungszahlung zukommen zu lassen. Eine Million Pfund waren von den Deutschen dafür bereitgestellt worden, und der Abgeordnete sorgte dafür, dass die Leute entschädigt wurden. Sie war doch sicher auch betroffen? Sie steckte die Zeitung in ihre Tasche, um sie später weiterzulesen. Vielleicht konnte sie Petal und die anderen fragen, was sie davon hielten.

Für Menschen wie Celine kam das zu spät, aber sie konnte noch einfordern, was ihr zustand, beschloss Callie. Eine pauschale Summe würde ihr helfen, wieder auf die Füße zu kommen. Doch um ihre Ansprüche anzumelden, würde sie die Kommune, das friedliche Sunset Camp, verlassen und in die wirkliche Welt zurückkehren und sich in London anmelden müssen. Callie brauchte keinen Spiegel, um zu wissen, dass sie wie eine Landstreicherin aussah: ungepflegtes Haar, eine schäbige Latzhose, ein Kopftuch. Die besseren Kleider, die sie früher getragen hatten, lagen zerknittert in einer Tasche, aber nach einer ordentlichen Wäsche wären sie wieder einigermaßen tauglich und könnten den Anforderungen genügen.

Wie würde Dolly sich in der Stadt fühlen, wenn sie den ganzen Tag angebunden wäre, während ihr Frauchen sich nach Arbeit umsah und eine Unterkunft suchte? Dolly hatte Callie vor dem Alkohol und den Bars gerettet und ihr ein neues Leben geschenkt. Vielleicht ginge es ihr besser, wenn sie hierbliebe, wo die Kinder um sie herumtanzten. Sie hatte zugenommen, und ihr Fell glänzte jetzt. Wie konnte Callie sie wieder mit in eine Welt nehmen, in der Hunde nicht willkommen waren?

Callie saß da und streichelte die alte Hündin, sie wusste, dass Dolly ihr etwas Kostbares geschenkt hatte: ihre uneingeschränkte Loyalität und ihre Zuneigung für ein wenig Respekt und Futter. Dolly hatte sie ins Leben zurückgeführt und ihr dabei geholfen, außer für sich selbst auch für andere Verantwortung zu übernehmen. Diese alte Hütehündin bedeutete Callie alles, sie hatte einen schönen Lebensabend verdient. In letzter Zeit schlief sie sehr viel, schien ruhiger zu werden, als bereite sie sich auf ihre letzte Ruhe vor. Überfüllte Straßen wären grausam für sie. Jahrelange Vernachlässigung und kalte Steinböden hatten ihr Arthritis beschert. »Ich kann dich von hier nicht fortbringen, egal, wie sehr ich dich vermissen werde«, schluchzte Callie »Wenn ich gehe, gehe ich allein.«

Es war eine qualvolle Entscheidung. Doch ein Teil in ihr wusste, dass es an der Zeit war, in die Welt zurückzukehren. Vielleicht gab es für sie noch die Gelegenheit, sich nützlich zu machen. Jetzt war sie trocken und konnte die Dinge klarer sehen. Hier versteckte sie sich nur und leckte ihre Wunden, so wie Dolly die ihren leckte. Callie hatte den Albtraum überlebt, während andere, die sie kennengelernt hatte, es nicht geschafft hatten. Ihnen schuldete sie es, etwas aus ihrem Leben zu machen. Für eine zweite Chance war es niemals zu spät, doch wo und wann hing von der nächsten Reiseetappe ab.

Warum muss ich alles, was ich liebe, zurücklassen?, weinte sie. Warum muss ich immer alleine sein?

Sie machte sich sorgfältig für die Reise nach London zurecht, grub ihren schwarzen Rock und ihre Jacke aus, die nun im Fünfziger-Jahre-Look und aus der Mode, aber irgendwie noch tragbar waren. Petal färbte ihr die Haare aschblond, dann steckte Callie sie hoch. Sie hatte ihre Kriegsrente dazu benutzt, um ein Bahnticket zu kaufen und ein Zimmer für die Nacht zu mieten. Sie wusste, dass sie zum Büro des ehemaligen Kriegsministeriums gehen und Formulare ausfüllen musste, doch was ihre Rückkehr betraf, war sie sich nicht sicher.

Sie hatte mit Dolly einen letzten Spaziergang am Flussufer gemacht und versucht, ihr zu erklären, warum sie fortging und dass sie sie solange im Camp zurücklassen würde, bis sie sich eingerichtet hätte. »Ich komme zurück und hole dich ab, sobald ich alles erledigt habe, das verspreche ich dir«, flüsterte sie. Doch während sie das sagte, hatte sie irgendwie das Gefühl, dass es ein Abschied für immer war.

Ihr Vertrauen und ihre Entschlossenheit hielten die ganze Reise von Gloucester bis Paddington Station an, doch als sie die vielen Leute sah und den Lärm hörte, wurden ihr die Knie weich. Sie geriet ins Schwitzen und wäre am liebsten vor den Menschenmassen und dem Lärm der Autos geflohen. Wie konnte sie vergessen haben, wie schnell und geschäftig es hier zuging? Sie fühlte sich wie eine Fremde in ihrem eigenen Land. Erinnerungen an Leipzig wurden wach, verwirrten sie und ließen Panik in ihr aufsteigen.

Sie hatte keinerlei Eile, nach Whitehall zu gehen. Sie fühlte sich zu kraftlos, um durch die ihr einst vertrauten Straßen zu fahren. Was sie jetzt brauchte, war eine kleine Starthilfe. Hatte sie erst einmal einen Kurzen getrunken, wäre sie wieder in der Lage, sich der Welt zu stellen. Hatte sie nicht eine Belohnung nach all den Entbehrungen der letzten Monate verdient? Zufälligerweise gab es eine Kneipe in der Nähe. Callie öffnete die Tür und wankte hinein.

44

Was mache ich hier eigentlich? Melissa blickte über das Wasser des Sees von Dalradnor, schnupperte die frische Frühlingsluft und beobachtete die kleinen Wellen, die silbrig in der Sonne glänzten. *Was hat dieser Ort mit mir zu tun?* Libby Steward hatte zu ihr gesagt, dass sie an diesem Ort vielleicht den Schlüssel zu Lews Vermächtnis finden könne. Was für ein verrücktes Unterfangen, wo sie doch eigentlich für ihre mündliche Prüfung lernen sollte.

Mit der Gage für ihren letzten Soloauftritt in Händels *Schöpfung* hatte sie diese Reise finanziert.

Ja, es war ein herrliches Stückchen Land, die Luft war kühl und frisch, die Landschaft atemberaubend, aber das war nicht der Grund, weshalb sie hier war. Sie war hier, um Fragen zu stellen, doch wo sollte sie beginnen?

Zuerst hatte sie sich nur sehr widerwillig auf diese Suche gemacht. Vielleicht war es ein Fehler gewesen, dass sie Marks Angebot, mitzukommen, ausgeschlagen hatte. Doch nun war sie hier und musste dafür sorgen, dass sich diese Ausgabe lohnte.

Irgendwann würde er den Wink mit dem Zaunpfahl verstehen und das Interesse an ihrer Angelegenheit verlieren, doch seine Hartnäckigkeit verunsicherte sie. Sie war es nicht gewohnt, dass ihr ein junger Mann Hilfe anbot. Cilla und Angie, ihre Freundinnen am College, fanden ihn süß und hatten gesagt, dass sie sich in Mels Abwesenheit um ihn kümmern würden. Er war auf jeden Fall Single, das hatte Mel schon bald herausgefunden. Diese Sarah, die er einmal erwähnt hatte, war seine große Schwester, mit der er sich eine Wohnung teilte. Wie sollte sie ihren Freundinnen erklären, dass es für ihn keinen Platz in ihren Zukunftsplänen gab, obwohl sie ihn sehr mochte?

»Unsere Ausbildung ist so anstrengend«, hatte sie angeführt. »Wir haben Proben und Auftritte. Ich brauche zusätzlichen Unterricht.«

»Ausreden, nichts als Ausreden … Es hat dich erwischt, und du reagierst panisch«, hatte Cilla lachend gesagt und dabei wie immer den Nagel auf den Kopf getroffen. Warum hatte sie auch unbedingt Marks Angebot ausschlagen und alleine herkommen müssen, obwohl sie wusste, dass sie hier nur Phoebe Fayes Grab und das Haus ansehen und den Trossachs-Nationalpark besuchen würde, weil für mehr gar keine Zeit blieb?

Mark hatte ihr Carolines Geburtsurkunde besorgt. Was sie am meisten verblüfft hatte, war die Tatsache, dass Caroline in unmittelbarer Nähe ihrer Wohnung in Marylebone geboren wurde. Was für ein seltsamer Zufall. Wieso hatte es Phoebe danach in die schottische Wildnis verschlagen?

Im Ort gab es nur eine Post und einen Gemischtwarenladen an der Hauptstraße. Die Frau im Laden kam nicht von hier und wusste nichts über eine Miss Faye, empfahl Mel aber das Radnor Inn, welches zwischen weißgetünchten Häusern lag. Dort bestellte sie ein Sandwich und etwas zu trinken.

»Und was führt ein australisches Mädchen in diese Gegend?«, fragte der Wirt zwinkernd und zapfte ein halbes Pint Apfelwein.

»Ich bin für eine Recherche auf der Suche nach der ehemaligen Schauspielerin Phoebe Faye und ihrer Familie. Erinnert sich vielleicht noch irgendwer hier an sie?«, antwortete Melissa.

»Da kann ich Ihnen nicht weiterhelfen, aber ich kenne jemanden, der das vielleicht könnte … Wullie Mackay, er ist unser Mann für Geschichten und sitzt da drüben. Hey, Wullie, komm mal rüber und plaudere mit der jungen Dame hier ein bisschen über die Vergangenheit.«

Von einem kleinen Tisch in einer Nische kam ein alter Mann mit dünnem Haar an einem Stock heran. Er begrüßte sie und gab ihr die Hand.

»Können Sie mir etwas über Dalradnor Lodge und Phoebe Faye erzählen?«, wollte Melissa wissen.

»Das ist jetzt ein Ferienhaus. Früher gehörte es zum Besitz der Familie Seton-Ross, wurde in der Jagdsaison genutzt und ging dann an Miss Faye, nachdem ihr Verlobter im Krieg gefallen war. Sie hatte eine Nichte, aber von der haben wir seit Jahren weder etwas gesehen noch etwas gehört.«

»Hieß sie zufällig Caroline Boardman?«

»Wenn Sie mehr wissen wollen, sollten Sie Netta vom Bauernhof fragen, vom alten Hof der Dixons. Sie weiß bestimmt alles über sie. Haben Sie ein Auto? Ich kann Ihnen zeigen, wo es ist.«

Mel schlang ihr Mittagessen herunter, spendierte dem Mann ein Bier und fuhr dann mit ihm zum Bauernhof. Auf der Fahrt versuchte sie ihm ihre Verbindung zu Miss Faye zu erklären.

»Eine Tochter der Dixons fuhr nach dem Krieg nach Australien zu ihrem Mann. Sie kam nie wieder zurück, aber das taten damals auch nur wenige. Sie hatte einen Piloten von drüben geheiratet, wie er hieß, weiß ich nicht. Netta ist ihre jüngste Schwester, sie blieb mit ihren Geschwistern und Eltern zurück und kümmerte sich um den Bauernhof. Die müssen Sie fragen.«

Der Hof bestand aus einem langgestreckten weißen Wohnhaus mit angrenzender Scheune. Hunde bellten bei ihrer Ankunft, und eine Frau mit Schürze kam aus dem Haus und begrüßte sie.

»Hallo, Isabel, das ist Miss Boyd, sie kommt aus Australien und versucht etwas über die Leute herauszufinden, die vor dem Krieg auf Dalradnor Lodge gewohnt haben. Ich glaube, deine Tante könnte ihr da helfen.«

»Netta hat lauter Geschichten über die Vergangenheit auf Vorrat. Ich weiß nie, was davon wahr ist und was reine Erfindung«, antwortete Isabel. »Aber kommen Sie doch rein und sehen Sie selbst, Miss …?«

»Melissa Boyd, vielen Dank.«

»Sie sind aber nicht etwa mit Jessie verwandt, nicht wahr?«

»Jess Boyd war meine Großmutter«, nickte Melissa und lächelte. »Aber ich habe sie nie kennengelernt.«

»Du meine Güte, wenn Tante Netta das erfährt. Sie müssen etwas lauter reden, ihre Ohren sind nicht mehr wie früher, aber für Klatsch und Tratsch ist sie immer noch empfänglich.« Sie wurden einen Gang entlang zu einem Wohnschlafzimmer geführt, in dem ein Kaminfeuer brannte.

»Netta. Diese Dame kommt aus Australien. Sie ist Jessies Enkelin.«

Die alte Dame hatte schlohweißes Haar. Sie saß auf einem Stuhl und häkelte flott an einer Decke. Mel wurde von Kopf bis Fuß gemustert. »So wie sie aussieht, ist sie niemals eine Dixon. Setzen Sie sich, Sie haben einen langen Weg hinter sich, Kindchen.«

Mel versuchte zu erklären, wer sie war, wie ihr Vater gestorben war und dass er ihr einen Brief hinterlassen hatte. Sie zog die berühmte Postkarte heraus. »Ich weiß nur, dass Jess das vor meinem Vater versteckte und Dad keine Ahnung hatte, dass es etwas mit ihm zu tun haben könnte. Und ich habe keine Ahnung, wer Desmond war.«

Netta starrte auf die Buchstaben. »Desmond? Er war der kleine Junge, den Jessie mit auf das Schiff genommen hat. Er war ein Waisenkind, zumindest dachten wir das. Jessie war sein Kindermädchen, und als seine Großmutter krank wurde, hatte sie sich in den Kopf gesetzt, ihn mitzunehmen. Aber ihre Ehe lief nicht gut, sie wurde geschieden. Ich glaube, der Mann hat den Jungen geschlagen. Dann hat sie noch einmal geheiratet, sich aber nie wieder bei uns gemeldet.«

»Und dieser Desmond kam aus diesem Dorf?«

»Ach herrje, das war ein ziemliches Durcheinander. Seine Mutter kam erst spät aus dem Krieg nach Hause und erfuhr, dass er verschwunden war, Miss Faye hat das schwer zu schaffen gemacht. Die beiden überwarfen sich. Die Leute sagten, der Schock habe sie umgebracht.«

»Netta, sie hat nach Desmond gefragt«, warf Isabel ein und verdrehte ungeduldig die Augen.

»Er war Callies kleiner Junge. Soweit wir wissen, hatte sie keinen Mann. Sie hatte lange in Ägypten gewohnt und war im Krieg gewesen. Danach hat sie niemand mehr gesehen. Jess hat kaum geschrieben, irgendwann nur noch eine Karte zu Weihnachten geschickt. Ich glaube, sie schämte sich wegen ihrer Scheidung ... Mehr kann ich Ihnen nicht sagen. Es hat uns allen unglaublich leid für Miss Faye getan. Sie war zweifellos ein netter Mensch. Ihre Nichte ist nicht zu ihrem Begräbnis gekommen ...«

»Haben Sie vielleicht irgendwelche Fotos von ihnen?« Melissa wusste, dass sie die Gunst der Stunde nutzen musste, solange Netta in alten Zeiten schwelgte.

Isabel sah auf dem Regal nach, das an der Wand hing. »Vielleicht liegen noch ein paar in der alten Dokumentenschachtel. Wir wollten sie schon mal sortieren, ihre alten Fotos raussuchen und hinten mit den Namen der Personen beschriften, bevor sie alle vergessen sind.«

Netta legte ihre Häkelnadel beiseite und kramte mit ihren knochigen Fingern in der Schachtel herum. »Das ist Jessies Hochzeit.«

Mel starrte auf die Braut in ihrem hübschen Kleid und auf einen jungen Mann in Uniform der Royal Air Force vor einem Kirchenportal. Auf einem weiteren Foto war Jess mit straff zurückgekämmtem Haar abgebildet, neben der ein kleiner Junge in kurzen Hosen stand. »Das ist Dad!«, platze Mel aufgeregt heraus.

Auf der Rückseite stand: LOUIE. RUBY CREEK. WEIHNACHTEN 1946

»Ich würde gerne eine Kopie davon machen. Ich habe kein Foto von ihm, als er klein war. Das ist er ganz bestimmt.« Es war ein seltsames Gefühl, in dieses unschuldige, spitzbübische Gesicht zu blicken, das gleichzeitig auch Zähigkeit ausstrahlte.

»Behalten Sie es, Melissa. So was, da sind Sie also Louies Tochter. Ich habe nie erfahren, was mit Desmond passiert ist«, seufzte sie und häkelte weiter.

»Könnte es sein, dass es sich um ein und denselben Jungen handelt, nachdem Sie suchen? Wäre doch möglich, ein Ort bleibt uns noch, an dem Sie eventuell noch mehr herausfinden können«, bot Wullie an. »Sie sollten sich noch die Kirchenregister ansehen.«

Sie blieben auf einen Tee, Melissa erzählte ihnen von dem erfolgreichen Baustoffunternehmen der Boyds in Adelaide. Netta erzählte ihr, was sie über Miss Faye und die Seton-Ross-Familie wusste.

Dann ging es zurück in den Ort und zum Pfarrhaus. Wullie stellte sie dem Pfarrer vor, der das Register holte und Seite um Seite alte, ihr unbekannte Namen durchging, bis sie zum Jahr 1939 kamen und auf einen Taufeintrag stießen, den sie sofort wiederkannte, seit Netta Dixon ihr die Geschichte erzählt hatte. Hier stand es schwarz auf weiß: »Desmond Louis Lionel Lloyd-Jones wurde am Ostersonntag 1939 getauft. Seine Mutter war Caroline Rosslyn Lloyd-Jones. Der Vater Tobias Lloyd-Jones (verstorben).«

»Ich denke, damit sind Ihre Fragen beantwortet«, sagte Wullie lächelnd.

»Ich finde, das sollten wir feiern«, antwortete Mel. »Ein großes Dankeschön an alle.«

Jetzt konnte sie zurückfahren, sie hatte Lews wahre Identität herausgefunden und das Geheimnis um seine rechtmäßige Familie gelüftet. Jetzt konnte sie wieder ihr eigenes Leben leben. Mehr musste sie doch nicht wissen, oder? Dennoch spukte ihr weiter eine Frage im Kopf herum. Was hatte Caroline getan, das Jess veranlasst hatte, ihren Sohn ans andere Ende der Welt mitzunehmen? Und als sie 1947 nach Australien kam, warum kehrte sie unverrichteter Dinge wieder zurück? Wie konnte sie ihren kleinen Jungen in Australien zurücklassen, obwohl sie doch wusste, dass er zu ihr gehörte? Warum hatte niemand ihrem Vater erzählt, wer er wirklich war? Diese seltsamen Fragen mussten alle noch beantwortet werden.

Die nackten Tatsachen zu kennen reichte nicht. Die näheren Umstände sollte sie auch noch klären ... Es brachte nichts, die Puzzleteile nicht zusammenzufügen, seufzte sie.

Es war schon fast dunkel, als sie vor den Toren von Dalradnor Lodge stand und über die Einfahrt zu dem großen Haus spähte. Sie hörte Kinder kreischen, die im Dämmerlicht noch draußen spielten, und dann eine Stimme, die sie zum Abendessen hineinrief. Wenn dieses Haus Caroline gehörte, warum war sie dann nie zurückgekehrt? Verdammt! Dieser kurze Besuch war nicht das Ende ihrer Suche, sondern, wie Churchill einmal sagte, »das Ende des Anfangs«. Um eine Antwort auf all die Fragen zu bekommen, musste sie Caroline finden, falls sie überhaupt noch lebte.

45

1966

Callie erwachte auf einer Bank in einem menschenleeren Bahnhof und wusste nicht, wo sie sich befand oder wie sie dorthin gekommen war. Dann fiel ihr ein, dass sie in London war, aber wo war Dolly? Sie erinnerte sich daran, dass sie ihren Hund im Sunset Camp zurückgelassen hatte. Sie versuchte aufzustehen und war ganz steif, ihre Zunge fühlte sich pelzig an, und ihre Hände zitterten. Sie schmeckte den Alkohol auf ihren Lippen, doch alles andere verschwamm vor ihren Augen. Ihr Rock war verschmutzt und feucht. Was hatte sie getan? Wie konnte es sein, dass sie sich in so einem Zustand befand und sich an nichts erinnerte?

Da war eine Menschenmenge gewesen, Verkehr und die Angst zu ersticken … Ja, der Nebel fing an, sich zu lichten … Sie hatte einen Drink gebraucht, um ihre Nerven zu beruhigen. Das Letzte, woran sie sich erinnern konnte, war, dass sie sich in eine Bar gesetzt hatte.

Callie sah sich um und bekam Angst, denn sie hatte keine Ahnung, wo sie genau war, doch immerhin lag ihre Handtasche noch auf ihrem Schoß. Hatte sie es zum Ministerium geschafft? Sie erinnerte sich an das große weiße Gebäude, das sich über ihr erhoben hatte, als sie aus dem Bus getaumelt und die Stufen zur Eingangshalle hinaufgestiegen war. Ein Mann in Uniform hatte dort gestanden und sie gefragt, bei wem sie einen Termin habe, aber sie war einfach an ihm vorbeigerannt.

»Bringen Sie mich zu dem verdammten Verräter, der uns betrogen hat …« Sie hörte das Echo ihrer Schuhe auf den Steinstufen und sah Beamte, die um sie herum verstummten, während sie schrie. Das war ein böser Traum, oder? Wie furchtbar, dass sie sich an nichts anderes erinnerte. »Aha, na endlich.« Eine Frau in einem Tweedkostüm kam den Bahnsteig entlang. »Jetzt bist du endlich wach, bist du bereit mitzukommen?«

Wer war diese Gestalt über ihr? Was hatte sie getan? War sie in Sicherheit?

»Wer zum Teufel sind Sie?«, zischte Callie.

»Oh, bitte nicht schon wieder. Du weißt, wer ich bin, Charlotte«, kam die barsche Antwort.

Warum nannte sie sie Charlotte? »Ich bin nicht Charlotte.«

»Soviel ich weiß, bist du das. Wir werden dir etwas Tee einflößen und dich von diesen ekelhaften Klamotten befreien. Du siehst lächerlich aus.«

Träume ich?, überlegte Callie und starrte zu der etwas älteren Frau auf, die einen Filzhut mit Feder trug. Irgendwas an ihr kam ihr bekannt vor, aber sie war zu verwirrt, um sich zu erinnern, ob sie sich schon einmal begegnet waren.

»Wo sind wir? Ich weiß nichts mehr.«

»In Little Brierley. Wir sind aus dem Milchzug gestiegen. Habe überlegt, dass du besser deinen Rausch ausschläfst, bevor ich dich den Mädchen vorstelle. Herrgott, Charlotte, du weißt echt, wie man sich ruiniert«, sagte sie und streckte ihr eine Hand hin. »Madge Cottesloe, aber du kennst mich nur unter dem Namen ›Marcelle‹, zu meinem Leidwesen.«

Marcelle … Charlotte … Beaulieu Abbey, das war ewig her. War sie die große Armeeoffizierin, die sich in Arisaig beim Überlebenstraining im Netz verheddert hatte?

»Arisaig?«

»Genau … du hast dich mit Ruhm bekleckert, ich habe kläglich versagt … Ich wurde bis Kriegsende aufs Abstellgleis gestellt. Dich soll es schlimm erwischt haben.«

Callie wurde plötzlich kleinlaut und verlegen und hatte Angst vor dem, was als Nächstes käme.

»Du kamst zum Hauptquartier und sahst, sagen wir mal, ein wenig mitgenommen aus. Man hat mich gebeten, mich um dich zu kümmern. So wie du aussiehst, sollte ich dir eine Unterkunft besorgen. Hat dir das Zivilleben nicht geschmeckt? Hast du auf der Straße gelebt?«

»Wo bringen Sie mich hin? Werde ich entführt?«, fragte Callie, als man sie in einen alten Morris-Kombi verfrachtete.

»Das kommt auf die Sichtweise an. Du musst erst mal entgiften und dafür sorgen, dass du wieder zurechnungsfähig wirst. Danach sehen wir weiter. Es hängt von dir ab.«

Callie saß schweigend und mit halbgeschlossenen Augen da. Sie wäre nicht in der Lage gewesen, aus dem Auto zu springen, und die wütende Frau neben ihr war eine ehemalige Geheimagentin, sie kannte die Tricks. Also konnte sie sich genauso gut zurücklehnen und abwarten, was das Schicksal für sie bereithielt.

Madge wohnte mit ihrer Gefährtin Alfie in einem heruntergekommenen Herrenhaus mitten im Nichts, umgeben von Weiden, Ställen und Scheunen. Alfreda war früher einmal Armeekrankenschwester gewesen und musste nur einen Blick auf Callie werfen, um sie sofort, so wie sie war, ins Badezimmer zu bringen. Sie wurde gewaschen und bekam neue Kleider: eine Jeanslatzhose und ein Arbeitshemd. Ein herzhaftes Frühstück wurde aufgetischt, doch obwohl Callie sich Mühe gab, brachte sie nur einen Toast herunter.

»Komm, ich stell dich den Mädchen vor …«, sagte Madge und führte sie hinaus aufs Feld, auf dem zwei Ponys und ein Esel ihnen zur Begrüßung entgegentrabten. »Das sind Poll, Nina und die kleine Bella.«

Callie war verwirrt. »Ist das eine Reitschule?«

»Wohl kaum. Das ist eine Pension für alte Damen und Herren, die schwere Zeiten durchgemacht haben.« Madge zögerte und sah sie an. »Du siehst auch aus, als könntest du eine Auszeit gebrauchen. Du kannst hierbleiben. Wäre gut, wenn du uns als Gegenleistung etwas unter die Arme greifen könntest. Alfie erholt sich gerade von einem Eingriff, und ich kann keine schweren Arbeiten mehr erledigen. Aber das Wichtigste vorweg. Soll ich dich Charlotte nennen?«

»Das war mein Codename. Ich heiße Caroline, Callie. Ich habe seit Monaten keinen Drink mehr angerührt, aber dann bin ich aus dem Zug gestiegen und in die Stadt gegangen. Tut mir leid, ich kann mich an nichts mehr erinnern.«

»Hier gibt es keinen Fusel. Den können wir uns gar nicht leisten. Alles geht für die Pferde drauf. Ich fürchte, du musst kalt entziehen. Deine Haut ist braungebrannt. Du hast wohl draußen gearbeitet, so wie deine Hände aussehen?«

»Ich habe Obst gesammelt und in Bars gearbeitet. Ich habe keine Angst vor harter Arbeit.«

»Gut, denn manche Gäste kommen in einem Zustand hier an, der einem fast den Verstand raubt. Man benötigt all seine Kraft, um mit ihnen zurechtzukommen. Hast du schon mal mit Pferden gearbeitet?«

»Das ist schon lange her.«

»Das dachte ich mir, aber gewisse Dinge vergisst man nie: ausmisten, striegeln, das Übliche. Willkommen auf der Animal Comfort Farm«, lachte Madge. »Mach einfach einen Schritt nach dem anderen, dann wirst du es schon schaffen. Du hast Schlimmeres hinter dir.«

»Dolly würde es hier gefallen …«

»Dolly?«

»Meiner Hündin.«

»Hunde sind hier leider nicht erlaubt. Manche Gäste haben Angst vor ihnen, wenn sie herkommen. Wo ist sie jetzt?«

»Ich habe sie an einem sicheren Ort bei Freunden in einem Camp gelassen. Ich will sie nicht entwurzeln.« Callie sah sich verunsichert um. »Was muss ich alles können? Ich bin keine Krankenschwester.« Auf was ließ sie sich da ein?

»Alles, was meine Mädchen und Jungs brauchen, ist regelmäßige Pflege, Ruhe und Zuneigung. Wir müssen uns ihr Vertrauen erarbeiten.«

»Tut mir leid, dass ich mich so zum Narren gemacht habe«, seufzte Callie. »Ich habe keine Ahnung, was ich gesagt habe.«

»Du hast ziemlich unmissverständlich und wirkungsvoll klargemacht, dass für manche Menschen der Krieg und die Erfahrungen, die sie da gemacht haben, niemals aufhören. Du hast am Fuß der Treppe gestanden und so laut geschrien, dass alle es gehört haben. ›Kann mir mal irgendein Scheißkerl hier sagen, wer mein *réseau* verpfiffen hat? Wer hat falsche Meldungen angenommen und sie als echte weitergeleitet? Hatte denn niemand einen Verdacht …?‹ Daraufhin hat man dich verdammt schnell in einen Raum verfrachtet, da warst du aber gerade erst in Fahrt gekommen. Man hätte dich beinahe verhaftet. ›Warum hat nach meiner Rückkehr niemand die Wahrheit gesagt? Warum wollte niemand wissen, was ich durchgemacht habe? Nur meine Aussagen wurden aufgenommen, aber keinen hat interessiert, wie es ist, wenn man herausfindet, dass man sein Kind verloren hat, dass man wie ein Wrack an der Küste gestrandet ist. Wie könnt ihr uns für die Albträume und die unsichtbaren Narben jemals entschädigen?‹ Deine Redegewandtheit war beeindruckend und hat ein paar von diesen Schreibtischfritzen aus ihrer Lethargie gerüttelt.«

»O mein Gott, war es so schlimm?«

»Gar nicht. Es war sehr beeindruckend und auf den Punkt gebracht. Wir haben alle geahnt, dass du Hilfe bräuchtest, aber ich war halt gerade in der Nähe. Mach dir keine Sorgen, unsere Gäste kennen deinen Lebenslauf nicht. Lass einfach zu, dass sie dir alles beibringen, was du wissen musst.«

Später an diesem ersten Abend saß sie mit Alfie und Madge zusammen und trank Kakao. Callie wusste, dass es eine etwas seltsame Konstellation war, mit einem lesbischen Pärchen inmitten von Koppeln voller geretteter Pferde zu leben, doch hier fühlte sie sich sicher. Das war wie eine zweite Chance, um den Dingen ein für alle Mal eine Wendung zu geben, doch sie wusste auch, dass es nicht leicht werden würde. Hier gab es keine Dolly, die sie auf dem Pfad der Tugend hielt, nur ihre Entschlusskraft, eine Aufgabe und einen Sinn für sich zu finden.

Callie konnte nicht fassen, in welchem Zustand die kleine Eselin war, die sie Jumpy genannt hatten, als sie aus der Pferdebox kam. Ihr Fell war stumpf, und ihre Hufe waren nach oben gewachsen, weil niemand sie gekürzt hatte. Man hatte sie bis zum Knie in ihrem eigenen Dreck stehen lassen, und sie hatte am Holz genagt, um ihren Hunger zu stillen. Madge hatte einen Anruf von einem Tierarzt bekommen, der wollte, dass sie sich selbst ein Bild von der Lage machte. Die Besitzer ließen sie einfach zum Sterben zurück. Madge und Alfie hatten einen Stall mit frischem Stroh, Wasser und einem Pferd in der Nähe zur Gesellschaft vorbereitet. Die Eselin zuckte zusammen, als Callie sie berührte, schien Schläge erwartet zu haben. Sie hatte Callie misstrauisch angesehen, und so hatte Alfie ihr beigebracht, wie sie sich von der Seite nähern und ruhig mit ihr sprechen musste, ohne sie anzusehen. »Rede wie mit einem Kind beruhigend auf sie ein.«

Im Laufe der Wochen heilten die Wunden der Eselin, ihre Hufe waren geschnitten und ihr Fell gebürstet worden, und sie bekam eine passende Diät. Aber psychisch hatte Jumpy Verletzungen davongetragen, sie schlug aus und rannte weg. Callie hatte sich zum Ziel gesetzt, ihr Vertrauen zu gewinnen.

Poll, das alte Pony, das ihr als Begleiterin zu Seite gestellt worden war, hatte langsam angefangen, sich ihr auf dem Feld zu nähern. Irgendwann akzeptierte Poll sie und ließ sie immer näher an sich heran. Und dann, eines herrlichen Morgens, sah Callie, wie Jumpy hinter ihrer neuen Freundin hertrottete. Sie klapperte mit dem Kübel, und Jumpy kam zum Zauntor. Callie weinte, als die Eselin ihr gestattete, sie zu streicheln. Darauf folgte der bedeutsame Tag, an dem Jumpy sie neugierig beschnüffelte. Es hatte Monate gedauert, doch der Einsatz hatte sich gelohnt.

Callie musste lächeln, denn Jumpy war ihr so ähnlich, sie war misstrauisch und abweisend, und dennoch hatten sie gemeinsam diesen Sieg errungen. Erst da hatte Callie erkannt, dass sie in ihrem Leben etwas Lohnenswertes gefunden hatte und dass sie nicht länger eine alkoholabhängige Aussteigerin war, sondern ein wertvolles menschliches Wesen, das Respekt verdiente.

Es gab viele Rechnungen zu bezahlen, um für die Pferde und die Unterkunft zu sorgen, und Callie half mit ihrer Rente und allen anderen Vergütungen aus. Sie brauchten mehr Kapital, Spenden und Sponsoren, sonst hätten sie bald kein Geld mehr in der Kasse.

Während einer Benefizveranstaltung an einem Tag der offenen Tür wurde ihr der Tierarzt Tom Renard vorgestellt, der gerade erst in Rente gegangen war, sich aber bereit erklärt hatte, für ein symbolisches Honorar nach ihren Schützlingen zu sehen. Er war nach dem Tod seiner Frau in die Gegend gezogen und freute sich, eine Aufgabe zu haben.

»Sie leisten tolle Arbeit hier«, sagte er und schüttelte Callie die Hand. Sie sah, das er braune und weiße Flecken auf seinen Armen hatte.

Er lächelte, als er ihren neugierigen Blick bemerkte. »Ein kleines Andenken an den Fernen Osten«, sagte er. »Ich war zu Gast im Changi bei den Japanern.« Dem musste er nichts hinzufügen. Die japanischen Kriegsgefangenenlager waren berüchtigt. Callie spürte, dass hier jemand war, der zwar seiner Freiheit beraubt worden war, aber der es seinen Peinigern nicht erlaubt hatte, ihn zu brechen. Sie bewunderte ihn dafür.

Es war Alfie, die Pragmatikerin, die schließlich vorschlug, ihn in ihren Verein aufzunehmen. Er bot an, vor den ansässigen Handelskonzernen und Gesellschaften im Landkreis Vorträge für ihre Sache zu halten und Geld für das Tierasyl zu sammeln. Alfie war erleichtert, denn das war in den vergangenen Jahren immer ihre Aufgabe gewesen, doch seit ihrer Operation war sie nicht mehr in der Lage, durch Herefordshire zu reisen.

»Wenn Sie wollen, kann Callie Sie begleiten«, schlug sie vor. »Madge hat zu viel zu tun.«

Callie hatte Angst, ohne ein Glas Gin in der Hand vor mehreren Menschen in einem Raum zu sprechen, doch trinken war jetzt keine Option mehr. Tom hatte kein Problem damit, sich hinzustellen und ohne Notizen frei zu sprechen, doch sie musste sich eine Rede aufschreiben und sie vor dem Spiegel üben. Bald allerdings entspannte sie sich und entwickelte einen warmen, freundlichen Stil, der ihren Zuhörern gefiel. Sie war über Belgien mit dem Fallschirm abgesprungen und hatte den Nazis ins Gesicht geschaut – wovor hätte sie sich in einem Raum voller wohlhabender Geschäftsmänner und betuchter Gattinnen fürchten sollen?

Eines Abends sollte Tom vor einer Damengesellschaft sprechen, die zu einer Diskussion am runden Tisch geladen waren, doch er hatte seine Stimme verloren, also musste Callie einspringen. Sie zögerte nicht. Ihre Zuhörerinnen waren fasziniert von ihrer mitfühlenden Erzählung über die Besserung der kleinen Jumpy. Sie brauchten dringend weitere finanzielle Mittel, um noch mehr misshandelte Esel wie sie zu retten, erklärte sie und erhielt tosenden Beifall.

»Das war verdammt gut«, sagte Tom und klatschte eifrig, als

Callie von der Bühne des Kirchengemeindesaals abging. »Du solltest das aufschreiben und es mit ein paar Fotos an eine Zeitschrift schicken. Das könnte nicht schaden.«

Madge und Alfie waren begeistert von dieser neuen Idee. »Mach einfach weiter damit«, sagte Alfie. »Hier geht es nicht um dich, es geht um Jumpy und Poll und all die anderen.«

Diese Rückmeldung ermutigte sie, und so überarbeitete Callie ihre Rede und schickte sie an die Zeitschrift *Lady*. Zu ihrem Erstaunen wurde der Text angenommen. Die Zeitschrift schickte einen Fotografen, der Fotos der Gründerinnen und ihrer Mädchen machen sollte, um Callies Artikel zu bebildern. Madge und Alfie waren zu allem bereit, wenn es um das Sammeln von Geld ging, das sie so dringend benötigten, sie schlugen Orte vor und posierten für endlose Fotostrecken mit ihren geretteten Tieren.

Die Ausgabe sollte in zwei Monaten erscheinen, und Callie wurde klar, dass sie für ihr neues literarisches Leben einen Autorennamen benötigte. Sie wollte nicht Callie Lloyd-Jones oder Boardman verwenden. Sie überlegte einen ganzen Morgen lang, während sie Nina und Jumpy versorgte und eine ganze Reihe Boxen ausmistete. Natürlich … wenn sie ihre beiden Vornamen zusammensetzte, wurde aus ihr Caroline Rosslyn und das traf, fand sie, genau den richtigen Ton.

Caroline Rosslyn konnte all das sagen, was ihr altes Ich nicht hätte sagen können, und plötzlich gab es sehr viel, das Callie zu sagen hatte.

Mit Toms Hilfe erweiterte sie langsam ihre Themenbereiche. Schon bald schrieb sie Artikel über das Zusammenleben mit geretteten Tieren, und das half auch ihr, über ihre schrecklichen Erfahrungen im Krieg hinwegzukommen.

»Ich denke«, sagte Tom, als er ihren ersten Artikel durchlas, »dass du hier ein paar interessante Parallelen ziehst. Wer weiß, wohin das in der Therapie von Mensch und Tier noch führen kann?«

Callies Themen wurden von der nationalen Presse aufgegriffen, und man bat sie, einen Artikel über das Tierasyl zu schreiben.

All das gab ihr den Mut, noch einmal den Boyds zu schreiben. Sie wolle Desmond sehen. Sie legte ein paar von ihren Artikeln bei und hoffte, er wäre stolz auf seine Mutter. Sie hatte seit Jahren nichts mehr von ihm gehört, aber jeden Tag an ihn gedacht.

Das einzig Positive an dem Schweigen, das ihrem Brief folgte, war, dass sie ihren Kummer nicht mehr im Gin ertränken musste. Stattdessen stürzte sie sich in die Arbeit und schrieb einen langen Artikel, mit dem sie einen reichen Sponsor aus Birmingham angelte.

46

Wie konnte es sein, dass seit dem Tod ihres Vaters schon ein Jahr vergangen und sie fast am Ende ihres Kurses angekommen war, seufzte Melissa. Die Monate schienen immer schneller zu vergehen, die schriftlichen und mündlichen Prüfungen hatte sie hinter sich gebracht, und die Aufführung Ende des Semesters stand an.

Das große Thema war nun, welches von ihren Konzertkleidern sie auf dem Abschlussball tragen sollte. Sie hatte Mark eingeladen, sie zu begleiten, das schuldete sie ihm nach all den Nachforschungen, die er wegen der Medaille für sie angestellt hatte. Die hätte sie fast vergessen, wenn er sie nicht eines Abends beim Abendessen wieder daran erinnert hätte.

»Ich habe sie einem Medaillenexperten gezeigt. Er ist Historiker für Militärgeschichte und tritt in der *Antiques Roadshow* auf. Er sagte, sie käme aus Belgien und nicht aus Frankreich und sei für Tapferkeit verliehen worden, und man könne verfolgen, wem sie gehörte. Genau genommen hat er mich dann später angerufen und mir gesagt, dass er herausgefunden habe, dass sie einem gewissen Louis-Ferrand van Grooten verliehen wurde, der wegen seiner Mitgliedschaft in der belgischen Widerstandsbewegung hingerichtet wurde. Er entstammte einer angesehenen Familie in der Nähe von Grooten. Was hältst du davon?«

»Lews Taufschein lautet auf ›Desmond Louis‹. Ob es da möglicherweise eine Verbindung gibt? Libby hatte erwähnt, Caroline sei nach Belgien gegangen, um dort die Schule zu beenden. Mark, wo soll das hinführen?«

»Du solltest dich wirklich auf die Suche nach Caroline machen, du darfst keine Zeit verlieren. Ich verstehe nicht, warum du es aufschiebst.«

»Ich habe getan, worum Dad mich gebeten hat. Wenn diese Frau ihn in Adelaide zurückgelassen hat und niemand je mit ihm über sie sprach, dann muss es dafür einen guten Grund gegeben haben. Ich glaube nicht, dass sie ein besonders guter Mensch war.«

»Das kannst du nicht wissen«, behauptete Mark.

»Sie war Alkoholikerin. Ich habe dir Libbys Geschichte erzählt. Falls Louis-Ferrand ein weiterer Hinweis ist, sollte ich lieber etwas über ihn herausfinden, als über sie. Doch im Moment habe ich wichtige Entscheidungen zu treffen. Soll ich für ein Opernengagement vorsingen oder weiter auftreten und nebenbei unterrichten, um mit dem Geld zusätzliche Gesangsstunden zu finanzieren? Eines ist sicher, ich bin noch nicht bereit, nach Adelaide zurückzugehen.«

Sie fühlte sich so wohl in England, außerdem gab es vieles in London, das sie noch nicht gesehen hatte.

«Eine Atempause könnte hilfreich sein. Es wird Zeit, dass du etwas von Europa siehst. Wir könnten uns Grooten ansehen, herumfragen, ein paar Flohmärkte besuchen«, bot Mark an. »Wir können mit meinem Auto fahren.«

Ausnahmsweise lehnte Mel nicht kurzerhand ab. Es wäre schön, mit Mark zu reisen, und vielleicht war es auch an der Zeit, ein wenig lockerer zu werden. Über den Sommer waren sie sich nähergekommen, und es fiel ihr immer schwerer, seinen Annäherungsversuchen zu widerstehen.

»Das ist doch ein Vorwand, damit du noch mehr Postkarten kaufen kannst. Hast du nicht schon genug?«, neckte sie ihn.

»Davon kann man nie genug haben.« Er küsste sie sanft auf die Wange. »Lass uns fahren, nur wir zwei, und wenn wir zurück sind, kannst du deine Entscheidung treffen.«

Warum nicht, dachte sie. Es war Hochsommer und so heiß, wie es auf dieser Hälfte der Erdkugel nur werden konnte, und sehr angenehm. Nach dem Ball konnten sie aufbrechen. Sie schob alle Gedanken über Dads biologische Mutter beiseite. Sie war aus seinem Leben verschwunden, warum also sollte sie wertvolle Zeit damit verschwenden, jetzt nach ihr zu suchen?

1986

»Wie kannst du mit dem leben, was du im Krieg im Gefängnis von Changi durchgemacht hast?«, hatte Callie Tom eines Abends auf der Rückfahrt von einer Spendenveranstaltung gefragt. Am Abend zuvor hatten sie sich gemeinsam einen Dokumentarfilm über Japan nach dem Krieg angesehen.

Tom hatte einen Weg zurück ins Leben gefunden, den sie, von Schuldgefühlen und Albträumen getrieben, nicht fand. Sie war immer noch voller Bitterkeit wegen ihres Verlusts und verzehrte sich danach zu erfahren, wie er es geschafft hatte.

»Wie vergibt man seinen Feinden? Das verstehe ich nicht«, seufzte Callie. »Ich kann nicht vergessen, was in den Konzentrationslagern mit unschuldigen Frauen und Kindern passiert ist. Das werde ich niemals wieder los.«

Tom brauchte einen Augenblick, um zu antworten, er hatte einen Hustenanfall. Alfie und Madge waren auch immer mal wieder krank gewesen. »Irgendwas geht um«, sagte Alfie und kämpfte weiter, wie es ihre Art war.

»Ich werde es auch nicht vergessen«, antwortete Tom. »Ich bin kein Heiliger, aber ich glaube, dass wir alle zu furchtbarer Brutalität fähig sind. Wir alle tragen Hass in uns und würden morden, wenn die Umstände uns dazu zwingen würden … Schau doch, was wir im Tierasyl zu sehen bekommen und was ganz normale Menschen Tieren antun, die Grausamkeit, die sie hilflosen Kreaturen zufügen. Ich denke, wir brennen innerlich aus, wenn wir mit Hass leben und das Gute in uns zerstören. Ohne Liebe und Träume können wir nicht leben.«

»Ich wünschte, ich wüsste, wie ich deinen Frieden finden könnte«, sagte Callie.

»Wenn ich eine schlechte Nacht habe, dann gehe ich am nächsten Morgen in den Garten und sehe mich um«, sagte er lächelnd. »Ich setze mich einfach hin schaue und lausche und genieße den Augenblick. Sehr Zen, findest du nicht?« Er lachte. »Es sind die kleinen Dinge, die überraschen: die Lerche, die in der Luft zwitschert, das Lachen der Kinder auf einer Schaukel im Park. Nenn mich einen romantischen alten Dummkopf, wenn du willst …«

»Nein, ich spüre das auch, wenn Jumpy zu mir getrottet kommt und mich begrüßt.« An diesen kleinen Dingen hatte sie bemerkt, dass die Art, wie Tom sein Schicksal angenommen hatte, auch sie beeinflusste. Manchmal ging sie am Ende des Tages über die Felder, nur um aus purer Freude den Wildblumen Namen zu geben, so wie sie das vor so vielen Jahren mit Marthe getan hatte, oder sie kaufte sich Kassetten mit Swingmusik, die sie gern hörte und die sie an glücklichere Tage erinnerte.

»Du solltest Kontakt mit deinem Sohn aufnehmen, weißt du, ihn ausfindig machen.«

»Das kann ich nicht. Dafür ist es zu spät.«

»Zum Brückenbauen ist es nie zu spät.«

»Er hat sich niemals die Mühe gemacht, mich zu finden.«

»Das ist keine Entschuldigung.«

»Ich werde darüber nachdenken«, antwortete sie und wusste, dass er recht hatte …

Der Husten, der Tom plagte, ging nicht weg. Die Jahre in Changi hatten Spuren hinterlassen, und plötzlich war er ernsthaft krank geworden. Und als wäre das noch nicht schlimm genug, wurde auch Alfie immer schwächer – kleine Stürze, Vergesslichkeit –, und so hatte Callie bei der zusätzlichen Arbeit, die sie und Madge jetzt hatten, jegliche Überlegung, England zu verlassen und nach Desmond zu suchen, beiseiteschieben müssen.

»Lass den alten Staatsdienergeist siegen«, sagte Madge immer, wenn sie am frühen Morgen in der Kälte die Ställe ausmisteten.

»Vorwärts und aufwärts«, antwortete Callie dann, es war das Motto ihrer alten Schule, doch das Herz war ihr schwer geworden, als sie mit ansehen musste, wie auch Madge immer gebrechlicher und vergesslicher wurde. Nach Alfies und Toms Tod schleppte Madge sich lustlos herum, bis ihre Vergesslichkeit sich schließlich in Demenz verwandelte und Callie ein Pflegeheim für sie finden musste, in dem man sich bis zu ihrem Tod um sie kümmerte.

Für sie war es ein harter Schlag, dass sie jetzt alleine weiterkämpfen musste. Callie führte nun mit freiwilligen Helfern das Tierasyl, aber auch sie war am Ende ihrer Kräfte angelangt. Es gab so viel Papierkram zu erledigen und Formulare auszufüllen, und die Menschen begannen, ihr mit ihrer ständigen Prinzipienreiterei, was die Finanzen betraf, auf die Nerven zu gehen. Sie wusste selbst, dass das Tierasyl Schulden hatte und das Haus um sie herum zerfiel. Mittlerweile war das Tierasyl seit dreißig Jahren ihr Lebensmittelpunkt. Hier war sie ihr eigener Herr, doch es war hart, durchzuhalten. Und dennoch heiterten sie die Schönheit von Little Brierley und die Freude, den armen Kreaturen dabei zuzusehen, wie sie wieder zurück ins Leben fanden, immer wieder auf und waren der größte Lohn. Das Komitee der Wohltätigkeitsorganisation, die das Tierasyl finanzierte, hatte die Madge-Cottesloe-Stiftung gegründet, um das Tierasyl, das Haus und die umliegenden Weiden zu schützen; die freiwilligen Helfer taten das Ihre. Ein vorausdenkender Bewährungshelfer hatte zudem vorgeschlagen, ein paar seiner Schützlinge könnten für ihre Resozialisierung von der Arbeit mit Tieren profitieren.

Im Laufe der Jahre hatte Madge bei so manchem faulen Bengel Wunder vollbracht und ihn zu einem zuverlässigen jungen Mann gemacht, der bereit war, in die Welt hinauszugehen. Ganz zu schweigen von dem, was sie vor all den Jahren für Callie getan hatte.

An diesem Morgen war Jodie mit Ausmisten und Striegeln der Tiere an der Reihe. Sie war seinerzeit schmollend angekommen und hatte erwartet, wie ein Star über die Felder reiten zu dürfen. Doch eines Tages hatte sie ihre Lektion lernen müssen, nachdem sie sich zum Rauchen hinten in den Stall geschlichen und dann die Kippe ins Stroh geworfen hatte.

»Mach das aus!«, hatte Callie sie angeschrien. »Wenn du gehst und das Stroh fängt Feuer, was glaubst du passiert dann mit dem kleinen Esel hier? Wer hört ihn wiehern, wenn er verbrennt? Wie kannst du nur so bescheuert sein? Denk zur Abwechslung auch mal nach!« Sie hatte Jodies entsetztes Gesicht gesehen, als sie langsam verstand, was sie getan hatte. Das Ergebnis war erstaunlich. Jodie hatte sich in eine Musterschülerin verwandelt, die sogar davon sprach, sich in einem Rennreitstall eine Arbeit als Pferdepflegerin zu suchen, sobald sie nicht mehr auf Bewährung war.

Zum Tierasyl kamen auch behinderte Schüler, die mit ihnen eigens zugewiesenen Pferden arbeiteten. Es war großartig, ihnen dabei zuzusehen, wie sie mit den Tieren eine Beziehung eingehen konnten, weil die sie nicht hänselten und sich über ihre Behinderung lustig machten. Nicht alle konnten sofort mit einem echten Pferd umgehen, doch meistens war es Angst, die sie zurückschrecken ließ und die Tiere nervös machte. Callie beobachtete voller Freude, wie Kinder und Pferde ihre Ängste überwanden, wenn sie gemeinsam arbeiteten.

Sie hatte so vieles von diesem Ort gelernt. Er hatte ihr den Glauben zurückgegeben, dass sie mit ihrer Angst umgehen konnte, und dafür gesorgt, dass sie trocken blieb, er hatte sie gelehrt, den Schmerz über Vergangenes zu überwinden, und ihr ein reiches und erfülltes neues Leben geschenkt. Das war mehr, als sie sich jemals erträumt hätte. Doch nun lief ihre Zeit langsam ab. Jeder Morgen, an dem sie erwachte, war ein Geschenk, und sie hatte vor, bis zuletzt weiterzumachen, um die Zukunft der Stiftung zu sichern.

Callie stand mit einer Tasse Kaffee vor der Küchentür und lauschte den Saatkrähen hoch oben in den Bäumen, der Ruhe, die in der Luft lag, schöpfte Kraft aus der Schönheit der grünen Felder und Wiesenblumen und zwang ihre Glieder zur Bewegung. Es war Hochsommer, und sie konnte den Rosenduft riechen.

Komm, altes Mädchen, beweg dich. Es gibt keinen mehr außer dir, der den Job tun könnte …

47

»Das ist das wahre Leben«, murmelte Mel und lächelte Mark zu, während sie sich in dem üppigen Schlafzimmer im Hotel Château Grooten zurücklegte und zur reichverzierten Stuckdecke hinaufsah. »Daran könnte ich mich gewöhnen.«

»Träum weiter, Süße. Fang lieber an, wie Katherine Jenkins für dein Abendessen zu singen«, neckte er sie, da er wusste, dass ihre ehemalige Kommilitonin einen Megavertrag bei einer Plattenfirma abgeschlossen hatte. Er küsste sie, sie kuschelte sich in seinen Arm.

Mit Mark zu verreisen war herrlich. Zuerst waren sie nach Paris gefahren, über die Antikmärkte gebummelt, damit Mark um französische Postkarten von Josephine Baker und Edith Piaf feilschen und verborgene Schätze aufspüren konnte.

Paris war im Spätsommer genau so, wie es im Reiseführer beschrieben stand, mit unzähligen einladenden Straßencafés in Montmartre, kleinen Kunstgalerien und lauten Straßenmusikern vor der Oper. Und dort, im Hôtel de Crillon, hatte sie zugelassen, dass Mark und sie mehr als nur Freundschaft verband. Mel ließ sich endlich von ihren Gefühlen leiten und öffnete ihr Herz für diesen wunderbaren Mann.

Sie hatten Versailles besucht, sich danach die Kriegsschauplätze des Ersten Weltkrieges angesehen und nach Phoebes Verlobtem Arthur Seton-Ross und Marks Großonkel gesucht. Dann waren sie nach Belgien gefahren, hatten den Ort Grooten ausfindig gemacht und festgestellt, dass das Château wieder aufgebaut worden war und in neuem Glanz erstrahlte. Sie ließen sich nicht lumpen und blieben ein paar Nächte in dem Fünfsternehotel, von dem aus sie die Umgebung weiter erkunden konnten.

Das Hotel stand an einem wunderschönen See, war zu einem Tagungszentrum und Veranstaltungsort für Hochzeiten ausgebaut worden und besaß einen hübschen Speisesaal. Melissa schickte eine Postkarte an Patty, um ihr alles mitzuteilen. Sie besuchten Brügge, kosteten von den Pralinen und gingen in

Brüssel in das Königliche Armee- und Militärmuseum, wo sie sich auch nach den Kriegshelden der Widerstandsbewegung erkundigten und dem Museumsdirektor die Medaille zeigten. Was sie über die Zeit erfuhren, war entsetzlich: verratene Fluchtnetzwerke, betrogene Agenten, die verhaftet, gefoltert und schließlich hingerichtet worden waren. Es war ein ernüchternder Besuch gewesen, so dass sie schweigend zurück nach Grooten fuhren und überlegten, was das mit Lew zu tun haben konnte.

»Wenn wir den Friedhof fänden, könnten wir vielleicht mehr über die Familie van Grooten herausfinden«, sagte Mel.

Ein Dienstmädchen im Hotel schlug ihnen vor, sie sollten sich lieber an den ehemaligen Pfarrer als an den jungen wenden, der die Pfarrei übernommen hatte. »Pater Karel ist jetzt in einem Heim. Das hier war einst auch mal sein Zuhause. Er kennt die Geschichte. Er hat seine ganze Familie im Krieg verloren.«

Mel ergriff Marks Hand. »Wir müssen mit ihm reden, ich kann allerdings kein Französisch.«

»Da bist du bei mir an der falschen Adresse, ich hatte in Französisch eine fünf.«

Wie es immer in kleinen Orten ist, kannte jemand jemanden anderen, der helfen konnte, und schon bald erfuhren sie, wo das *maison de retraite* – das Altersheim – war, in dem Pater Karel jetzt lebte. Die Anlage bestand aus mehreren Häuschen um einen Hof, zu denen ein Gemeinschaftsgebäude gehörte, in dem sie nach dem Pfarrer fragten. Die Leiterin sprach gut Englisch und bot ihnen an, für sie zu übersetzen, falls das nötig wäre.

»Pater Karel hat mal bessere und mal schlechtere Tage. Sein Geist weilt jetzt in der Vergangenheit, aber er bekommt sehr gerne Besuch.« Sie führte sie durch einen Flur, und Mel erinnerte sich an die letzten Tage ihres Vaters und den furchtbaren Geruch nach Krankheit, den kein Lufterfrischer überdecken konnte.

Der alte Mann saß still in einem Sessel und starrte aus dem Fenster über den gepflegten Rasen, während seine Finger irgendeine Musik auf einem imaginären Klavier spielten. Die Leiterin erklärte ihm, dass er Gäste habe, die sich für seinen Bruder Louis-Ferrand interessierten.

»Mein armer Bruder«, sagte er in gutem Englisch. »Es ist eine Schande. Es hat nie einen besseren Mann gegeben.«

Mark stieß Mel an. »Zeig ihm die Medaille«, flüsterte er.

Sie zog sie aus dem kleinen Etui. »Ich habe das hier.«

Karels Gesichtsausdruck veränderte sich, als er sie sah, und wechselte von wachsam zu skeptisch. »Wo haben Sie die her? Sie gehört Ihnen nicht.« Seine Augen suchten erstaunt und etwas ängstlich ihren Blick.

»Sie gehörte meinem Vater, Lew … Louis, in Australien. Er hat sie mir vermacht, als er starb.«

»Aber ich habe sie doch vor Jahren Caroline für Louis-Ferrands Sohn geben, wenn sie ihn wiedersähe … Und Sie sagen jetzt, dass sie Ihrem Vater gehörte. Haben Sie ein Foto von diesem Louis?«

Zum Glück hatte sie eine Mappe mit Fotos und Informationen dabei. Sie zog alle Postkarten, Briefe und Fotos heraus, einschließlich des Familienfotos mit Sandra, ihrer Mutter, die bei einem Verkehrsunfall ums Leben gekommen war.

Karel griff neugierig danach. »Ja, ja, so habe ich ihn in Erinnerung. Er sah von uns allen am besten aus, er sah Maman so ähnlich.« Sein Gesicht strahlte.

»Nein, der Mann auf dem Foto ist mein Vater, kurz bevor meine Mutter bei einem Unfall verunglückte. Er muss um die vierzig gewesen sein.«

Der alte Mann starrte auf das Foto und lächelte. »Wie geht es Caroline? Sie hat sehr im Krieg in den schrecklichen Konzentrationslagern gelitten. Sie hoffte damals, Ferrand möge noch leben und auf sie warten. Ich musste ihr die Nachricht von seinem Tod überbringen und dabei zusehen, wie das Licht in ihren Augen erlosch. Doch dann hat sie mir Hoffnung gemacht und mir von ihrem gemeinsamen Sohn erzählt, der sicher in England aufwüchse und den sie Ferrand hätte zeigen wollen. Wir haben uns eine Weile geschrieben, doch dann habe ich nichts mehr von ihr gehört. Er sieht seinem Vater so ähnlich. Ich würde ihn gerne kennenlernen.«

Mel spürte, wie ihr die Tränen in die Augen stiegen. Sie musste schlucken. »Mein Vater ist letztes Jahr gestorben. Er hat mich gebeten, etwas über seine ersten Lebensjahre herauszufinden. Ich weiß nur, dass er mit seinem Kindermädchen nach Australien kam, seine Mutter ihm nachreiste, er dann aber dort geblieben ist. Mehr habe ich nicht erfahren.«

»*Mais oui*, das ging auch aus Carolines letztem Brief hervor. Darin hat sie erzählt, dass man ihn ihr weggenommen habe. Caroline hätte ihren Jungen niemals verlassen. Sie hat das Konzentrationslager nur überlebt, weil sie ihn wiedersehen wollte. Sie wollte zu ihm zurück, um mit ihm zusammen zu sein … Wie war noch mal Ihr Name?«

»Melissa Alexandra Boyd. Louis war mein Vater, diese Caroline habe ich nie kennengelernt.« Sie konnte vor Rührung kaum sprechen, als Karel seine Hand nach ihr ausstreckte.

»Manchmal wird der Kreis von denen geschlossen, die uns

nachfolgen. Ich hielt uns van Grootens für verloren, dann habe ich herausgefunden, dass Ferrand einen Sohn hatte, und nun hat dieser verlorene Sohn eine Tochter. So dreht sich das Rad, meine Liebe. Mein Rad dreht sich dem Ende entgegen, du hast dein Leben noch vor dir.« Er machte eine Pause, das Sprechen war anstrengend für ihn und forderte seinen Tribut. »Danke, vielen Dank. Sie haben mir Frieden gegeben. Caroline wäre sehr stolz, wenn sie das alles erfahren dürfte.«

Mel sah Mark an. Wie konnte sie dem alten Pfarrer erzählen, dass Caroline bisher keine Rolle in ihrem Leben gespielt und sie sich noch nicht einmal die Mühe gemacht hatte, sie zu suchen? »Wir ermüden Sie sicher mit all den Fragen«, sagte sie stattdessen.

Karel wandte sich mit einem Zwinkern an Mark. »Passen Sie auf meine Großnichte auf. Ich erkenne Maman in ihrem wunderschönen Gesicht wieder, sie ist dickköpfig, aber stark, nicht wahr?«

Mark nickte. »*Mais oui, exactement, Monsieur.*«

»Schicken Sie mir ein Bild von Caroline, und grüßen Sie sie recht herzlich von mir. Ich werde ihr trauriges Gesicht von damals nie vergessen. Die Alten brauchen die Jungen, damit sie ihnen dabei helfen, den Kreis zu schließen. Gott segne Sie auf Ihrer Reise, Melissa. Möge Er Sie beide beschützen.«

Sie ließen ihn, über seinen sanften Segen lächelnd, zurück.

»Jetzt musst du sie finden, allein schon wegen der Tatsache, dass du Louis' Onkel besucht hast. Wir müssen uns noch einmal die Unterlagen ansehen und überprüfen, ob sie noch am Leben ist. Vielleicht lebt sie auch in einem Altersheim, irgendwo muss ihr Name doch auftauchen, in einem Wählerverzeichnis, auf einem Rentenbescheid oder einer Steuererklärung. Wir sind heutzutage alle zurückverfolgbar, das Internet wird uns bei unserer Suche helfen.« Mark ging die Möglichkeiten durch. »Wir sind so nah dran, und doch so weit davon entfernt.«

»Was heißt da ›wir‹? Das ist meine Suche, nicht deine«, platzte Melissa verärgert heraus.

»Warum keifst du mich immer so an, wenn ich dir meine Hilfe anbiete?«

»Ich bin es nun mal gewöhnt, die Dinge alleine in die Hand zu nehmen.«

»Aber es ist doch schön, die Dinge miteinander zu teilen, wenn man jemanden liebt, oder?« Als sie über den Rasen vor dem Hotel liefen, versuchte er, ihre Hand zu nehmen, aber sie zog sie weg.

»Das ist nicht lustig, es ist ernst, und ich komme ziemlich gut alleine klar. Das ist meine Familie. Ach, jetzt schau nicht so … Ich bin dir wirklich dankbar für alles, was du getan hast, aber sobald ich zurück bin, muss ich Entscheidungen treffen. Ob ich mich um eine Lehrtätigkeit bemühe oder einen Agenten nehme und versuche hier oder zu Hause eine Karriere zu starten.«

»Was hat das mit der Suche nach Caroline zutun? Du hast soeben tolle Neuigkeiten über sie erhalten, und jetzt willst du einfach aufhören und zurückfahren? Ich wollte dich fragen, ob du mit mir zusammenziehen willst, jetzt, wo Sarah nicht mehr in London ist.«

»Um die Miete zu teilen? Ich hoffe, du erwartest nicht von mir, dass ich deine Wäsche bügle.« Mel lachte, doch Mark fand das gar nicht witzig.

»Was ist in dich gefahren? Das war doch nur so ein Gedanke. Wir hatten so wunderschöne Ferien …« Mark blieb plötzlich stehen und sah sie an.

»Ich bin noch nicht zu einem Leben zu zweit bereit. Ich muss in der Nähe des College wohnen bleiben und einen guten Pianisten finden. Du willst doch nicht Tag und Nacht mein Gejohle hören. Lass uns die Dinge so beibehalten, wie sie sind.«

»Höre ich da so etwas wie ein ›ruf mich nicht an, ich ruf dich an‹ heraus? Gut, keine Bedingungen, keine Verpflichtungen, ich habe die Botschaft verstanden. Ich dachte einfach …«

»Oh, lass es einfach sein. Vergiss es!«

So hätte Mel diesen wichtigen Tag nicht beenden wollen. Warum tat sie das bloß und hielt sich immer ihre Optionen offen? Pater Karel hatte ihr so viel zum Nachdenken gegeben. Vielleicht war Caroline gar nicht die schreckliche Mutter, für die sie sie gehalten hatte. Er hatte mit solcher Sorge und Liebe von ihr gesprochen, über ihren Mut und ihre Verluste. Mels Kopf schwirrte angesichts all dieser Informationen, als Marks Angebot gekommen war.

Sie war dankbar für seine Hilfe, aber sie hatte Angst. Sie fühlte sich noch zu jung für eine ernsthafte Beziehung und eine gemeinsame Wohnung. Warum konnte es zwischen ihnen nicht unbeschwert und unverbindlich bleiben?

Als sie mit ihrem Aperitif auf der Terrasse saßen, sah sie die Enttäuschung in seinen Augen. Doch es war besser, eine klare Position zu beziehen, auch wenn das bedeutete, dass sie sich trennen würden.

Mel starrte durch den abendlichen Dunst hinaus auf den See und seufzte. Hatte auch Caroline hier mit ihrem Liebsten gesessen? *Wurde mein Vater hier gezeugt?* Ihre Großmutter zu finden, war etwas, das sie für sich selbst tun musste, doch wie würde sie reagieren, wenn sie erfuhr, dass diese Frau nicht mehr lebte?

Sie aßen schweigend zu Abend und gingen früh zu Bett. Mel konnte nicht schlafen, sie spürte, dass ihr gemeinsamer Urlaub zu Ende war. Was danach in London passieren würde, konnte jetzt niemand sagen. Sie musste alleine sein, ihre Zukunft planen, und dazu gehörte auch, ihre Großmutter zu finden, bevor es zu spät war.

Auf der Suche nach Caroline hatte Mel bisher kein Glück gehabt. Sie hatte versucht, sie über den Makler zu finden, der Dalradnor Lodge vermietete. Doch er hatte ihr den Namen einer Anwaltskanzlei in London gegeben, die sie kontaktieren sollte, und gesagt, sie seien die einzigen Vertreter des Fonds. Sie fühlte sich wie Sherlock Holmes, und die Zeit wurde langsam knapp. Mel hätte sich sehr gewünscht, Mark wäre auch da gewesen und hätte das alles für sie verkürzt, doch nach ihren Ferien hatten sie sich nur einmal getroffen und waren zusammen ins Theater gegangen, für das sie die Karten bereits vorbestellt hatten. Er hatte ihr versprochen, zu ihrer ersten Aufführung zu kommen, doch sie hatte ihn nicht daran erinnert, und so war er nicht erschienen.

Auf ihrem Stockwerk waren neue Studenten eingezogen, mit denen sie aber nicht verkehrte. Angie hatte eine Stelle in einem Orchester bekommen, und Cilla war mit Vorsingen für den Chor bei der Opera North beschäftigt. Schon bald wären sie in alle Himmelsrichtungen verstreut. Irgendwie hatte Mel ihren Ehrgeiz verloren, eine Operndiva zu werden. Sie stellte fest, dass sie lieber als Solistin mit Gesangvereinen arbeitete, doch da waren die Gagen bescheiden, und Unterrichten wurde unerlässlich.

Adelaide schien so weit entfernt – zu weit, um an Weihnachten dorthin zurückzukehren –, außerdem wollte sie noch ein weiteres, traditionell englisches Weihnachtsfest mit Weihnachtskonzerten, Spaziergängen im Park und natürlich Schnee erleben. Die anderen Australier auf dem College würden mit ihrer alljährlichen Party ebenfalls für ein wenig Stimmung sorgen, auch wenn es nicht dasselbe wie zu Hause war.

Am Nachmittag machte sie einen Termin mit den Anwälten Benson, Harlow und Ford. Sie konnte nur ihre Fotos und die Kopie des Taufscheins ihres Vaters sowie die Geburtsurkunde vom schottischen Standesamt vorweisen. Louis Ferrand wurde nirgends als Vater geführt, sondern nach dem Taufregister war Carolines verstorbener Ehemann Tobias der leibliche Vater.

Nachdem sie ihr Anliegen einer streng dreinblickenden Sekretärin dargelegt hatte, führte man sie in ein Büro und wies sie an zu warten.

»Miss Boardman«, sagte ein junges Mädchen, das fünf Minuten später mit einer Akte hereinkam und aussah, als hätte es gerade noch die Schulbank gedrückt, »oder Mrs Lloyd-Jones ist unseres Wissens nach die einzige Erbin des Anwesens, so wollte es Miss Faye. Sie haben sich zerstritten, und nach der Regel der *bona vacantia* – des Gesetzes über herrenlose Gutshöfe – fällt das Anwesen zu gegebener Zeit an den Staat zurück, wenn der Besitzer nicht ermittelt werden kann. Es gibt keine rechtmäßige Ehebescheinigung für Caroline Rosslyn Boardman und Tobias Lloyd-Jones, Sie allerdings haben uns Nachweise für ein Erbe vorgelegt.«

»Das ist Desmond Louis, mein Vater.«

»Ja, das wissen wir, aber Sie sagten, er sei verstorben, was wiederum Sie … außer diese Miss Boardman lebt noch …«

»Ich bin nicht wegen des Geldes hier. Ich möchte sie einfach nur finden.«

»Offenbar ist sie sehr schwer ausfindig zu machen, obwohl sie einen sehr ungewöhnlichen zweiten Vornamen hat. Nach unseren Nachforschungen zu urteilen gibt es keinen Beweis dafür, dass sie gestorben ist.«

Wenn diese Experten sie nicht fanden, wie sollte dann Mel es schaffen? Ihre einzige Chance waren noch Carolines Kriegsakten. Karel hatte erzählt, sie überlebte das Konzentrationslager. Es musste Militäraufzeichnungen geben, aber wie kam sie an die heran? Mark hätte ihr dabei helfen können, doch sie hatte ihn gehen lassen. Sie würde ihn nicht anrufen, um an Informationen zu kommen. Es musst einen anderen Weg geben.

Cilla hatte schließlich die Idee, in bestimmten Internetforen nach Caroline zu suchen.

Es war eine Offenbarung, wie viele Internetnutzer auf ihre Anfrage antworteten, manche mit äußerst seltsamen Anregungen und Angeboten für persönliche Dienstleistungen, die nichts mit Erbensuche online zu tun hatten. Ein paar gute Tipps waren auch dabei, wie der Vorschlag, es bei den weiblichen Streitkräften zu versuchen: den WAAF, ATS und FANY, doch das wäre zu einer Mammutaufgabe geworden.

Niemand kannte Caroline Boardman oder auch Lloyd-Jones, auch dann nicht, als sie die St Margaret's School erwähnte. Das wurde zu aufwendig, trotzdem spürte sie eine Dringlichkeit, die sie sich nicht erklären konnte. Ihr Vater erschien ihr in ihren Träumen, lächelte, winkte ihr zu, doch sie verstand nie, was er zu ihr sagte.

Ihr nächster Auftritt sollte im *Messias* sein, und sie musste intensiver mit ihrem Gesangslehrer proben, um sich vorzubereiten, also war sie zu beschäftigt, um die Suche weiterzuverfolgen. Sie hatte sich sogar überlegt, einen Privatdetektiv anzuheuern, doch das Honorar überstieg bei weitem ihr Budget. Außerdem hatte sie unter einem Zahn einen Abszess, und schon bald wurden die Schmerzen so heftig, dass es nicht mehr auszuhalten war.

Als sie in der Zahnarztpraxis saß, die anderen mürrisch dreinblickenden Patienten ansah und zur Entspannung auf einen Goldfisch im Aquarium starrte, fing sie an, in uralten, abgegriffenen Zeitschriften mit Eselsohren und lauter gelösten Kreuzworträtseln zu blättern. Die üblichen Illustrierten lagen aus, darunter die *Field*, *Horse and Hound* und eine zerfledderte Ausgabe der *Lady*. Sie blätterte die Seiten um, nur um sich mit irgendwas zu beschäftigen, doch dann fiel ihr Blick auf einen Artikel über ein Tierasyl. Erschütternde Fotos von Pferden und Eseln vor und nach der Aufnahme waren zu sehen sowie ein Hinweis auf Wohltätigkeitsveranstaltungen und den Madge-Cottesloe-Trust in Herefordshire.

Melissa hatte keine Ahnung, warum ihr Blick auf den Spendenaufruf fiel, wo ihr der Name und die Adresse der Schatzmeisterin ins Auge sprang: Caroline Rosslyn.

»Das kann nicht wahr sein!«, sagte sie laut, und alle starrten sie an, als ihr Name durch den Lautsprecher ertönte. »Hab ich dich!«, flüsterte sie und drückte zufrieden die Zeitschrift an die Brust, »das musst du sein«.

48

Callie kam gegen die Kälte nicht an. Sie schwächte sie und kroch in sie hinein. Für Ende November war es ungewöhnlich kalt, es hatte Frost gegeben. Die Pferde waren drinnen in Sicherheit, dafür fror der Wassertrog zu. Sie zog Fleecepulli, Stiefel und ihre dicke Barbourjacke an, aber ihr wurde trotzdem nicht wärmer.

Der große Ofenherd war ausgegangen, und der Öltank war leer, aber sie hatte noch einen Wasserkessel und eine elektrische Herdplatte.

»Sei vernünftig, altes Mädchen, zieh dich warm an. Wo ist dein Filzhut?«, sagte sie sich selbst. Sie wusste, welche Gefahren eine Unterkühlung barg, aber warum kostete sie jeder Handgriff so viel Mühe?

Die Tiere hatten Vorrang. Vera und Roger Hayes, die im Dorf Little Brierley wohnten, würden erst später vorbeikommen, um die Pferde zu bewegen, auch wenn sie sie nur ein paarmal über den Hof führten, doch den Eselstall auf dem Feld musste sie trotzdem kontrollieren. Vielleicht würde die frische Luft sie aufmuntern und ihren bleischweren Beinen wieder Leben einhauchen. Wären da nur nicht diese hämmernden Kopfschmerzen gewesen. Nur mühsam kam sie aus dem Sessel.

Vielleicht lag Post im Briefkasten am Ende der Auffahrt, neue Spenden nach ihrem letzten Appell. Das Geld kam nur spärlich herein, und es reichte nie, um die Dinge am Laufen zu halten. Wenn das so weiterging, musste sie für die Pferde ein neues Zuhause finden, aber alle Tierasyle, die sie kannte, waren bereits überfüllt.

»Mach dir keine Sorgen«, schalt sie sich. »Mach deine Arbeit und hör auf zu jammern. Zum Faulenzen ist keine Zeit.«

Callie schleppte sich zum Spülbecken in der Küche und drehte den Hahn auf. Es kam nichts. Verdammt nochmal, die Leitungen waren wieder zugefroren, sie konnte sich nicht einmal einen Tee machen, außer es war noch ein Rest Wasser im verkalkten Kessel.

Sie starrte zur Flasche Wein, die auf der Anrichte stand. Die verstaubte dort schon seit Jahren und war eine Mahnung, dass sie nur ein Glas von einem Rückfall entfernt war. Aber auch heute lockte sie die Flasche nicht.

»Komm schon, Kopf hoch. Streng dich ein bisschen an!«

Sie schleppte sich mühsam durch die Küche und spürte das Gewicht ihrer schweren Barbourjacke auf den Schultern und das der Stiefel an den Füßen. Sie ging langsam zum Stall, nahm die Eisenschaufel, um damit auf die gefrorene Oberfläche im Wassertrog zu schlagen, doch als sie ausholen wollte, schnürte es ihr die Brust zusammen, so dass sie außer Atem und schockiert über den plötzlichen Anfall in sich zusammensackte.

»O verdammt! Nicht jetzt, nicht hier«, murmelte sie und versuchte, zurückzukriechen und zum Telefon zu gelangen. Sie kroch auf allen vieren über das Kopfsteinpflaster zurück zum Haus, der Weg kam ihr unendlich lang vor.

»Geschafft, altes Mädchen«, seufzte sie erleichtert, sank dann aber hilflos auf der Fußmatte zusammen, als sie erneut eine Welle des Schmerzes überkam.

49

Mel verließ London an einem Freitagnachmittag, fuhr Richtung Westen, konnte den Wochenendverkehr aus der Stadt nicht umgehen und fragte sich, ob sie umkehren sollte, bevor ihre Reise überhaupt begonnen hatte. Sie hatte ihre Übungs-CD eingelegt, so konnte sie während der Fahrt proben und die Zeit bis Herefordshire nutzen. Im Wetterbericht hatten sie kaltes, aber freundliches Wetter angesagt, sie hatte die Straßenkarte studiert, um den kürzesten Weg nach Little Brierley zu suchen.

Das war ihr einziges freies Wochenende, darum jetzt oder nie. Befand sie sich auf einer sinnlosen Suche, oder hatte sie Caroline tatsächlich gefunden? Ihr Gefühl sagte ihr, dass sie kurz vor dem Ziel war. Sie hatte Mark nicht angerufen und ihm die Neuigkeiten erzählt, weil er ihr letztes zwangloses Treffen abgesagt hatte. Er hinterließ ihr eine Nachricht auf dem Anrufbeantworter und sagte, dass er auswärts arbeiten müsste. Sie hatte sich nicht darüber ärgern wollen, war aber trotzdem eingeschnappt und hatte daraufhin beschlossen, ihre erstaunlichen Neuigkeiten für sich zu behalten.

Sie musste an ihren gemeinsamen Urlaub in Paris und in Belgien denken, an die aufregenden Nächte, in denen sie sich geliebt hatten. Er war ziemlich ausdauernd, seufzte sie lächelnd, aber sie hatte nun mal andere Pläne, außerdem war es ihr lieber, diesen letzten Teil ihrer Suche alleine anzutreten.

Trotzdem wäre ein weiterer Fahrer zugegebenermaßen nützlich gewesen. Warum tat sie das? Sie mochte ihn doch sehr. Alle Beziehungen hatten so geendet, nie konnte sie einem Kerl vollkommen vertrauen. Da blieb sie lieber alleine, als enttäuscht zu werden. Sie brauche keinen Therapeuten, der ihr sagte, dass das alles mit Lew zu tun habe, der ihre Mutter immer wieder mit seinen leeren Versprechungen enttäuscht hatte. Warum machte sie sich eigentlich so viel Mühe? Warum begab sie sich auf die Suche nach seinen Wurzeln, zuerst bis nach Schottland und Belgien und jetzt an die Grenzen zu Wales? Warum hatte er das nicht selbst getan?

Komm schon, Dad, was ist hier los? Warum sitze ich in diesem schrecklichen Verkehr in einem fremden Land mit deiner, nicht meiner verdammten Angelegenheit fest? Das hat nichts mit mir zu tun. Caroline, oder wie immer sie heißt, hat vielleicht etwas mit meinem Genpool zu tun, aber mehr auch nicht.

Im Geiste stritt sie sich mit ihrem Dad, während sie aus der Stadt in die Vororte fuhr, mal über Autobahnen, dann auf zweispurigen Straßen, danach über kurvenreiche Wege zu Nebenstraßen. Das war nicht die beste Art, ein Wochenende zu verbringen. Sie suchte eine Unterkunft und versuchte, trotz lauten Fernsehlärms im Nebenzimmer zu schlafen. Doch gleich am nächsten Morgen revanchierte sie sich, fing schon früh morgens mit Gesangsübungen an und weckte damit die dämlichen Nachbarn. Dann eilte sie schnell zum Frühstück und war verschwunden, bevor sich jemand beschweren konnten. Eine Opernstimme hatte ihre Vorteile.

Sie war froh über ihren dicken Pullover und den Wollschal, als sie in Little Brierley ankam, denn es war ungewöhnlich kalt für diese Jahreszeit. Der Ort war ein regelrechtes Kaff: Es gab eine Straße und eine Post, einen Pub und eine wunderschöne, goldfarbene Steinkirche, die mit Brierley Abbey ausgeschildert war, ansonsten hatten die Wege keine Namen. Schließlich entdeckte sie ein Schild, auf dem Madge Cottesloe's Pferdeasyl stand, sie fuhr den beschwerlichen, kurvigen Weg entlang, an deren Rändern sich blätterlose Bäume über die Fahrbahn beugten. Sie fuhr durch ein Tor auf das wunderschöne Haus aus goldfarbenem Stein mit Sprossenfenstern und einem strohbedeckten Dach zu. Es schien uralt zu sein. Vor dem Haus parkte ein Auto. Etwas weiter entfernt befanden sich Stallungen. Mel zitterte vor Aufregung. Mission ausgeführt, seufzte sie, lehnte sich zurück und war erleichtert, dass sie diesen abgelegenen Ort endlich gefunden hatte. Dann sah sie eine Gestalt in Reiterhosen und grünen Gummistiefeln, die aus einem Gebäude kam, das wie ein Schuppen aussah. Sie sprang aus dem Wagen. Das muss Caroline sein, dachte sie.

»Caroline Rosslyn, nehme ich an …«, die Aufregung war ihrer Stimme anzuhören. Sie ging auf sie zu und überlegte erstaunt, wie jung die Pferdedame für eine über achtzigjährige Frau aussah.

»Kann ich Ihnen behilflich sein? Miss Rosslyn ist nicht hier. Ich bin Vera Hayes. Falls es ums Einstellen von Pferden geht … Tut mir leid, wir können im Moment keine mehr aufnehmen. Wir müssen vermutlich selbst bald umziehen.«

Mel war enttäuscht. »Nein, nein, ich wollte Miss Rosslyn treffen, ich bin aus London angereist. Mein Name ist Melissa Boyd. Wo finde ich sie?«

»Ich fürchte, da kommen Sie etwas spät …«

»O nein, sie ist doch nicht … o verdammt, ich hatte so gehofft, mit ihr zu sprechen.«

»Sie liegt im Krankenhaus, es ist ernst. Wir haben sie gestern gefunden, sie war zusammengebrochen … Sie hat nicht auf sich geachtet. Ihr Herz ist schwach, es ging ihr schon seit längerem nicht mehr so gut. Wollten Sie einen Artikel über die Stiftung schreiben?«

Mel schüttelte traurig den Kopf. Sie kam zu spät, genau wie Mark sie gewarnt hatte. »Das tut mir sehr leid. Das ist ein kleiner Schock. Ich habe so gehofft, sie zu treffen. Es geht um eine Familienangelegenheit. Ich hätte so viele Fragen an sie.«

»Kommen Sie erst einmal rein auf einen Kaffee. Drinnen herrscht allerdings etwas Chaos, Callie war nie für Hausarbeit zu haben.«

Da war er, der Beweis. Callie – den Spitznamen hatte auch Libby Steward benutzt.

Vera hatte nicht übertrieben. In der großen Küche herrschte heilloses Durcheinander, überall lagen Kleider herum, Pakete und ungewaschene Töpfe stapelten sich. Es roch nach Heu und Pferdemist. Sie räumten sich einen Platz frei. Im Raum war es feucht und kalt, kein Ort für eine alte Dame. »So kann das mit ihr nicht weitergehen, aber sie ist ja so dickköpfig. Also, was führt Sie hierher in die Wildnis auf der Suche nach ihr?«

Mel bemerkte, dass sie die Neugier der Frau geweckt hatte, wollte aber nicht zu viel verraten. »Mein Vater wollte, dass ich mich auf die Suche nach ihr mache, wenn ich nach England komme. Es war nicht leicht, sie zu finden. Ich glaube, er kannte sie nur unter dem Namen Lloyd-Jones. Ich habe also an den falschen Stellen nach ihr gesucht.«

»Callie lebt sehr zurückgezogen. Sie hat ihr Leben der Rettung von Pferden und Eseln verschrieben. Ich weiß nur, dass sie schon lange bevor wir hierher gezogen sind, mit Madge Cottesloe und deren Lebensgefährtin hier gewohnt hat.« Vera legte eine Pause ein und sah sich im Raum um. »Wie gesagt, über ihre Vergangenheit hat sie nie gesprochen, aber ich bin mir sicher, dass sie Sie gerne kennenlernen würde. Sie kommen aus London?«

»Ich studiere dort.« Sie erzählte Vera von der Royal Academy und ihrer Karriere.

»Können Sie noch bleiben? Ich erkundige mich, ob sie Besuch empfangen kann. Ich fürchte, das Haus ist nicht sehr komfortabel, aber Callie würde Sie bestimmt gerne aufnehmen – Sie könnten die Nacht aber auch bei uns verbringen, wenn Ihnen das hier zu viel ist.«

»Wenn es Ihnen nichts ausmacht, würde ich gerne hierbleiben. Ich könnte Ihnen auch helfen. Ich bin als Kind sehr gerne geritten. Meine Mutter war ganz wild auf Pferde.«

»Wir bringen Ihnen ein paar Flaschen Wasser vorbei und machen im anderen Raum Feuer. Die alten Leitungen vom Brunnen liegen zu dicht an der Oberfläche, sie müssten ausgegraben und tiefer gelegt werden. Was den Strom angeht … Nun, das ist ein entzückendes Haus für eine Postkarte, aber nicht, um darin im einundzwanzigsten Jahrhundert zu wohnen. Ich habe keine Ahnung, wie sie all die Jahre nur mit ihrer Pension über die Runden gekommen ist. Aber jetzt haben die ganzen Sorgen um die Pacht ein Ende. Das hat sie sehr belastet«, fügte Vera hinzu und führte Mel nach oben in einen Flur, von dem Zimmer abgingen. Eines davon versank im Chaos und roch muffig. Doch es gab noch ein weiteres Zimmer am Ende des Ganges unter dem Dachvorsprung, dort roch es zwar ebenfalls, und man hätte es putzen müssen, aber für eine Nacht würde es gehen.

Sie räumten gemeinsam die Küche auf, dann zeigte Vera Mel die Pferde und Esel. Kurz darauf fuhr sie schnell nach

Hause und brachte einen Topf dicker Suppe und einen Laib Brot sowie etwas Milch mit. »Heute Abend essen Sie bei uns, das ist ein Befehl. Dann können Sie uns mehr über Ihren Vater und Ihre musikalische Laufbahn erzählen.«

Als Mel beim Abendessen in Veras Cottage an der Hauptstraße saß, überbrachte Vera ihr ein paar wichtige Neuigkeiten.

»Ich habe im Krankenhaus angerufen und ein wenig geflunkert. Sie denken, Sie seien eine Verwandte aus Australien, und Sie dürfen sie morgen Nachmittag für eine Viertelstunde besuchen, falls alles gutgeht.«

»Sie sind wirklich sehr nett zu ihr«, sagte Mel.

»Das ist selbstverständlich. Callie hat ein großes Herz. Sie hat so vielen Menschen geholfen und sie auf den rechten Weg geführt, vor allem ein paar jüngere Rabauken aus dem Umland. Sie hatte ein Händchen dafür, Vertrauen zu ihnen aufzubauen. Die meisten haben ihre zweite Chance genutzt. Jeder hat doch eine zweite Chance verdient, finden Sie nicht?«

Sie sprachen bis tief in die Nacht über die Stiftung und ihre Geschichte, über Madge und Alfie, das seltsame Pärchen, das das Tierasyl gegründet hatte, und die Gerüchte über Callies Tätigkeit während des Krieges.

»Sie hat nie über ihre Vergangenheit gesprochen. Niemand bekam etwas aus ihr heraus, nur Madge ist einmal entglitten, dass Callie in einem Konzentrationslager gewesen sei. Ich finde, sie ist eine wundervolle Frau.«

Es war seltsam, in einem so alten Haus zu schlafen, die Bodendielen knackten, wenn man darüberlief, die Fenster klapperten bei jedem Windstoß, in der Nacht war es still und einsam, keine Sirene, kein lärmender Verkehr war zu hören.

Melissa sah sich in einem Wohnzimmer mit niedriger Balkendecke um. Es gab einen Kamin, Landschaftsbilder hingen an den Wänden. Sie dachte an diese neue Caroline. Sie schien nicht so zu sein, wie Melissa sie sich vorgestellt hatte. Offenbar las sie viel, nach den Büchern zu urteilen, die in den Regalen standen. Sie hatte einen altmodischen Musikgeschmack: ein wenig Klassik, aber vor allem Blasmusik der vierziger Jahre. Es gab Fotos von Pferden, Eseln und Menschen, die Mel nicht kannte. Der Kaminsims stand voller verstaubter Pokale, die uralt waren. In einem Silberrahmen war ein Foto von zwei Frauen zu sehen, die sich mit der jungen Prinzessin Anne unterhielten. Dieser Raum wurde offenbar nie benutzt. Callie schien ausschließlich in der Küche und in den Ställen zu leben. Das machte Mel traurig. Hier war eine Frau, die so vielen Hoffnung geschenkt hatte, sich selbst aber nicht trösten konnte. *Wie wird sie meinen Besuch morgen aufnehmen? Wird sie mich wegschicken oder akzeptieren?* Plötzlich spielte es eine enorme Rolle für sie, eine Beziehung zu Callie aufzubauen.

50

Es war langweilig in einem Krankenhausbett zu liegen. Callie machte sich Sorgen um ihre Schützlinge und um Vera und Roger. Hatten sie genug Hilfe? Sie taten so viel, sie wollte ihnen nicht zur Last fallen. Waren die Leitungen bei dem Frost geplatzt? Sie war so müde und schwach, Schläuche hingen an ihrem Arm, Geräte piepten und gluckerten, während sie still dalag. Das Krankenhaus war weit vom Hof entfernt,

Besucher mussten einen langen Weg auf sich nehmen, je schneller sie also hier raus war, desto besser.

Ärzte und Krankenschwestern huschten um ihr Bett, blieben stehen und stellten ihr indiskrete Fragen zu ihren Körperfunktionen. Sie wusste genau, warum sie zusammengebrochen war. »Ich habe mich überanstrengt, habe nicht genug gegessen, und im Haus war es zu kalt«, erklärte sie denen, die es hören wollten. Allerdings verschwieg sie, dass all das Knausern und Sparen einem guten Zweck diente, und wenn sie glaubten, sie in ein überheiztes Pflegeheim stecken zu können, dann waren sie auf dem Holzweg. Da würde sie lieber während der Arbeit tot umfallen, als so zu enden. An ein Heim würde sie sich niemals gewöhnen können. Was sie brauchte, war ein wenig Hilfe im Haushalt und in den Ställen, doch ohne zusätzliche finanzielle Unterstützung würde sie einfach so weitermachen, bis sie umfiel. Jetzt war es aber nicht mehr so einfach mit den Anwälten im Nacken, die sie zum Verkauf des Anwesens drängten.

Ihr Blick fiel auf eine junge Frau, die an der Tür stand. Das Mädchen hatte sonnenhelles Haar, war groß und gertenschlank, lächelte sie an und hielt einen Strauß leuchtend bunter orange- und rosafarbener Maßliebchen in der Hand. Irgendetwas an ihr hob Callies Stimmung.

»Miss Rosslyn?« Sie zögerte. »Kennt man Sie auch unter dem Namen Caroline Lloyd-Jones?«

»Wer will das wissen?«, antwortete Callie. Freude und ein wenig Angst flackerten in ihr auf, als sie den australischen Akzent hörte.

Das Mädchen nahm sich einen Stuhl und setzte sich ans Bett.

»Mein Name ist Melissa Alexandra Boyd, ich komme aus Adelaide.« Sie machte eine Pause, fuhr dann aber etwas zögernd fort. »Mein Vater war Lew Boyd. Desmond Louis Lionel Boyd oder Lloyd-Jones, das habe ich gerade erst herausgefunden. Stimmt es, dass er Ihr Sohn war?«

Callie wandte ihren Kopf ab, um die Wirkung zu verbergen, die diese Worte auf sie hatten. »Ist er auch hier?«

»Leider nicht, aber vielleicht seine Seele. Es war sein letzter Wunsch zu erfahren, wer ihm die hier geschickt hat.« Sie hielt die alte Postkarte in der Hand, die Callie so gut kannte.

»Gütiger Gott. Die hat er die ganzen Jahre über aufgehoben?«

»Nicht wirklich. Das ist eine lange Geschichte, jedenfalls habe ich mich auf die Suche nach Ihnen gemacht. Sie waren wirklich schwer zu finden.« Das Mädchen lächelte, und in ihrem Blick spiegelten sich die Augen ihrer Mutter, die sie ansahen.

Callie konnte nicht lächeln; sie weinte. »Desmond ist tot?«

»Ja, es tut mir leid.«

Das Mädchen streckte seine Hand aus, und Callie griff danach wie eine Ertrinkende nach einem Rettungsring. »Dann hat er mich also doch nicht vergessen? Ich habe ihm so oft geschrieben, aber nie eine Antwort bekommen.«

»Darüber weiß ich nichts, aber er hat mir diese Dinge hinterlassen, damit ich Sie finden kann«, antwortete sie und zog einen Umschlag mit Fotos und Ferrands Kriegskreuz heraus, ein Foto von Primrose McAllister und Nettas Foto von Jessie Boyd mit Desmond, das Callie noch nie zuvor gesehen hatte. Plötzlich ging ihr Piepser los, eine Krankenschwester stürzte herein und kontrollierte Carolines Puls.

»Sie dürfen Sie nicht in Aufregung versetzen, sonst müssen Sie gehen«, warnte die Krankenschwester Melissa.

»Nein, sie soll bleiben. Das ist meine Enkelin«, sagte Callie und sah Mel an. Sie konnte kaum glauben, was sie da sagte. »Und du bist wirklich seine Tochter?«

»Ja.« Sie saßen schweigend da und sahen einander nur an, ein unvergesslicher Moment.

»Und du hast den ganzen Weg auf dich genommen, um mich zu finden?«

»Ich bin aus London gekommen. Ich studiere dort«, sagte Mel. Sie erzählte ihr, wie sie Callies Namen in einer Zeitschrift entdeckt habe. »Zum Glück hat Phoebe Faye dir einen ungewöhnlichen zweiten Vornamen gegeben.«

»Ich kann gar nicht glauben, dass das passiert. Du gehst doch nicht gleich wieder, oder?« Callie sah die Krankenschwester an, die immer in Melissas Nähe blieb. »Sie soll noch bleiben. Wir haben uns so viel zu erzählen.«

»Nur noch fünf Minuten …«

»Erzähl mir von deinem Vater und deiner Mutter. Ich habe mich so danach gesehnt, von meinem Sohn zu hören …« Callie spürte, wie sie eindöste, während das Mädchen weitersprach.

Als sie wieder erwachte, war das Mädchen verschwunden. Callie befürchtete schon, dass das hübsche Mädchen mit dem sonnenhellen Haar und dem auffallend pinkfarbenen Schal, das ihr Nachrichten von Desmond gebracht und ihr neue Hoffnung gemacht hatte, nur ein schöner Traum gewesen war. Ein tröstlicher Traum für eine sterbende Frau, doch dann sah sie den Strauß bunter Maßliebchen auf ihrem Nachttischchen stehen.

»Hatte ich Besuch?«, fragen sie einen Krankenpfleger, der vorbeiging.

»Allerdings, und sie hat Sie wieder zurück ins Leben geholt, so viel steht fest. Sie sagten, sie sei Ihre Enkelin aus Australien.«

»Ja richtig, das ist sie«, antwortete Callie. »Dann ist es für mich vielleicht doch noch nicht zu Ende.«

51

Callie traute ihren Augen nicht, als sie die Veränderungen im Haus sah, nachdem Vera sie aus dem Krankenhaus nach Hause geholt hatte. Der Zauberstab einer Fee schien durch die Küche gefahren zu sein und sie auf Hochglanz gebracht zu haben. Der große Ofen brannte, und als sie in den Salon spähte, stand dort ein riesiger Weihnachtsbaum mit Kerzen, im Kamin brannte ein Feuer.

»Hast du das gemacht?« Sie sah ihre Freundin überrascht an.

»Oh, das war ich nicht alleine. Das waren Melissa und ein paar Freunde. Sie kamen letzte Woche her und haben das Haus geputzt, ein oder zwei Helfer haben dem Zimmer einen neuen Anstrich verpasst.«

»Aber ich kann sie nicht dafür bezahlen … und das Öl«, Callie wurde ganz anders angesichts dieser liebevollen Unterstützung.

»Mach dir darüber keine Gedanken. Wir haben von dem Geld der Stiftung neues Öl gekauft, damit du über den Winter kommst. Du hast nie einen Penny für dich beansprucht. Es wird Zeit, dass du das tust. Die Ärzte haben Hilfe für dich organisiert. Wir haben dir viel zu viel aufgebürdet, also lehn dich mal zurück …«

»Ich verstehe nicht, wie …«, Callie war überwältigt vom Glanz ihres Hauses.

»Melissa wird es dir erklären, wenn sie dieses Wochenende herkommt. Sie wollte dir die Möglichkeit geben, dich hier in Ruhe zu erholen, und hat ein paar Ideen entwickelt, wie man Geld sammeln könnte. Sie will mit ein paar Musikerfreunden ein Benefizkonzert organisieren. Sie wollen in der Kirche auftreten, was hältst du davon?«

»Wo ist sie? Sie hat mich nicht mehr besucht.«

»Auf dem Kaminsims liegt ein Brief für dich. Ich habe sie überredet, über Weihnachten herzukommen. Wir müssen deiner jungen Australierin ein richtiges englisches Weihnachten bescheren.«

»Aber oben ist nicht aufgeräumt –«

»Sieh es dir doch mal an. Alles ist blitzblank. Ich bin so froh, dass du wieder zurück bist. So leer fühlt sich das Haus nicht gut an«, sagte Vera und lächelte. »Es ist so eine Erleichterung.«

Callie griff nach einem Taschentuch »Ich verdiene diesen ganzen Aufwand nicht – und jetzt heul ich auch noch, das gehört sich doch gar nicht.«

»Tränen sind gut … sie sind heilsam. Aber du wirst keine Kübel mehr schleppen. Wir alle werden abwechselnd die Tiere füttern.«

»Ihr seid so gute Freunde … Ich verdiene euch nicht.« Wie konnte sie Vera, Melissa und die anderen für all die Unterstützung entschädigen? »Was wird aus dem Tierasyl?«

»Jetzt hör doch damit auf. Du hast dich über all die Jahre mit Leib und Seele diesem Ort verschrieben, nun ist es an der Zeit, dass mal du etwas bekommst, also halt die Klappe und trink deinen Tee. Keine Sorge. Alles wird gut.«

Callie war erschöpft von der Heimreise und der überraschenden Verschönerung ihres Zuhauses. Sie ließ sich in den alten Windsor-Sessel fallen und beäugte ihr Reich. Alles war aufgeräumt und glänzte. Es fühlte sich in vieler Hinsicht wie ein Neuanfang an. Das löste aber das Problem mit der Stiftung nicht. Wie sollten sie einen weiteren Winter überleben, wo würden sie Geld herbekommen?

Da fiel ihr der Brief von Melissa ins Auge, und sie kramte nach ihrer Brille.

> Diese Postkarte habe ich nach dem Tod meines Vaters erhalten. Desmond Louis bestand darauf, dass ich herausfände, von wem diese Postkarte käme. Ich dachte, Du würdest sie vielleicht gerne haben …

Sie nahm die alte Postkarte von Dalradnor in die Hand, die sie ihrem Sohn vor so vielen Jahren geschrieben hatte. Wie um alles in der Welt hatte sie die Jahre überdauert? Erstaunt sah sie sich das sepiafarbene Foto an, Erinnerungen kamen zurück an ihre aufregende Fahrt um die Welt, um ihren Sohn zu holen. Sie legte sie vorsichtig beiseite, griff nach Desmonds Brief und hielt ihn ins Licht.

»Liebe Mel …« Sie verweilte bei jedem Satz und versuchte sich seine Stimme vorzustellen. »… es ist, als würde ich durch ein Loch in einer großen Wand auf einen Garten voller Blumen spähen …« Seine Worte trieben ihr die Tränen in die

Augen. Erinnerte er sich an den Garten in Dalradnor? Oh, warum hatten sie sich nie wieder gesehen? Sie drückte seine Worte fest an ihre Brust.

Im Haus wurde es still. Sie war froh, dass man sie mit ihren Gedanken alleine gelassen hatte. So viel war in den vergangenen Wochen passiert, Begebenheiten, die ihr Leben vollständig umgekrempelt hatten.

Sie las die letzten Worte ihres Sohnes an seine Tochter und spürte die Traurigkeit darin. Er hatte keinerlei Erinnerung mehr an sie, und dennoch erinnerte ihn der Rosenduft an etwas oder jemanden. Sie weinte, erinnerte sich an die Bank im Rosengarten, wo sie ihm den *Skye Boat Song* vorgesungen und er sie gebeten hatte, »sing es noch einmal«.

Er hatte dieselbe Schwäche für Alkohol gehabt wie sie, hatte versucht, mit harter Arbeit und Erfolg die Dämonen zu bekämpfen, doch nach dem Verlust seiner geliebten Frau Sandra war er abgeglitten, das konnte sie nur zu gut nachvollziehen. Sie waren sich so ähnlich. Wie gerne hätte sie ihn kennengelernt. Könnte sie doch nur die Uhr zurückdrehen – nie hätte sie sich bei der Armee verpflichtet. Hätte sie nur auf ihrem Anspruch bestanden, hätte sie nur, hätte sie nur … Callie starrte ins Feuer und schüttelte den Kopf. Das war damals, jetzt war jetzt. Sei dankbar für die zweite Chance, die du durch deine Enkelin bekommst. Sie konnte es kaum erwarten, Melissa wiederzusehen.

52

»Was ist mit dir los?« Mel saß im Auto und führte Selbstgespräche. »Seit wir London verlassen haben, bis du total schlecht drauf … Ich bin einfach nur müde«, fauchte sie sich selbst an, »ich habe keine Lust auf einen Streit.«

»Du hast Mark also den Laufpass gegeben, genau wie all den anderen auch. Immerhin hat es länger als mit den meisten gehalten, was hat er falsch gemacht?« Nichts, das war ja das Problem. Er wollte weiter mit ihr zusammen sein, sie aber wollte alles allein und auf ihre Weise tun. »Und jetzt wünschst du dir, du hättest es nicht getan.«

»Ruf ihn an«, sagte ihr Herz, »entschuldige dich bei ihm, bevor ihn sich eine andere schnappt.«

»Ach, halt die Klappe!«, schrie ihr Verstand. »Mark kann seinen eigenen Weg gehen und ich meinen.«

Sie sah kurz nach hinten und hoffte, dass sie den ganzen Papierkram der Anwälte mitgenommen hatte. Mel hatte der Kanzlei Benson eine Mail mit Carolines Adresse geschickt. Die Antwort hatte sie zum Nachdenken gebracht, doch sie wollte ihre Großmutter nicht schon jetzt in Aufregung versetzen.

Für das Benefizkonzert an Neujahr musste sie noch ein paar organisatorische Details klären. Es sollte ein Galaabend mit Dinner werden. Eine volle Kirche würde Geld in die Kassen der Stiftung spülen. Die Künstler und ihre Freunde bekamen nur die Spesen bezahlt, und sie hatte ein großartiges Quartett organisiert. Angie sollte ihre Soli auf der Flöte spielen und sie dann bei ihrer eigenen Stückauswahl begleiten.

Mel hatte sich noch immer nicht richtig an den Gedanken gewöhnt, dass sie Caroline rein zufällig gefunden hatte – oder war die ganze Zeit eine unsichtbare Hand im Spiel gewesen? Wie hatten ihre Großeltern Jess und Jim es übers Herz gebracht, Lew bewusst über seine leibliche Mutter im Unklaren zu lassen? Niemand hatte ihn gedrängt, mit dieser Fremden zurückzugehen. Das hatte seiner Mutter das Herz gebrochen und einen Keil zwischen Phoebe Faye und ihre Tochter getrieben. Wie traurig diese Geschichte war, dachte sie.

Hatte ihr Vater tief im Inneren gewusst, was er ihr angetan hatte? Vermutlich war er zu klein gewesen, um so mächtige Gefühle zu verstehen. Sie hatte immer die Trauer in ihm gespürt, schon bevor er Sandra verlor. Vielleicht hatte ihn das zum Trinker gemacht, und Moms Tod hatte dann das Fass zum Überlaufen gebracht. Callie hatte auch getrunken, um ihren Schmerz zu betäuben. Hatte er sich an mehr erinnert, als er in seinem letzten Brief vorgab? Er hatte von einer Dame gesprochen, die ihn besucht hatte, aber niemals wieder zurückgekehrt war. Vielleicht hatte er erraten, wer sie in Wirklichkeit war.

Mel heftete ihren Blick auf die Straße vor sich und seufzte. Das würde sie niemals erfahren. Und es gab so vieles, was sie über Pater Karels Bruder Louis-Ferrand wissen wollte. Sie musste ihm unbedingt schreiben und ihm die Neuigkeiten erzählen. Sie hatte das Gefühl, eine ganz neue Familie entdeckt zu haben, auch mit Hilfe von Marks Bemühungen …

Mel spürte, dass sie unwillkürlich lächelte. Vielleicht war es an der Zeit, sich weniger auf die Vergangenheit und mehr auf die Zukunft zu konzentrieren. Sie hatte den Wunsch ihres Vaters erfüllt. Vielleicht war jetzt sie an der Reihe, aus den Fehlern der Vergangenheit zu lernen. Oder war es dafür schon zu spät?

Sie fuhr schweigend durch die Dämmerung dieses Dezemberabends und hielt nach den Wegweisern nach Little Brierley Ausschau.

53

Für Callie war es eine seltsame Weihnachtszeit mit einem Gast im Haus, der sie von vorne bis hinten bediente, ihr den Tee ans Bett brachte, ausmistete und die Pferde striegelte, Telefonanrufe entgegennahm und einkaufte, als wäre sie ein hilfloser Pflegefall. Callie war an so viel Aufmerksamkeit nicht gewöhnt, doch sobald sie versuchte, ihre alten Pflichten wiederaufzunehmen, spürte sie, wie ihr die Luft wegblieb.

Sie sah Melissa gerne zu, wenn sie in der Küche herumwerkelte oder in den Ställen ihre Tonleitern übte, sobald die Pferde draußen waren. Ihre Stimme schwang sich in Höhen, die Glas zum Bersten hätte bringen können. Diese Stimme war ein echtes Geschenk, das sie bestimmt von Callies Mutter Phoebe geerbt hatte. Phee hätte sich so gefreut, dieses Mädchen zu sehen, das ihr wie aus dem Gesicht geschnitten war, stark, anmutig und burschikos zugleich. Callie konnte es kaum erwarten sie fein herausgeputzt zu sehen. Die Mädchen trugen heute nur Pulli, Jeans und Stiefel.

Einmal hatte Melissa ihr aus einer Weinlaune heraus erzählt, dass sie gerade ihrem Freund den Laufpass gegeben habe, obwohl der keine Mühen gescheut hatte, ihr bei der Suche nach der Familie ihres Vaters zu helfen, und dass sie es sich aber am liebsten noch einmal überlegen würde, aber zu stolz sei, um es ihm zu sagen. Das kommt mir irgendwie bekannt vor, dachte Callie.

Kaum zu glauben, was für einen Unterschied ein Jahr machen konnte. Letzte Weihnachten hatte es nur Schweinskotelett, Fernsehen und einen Spaziergang über die Felder gegeben. Ihr würde die Gesellschaft fehlen, wenn Melissa wieder weg war. Sie bekam niemals genug von Melissas Geschichten über Sandra und Lew und über die Zeiten, in denen noch alles in Ordnung war. Das wärmte ihr Herz. Er hatte versucht, ein guter Vater zu sein, doch trotz aller Bemühungen gewann der Teufel Alkohol bisweilen die Oberhand und hatte am Ende seine Krankheit ausgelöst.

Bei seiner Frau hatte er Liebe und Erfüllung gefunden, doch sie starb früh, auch Callie hatte eine derartige Erfahrung gemacht. Es war gut, die Wahrheit zu erfahren, sowohl die erfreulichen wie die unerfreulichen Seiten. Dennoch hatten Sandra und ihr Sohn dieses wunderbare Mädchen in die Welt gesetzt, und sie war zu ihren Wurzeln zurückgekehrt.

Und jetzt konnte sie sich auf ein Konzert in der Kirche freuen. Die Akustik dort war herrlich, trotzdem machte Callie sich immer noch Gedanken um die Zukunft der Stiftung. Die Sorgen hatten sie krank gemacht. Sie wusste, dass ihre Zeit langsam ablief, aber sie war fest entschlossen, das Beste daraus zu machen und ihre Angelegenheiten zu ordnen, genau wie Madge das vor all den Jahren getan hatte. Wie konnte sie die Freundlichkeit der einst fremden Frauen jemals vergessen, die sie am Boden zerstört aufgenommen und wieder ins Leben zurückgeführt hatten? Genau wie Melissa jetzt, die vor knapp einem Monat an ihrem Bett gestanden hatte.

Und doch hatte sie das Gefühl, als hätte sie dieses Kind schon ihr ganzes Leben im Herzen getragen.

Am zweiten Weihnachtstag, als sie am Abend alleine mit Melissa vor dem Kamin saß, räusperte das Mädchen sich und begann zögerlich zu sprechen.

»Großmutter, ich habe noch ein paar Neuigkeiten für dich. Die Angelegenheit verfolgt mich seit Tagen, bitte lies das genau.« Sie reichte Callie ein Blatt Papier und die Brille, die neben ihr auf dem Tisch lag.

»Ich habe dir doch erzählt, dass ich in London zu den Anwälten gegangen bin, um herauszufinden, wo du steckst? Gut, daraufhin habe ich das erhalten.«

Callie las den Briefkopf. »Du meine Güte, gibt es die noch?«

»Lies weiter.«

...

Wir nehmen Bezug auf unser letztes Gespräch über das Erbe der verstorbenen Phoebe Faye, mit bürgerlichem Namen Annie Boardman.

Vor geraumer Zeit haben wir ein Schreiben der Anwälte Pettigrew und Copeland in Glasgow erhalten. Die aktuellen Pächter von Dalradnor Lodge, Stirlingshire, haben den Wunsch geäußert, das Anwesen sowie die angrenzenden Flächen zum aktuellen Wert zu kaufen, falls der Grundbesitzer bereit wäre, vorher genanntes Eigentum zu veräußern.

Da wir inzwischen die aktuelle Adresse von Caroline Rosslyn Lloyd-Jones, geborene Boardman, haben, fügen wir eine Kopie des Angebots zur Kenntnisnahme bei.

»Ist dir klar, dass du über das Vermögen bestimmen, die Cottesloe-Stiftung absichern und das Haus hier angenehmer für dich gestalten könntest, wenn du Dalradnor verkaufst?«, sagte Melissa. »Du könntest eine Toilette und eine Dusche im Erdgeschoss einbauen, Wärmedämmungen anbringen und das Dach reparieren lassen. Du könntest dir dauerhaft Hilfe leisten. Was hältst du davon?« Melissa schien von dem Gedanken an all die Möglichkeiten, die der Verkauf bot, begeistert zu sein, ihre Augen funkelten vor Enthusiasmus.

Callie spürte, wie sich kurz ihr Herz zusammenzog. Sie atmete tief durch, um den Schmerz zu lösen. »Aber Dalradnor gehört der Familie ... Eines Tages wird es dir gehören. In meinem Alter brauche ich nichts mehr.«

»Es gehört mir nicht. Nichts verbindet mich mit diesem Ort. Ich war nicht einmal drinnen. Was zählt, ist aber, was du jetzt willst.« Melissa lächelte sie aufmunternd an. »Mein Vater hat ziemlich gut für mich gesorgt, also mach dir um mich keine Gedanken.«

Das waren großartige Neuigkeiten. Die Möglichkeit, Dalradnor zu verkaufen, war eine ziemliche Überraschung, überlegte Callie, doch der Zeitpunkt konnte nicht besser sein. »Ich nehme an, dann wäre das Madge-Cottesloe-Tierasyl in Zukunft abgesichert. Wir könnten mehr Pferde aufnehmen, die Gebäude renovieren und Leute vor Ort ausbilden. Ich weiß, dass ich dem allen nicht mehr gewachsen bin.«

»Soviel ich weiß, gehört zu Phoebes Erbe mehr als nur das Haus. Du bist eine reiche Frau.« Melissa schien ganz begeistert davon, doch Callie zuckte nur die Achseln.

»Ich würde alles zurückgeben, wenn ich damit meinen Frieden mit ihr machen könnte. Geld bringt niemals Glück, nur Sicherheit und Trost, aber nicht das, was im Leben wirklich zählt. Ich kann nicht noch mehr von ihr annehmen.«

»Warum nicht? Wenn du ihr Anwesen nicht einforderst, geht es vielleicht an den Staat.«

»Junge Frau, bedräng mich nicht. Das ist zu viel auf einmal – außerdem wird es Zeit, dass wir uns noch über etwas anderes unterhalten.« Jetzt war Callie an der Reihe, Klartext zu reden.

»Über was denn?«, fragte Melissa zögerlich.

»Über einen gewissen jungen Mann, der eine große Rolle bei deiner Recherche gespielt hat. Ich würde ihn sehr gerne kennenlernen.«

»Das hat jetzt keinen Sinn mehr. Zwischen uns ist es vorbei. Weißt du, Musiker haben keine Zeit für eine Beziehung.«

»Blödsinn, das ist alles dummes Zeug. Viele Künstler haben wunderbare Partner. Mein Leben soll dir eine Lehre sein. Lass dir die wichtigen Dinge im Leben nicht entgehen, Liebe ist so viel wichtiger als Arbeit. Du hast für den Erfolg noch jahrelang Zeit. Vermutlich hat dich die Suche nach mir auf andere Gedanken gebracht, aber ich werde nicht ewig hier sein. Ich möchte diesem Mark für alles danken, was er getan hat, damit wir einander finden konnten. Offenbar liebt er dich, sonst hätte er nicht so lange deine Mätzchen ertragen.«

»Oh, sag das nicht. Ich hätte es auch allein geschafft. Ich brauche keinen Mann«, erwiderte Melissa und vermied es, ihrer Großmutter in die Augen zu sehen.

»Ich glaube, er war dir bestimmt von dem Moment an, als dir meine Postkarte in die Hände fiel. Sie hat euch zusammengebracht. Sie hat uns alle zusammengeführt. Glaube mir, ich weiß, was es heißt, wenn man dem ganz besonderen Menschen begegnet. Folge deinem Herzen, nicht deinen Zielen, Melissa. Schau hin und lerne von jemandem, der weiß, wie es ist, wenn man alles verliert. Versprichst du mir, dass du darüber nachdenken wirst?«

Callies weise Worte trafen Melissa hart, das konnte sie an ihrem Gesichtsausdruck sehen. »Jeder hat eine zweite Chance verdient, selbst du, mein Fräulein«, fügte Callie augenzwinkernd hinzu. »Ihr jungen Leute von heute habt Möglichkeiten, die wir damals nicht hatten. Alles liegt noch vor dir. Du brauchst kein schlechtes Gewissen haben, nur weil du ein musikalisches Talent hast und gleichzeitig einen Geliebten. Ich hatte die Liebe meines Lebens gefunden, aber der Krieg hat sie zerstört. Unser Leben wäre ganz anders verlaufen, wenn Ferrand und ich zusammen gewesen wären.« Sie seufzte und schüttelte den Kopf. »Es vergeht kein Tag, an dem ich gewisse Entscheidungen nicht bereuen würde. Dass ich Desmond Louis verloren habe, hat mich schier um den Verstand gebracht und mir einen Schmerz zugefügt, der mich nie wieder losließ. Wir hätten so viele Jahre gemeinsam verbringen können. Meine Mutter hat stets auf eine Versöhnung gehofft, die niemals kam. Auch ihr Herz habe ich gebrochen. Warum verstehen wir unsere Eltern erst, wenn es zu spät ist? Wir finden alle Wege, um unseren Schmerz zu lindern. Ich hatte Glück, denn Madge und Alfie haben mir hier eine zweite Chance gegeben.

Du musst deinem Vater verzeihen, dass er seine Sorgen im Alkohol ertränkt hat. Der Alkohol ist ein Trost für Einsame, ein langsamer Selbstmord für verzweifelte Menschen. Nicht jeder von uns ist willensstark, Melissa. Ich weiß, er hat dich durch seine Abwesenheit tief verletzt. Eltern vergessen manchmal, dass Zeit das wichtigste Geschenk für ihre Kinder ist. Zeit, die man mit ihnen verbringt, Zeit, in der man ihnen zuhört. Ich habe meinen Sohn in vielerlei Hinsicht schwer enttäuscht.

Ich schulde dem Cottesloe-Tierasyl etwas dafür, dass es mir einen Grund gab, morgens aufzustehen. Die Liebe und Treue von ein paar verletzten stummen Tieren waren mein Lohn für die schwere Arbeit. Und ich habe dich getroffen, das ist mehr, als ich jemals zu hoffen gewagt hätte. Habe keine Angst, dein Herz in Liebe zu verschenken. Das weckt das Beste in jedem von uns.«

Nach diesem gutgemeinten Rat hatte Mel nicht schlafen können. Es war nicht leicht, sich seine Ängste einzugestehen. Auch lag ihr mehr an Mark, als sie zugab. Die vergangenen Monate ohne ihn waren einsam und leer gewesen. Sie wollte aus ihren Fehlern lernen und das nächstes Mal vorsichtiger mit einem Partner umgehen. Ihr fiel auf, dass sie das Volkslied *I know where I'm going* vor sich hin summte. Ich wünschte nur, ich wüsste auch, wohin ich in Zukunft gehen soll, seufzte sie.

Sie hörte den Transporter draußen auf dem Parkplatz vor der Kirche. Es war Zeit, das neue Kleid vor dem provisorischen Umkleidespiegel zwischen den Soutanen der Sakristei anzuziehen. Es war ein dunkelviolettes, schulterfreies Samtkleid mit enger Korsage und einem langärmeligen Bolerojäckchen. Um ihren Hals trug sie eine Perlenkette, die Callie ihr aus Phoebes Nachlass geschenkt und die in einem Etui mit passenden Ohrringen gelegen hatte. Sie kam sich glamourös vor, wie eine Callas an der Scala, und hatte richtiges Lampenfieber. Es wurde Zeit, den Musikern Hals und Beinbruch zu wünschen. Das hier war vielleicht nicht Covent Garden, aber für sie war es ihr bisher wichtigster Auftritt.

Callie war erleichtert, als sie die Kirche voller Leute sah, und lächelte zufrieden. Alles was Rang und Namen in der Grafschaft hatte, war gekommen und hatte sich herausgeputzt. Sie selbst hatte es genossen, den langen schwarzen Rock und eine Samtjacke auszuwählen, ihr dünnes graues Haar hochzustecken und sich in ein Paar Schuhe mit Absatz zu zwängen. Nun starrte sie auf die Tür, nur für den Fall.

Das Konzert begann pünktlich, die Klänge des Quartetts erhoben sich strahlend zum Kirchenschiff. Ein herrliches Flötenstück wurde gespielt, dann betrat Melissa die Stufen vor dem Altar, wunderschön und majestätisch.

Melissas Stimme, die den Raum erfüllte, ergriff Callies Herz. Die Zuhörer im Publikum sahen einander an und staunten über so viel Kraft und perfekte Stimmführung. Callie war keine Expertin, doch selbst sie erkannte, dass hier ein Star geboren wurde. *Und sie stammt aus meiner Familie, unfassbar.*

Melissa sah zu ihr herüber und lächelte. »Zu Ehren meiner schottischen Herkunft habe ich noch etwas von Robert Burns gewählt: *O my Love is like a red, red Rose.*«

Wie konnte aus so viel Liebe und Verlust so ein Talent hervorgegangen sein? Von Phoebe, Arthur, Ferrand und Desmond und aus all dem Durcheinander ihrer Trennung? Das war wirklich ein Neuanfang. Dieses Mädchen brachte so viel Freude und Glück in ihr Leben. Callie hoffte, dass sie ihr etwas zurückgeben konnte. Nach dem donnernden Applaus sang Melissa noch den bekannten *Le Baylere* aus *Chants d' Auvergne.* Callie griff in ihre Tasche und suchte nach einem Taschentuch, während sie sich mit Tränen in den Augen zum Publikum im Saal umsah, in dem sich Jung und Alt aus Liebe zur Musik versammelt hatten.

Seit sie das Angebot für Dalradnor Lodge bekommen hatte, konnte sie kaum mehr schlafen. Sie hatte sich geschworen, ohne Desmond niemals wieder dorthin zurückzukehren. Es machte viel Sinn, das Anwesen zu verkaufen und mit dem Geld das Tierasyl abzusichern, doch die Stiftung wusste bereits, dass die Pacht bald enden würde. Es war nur noch eine Frage der Zeit, dann würde man umdenken müssen. Suchend musterte Callie die Gesichter, bis sie einen großen jungen Mann entdeckte, der, von Schneeflocken bedeckt, langsam durch die Tür kam und seinen Blick nur auf Melissa richtete. Das sieht sehr vielversprechend aus, dachte Callie und lächelte insgeheim. Veras Einladung in letzter Minute hatte also funktioniert … Jeder hatte im Leben eine zweite Chance verdient. Wenn sie nur gewusst hätte, ob sie das Richtige für die Zukunft der Stiftung tat mit dem, was sie als Nächstes vorhatte.

Zum Abschluss

Callie saß mitten zwischen den Rosen an der Gartenmauer von Dalradnor Lodge. Der Duft drang inzwischen nur noch schwach in ihre Nase, doch die Blüten erfüllten ihr Herz immer noch mit Stolz: *Boule de Neige* und *Albertine* rankten sich über die Mauer, eingefasst von Lavendel. *Madame Alfred Carrière* wölbten sich über dem Eingangstor. Ihren Mädchen ging es gut.

Hier fühlte sie sich Phoebe, Arthur und Desmond nahe; all ihre Kindheitserinnerungen hatten hier auf sie gewartet. Blicke niemals zurück, hieß es, doch manchmal musste man mit älteren, weiseren Augen zurückblicken, um den Kreis des Lebens zu schließen. Desmond hatte den Duft der Rosen niemals vergessen und auch nicht, dass sie für ihn gesungen hatte. Arthur hatte in seinem Erdloch Trost in seiner Erinnerung an Dalradnor gefunden. Sie konnte ihren Sohn nicht ins Leben zurückholen, aber dafür war ihr etwas Wundervolles gewährt worden, seine Tochter.

Nach Mels letztem Konzert vor der Sommerpause waren sie von London hergeflogen. Callie hatte erst überredet werden müssen, sie und Mark in den Urlaub zu begleiten, doch diesen Besuch schuldete sie letztlich allen. Sie wollte sich auch bei den Dorfbewohnern bedanken, die ihrer Enkelin geholfen hatten. Außerdem gab es noch einen anderen Grund für ihre Rückkehr.

Wie hatte sie jemals daran denken können, Dalradnor an

Fremde zu verkaufen? Sie hatte nicht das Recht, es herzugeben. Es musste für andere treuhänderisch verwaltet werden. Sie hatte sich mit Interesse die alten Ställe angesehen und die umliegenden Felder, die so perfekt für ihre Gäste waren. Das Cottesloe-Tierasyl würde weitergeführt werden, aber an einem anderen Ort. Es gab genügend Raum für Lehrlinge, reichlich Nebengebäude und keinen Verpächter, der ihnen im Nacken saß. Sie konnten die Zukunft planen. Mark Penrose würde das für sie organisieren.

Sie hatte sich hier einst glücklich und sicher gefühlt, und genauso friedlich fühlte sie sich jetzt. Dafür hatte Arthur Seton-Ross gesorgt, als er es Phoebe vermachte. Nun würde es den Mühseligen und Beladenen Schutz bieten; Tier und Mensch gleichermaßen.

Ich bin nach Hause gekommen, und hier bleibe ich, solange es mir noch vergönnt ist, lächelte sie. Sie hatte hoffentlich noch genügend Zeit, um das Cottesloe-Tierasyl hierherzubringen. Diesen Entschluss hatte sie in dem Moment gefasst, als sie diesen wunderbaren Ort wieder betreten hatte.

Einst hatte Ferrand sie in Kairo mit dem alten Spruch getröstet, Fehler seien wie Perlen, die man schätzen müsse. Sie hatte während ihres Lebens eine lange Perlenkette geknüpft, die nun von einem kostbaren Edelstein, einem strahlenden Mädchen, zusammengehalten wurde, das ihr jetzt entgegenkam und sie begrüßte.

Danksagung

Mein tiefer Dank gilt meiner Agentin Judith Murdoch, meiner Lektorin Jessica Leeke und meiner Korrektorin Yvonne Holland, ohne deren Unterstützung dieses Buch vielleicht niemals veröffentlich worden wäre. Sie kamen mir zu Hilfe, als ich plötzlich krank wurde, und verliehen dem Buch den letzten Schliff. Vielen herzlichen Dank.

Obwohl meine Figuren alle frei erfunden sind, so hat mich das Leben von Eileen Nearne inspiriert – Staatliche Sonderermittlerin der SOE, französische Abteilung. Die Berichte über ihre Flucht aus dem Frauen-KZ Ravensbrück liegen der Geschichte meiner Heldin zugrunde.

Die schwierige Entscheidung, die Desmond als kleiner Junge fällt, war nicht ungewöhnlich für jene Zeit und beruht auf einer wahren Geschichte, die mir vor vielen Jahren erzählt wurde.

Ich danke meinen Cousins David und Pat Rodger, mit deren Hilfe ich auf Dalradnor Lodge bei Balfron, Stirlingshire, stieß.

Zum Schluss möchte ich all meinen Freunden und meiner Familie dafür danken, dass sie sich in schweren Zeiten um mich geschart und mich unterstützt haben – ihr habt mich aufgeheitert und mir beim Tragen meiner schweren Last geholfen.

Leah Fleming

Leah Fleming

Schiff der tausend Träume

Roman

Aus dem Englischen von

Marion Balkenhol und Annette Hahn

Band 19475

Zwei ungewöhnliche Frauen. Eine schicksalshafte Nacht. Ein ganzes Leben voller Geheimnisse.

Als sie an Bord der Titanic gehen, sind sie durch Stand und Herkunft getrennt: die Auswanderin May und die reiche Celeste. Als das unsinkbare Schiff sinkt, kann Celeste May und, wie sie glaubt, deren Kind aus den eisigen Fluten retten. In jener Nacht erwächst zwischen May und Celeste eine Freundschaft, die ihren weiteren Lebensweg auf immer verbindet – ebenso wie das Geheimnis des geretteten Kindes, das die Zukunft dreier Generationen prägen wird: von New York über England bis zu den Hügeln der Toskana …

Das gesamte Programm gibt es unter www.fischerverlage.de

fi 19475 / 2

Barbara Wood
Dieses goldene Land
Roman
Aus dem Amerikanischen von Veronika Cordes
Band 18125

Das neue große Australienepos

Die junge Hannah bricht in die endlosen Weiten Australiens auf, um ihr Glück zu suchen. Ihre Liebe zu dem Naturforscher Neal führt sie in die mystische Welt der Aborigines, mit dem Outlaw Jamie gerät sie auf eine abenteuerliche Schatzsuche. Dort, im Herzen der Wildnis, muss sie ihren Traumpfad finden.

»Hier findet sich von allem etwas:
Viel Gefühl, berührende Schicksale, gefährliche Abenteuer,
Landeskunde und obendrein ein schönes Ende.«
Westdeutsche Allgemeine Zeitung

Das gesamte Programm finden Sie unter
www.fischerverlage.de

fi 18125 / 2

Lucie Whitehouse

Als hätten wir alle Zeit der Welt

Roman

Aus dem Englischen von Maria Andreas

Band 17473

Joanna und ihre Freunde sind seit Studienzeiten unzertrennlich. Einer von ihnen erbt Stoneborough Manor, ein eindrucksvolles Herrenhaus auf dem Land. Joanna spürt bald, dass das Haus eine merkwürdige Wirkung auf sie und ihre ganze Freundesclique ausübt. Wie vom heimlichen Pulsschlag des Hauses angetrieben, dreht sich einen heißen Sommer lang ein Reigen aus Liebe, Verrat, Erotik und Obsession. Als die Spannung zu eskalieren droht, muss Joanna entscheiden, wohin ihr eigener Weg gehen soll. Und dann ist nichts mehr, wie es war ...

»Knisternde psychologische Spannung …
ein stimmungsvolles, atmosphärisches Buch.
Und natürlich: very british.«
Westdeutsche Allgemeine Zeitung

»Dieser Roman wird Sie bis tief in die Nacht
in seinen Bann schlagen.«
Elle

Fischer Taschenbuch Verlag

fi 17473 / 1

Kate Saunders

Es soll Liebe sein

Roman

Aus dem Englischen von Karin König

Band 16755

Ben und Frederick sind charmant, gutaussehend und völlig unwiderstehlich. Leider sind sie auch unordentlich, jeglicher Arbeit abgeneigt und komplett nutzlos. Cassie steht vor einer schweren Aufgabe: sie soll den Jungs passende Frauen suchen. Und – Liebe soll es auch noch sein.

»Glorios!«

Marian Keyes

»Hinreißend komisch!«

freundin

»Romantisch«

Cosmopolitan

Fischer Taschenbuch Verlag

fi 16755 / 1

Kate Saunders

Es klingt nach Liebe

Roman

Aus dem Englischen von Annette Hahn

Band 18563

Was tust du, wenn du deiner großen Liebe
wieder begegnest?

Genau das passiert Hugh Purvis. Er trifft Laura, seine große Jugendliebe. Hughs Frau Barbara fällt aus allen Wolken. Denn zur gleichen Zeit verliebt sich ihre Tochter auch noch in eine Frau, und Sohn Colin interessiert sich mehr für eine Chorsängerin mit Dreadlocks als für eine Karriere als Pianist. Gegen diesen Gefühlssturm hilft nur eine radikale Renovierung: Barbara kauft eine baufällige Mühle und möbelt nicht nur das Gemäuer, sondern auch den grantigen Exbesitzer auf – mit erstaunlichen Folgen für den ganzen Purvis-Clan …

Die romantische Komödie
für die jungen und die besten Jahre.

»Dieser Roman sprüht nur so
vor Lebensweisheiten.«
Tina

Fischer Taschenbuch Verlag

fi 18563 / 1

Sophia Cronberg
Die Lilieninsel
Roman
Band 19639

Ein verwunschenes Haus an den Klippen von Guernsey. Ein Verbrechen, das Jahrzehnte zurückliegt. Eine junge Frau, die einen Neuanfang wagt.
Nach dem Tod ihres Mannes zieht Marie mit ihren zwei kleinen Kindern in ein Landhaus an der schroffen Küste der Kanalinsel Guernsey. Bereits bei der Ankunft erwartet sie eine Enttäuschung: Das Haus liegt zwar direkt an den malerischen Klippen, ist jedoch völlig heruntergekommen. Zudem gibt es einen feindseligen Nachbarn, Bartholomé de Clairmont, Besitzer eines prachtvollen Anwesens. Dennoch beschließt Marie, ihr Cottage zu renovieren. Doch da taucht in den Fundamenten das Skelett einer Frau auf, die vor vielen Jahrzehnten spurlos verschwunden ist …

fi 19639 / 1